村田榮三郎著

江戸後期 月瀬観梅漢詩文の研究

―文化・文政期より幕末に至る―

汲古書院

自序

市川實齋先生の霊前に捧ぐ

私の「月瀬観梅漢詩文」の研究を駆り立てた因縁は、本田種竹山人が遺された資料群を、沢野江舟翁・笠原容軒先生から譲り受けたことに依る。しかし、当時この資料を如何に纏めるか苦慮していた時、市川先生より、「資料を徒らに筐底に秘めることはあるまい」との助言を賜り、平成元年、神奈川県立川和高校退職の記念に、始めて『月瀬記勝補遺』を出版するに至ったのである。

以後、江戸後期の月瀬観梅漢詩文の研究に傾注することになったが、市川先生の御教示がなければ、現在の研究成果はあり得なかったであろうと、寔に感謝に堪えない。先生が今暫く御存命であったなら、この小論文を御批評頂くことが出来たものと、独り痛恨の極みである。

市川實齋先生、今茲に、萬感胸中に逼り、拙論を御霊前に捧呈し深く御冥福を御祈り申し上げます。

平成十一年五月

村田榮三郎識す

目次

題字　著者

江戸後期月瀬観梅漢詩文の研究

――文化・文政期より幕末に至る――

緒　言

平成元年に『月瀬記勝補遺』（和装四冊）を出版した後、更に時代を遡った江戸後期における月ヶ瀬観梅詩文を纏めたいと思っていた。

月ヶ瀬は奈良県の僻地（嘗ては津藩上野城藤堂家の支配の時期もあった。）に、手植した梅林と自然の渓谷が渾然一体化し、梅渓と呼称する景勝の地として有名になり、儒者・文人・墨客が頻りに訪れて、多くの詩文を遺している。本田種竹（明治後期の三大詩文の一人）は幕末から明治にかけて、梅渓を訪れる雅客の詩文が失われるのを危懼し、また、彼等が生きた時代の月ヶ瀬に係わる詩文を丹念に収集・整理して保管してくれた。これが『月瀬記勝補遺』として私が刊行したものである。

江戸期に月ヶ瀬の観梅詩文集として残る版本は極く僅かである。即ち、韓聯玉（山口凹巷）の『月瀬梅花帖』、斎藤拙堂の『月瀬記勝』（乾坤二冊本）が現存するだけで、その他に稿本類、版になった一部が存在するだけである。だが私が『月瀬記勝補遺』を刊行して、月ヶ瀬村の人々とも知己を得、村の教育委員会で、上野市の書肆故沖森直二郎の『月ヶ瀬に関する資料』を知り、『月瀬梅花詩集』を披見した。韓聯玉の『月瀬梅花帖』にも岡本花亭撰（これは韓聯玉の誤りと思われる）の稿本があり、更には斎藤拙堂の『月瀬記勝』の初摺本と思われる宮崎青谷挿図に青谷の押印、また富岡鉄斎旧蔵本（嘉永五年刊の奥付）、騎鶴楼窪田氏蔵本の『月瀬記勝』（有造館本）等を閲覧し、これらを通して世に未だ知られざる資料を紹介し、伝本の正誤を指摘して、この際、江戸後期の文化、文政期以後幕末に至る月ヶ瀬に係わる漢詩文の日本漢文学史上の意義とその位置づけを確立することにした。

本論は、四回に互って発表した月ヶ瀬に関する所説

一、『月瀬梅花詩巻』稿本について（『新しい漢文教育』第12号、全国漢文教育学会、平成三年五月発行）

二、『梅渓遊記』稿本の異同と嘉永本との関係について（附、日本藝林叢書本を含めて）（『東洋文化研究所紀要』第十一輯、無窮会東洋文化研究所、平成三年十一月発行）

三、『月瀬記勝版本考』（『東洋文化』第七十七号、平成八年九月発行）

四、山口凹巷『月瀬梅花帖』について（平成九年九月十四日、無窮会東洋文化研究所例会口頭発表）

等を骨子として、その後、本論文執筆に当って新たに書き加えたものである。

第一章　序　説

第一節　月ヶ瀬村の地理的環境

「月瀬」は古くは「つきのせ」と読んだこともあるようだが、今日では「ヶ」を入れて「つきがせ」（昭和四十三年村条例で自治体名を月ヶ瀬村として表記を統一した）(1)と読むのが普通になっているが、「ヶ」を付けずに大字《あざ》名は「つきせ」と呼ぶ。(2)

この月ヶ瀬について、少しく古い記録であるが、明治二十六年に『日本名勝地誌』が刊行されている。その中に「月瀬梅林」の項があり、月ヶ瀬の地理的状況を述べているので、当時どんな状況であったかを知る上で参考までに挙げておく。

凡そ世人通称して月瀬と云ふ所の者は名張川の渓流に傍ひ梅花を種ゑて業と為すの諸村を総括するの名にして其地二国三郡に跨り大和に在りては添上郡に尾山、石打、長引、桃香野、月瀬《つきのせ》の五村あり。今之を月瀬《つきのせ》村と云ふ。山辺郡に遅《おそ》瀬、広瀬、嵩《だけ》の三村あり。今波多野に属す。伊賀に在ては白樫《しろかし》、治田《はった》の二村梅渓の東口に連りて伊賀郡の西端に位し花垣村に隷せり。平常此地に遊ぶ者伊賀よりすると奈良よりするとあり。伊賀よりする者は関西鉄道の柘植《つげ》停車場より凡そ三里餘を歴て同国上野に至り、一里二十五町を離るれば白樫なり。乃ち其民家より又凡そ十二三町を経れば所謂覗窪《のぞきくぼ》に達す。是れ伊賀より到る者の始めて梅渓を望む所にして、眼下悉く梅花、人多くは先づ其偉観に驚かざるなし。奈良よりする者は途数条あり。其最も近き者は最も険阻にして稍や平夷なる者は稍や迂回の路を取らざる可らず。即ち其捷（近）路は奈良町の南端大字高畑より春日山の南に入り大柳生村の属邑大慈仙、忍辱山、大平《ひら》尾等の諸村を経又東山村の内大字水間、室津、松尾、岑《みね》寺等を順次に過ぎ月瀬に出るものとし、道程凡そ六里許り、過半は峻絶の山路にして彼山陽の詩に戟手梅花を罵ると云ふ者是れなり。其迂回の路は先づ奈良の北端より一里余を山城相楽《そうらく》郡の木津村に出で東行して笠置の山麓を過ぎ南大川原より名張川に溯り、同郡高尾を経て桃香野に達する者なり。此路は唯桃香野より笠置に達する二里半餘の間稍や険悪なるのみ。餘は概ね平夷なるも其行程は凡そ七里餘に及べり。別に近頃奈良坂町より発し、忍辱山、柳生等を経て之に達する里道を開きたるも、猶ほ山間を迂曲するの路にして、距離甚だ近しとなさず。扨月瀬の地勢は一帯の名張川東南より斜めに西北に流れ延長凡そ二里餘、其南方に広瀬、遅瀬、嵩、月瀬等上流より遞次《（順次）》に連り、北方には治田、白樫、石打、尾山、長引等相次ぎ山谷の間悉く植うるに梅樹を以てし幾百万株なるを知る可らず。而して右十村の外、山城の高尾、太《た》山、大和の片平《かたひら》、吉田、中峯山等尚ほ其近傍に比接して皆梅樹を種藝するを業とし、亦香界の中に歯《よわい》すと云ふ。然れども今以上の香界諸村に就き最も梅花多く、又最も奇勝に富む者を挙ぐれば尾山、長引、月瀬、桃香野等名張川に臨むの地にして危峰碧流の間瀰望一白、唯清香の蓊葧たるに因り、雪にあらず雲に非ざるを知るのみ。殊に尾山には八谷あり、極西を畝谷と云ひ次を鹿飛びといひ次を捜窪《さぐりくぼ》と云ひ次を祝谷と云ひ次を菖蒲谷と云ひ次を杉谷と云ひ次を一目千本と云ひ次を大谷と云ふ皆相距《さ》ること数百歩に過ぎず。満谷梅花を以て埋了し一目千本大谷は其最も盛んなるものなり。長引は尾山を距る八丁許にして其西に連り、月瀬は対岸に在りて嵩に隣り、尾山を隔つること半里許、桃香野又月瀬の西北に当りて殆ど一里餘を隔つ。此地石打、尾山は半里許を距《さ》り、尾山、治田亦半里許を距る。遅瀬は嵩の東南半里の外に位し、広瀬は遅瀬と一里許を隔て、中峰山、吉田の二村を中間に挟む。是故に今梅渓の全景を採らんと欲せば到底一日を以て尽す能はず。大概宿を尾山、月瀬等に投じて之を巡遊し、或は嶮嶺に嘯《うそぶ》き或は名張の清流に棹《さおさ》す（名張川の両岸杜鵑《さつき》花多し。故に杜鵑河の名あり）を常とす。(3)

本村役場所在地より四周の諸都市中心地への直線距離

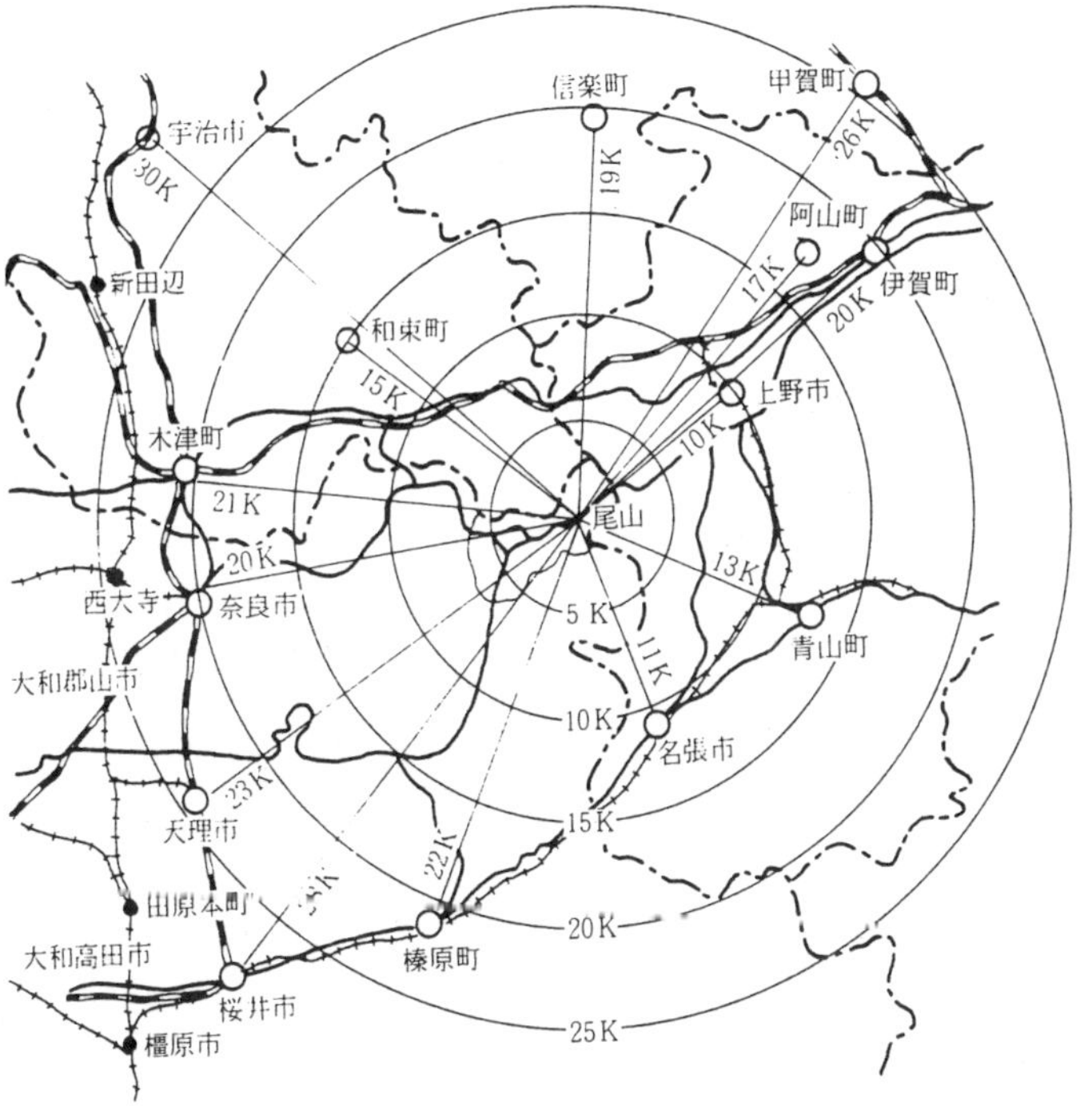

月ヶ瀬観光案内に掲げた位置図

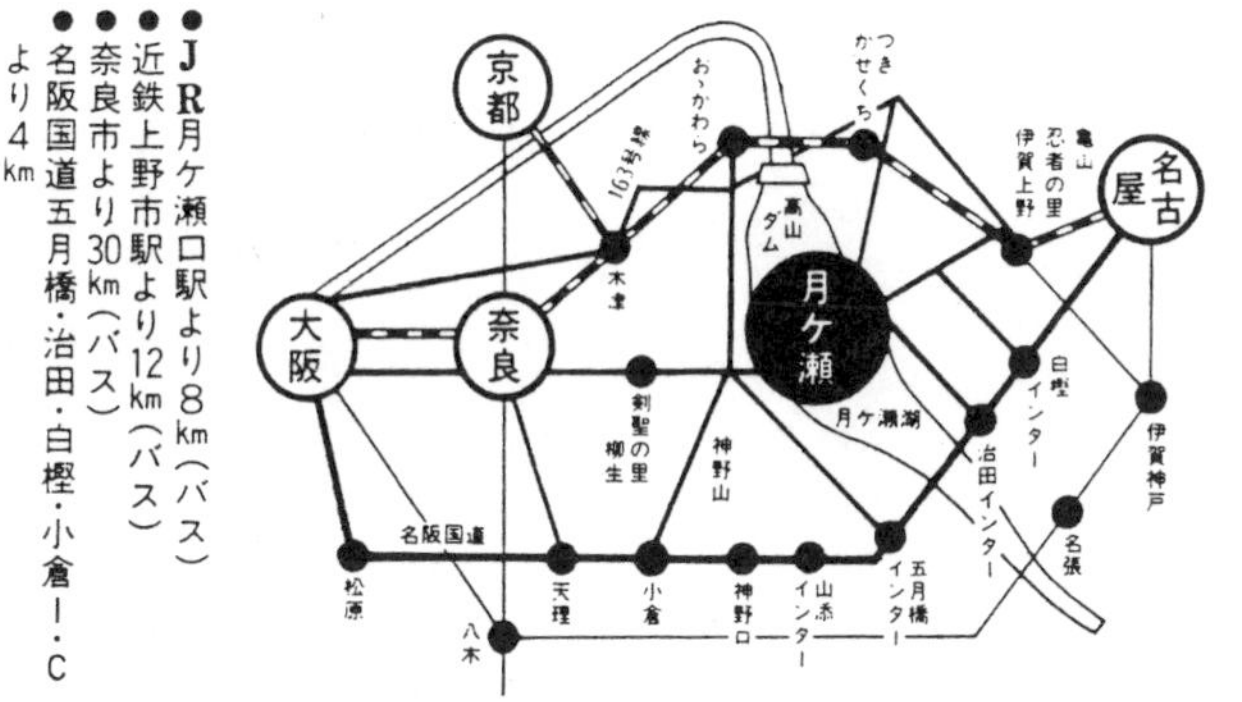

平成二年十一月三日、月ヶ瀬村発行『月瀬村史』五頁

関西鉄道は今日のＪＲ関西本線である。明治二十六年当時はまだ柘植までしか鉄道が敷設されていなかった。現在はＪＲ関西本線よりも近鉄上野市駅で下車してバスで月ヶ瀬へ行くのが一番便利で、上野市駅から月ヶ瀬へは三十分程である。ＪＲ関西本線に月ヶ瀬口駅があるが、花見時以外はバスの本数も少く、ＪＲ奈良駅からのバスは一時間以上かかり一層不便であり、この辺陬の地であればこそ、都会から隔絶されているために却って開発が遅れ、昔の面影が残されたものといえよう。最近は開発の波がこの辺鄙な地にも押し寄せ、昭和四十三年にはさつき川の下流にダムが建設され、渓流の眺望も一変して月ヶ瀬湖となり、昔訪れた人たちの小舟川遊びの雅趣を欠き、また月ヶ瀬周辺の山野が切り開かれてゴルフ場が何個所も出来ている。まさに時代の流れを痛感せざるを得ない。

注

（1）『角川日本地名大辞典29奈良県』七一六頁

（2）同右

（3）明治二十六年博文館刊、野崎左文著『日本名勝地誌』第壹号二四〇～二四三頁

第二節　月ヶ瀬村植梅の始まり

何時の頃からこの地に梅の木が沢山植えられるようになったのか。元月ヶ瀬村文化財保護委員長稲葉長輝氏が先年『歴史散歩月ヶ瀬梅林』を出版した一条で、次のように記している。

……何時頃からこの梅が植えられたのであろうか。梅のはじまりについては村人達は次の様な伝承をうけてい

る。

元久二年（一二〇五年）尾山天神社を真福寺境内に祀り、祭神菅原道真公にちなみ、その境内に梅樹を植付けて梅木の森となした（天神社記）。

元弘元年（一三三一年）後醍醐天皇笠置山落城の折、その側女園生という姫君、この尾山の地に逃れ来りて倒れ、邑人に救われ永住せしという。村にある梅の実をみて京の都での紅染用、烏梅《うばい》の製法を教え、京に送って米より上位の収入源とした。その為村人達は競って梅木を植え、全山梅樹の里となり有名になった。※

とあり、その後ますます梅の木が植えられるようになった様子を伝えている。

その後、この烏梅は西洋の化学染料の輸入により、需要が激減し、炭焼き用に梅の木伐採の危機もあったが、梅林保護運動が起って今日に至っている。

※昭和六十二年七月十日再版発行、稲葉長輝著『歴史散歩月ヶ瀬梅林』六・七頁

第二章　文人等の訪村と観梅漢詩文

月ヶ瀬梅林の紹介は、古く明和九年（一七七三）に、京都の町奉行神沢貞幹（其蜩）の著『翁草』と、享和三年（一八〇三）に、大阪の儒者田宮仲宣（橘庵）が随筆『東牖子』（別名『橘庵随筆』）に管見するが、両者の和文については後人の研究に譲り、本論では特に漢詩文についてのみ扱うことにした。

江戸時代後期の文化年間には伊賀上野の武人岸勝明が門人等を伴って月ヶ瀬を訪ねて、観梅詩稿を草している。文政二年には伊勢の詩人韓聯玉が月ヶ瀬を訪れ、同八年に『月瀬梅花帖』を刊行している。また、斎藤拙堂は、文政十三年に梁川星巌等と月ヶ瀬観梅に出遊し、『梅溪遊記』を書き、それが後の『月瀬記勝』として発刊され、天保二年には、頼山陽が知人、門人等を連れて月ヶ瀬を訪れた。その吟行詩が拙堂の『月瀬記勝』坤冊に収載する。その他に、群馬の画家金井烏洲が『月瀬探梅画巻』二巻を描き、篠崎小竹・中嶋棕隠・野田笛浦が来村、詩を残し、広瀬旭荘は『日間瑣事録』中に「月瀬紀行」を、また勤王僧鴻雪爪が『山高水長図記』中に「月瀬問春」を、幕末には水口の儒者中村栗園が『栗園文鈔』の中に「月瀬観梅記」を収め、大阪泊園書院の儒者藤沢東畡が子南岳を伴って『東畡先生文集』に「遊月瀬記」を書く等々、陸続として月ヶ瀬に係る詩文が漢詩文壇に登場した。それらを年代順に提示し、掌《たなごころ》を抵《う》って商摧し研究してみたい。

第一節　文化期より文政期に至る

第一項　岸勝明の訪村と『月瀬梅花詩集』稿本

稿本『月瀬梅花詩集』は、寛政二年に生れた武人、伊賀上野藤堂藩士岸勝明（後に項を改めて「好々道人について」記す）の撰になる。現在月ヶ瀬村教育委員会蔵本になっている。

この稿本は当教育委員会に帰属するまでは、上野市の古書肆故沖森直二郎の蔵本であった。沖森が生前永い年月をかけて月ヶ瀬に関する稿本・刊本・資料を数多く集め、沖森文庫と称し大切に保存してきた。故人になる前に、その一切を月ヶ瀬村教育委員会に寄贈した。その寄贈図書中に『梅花詩集』が収蔵されている。以上の経緯で月ヶ瀬村教育委員会の有に帰したのであるが、この『梅花詩集』について月ヶ瀬村の人たちは誰も調べていない。平成二年十一月、月ヶ瀬村制百周年記念として出版された『月ヶ瀬村史』(1)には一覧表(2)に僅かに記されているだけで、この稿本の説明が何ら言及されていない。そこで、あえて私が初めて稿を起した次第である。

一、体裁

表紙は薄い青色がかった色で、紙質は厚手のもの。縦二二・七糎、横一五・四糎、和本綴じ。題簽の紙質は唐紙かと思うが、大きさ一七・八×二・七糎、中央に「□花詩集」、その下二糎程して右側にもう一つ題簽が付いている。これは沖森が生前に書き付けたもの。それによると、中央に『月瀬梅花詩集』と行書で、梅字だけが草書体で書いてある。その下に二行に分け、右に「文化九年」とあり、左に「岸勝明撰」とあり、表紙裏「見返」の右下端には、楕円形の蔵書印が押してある。上部二行に「上野本町」とし、その下に「沖森蔵」と読め、次の葉に目次がつけられているが、故沖森が便宜的に付けたようなので、省略する。次葉に「尾山梅花詩集序」三宅錦川（錦川については後に記す）の序文が二葉ある。一行二十字、行によっては二十二字。左右ともに子持ち枠、枠の色は薄茶色の罫紙に、少々くずれた楷書体で書き、次が柏木如亭の「梅花詩巻題辭」、一行十三字から十四字、四葉目から詩集になる。本文八葉、半葉八行、毎行二十字、十三人の七言絶句が載録された。後に「梅山記」、好々道人撰書とある跋文で、この詩巻は終るが、その後に二葉の付録が付く。付録には甲戌（文化十一年）三月の年紀のある七言律詩五首、次いで服部畊（竹塢）の竹陰先生（好々道人のこと）から一緒に尾山観梅に誘われたが都合で同行できなかったという七律一首が載せられ、更に好々道人の服部竹塢宛ての和韻の七律一首を載せて、この稿は全て終る。

二、内容

体裁で述べた、最初の三宅錦川撰「尾山梅花詩集序」について考察を進める。尾山は月ヶ瀬にある地名（山の名）で、一番梅の花の多いところ。

三宅錦川は伊勢津藩の儒臣で、名は昌綏、字は君修、錦川はその号。津藩の文学となり、禄百五十石を食んだ。文化十三年に侍読を兼任し、禄二十石を加増され、伊賀教授に転じ、文政三年国校を建てるに及んで、伊賀講官の上に列せられた。天保六年、六十五歳没(1)。

参考までに三宅錦川の序を次に掲げておく。

尾山梅花詩集序

詩言志者也。而言志之文横列之即誌。故雖發於咨嗟咏嘆之餘。往ゝ爲名勝花樹之誌。峨眉之半輪。太白詩其誌。武夷之九曲。晦庵誌其詩。若夫深山之花。僻地之樹。詩以爲之誌。其類不暇枚擧。然則名勝花樹。曾不可無詩也。文化辛未仲春。授業暇。一日觀尾山梅花。山在大倭疆内。距伊城三十餘里。周遊十餘名。取路歸畊鳥野向石打。行可二十里。始看梅花。十株。二十株。或就山脚。或傍村腰。吾歩漸進。而花大加進。已到尾山。嬋娟賢於芳野遠矣。左右所見。其麗不億。無數之山谷。遠邇之里落。渾成一種之銀世界。行人將迷五出之雪。咽無烟之薫。孟夫子曰。觀於海者難爲水。遊於尾山者。亦可謂難爲花。目力有垠。花則無涯。且其山水之美。非畫手之所能及。余語同遊曰。人有癖於探勝。先云大倭。大倭固多勝之國也。其於花也。芳野之櫻獨擅其美名。其詩歌滿兒童之耳矣。尾山之梅則寂無聞者。是爲地僻而乏詞客之揄揚耶。非耶。對曰。芳野皇后之舊。而絶勝之境也。假令無他瓊樹。豈可不亦欽慕乎。曰然則。然矣。雖然。今日惜齒牙之餘論。辜等於蔽賢乎。二三子盍賦一章。咸曰諾。窮山頂。右紆而下於明月湍。木津之上流也。岸々花相映。碧流混々去。此間之清勝。不可勝言也。泛小舟。少間遡廻。約花再期而歸。不日詩編成。使余書其所由於巻端。好々道人。已賦十絶。又摭其遺漏。而叙録之。詳悉雋永。以爲跋。吁吾黨之詩。雖非善鳴者。欲以爲同士之木鐸。纔有勝具者。携斯誌而閲諸彼地。將知不欺矣乎。將知不欺矣乎。

錦川清昌綏撰

《本文を一字下げ書き下し文になおし、語釈注記は（　）に入れてわかり易くした。以下同じ》

詩は志を言ふ者なり。而して言、志の文は之を横列すれば即ち誌なり。故に咨嗟咏嘆の余に発すと雖も、往々名勝花樹の誌を為《つく》る。峨眉の半輪は、太白其の誌を詩とし、武夷の九曲（武夷は今の福建省甯府崇安県にある山。中に九曲渓あり。風景絶佳、朱子に「九曲歌」がある）は晦庵（朱子のこと）其の詩を誌す。若し夫れ深山の花、僻地の樹、詩以て之が誌と為さば。其の類毎挙に暇あらず。然らば則ち名勝花樹は、曾て詩無かるべからざるなり。文化辛未

（八年）仲春。業を授くるの暇、一日尾山の梅花を観る。山は大倭の疆内に在り。伊城を距ること二十余里、同遊十余名、路を帰畔鳥野に取り、石打（月ヶ瀬村にある地名）に向ふ。行くこと二十里可《ばか》り、始めて梅花を看る。十株、二十株或は山脚に就き、或は村腰に傍《そ》ふ。吾が歩漸く進みて花大いに進むを加ふ。已にして尾山に到れば、嬋妍として芳野より賢ること遠《あまね》し。左右見る所其の麗なること億ならず。無数の山谷、遠邇《じ》（＝近）の里落、一種の銀世界を渾成す。行人将に五出（花弁が五枚あること）の雪に迷ひ、無烟の薫に咽《むせ》ばんとす。孟夫子曰く、海を観る者は水と為し難しと。尾山に遊ぶ者も亦花と為し難しと謂ふべし。目力には垠《かぎ》り有るも、花には則ち涯《かぎ》り無し。且つ其の山水の美は、画手の能く及ぶ所に非ず。余同遊に語りて曰く、人は勝を探るに癖有り。先づ大倭を云はん。大倭は固より勝多きの国なり。其の花に於けるや、芳野の桜独り其の美名を擅にし、其の詩歌は児童の耳に満てり。尾山の梅は則ち寂として聞く無きは、是れ地僻にして詞客の揄揚（ほめ揚げる）乏しきがためなるか。非なるか。対へて曰く、芳野は皇居の旧にして絶勝の境なり。仮令《たとい》他の瓊樹無きも、豈に亦た欽慕せざるべけんやと。曰く、然らば則ち然らん。然りと雖も今日歯牙の余論を惜むは、辜《つみ》賢を蔽ふに等しきか。二三子盍《なん》ぞ一章を賦さざると。咸《みな》曰く、諾と。山頂を窮め、右に紆して明月湍に下る。木津の上流なり。岸々花相映じ、碧流混々として去る。此の間の清勝、勝《あ》げて言ふべからざるなり。小舟を泛べ、少間遡廻し、花に再期を約して帰る。日ならずして詩編成り、余をして其の由る所を巻端に書せしむ。好々道人已に十絶を賦す。又其の遺漏を摭《ひろ》ひて之を叙録し、雋永《せんえい》（肥えてうまいこと、意味深く味のあること）を詳悉（詳しくつくす）して以て跋と為す。吁《ああ》吾が党の詩は、善く鳴る者に非ずと雖も、以て同志の木鐸と為さんと欲す。纔《わず》かに勝具（足の達者なこと）ある者は、斯の誌を携へて、諸《これ》を彼の地に閲せば将《は》た欺かざるを知らんか、将《は》た欺かざるを知らんか。

錦川昌綏《しょうすい》撰す

以下、補足説明するとして、次に柏木如亭の題辞を揚げる。

梅花詩巻題辭

余耳尾山梅花。欲一往探其勝者久矣。適來伊賀。則節已去。瑤臺仙姿。不復可見。居常怏〻。如有所失。忽客持示一巻云。是同人看梅尾山之詩。余急把玩。不覺擊節乃謂。巻中作者。多係上野城中武弁名族。其人皆赳〻者。無論鐵心石腸。而首〻婉媚如此。是何廣平之多也。尤爲可恠。輙依韵和之。又恐蕪筆難及。停手不歌。我願。自今飲水。不食人間烟火。然後咸哦幾首。爾時山靈。首肯于冥〻中來。助吾苦思。則做得好詩。亦未可知也。

文化壬申三月書于伊州客舎

荏土柏昶如亭　印

余尾山の梅花を耳にし、一たび往いて其の勝を探らんと欲すること久し。適《たまたま》伊賀に来れば則ち節已に去れり。瑤台仙姿、復《また》見るべからず。居常怏々（居常は日ごろ、怏々は満足しないこと）として失ふ所有るがごとし。忽ち客一巻を持ち示していふ、是れ同人梅を尾山に看るの詩なりと。余急ぎ把玩（手にとってもてあそぶ）し、覚えず節を撃ちて乃ち謂ふ、巻中の作者は多く上野城中の武弁（武士のこと）の名族に係る。其の人は皆赳々たる者（たけき者たち）にして、鉄心石腸に論無くして首々婉媚なること此《か》くのごとし。是れ何ぞ広平（宋璟字は広平、貞操頸質その鉄心石腸、媚辞を吐く能はざるかを疑ふ。されど梅花賦を作りては清便艶麗であったということ『錦字箋』にある）の多きや。尤《もっと》も怪しむべしと為す。輒《すなわ》ち韵に依りて之に和す。又恐らくは蕪筆（粗雑な筆、ここでは自分の詩に対する謙称）及び難しと。手を停めて歌はず。我願はくは、今より水を飲み、人間の烟火を食はず。然る後みな幾首かを哦はん。この時山霊、冥々の中に首肯し来り、吾が苦思するを助くれば、則ち好詩を做し得るも、亦いまだ知るべからざるなり。

文化壬申（九年）三月伊州の客舎に書す。

荏土の柏昶如亭印

如亭の名は昶、字は永日、門弥と称し、如亭はその号。江戸の人、詩を市河寛斎に学び、大窪詩仏、菊池五山と名声を並肩した。初め南宋詩を喜んで学んだが後ち唐詩を宗とし、一家を成した。文政二年七月八日没す。年五十七歳。(2)

先の序文は如亭没、七年前の筆であるから、往時、如亭は伊賀に遊び、この題辞を書いたと思われる。

本文の巻頭に「梅花詩巻」と標題が付いている。以下、月ヶ瀬の観梅詩である。各人の七言絶句が何首ずつ掲載されているかを挙げると、藤堂高繁2、藤堂良敬1、三宅昌綏6、渡辺衛2、杉山政一1、藤堂光吉1、長嶋察2、服部謙（竹塢）10、岡忠恕16、竺絶学1、田山敬直2、好々道人10、平新1、計55首。全部を列挙するのは煩雑になるので省略し、各人一首ずつを紹介する（本文を上段に掲げ、下段には書き下し文を付けた。また二首目から題は「同前」とし、三首目からは〇印を付けてわかり易くした）。

辛未春遊尾山　　辛未（文化八年）の春、尾山・長引に遊び、
長引観梅花泛　　梅花を観、月瀬に泛ぶ
月瀬
　　　　　　　　藤堂高繁（伊賀上野、藩大夫、木工助）
艶々梅花傍澗塘　　艶々たる梅花澗塘に傍《そ》ふ
十分香満發春光　　十分香は満ち春光に発《ひら》く
山林似畫風流意　　山林画に似たり風流の意
自煮龍團對夕陽　　自《みずか》ら竜団（高級な茶）を煮て夕陽に対す

同前

藤堂良敬（多門家、伝未詳）

壮哉長引白梅樹
遊客開樽賦未工
初駭千秋姑射雪
回頭月灘接雪中

壮なるかな長引（月瀬の中の字の名）白梅の樹
遊客樽を開き賦するも未だ工《たくみ》ならず
初めて駭《おどろ》く千秋姑射《こや》（仙人が住む山のこと）の雪
頭を回らせば月灘雪中に接す

○

三宅昌綏（前出）

巌栽白玉樹層層
澗水蘸花藍色澄
索興偏長尾山尾
停舟月瀬月将升

巌は白玉（梅花の白いこと）を栽し樹層々
澗水花を蘸《ひた》し藍色澄む
興を索く偏《ひとえ》に長し尾山の尾
舟を停む月瀬月将《まさ》に升らんとす

○

渡邊　衛（伊賀上野藩士、伊左エ門と称す）

逐風芳郁下晴空
梅影玲瓏畫未工
庾嶺何加尾山樹
如雲花様幾重重

風を逐ふ芳郁晴空に下る
梅影玲瓏画未《いま》だ工《たくみ》ならず
庾嶺（中国の山名、梅花の名所）何をか加へん尾山の樹
雲のごとき花様幾重々

○

杉立政一（伝未詳）

疎影相交横復斜
渓南渓北占晴華

疎影相交《まじ》ふ横復《また》斜
渓南渓北晴華を占む

東君時用春風筆　　東君（春の神）時に用ふ春風の筆
白盡千林一様花　　白は千林を尽くす一様の花

○　　藤堂光吉（字有孚、伝未詳）

尾山之下月湍隈　　尾山の下、月湍の隈《くま》
發盡春風幾樹梅　　発し尽《つ》くす春風幾樹の梅
滿月清裝如對雪　　満月の清装、雪に対するがごとし
吟遊偏好避塵埃　　吟遊偏《ひとえ》に好し塵埃を避くるを

○　　長嶋　察（伝未詳）

賞梅曳杖尾山阿　　梅を賞し杖を曳く尾山の阿《くま》
清艷皚皚春色誇　　清艶皚々春色誇る
嶺上訝雲溪訝雪　　嶺上雲かと訝《いぶか》り渓は雪かと訝る
弟兄芳野白櫻花　　弟たり兄たり芳野白桜の花

○　　服部　謙（後記）

永盡尋春入翠嵐　　永く尽くす春を尋ねて翠嵐に入る
香風取次脚忘酸　　香風取次（次第に）脚酸《つら》きを忘る
滿林晴雪溪頭路　　満林の晴雪渓頭の路
不識何邊是月灘　　識らず何れの辺か此れ月灘《たん》なるを

○　　岡　忠恕（伝未詳）

雪濺巉巖碧水涯　　雪は巉巌（けわしい岩）に濺《そそ》ぐ碧水の涯《ほとり》
白玲瓏裡総横斜　　白玲瓏（すき通るように美しいさま）の裡、総べて横斜
清溪此處尤清絶　　清渓此の処、尤も清絶
廿四番風第一花　　廿四番（一年を二十四節に分けた）風、第一の花

○　　竺　絶学（伝未詳）

玉骨深林梅樹連　　玉骨（梅の異名）深林、梅樹連る
梅香千里薫彌天　　梅香千里、弥天（空一面）に薫る
醉花黄鳥徒無舌　　花に酔ふ黄鳥 徒《いたずら》に舌無し
我亦一樽醒後還　　我も亦一樽醒めて後《のち》還る

春日與諸君同　　春日、諸君と同《とも》にまさに錦川先生に陪し、
將陪錦川先生　　尾山の梅を探ねんとす。
探尾山梅向期　　期に向ひて家弟の喪に遇ふ。
遇家弟之喪因　　因りて賦して懐ひを述ぶ。
賦述懐　　田山敬直（物兵衛と称す、伝未詳）

豈圖此日披縗衣　　豈図らんや此の日、縗衣を披《き》るとは
尾嶺觀梅舊約違　　尾嶺の観梅、旧約に違ふ
難慰春光無限恨　　慰め難し春光無限の恨み
歸來投玉照蕭扉　　帰り来たれば玉を投じ蕭扉を照らす

梅山書事作十　　梅山事を書し、十絶句を作る
絶句　　　　　　好々道人（後記）
探得梅來未看花　梅を探り得んとし来るも未《いま》だ花を見ず
一般雲彩總成葩　一般の雲彩総べて葩（花のこと）を成す
芬芳撲鼻人如醉　芬芳鼻を撲ち人酔ふがごとし
不怪群仙咀九霞　怪まず群仙九霞を咀《か》むを
先題拾遺　　　　先題の拾遺　平　新（忠平と称す、伝未詳）
疑無林裡一谿通　疑ふらくは林裡一谿通ずる無きかと
滿樹清風香雪中　満樹清風香雪の中
水接梅花花接水　水、梅花に接し、花、水に接す
梅花浮水水浮空　梅花水に浮き水、空を浮かす

以上十三人の七言絶句で、尾山観梅が如何なる風趣であったかが理解されよう。詩巻の掉尾は好々道人の跋文を載せる。

梅山記

梅山在伊城西三十里。出城先取道於歸畊。經鳥野高芝大木《りぎ》長溪。乃造石打里。里東二百歩許小岐。建石。誌曰。由右石打。左至治田。此即伊倭國界。雖犬牙相接。各ゝ善隣好。仁厚成風云。里之西南。行三里有長引邨。従是以南。山

路褊窄。頗属艱険。民居亦多據山。蓋所過村里山谿。梅花爛熳。間不容立錐之隙焉。長引南口見一溪。梅樹夾岸二里。林中幽邃。桃花源亦可想也。至此。人或為花氣所哽咽。既盡水源。得河。卽謂明月灘是也。於是。買舟溯半里強。舟中美觀。尤爲奇絶。停棹東面尾山長引。諸山賓斜陽。花生彩華。殊宜晩色。又前舟于東岸。西北有桃埜月瀬嶽邨。千峰一白。錦聯鱗次。搖ゝ集者雲邪。霏ゝ飜者雪邪。影水者。浴霞者。清艷染睟者。芬芳風釀者。遠淡近濃。千態万樣。不可勝賞也。既而捨舟超尾山。由治田而出向所誌。遂得歸路也。原夫本朝春花稱芳埜。秋葉稱龍田尚矣。獨梅花之在清品高等。而未聞有地呼名勝者也。今如梅山也。廣袤數十里芳樹幾万億。栽培遍九村落。圍繞疊千万峯。加之。山水清秀。景象棋布。可坐掬也。斯謂海内無雙。其誰間然。然寒鄉僻地。無識之者。不亦千載遺憾乎。顧近歳稍ゝ有騷客自遠方來。而置酒言咏於此者。以故。記其梗槩以俟後來壯大於此觀而已矣。

文化庚午春三月竹陰隱者好々道人撰書

竹陰　好々

梅山は伊城の西三十里に在り。城を出で先づ道を帰畊（耕）に取り、鳥野、高芝大禾（大野木）、長渓（長谷）を経乃ち石打の里に造《いた》る。里の東二百歩許に小岐有り。石を建つ。誌して曰く、右に由れば石打、左すれば治田《はった》に至ると。此れ即ち伊・倭（和）の国界なり。犬牙相接すと雖も各ゝ隣好を善くし、仁厚風を成すと云ふ。里の西南、行くこと三里に、長引邨（村）有り。是れ従《よ》り以南は山路褊窄（狭いこと）、頗る艱険に属す。民居も亦多く山に拠る。蓋《けだ》し過ぐる所の村里山谿、梅花爛熳（＝漫）として、間に立錐の隙を容れず。長引の南口に一渓を見る。梅樹岸を夾むこと二里、林中の幽邃、桃花源も亦想ふべきなり。此に至りて人或は花気の哽咽（むせぶ）する所と為る。既に水源尽きて河を得たり。即ち明月灘と謂ふは是れなり。是に於て舟を買ひて遡ること半里強、舟中の美観、尤も奇絶と為す。棹を停めて東の方尾山長引に面《むか》へば、諸山、斜陽を賓《むか》へて、花彩華を生じ、殊に晩色に宜し。又舟を東岸に前《すす》むれば、西北に桃野、月瀬、嶽（嵩）村有り、千峰一白、錦聯鱗次す。揺〻として集る者は雲か、霏〻（雪が降るさま）として飄る者は雪か。水に影ずる者、霞に浴する者、清艶眸を染むる者、芬芳風に醸す者、遠きは淡く近きは濃やかに、千態万様、勝げて賞すべからざるなり。既にして舟を捨て尾山を超え、治田由《よ》りして向《さき》の誌す所に出で、遂に帰路を得たり。原《たず》ぬるに夫れ本朝の春花は芳野を称し、秋葉は竜田を称すること尚《ひさ》し。独り梅花の清品高等に在りて、未だ地の名勝と呼ぶ者有るを聞かざるなり。今梅山のごときや、広袤（広は東西、袤は南北の長さのこと）数十里、芳樹幾万億。栽培九村落に遍《あまね》く、囲繞すること千万峰を畳《かさ》ぬ。しかしのみならず、山水の清秀、景象（景色のこと）棋布（碁石のごとくちらばる）坐《いなが》らにして掬すべきなり。斯れを海内無双と謂ふも、其れ誰か間然（意義をさしはさむ）せん。然れども寒郷僻地にして、之を識る者無きは亦千載の遺憾ならずや。顧ふに近歳やや騒客（風流な人たち、文人墨客のこと）の遠方より来りて、此に置酒言咏（詩歌をうたう）する者あり。以の故《こ》に其の梗概を記して、以て後来の此の観（月瀬の景観）を壮大にせんことを俟《ま》つのみ。

文化庚午（七年）春三月竹陰（好々道人晩年の号）隠者好〻道人撰書す　竹陰（朱文印）　好〻（白文印）

斯様な跋文を書いて後学の士の来遊を求め、月ヶ瀬の名が天下にひろまることを望んでいたのだが、惜しむらくは、この詩集が人の目の触れることなく今日までに至った。この『梅花詩集』が何等かの形で、小冊子の版本になっていたら、どれほどか人々の目に止まったことであろう。ところが、梅花詩集の付録として好々道人が独りで尾山に観梅に出かけ、七律五首を作った。第一首の後に掲げたが、二首目は省略し、第一首の後に「右連村梅」の小題を付している。第二首「右岸上梅」、第三首「右半落梅」、第四首「右明月灘」、第五首「右梅月吟」とある。次いで、服部竹塢の七律があり、更には好々道人の竹塢への和韻詩、七律一首が載せられている。以下各一首ずつを挙げる。

附録

甲戌二月獨行
觀梅山梅五首
雨後春暖起老夫
梅山一日賞魁殊
壮觀別説那模様
美景如籍此氍毹
八九村中雲凸凹
万千峰外雪精粗
看花識了乾坤潤
苾苾清香何處無
右連村梅
竹陰老先生欲
觀梅尾山辱蒙
見促余以事故
不能随陪因欽
想其勝概以恭

甲戌（文化十年）二月独り行いて
梅山の梅を見る五首　好　々
雨後春暖にして老夫を起す
梅山一日魁殊（すぐれて他と異なること）を賞す
壮観なり別に那の模様を説かん
美景此の氍毹（毛織の敷物）を藉くがごとし
八九の村中雲凸凹
万千の峰外雪精粗
花を看て識了する乾坤の潤《ひろ》（広々としてゆったりしたさま）きを
苾ゝ（芳しきさま）たる清香何れの処にか無からん
右は連村の梅
竹陰老先生梅を尾山に観んと欲す。
かたじけなくも促さるるを蒙る。
余事を以ての故に随陪する
能はず。因りて欽んで其の勝概を想ひ
以て恭しく賦して呈す。

賦呈

東風催促探梅期
正見尾山爛熳時
一徑芳寒凌暁去
千林晴雪認香随
尋詩杖拄苔磯立
入畫舠穿石澗遅
羨殺先生巒興熟
高情聞與箇儂知

和韻

春半観梅恐後期
笻輕不熱不寒時
孤吟迯想君詩巧
獨歩聊憐我影随
酒盡花前胡蝶舞
鐘鳴寺裡隙駒遅
何心啞了一朝夕
莫使山靈能様知

服部　畊

東風は催促す探梅の期
正に見る尾山爛熳（＝漫）の時
一径の芳寒暁を凌いで去る
千林の晴雪香を認めて随ふ
詩を尋ぬる杖は苔磯に拄《ささ》へて立ち
画に入る舠《とう》（小舟）は石澗を穿つこと遅し
羨殺す先生巒興熟するを
高情箇《こ》の儂（わたし）に聞与して知らしむ

韵に和す　好々道人

春半《なかば》に梅を観る期に後るるを恐る
笻（杖）は軽し熱からず寒からざるの時
孤吟迯《はる》かに想ふ君が詩の巧みなるを
独歩聊《いささ》か憐む我が影の随ふを
酒は尽く花前胡蝶舞ひ
鐘は鳴る寺裡隙駒（日影）遅し
何の心ぞ啞了す一朝夕
山霊をして能様を知らしむこと莫れ

以上が『梅花詩集』稿本の概略である。これで稿本の大体の内容は理解されたと思うが、先に記したように幾つかの問題点があるので、それを取り上げ、稿本の理解を更に深めることにする。

(イ)　書名について

題簽の表題を初め、それぞれ名称を異にしているので、どれが正しいものか考察する。

私は本論の題目を『梅花詩集』と書いた。また、稿本の原表題に『□《(梅)?》花詩集』とあり、故沖森氏の付した題簽には『月瀬梅花詩集』とある。更には、三宅錦川の序文のは『梅花詩集』とあり、また柏木如亭のは『梅花詩巻題辭』とあって、『梅花詩巻』になっている。してみると、内題である本文の『梅花詩巻』がこの稿本の表題であるのに間違いないのであるが、なぜ、錦川の序文に「尾山」の二字が冠され、「詩巻」が「詩集」になったのか、錦川はただ『梅花詩巻』では一見して内容がわかりにくいと考えたからであろう。どこの梅花なのかわかり易くするために、「尾山」という梅の一番多い地域の名を冠したものと思われる。なお「詩巻」の方は、「詩巻」でも「詩集」でもそうは変らないが、「詩集」の方がより一般的とも考えてのことと思われる。そして、表紙の表題であるが、錦川の序文に引かれて『□花詩集』としたのなら、その原題簽上に「尾山」の地名が右書きに尾山とでも入っていたのではないか。惜しいことに花字の上の文字が部分的にはがれていて判明し難い。更に故沖森氏は『尾山梅花詩集』よりは『月瀬梅花詩集』にした方が一層雅致あるとして、題簽の文字を「尾山」を削って「月瀬」に代えたものであろう。

(ロ)　稿本の筆者について

稿本は誰が書いたのか。詩巻の跋文を好々道人岸勝明が撰し、好々道人自筆の「撰書」の二字からして跋文の筆者が好々道人であることは明らかだが、最初の序文を書いた三宅錦川・題辞を書いた柏木如亭、然らば本文の文字を誰が書いたのか、疑問となろう。大体、それぞれの序文・題辞・本文中同一の文字を抜き出して書き振り、形の取り方、書き癖等を仔細に見ると、筆者が誰であるのかわかる。そこで、この度、伊賀上野市に行く機会があり、好々道人の子孫筋に当る上野在住の宮本弘一氏を訪ね、この書体を調べて、間違いなく好々道人自筆のものと確認された。よって三宅錦川の序文・柏木如亭の題辞、各詩人たちの詩文等の原稿があって、それを好々道人が筆写したと判明されるのである。

(ハ)　稿本の成立について

先の内容で、三宅錦川の序文、柏木如亭の題辞から、本文の各十三人の七絶十三首、付録の好々道人・服部竹塢の七律三首を挙げたが、その中で年代を記した箇所が四箇ある。それを列記してみる。

(i)　文化庚午（七年）三月に好々道人が月ヶ瀬尾山に行き「梅山記」を書いた（跋文）。そのときの詩が本文中の好々道人の「梅山書事作十絶句」(6)であった。これは錦川の序文にも「好々道人、已賦十絶、又摭其遺漏、而叙録之、詳悉雋永、以爲跋」とあるによってわかる。

(ii)　文化辛未（八年）仲春、三宅錦川が同行者と共に月ヶ瀬へ行き、序文を書き更に、七絶六首を作っている。（序文及び本文中の藤堂高繁の詩の題「辛未春日」に拠る）。

(iii)　文化壬申（九年）三月、柏木如亭が伊州（伊賀上野）の好々道人の別邸（好々道人は本邸の他に「亭」「庵」と称する別邸を近くに所有し、来客があると、別邸に泊めて接待したという。(7)）に来た折に、好々道人が、『梅花詩巻』を見せ、序文・題辞を依頼したと思われる。

(iv)　文化甲戌（十一年）二月、好々道人が服部竹塢を誘って月ヶ瀬に行く予定であったが、竹塢に都合が出来て同行出来なくなり、一人で月ヶ瀬へ遊び、七律五首を作った（附録「甲戌二月独行観梅山梅五首」）。

以上、諸記録から考えて、最初に好々道人が月ヶ瀬へ雅遊したのは文化七年であり、続けて八年、九年、十一年であるから、五年の年月を経て、この稿本が出来上がったことになる。表紙にある故沖森氏の題簽に「文化九年」とあるのは、柏木如亭の題辞を見て「文化九年」(8)としたであろう。

三、『月瀬梅花詩集』稿本の意義

稿本を見て強く感じたことは、文政八年韓聯玉（山口凹巷）が月瀬観梅詩集発刊の嚆矢(9)と称される『月瀬梅花帖』を上木した、それよりも以前に、稿本『月瀬観梅詩集』が存在したことを特記すべきことであった。稿本が世の人々の眼に触れることなく今日に至った惜しむべき事情が、勿論出版されることがなかったやむを得ない状況もあるが……。それにしても、明治の頃には可成りの文人墨客が月ヶ瀬観梅に遊び、数多くの観梅の詩文が紹介され、残されている。これら時代を経ても誰の目に触れることもなく、保管されてきたのである。私が平成元年に出版した『月瀬記勝補遺』も四代に亘って伝えられたのに比し、遙かに長い年月を経たこの稿本が、よくも失われることなく伝ったものと驚嘆に堪えない。もっとも、岸家の土蔵の中に長い間眠ったまま伝えられたであろうが、故沖森氏が月ヶ瀬村教育委員会に寄贈されなかったら、私も見る機会を得なかったろうと考える時、大事に保管され埋もれずに今日に至った稿本を発表し紹介することの意義を痛感しないでいられない。また、柏木如亭の「題辞」から、如亭が文化九年に伊賀に遊び、「題辞」を残していることも如亭研究者は看過できない。

重ねて特記して置かねばならぬことは稿本に「服部竹塢」なる人物が関係していることである。竹塢については、『続三重先賢伝』に次のように記されている（原文そのまま記した）。

名ハ耕字ハ文稼、竹塢ハ其ノ号ナリ伊賀上野ノ人寛政二年ヲ以テ生ル本姓ハ藤田出デ、服部道白ノ養子トナル服部氏ハ世々処士ナリ書道及散楽ヲ以テ人ニ授ク竹塢其ノ業ヲ修ムト雖モ意ニ屑シトセス好ミテ呫嗶（読書のこと）ヲ事トシ詞芸ヲ攻メテ刻苦甚シ体素ト羸弱道白コレヲ患ヒ痛ク読書ヲ禁ス竹塢面従心否昼ハ其ノ在ラサルヲ候ヒ夜ハ其ノ寝ニ就クヲ機トシ巻ヲ繙キテ黙読ス斯ノ如キモノ数年甫メテ十八父ノ命ヲ以テ楽ヲ京都ニ学ヒ又潜ニ文学ヲ研鑽シ学進ミテ帰ル父其ノ禁スヘカラサルヲ知リテ復タ言ハス是ニ於テ再ヒ京洛ニ上リ頼山陽猪飼敬所ニ師事ス文政ノ初メ藤堂侯大ニ学政ヲ振フ乃擢デ、学職トナシ諸官ニ累歴シ禄百五十石ヲ給シ邸ヲ城内西蛇谷ニ賜フ竹塢人ト為リ敦厚ニシテ雅韻アリ就キテ学フ者多シ口未タ嘗テ経済ヲ談セス曰ク「吾其人ニ非ルナリ」ト詩文蕭閑ニシテ書亦タ清雅書ヲ読ム毎ニ手鉛黄ヲ釈テス佳処ニ遇ヘハ之ヲ批シ誤処ニ遇ヘハコレヲ正ス故ニ其ノ蔵書ハ彩筆爛然タリ家甚タ貧シト雖モ牙籤架ニ満ツ嘗テ嗣子ニ謂ツテ曰ク「吾ニ書籍アルハ猶ホ人ニ銭財アルカ如シ亦タ貧ナラス汝謹ミテ之ヲ失フコト勿レ」ト安政三年三月十八日没ス年六十七満架ノ蔵書ハ今コレヲ上野白鳳図書館ニ収ム[10]

竹塢は当時二十二歳という若さで、三宅錦川と他の仲間たちと月ヶ瀬に同行して詩を作り、文化十一年に好々道人の七律五首に七律一首で答えている。然も後年竹塢は梁川星巌の月ヶ瀬観梅行の案内役を買っていた。時に竹塢三十四歳である。往時の様子を伊藤信著『梁川星巌翁』の一文に求める。

　二月五日（文政六年）室紅欄を携へて、梅花を月瀬に観る。蓋し竹塢此が東道の主たりしが如し[11]。

星巌の月ヶ瀬観梅行には竹塢が道案内をしていた。また竹塢は道案内者として、斎藤拙堂の『月瀬記勝』に

　庚寅（文政十三年）二月十八日……上野の人服部文稼、深井士発導を為す[12]。

とあり（文稼は竹塢の字）頼山陽没年の前年、天保二年二月二十一日には服部文稼に月ヶ瀬行の道案内を依頼している[13]。
（実際には山陽の月ヶ瀬行に竹塢は参加出来なかった。）

これらの状況から見て、星巌・拙堂・山陽の詩人たちが月ヶ瀬行きのために道案内を竹塢に依頼している。勿論本人自ら出遊する。拙堂は名著『月瀬記勝』を残し、山陽の月ヶ瀬行きは当時の文壇の佳話とまでなかった。いずれにせよ、この度の稿本で竹塢が如何に月ヶ瀬に魅せられていたか。星巌や拙堂等に推奨しないではいられなかった程、月ヶ瀬を愛していたことがわかろう。月ヶ瀬を天下の名勝として有名にしたのは星巌・拙堂・山陽等となるが、道案内・推奨役を果たした脇役が服部竹塢であった。よって竹塢の存在が月ヶ瀬にとって恩人の一人であることに変りはない。

四、好々道人について

『月瀬梅花詩集』稿本の説明でしばしば好々道人の名が出て来たが、この好々道人は、如何なる人物であるのか、筆者は一向にわからないでいた。ところが故仲森氏は稿本の表紙の題簽に『月瀬梅花詩集 文化九年 岸勝明撰』とし、また氏は目次の表題の次に

　文化九年　岸勝明撰

　　好々道人、五明

と書いた。好々道人と岸勝明がどこで結び付くのか、その疑問も何とか関係付けることが出来た。即ち、好々道人が岸勝明と同一人物であった経過について述べる。

先ず最初に岸勝明に付いて『三重先賢伝』に云う。

　伊賀上野藩士ナリ家世々武術ヲ以テ藤堂家ニ仕フ幼ニシテ穎悟学ヲ好ミ宝暦三年、年甫メテ十三召サレテ公ノ前ニ堂々四書ヲ暗誦シ大ニ賞セラル益々研鑽ニ努メ長シテ学職ニ任セラレ専ラ闔藩子弟ノ教育ニ力ヲ注キ又兵法ノ助教トナリ老イテ益々壮ナルモノアリ七十一歳仕ヲ致シ悠々自然ヲ楽ミ文化十二年没ス七十六[14]上野広禅寺ニ葬

ル著ハス所国風大意、学問三要、用草私言其ノ他数種アリ(15)

墓所は上野市の広禅寺であった。広禅寺に問い合わせたところ、子孫は東京在住の岸氏と知り、連絡をとって岸家々譜の中、勝明翁に関する箇所のコピーを得た。その中に、幼にして書を誦し、能く武鑑を暗誦し、武芸に秀で、槍術、弓道、馬術等に優れていたという。然も俳句をよくし、殿様から、「五明」の俳号を賜り、文武両道であった。文化七年夏四月に老を理由に骸骨を請い、尋いで致仕し、好々亦東門と号したとある。同十二年病没。享年七十七、法諡を傑山英俊といい、広禅寺に葬られたとある。よって、五明が岸勝明の俳号であることや、好々と号したことが判明された。

なお、この度、上野市の宮本氏を訪ねて知った好々道人に関することを記しておく。好々道人が種々の著作をしていたことについて、故沖森氏が昭和三十六年六月に発行した『伊賀郷土史研究4』に「岸勝明と其著作書」(16)の項があって、一々著作ごとに箇条書きし、成立を記し、簡単な説明を付けているが、ここでは列記するに止め、版本のあるものは刊年を記した。

一、伊賀考三冊
二、種生全記一冊（兼好伝記、兼好墓碑の説、兼好密契の論等）
三、頓阿法師事蹟考一冊
四、木丁俳諧集一冊
五、木丁詩文集四冊
六、伊水風雅一冊
七、梅花詩集（巻）一冊
八、麓の塵十冊（勝明亭にて東門社中詠歌年々集）

九、用草私言（寛政十年版本仮名遣用法等）
十、萬葉集詞寄一冊
十一、学文三要一冊（文化八年版本）
十二、四種紀行一冊（東武紀行、靈山紀行・敢国詣之記・種生紀行「別名兼好旧跡紀行」）
十三、琵琶日記一冊
十四、湯島日記二冊（但馬城崎温泉紀行）
十五、善光寺紀行一冊
十六、榊原紀程一冊
十七、諸国行程記一冊
十八、玉礫稿東武紀行一冊
十九、琵琶吟稿一冊
二〇、南行日記一冊
二一、江戸諸御家敷図一冊
二二、庫監故実一冊（藩中年中行事定式等）
二三、問余戯筆一冊（著書の読史随筆）
二四、自得随筆一冊（日用随筆・経学随筆）
二五、勝明耳順集二冊
二六、ことぶき草一冊（勝明古稀賀交友贈来詞集）

二七、ひとりはえ 稲垣景直著 岸勝明校訂 一冊（天明四年、孝子留松伝）

その他、故沖森氏が見落とした著作で、宮本氏蔵本の好々道人著作は次の通り。

一、静斎瓦譜一冊

二、木丁文集一冊（第五）

三、木丁詩集一冊（第六）

四、楠石論正誤

五、撃壌集（詩・歌集）

六、神の舟歌

七、白樫里正伝評

八、続惚日記

なお、国書總目録「著者別索引[17]」に次の書名が掲げられている。これは沖森氏の「岸勝明と其著作書」にも載せられていないので参考に掲げておく。

三物考編安永八刊

注

（1）昭和六十二年七月十日再版発行『歴史散歩月ヶ瀬梅林』六・七頁

（2）平成二年十一月三日、月ヶ瀬村発行『月ヶ瀬村史』

（3）『月ヶ瀬村史』一〇七四頁に次のようにある。

一八一二	文化九	岸勝明	月瀬梅花詩集	一七八四―一八五七、伊賀上野の人、藤堂藩士二五〇石、俳句・和歌・詩文に勝れ、紀行文多い[※1]「須阿法師事蹟考」[※2]「兼好法師全記」など著あり

※1須字は頓字の誤り。

※2『兼好法師全記』は『種生全記』ならん。この中に兼好法師伝記等がある。沖森直二郎「岸勝明と其著作書」による。昭和三十六年六月十五日発行『伊賀郷土史研究4』一〇五頁

（4）浅野儀史著、昭和八年七月五日発行『続三重先賢伝』二六〇頁（「無窮会図書館」蔵本）

（5）関儀一郎・義直共著『近世漢学者伝記著作大事典』一五四頁

（6）「梅山書事十絶句」は好々道人詩集『木丁集』六に同じ題の十絶句が載せてある。この『木丁集』六（稿本）は好々道人子孫上野市在住宮本弘一氏から借用・閲覧したもの。

（7）このことについては、宮本弘一氏談に拠る。なお、沖森直二郎「岸勝明と其著作書」前掲『伊賀郷土史研究4』一〇七頁に「東門亭」に会したとか、「勝明亭」にて、とかの語があることで、「邸」でなく「亭」としているので、如亭もそこに滞在したと考えられる。

（8）前掲沖森「岸勝明と其著作書」一〇七頁に「文化九年三月成」とある。

（9）伊藤信著、大正十四年五月廿五日、『梁川星巖翁』遺徳顕彰会発行、七九頁

（10）前掲『三重先賢伝』二〇八頁（「無窮会図書館」蔵本）

（11）前掲『梁川星巖翁』七九頁

（12）斎藤拙堂撰『月瀬記勝』乾冊、記一

（13）徳富猪一郎編『頼山陽書翰集』三五一頁に、三陽の服部竹塢宛書翰中に「先日は月瀬之事被仰下、是は年来之志に御座候、当春梅花遅開を幸に奮然存立可申と奉存候、大分同伴仕《つかまつり》度と申ものも有之候、何卒東道之主奉願度存候」の一文あるに拠る。

（14）岸敬氏から送られた岸家「家譜」のコピーには「七十七」とある。

（15）前掲『三重先賢伝』八二頁

(16) 前掲『伊賀郷土史研究4』一〇四頁。なお沖森直三郎はこの「伊賀郷土史研究会」の代表で、当研究会の編輯発行者であったことを付記しておく。

(17) 昭和五十一年十二月十日、岩波書店刊一二五頁。

（附）『月瀬梅花詩集』一覧表

	詩人名	名・字	七言絶句	七言律詩	文	享年	卒年	備考
1	三宅錦川	清・昌綏			1	65	天保6	津藩儒臣「尾山梅花詩集序」
2	柏(木)如亭	昶・永日			1	57	文政2	「梅花詩巻題辞」
3	藤堂高繁		2					本藩大夫木工助
4	藤堂良敬		1					
5	三宅錦川	(前出)	6			前出	前出	前出
6	渡辺衛		2					
7	杉立政一		1					
8	藤堂光吉	有孚	1					
9	長島察		2					
10	服部竹塢	畊・文稼	2			67	安政3	『海内才子詩巻』登載
11	岡忠恕		16					
12	竺絶学		1					
13	田山敬直	物兵衛	2					
14	好々道人	勝明・五明	10			77	文化12	『三重先賢伝』
15	平新	忠平・維新	1					『海内才子詩巻』登載

16	好々道人（前出）			1	前出	前出	跋「梅山記」
（附録）							
17	好々道人（前出）		5		前出	前出	前出
18	服部竹塢　〃		1		〃	〃	〃
19	好々道人　〃		1		〃	〃	〃
	合　計	47	7	3			

第二項　韓聯玉『月瀬梅花帖』の発刊

一、序　説

『月瀬梅花帖』は韓聯玉（山口凹巷）の撰で、斎藤拙堂の『月瀬記勝』の先駆をなし、月瀬観梅詩集の嚆矢といわれている。私が先に紹介した岸勝明の『月瀬梅花詩集』が稿本で残されたまま今日まで日の眼を見ずに出版されなかったため、『月瀬梅花帖』が嚆矢になった。

『国書総目録』を見るに、

月瀬梅花帖《つきがせばいかじょう》一冊（別）遊月瀬記（内）（類）漢詩文（著）韓聯玉（山口凹巷）（成）文政八跋（版）慶大斯道・東北大狩野・日比谷加賀・岩瀬・神宮・村野(1)

とある。先ず、韓聯玉がどんな人物であるかについて『三重先賢伝』に記載されているので左に掲げる。

名ハ珏字ハ聯玉通称長次郎揚庵マタ顛庵ト号ス其ノ居ハ山田上窪町ニ在ルヲ以テ又凹巷ト号ス遠山文圭ノ第二子ニシテ十四歳ノ時山口迂叟ノ養嗣ト為ル山口氏ハ其ノ先大内氏ニ出ルヲ以テ一ニ韓氏ト称ス珏人ト為リ沈毅始メ橋村痴亭ニ学ビ後漢学ヲ皆川淇園ニ詩ヲ菅茶山ニ学フ故ヲ以テ文ニ長シ詩ヲ善クス漢魏六朝ヨリ唐宋ニ至ルマ

テ其ノ門ヲ窺ハサルハナク遂ニ一家ヲ成ス最モ詩学ニ長シ人ノ詩法ヲ問フモノアラハ諄々教ヘテ倦マス神都ニ詩社アルハ蓋シコレヲ以テ嚆矢トス嘗テ大和月瀬ニ遊ヒ月瀬梅花帖ヲ著ハシ拙堂月瀬記勝ノ先隔《ママ》ヲナセリ文政十三年十月三日没ス年五十九著ハス所緑窓詩話、桜葉館文集、東奥紀行、芳野北越天橋泉南諸遊草等アリ

また、伊藤信の『梁川星巌翁』に次の記載がある。

二月五日（文政六年）室紅欄を携えて、梅花を月瀬に観る。

抑月瀬の梅花を世に紹介せしは山田の詩人山口凹庵《ママ》（韓聯玉）を以て嚆矢とす。文政の初、凹庵月瀬に遊びて其の絶勝を賞し、吟詠頗る富む。一時文人之に和し、裒然冊を成す。名づけて月瀬梅花帖と云ふ。翁の曾て凹巷を訪ふや必ずや所謂梅花帖に寓目せしなるべし。是れ此の行ある所以なり。当時月瀬の名未だ世に著れず。斎藤拙堂の文、頼山陽の詩共に此の後に在り[2]。

韓聯玉の『月瀬梅花帖』が月瀬観梅詩として出版されたものの嚆矢であることがわかる。

二、汲古書院本（斯道文庫本）との異本について

先に挙げた『国書総目録』を見ても、成立を文政八跋とあり、それぞれの文庫の所蔵されることを示すだけで異同のあることは一向に不明である。更に、汲古書院刊『紀行日本漢詩2』[3]があり、『月瀬梅花帖』を載せている。解題は富士川英郎氏の文により左に示す。

桜の吉野に対して梅の月ヶ瀬といわれた。大和国名張川渓谷の名所月瀬の景勝（風光）を山口凹巷（韓聯玉）が文政二年に訪ねて最初に紹介した詩巻一冊。冒頭に従女の和文の序。そのあとに山口凹巷の雅文を載せ、それにつづけて七言律詩一首と七言絶句二十六首を収めている。そして甲申（文政七年）晩冬、門人東裝の跋文がある（五丁）。

そして、さらに山口凹巷の詩に道光上人、菅茶山、岡本花亭、北条霞亭などの詩友から寄せられた作品が収められている。桑名藩儒広瀬蒙斎の「題月瀬梅花帖」（文政四年）の文を付す。

景勝地としての月瀬の名は、これによって最初に一部の文人たちに知られるようになったことはいうまでもない。

底本は、慶應義塾大学斯道文庫所蔵本。一巻一冊。縹色表紙（二〇・五×一三・四糎）左肩に四周単辺の摺題簽「月瀬梅花帖　完」。見返は装飾文枠の中央に「月瀬梅花帖」とある。本文の版式は左右双辺（一五・九×一〇・四糎）有界十行二十字、注文双行、奥付はない。文政八年跋刊。66％縮小。

底本は斯道文庫であるが、これと異るものがある。『図書総目録』にも何も異本のあることは記していないし、汲古書院の解題にも異本のあることは触れられていない。そこで、私が見た東京都立中央図書館加賀文庫蔵本の斯道文庫本と異る点を挙げる。

(i)　表紙の大きさが異る。二三・七×一三・三糎、斯道文庫本より縦長である。

(ii)　見返に装飾文枠、表題もなく白紙である。

(iii)　従女のかな序は最初には付けられていず、巻末に付けられている。

(iv)　斯道文庫本は本文二葉裏1行目に「十二」とあるが「十三」になっている。これは後の絶句十三首をいったもので「十三」でなければならない。斯道文庫本がなぜ「三」が「二」に欠けたのか、同版のものは同様である。

(v)　附録の後三十二葉に斯道文庫本には藤田長年の跋文が入っているが、加賀文庫本には入っていない。この跋文を見るに、一行の字詰めが他の行の字詰めと異なって二十六字詰めになっている。これだけ見ても、元々入っていなかったのに後から挿入したものであることが判然と分る。

以上の諸点から考えて見るに、加賀文庫本が先に出来て、斯道文庫本が後に、大きさ、見返の飾枠付きの標題を付し、序文がないと形の上で体裁が悪いとでも感じたものか、書肆において勝手に巻末にあった従女のかな序を最初に入れてしまったものと思われる。元来漢詩文集の序は漢文が普通で、藩主とか藩の家老のものならかなの序もあろうが、従女の立場のもののかな文の序を最初に置くものは先ずないと思う。

汲古書院本（斯道文庫所蔵本）は富士川氏の解題に文政八年跋刊とあるが、この版は文政八年より後の（何時の刊本であるかは奥付けがないので不明）刊本であることに変りはあるまい。その他、本文には異同はない。

三、内　容

加賀本に従って以下、内容について記す。資料篇最初に本文影印を挙げここでは書き下し文を掲げた。前文を挙げず適宜省略した。

（図版1、40頁参照）

往歳伊州の人書を寄せ、盛んに月瀬梅花の勝を称す。往かんと欲するも果たさず。己卯（文政二年）二月十八日伊州上野を過《よぎ》り、便道之を詢《と》ふに土人皆知らず。一翁云ふ、上野の南に尾山有り、多く梅を種う。士大夫時に或は遊渉するも未だ月瀬有るを聞かずと。余試みに先づ往きて尾山に到る。寺有り真福院と曰ふ。院の西、山崖を俯すに梅花一帯粲然として人目を奪ふ。僧余を導きて山を下るに、遠近其の幾万株なるかを知らず。風至れば則ち芬芳人を襲ふ。余当時月瀬を謂ひて伊州の壌と為す。今審かに訪ぬれば則ち月瀬・尾山・長匹・桃香野の諸村の梅花尤も多く、皆和州に属す。伝聞久しく誤る。一川山を抱き瀓（澄と同じ）澹愛すべきを躑躅《さつき》川と曰ふ。是の川宇陀郡界より来る。月瀬は川の西に在り、長匹・桃香野は其の北に在り。而して北（稿本而北の二字を欠く）岸、裾腰（もすそを付けた腰の様子）して水に臨む者は城州の山と為す。城・伊・和の三州犬牙して相接す。僧云ふ、夏月躑躅盛んに開くも又一佳観

図版1

遊月瀬記

勢南韓珏聯玉著

[illegible]盛稱月瀬梅花之勝欲往不果已
卯[illegible]適伊州上野便道詢之土人皆不知
[illegible]有尾山多種梅士大夫時或遊渉未
[illegible]試先往到尾山有寺曰真福院院西
倚山崖梅花一帶粲然奪人目僧導余下山遠近不
知其幾萬株風至則芬芳襲人余當時謂月瀬為伊
州之壌今審訪則月瀬尾山長匠桃香野諸村梅花
尤多皆屬和州傳聞久誤一川抱山瀲灧可愛曰鄭
躅川是川從宇陀郡界来月瀬在川西長匠桃香野

月瀬梅花帖

在其北而北岸裙嶧臨水者為城州之山城伊和三
州犬牙相接僧云夏月鄭躅盛開亦為一佳觀矣日
夕還院僧謝余云孤居乏待客之具因懸囑一民家
投宿主翁云山村磽确以梅當穀蓋暴乾梅子作烏
梅色多輸京師用和紅藍汁善發其色去年尾山一
村收子凡二百二十斛如長匠則倍之嘗聞備後三
原梅林甚盛三原能熟則月瀬减價月瀬多收三原
不售乃知天下之梅月瀬與三原角立也翌十九日
好晴主翁前導又渉昨所歷梅花層出溢山填谿霏
霏簇簇與朝陽競艷矣刺舟濟鄭躅川濟而泝上是

曰月瀬村有一大石苔濕蘿綴老梅掩之天然巧置
使人屢眷不能去既入村崖壁籬落之際芳雪和霧
較之尾山尤為絶勝余意期明年再遊若與二三朋
友小舟乘有月之夜因宿此村則遺蘊殆盡矣過此
到大橋一歩一折香風不斷大橋水石清瀅梅影奇
斜溪童為余度橋送茶景物如畫從大橋過北野陶
山等出于寧樂春日祠之後蓋自上野至尾山廿九
里自尾山至寧樂卅六里大抵一日行而山不甚險
此間溪巒林壑雖微梅花固宜皿一遊矚況月瀬之
為名與梅花相襯真足以刮詩人之髓者乎余得詩

月瀬梅花帖

七律一首絶句十三首顧念它日寄之四方乞和弁
録題曰月瀬梅花帖嗟乎有境如此豈終不顯于世
哉獨如余則托月瀬以傳詩亦是客游之一幸也

到尾山途中

吟懷舍駕度長坂一酒瓢随杖一枝不慣見人山犬
吠無情導客野翁疑夕陽層嶂蒼蒼路春水孤橋短
短籬多少梅花何處在㑹名訪遍未全知

宿尾山民家翌日經月瀬到南都十三首

回客傳聞月瀬梅豈圖先在尾山隈僧携直躡層崖
下煙雪香風滿石苔

と為すと。日夕院に還る。僧余に謝して云ふ。孤居なれば客を待するの具に乏しと。因って懇ろに一民家に嘱し、投宿す。主翁云ふ、山村磽确にして梅を以て穀に当つと。蓋し梅子を暴乾し烏梅色（「色」時は衍字ならん）をつくり、多く京師に輸し、用《もつ》て紅藍汁に和すれば、善く其の色を発す。去年尾山一村の子《（み）》を収むる凡そ二百二十斛（斛は石に同じ）、長匹のごときは則ち之に倍す。嘗て聞く備後三原の梅林甚だ盛んにして、三原能く熟すれば則ち月瀬価を減じ、月瀬多く収むれば三原售《う》れずと。乃ち天下の梅は月瀬と三原と角立するを知る。翌十九日好晴、主翁前導し又昨歴《へ》し所を渉る。梅花層出し山に溢れ、壑を填め、霏々簇々として朝陽と麗を競ふ。舟に刺《さおさ》して躑躅川を済り、済りて漸く上る。是を月瀬村と曰ふ。一大石有り、苔湿《うるお》ひ蘿綴り、老梅之を掩ふ。天然の巧置、人をして屢ゝ《しばしば》眷《かえり》みて去る能はざらしむ。既に村に入るに、崖壁籬落の際、芳雪霧に和す。之を尾山に較ぶるに尤も絶勝と為す。余意《おも》へらく明年の再遊を期し、若《も》し二三の閑友と小舟に月有るの夜に乗り、因りて此の村に宿れば、則ち遺蘊殆ど尽きんと。此れを過ぎ大橋に到る。一歩一折するに香風断たず。大橋の水石渀盪（渀は漭字で漭盪は波が盛に動くこと）し、梅影奇斜す。渓童余の為に橋を度《わた》りて茶を送る。景物画くがごとし。大橋より北野・陶山等を過ぎ、寧楽春日祠の後に出づ。蓋し上野より尾山に至る廿九里、尾山より寧楽に至る卅六里、大抵一日の行にして山甚だしくは険ならず。此の間渓巒林藿、梅花微《な》しと雖も、固より一遊矚を回らすに宜し。況んや月背の名為《た》る梅花と相襯《した》しむ、真に以て詩人の髄を刮《けず》るに足る者をや。余、詩七律一首、絶句十三首を得たり。顧み念ふに它《（他）》日之を四方に寄せ、和を乞ひて并《あわ》せ録す。題して月瀬梅花帖と曰ふ。嗟乎、境の此《かく》のごとき有りて、豈に終に世に顕はれざらんや。独り余のごときは則ち月瀬に託して以て詩を伝ふるも亦是れ客遊の一幸なり。

と長文の月瀬遊記を書いて、その後に七律「到尾山途中」一首がある。

吟懐舍駕度長坡　　吟懐駕を舍《（す）》て長坡を度《（わた）》る
一酒瓢随杖一枝　　一の酒瓢は随ふ杖一枝
不慣見人山犬吠　　人を見るに慣れず山犬吠ゆ
無常尊客野翁疑　　客を導くに情無く野翁疑ふ
夕陽層嶂蒼蒼路　　夕陽層嶂（幾重にも重なった峰）蒼々の路
春水孤橋短短籬　　春水孤橋短々の籬《かきね》
多少梅花何處在　　多少の梅花何れの処にか在る
邨名訪《（問）》遍未全知　　邨（村）名訪ね遍《めぐ》るも未だ全くは知らず

次に「宿尾山民家、翌日經月瀬、到南都、十三首」（尾山の民家に宿り翌日月瀬を経て南都に到る十三首）の七絶十三首がある。

因客傳聞月瀬梅　　客に因りて伝聞す月瀬の梅
豈圖先在尾山隈　　豈に図らんや先づ尾山の隈《くま》在らんとは
僧携直躡層崖下　　僧は携（引き連れる意）へ直ちに躡《ふ》む層崖の下
煙雪香風満石苔　　煙雪香風石苔に満つ

○

絶無奇勝上吟眸　　絶無の奇勝吟眸に上る
行到伊山欲盡頭　　行き到る伊山尽きんと欲する頭《ほとり》
溪近似標風土異　　渓は近く標《しめ》に似す風土異る

種梅村落属和州　　梅を種うる村落和州に属す

○

梅花影裏去隨僧　　梅花影裏去りて僧に随ふ
一宿春寒白屋燈　　一宿す春寒白屋（庶民の家）の燈
若是清溪牽暁夢　　是《かく》の若《ごと》き清渓暁夢を牽き
能教俗骨化爲水　　よく俗骨をして化して水と為さしむ

○

茅軒早起喜春晴　　茅軒に早起し春晴を喜ぶ
好爲梅花枉旅程　　好《よ》し梅花の為《ため》に旅程を枉げん
前日隨僧山半腹　　前日僧に随ふ山の半腹
夕陽溪底指舟横　　夕陽渓底舟横はるを指《ゆびさ》す

○

虚舟月瀬渡頭斜　　虚舟月瀬渡頭に斜めなり
日出溪風巻霽霞　　日出で渓風霽霞を巻く
天地此中眞別境　　天地此の中真《まこと》に別境
青山遠近碧梅花　　青山の遠近碧と梅花と

○

看梅欲濟水中央　　梅を看て済《わた》らんと欲す水の中央

欺雪崖陰又潤陽　雪を欺く崖陰又陽に潤《ひ》ふ
一棹何時乘月夜　一棹何れの時か月夜に乗じ
満山香霧浸吟腸　満山の香霧吟腸を浸《ひた》さん

○

説著梅田十萬株　説著（著は助字）す梅田十万株
離離結子斛收珠　離々（垂れ下るさま）たる結子斛珠《たま》を収む
暴乾艶發紅藍汁　暴乾すれば艶発す紅藍の汁
不作烏梅本相無　烏梅を作らずんば本より相無し

○

痩笻過渡到山崖　痩笻過ぎ渡りて山崖に到る
月瀬名傳境最佳　月瀬の名伝ふ境最も佳し
苔約老根多古色　苔は老根を約《しば》り古色多し
横斜有致石安排　横斜致（雅致の意）有り石安排す

○

竹外無花刺眼來　竹外に花無く眼を刺し来る
隨人澗水去縈回　人に随ふ澗水去りて縈回す
春風似導前邨路　春風導くに似たり前邨（村）の路
山不遮香覺有梅　山は香を遮らず梅有るを覚ゆ

○

梅塢春村雪半扉　　梅塢の春村雪半扉
繁花簇簇帯晴暉　　繁花簇々として晴暉を帯ぶ
最應記取誇郷友　　最も応《まさ》に記取すべし郷友に誇るを
老幹苔封大幾圍　　老幹苔は封ず大いさ幾囲なる

○

佩得酬梅酒一瓢　　佩《お》び得たり梅に酬ゆ酒一瓢
澗光春静影如描　　澗光春静かに影描くがごとし
賸逢煩彼山童餽　　賸《あまつさ》へ逢ふ彼の山童の　餽《おくりもの》　を煩はすに
手挈茶甌度板橋　　手に茶甌《おう》（かめ）を挈《ひっさ》げて板橋を度る

○

大橋渓水去違人　　大橋渓水去りて人に違ふ
縦不逢梅攬勝新　　縦《たと》ひ梅に逢はざるも勝を攬《と》ること新たなり
況復山程無險悪　　況んや復《また》山程険悪無きをや
路通寧樂故郷春　　路は通ず寧楽故郷の春

○

塔標名寺抹霞霏　　塔標の名寺霞霏を抹《け》す
春日祠南下翠微　　春日祠南翠微を下る

行盡梅花香世界　　行き尽す梅花香世界
風煙剰帯古情歸　　風煙剰《あまつさ》へ古情を帯びて帰る

と十三首、先の「遊月瀬記」の文を詩の形にして表現している。そして、後に追想して原韵を用い再び十三首を残している。

月瀬之遊追想不已再歩原韵（月瀬の遊追想已《や》まず再び原韵に歩す）

疎梅謝盡復繁梅　　疎梅謝（しぼみ散る）し尽して復《また》繁梅
半滿枝頭半沒苔　　半《なかば》は枝頭に満ち半は苔を没す
却笑松風亭下句　　却って笑ふ松風亭下の句
蘇僊未解此中來　　蘇僊（蘇軾をいう）未だ解せず此の中に來るを

○

抱山春水一條流　　山を抱く春水一条流る
夾岸梅花倒影浮　　岸を夾《さしはさ》む梅花影を倒《さかしま》にして浮ぶ
憶得吾鄉纔幾樹　　憶ひ得たり吾が郷纔《わず》かに幾樹なるを
荒村石路苦相求　　荒村の石路相求むる苦し

○

瘠土耕耘力不能　　瘠土の耕耘力むるも能はず
山民易殼有梅塍　　山民穀に易へて梅塍（畔・堤）有り
今年説是春光減　　今年説く是れ春光減じ

去歳花應更幾層　　去歳の花は応《まさ》に更に幾層なるべしと

○

籬角溪頭幾處情　　籬角渓頭幾処の情
或憐凡境托孤清　　或ひと憐む凡境孤清を托す
世間謾說梅花地　　世間謾りに説く梅花の地
膓斷應縁月瀨名　　腸断す応《まさ》に月瀬の名に縁るべし

○

春朝日照雪槎牙　　春朝日照して雪槎牙たり
昨夜何枝挂月斜　　昨夜何れの枝か月を挂《か》けて斜めなる
羨殺鶯啼人未起　　羨殺す鶯啼いて人未だ起きざるを
半籬梅影翠微家　　半籬の梅影翠微の家

○

宋廣平心鐵不剛　　宋広平（宋璟のこと）の心鉄も剛ならず
趙師雄夢酒應香　　趙師雄の夢酒応《まさ》に香しかるべし
尋常一樹教春領　　尋常の一樹春をして領せしむ
況涉梅林十里強　　況んや梅林十里強を渉るをや

○

後世稱花古所無　　後世花を称する古く無き所

村農取實異吾徒　　村農実を取る吾が徒に異なる
咲它供客逋僊窶　　咲《わら》它（他と同じ、助字）ひて客に供す逋仙の窶《ろう》（狭い土地）
梅熟纔謀舊酒須　　梅熟さば纔《わず》かに旧酒を謀り須《ま》たん

○

山秀邨邨帯水佳　　山秀で邨々水を帯びて佳し
與梅相得足高懐　　梅と相得て高懐足る
若能借我三間屋　　若《も》し能く我に三間の屋を借さば
未必書樓效鐵崖　　未だ必ずしも書楼を鉄崖に效《いた》さざるを

○

臨水花枝好處開　　水に臨む花枝好処に開く
坐人溪草緑毰毸　　坐人渓草緑毰毸（鳳の羽を張るさま）す
一村枉號桃香野　　一村枉げて号す桃香野と
不分将梅滿地栽　　分《ぶん》せず梅をもって満地に栽うるを

○

霧披霞暎或依稀　　霧は披《ひら》け霞は暎（＝映）じ或は依稀（ぼんやりするさま）たり
水影山光各發揮　　水影山光各ゝ《おのおの》発揮す
家在梅花深處住　　家は梅花深処に在りて住む
溪翁宛向畫中歸　　渓翁宛《あたか》も画中に向って帰る

○

野梅欹側道通樵
溪竹蕭疎水帯《（難遮見土）》橋
和氣煦花天《（山）》欲午
陽崖一曲老枝喬

野梅欹側《いそく》（斜になる、かたむく）し路《みち》樵に通ず
溪竹蕭疎《（遮り難く土橋を見る）》として水、橋を帯ぶ
和気花を煦《あたた》め天《（山）》午ならんと欲す
陽崖一曲し老枝喬《たか》し

（稿本「蕭疎水帯」作「難遮見土」、「天」字作「山」）

○

到梅無語著清新
山盡行行野復春
還把柳州佳句了
碧天花暎不逢人
柳州詠物詩長歌不
逢人遠暎楚天碧

到るところの梅、語無く清新を著く
山尽きて行き行く野に春を復《ふ》む
還《また》柳州の佳句を把り了《おわ》る
碧天花は映じ人に逢はず
柳州の詠物詩に、長歌するも人に逢はず遠く楚天の碧に映ずと
（稿本割注作柳句、長歌不逢人、遠暎楚天碧云〻）

○

郁寂梅花訪者稀
山空况接舊京畿
東君若借春風力
吹去香應四海飛

郁寂しく梅花訪ふ者稀なり
山空しく況んや旧京畿に接するをや
東君若《も》し春風の力を借らば
香を吹き去って応《まさ》に四海に飛ぶべし

これで聯玉の二十六首の詩は終る。次に門人東聚の文政七年の年記のある文を載せる。本文一行二字下げ十六字詰め、七行。

天下梅林以和州月瀬為最然地僻人稀千百年來不顯于世吾　韓先生一遊涉焉有記及詩若干首其清新高妙與梅花爭格

遠近傳誦而属和世間乃知有月瀬實從　先生始今觀此帖卒章所謂東君若借春風力吹去香應四海飛　蓋先生遜挹是何

借他吹去也

甲申晩冬　　門人東裝謹撰㘞圏

天下の梅林は和州月瀬を以て最と為す。然れども地僻にして人稀なり。千百年来、世に顕はれず。吾韓先生一たび焉《ここ》に遊渉し、記及び詩若干首有り。其の清新高妙、梅花と格を争ふ。遠近伝誦して和を属《しょく》す。世間乃ち月瀬有るを知る。実に先生より始む。今此の帖を観て章を卒《おわ》る。所謂東君（春を司る神）春風の力を借りて香を吹き去り、四海に応じて飛ばすがごとき、蓋し先生遜挹（謙遜のことば）は是れ何ぞ他を借りて吹き去らんや。

甲申（文政七年）晩冬　　門人東裝謹んで撰す㘞圏（朱文印）

東裝《とうけい》については『三重先賢傳』に次のように載せる。

伊勢山田ノ儒医ナリ名ハ伯傾通称文良夢亭ハ其ノ号ナリ寛政八年ヲ以テ生ル夙ニ贄ヲ山口凹巷ノ門ニ執リテ経史ヲ修メ励精多年其ノ奥義ヲ極ム最モ詩文ニ長ジ書モ亦タ巧ナリ遠近風ヲ慕ヒ来リ学フモノ頗ル多シ配小林珮芳マタ閨秀ヲ以テ聞エ頗ル内助ノ功アリ嘉永二年六月十二日没ス年五十四著ハス所、鋤雨亭随筆、夢亭詩鈔、詠史百絶等アリ

韓聯玉の遊月瀬記及び詩を記してより五年後に当る。その後に釈道光(4)の七絶を載せ、菅茶山の七絶三首を掲ぐ、

誦韓君聯玉遊月瀬歌賦此詩寄（韓君聯玉の月瀬に遊ぶ詩を誦し此の詩を賦して寄す）　釈道光

中州佳處世皆知　中州の佳処世皆知る
月瀬梅林獨見遺　月瀬の梅林独り遺を見る
吾擬一遊愁遠道　吾擬す一遊遠道を愁ふに
吟鞭先喜著君詩　吟鞭先づ喜ぶ君が詩を著はすを

韓君聯玉似遊月瀬梅林詩因賦三絶却呈（韓君聯玉月瀬梅林に遊ぶの詩を似《しめ》す、因って三絶を賦し却って呈す）　菅茶山(5)

傳言月瀬萬梅林　伝へ言ふ月瀬万梅の林と
郷僻無人著醉吟　郷僻にして人の酔吟を著くる無し
非是風流韓仲止　是れ風流の韓仲止（南宋の詩人、梅詩数十首あり）に非らずんば
誰能踏雪遠来尋　誰か能く雪を踏んで遠く来って尋ねん

○

吾國梅林稱寡二　我が国梅林寡二と称す
誇君將製新圖畫　誇る君が将《まさ》に新図画を製せんとするを
豈知栞槎入深山　豈に知らんや栞槎（標識）深山に入り
別闢一區香世界　別に一区の香世界を闢《ひら》くを

○

一封芳信附東風　一封の芳信東風に附す
先喜幽心與我同　先づ喜ぶ幽心我と同じきを
梅樹千叢香萬斛　梅樹千叢香万斛

想君簑笠咏其中　　想ふ君が簑笠其の中に咏ぜしを

この七絶三首『黄葉夕陽村舎詩』後編巻八、二十葉裏より二十一葉表に載せている。そして本文後に岡本花亭(6)の七絶十首を挙げる。

寄疇韓詞宗見示遊月瀬梅林作（韓詞宗示さる月瀬梅林に遊ぶの作に寄せ疇《むく》ゆ）　岡本花亭

雖在王畿亦僻郷　　王畿に在りと雖も亦僻郷
誰知萬玉此埋蔵　　誰か知らん万玉此に埋蔵するとは
詩人一賛梅花國　　詩人一賛す梅花の国
世上傳聞名始香　　世上伝へ聞く名始めて香し

○

想從混沌始分時　　想ふ混沌より始めて時を分つを
降至如今幾世移　　降りて如今に至り幾世か移る
猶有梅花天地閟　　猶ほ梅花有るも天地に閟《かく》る
待君開闢入新詩　　君を待ちて開闢し新詩に入る

○

纔出梅行又入梅　　纔かに梅を出でて行き又梅に入る
無山無水不梅開　　山無く水無ければ梅開かず
静香世界絶塵地　　清香世界絶塵の地
一箇詩人今始来　　一箇の詩人今始めて来る

○

千里逢梅似相期
恰開好處恰来時
花神有待山靈祕
不許俗人容易窺
相讀入聲

千里梅に逢ふは期を相るに似たり
恰も開く好処恰も来る時
花神待つ有り山霊の祕
許さず俗人の容易に窺ふを
相は入声に読む

○

畿甸山川盡顯名
和州月瀬獨潛聲
世人不具賞梅眼
絶勝專稱芳野櫻

畿甸の山川尽《ことごと》く名を顕はす
和州月瀬独り声を潜む
世人は具《そな》へず梅を賞する眼を
絶勝は専ら称す芳野の桜

○

才逢韻士賞幽芳
月瀬梅林便發光
却笑武陵溪水上
桃花唯解引漁郎

才《わずか》に韻士の幽芳を賞するに逢ひ
月瀬の梅林便ち光を発す
却って笑ふ武陵渓水の上《ほとり》
桃花唯《ただ》漁郎を引くを解するのみ

○

蒼崖梅擁碧流趨

蒼崖梅は擁す碧流の趨《はや》きを

雪噴生香十萬株　雪は噴く生香十万株
爲喜新詩多紀實　為に喜ぶ新詩多く実を紀《しる》すを
後人相證説名區　後人相証して名区と説く

○

一遊首唱十三篇　一遊首《はじ》めて唱ふ十三篇
天下詩人皆讓先　天下の詩人皆先を譲る
堪比個梅清且秀　比するに堪へたり個《こ》の梅清且つ秀
百花在後獨居前　百花は後《しりえ》に在り独り前に居る

○

曾在孤山結勝因　曾て孤山に在りて勝因を結ぶ
他生定作愛梅人　他生定めて作《な》る梅を愛する人
風流爲想韓聯玉　風流為《ため》に想ふ韓聯玉
應與逋遷前後身　応《まさ》に逋遷と前後の身なるべし

○

遙羨清遊歎暮年　遙かに羨む清遊暮年を歎くを
梅花遷境似昇天　梅花の遷境天に昇るに似たり
此生休矣寄詩句　此の生休み詩句を寄せ
相約結爲來世縁　相約し来世の縁を結び為さん

また重ねて二首を寄せている。

聞韓凹巷憶月瀨梅林重《（之遊追）》詠若于首賦比以《（重）》寄（韓凹巷月瀬梅林《（の遊）》を憶ひ重《（追ひ）》ねて若干首を詠ずるを聞き此を賦し以《（重）》て寄す）

花亭

一蓬煙月萬崖梅　一蓬の煙月万崖の梅
夢逐水流花影回　夢は水流を逐ひて花影回る
香霧沁腸氷化骨　香霧腸に沁み氷、骨と化す
滿腔清氣吐詩來　満腔の清気詩を吐き来る

（稿本「梅林重」作「之遊追」「以」作「重」）

○

正奇百出梅花句　正奇百出す梅花の句
誰敵多多益善吟　誰か敵せん多々益々善吟するに
詩法應因兵法得　詩法は応《まさ》に兵法に因りて得べし
君家傳授定淮陰　君が家の伝授は定めて淮陰（漢の韓信のこと、淮陰侯となるによる）ならん

再度の二首を含め十二首を載せている。そして、その後に釈萬空の七絶五首を挙げる。

釈萬空については、菅茶山『黄葉夕陽村舎詩』後編巻八、三十三葉の「次萬空上人韻」の題に二行割注にして

上人岡崎人六年前余還自江戸追余及宮驛舳岸傾蓋少時見恵一詩頃見河崎良佐驥虻日記載其次韻驚愧余大慢乃作此
上人詩謬稱余虛名至以馬遷推比故及

上人は岡崎の人、六年前余江戸より還る。余を追ひて宮駅の舳岸に及ぶ。傾蓋（ふと出過ふこと）少時、一詩

を恵せらる。頃《このごろ》河崎良佐の驥虻日記に其の次韻を載するを見る。余の大《はなは》だ（原本送りがなに「夕」を付す）慢なるを驚愧して乃ち此を作る。上人の詩謬りて余が虚名を称し、馬遷を以て推比するに至る。故に及ぶ。

なるほど茶山の詩が萬空の人と為りを知らぬを愧じた意趣であったから、茶山が萬空の詩を高く評価していたことがわかる。

ここでは萬空の詩五首の中、二首だけを挙げておく。

和韓君凹巷月瀬観梅瑤礎（韓君凹巷月瀬観梅の瑶礎〈玉で、りっぱなものを並べたもの〉に和す）　釈萬空

十萬株梅豁両眸　十万株の梅両眸を豁《ひら》かす
春多水北水南頭　春は多し水北水南の頭《ほとり》
探花踏遍寰中地　花を探り踏み遍《あまね》し寰中の地
最寄鍾情是此州　最も寄す鍾情（鍾情は感情があつまる。多情のこと）是れ此の州

○

繞山臨壑盡梅叢　山を繞り壑《たに》に臨む尽《ことごと》く梅叢
曲曲水流花影中　曲々たる水流花影の中
香霧春和渓月夜　香霧春は和す渓月の夜
岸容輕舫與君同　岸は軽舫（軽いもやい舟）を容れ君と同じ

この七絶に割注があり、云う。

尊叙中有若與二三閑友小舟乗有月之夜因宿此村則遺蘊殆盡矣之語因結句及之

尊叙（遊月瀬記をいう）中「若《も》し二三の閑友と小舟にて月有るの夜に乗じ、因りて此の村に宿れば則遺蘊殆ど

尽きん」の語有り、因りて結句之に及ぶ。

とあって、後三首に続く。ついで門人たちの詩を載せ、その中、北條讓（霞亭）の五言古詩で纏めている。

題韓凹巷月瀨詩巻（韓凹巷月瀬詩巻に題す）　北條讓

吾遊半海内　梅花稱西備●　吾は遊ぶ半海の内　梅花は西備（備後のこと）を称す
曾觀三原林　天下謂寡二●　曾て三原の林を観る　天下寡二（二つとない）と謂ふ
讀君月瀨詩　舌撟驚絶異●　君が月瀬詩を読み　舌撟《キ》（曲がる意なるもここでは、まく意）き絶異に驚く
或意詩人巧　誇言頗放肆●　或は詩人の巧みを意《おも》ひ　誇言すれば頗る放肆（気まま）
不然勝如許　豈無人標識●　然《しっ》からざるも勝（勝景）如許《かくのごと》し　豈《あ》に人の標識無からんや
信疑交横胸　思想存夢寐●　信疑交《こもごも》ゝ胸に横たふ　思想は夢寐に存し
一見欲獲實　今春杖履試●　一見して実《じつ》を獲んと欲し　今春杖履（杖とくつ）試み
數里笠水北　山蹊入窈邃●　数里笠水（笠置川）の北　山蹊は窈邃に入り
路及桃根里　香風來逆鼻●　路は桃根里（現在の桃香野）に及ぶ　香風来りて鼻に逆《むか》へ
植杖望前頭　雪白壓巒翠●　杖を植《た》てて前頭を望めば　雪白く巒翠（山の緑）を圧す
奔流遶其下　梅林自此始●　奔流は其の下に遶り　梅林此《ここ》より始まる
兩崖三十里　簇簇無餘地●　両崖三十里　簇々として余地無し
連峰互環抱　遠近皆花氣●　連峰互いに環り抱き　遠近皆花気なり
爽然吾自失　毛骨轉清快●　爽然として吾《われ》自失す　毛骨は転《うたた》清快なり
掃石鮮山瓢　一掉鎮心悸●　石を掃《はら》ひ山瓢（山に住む人の瓢箪）を解《と》く　一たび掉《ふる》って心悸を鎮め

再把韓詩吟　篇篇與境會•　再び韓詩を把って吟ずれば　篇々（篇ごとに）境と会ふ
三原故自佳　廣大竟難比•　三原故自《もとおのずか》ら佳きも　広大にして竟《つい》に比し難し
因顧從前疑　陋見誠可愧•　因りて顧《おも》ふ従前の疑ひ　陋見誠に愧づべし
却怪經涉客　心賞何所寄•　却って怪む経渉の客　心賞何れの所にか寄する
凡眼抛奇景　瘖啞無言出•　凡眼にして奇景（勝れた景色）を抛《なげう》ち　瘖啞（おしの意）にして言の出づる無し
所以在畿內　終古名長閟•　畿内に在る所以《ゆえん》なるも　終古名長く閟《とざ》さる
韓子山水癖　到處發幽秘•　韓子山水の癖　到る処幽秘を発《ひら》き
援筆寫所見　一遊即千載•　筆を援《ひ》きて見る所を写す　一遊すれば即ち千載
矜此梅花國　開闢在吾輩•　此の梅花の国を矜《ほこ》る　開闢は吾が輩《ともがら》に在り

韻字は備・二・異・肆・識・寐・試・邃・鼻・翠・始・地・悸・比・愧・寄・出・閟・秘で共に去声寘韻、気は未韻、快は罫韻、會は泰韻、載・輩は隊韻共に古韻は通用する。

以下門人たちの詩が続く。三十葉の裏に広瀬蒙斎の(8)「題月瀬梅花帖後」あり、左に引く。

予還自魁春園机上有此巻其記與詩皆得於淡而發於實盖以邃于梅者也予廿五年前在備後菅茶山勸予同遊三原予割愛東歸於今遭青春思輒動焉予於顛庵其人則雖不相知若月瀬足跡嘗渉其側近從此後年併爲我二恨文政四年二月望

予魁春園より還るに、机上に此の巻有り。其の記と詩と皆淡に得て実に発す。蓋し梅に邃なる者を以てすればなり。予廿五年前、備後に在り。菅茶山予に三原に同遊するを勧む。予割愛して東帰す。今において青春の思ひに遭ひ、輒《すなわ》ち焉《ここ》に動く。予顛庵其の人においては則ち相知らずと雖も、月瀬の足跡のごときは嘗て其側近に渉る。此より後年なり。併せて我が二恨となす。文政四年二月望（日）

即ち、文政四年に広瀬蒙斎が跋文を書き、その後に韓沖と姪孫公究の跋文があり、本文は終っている。

三十一葉裏の終行以下に。「附録」が付けられている。これは北條霞亭の一男が生まれ、月瀬帖を写した時に因《ちな》み梅蔵と命名し、また西備茶山の廉塾にいた際に、一女が生まれ、名も阿梅《おうめ》と付けたというが、二子共に夭折した。その阿梅を憐む詩を五絶二首にして残している。また韓聯玉も「哭梅兒」七絶三首を載せている。北條霞亭といい、韓聯玉といい、二人共に月瀬の梅、特に聯玉の月瀬帖には共々殊更に思入れがあって、それぞれ子供たちにまで梅を使って命名していることがわかる。

庚辰歳小妻擧一男余適寫月瀬帖因名曰梅藏子讓在備西生一女曰阿梅離居千里其所以名不謀而符亦皆尋夭彼此同感并録悼詩

庚辰（文政三年）の歳小妻一男を挙ぐ。余適ゝ《たまたま》月瀬帖を写し、因りて名づけて梅蔵と曰ふ。子譲（霞亭の字）備西に在りて一女を生む。阿梅と曰ふ。居を離るること千里其の名づけし所以は謀らずして符（合）す。亦皆尋いで夭す。彼れ此れ感を同じくし悼詩を并せ録す。

哭阿梅二首　　北條　讓

梅是亡兒名　看梅思不已　　梅は是れ亡児の名　梅を看て思ひ已《や》まず
豈意可憐花　涕涙爲種子　　豈に意《おも》はんや憐むべき花　涕涙は種子の為めなり

○

梅開似兒面　月出似兒眉　　梅開きて児の面に似たり　月出でて児の眉に似たり
憶昨抱持處　煩爺折一枝　　憶ふ昨抱持せし処　煩爺（小煩悩の爺）一枝を折る

児を思う情が切々と伝わってくる作。次に聯玉の詩三首を挙げる

哭梅兒

月瀬花飛夢亦奇	月瀬花飛び夢も亦奇
果然春老哭梅兒	果然春老いて梅児を哭す
擬尋玉骨苔埋處	尋ねんと擬《はか》る玉骨苔埋むる処
嫩緑愁看子滿枝	嫩緑愁ひ看る子、枝に満つるを

○

當我梅花小帖成	我に梅花小帖成るに当たり
初生命汝以梅名	初生汝に命じ梅を以て名づく
誤推資質衝氷雪	誤り推す資質氷雪に衝き
不耐春風一陣輕	耐へず春風一陣の軽きに

○

梅蘂辭枝又別根	梅蕊枝を辞し又根に別る
使人愁寂弔黄昏	人をして愁寂黄昏を弔はしむ
明年雪後尋春路	明年の雪後春を訪ぬる路
何處幽姿是汝魂	何れの処の幽姿か是れ汝の魂

北條霞亭と韓聯玉は、共に我が子を喪い、「梅」の名を付けていた。梅花を見るにつけても汝の魂はどこにいるのだろうと思う親情をこの「付録」に残さないではいられなかったのであろう。二人の思いがよく看取される。

これで『月瀬梅花帖』の本文は終るが、汲古書院本には、更に藤田長年の跋語が加えられている。参考までに掲げておく。

韓先生遊月瀬有詩若干首遠近名流属和盖其瑤篇瓊什讀之宛如清都夜境雪月爭輝顧余辱　先生之知而乏詩才籍令存其舊以收余詩恐成藍縷撰所以不敢也適西行在近轎中披覧此帖夢寐月瀬明春歸路必當枉程一遊焉今將與　先生別令余繋數言其後乃援筆寫此想矣

藤田長年謹跋印印

韓先生月瀬に遊び詩若干首あり。遠近の名流に和を属《しょく》す。蓋し其の瑶篇瓊什之《これ》を読むに宛かも清都の夜境、雪月輝きを争ふがごとし。顧《おも》ふに余　先生の知を辱《かたじけ》なくす。而るに詩才の籍に乏しく、其の旧を存して以て余の詩を収めしむれば、恐らくは藍縷の撰と成らん。敢へてせざる所以なり。適《たまたま》西行して近きに在り。轎中此の帖を披覧す。夢寐の月瀬は明春の帰路必ず当《まさ》に程を枉げて一遊すべし。今将に先生と別れんとし、余をして数言を其の後に繋《つら》ねしむ。乃ち筆を援きて此の想ひを写す。

藤田長年謹んで跋す印印

以上の百十四字が挿入増加されていて、最後に従女の変体がなを交えたかな文を載せる。原文を図版2、62・63頁に掲げ、ここには翻字を示す。

韓先生の許にとぶらひしに、おくまりたる住ゐなれば、まづあない言ひ入れさせて、南おもてのはしつかたについゐたりとばかり見いだしたるはつきはじめつかたなれば、主のけはひもたゞならずあはれに時雨待がほなる庭の面は立田姫の今より心をつくすらむとおもひわたさる木立ものふりて本たちうとましからずつくろひなしたり。なつかしうゆひわたしたる小柴垣のこゝかしこより、紐ときそめたるちぐさもゝくさ花のいろ／＼に玉と見へつゝをきそふ露もいといたうきよけなり。うへたてゝとひとりこちゐたるにあるじのおさなき人々ともなひ出《いで》来てまづ見るより久しうたいめせざりしことをたがひに言ひつゞけて、とかふ物語しけるうちにも古い枝にさける萩を見てはかへすかへすもせうと敬軒がことを言ひつゞけ給へり。この人の世になきこそいとさう／＼しけれ。何

図版2

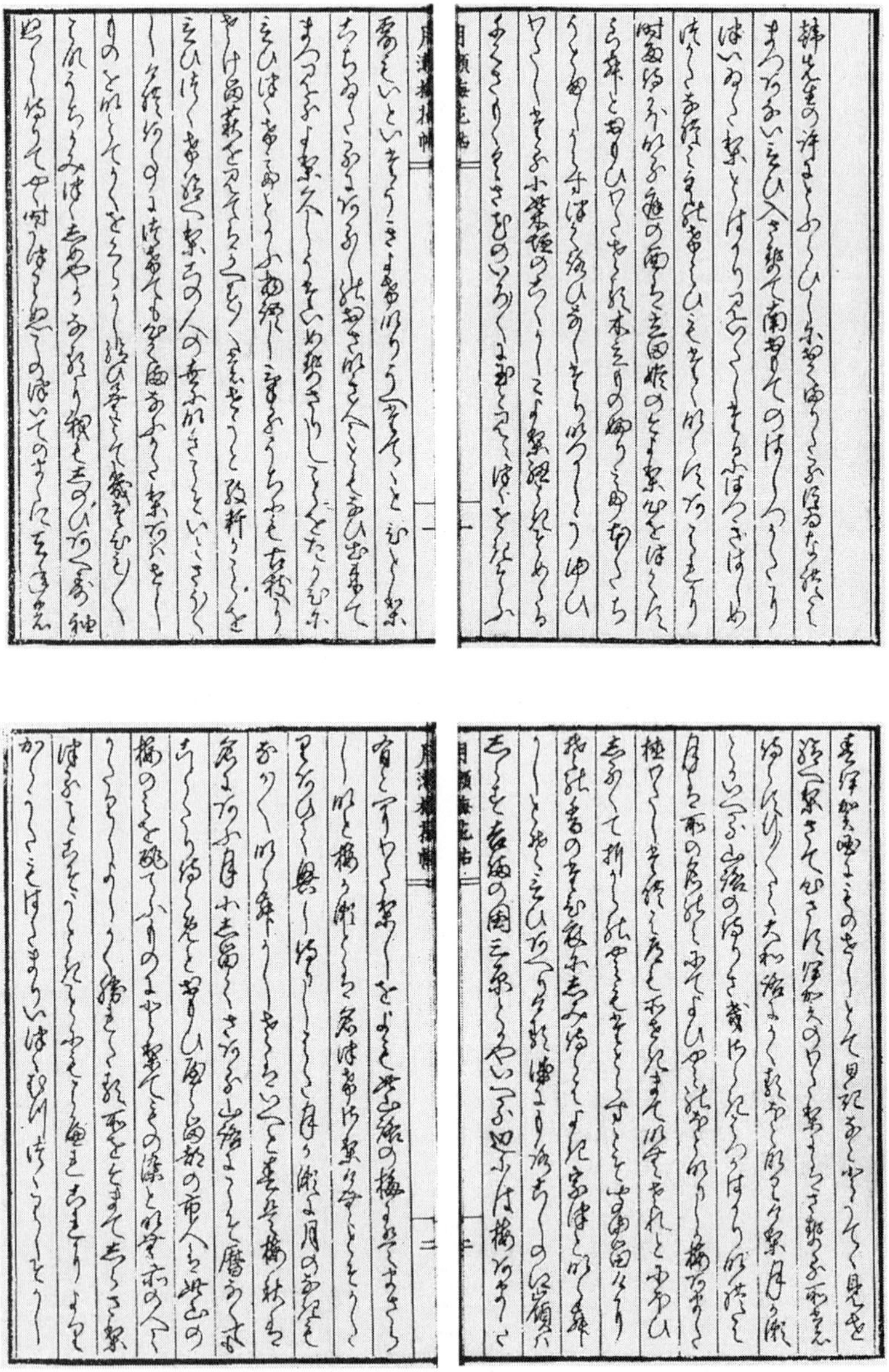

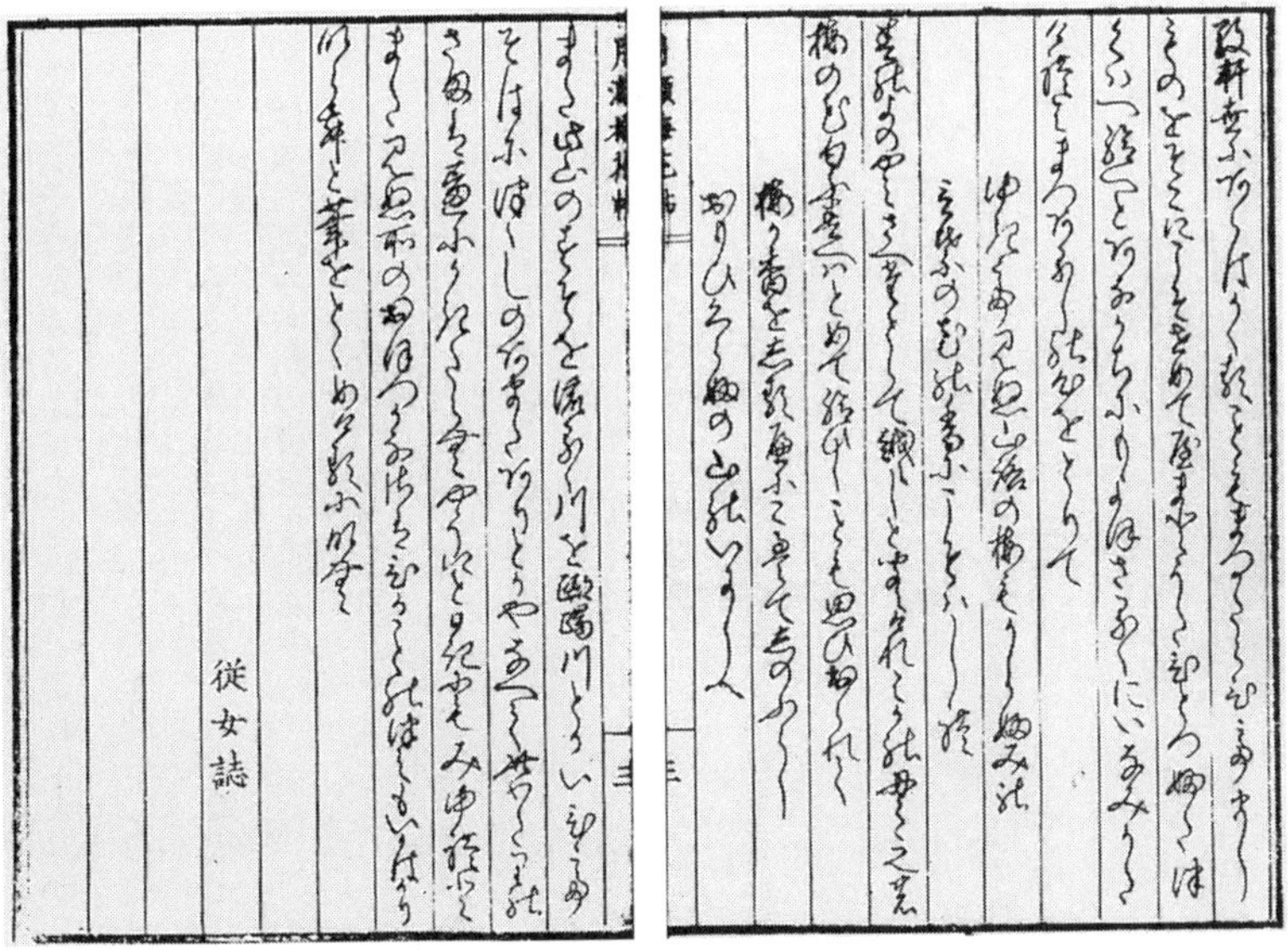

事につけても心くまなふかたりあはせしものをなどてかくをくらかし給ひけむとて幾たびも〳〵はなうちかみつゝしめやかなるに、我もしのびあへず袖ぬらし侍りてやゝ時うつりぬ。このついでのままに去年の春伊賀国にものせしとて日記などとうて、見せ給へり。さて心ざす伊賀のわたりにはさせる所も侍らず。行（き）〳〵て大和路にかくるほどなりけり。月が瀬とかいへる山路の侍りき。きさらぎはつかばかりなれば月は所の名のみにてよひやみのほどなりしが、梅あまた植わたしたれば道も所せきまでなん。されどにほひしるくて折からのやみもたどらずとぞ聞ゆるげにその香のたび衣にしみ侍らばよき家つとならむかしとぞ言ひあへりける。誠にもろこその江嶺はしらず。吉備の国三原とかやいへる辺には梅あまた有と聞わたりしをよも此山路の梅あまた有と聞わたりしをよも此山路の梅にはまさらじなど梅が瀬とは名づけざりけむことぞかたりあひて興じ侍りし。はた月が瀬に月のなきもなか〳〵ならむかし。さはいへど春は梅、秋は名にあふ月にしるくさある山路にこそ暦なくてもことたり侍らめとおもひやらる。都の市人は

此山の梅のみを酢てふものにとりてもの染となむその人々かたりしよし。かく勝れたる所を今までしらざりつることこそうときことにもはべれ。これによりからうたもは、たまりいつつむつゞりしをかく敬軒世にあらばか、ることもまづかたらひてましものをそこにこそせめてやまとうたひとつふたつくはへ給へとあながちにもよほさる、にいなみかたければまづあるじの心をとりて

ゆきて見ぬ山路の梅もからふみの
　言葉の花の香にこそはしれ

春のよのやみさへたどりて越えしと聞えければかの貫之の梅の花匂ふ春べはとめで給ひしことも思い出られて

梅が香をしるべにこえてしのぶらし
　おもひくらぶの山のいにしへ

また此山のすそを流るる川を躑躅川とかいひて、そばにつゝじのあまたありとかや。なべて此わたりのさまは画にかきたらむやらにと日記にもみゆれどまだ見ぬ所のおぼつかなさはひがごとのつみもいかばかりならむと筆をとゞめけるになむ

従女誌す

これで、加賀本は終っている。

次に月ヶ瀬教育委員会蔵本の『月瀬梅花帖』稿本について記す。

○

『月瀬梅花帖』稿本ついて

表紙は二四・二×一五・〇糎、左肩に『月瀬梅花帖』と表題が軟い楷書体で書かれ、その下一糎ほど空けて表題中心より右寄りに「岡本花亭撰(6)」とある。表紙見返右下に縦長楕円形印、上部二行に「上野本街」とありその下に「沖森

蔵」の刻字印が押されている。本文八葉半葉ごとに九行、一行十六字、版心白魚尾、上部白魚尾の上に、「荷聲詩屋」の舍名を記す。天地左右太枠（一五・七×一〇・七糎）、罫枠は橙色刷罫紙を用いる。

本文八葉の中『遊月瀬記』の文二葉と三葉表五行、次に「到尾山途中」の七律一首、四葉裏二行から「宿尾山民家翌日経月瀬到南都十三首」が二行に書かれ、ついで、七絶十三首が続き、後葉から「月瀬之遊追想不已再歩原韵」の七絶十三首が載せられ、六葉表三行目に「顚庵韓珏稿」とあり、次行に「壬午八月十三日写」とある。壬午は文政五年、この年の八月十五日写とあり、韓珏稿本とあるから本人の写になること間違いない。然らば、各葉白魚尾上の「荷聲詩屋」は韓聯玉の詩屋名と考えられる。また次に岡本花亭の七絶十三首も同じ手であるので、前に岡本花亭から貰った十二首をその時一緒に書いたことになる。なお、先に挙げた広瀬蒙斎の一文に、年記が文政四年とあるから、韓聯玉がこの稿を書いた時には、何等かの事情で蒙斎の文は韓聯玉の手に届いていなかったと思われる。

要するに、この稿本の存在で、ほぼ文政五年以後、各詩人たちから詩を得て『月瀬梅花帖』が出来たことになる。その意味からも『月瀬梅花帖』の成立にこの稿本の存在意義が確認されよう。

注

（1）昭和四十二年十一月三十日、岩波書店発行『国書総目録第三巻』七三八頁
（2）伊藤信著、大正十四年五月廿五日、梁川星巌翁遺徳顕彰会発行『梁川星巌翁』七九・八〇頁
（3）汲古書院、平成三年十一月発行
（4）伝未詳
（5）名は晋帥、字礼卿、太仲と称し茶山は其号なり。備後の人。家世々農商を業とす。茶山学を好み、少なくして京師に入り、業を那波魯堂に受け、尤も詩に長ず。既にして郷に帰り、居宅の東北に一塾を建て、徒を集めて教授す。塾を名けて黄葉夕

陽村舎と曰ふ。後、藩に請ひて郷校と為し、廉塾と称す。福山藩に仕へて大目付に進む。茶山人に接するに温和、而も能く人情世故を洞察し、淑慝を明弁し、截然欺くべからず。其詩は淡雋穏秀、風格高逸を以て称せらる。文政十年八月十三日卒す。年八十。私に文恭と諡す。従四位を贈らる。著す所、福山志料三十五巻、黄葉夕陽村舎詩集二十三巻等がある。(『近世漢学者伝記著作大辞典』二〇八頁)

(6) 名は成、字は子省、忠次郎と称し、花亭は其号なり。又別に豊洲・醒翁・詩癡・括嚢道人と号す。江戸の人。業を南宮大湫に受け、尤も詩を善くす。幕府に仕へ、累遷して勘定奉行となり。近江守に任ぜらる。当時林鶴梁・羽倉簡堂と共に儒者としての明吏と称せらる。嘉永三年八月二十七日没す。年八十三。(『近世漢学者伝記著作大辞典』一二五・一二六頁)

(7) 名は譲、字は子譲、一字は景陽、譲四郎と称し、霞亭、又天放生と号す。志摩の人。家世々医を業とす。霞亭幼より読書を好み、長じて業を菅茶山に受く。その学洛閩を主とし、輔くるに博覧を以てし、尤も詩に長ず。(一説に年十八、京に入り経を釈大典・皆川淇園に学び、又医を広岡文台に受くとあり。) 福山藩に仕ふ。文政六年八月十七日没す。年四十四。著はす所、嵯峨樵歌一巻、霞亭渉筆一巻、薇山三観二巻等がある。(『近世漢学者伝記著作大辞典』四五二頁)

(8) 名は政典、字は以寧、一字は仲謨、台八と称し、蒙斎は其号なり。白河の人。昌平黌に学ぶ。学成りて海西諸州に歴遊すること九年、白河藩校の教官となり、国政に参与するに至る。侯封を桑名に移さるるや、従って徙り、世子の傅となる。資性質朴にして、其の学一に程朱に本づき、尤も作文に長ず。文政十二年二月十日没す。年六十二。著す所、蒙斎文集七巻、同別録四巻等がある。(『近世漢学者伝記著作大辞典』四三五頁)

(附)

『月瀬梅花帖』一覧表

順	諸人名	名・字	絶句		律詩		古詩		文	和歌	享年	卒年	備考
			五言	七言	五言	七言	五言	七言					
1	韓聯玉	珏・顛庵		26		1			1		59	文政13	
2	東　婺	伯傾・夢亭							1		54	嘉永2	伊勢山田の儒臣
3	釈道光			1									

4	菅茶山	晋帥・太仲		3							80	文政10	備後の人、福山藩に仕える
5	岡本花亭	成・子省		12							83	嘉永3	江戸の人、幕府に仕え、勘定奉行
6	釈萬空			5									三河の人
7	二川相近	松陰		1							70	天保7	筑前藩、岡の人『和学者総覧』による
8	月形質					1							
9	歌川驥			1									
10	藤明允					1							
11	松村良欽			1									
12	岡田甫幹			2									
13	渡辺政香	保宝葉園・三善		5							65	天保11	寺津八幡宮司『和学者総覧』
14	高木梅坳			13									
15	志毛井維棋	光雲・及時		13							61	天保9	伊勢山田の人
16	北条霞亭	譲・子譲		2			1				44	文政6	志摩的矢の人、福山藩に仕える
17	宇井館富元			4									
18	西村昌言			3									
19	佐藤克愛			13									
20	山内謙			13									
21	龍松憲			13									
22	奥葛雍	尭民・梨雲		4									伊勢山田古市町に住む
23	石田繁祉			5									

24	黒瀬友信			2										
25	梅津益公	平子・克所		3							52	天保11	伊勢山田の人
26	源　環			4									
27	東　褧	(前出)		13							54	嘉永2	(前出)
28	源　寛			2									
29	北条惟長			13									
30	河崎　松			3									河崎敬軒の男
31	益　周			3									
32	浜口正守			1									
33	韓　沖			13									
34	鷹羽　応					3							
35	佐藤克愛			13									
36	(姪孫)公究			13									
37	(男)　観			2									
38	(男)　羣			1									
39	(男)　興			1									
40	日内月堂									1			桑名藩士、江戸詰め
41	広瀬蒙斎								1		62	文政12	白河の人、桑名藩世子の傅となる
42	韓　沖								1				
43	(姪孫)　究								1				
(附録)													
44	北条霞亭	(前出)	2								44	文政6	(前出)

45	韓　珏	（前出）	3								59	文政13	（前出）
46	従　女								（和文）1	2			
合　計			2	233	0	6	1	0	6	3			

第三項　梁川星巌、紅蘭を携えて月ヶ瀬に遊ぶ

文政六年二月五日、梁川星巌は妻紅蘭を伴って、月ヶ瀬観梅に行く。その東道を上野崇広堂儒官服部竹塢（文稼）が当る。『梁川星巌翁』[1]には、

抑月瀬の梅花を世に紹介したのは山田の詩人山口凹巷（韓聯玉）を以て嚆矢とする。

とあり。ここで初めて韓聯玉を紹介しているが、先に已に触れているので省略する。伊藤信の一文では、

翁の曾て凹庵《ママ》を訪ふや、必ずや所謂梅花帖に寓目せしなるべし。是此の行ある所以なり。当時月瀬の名未だ著れず。斎藤拙堂の文、頼山陽の詩共に此の後に在り。故に翁の歎じて曰く、「実に天下の奇観、惜しむらくは地僻にして賞する者罕なり。」と後年、月瀬の梅花が海内無双の名を得るに至りし翁の与って力あり。

と説明している。当日のことを『星巌集』乙集の巻一「二月五日」[2]の条に、

二月五日携家観梅於月瀬邨

村属和州。水貫山而下。凡二十餘里。山巓水涯巌曲洞口目之所向。無看不梅花。莫測其幾億萬株。實天下奇觀。惜地僻罕賞者。

二月五日家を携へて梅を月瀬村に観る。

村は和州に属す。水は山を貫きて下る。凡そ二十余里、山巓水涯、巌曲洞口、目の向ふ所。看るとして梅花な

らざるは無く、其の幾億万株なるかを測る莫し。実に天下の奇観なり。惜しむらくは地僻にして賞するもの罕《まれ》なるを。

と述べ、七絶三首を挙げている。

衝破春寒暁出城　春寒を衝破し暁に城を出づ
東風剪剪弄衣輕　東風剪々（風のうすら寒こと）衣を弄んで軽し
漫山匝水二十里　漫山水を匝《めぐ》る二十里
盡日梅花香裏行　尽日梅花香裏に行く

○

後先相喚繞煙霞　後先相喚び煙霞を繞《めぐ》る
白石青苔道幾叉　白石青苔路幾叉（どの位交叉《さ》していることか）
誰道貧兒仙分薄　誰か道《い》ふ貧児は仙分（仙人となる素質）薄しと
也携雞犬看梅花　也《ま》た鶏犬を携へて梅花を看る

○

杳然別是一乾坤　杳然として別に是れ一乾坤
峯轉溪囘果得邨　峯転じ渓回り果して村を得たり
曾見城西漁隱説　曾て見る城西漁隠の説
梅花亦自有仙源　梅花も亦自から仙源有らん
　城西漁隱指服　　城西漁隠とは服部文稼を指して言ふ

部文稼而言

星巌の『西征集』(3)一には右の三首の他に七絶一首を載せているので掲げる。

凝望依依立夕曛　凝らし望む依々たり夕曛（夕日）に立つ

近如堆雪遠如雲　近きは堆雪のごとく遠きは雲のごとし

梅花遮蔽千峰面　梅花は遮《さえぎ》り蔽《おお》ふ千峰の面

免被山靈識細君　山霊に細君を識らるるを免る（細君が梅花と同じようだから麗しさが目立たないでよい）

といって自分の細君を自慢している。詩の後に割註が施されていて、

蔣心餘詩有漫勞史筆傳佳話却被山靈識細君之句故云

蔣心餘(4)の詩に「漫りに史筆を労して佳話を伝へ、却って山霊に細君を識らる」の句有り。故に云う。

と蔣心餘の詩句を引き、その前例を踏まえての句であることを述べているが、流石星巌も『星巌集』乙集巻一には遠慮したのか省いている。また文政六年の月瀬観梅行に紅蘭は作詩しなかったとみえて詩は残されていない。

注

（1）前掲『梁川星巌翁』七九・八〇頁

（2）天保辛丑（十二年）仲春新鐫、江戸千鍾房発行『星巌集』巻之一、二葉

（3）文政己丑（十二年）四月、奎曄閣発兌『星巌乙集西征詩』巻之一、二葉表より二葉裏

（4）蔣士銓のこと。清、鉛山の人、字は心餘、又苕生、号は清容、又蔵園、其の先は銭氏、長興より鉛山に移り始めて蔣を姓とす。乾隆の進士。（昭和四十二年九月二十日縮写版第一刷、大修館刊『大漢和辞典』八八七頁）

第四項　斎藤拙堂等の月瀬観梅行

一、『梅渓遊記』

これは、斎藤拙堂(1)が文政十三年二月十八日より二十日まで、二泊三日をかけた月ヶ瀬観梅旅行記である。韓聯玉が『月瀬梅花帖』を出版してより五年後のことで、観梅の同行者は宮崎子達(2)（青谷）子淵、山下直介(3)等と伊賀上野に行き、上野の人服部文稼（前出）、深士発（未詳）等が道案内役をし、美濃の詩人梁川星巌とその妻紅蘭、遠江の画家福田半香(4)等が参加した。その状況が『梅渓遊記』に詳しく記されている。今日では『梅渓遊記』は『月瀬記勝』の乾冊に納められ、『月瀬記勝』の骨子となり、有名になったが、『月瀬記勝』が嘉永五年に出版されるまでは稿本として又は写本として伝わった。嘉永本中の『梅渓遊記』の全文は（図版3、73頁以下）に掲げ、ここでは記ごとに書き下し文を加える。

岡本花亭曰く、九記一たび出でて月瀬の秘勝発揮して遺《のこ》す無く、妙境奇趣鋪叙して歴々たり。読む者をして脚蹈《ふ》み、目睹《み》るに寸管千里を縮め又常山の蛇勢を見るを覚えしむ、

梅谿遊記一

何れの地か梅無からん。何れの郷か山水無からん。唯《ただ》和州の梅渓のみ花は山水を挟《さしはさ》みて奇、山水は花を得て麗しく、天下の絶勝と為る。然れども地は州の東陬に在り、頗る幽僻にして旧《も》と造《いた》り観る者罕《まれ》なり。名甚だしくは顕れず。顕れたるは我が伊人より始むと云ふ。渓傍に梅を種うるを業と為す者凡《すべ》て十村、石打と曰ひ、尾山と曰ひ、長引と曰ひ、桃野と曰ひ、月瀬と曰ひ、嵩《だけ》と曰ひ、獺《おそ》瀬と曰ひ、広瀬と曰ひ、和州に属す。白樫と曰ひ、治田と曰ひ、伊州に属す。我が上野城南三里許《ばか》りに在り。当今の里法我が藩の封疆は全伊（伊賀全部）、半勢（伊勢の半分）を除くの外、又城（山城）、和（大和）の田五万石有り。梅渓を環りて処《お》り、而れども梅を種うるの村多く他封に属す。独り和の広瀬、嵩村、伊の白樫、

図版3

岡本花亭曰九記一出月瀬秘勝發揮無遺抄境奇趣繡敘歷歷使讀者脚踊而目睹覺寸管縮千里又見常山蛇勢

又曰先舉綱領漸入蔗境

梅谿遊記一

何地無梅何鄕無山水唯和州梅溪花挾山水而奇山水得花而嚴爲天下絶勝然地在州之東陬頗幽僻舊罕造觀者名不甚顯顯自我伊人始云溪傍種梅爲業者凡十村曰石打曰尾山曰長引曰桃野曰月瀬曰嵩曰獺瀬曰廣瀬屬和州曰白樫曰治田屬伊州在我上野城南三里許（當今里法）我藩封疆除全伊半勢外又有城和之田五萬石環梅溪而處而種梅之村多屬

記　十五

賴山陽曰考證地勢記之不可缺者邪人少及此

他封獨和之廣瀬嵩村伊之白樫治田爲我治下而已然按舊志月瀬諸村多屬伊伊人道戰國之際豪强相奪此地始屬和今審其地勢近上野城山脈相通理固應然故和人之來常少而四五十年來伊人每常往觀爲溪之勝於是乎顯矣十村之梅不知幾萬株然不盡臨谿臨溪者最爲清絶谿發源於和之宇陀歷伊之名張而到於此廣殆百步尾山在其北岸嵩月瀬桃野在其南岸危峰層巖簇簇錯立其間梅爲

之經而松爲之緯水竹點綴之余住津城距梅溪殆二日程久願游而未能也庚寅二月十八日與宮崎子達子淵山下直介如伊州遂往游焉上野人服部文稼澁井士發等爲導美濃邵公圖及其妻張氏遠江福田半香亦來會未下出城門行一里餘爲白樫山谷間已多梅花漸入佳境又半里弱爲石打又行未一里尾山在目爲之躍然至則遍地皆花余初恐違花期見客必降入憩三學院約宿而出往觀一目千本

記　十六

梅溪遊賞始於是矣

記二

一目千本尾山八谷之一也花最饒故有此名蓋比芳野櫻谷云余與同人出院下前崖覺山水與梅花皆已佳絶任意而行至一大谷文稼識而言之徑詰曲而上花夾之步出其間如躡白雲而行數百步達嶺下顧彌望皜然與谿山相輝映余嘗遊芳野觀其一目千本有此盛而無此勝又嘗觀嵐山櫻花有此勝而無此盛也

更求之西土以梅花名者杭之孤山境蓋幽花
則寥寥蕪之鄧尉花頗多地則熱鬧唯羅浮梅
花村對峻峰臨寒溪而花尤饒庶幾可比哉梅
溪歟日已斂昏花隱淡煙中千樹依約不見其
所極暗香蓊勃襲人聞溪聲益近且大至咫尺
不辨色而後去

記三

昏黒還入院歇俟月升復出觀花也余平生想
溪梅月夜之奇欲一游併之毎歳春有人自伊

記　十七

山陽曰筆力曲折

花亭曰酒微酔花半開邵先生亦云

花亭曰一小失亦為大失事矣或對耶然此游覺適十二三分

来者輙詢之花之開謝與月之虧盈毎齟齬不
相合遅之七八年至於今歳欲以今月望前来
然以地在山中著花殊晩其盛開常在春分前
數日而春分在今月之末如其無月何忽思邵
康節詩云看花切莫見離披私謂及半開則可
何待其爛漫遂以望後三日来豈意花開已七
八分或將十分實望外之喜也獨奈日已落黒
雲覆天意殊悵悵張燭欲飲此行購樽容五升
者滿貯酒命奴負荷呼取之酌不數巡而竭怪

筱崎小竹曰僕曽將阿波祖谷携大瓢容丹醸五升為奴擲敗紫碧海聞之作詩嘲之今讀此段有傷虎者説常之想

花亭曰又望外之喜然龜可想

山陽曰清境

詰之乃知奴酔墜地致傾覆益悵恨買村酒得
數升来洗盞更酌雖甜不適口亦自醺然文稼
風流士公圖以詩名海内而半香善畫山水餘
人亦皆吟咏揮灑少慰愁悶俄而小奚来報曰
雲破月出矣衆驚喜欲狂捨盞走出時將二更
月色清朗歩抵真福寺枝枝帶月玲瓏透徹影
盡横斜寶鈿玉釵錯落滿地水流其下鏘然有
聲覺非人境傍岸西行前望月瀨水清如寒玉
漾月影盛作銀鱗而兩山之花倒蘸其上隱約

記　十八

花亭曰一棹八字妙甚

山陽曰神境

花亭云梅花當月猶仙鄉游客才遂素願償輸與山僧真福厚情為奇縁傚家常余賦此詩以為非也非也當為文人張之又賦一絶雪月梅中情任身右不

可見一棹中流山水倶動吾平生之願至是酬
矣

記四

荅月之賞已畢還就宿夜已過三更疲甚一睡
到暁覺則奇寒沁骨紙牕甚白起推戸見雪積
平地三四寸連呼奇又呼酒滿引大嚼與同人
出復赴真福到昨夜翫月處雖溪山不異丹崖
碧巖悉化為白玉堆花亦加素彩如粉傅何郎
之面其美更増一俯一仰入目皚然獨溪光蓋

一度勝㴱春山
僧日福非眞福
福到文人始是
眞
又曰亦復望外
之喜何相賞愛
也悉吐月忽降
雪視梅溪穠穠
奇觀山靈供試
故厚文人也

碧作縹玉色耳標溪之清於是爲極矣古人論
梅謂讓雪三分白然雪以白勝梅以艶勝各有
佳趣韓退之詠雪梅云彩艶不相因是可為定
論已此行既收花月之奇今又并雪梅之清天
之賜我何厚也欲往覧前路之勝以歩履艱而
止小竹曰月從雪後皆奇夜天到梅邊有一春曾聞此句今見其勝

記五

既而天晴日出近午雪盡消乃欲往覧南峤之
勝行到一目千本下見舟横南岸即篙村渡也

山陽曰如讀昌
黎叙陽山處

隔水呼之老篙夫一聲應答自叢竹中出撐舟
来載余謂衆曰北峤山路崎嶇難行未能悉其
勝請先観之而後及南如何衆曰可矣乃命泝
溪抵眞福寺下凸石斷齶齧舟乃反尾山之梅
以谷量八谷各數百千樹眞福在其極西其下
為初谷名曰敞谷第二曰麻飛第三曰捜窪其
上有天狗巖謂羽客所棲止第四曰祝谷第五
曰菖蒲谷第六曰杉谷第七即一目千本第八
曰大谷花之多與一目千本相頡頏相距皆不

過數十歩其勝各異不能盡状唯諸谷之花與
前峤之山夾谿相映舟行其間杳然覺仙路不
遠此尤為奇也公圖嘗遊於此有句云梅花亦
自有僊源信然余謂之曰桃花凡俗未足標仙
源使世眞有桃源者竟不若梅溪之得仙趣彼
彭澤之記徒費力耳恨不使目撃如此之勝也
公圖首肯者久之

記六

舟中既覧尾山諸谷又欲西観桃野纔轉棹則

山陽曰以茅屋
為瑤宮奇甚所
謂化臭腐為神
奇不唯梅花有
靈亦由文人筆
端也
花亭曰三十四
字奇想靈筆

北峤所未見之山突兀躍出樹石雜焉虬龍虎
豹譎詭夭矯有一石如人之冠而立曰烏帽子
巖水益駛激搏磥礫稍緩處俯而窺之澄徹見
底游魚可數花片點波輙就唼之無所得而逝
為之一笑仰見桃野在前地勢陡絶黄茅數家
縹渺現出於梅花爛漫間如瑤宮瓊闕在白雲
中可望而不可即也篙夫云此溪毎夏月躑躅
花開水變作猩血色亦為奇絶故名為躑躅川
也嗚嘑此溪之奇一何多也恨一時不能併観

爲記之以俟他日

記七

還抵嵩村舍舟上岸緑竹數畝臨水亦梅溪中不可少者也西麓梅花亦多與月瀬之花相連爛成銀海西行數百步花間得阪螺旋而上寔為月瀬山腹香雪中出一大石苔蘚被之蒼欝可愛跻而少歇益上至巓眼界豁然羣山呈露無得藏匿花溢山填壑彌望皚然譬如登泰山頂下瞰大地皆白雲是得梅溪之全真者也宜

乎月瀬之名獨顕不亡其名雅馴也適天復陰雪大至風薄之如舞蝶塞空亦奇觀也下溪索渡還

記八

天復晴過杉谷尾山之第六谷也岡阜陂陀得徑而上俯見花堆積谷中疑為殘雪土人為導者曰雪若不消花蕊凍痱獲實不饒幸消釋盡今年必豊矣余因詳問一歳之入曰尾山一村上熟得乾梅二百駄毎駄壹斛伍斗重貳佰斤

山陽曰此篇中間叙梅實價直不避古朴如史遷傳貨殖而以首尾秀拔抄

併此間千餘村中熟大抵得千四百駄上熟二千駄毎駄價銀玖什銭或陌銭云蓋地既磽埆不可耕以此當穀及實熟採乾送京都染肆獲銭不減萬石之入亦山中經濟也聞備後三原有大梅林未知與此如何公圖曰吾遊三原者再為地平遠與此間異趣花之饒或可相頡頏地之勝則不及遠矣愈上則一目千本見於左又前望南岍之花不減月瀬之觀適斜日射之花光煥發芳霧噴山谷殆使人目眩不能正視

山陽曰邦人游記吾省嫌調是椽翁作倘如公記稍不然在最後着一哄笑亦不妨耳

亦一奇也

記九

樂哉梅溪之游也兩日留連從良友佳朋覧天下無雙之勝天亦不靳其雪月之美并賜之以成三絶可不謂多幸耶日夕辭院将至上野夜黒迷失路陥荊棘中進退維谷乃跳超渠水蹊田數町纔得官路同人交咎文稼余曰不亦奇乎今日之游莫不奇者此其餘波耳公圖笑曰如此蛇足耳衆哄然初更達上野客舍翌日辭

山陽曰常山蛇勢

別公圖文稼等携子達等去此行余得七言律
詩十首寘於奚囊與公圖贈篇及文稼半香等
所作詩若畫裀載而歸貼之壁間又瓶插院主
所餉梅巻在几案之側清香満室數日恍然猶
在梅溪中矣於是追記之得九篇使子達造圖
置各篇左以示未遊者尓欲此溪之益顯也
文政庚寅仲春　伊勢拙堂居士齋藤謙
僕聞此溪之勝多年欲一往賞而不能果公
圖来説游況魂益飛越又恨公不以一介相

記　二十三

聞相聞者僕必往會焉豈不愉快遺憾遺憾
今得讀此記恍爲同酔萬玉林中想亦足以
自慰耳如妄評則幸笑而擲之
山陽外史頼襄
棋溪之勝曰此記而顯焉記殊清雅喜人謂
拙堂之文因此記而顯亦可矣去春子成欲
拉余及竹田遊此溪皆不往而子成遂遊焉
蓋爲此記誘也其詩云萬樹梅園溪水長芳
山何敢擅春芳東風一様春雲白孰與茲中

雪有香余既爲此詩誘拙堂亦来示此記而
花期在近得不形馳神飛乎然逼於淡行復
不能遊焉乃呼酒倚窓翻此巻而數回讀之
姑慰吾懐也
壬辰二月十二日　小竹散人篠崎弼書

記　二十四

花亭曰最是佳律

附梅溪十律
梅溪勝趣好親論今日扁舟始問源濕霧兩崖
春水渡冷雲十里夕陽村桐前幾歲披畫枕
上平生勞夢䰟記去山頭老禪宅直從香裡得
紫門
清川幽藹阻紅塵雞犬寥寥洞裡春僻境衣巾
非魏晉編民姓族定朱陳山田萬石玉爲食籬
落十村芳是鄰笑殺凡桃少傲骨種花不學避
秦人

詩　二十五

花亭曰此亦佳律

花中清絕久推梅此境居然更占魁遍地鎔銀
爛如海滿山種玉粲成堆澄溪蘸影参差見曲
徑吹香窈窕來東閣西湖何足道唐賢容易鐵
心摧
山展行窮層嶺西梅巻深處路高低雲中人過
誤前渡雪裏鶴歸迷舊棲幽谷風香自爲導芳
陰苔駁亦成蹊清宵更發逋仙秘踈影分明月
一溪
月下振衣立碧岑皎然一矚盡千林幽巖冷淡

又曰第四佳句

雲無色迸潤潺溪花有音風拂帽簷從酒醒杀
横頭上覺宵溪佳人畢竟能留客今夜要須宿
樹陰
雪裸相伴占茲辰芳意寒光兩是真自有暗香
千樹曉更添素彩十分春豈圖庾嶺梦儂客無
作剡谿乘興人滿目皚然清淨境無山無水著
纖塵
蹈壑攀巖不自由萬梅林下蕩輕舟綴珠枝在
風塵表映雪人披鶴氅裘素絢畫成挂危壁玉

詩　二十六

山陽曰有聲畫
花亭曰亦爲佳律

山影倒蘸中流篙夫移棹須徐緩九曲風光要
細求
盡日尋春奇欲窺溪山隨境更無同巖懸危岍
参差出水嶠寒沙屈曲通蹈破輭雲薫展齒穿
来叢雪揭舟篷瑰羅綿裡乾坤白埋却斜陽亦
失紅
蹈春布襪爲梅忙看自朝陽到夕暘宜雪宜月
堪咀嚼有花有人任徜徉新画冩景筆端活奇
句記游囊底香一去他年憶茲勝山川杳在白

花亭只借驢是
興剤之言耳然
此間資無驢好
字當作安
又曰雲間句餘
韵集裏

雲鄉
留連兩日宿傫䙰僮僕催歸強出關滿袖清香
攜得在一枝氷蕊折將還重遊不識在何歲淩
梦只應尋此間好借蹇驢倒騎去雲間引領望
残山

齋藤謙稿

七律難作如㒒欲成此中一首亦須數日呻
唫今公在兩日鞋韈盃罇間咄嗟為五百六
十字殆與萬株玉雪勍敵使人舌舉目瞠㒒

詩　二十七

初疑以律記遊擇體失宜何不以絶句也既
而閱之隨所見聞次第叙寫語駢儷而意流
動雖其中不免用銀玉等字大抵白戰不墮
詠物様子是為最難耳

山陽外史批

十律非不可觀然附之九記絶勝之後頗覺
減色刪割特存其佳者如何

岡本成妟評

十律各有次第而無重複不可刪也合之未

為兩傷然不如離之為雙美耳

小竹散人批

鐵研原存維翰操石腸又吐廣平辭好遊結
得青山好奇筆搭當夜月奇藐兒春風鳴木
鐸名區勝事解金龜不妨高士卧香雪自異
羅浮艷梦時

記詩業已盡其妙諸公批評亦無所不盡
余亦何言强付以一律固不免蛇足之嘲
叱存幸甚

詩　二十八

又曰く、先づ綱領を挙げ、漸く蔗境（佳境）に入る。
頼山陽曰く、地勢を考証して之を記す、欠くべからざる者、邦人此《ここ》に及ぶもの少し。

治田を我が治下と為すのみ。然るに旧志を按ずるに、月瀬の諸村多く伊に属す。伊人道《い》ふ、「戦国の際、豪強相奪ふ。此の地始めて和に属す」と。今其の地勢を審らかにするに、上野城に近く、山脈相通ず。理固《もと》より応《まさ》に然るべし。故に和人の来ること常に少くして、四五十年来、伊人毎常《つね》に往きて観る。渓の勝、是《ここ》においてか顕る。十村の梅幾万株なるかを知らず。然れども尽《ことごと》くは渓に臨まず。渓に臨む者は最も清絶と為す。渓は源を和の宇陁（陀）に発し、伊の名張を歴て此に到る。広さ殆ど百歩なり。尾山は其の北岸に在り。嵩・月瀬・桃野は其の南岸に在り。危峰層巌簇々として其の間に錯立す。梅之《これ》が経（縦《たて》糸）と為りて松之《これ》が緯（横糸）と為り、水竹之《これ》に点綴す。

余津城に住む。梅渓を距つること殆ど二日の程、久しく游ばんことを願ひて未だ能はざるなり。庚寅（文政十三年）二月十八日、宮崎子達（子淵）、山下直介と伊州に如《ゆ》き、遂に往きて游ぶ。上野の人服部文稼、深井士発等導を為す。美濃の梁公図（梁川星巌）及び其の妻張氏（紅蘭のこと）、遠江の福田半香も亦来り会す。未下（午後二時頃）城門を出で、行くこと一里余、白樫となし山谷の間已《すで》に梅花多し。漸く佳境に入る。又半里弱にして石打と為し、又行くこと未だ一里ならざるに尾山目に在り。之が為《ため》に躍然たり。至れば則ち遍地皆花なり。

余初め花期に違ふことを恐る。之を見て心降る。入りて三学院に憩ふ。宿を約して出づ。往きて一目千本を観る。梅渓の賞是より始む。

記二

一目千本は尾山八谷の一なり。花最も饒《ゆた》かなり。故に此の名有り。蓋し、芳野の桜谷に比すと云ふ。余同人と院を出でて、前崖を下る。山水と梅花と皆已《すで》に佳絶なるを覚ゆ。意に任せて行くに一大谷に至る。文稼識りて之を言ふ。径《みち》詰曲して上り、花これを夾み、歩して其の間に出づれば白雲を籋《か》んで行くがごとし。数百歩にして巓に達す。下顧すれば彌望皜然として渓山と相輝映す。

余嘗て芳野に遊び、其の一日千本を観るに、此の盛有りて此の勝無し。又嘗て嵐山の桜花を観るに、此の勝有りて此の盛無きなり。更に之を西土に求むれば、梅花を以て名づくる者は杭※の孤山なり。境は蓋し幽にして、花は則ち寥々たり。蘇の鄧尉（山名、江蘇省呉県の西南にある）は花頗る多く、地は則ち熱閙（町の騒々しいこと）。唯《ただ》羅浮の梅花村のみ峻峰に対し、寒渓に臨み、而して花尤も饒《ゆたか》なり。我が梅渓に比すべきに庶幾《ちか》からんか。日已に歛昏（たそがれ時）、花は淡煙中に隠れ、千樹依約（かすかなさま）として其の極まる所を見ず。暗香蓊勃《おうぼつ》（盛んなさま）として人を襲ひ、渓声を聞くに、益〻近く且つ大なり。咫尺に至るも色を弁ぜず。而して後去る。

記三

昏黒還りて院に入る。月の升るを俟ちて復《また》出でて花を観んと欲するなり。余平生渓梅月夜の奇を想ふ。一遊して之を併せんと欲す。毎歳の春、人の伊より来る者有れば輒ち之を詢《と》ふに、花の開謝（謝は花の散ること）と月の虧盈《きえい》（欠けたりみちたりする）とを。毎に齟齬（くいちがうこと）して相合はず。之を遅《ま》つこと七八年、今歳に至り、今月望前を以て来ら

（※原本抗に作る。杭州なるによって杭字に改める。）

山陽曰く、筆力曲折。

花亭曰く、酒は微《わず》かに

酔ひ、花は半ば開く。邵先生も亦云ふ。

花亭曰く、一小失も亦大欠事と為る。天或は齎《か》くか。然らば此の游竟《つい》に十を過ぐる二三分なり。

筱崎小竹曰く、僕曾て阿波の祖谷《いや》に游び、大瓢を携へ丹醸五升を容れ、奴に蹶敗さる。柴碧海之《これ》を聞き詩を作りて之を嘲《あざ》ける今此の段を読み虎に傷つく者を説くの想ひ有り。

花亭曰く、又望外の喜状の態想ふべし。

山陽曰く、清境なり。

んと欲す。然れども地、山中に在るを以て、花を著くること殊に晩し。其の盛開は常に春分の前数日に在り。而して春分は今月の末に在り。其の月無きを如何せん。忽ち邵康節(5)の詩を思ふに云ふ、「花を看ること切に離披（満開）を見ること莫《な》かれ」と。私《ひそ》かに謂《おも》へらく、半開に及べば則ち可なり。何ぞ其の爛漫を待たんと。遂に望後三日を以て来る。豈に意《おも》はんや。花開くこと已に七八分、或は将《まさ》に十分ならんとするを。実に望外の喜びなり。独り日已に落ち、黒雲天を覆ふを奈《いか》んせん。意殊に悵さ（いたみ歎く）たり。燭を張り、飲《いん》せんと欲す。此の行、樽の五升を容るる者を購ひて酒を満貯し、奴に命じ荷を負はしむ。呼びて之を取りて酌むこと数巡ならずして竭《つ》く。怪しみて之を詰《なじ》れば、乃ち奴酔ひて地に墜《おと》し、傾覆を致すを知り、益々悵恨す。村酒を買ひ数升を得て来る。盞を洗ひ更に酌む。甜《あま》くして口に適せずと雖も亦自《おのず》から醺《くん》然（よい気分になる）たり。文稼は風流の士、公図（梁川星巌の字《あざな》）は詩を以て海内に名あり。而して半香は善く山水を画き、餘人も亦吟詠揮灑して、少しく愁悶を慰む。俄《にわ》かにして小奚（小間使い）来り報じて曰く、雲破れて月出づと。衆驚喜して狂ひ、盞を捨てて走り出でんと欲す。時将《まさ》に二更（午後十時）ならんとす。月色清朗、歩して真福寺に抵《いた》るに、枝枝月を帯び、玲瓏透徹、影尽《ことごと》く横斜す。宝鈿玉釵（鈿は羅鈿、釵はかんざし）錯落（入り混る）して地に満つ。水其の下に流れ、鏘然《そうぜん》（玉や鈴の鳴る形容）声有り、人境に非ざるを覚ゆ。岸に傍うて西行す。前に月瀬《つきせ》を望めば、水清くして寒玉のごとく、月影を漾《ただよ》はせ、蹙《せま》りて銀鱗を作す。而して両山の花は其の上に倒蘸《とうさん》（影をさかさまに水面にうつす。蘸はひたす意）し、隠約（はっきりとわかりにくいさま）

として見るべし。一たび中流に棹《さおさ》せば、山水倶《とも》に動く。吾が平生の願ひ、是《ここ》に至りて酬《むく》はる。

記四

花月の賞已に畢り、還りて宿に就く。夜已に三更（夜の十二時）を過ぎ疲れ甚だし。一睡、暁に到る。覚むれば則ち奇寒骨に沁み、紙牕甚だ白し。起ちて戸を推し見るに、雪平地に積もること三四寸、奇を連呼し、又酒を呼び、満引（杯に酒を満たして飲むこと）大酺《たいしょう》（大いに飲み乾す）し、同人と出づ。復《また》真福に赴き、昨夜月を翫《め》でし処に到る。渓山は異らずと雖も丹崖碧巌悉くは化して白玉堆と為る。花も亦素彩を加へ、何郎の面（魏の何晏は顔の色が白いので白粉をつけているかと疑われたこと）に粉傅《ふんぷ》するがごとく、其の美更に増す。一俯一仰すれば目に入るもの皚然たり。独り渓光益〻碧く、縹玉の色を作すのみ。楳（梅）渓の清、是《ここ》に於てか極《きわま》れり。古人梅を論じて雪に譲る三分の白と謂ふ。然れども雪は白を以て勝り、梅は艶を以て勝る。各〻佳趣有り。韓退之(6)の雪梅を詠じて云ふ、「彩艶相因らず」と。是れ定論と為すべきのみ。此の行既に花月の奇を収む。今又雪梅の清を并す。天の我に賜《おく》る何ぞ厚きや。往きて前路の勝を覧んと欲するも、歩履の難きを以て止む。

小竹曰く、「月は雪後より皆奇夜、天は梅辺に到り一春有り」と。曾て此の句を聞き、今其の勝を見る。

花亭曰く、一棹の八字妙なること甚だし。

山陽曰く、神境。

花亭云ふ、梅花雪月殆ど仙郷。游客才《わずか》に素顔の償ひに逢ひ、山僧と輸《いた》り、真福厚し。慣れて奇勝を看れば家常に傚ふ。余此の詩を賦して以て非と為すなり。非なれば当に文人の為《ため》に之を張るべし。又一絶を賦す。雪月梅中慣れ住む身。占ふこと一度ならず游勝の春。山僧の目福は真福に非ず。福は文人に到りて始めて是れ真。

又曰く、「亦復望外の喜び。何ぞ相重畳するや。忽ち月を吐き、忽ち雪を降らし、梅渓の種々の奇観を現はすは、山霊の供設なり。故《ことさら》に文人に厚ければなり」と。

山陽曰く、昌黎の陽山処を叙するを読むがごとし（昌黎は韓退之のこと）。

記五

既にして天晴れ日出づ。午（昼）に近く雪尽《ことごと》く消ゆ。乃ち往きて南岸の勝を覧んと欲す。行きて一目千本の下に到る。舟の南岸に横たはるを見る。即ち嵩村の渡なり。水を隔てて之を呼ぶ。老篙夫（船頭のこと）一声し応答す。叢竹中より出で、舟に撑《さおさ》して来り載す。余衆に謂ひて曰く、「北岸は山路崎嶇（険しいさま）として行き難し。未だ其の勝を悉《つ》くす能はず。請ふ先づ之を観、而《しか》る後、南に及べば、如何《いかん》」と。衆曰く、「可なり」と。乃ち命じて渓を泝《さかのぼ》らしめ、真福寺の下に抵る。嵓石の齗齶《ぎんがく》（歯ぐき）舟を齧《か》む、乃ち反る。尾山の梅は谷を以て量る。八谷は各〻数百千樹、真福は其の極西に在り。其の下を初《はっ》谷《たに》と為し、名づけて敝《そが》谷と曰ひ、第二を鹿飛と曰ひ、第三を捜窪《さがしくぼ》と曰ひ、其の上に天狗巌有り、羽客（仙人のこと）の棲止する所と謂ふ。第四を祝谷と曰ひ、第五を菖蒲谷と曰ひ、第六を杉谷と曰ひ、第七は即ち一目千本、第八を大谷と曰ひ、花の多きこと一目千本と相頡頏す。相距つること皆数十歩に過ぎず、其の勝各〻異り、状を尽くす能はず。唯《ただ》諸谷の花と前岸の山と谿《たに》を夾《はさ》んで相映じ、其の間に舟行す。杳然として仙路の遠からざるを覚ゆ。此れ尤も奇と為すなり。公図は嘗て此に遊び句有りて云ふ、「梅花も亦自《おのずか》ら僊源有り」と。信に然り。余之に謂ひて曰く、「桃花は凡俗、未だ仙源を標するに足らず。世をして真に桃源なる者有らしむも竟《つい》に梅渓の仙趣を得たるに若かず。彼の彭沢の記は徒《いだすら》に力を費すのみ。此《かく》のごときの勝を目撃せしめざるを恨むなり」と。公図首肯すること之を久しうす。

山陽曰く、茅屋を以て瑤宮と為す、奇甚だし。所謂臭腐《しゅうふ》を化して神奇と為す。唯《ただ》に梅花に霊有るのみならず、亦文人の筆端に由るなり。花亭曰く、三十四字奇想霊筆なり。（筆者注、三十四字は「地勢陡絶より即くべからざるなり」までなり。）

記六

舟中既に尾山の諸谷を覧、又西の方桃野《ももがの》を観んと欲す。纔《わず》かに棹を転ずれば則ち北岸は未だ見ざる所の山にして突兀《とっこつ》として躍出す。樹石雑焉たり。蚪竜虎豹の譎詭《けっき》（不思議で珍しいこと）夭嬌（屈曲のさま）、石あり、人の冠して立つがごとく、烏帽子巌《えぼしいわ》と曰ふ。水益ゝ駛《はや》く、激《げき》して碨礧《わいるい》（平らかでないさま）を搏《う》つ。稍緩《ややゆるや》かなる処、俯して之を窺ふに、澄徹、底を見、游魚数ふべし。花片波に点じ、輒ち就きて之を唼《すす》るに、得る所無くして逝く。之が為《ため》に一笑す。仰ぎ見れば桃野《ももがの》前に在り。地勢陡絶《とうぜつ》（険しいさま）。黄茅数家、縹渺として梅花爛漫の間に現出す。瑤宮璚闕（共に玉で作った御殿、立派な御殿のこと）の白雲中に在るがごとし。望むべきも、即くべからざるなり。篙夫云ふ、「此の渓夏月毎《ごと》に躑躅《さつき》花開き、水変じて猩血色と作《な》るも亦奇絶たり。故に名づけて躑躅川（五月《さつき》川のこと）と為すなり」と。嗚嘑《ああ》此の渓の奇、一に何ぞ多きや。恨むらくは一時に併せ観る能はざるを。之を記して以て他日を俟つ。

記七

還りて嵩村に抵り、舟を舎《す》てて岸に上る。緑竹数畝水に臨む。亦梅渓中少《か》くべからざる者なり。西麓は梅花亦多し。月瀬の花と相連る。爛として銀海を成す。西に行くこと数百歩。花間阪を得、螺旋して上る。寔《これ》を月瀬と為す。山腹の香雪中に一大石を出《いだ》す。苔蘚之《これ》を被ひ、蒼欝愛すべし。踞して少しく歇《やす》む。益ゝ上りて巓に至る。眼界豁然として、谿山呈露し、蔵匿するを得る無し。花は山に溢《あふ》れ、壑《たに》を填《うず》む。彌望皎然として、譬へば泰山の頂に登り、大地を下瞰するがごとし。皆白雲、是れ梅渓の全真を得る者なり。宜《むべ》なるかな、月瀬の名独り顕はる。其の名の雅馴に止まらざるなり。適〻《たまたま》天復《また》陰《くも》り、雪大いに至り、風之《これ》に薄《せま》り、舞蝶空を塞ぐがごときも、亦奇観なり。渓を下り渡《わたし》を索《もと》めて還る。

記八

天復《また》晴る。杉谷を過ぐ。尾山の第六谷なり。岡阜陂陁《ひい》（土地の険しいこと）、径を得て上る。俯し見れば花は谷中に堆積し、残雪たるかと疑ふ。土人の導を為す者曰く、「雪若《も》し消えざれば花蕊凍瘁し、実を得るも饒かならず、幸に消釈し尽す。今年は必ず豊かならん」と。余因りて詳かに一歳の入を問ふに、曰く、「尾山一村、上熟すれば乾梅二百駄（駄は馬に積んだ荷物を数える語）を得、駄毎《ごと》に壹斛《こく》（石と同じ）伍斗、重《おも》さ貳陌斤《きん》（一斤は百六十匁《もんめ》、六〇〇グラム）なり。此の間の十余村を併せ、中熟すれば、大抵千四百駄を得、上熟すれば二千駄、駄毎に価銀玖什《九十》銭、或は陌《百》銭と云ふ」と。蓋し地既に墝埆（荒れた土地）にして耕すべからず。此《これ》を以て穀に当つ。実熟するに及び、採りて乾かし、京都の染肆に送る。銭を獲る万石の入を減ぜず。亦山中の経済なり。聞く、「備後の三原に大梅林有り、未だ此《ここ》と如何を知らず」と。公図曰く、「吾三原に遊ぶこと再びす。地平遠なるが為に、此の間と趣きを異にす。花の饒《ゆたか》なること或は相頡頏すべきも、地の勝は則ち及ばざること遠し」と。愈〻上れば則ち一目千本左に見、又前に南岸の花を望み、月瀬の観を減ぜず。適〻《たまたま》斜日之を射、花光煥発し、芳霧山谷に噴き、殆ど人をして目眩《くら》み、正視する能《あた》はざら

山陽曰く、此の篇の中間は梅実の価直を叙し、古朴を避けざること史遷の貨殖を伝ふるがごとし。加ふるに首尾秀抜の妙を以てす。

山陽曰く、邦人の游記は喜《この》んで詠調を著く。是れ倈翁俑を作る（悪い前例を作る）。公の記のごときは独り然らず。最後に在りて一哄笑を著くるも亦妨げざるのみ。

山陽曰く、常山の蛇勢なり。（文章が首尾照応すること）

しむるも、亦一奇なり。

記九

楽しいかな梅渓の游や。両日留連し、良友佳朋を従へ、天下無双の勝を覧る。天も亦其の雪月の美を靳《はずか》しめず、并せて之を賜ふに三絶を成すを以てす。多幸と謂はざるべけんや。日夕に院を辞し、将《まさ》に上野に至らんとす。夜黒《くら》く迷ひて路を失ふ。荊棘中に陥ち、進退維谷《これきわま》る。乃ち渠水を跳超す。蹊田数町にして、纔《わず》かに官路を得たり。同人交ゝ《こもごも》文稼を咎む。余曰く、「亦奇ならずや。今日の游奇ならざる莫き者は此れ其の余波のみ」と。公図笑ひて曰く、「此《かく》のごときは蛇足のみ」と。衆哄然（大声で笑う）たり。初更（夜八時）上野の客舎に達す。翌日辞して公図・文稼等と別る。子達等を携へ去る。此の行に余七言律詩十首を得、奚嚢（従者に持たせた詩文を入れる袋）に賓《ふさ》ぎ、公図の贈る篇及び文稼・半香等の作る所の詩若しくは画と、梱載（束《たば》ねて載せる）して帰る。之を壁間に貼り、又瓶に院主餉《おく》る所の梅花を挿し、几案の側に在り、清香室に満ち、数日恍然として、猶ほ梅渓中に在るがごとし。是に於て之を追記し、九篇を得《え》、子達をして図を造り、各篇の左に置かしめ、以て未だ遊ばざる者に示し、亦此の渓の益ゝ顕れんことを欲すなり。

文政庚寅（十三年）仲春　伊勢拙堂居士齋藤謙

僕此の渓の勝を聞くこと多年、一たび往きて賞せんと欲するも、果たす能はず。公図来りて游況を説く。魂益ゝ飛越す。又公の一介を以て相聞かさざるを恨む。相聞かす者あらば僕必ず往きて焉《これ》に会せん。豈に愉快ならざらんや。遺憾、遺憾。今此の記を読むを得て、恍として同じく万玉林中に酔ふの想ひを為す。亦以て自ら慰むるに足るのみ。妄評のごとくなれば、則ち幸に笑ひて之を擲《なげす》てよ。

山陽外史頼襄

山陽とて月ヶ瀬の景勝を前々から聞いていて、一度は訪れたいと思っていた。公（拙堂）の仲介がなかったことを恨むといい、誘いがあって行けたらどんなに愉快であっただろう。それがなかったことを遺憾とするという。今この記を読んで、うっとりとして万玉林中に酔う想いがうる。勝手な評を加えたが笑って之を擲《なげす》て下さいよというのである。

以上九篇で梅渓遊記は終っている。達意の名文で、月ヶ瀬を天下に知らしむるに大いに役立った所以が理解されよう。これと同時に、十律を作っている。以下その十律を訓読し、書き下し文にする。

附梅渓十律

梅渓の勝趣好んで親《した》しく論ず。今日扁舟もて始めて源を問ふ。湿霧の両崖春水の渡し。冷雲十里夕陽の村。榻前幾歳か図画を按ず。枕上平生夢魂を労す。記し去る山頭老禅の宅。直《ただ》ちに香裡より柴門を得たり。

花亭曰く、最も是れ佳律

清川幽麓紅塵を阻《はば》む。鶏犬寥々（さびしげなさま）たり洞裡の春。僻境の衣巾《きん》魏晋に非ず。編民の姓族定めて朱陳（朱氏と陳氏の両姓で一村をなしている）ならん。山田万石玉を食と為し（ここでは梅で生計を立てている）。籬落十村芳是れ隣。笑殺（殺字は助字）す凡桃に傴骨少きを。花を種ゑて学ばず秦を避くるの人を。

花中の清絶久しく梅を推す。此の境居然として更に魁を占む。遍地鎔銀（銀を鎔《とか》したように白い）爛として海のごとし。満山の種玉（全山が玉を種えたように梅が一ぱい）粲として堆を

又曰く、第四佳句

成す。澄渓影蘸《した》して（花の影が渓にひたる）参差《しんし》として見ゆ。曲径香を吹き窈窕として来る。東閣（賢人を招く東側の建物）西湖（杭州にある古来有名な湖、ここに梅の名所孤山がある）も何ぞ道《い》ふに足らん。唐賢も容易に鉄心摧かる。（唐賢は唐の宋璟のこと〈前出〉宋璟の鉄腸石心も梅花賦を作った故事による）

山扆行き窮む層嶺の西。梅花深き処路高低。雲中人は過ぎ前渡を誤り、雪裏鶴は帰り旧棲に迷ふ。幽谷の風香自《おのずか》ら導を為し、芳陰の苔駁（駁はまだらなこと）亦蹊を成す。清宵更《こう》に発す逋仙（宋の林和靖のこと）の秘。疎影分明月一渓。

月下に衣を振り碧岑《しん》に立つ。皎然として一矚すれば尽《ことごと》く千林。幽巌冷淡雲に色無く。遙澗（はるかな谷合いの流れ）潺湲として花に音あり。風は帽簷を払ひ酒醒むるに従ふ。参《しん》（参星のこと、みつ星、二十八宿の一）は頭上に横たはり宵の深きを覚ゆ。佳人（ここでは梅花のこと）畢竟能く客を留む。今夜は要須《かなら》ず樹陰に宿るべし。

雪楳相伴ひて茲の辰を占め、芳意寒光（月の光）両ながら是れ真。自《おのず》から暗光あり千樹の暁。更に素彩を添ふ十分の春。豈に図らんや庾嶺（江西省大庾県にある梅の名所）僊を夢むる客。兼ねて作《な》る剡渓《せんけい》（地名、浙江省曹娥江の上流。晋の王子猷が雪の夜に戴逵を訪ふた所）興に乗ずる人。満目皚然清浄の境。山と無く水と無く繊塵を著く。

壑《たに》を踏み巌を攀ぢ自由ならず。万梅林下軽舟を蕩《うご》かす。珠を綴る枝は在り風塵の表。雪に映ずる人は被《き》る鶴氅の裘（鶴氅裘あり、鶴の白い皮衣）。素絢《けん》図成りて危壁に挂け、玉山影倒《さかしま》にして中流に落つ。篙夫棹を移す須《すべか》らく徐緩（ゆっくりと）すべし。九曲（幾重にも曲る）の風光細《こまや》かに求めんことを要す。

尽日（一日中）春を尋ねて奇窮らんと欲す。渓山境に随ひ更に同じき無し。巌は危岸に懸り参差《しんし》として出づ。水は寒沙を嚙み屈曲通ず。踏破す輭《なん》雲屐歯に薫り、穿ち来る叢雪舟篷に掲ぐ。兜羅綿《めん》（薄物の綿のこと）裡《り》乾坤白く、斜陽を埋却（却は助字）して亦紅を失ふ。

（梅の花の白さに夕陽の紅も消え失せるという）

踏春（踏春あり、春野のあそび）布襪（青鞋、旅支度）梅の為に忙し。看るに朝陽より夕陽に到る。雪に宜しく咀嚼（ここでは詩文を理解する）に堪へたり。花有り人有り倘佯に任す。新図景を写し筆端活《い》く。奇句游を記し嚢底香し。一たび去りて他年茲《こ》の勝を憶ふ。山川杳《よう》として白雲郷に在り。

留連す両日偎寰に宿る。僮僕帰るを催し強ひて関を出づ。満袖の清香携へ得て在り。一枝の氷蕊折りて将《まさ》に還らんとす。重遊識らず何れの歳にか在るを。後夢只《ただまさ》応に此の間を尋ぬべし。好し蹇驢《けんろ》（ちんばの驢馬《ろば》）を借りて倒に騎りて去り、雲間に引領（首を伸ばして遠くを眺める）し残山（亡国の山、ここでは笠置山をいう）を望まん。　齋藤謙稿

山陽曰く、声画有り。

花亭曰く、亦佳律と為す。


花亭曰く、驢を借るは是れ興到るの言のみ。然れどもこの間実に驢なし。好の字当に安に作るべし。又曰く、雲間の句余韻裊々（嫋々）たり。

と十律を残している。これらの詩に対して、頼山陽・岡本花亭・篠崎小竹の三人が評を欄外に付けている。そして又これら三人が評語を最後に加えている。それらを次に載せる。

七律は作り難し。僕のごとき此の中の一首を成さんと欲するも亦数日の呻吟を須《ま》つ。今公両日鞋韈盃樽の間に在り、咄嗟《とっさ》に五百六十字を為《つく》る。殆んど万株玉雪と勍敵《けいてき》（勍は強の

意）す。人をして舌挙げ目瞠《みは》らしむ。僕初め律を以て遊を記すを疑ふ。体を択びて宜しきを失ふ。何ぞ絶句を以てせざる。既にして之を閲するに、見聞する所に随ひ、次第に叙べ写す。語は駢儷にして意流動す。其の中に銀玉等の字を用ふるを免れずと雖も大抵は白戦（詩人がそれぞれの才能を競ふためにすること。詩を作るに物に縁ある語を忌む）して詠物の様子に堕ちず。是れ最も難しとなすのみ。　山陽外史批

これに岡本花亭と篠崎小竹が評語を加えているが、もとは欄外にあったものを嘉永本では、山陽の後に置いている。

十律は観るべからざるにあらず。然れども九記絶勝の後に付するは、頗る減色を覚ゆ。刪割して特に其の佳なる者を存するは如何。　岡本成（成は花亭の名）妄評

十律各ゝ次第あり、而して重複なし。刪るべからざるなり。之を合するも未だ両傷を為さず。然れども之を離して双美と為すに如《し》かざるのみ。　小竹散人批

評語によれば、花亭と小竹(7)は反対意見を述べている。しかも、小竹評は山陽評の欄外、岡本花亭の評の後に付けられていた。嘉永本は、山陽・花亭・小竹の順に書き改められている。

以上、天理本に従って、嘉永本に改められたものを掲げたが、更に、天理本では宮崎青谷の跋文の欄外上部に、岡本花亭の「月瀬梅花歌拙堂の需めの為に」とある梅花歌がある。嘉永本では『月瀬記勝』坤冊中、梁川星巌の妻紅蘭の六絶句の後に載せられている。図版に花亭の落款印のあるものを載せ、ここには花亭の「月瀬梅花歌為拙堂文学」を書き下し文にした。（図版4・5、92頁参照）

月瀬梅花歌拙堂文学の為に　　岡本花亭成、江戸の人

拙堂曰く、起手（始め）

梅花の大観天下に魁く、月瀬に遊ぶ者難きは梅の為《ため》なり。方三十里山と水と。一白東風香

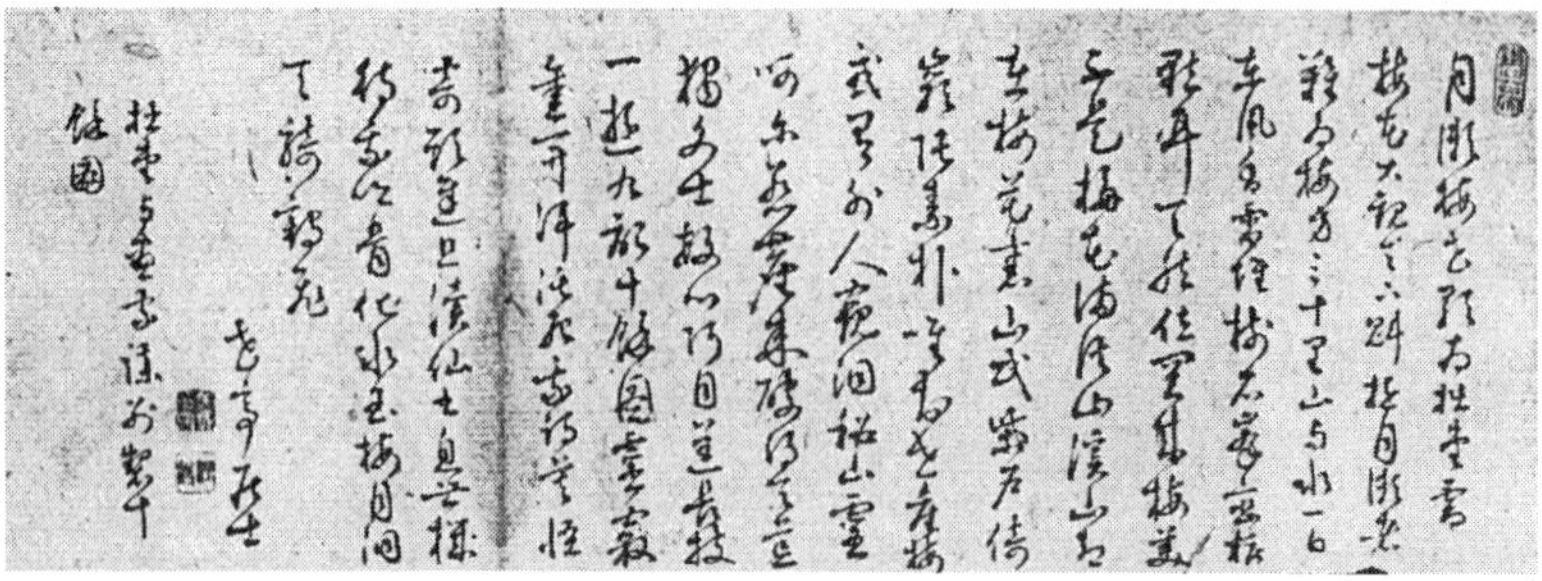

図版4

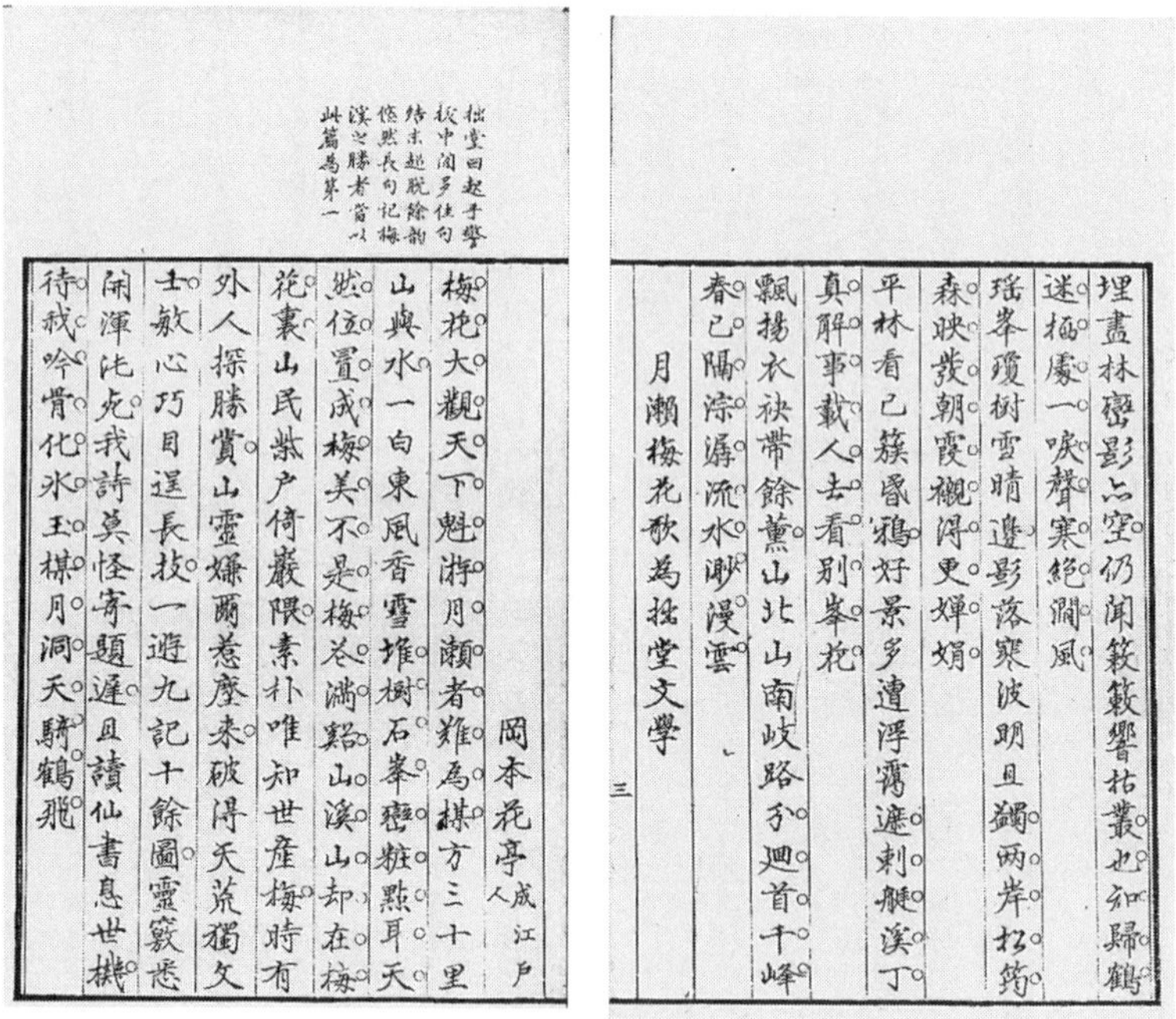

埋盡林巒影亡空仍聞簌簌響枯叢也知歸鶴
迷栖處一唳聲寒絶澗風
瑶岑瓊樹雪晴邊影落寒波明且鮮兩岸松筠
森映發朝霞襯得更嬋娟
平林看已簇昏鴉好景多遭浮靄遮刺艇溪丁
真解事載人去看別峯花
飄揚衣袂帶餘薰山北山南岐路分廻首千峰
春已隔淙潺流水渺漫雲
月瀨梅花歌為拙堂文學

三

拙堂曰起手擧秋中間多佳句結末超脱餘韻悠然長句記梅溪之勝者當以此篇為第一

岡本花亭 成 江戸人

梅花大觀天下魁游月瀨者難為棋方三十里
山與水一白東風香雪堆樹石峯巒粧點耳天
然位置成梅美不是梅花滿谿山溪山却在梅
花裏山民柴戸倚巖隈素朴唯知世産梅時有
外人探勝賞山靈嫌爾惹塵來破得天荒獨文
士斂心巧目逞長技一遊九記十餘圖靈竅悉
闢渾沌死我詩莫怪寄題遲且讀仙書息世機
待我吟骨化冰玉棋月洞天騎鶴飛

図版5

警抜、中間に佳句多し。結末超脱、余韻悠然、長句梅渓の勝を記する者は当《まさ》に此の篇を以て第一と為すべし。

雪堆し。樹石峯巒粧点のみ。天然の位置梅の美を成し、是れ梅花渓山を満たさず。渓山却って梅花の裏に在り。山民の柴戸巌隈に倚る。素朴唯《ただ》知らる世ゝ梅を産するを。時に外人有りて勝を探りて賞す。山霊爾《なんじ》が塵を惹き来るを嫌ふ。天荒を破り得たるは独り文士のみ。敏心巧目長技を逞うす。一遊九記十余の図。霊竅《きょう》悉く開き渾沌死す。我が詩怪しむ莫かれ題を寄すること遅きを。且つ仙書を読んで世機（世の中との交渉）を息む。我が吟骨氷玉と化するを待ち、楳月洞天鶴に騎って飛ばん。

七言古詩、四解。韻字は一解「魁・楳（梅）・堆」（上平声十灰の韻）、二解「耳・美・裏」（上声四紙の韻）、三解「隈・梅・来」（上平声十灰の韻）、四解「遅（上平声四支韻）・機・飛」（上平声五微の韻、四支・五微の韻は古詩通用）

二、宮崎青谷と市川顛庵の挿図について

拙堂の梅渓遊記一に宮崎青谷が拙堂に同道して月ヶ瀬に観梅したことが記してある。青谷は画を善くしたことは、跋文にも記してあり、拙堂から月ヶ瀬の風景画を依頼され、各篇の右に付したとある。嘉永本では纒めて梅渓遊記の前に八景を載せている。もとは七景であったが、後に一景を加えて八景にした。初めの七景を掲げ、更に天理本に残されている市川長（顛庵）の月瀬梅渓図を共に載せた。宮崎青谷は画家としての名声を梅渓遊記と『月瀬記勝』の挿図によって得た。我妻栄吉著の『三重県の画人伝』[8]にも掲載されているが、市川長の名は出ていない。

宮崎青谷梅渓挿図

市川長梅渓挿図

曲蹊蛇蟠

圖
九
竹陰待渡

遠嶺人家

遍地香雲
十一

清灘棹月

古梵香雪

以上青谷・顛庵の七景図を掲げ、梅渓の風景の大凡を知ってもらえたと思う。青谷の画は淡彩で、部分を大きく画いている。その為に全体を通して月ヶ瀬の雰囲気が味わえる。それに対して、顛庵の画は、一図一図が纏りを為していて、少々スケールの大きさにおいて青谷に劣ると思われるが、それぞれ一つの世界を表わしていて、非常に細密に画かれ、これ又捨て難い雅致を持っている。

序に青谷・顛庵の跋文があるので挙げる。（図版6・7、102・103頁参照）

跋

憲楳渓の勝を聞くこと久し。今年二月、拙堂先生に従って始めて往きて遊ぶ。玉雪万堆、粲然として目を奪ふ。洵《まこと》に素聞に勝る。而して峰聳え渓清く、嵓石離奇として松竹欝茂す。凡そ景の梅に宜しき者は、具備せざるなし。其の勝固《もと》より応《まさ》に天下に冠たるべし。但《ただ》地の幽僻なるを以て、未だ甚しくは世に顕はれず。豈に遺憾ならずや。

今先生記して之を伝ふ。奇景錯出し、歴々として目に在り。未だ遊ばざる者をして拊髀《ふひ》（ももをうつ、喜び勇むさま）雀躍、駕を命じて之に従はんと欲す。而して楳谿の勝、遂に掩ふべからざるなり。豈に天其の人を待ちて之を天下に顕はすに非ざる無きを得んや。先生猶ほ其の未だ悉《つ》くさざるを恐るるや。憲に命じて図を作り、各篇の右に置かしむ。憲固より画に拙にして其の奇を得る能はず。但《ただ》其の真景に依り彷彿を存するのみ。首《はじめ》に梅渓全図を置き、以下逐次其の七景を図す。図各〻題有るも、亦先生の命ずる所なり。

文政庚寅（十三年）四月　　門人宮崎憲謹んで識す［印］［印］

宮崎青谷が七図を画いたことは前述したので省く。その後、嘉永になってから一図を加えて八図にした所以が細字で説明されているが、嘉永四年なので後に記す。

図版6

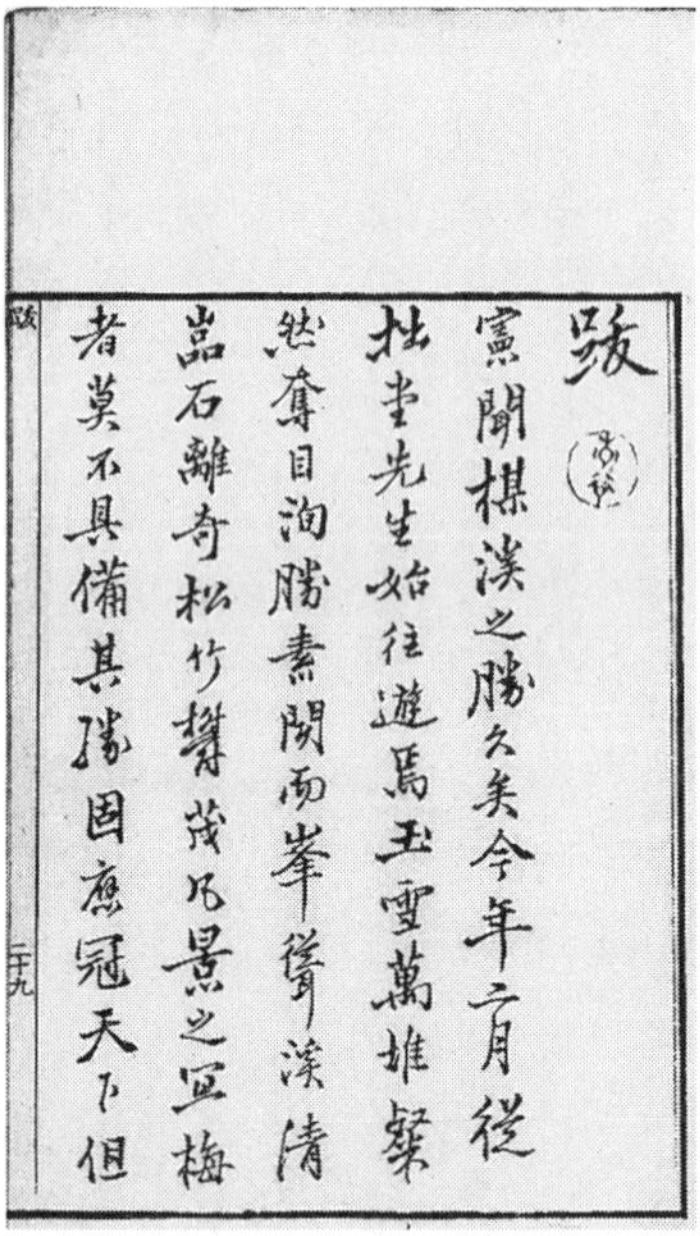
跋

憲聞棋溪之勝久矣今年六月從
拙堂先生始往遊焉玉雪萬雄槩
然奪目洵勝素聞而峯巒溪清
嵓石離奇松竹攢茂乃景之宜梅
者莫不具備其勝固應冠天下但

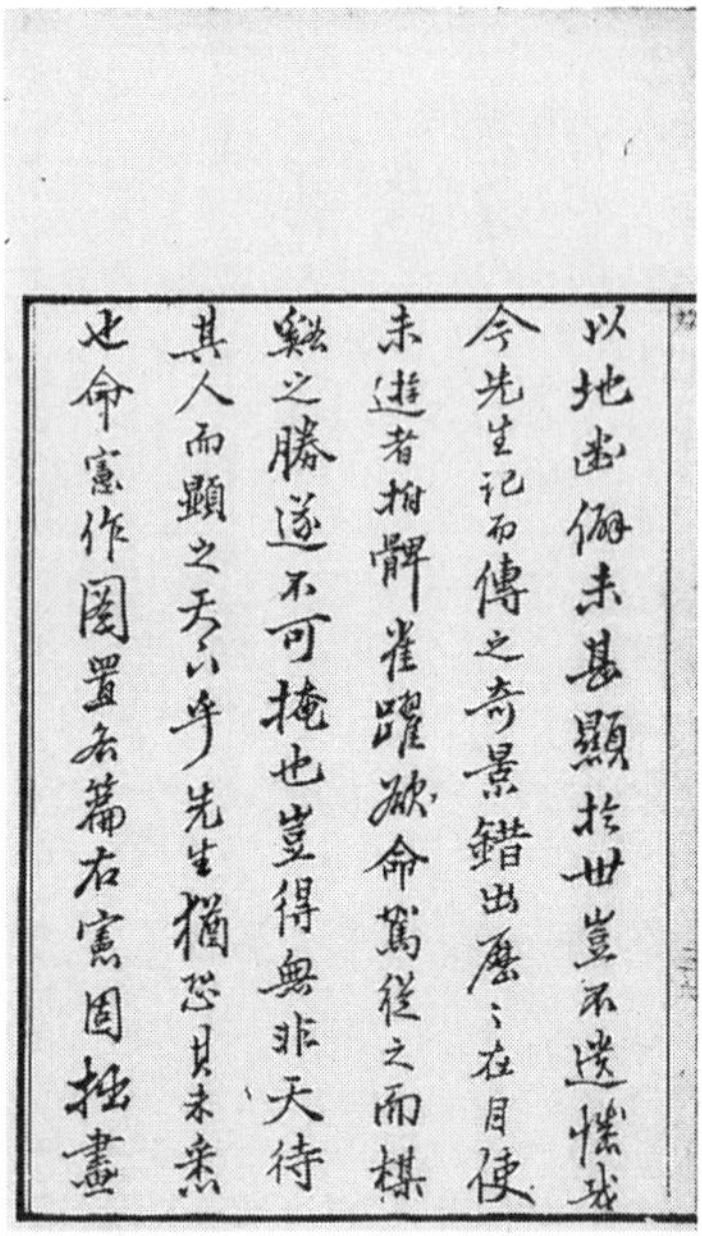
以地幽僻未甚顯於世豈不遺憾哉
今先生記而傳之奇景錯出歷々在目使
未遊者相髀雀躍欲命駕從之而棋
谿之勝遂不可掩也豈得無非天待
其人而顯之天小乎先生猶恐其未悉
也命憲作圖置各篇右憲固拙畫

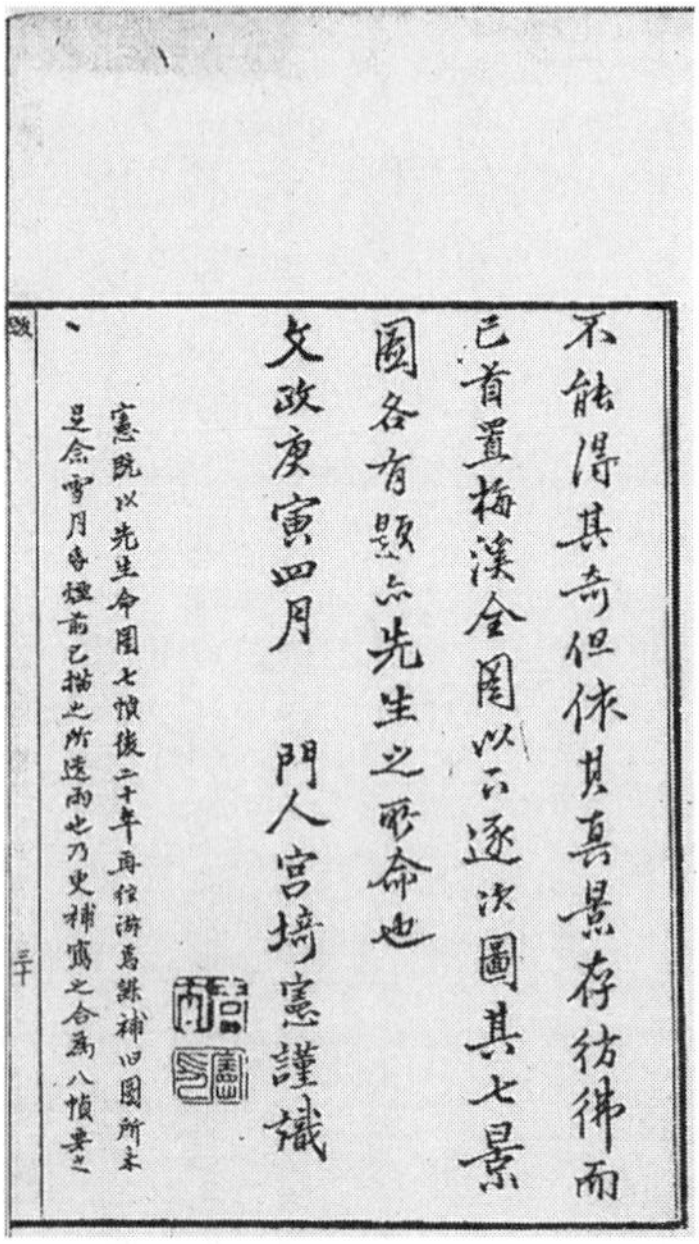
不能得其奇但依其真景存彷彿而
已首置梅溪全圖以下逐次圖其七景
圖各有題亦先生之所命也
文政庚寅四月　門人宮埼憲謹識

憲既以先生命圖七幀後二十年再往游焉録補旧圖所未
足余雪月各種蓋已描之所遺而也乃更補寫之合爲八幀要之

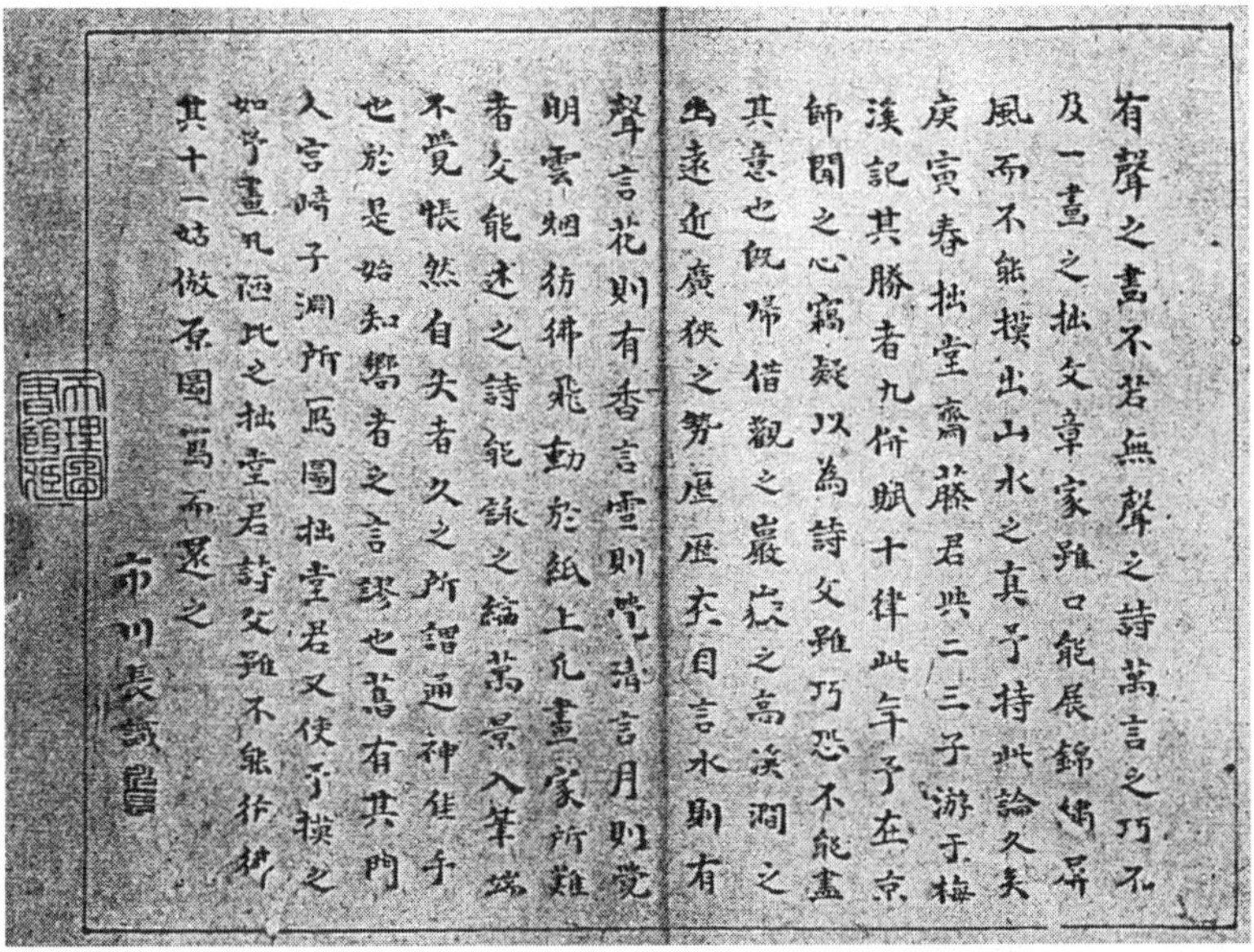
有聲之畫不若無聲之詩萬言之巧不
及一畫之拙文章家雖口能展錦繡屏
風而不能摸出山水之真予持此論久矣
庚寅春拙堂齋藤君與二三子游于梅
溪記其勝者九併賦十律此年予在京
師聞之心竊疑以為詩文雖巧恐不能盡
其意也既帰借觀之巖嶽之高溪澗之
幽遠近廣狹之勢歴歴在目言水則有
聲言花則有香言雪則覺清言月則覺
明雲烟彷彿飛動於紙上凡畫家所難
者文能述之詩能詠之縮萬景入筆端
不覺悵然自失者久之所謂通神佳手
也於是始知嚮者之言謬也舊有其門
人宮崎子淵所寫圖拙堂君又使予摸之
如嚮畫乃陋比之拙堂君詩文雖不能彷彿
其十一姑傚原圖寫而還之
市川長識

図版7

ここで、天理本に付された市川長の跋文を紹介する。

跋文に「宮崎子淵所写図」があり、梅渓遊記一の子淵も宮崎青谷と同一人物と思われるが、この他、詳かにする資料がない。

有声の画は無声の詩に若《し》かず。万言の巧も一画の拙に及ばず。文章家も口能く錦繡を屛風に展ぶと雖も、山水の真を摸し出すこと能はず。予此の論を持すること久し。庚寅の春、拙堂斎藤君、二三子と梅渓に遊び、其の勝を記する者九、併せて十律を賦す。此の年予京師に在りて之を聞き、心竊かに疑ひて以為《おも》へらく、詩文は巧みと雖も、恐らくは其の意を尽す能はざらんと。既にして帰りて之を借観するに、巌嶽の高き、渓澗の幽なる、遠近広狭の勢、歴々として目に在り。水を言へば則ち声有り。花を言へば則ち香有り。雪を言へば則ち清を覚ゆ。月を言へば則ち明を覚ゆ。雲烟彷彿として紙上に飛動す。凡そ画家の難しとする所の者は文能く之を述べ、詩能く之を詠じ、万景を縮めて筆端に入る。覚えず悵然自失する者《こと》之を久しうす。所謂《いわゆる》神に通ずる佳手なり。是《ここ》に於て始めて嚮者《さき》の言の謬《あやま》れるを知るなり。旧《もと》其の門人宮崎子淵写す所の図有り。拙堂君又予をして之を摸せしむ。予の画のごときは凡陋にして、之を拙堂君の詩文に比《くら》ぶれば彷彿たる能はずと雖も、其の十の一は姑《しばら》く原図に倣ひ写して之を還《かえ》す。

市川長識す印

市川長については『三重先賢伝』に市川清之助とあって、長の名、顛庵の号がないので、事績・人物について不明であったが、先般三重県立図書館勤務の青山泰樹氏から『三重史話』[9]の抜刷りが届き、市川顛庵の名を確認し、『三重先賢伝』の市川清之助であることが判明した。しかも市川顛庵が若い頃、斎藤拙堂門下で、又画を描いていた様子が、天理本で具さに判明された。市川長の絵画は今日殆ど残されていないために、『梅溪遊記』の挿図は貴重な資料といえよう。

三、梁川星巌との同行者の観梅行

梁川星巌等同行者の観梅詩は、その詩の題によって文政十三年であることが明らかである。嘉永五年刊の『月瀬記勝』坤冊には同行者でない他の詩人の詩と一緒に掲げているが、この『梅溪遊記』の後に入れた。

庚寅二月十八日拙堂竹塢諸子要余観梅於尾山月瀬諸村是日雨雪入夜雲開月出拙堂竹塢有詩次韻賦此

庚寅二月十八日拙堂・竹塢諸子、余を要して梅を尾山・月瀬の諸村に観る。是の日雨雪（雨雪で雪降る意）、夜に入りて雲開け月出づ。拙堂・竹塢詩有り、次韻して此れを賦す。

梁星巌　緯・美濃の人

深春十里度嶔岑　　深春十里嶔岑（山の高く険しいさま）を度《わた》る
凍霧風吹晴復陰　　凍霧風は吹く晴復《また》陰（くもる）

嶺樹無邊看不辨　嶺樹辺無く看れども弁ぜず
溪泉幾脈耳空尋　溪泉幾脈か耳に尋ぬること空し
手龜叵耐寒偏緊　手亀（ひびわれ）耐へ叵《がた》（＝難）く寒偏《ひとえ》に緊《きび》し
鞋没方驚雪已深　鞋《わらじ》は没し方《まさ》に驚く雪已に深きに
擬就店家謀一醉　店家（酒家の店）に就きて一酔を謀らんと擬す
燈痕依約隔踈林　燈痕依約（ほのかなさま）として踈林を隔つ
　拙堂批下同　拙堂の批、下同じ

○

瞑煙濃抹水東西　瞑煙濃抹（こくなる）水の東西
寒壓梅花萬玉低　寒は梅花を圧し万玉低《た》る
鐘磬數聲知有寺　鐘磬の数声寺有るを知り
山嵓一色欲無蹊　山嵓は一色蹊無からんと欲す
酒將醒處風吹帽　酒将《まさ》に醒めんとする処風、帽を吹き
雲忽開時月落溪　雲忽ち開く時月、渓に落つ
怪得繽紛瓊屑亂　怪しみ得たり繽紛として瓊屑の乱るるを
梢頭和影鶴來棲　梢頭影に和し鶴来り棲む
　同前得十五絶句録六　前に同じ、十五絶句を得六を録す　張氏紅蘭景婉・星巌の妻
半疑夢寐半疑雲　半は夢寐かと疑ひ半は雲かと疑ふ

綫路引人高下分
行到花深香密處
寒風一驀破氤氳
山雲篩白界斜陽
萬玉斂容如讓光
與雪相爭應不屑
待他月姉鬪明妝

○

埋盡林巒影亦空
仍聞蔌蔌響枯叢
也知歸鶴迷栖處
一唳聲寒絶澗風

○

瑤峰瓊樹雪晴邊
影落寒波明且皭
兩岸松筠森映發
朝霞襯得更嬋娟

○

綫路（細い路）人を引いて高下に分かる
行き到る花深く香密なる処
寒風一驀氤氳《ばくいんうん》（気の盛んに立ちのぼるさま）を破る
山雲白を篩《ふる》って斜陽に界す
万玉容を斂《おさ》めて光を譲るがごとし
雪と相争ふは応《まさ》に屑《いさぎ》よからざるべし
他《か》の月姉（月の異名、月を嫦娥というによる）を待ちて明妝（綺麗なよそおい）を闘《きそ》はしむ

林巒を埋め尽して影も亦空し
仍《なお》聞く蔌々《そうそう》（かさかさという音）枯叢に響くを
また知る帰鶴栖処に迷ふを
一唳（唳は鶴や雁の鳴き声）声は寒し澗を絶つの風

瑤峰瓊樹雪晴るるの辺
影は寒波に落ちて明且つ皭《あきら》かなり
両岸の松筠森《しん》として映発す
朝霞襯《ちかづ》き得て更に嬋娟（あでやかで美しいさま）

平林看已簇昏鴉　平林看《み》れば已《すで》に昏鴉簇《むらが》る
好景多遭浮靄遮　好景多く浮靄に遮遭《さえぎら》る（遭字は受身の語）
刺艇溪丁眞解事　艇を刺す渓丁（渓に掉す船頭）真に事を解す
載人去看別峰花　人を載せ去って看せしむ別峰の花

○

飄揚衣袂帶餘薫　飄揚する衣袂余薫を帯ぶ
山北山南岐路分　山北山南岐路分かる
廻首千峰春已隔　首を廻らせば千峰春已に隔たる
淙潺流水渺漫雲　淙潺たる流水渺漫（広くはるかなさま）たる雲

庚寅二月與拙堂侍讀及星巖夫妻諸人遊楳谿侍讀得十律見示次韵博粲
庚寅二月拙堂侍読及び星巌夫妻諸人と楳谿に遊び、侍読十律を得て示さる。次韵し粲を博す。

服部竹塢耕

梅冠天下固無論　梅は天下に冠たり固より論無し
山疊溪田水有源　山は畳《かさな》り渓は回《めぐ》り水に源有り
微雪曉裝千萬樹　微雪暁に装ふ千万樹
晩霞晴映十餘村　晩霞晴れ映ず十余村
逋仙可起便移隱　逋仙（林逋）起すべし隠を移すに便なり
何遜如知合斷魂　何遜（梁の人、文章を以て名あり。劉孝標と並び称せられた。何水部集がある）如《も》し知らば合《まさ》に魂

賴我年年假爲主
春風引客叩花門

○

唫屐穿林踏玉塵
行行訪得雪村春
堨來蹊路羊腸曲
取次溪山畫障陳
白没磯邊如失渡
香埋籬落不通隣
兹間似為梅花闢
清氣偏歸我輩人

○

勝境賸逢雪裏梅
春風何處敢爭魁
溪連卅里花爲國
山跨三州香作堆
雪霽遠添疎影去

を断つべし。
我を頼って年々假に主と為るも
春風客を引きて花門を叩く

唫（吟に同じ）屐林を穿ち玉塵を踏む
行き行きて訪ね得たり雪村の春
堨《なん》（盍と同じ）ぞ来らざる蹊路羊腸の曲
取次（次第に）渓山画障（衝立て）陳《つら》ぬ
白は磯辺に没し渡を失ふがごとし
香は籬落を埋め隣りに通ぜず
兹《こ》の間梅花の為《ため》に闢《ひら》くに似たり
清気偏へに帰《き》す我が輩の人

勝境賸《あまつさ》（剰と同じ）へ逢ふ雪裏の梅
春風何れの処か敢へて魁を争ふ
渓は卅（三十）里に連り花を国と為す
山は三州に跨り香、堆を作《な》す
雪霽《は》れて遠く添ふ疎影去り

霞蒸近漏落暉來　　霞蒸《む》して近く漏る落暉（夕日のかげ）来る
玻瓈一派珠千樹　　玻瓈（ガラス）一派（一かたまり）珠千樹
切恐晩風隨處摧　　切に恐る晩風随処に摧くを
　拙堂曰溪連三　　　拙堂曰く、「渓連三十里、
　十里山跨三州　　　山跨三州」は梅渓の勝
　括盡梅溪之勝　　　を括《くく》り尽くす。

○

兩山突兀水東西　　両山は突兀《とつこつ》（山の高く突き出ているさま）水は東西
雪裏尋春日已低　　雪裏春を尋ねて日已に低し
雲落碧潭難認影　　雲は碧潭に落ち影を認め難し
風吹玉屑易迷蹊　　風は玉屑を吹き蹊に迷ひ易し
壯觀何減陟庾嶺　　壮観何ぞ減ぜん庾嶺（前出）を陟《のぼ》るに
清興還同遊剡谿　　清興還《また》同じ剡谿《せんけい》（前出）に遊ぶに
溪上黄昏未看月　　渓上の黄昏未だ月を看ず
花光破暗到仙栖　　花光暗を破りて仙栖に到る

○

月滿前谿雪滿岑　　月は前谿に満ち雪は岑に満つ
清輝相映玉成林　　清輝相映じ玉、林を成す

但容驢背尋詩句　但容《ただまさ》に驢背に詩句を尋ぬべし
莫使花間弄笛音　花間をして笛音を弄せしむ莫れ
踏影村蹊行忘遠　影を踏む村蹊行ゝ《ゆくゆく》遠きを忘る
趁香山谷不知深　香を趁《お》ふ山谷深きを知らず
恍疑身入僊區去　恍として疑ふ身は僊区に入り去るかと
直冒輕寒涉洞陰　直ちに軽寒を冒して洞陰を渉《わた》る

○

獨喜勝遊及此辰　独り喜ぶ勝遊此の辰に及ぶを
滿天雪月看梅眞　満天の雪月に梅真を看る
千金難買皆奇夜　千金買ひ難し皆奇夜なるを
一境方知別有春　一境方に知る別に春有るを
雲母山圍香撲地　雲母（きらら、ここでは梅花のこと）の山は囲み香は地を撲つ
水晶林敝影隨人　水晶の林は敝《おお》（蔽と同じ）ひ影は人に随ふ
四嬋娟景今全得　四《よ》の嬋娟の景は今全て得たり
立倚竹邊無點塵　立って竹辺に倚れば点塵無し

○

楳谿雪月望難窮　楳谿の雪月望み窮め難し
豈與尋常夜色同　豈《あ》に尋常の夜色と同じからんや

綴玉林連千壑立　玉林を綴り連ねて千壑立つ
鎔銀水割兩峰通　銀水を鎔《とか》し割《さ》きて両峰通ず
境開枯鉃仙鄕外　境は開く姑射《こや》仙郷の外
趣似羅浮醉夢中　趣は似たり羅浮酔夢の中
不識參横天欲曉　識らず参（星の名）横たはり天暁《あかつき》ならんと欲す
乾坤一白奪霞紅　乾坤一白（すべて真白）霞紅を奪ふ

○

重逢此景恐無由　重ねて此の景に逢ふ恐らくは由無けん
訪月兼浮載雪舟　月を訪ひ兼ねて浮かぶ雪を載する舟
迎日嶺頭宜謝屐　日を迎ふ嶺頭謝屐《しやげき》（謝霊運の木屐から転じて好んで山遊すること）に宜し
忍寒溪上是王裘　寒を渓上に忍ぶ是れ王裘
天分林白襯紅靄　天は林白を分け紅靄に襯《した》しむ
鳥碎花香散碧流　鳥は花香を砕き碧流に散ず
若許風光能記得　若許《いくばく》の風光か能く記し得ん
他時應向夢中求　他時応《まさ》に夢中に向って求むべし

○

兩日尋春茲撥忙　両日春を尋ねて茲に忙を撥《おさ》む
夕晴夜月又朝陽　夕に晴る夜月又朝陽

雪航扶酔意酣暢　　雪に航し酔を扶け意酣暢（酒を飲んでのんびりした気分になる）
芳躧求詩望倚徉（ママ）（佯）　　芳躧《し》（芳しいくつをはく）詩を求めて倚徉（竹で編んだあじろ・徉字は誤字ならん）を望む
陣陣穿林風亦白　　陣々（切れぎれに続くさま）として林を穿ち風も亦白し
潺潺涵影水皆香　　潺々として影を涵し水皆香し
羈身久負梅花約　　羈身久しく負ふ梅花の約
未識何年老此郷　　未だ識らず何れの年か此の郷に老ゆるを

○

楳花世界阻塵寰　　楳花の世界塵寰を阻《へだ》つ
久歎此身名利關　　久しく歎ず此の身名利に関はるを
弄影趂香何敢倦　　影を弄し香を趂《お》ふ何ぞ敢へて倦まんや
探奇捜峭尚忘還　　奇を探り峭を捜《さぐ》って尚《なお》還るを忘る
遅留數顧停藜杖　　遅留す数〻《しばしば》顧みて藜杖を停む
惜別幾囬佇水灣　　惜別す幾回か水湾に佇む
預約春風重到日　　預め春風に約す重ねて到るの日
遍遊十有五山村　　遍《あまね》く遊ばん十有五の山村

これで服部竹塢の拙堂十律の次韻詩は終っている。先には岸勝明に従って月ヶ瀬に遊び又星巌の東道をなし、拙堂に同行して道案内役を買い、月ヶ瀬を天下に広めるために何度となく訪村している。それでいて服部竹塢の名が知られていないのは惜しい限りである。

次に、『月瀬記勝』坤冊に載せる小谷巣松の次韻詩を紹介する。

拙堂與星巖竹塢諸人游梅溪得十律見示次韵答之

拙堂と星巌・竹塢諸人と梅渓に游び十律を得て示さる。次韵して之に答ふ

小谷巣松(10)薫

好個梅溪價叵論　　好個の梅渓価論じ叵《がた》し
深幽又覺似桃源　　深幽又覚ゆ桃源に似たるを
雲霞弄影山前水　　雲霞影を弄す山前の水
鷄犬送聲花外村　　鶏犬声を送る花外の村
藉草平岡欹醉帽　　草を藉《ふ》む平岡酔帽を欹《そばだ》つ
躡風高岸蕩吟魂　　風を躡《ふ》む高岸吟魂を蕩《うご》かす
千株一瞬嘗臨眺　　千林一瞬にして臨眺を嘗《こころ》む
猶記玉林春谷門　　猶ほ記す玉林春谷の門

○

遠梅幽討避紅塵　　遠梅幽かに討《たず》ねて紅塵を避く
僂指曩游經幾春　　僂指（指折り数う）すれば曩游《のうゆう》（先に遊んだ）幾春を経たる
記得追尋境尤妙　　記し得たり追尋境尤も妙なるを
從他俯仰迹方陳　　他より俯仰迹方《まさ》に陳《つら》ぬ
氷霜一色花如海　　氷霜一色にして花、海のごとく

松竹雙清徳作隣　　松竹双《ふたつ》ながら清く徳、隣を作《な》す
未敢重尋乘逸興　　未だ敢へて重ね尋ねて逸興に乗ぜず
詞騷徒企角奇人　　詞騒（詩人たち）徒《いたずら》に企つ奇を角《きそ》ふ人

○

氷痕千樹尾山梅　　氷痕千樹尾山の梅
好句競題誰是魁　　好句題を競ふ誰か是れ魁くる
夜月光飛銀海浪　　夜月光は飛ぶ銀海の浪
夕陽影没白雲堆　　夕陽影は没す白雲堆
幽香暗帯薄寒動　　幽香暗に薄寒を帯びて動き
疎霰便先微雪來　　疎霰（まばらなあられ）便ち微雪に先だちて来る
花益清奇人所喜　　花は益ゝ《ますます》清奇にして人の喜ぶ所
風兴惟恐玉鱗摧　　風兴《セン》（風が冷く肌をさす）惟《ただ》恐る玉鱗摧《くだ》かるるを

○

長瀬涓涓水向西　　長瀬涓々として水西《にし》に向ふ
萬梅相映影高低　　万梅相映じて影高低
花村夜冷月移影　　花村夜冷やかにして月影《かげ》を移し
雪嶺天晴雲尚棲　　雪嶺天晴れて雲尚ほ棲む
春渡迷茫撑小艇　　春渡迷茫（迷い明らかでないさま、川にもやがかかって）にして、小艇に撑《さおさ》し

瑤林明淨認幽蹊　瑤林明浄にして幽蹊を認む
勝遊何奈得相逐　勝遊何奈《いかん》せん相逐ふを得たるを
梦到尾山山下溪　夢は到る尾山々下の渓

○

尾山勝槪訝崑岑　尾山の勝概崑岑（崑崙の峰）かと訝る
萬玉輝輝明晩林　万玉輝々として晩林を明るくす
烟幌捲收風外色　烟幌（煙が幌のように蔽う）捲き収む風外の色
松琴鼓動月中音　松琴鼓動す月中の音
惱人花影春猶冷　人を悩ます花影春猶ほ冷やかなり
拂水香氛夜未深　水を払ふ香氛夜未だ深からず
想像猶能爽神思　想像猶ほ能くす爽神（身心を爽やかにする）の思ひ
吟哦況是逗芳陰　吟哦況んや是れ芳陰に逗《とど》まるをや

○

五彩雲箋下筆辰　五彩の雲箋に筆を下す辰《とき》
新花好句鬪清眞　新花好句清真を闘はす
聯翩詞客河山秀　聯翩（続いて絶えない）たる詞客河山秀づ
搖颺香風筵席春　揺颺たる香風筵席の春
當此梅林角材日　当《まさ》に此の梅林材を角《きそ》ふの日なるべし

還爲火闇飽眠人　還《また》為る火闇（炬燵の類）眠りに飽くるの人
襟懷彼我天淵迴　襟懐の彼我天淵迴《はる》かなり
奔逸從他誇絶塵　奔逸（自由気ままにする）は他より塵を絶つを誇る

○

梅嶺捜奇奇不窮　梅嶺に奇を捜りて奇窮らず
梦游眞與囊遊同　夢遊は真に囊《さき》の遊と同じ
湍流獅怒怪嵓露　湍流獅は怒り怪嵓露はる
斷岸蛇盤細路通　断岸蛇は盤し細路通ず
廻眺分明香霧外　廻眺分明なり香霧の外
吟懷澄徹白雲中　吟懐澄徹す白雲の中
茫洋花海清如許　茫洋（はるかで広い）たる花海清きこと許《かく》のごとし
寧比凡桃衒醉紅　寧《なん》ぞ凡桃の酔紅を衒《てら》ふに比せん

○

風馬霓衣儘自由　風馬霓衣（風馬は神が乗る馬、霓衣は仙人が着る衣）儘《ことごと》く自由
夢中身似泛虛舟　夢中の身は虚舟を泛ぶるに似たり
花巌月渚夜耽酒　花巌月渚夜、酒に耽《ふけ》る
雪嶺風林曉不裘　雪嶺風林暁に裘（皮衣を着る）せず
鼓興自欣來絶境　興を鼓（鼓舞する）して自ら欣ぶ絶境に来るを

留春欲比伴名流
驚囬猶覺暗香撲
詞藻追思費細求

○

畫人詞客各清忙
花下拈毫送夕陽
柔櫓泝流從蕩漾
青樽卜夜更徜徉
芳雲兩岸長流綠
明雪羣山霽月香
懶性安能共幽尚
等閑辜負此仙郷

○

梅藹林深水石寰
芳風邀客闢雲關
水魂雪魄互輝映
綺紬紅裙時往還
健筆寫懷耽勝事

春を留めて比せんと欲す名流に伴ふを
驚き回り猶ほ覚ゆ暗香の撲つを
詞藻追思し細を費して求む

画人詞客各ゝ《おのおの》清忙たり
花下毫を拈《ひね》り夕陽を送る
柔櫓流を泝《さかのぼ》って蕩漾に従ひ
青樽夜を卜して更に徜徉す
芳雲の両岸長流緑に
明雪の群山霽月香し
懶性は安《いずく》んぞ能く幽尚を共にせんや
等閑（なおざり）に辜負《こふ》（相手の意向に負《そむ》く）せん此の仙郷

梅藹《い》（藹は花に同じ）林深し水石の寰
芳風客を邀《むか》へ雲関（雲の意）を闢《ひら》く
水魂雪魄互ひに輝映し
綺紬紅裙（共に美人の形容）時に往還す
健筆懐ひを写し勝事に耽《ふけ》る

輕舟移席傍清灣　　軽舟席を移し清湾に傍ふ
要脩一部月瀨志　　脩むるを要す一部月瀬の志
錦粲珠聯是此山　　錦粲（錦のように輝くさま）珠聯は是れ此の山

この十律の前には、拙堂と関係ある学者や友人たちから寄せられた詩文を載せ、小谷巣松以下に、藤堂蕉石・龍伯仁・藤堂琴山・平松楽斎・斎藤拙堂等の七絶を挙げるが、これは嘉永五年に『月瀬記勝』を出版するに当り、依頼されて寄せられた詩であるから、嘉永五年の時期に言及する。

注

（1）名は正謙、字は有終、通称は徳蔵、後に拙翁と云ふ。拙堂、又鉄研道人と号す。伊勢の人。幼にして頴悟、長じて昌平黌に入り、業を古賀精里に受く。日夕刻苦、尤も力を古文に用ひ、卓然として一家を成す。藩主藤堂侯の学校を創建するや、学職に擢任せらる、時に二十四。尋いで講官となる。高猷公位を嗣ぐや、侍読を兼ね、後ち郡宰に転じ、後又学校に入り督学となり、崇文尚武、人才の養成に力を致す。慶応三（元の誤り）年七月十五日没す。年六十九。私に諡して文靖と曰ふ。拙堂才識明達、学古今に通ず。経義は宋儒に本づくと雖も、亦之を墨守せず、参するに諸説を以てす。又諸史に通暁し、文は荘馬韓欧の神髄を得、時には杜蘇の堂に升る。夙に経世の志を抱き、田賦法律は勿論、本朝の典故をも考究す。種痘術の渡来するや、率先之を藩内に施行す。皆以て其の学の実用に適するを見るに足れり。著はす所、海外異伝一巻、士道要論一巻、南遊志一巻、月瀬記勝二巻、拙堂文話正続十六巻、拙堂紀行文詩八巻等多数あり。（『近世漢学者伝記著作大事典』二四二頁）

（2）名は定憲、字は子達、弥三郎と称し、青谷は其号なり。又其居を白沙翠竹江村舎と云ふ。伊勢の人。初め業を斎藤拙堂・猪飼敬所に受け、又頼山陽に従ひ、後ち昌平黌に入る。兼て画法を学び、一家を為せり。慶応二年十月九日没す、年五十六。

著書に青谷遺稿四巻、続書画人名録二冊がある。（『近世漢学者伝記著作大事典』五〇〇頁）

（3）伊勢津藩士ナリ名ハ直介字ハ子恭通称直左衛門鶉斎ハ其ノ号其ノ居ヲ鶉鶉庵トイフ幼ヨリ頴悟六歳ニシテ能ク論語ヲ暗誦シ一字ヲ誤ラズ人以テ神童ト為ス後土井聱牙ノ門ニ入リ嶄然頭角ヲ見ハス常ニ同門桜井勉、矢土錦山推服スル所トナリ師亦タ鍾愛甚ダ厚シ津藩ニ監物騒動アリ鶉斎其ノ参謀トシテ大ニ画策スル所アリシガ事敗レテ其ノ主藤堂監物ト共ニ死ヲ賜フ時ニ明治三年、年三十。（『三重先賢伝』二八二頁）

とあるが、明治三年で、年が三十であれば、文政十三年に拙堂と月ヶ瀬観梅行に行けないはず。この点については未詳。

（4）文化元年（一八〇四）～元治元年（一八六四）江戸末期の南画家。遠江（静岡県）見附の生れ、名は佶《きつ》、字は吉人《きつじん》、通称は恭三郎。暁斎、暁夢生とも号した。初め掛川藩（静岡県）の絵師村松以弘、次いで勾田《まがた》台嶺に学び、天保年間（一八三〇～四四）に入ってから渡辺崋山についた。蛮社の獄で蟄居後の崋山を田原（愛知県）に訪ね、画事でもって慰めた。当初花鳥画も描いたが崋山同門の椿椿山がこれを得意としたため山水画に変わり、崋山没後は水墨の山水をよくした。（一九九四年一一月三〇日、朝日新聞社発行『朝日日本歴史人物事典』一四〇五頁）

（5）宋の人。其の先は范陽の人。父に従って共城に徙り、後、河南に遷る。字は尭夫、諡は康節。図書先天象数の学を北海の李之才より受け、易に精通し、文王の著した易を後天易、伏羲の著した易を先天易として先天卦位図を作る。蘇門山百潭上に読書す。富弼・司馬光・呂公著等と洛中に従遊し、其の居を安楽窩といひ、自ら安楽先生と号す。其の学派を百源学派といふ。嘉祐及び熙寧中、官に推薦せられたが任に赴かず。卒年六十七。咸淳の初、孔廟に従祀せられ、新安伯に追封せられ、明の嘉靖中、祀って先儒邵子と称せらる。著に観物篇・漁樵問答・伊川撃壌集・先天図・皇極経世がある。（昭和四十三年一月二十日、縮図版第一刷、諸橋轍次著『大漢和辞典』巻十一、一三一頁）

（6）唐、昌黎の人。新唐書には鄧州南陽の人に作り、朱熹の考異には河南南陽の人に作る。字は退之。諡は文。介の弟。生れて三歳にして孤。嫂、鄭に養はる。読書を好み、長ずるに及んで尽く六経百家の学に通ず。進士の第に擢んでらる。官は張建封に徴されて府推官となり、四門博士に遷る。尋いで監察御史。上疏して宮市を極論し、山陽令に貶せらる。元和中、博士・中書舎人。後、刑部侍郎となる。憲宗、仏骨を禁中に迎へんとした時、上表極諫し、潮州刺史に貶せらる。尋いで袁州に改まり、召されて国子祭酒・兵部侍郎となる。鎮州の乱を撫し、帰って吏部尚書を贈らる。其の先世は昌黎に居ったため、宋の元豊中、追封して昌黎伯となす。性、弘通にして人と交るに栄悴易へず。其の文章は宏深奥衍、卓然として一家の言を成し、駢儷文の流行を歎じ、柳宗元とともに古文の復興を唱へ、後学の士に師法とせらる。唐宋八大家の一。後、門人李漢、其の文を編して昌黎先生集をつくる。(『大漢和辞典』第十二、二〇四頁)

(7) 名は弼、字は承弼、長左衛門と称し、小竹は其号なり。又別に畏堂・南豊と号す。豊後の人。本姓は加藤氏、出で丶篠崎三島の嗣たり。小竹幼にして穎異、三島に従って学ぶ。既にして東西周遊し、山水人物を訪ひ、才学年と倶に長ず。又江戸に来りて古賀精里に従学すること数月、帰阪の後、父に代り教授を力む。其の学程朱を宗とし、詩文及び書を能くす。人と為り闊達灑落、而も心を用ふる精細、事務に通達し、毫も書生迂疎の習あるなし。平生仕官を欲せず、然れ共諸侯の大阪に鎮戍する者、多くは聘して師となす。その交遊の広き、当時その比を見ず。嘉永四年五月八日没す。年七十一。著に小竹斎詩鈔五巻、小竹乙未文稿一巻等がある。(『近世漢学者伝記著作大事典』二五七頁)

(8) 昭和五十八年一月二十日、三重県郷土資料刊行会刊、我妻栄吉著『三重県の画人伝』

(9) 昭和二十七年十一月三日、三重県郷土会発行『三重史話』中、「茅原元一郎「三重県の初期洋画に関する一考察」八八頁に「清之助号を顛庵という」とある。

(10) 名ハ薫字ハ徳孺通称ハ左金吾巣松ハ其ノ号ニシテ又友松紵山ノ別号アリ天明八年四月九日津城南神戸村下ノ瀬古ニ生ル人ト為リ狷介厳正幼ヨリ学ヲ好ム最モ力ヲ朱子学ニ用ヒ夙ニ刻苦掌ニ焠シ以テ惰眠ヲ警シメ往々読ミテ旦ニ達ス佐野西山ニ従ヒテ経史文章ニ博通シ最モ周易三礼ニ精シ学成ルヤ伊勢神戸侯コレヲ召シテ儒員ニ充テシモ久シカラスシテ辞シ津城ニ帷ヲ下ス文政七年五月辟サレテ津藩儒官トナリ十口糧ヲ賜ヒ尋イテ五口糧ヲ加ヘラレ伊賀崇広堂講官ニ任シ歳禄百五十石ヲ給シ武具奉行トナル弘化四年十一月督学ニ参署ス巣松伊城ニ在ルコト三十年教化大ニ興レリ嘉永六年七月津城ニ帰住シ仍ホ講官タリ郷里之ヲ栄トス翌年春病ニ罹リ三月二日遂ニ没ス年六十七神戸松山寺ニ葬ル斎藤拙堂ハ巣松カ莫逆ノ友タリ（以下略）著ハス所友松存稿五巻、羈官漫興七巻、行尚類稿三巻アリ（『三重先賢伝』九五・九六頁）

第五項『梅溪遊記』の稿本の異同と嘉永本との関係について（附日本芸林叢書本を含めて）

『月瀬記勝』が世に出るのは嘉永五年からで、それまでは稿本として、或は写本として、狭い範囲で拙堂の知人たちに伝っていたものと思われる。斎藤拙堂が遊記を書き上げて早速、頼山陽に批閲を乞うている。その事情が、ここにいう「『梅溪遊記』稿本の異同と嘉永本との関係について」である。

一、序　説

表題に掲げた斎藤拙堂著の『梅溪遊記』（『月瀬記勝』の乾冊）の稿本を、今日私見する限りでは、国会図書館の鶚軒文庫と、天理大学附属天理図書館の二箇所にある。それと、筆者所蔵の嘉永版（刊記がないので、刊年はわからないが、嘉永四年の序・跋があるので、嘉永五年のものと思われる。嘉永五年のものは他見しているし、それと同種。）、その他に、日本芸林叢書二巻に「山陽刪潤『梅溪遊記』一巻」がある。活字本であるが、山陽の梅溪遊記刪潤の事情がわかるようになっている。嘉永本だけでは全然わからない。そこで鶚軒文庫稿本と天理本と比較検討し、更に嘉永本との関係を知ることに因り、鶚軒本と天理稿本（先に已に「天理本」として市川長の挿図、跋文については紹介した）は、いずれが先に書かれたものか、どんな様子で嘉永本に受け継がれて、嘉永本が完成されたか等、幾分なりともその状況が解明出来ればと思ってまとめてみた。

また、市島春城（明治・大正・昭和にかけての随筆家）が『随筆頼山陽』を書き、山陽の梅渓遊記を刪潤したことが山陽全集にも記されていないのを惜んで、その文の中で、この部分が山陽の刪潤したものであると、詳細に論述している。ただし、これは明治二十五年十二月十日に発行された雑誌『文章』の一文をそのまま掲げた旨が記されている。

残念ながら、そこには、梅渓遊記の九記中の記二までしか記していない。このように、先行する山陽刪潤のものがあって、日本芸林叢書にも山陽刪潤の梅渓遊記が掲載されたと思われる。そこで、日本芸林叢書が如何なる典拠によってまとめられたか等も、稿本と嘉永本との比較検討することで判明されるのではないかと考えてみた。

最初に、それぞれ使用した資料の体裁を挙げた。後に、先に提示した事項を述べてみる。

二、資料の体裁

A　国会図書館蔵、鶚軒文庫本『梅渓遊記』一帖（以下「鶚軒本」と略称する）

表紙厚手布張り、縦三〇糎、横一八・五糎、題簽右側に「齋藤拙堂」真中よりやや左側に「梅渓遊記」と各々行書で書かれている。本文九葉、毎半葉十一行、毎行二十字、字面の高さ一七・七糎、横一四・七糎、匡郭なし。最初に岡本豊洲（花亭の別号）の評語が二行に亘って記されている。一行目一九字、二行目一五字。欄外に岡云、頼云の形で、花亭・山陽の評語が書かれている。記九の後に、文政十三年庚寅二月津藩齋藤謙記とあり、つぎに、山陽の評があって、山陽外史襄の記名を付す。その奥に附として「梅溪十律」を載せ、山陽の評がつづき、「山陽外史批」の記名があり、その奥の跋に、文政庚寅四月門人宮崎憲謹識と記されている。各字体は楷書に近い行書で、山陽の書体に似せて軽やかな筆致である。一葉毎に裏打ちし、厚手の帖装仕立で、句読は圏点で、他は朱で評点を付している。

B　天理大学附属天理図書館蔵『梅溪遊記』（「天理本」と略称）、この稿本について、天理図書館発行の稀書目録の中に、稿本の記載があるので左に示す。

梅溪遊記寫一帖

齋藤（拙堂）著小竹・花亭・山陽評各自筆、梅顚市川長画、日野資愛自筆題詩、野村敬齋自筆の題辞、山陽外史跋、文政庚寅四月宮崎憲跋、市川長自筆跋、折本、雲母薄鼠色表紙裏打、二七糎一四糎、四周（藍）単辺一八糎一一・五糎、八行十八字、雙行二十五字、彩色地図二頁分、彩色挿画十四頁分、題簽左肩黄紙「梅溪遊記全」、「上野蔵書」、奥書文政十三年庚寅二月津藩齋藤謙記、奥に「梅渓十律」を附載、上部欄外に花亭・小竹・山陽の評語を注し、本文に花亭は朱・山陽は青の圏点を施す。日野資愛題詩の次に「遊梅溪之五月、余如京師、持此／冊、奉似日野亜相公、公観而嘉之／、題此詩、還賜焉、乃置於巻首以／代序文　云齋藤謙識」とあり、小竹頭書に云「梅溪之勝因此記而顕中略乃呼酒倍／窓翻此巻、而数囲読之／、姑慰吾恨也、壬辰二月十二日小竹散人弼書」とある。

稿本には市川長の彩色付の挿画（先に掲げた）が入り、本文の文字も楷書で端正な字で書かれていて、立派である。因みに記しておくが、この解題の最初に書かれている、小竹・花亭・山陽評各自筆のことだが、末尾の宮崎憲跋文の上の欄外にある花亭は自筆と思うが、他（山陽・小竹）は自筆とは思われない。それは本文の書体・字体と同一と見られるからで、本文の筆者が欄外の評語まで一緒に書いたものと思われる。

C　嘉永刊『梅溪遊記』（齋藤拙堂著『月瀬記勝』乾坤二冊本の乾冊が「梅溪遊記」になっている。以下「嘉永本」と略称）。

拙堂の『月瀬記勝』は随分読まれたものと見えて、沢山出版されている。版も何版かあるようだが、大きく分けて、この嘉永版（嘉永五年刊）と、この嘉永版の流れを汲む、津藩で出版した有造館本（安政五年）と、明治になって改版翻刻した明治十四年版に分けられる。明治版は少々匡郭内の大きさが嘉永版と異るのでわかる。宮崎青谷の挿画の色彩も嘉永本と較べてどぎつく、穏やかさに欠ける。

最初に日野資愛の序詩を載せ、次に細字で齋藤正謙の自序、嘉永辛亥孟冬伊勢鐵研学人齋藤正謙自識」とし、その次に天保二年夏四月という筆記のある大窪詩佛の序文（これは天保の時期の本文を挙げ、その書き下し文を付す）を二頁に亘って載せている。次に拙堂の門人中内樸堂の嘉永辛亥仲秋のある序を四頁載せる。その後の中扉に「谿山清夢」と篆書の題辞を掲げ、次に二頁に上野城からの月瀬・広瀬・片平に至る里程を表わす見取図を載せる。その後二頁一図で十六頁八図の挿画を載す。十五葉より梅渓遊記一から記九まで八葉半、次に山陽・小竹の評語を記し、附して「梅渓十律」がある。一葉後「齋藤謙稿」の記あり、ついで山陽の批、花亭の評、小竹批、椋隠の七律を載せ、渓琴の五律を挙げ、最後に宮崎憲の跋を載せて終る。本文毎半葉九行、毎行十九字、左右多辺、有界、匡郭内縦一七・六糎、横一二・七糎。

D　次に市島春城（万延元年～昭和十九年、八十五歳没。新潟の人。政治家、晩年多くの随筆集を残した）の『随筆頼山陽』中に見える「梅谿遊記」である。これについて市島春城が前文で、山陽の一行が月ヶ瀬に遊んだことを関藤藤陰の紀行によって、その行の様子を紹介し、附記して云う。

爰に、尚、附記を要するのは、斎藤拙堂の『梅谿遊記』である。これは二冊の本となって刊行流布し、頗る名文と称せられてゐるが、山陽の斧削を経たものである。山陽が、如何に鄭寧に此の文を直したかは、今、存在してゐる稿本（注、この稿本が何であるかについては全然触れていない。春城自身その稿本がどんなものであったか、見ていなかったのではないか）に依って知ることが出来る。去る明治二十五年十二月十日、雑誌『文章』に載せてあったのは其文の首部に過ぎないが、今左に之を収めておかう。これも既刊の山陽伝には漏れてゐるからである。読者は、此の稿本に拠り、山陽の雌黄が、此の紀行文を天下に名高くするに、如何に力があったかを見るべきである。

私は、この春城の一文の雌黄の様子によって、雑誌『文章』が明治二十五年十二月に発行されたのを知って、捜したが、結局未見に終った。よって、やむを得ず、市島春城の『随筆頼山陽』中の「梅谿遊記」を資料とする。『随筆頼山陽』は大正十四年七月二十日四版（初版は十三年三月）、早稲田大学出版部発行である。新書版の大きさで、写真八ページ、木崎好尚の漢文の序文を載せ、その後に「はしがき」を春城が書いている。その中で、『芸苑一夕話』（二冊本、『大正十一年四月十一日、早稲田大学出版部発行、江戸時代の学者・文人等の逸話を集めた）に漏れたもの。また諸家の書き漏しているものをまとめて刊行したという。次に日次、頼氏略系譜、年譜を載せ、本文六三七ページの長きにわたっている。その中の五番目「山陽の雑事」に「梅谿遊記」の一文がある。

E『日本芸林叢書』本（以下「芸林本」と略称）。これは、昭和三年に初版が刊行され、戦後になって（昭和四十七年十一月二十日、復刊）、鳳出版から複写本として刊行された。私の手元にあるものはこの復刊本であるため、字面に不鮮明な箇所があるので、それは初版本で補って使用した。

池田四郎次郎・三村清三郎・濱野知三郎編で、A５版、全十二巻、わが国近世漢学者、国学者の学芸、随筆類に依拠して集大成した。その二巻の一で、目次には「删潤梅谿遊記一巻　山陽頼襄著」とある。池田蘆洲の解題を採って見る。

删潤梅谿遊記一巻　齋藤謙著　頼襄删潤

月瀬の梅花は、拙堂の文によって天下に名を馳せたり。其文九篇、また梅花によりて天下に風行せり。梅花と文学と相待つの殷なること此の如し、而して其文は山陽外史の删潤を経たるを知るもの幾希れなり。今、世に行はるゝものを見るに、悉く山陽に従へり。山陽の力量が固より拙堂を首肯せしむるに足るものあるに因ると雖、拙堂の虚心担懐、また大に敬服に価するものなり。

右文の一節にいう、「今、世に行はるるものを見るに」とは通行本『月瀬記勝』であると思うが、删潤の拠り所としたものが何であるか、全然判明しないが、本稿本により何に拠って刪潤したかがわかった。以下論じるに当り、芸林本（活字本）の誤植を訂正しつつ、判明する限り、正誤表にし、今後、この「刪潤梅谿遊記」を参考される諸氏の為に附記した。

三、稿本の異同と嘉永本・芸林本との関係

最初に、稿本・嘉永本・随筆本・芸林本等それぞれの異同を確かめる。そして、第一に、特に異同が著しく違う箇所を「……自体に関するもの」として扱い、第二に、他と共通するのがあれば「……と共通するもの」としてまとめ、異同を比較検討していくことで、二種類の稿本と嘉永本との関係、また随筆本、芸林叢書本との関係を補説し得ると考えた。特に嘉永本では、山陽の刪潤は別にして、少々文字に異同が見られる事象をも一つの項目として扱った。

以下イ鴎軒本、ロ天理本、ハ嘉永本、ニ随筆本、ホ芸林本の順に、異同を見、芸林本では、四種乃至五種類と比較して、その関係を明らかにした。

（イ）鴎軒本について

A　鴎軒本自体に関するもの

(1)　梅渓遊記の九記の後に拙堂の十律が附録として掲げられている。その十律の七番目に（嘉永本八番目）に、「盡日尋春」七律の六句目、「穿来叢雪掲舟還」句中の「叢雪掲」が、鴎軒本には「銀嶺坐」になっていて、その右わきに「叢雪掲」と記されている。「叢雪坐」の三字は、天理本・嘉永本にも已に改められている。「銀嶺坐」であったのを拙堂自身「叢雪掲」になおし変えたと考えられる。この訂正（修正）が天理本、あるいは嘉永本に移行したと思わ

れる。

(2)　右の「銀嶺坐」の語について、山陽の評語が同じ七律の欄外にあって、「銀嶺悪趣、作玉樹較可」と付し、「銀嶺悪趣」とはっきり批評している。この評語から、「銀嶺坐」を「叢雪掲」に改め、山陽の評語も一緒に削って、天理本・嘉永本に改められたと思う。

(3)　同じく十律第九首目の七律「蹈春布韈爲梅花」の第五句、天理本・嘉永本には、「新畫寫景筆端活」あり、「筆端活」を、鶚軒本には「毫端濕」に作り、毫字の右わきに筆字を、濕字の右わきに活字を記している。

(4)　十律の八首目（嘉永本七首目）「蹈壑攀巖」七律の四字について、鶚軒本では「巖壑幽尋」とあるが、欄外に掲げる岡本花亭の評語に「岡云、起句頗晦、作蹈壑攀岩云々則可」によって、「蹈壑攀巖」とし、天理本・嘉永本のように改めた。ただし、評語は、天理本・嘉永本には削除されている。

　B　鶚軒本と天理本と共通するもの

鶚軒本と天理本に共通し、嘉永本にはない例を示す。

(1)　記一の末に拙堂と同行の人名を挙げている。その中に、深井士発の後に「山本素佛為導」とあり、嘉永本には「山本素佛」の人名を省いて、深井士発等と「等」の字を加えている。

(2)　記八の欄外、山陽の評語に、

　山陽曰、此篇中間叙梅實價直、不避猥雜、適見古朴、如史遷傳貨殖、加以首尾秀抜妙、

とあって、「猥雜、適見」の四字が、嘉永本では削られている。

(3)　十律の二首目「清川幽麓」の七律欄外に、

　岡云、（天理本、花亭曰に作る）境已清絶、更洗何塵、豈謂遊人衣上之塵乎、繞作幽、洗作隔、雞犬以下無間然、

最是佳律、

の文が掲げてあるが、嘉永本には「境已清絶」以下「無間然」までの二十八字が省かれ、最後の「最是佳律」だけが残されている。

(4) 十律の四首目「山屐行窮」七律の欄外の評語に、

岡云（天理本、花亭曰に作る）、五語似蘭六語似桃、有作風、難晦迹作自為導、林作陰、無語作蘚緑、自作亦、似可、此亦佳律、

とあって、「五語似蘭」以下「自作亦、似可」に至る三十字が、嘉永本には省かれ、最後の「此亦佳律」の四字だけが残されている。

(5) 十律の七首目「蹈躄攀巖」七律の欄外評語に、

頼云（天理本は山陽曰に作る）粉壁惡極、

とある四字が、嘉永本には省かれている。

(6) 十律最後の山陽の総評に

五千六百字當作五百六十字

と示すが、鶚軒本・天理本共に、五百六十字を誤って、五千六百字とし、嘉永本には五百六十字に訂正している。

(7) 山陽の十律総評上欄外に岡本花亭の総評がある。花亭の総評は、嘉永本には山陽の総評の後に置かれている。花亭の総評は嘉永本と同一なので省略する。

(8) 十律の七、八首目の順序が鶚軒本と天理本は同じで、嘉永本と異っている。それは、嘉永本の七首目「蹈躄攀巖」七律であるのに、鶚軒本・天理本では「盡日尋春」七律となり、嘉永本八首目「盡日尋春」が鶚軒本・天理本で

は「巖壑幽春」（天理本「蹈壑攀巖」に改める。先に記述済み）になっている。

（ロ）天理本について

A　天理本には、鷗軒本にない欄外の評語がある。それは、篠崎小竹の評語と、岡本花亭（鷗軒本にも花亭の評語は岡云の形で載せてあるが、その他に評語が加えられている）の評語である。

(1)　記二の欄外の小竹の評語に

小竹曰、如玉妃句係小景、恐當刪、下如寶鈿句亦然、

(2)　(1)に続けて花亭の評語がある。

花亭曰、是何妨、東坡把西子、比西湖、論大小者均名、

(1)(2)の評語は嘉永本には共に省かれていて、次に掲げる上段の稿本が、山陽の手によって下段の如く刪潤されて、嘉永本の形になっている。

（天理本）

日巳斂昏。花隱淡烟中。如玉妃隔碧紗而立。千樹依約。

（嘉永本）

更求之西土。以梅花名者。抗之孤山。境蓋幽。花則寥寥。蘇之鄧尉。花頗多。地則熱鬧。唯羅浮梅花村。對峻峰。臨寒溪。而花尤饒。庶幾可比我梅溪歟。日巳斂昏。花隱淡煙中。千樹依約。

(3)　記四の欄外小竹の評語に

小竹曰、如何郎句、亦恐纖巧。

とあり、この箇所を山陽は次の如く改めている。

（天理本）	（嘉永本）
如何郎傅粉。凡人目者莫不皚然。	如粉傅何郎之面。其美更増。一俯一仰。入目皚然。

(4)　更に、記九のあとの十律の八首目の七律欄外に花亭の評語がある。

花亭曰、記文認茅屋、倣蘸珠詩、則謂梅林、為粉壁、仙凡夐別、如出別手、

この評語（先のイBの(5)にある「粉壁悪極」の前に掲げる）によって、上段の語を下段のように改めている。

（天理本）	（嘉永本）
粉壁未乾排兩岸。	素絢圖成佳危壁。

また、天理本の山陽の総評の後に、宮崎青谷の跋文が付けられている（各本とも共通）。その欄外に花亭の「月瀬梅花歌為拙堂需」の七言古詩を載せる（詩の筆者は多分花亭自身のものであろう。草書で流暢に書かれ、最後に落款印まで押されている）。この詩は嘉永本では坤冊の張紅蘭の後に載録され、三解目の「山民柴戸」の詩の転句「時有外人探勝賞」（嘉永本）が「或有外人窺洞秘」（異る字に傍点を加えた）になっていて、花亭の「月瀬梅花歌云々」の詩は、鴉軒本にはない。従って鴉軒本にない花亭の評語と共に再度天理本に花亭がこの詩を書いたものと思われる。（ただし、花亭の評語は山陽・小竹の筆跡と同一なので、「月瀬梅花歌云々」の詩とは異る人物の筆になるものと思われる）

(5)　記一の末尾、嘉永本「行一里餘為白樫。山間已多梅花。漸入佳境。又半里弱。為石打。又行未一里。」の「半里弱」鴉軒本「一里餘」に作る。嘉永本「一里餘」「半里弱」は天理本共に「六里餘」に作る。後の「未一里」も天理本「未六里」に作る。

B　天理本と嘉永本と共通するもの

(1)　記三の欄外に小竹の評語がある。これは嘉永本にもあるが、それぞれ少々異同があるので掲げておく。
小竹曰、僕遊阿波祖谷、携大瓢丹釀五升、為奴蹶敗、碧海聞之、作詩嘲之、今此段、有傷虎者説虎之想、
嘉永本瓢字下「容」字有り、「今」字下「讀」字が有る。
(2)　記四の欄外評語中のもの。嘉永本は記四の末尾本文の後に割注の形で入っている。
小竹曰、月従雪後皆奇夜、天到梅邊有別春、曾聞此句、今見其境、
嘉永本「別」字は「一」字に作り、「境」字は「勝」字に作る。
(3)　十律の欄外に小竹の評語あり、
小竹曰、十律各有次第、而無重複、不可删也、合之未為兩傷、然不如離之爲雙美。

評語は十律の後に付けられた山陽の総評の欄外にあるが、小竹の評語の前に花亭の一文を載せて云う。

十律非不可觀、然附之九記絶勝之後、頗覺減色、删割特存其佳者如何、花亭成妄評
この評語は、嘉永本では山陽の総評の後に置かれ、前の小竹の「十律各有次第云々」の評語がその後に来ている。

結果的には、花亭・小竹の総評も、天理本の欄外評語を総評として、山陽の総評の後に掲載したことがわかる。

（ハ）嘉永本について

A　嘉永本自体に関するもの

嘉永本についての考察は、鶚軒本にも、天理本にもない評・字・句に関係するが、当然のことで、今までに例挙したこと以外にも多くの山陽删潤としてまとめている。ここでは触れないが、嘉永本の評語の中に、次の花亭曰の例がある。

(1)　記三の評語、

花亭曰、酒微醉花半開邵先生亦云、

(2)　同じく記三の評語、

花亭曰、一小失亦為大欠事、天或虧耶、然此遊竟過十二三分、

(3)　記四の評語

花亭云、梅花雪月殆仙郷、游客才逢素願償、輸與山僧眞福厚、慣看奇勝倣家常、余賦此詩以為非也、非也當為文人張之、又賦一絶、雪月梅中慣住身、占不一度勝游春、山僧目福非眞福、福則文人始是眞、

(4)　(3)の後に、鶚軒本、天理本には、次の文を欠くので掲げておく。

何相重疊也、忽吐月忽降雪、現梅溪種種奇觀、山靈供設、故厚文人也、

(5)　十律の最後の七律の欄外

花亭曰、借驢是興到之言耳、然此間實無驢、好字當作安、

この嘉永本に至って、以上のような花亭曰の評語が、鶚軒本・天理本ともに異る形で掲げられている。すなわち花亭は鶚軒本にも、天理本にも、それぞれ違った評語を加え、更に嘉永本にもまた評語を加えているのを見るに、花亭は何回も『梅溪遊記』に目を通し、その度毎に評語を加えていったものと推察される。また遊記には傍点・圏点が語句の側に付けられている。鶚軒本・天理本・嘉永本ともに異同があるが、これも繁雑になるので、ここでは省略する。

B　文字の異同に関するもの

嘉永本にも文字の異同（山陽の刪潤でないもの）がある。

(1)　記三の欄外評語中、花亭曰の下「一棹」の二字あり、鶚軒本・天理本なし。芸林本は嘉永本に同じ。

(2)　記四の「花月賞已畢」の「已」字は他本皆「既」に作る。

(3)　記六の「此溪毎夏月躑躅花開」の「花」字下、他本皆「盛」字あり。

(4)　記六の欄外の花亭の評語中「花亭曰、三十四字、奇想靈筆」の「四」字不要。鶚軒本・天理本「三十」字に作る。本文圏点の箇所は三十字だけである。芸林本は嘉永本に同じ。ただし、芸林本の圏点箇所は二十七字分だけである。

(5)　記八の「備後三原」の下「亦」字を脱す。他本皆あり。

(6)　記九の欄外の山陽評語中に、「邦人游記善著詠調」と「調」字を用うるも、鶚軒本「謿」字に作り、天理本「嘲」字に作る。芸林本は嘉永本に倣い「調」字に作る。

以上が稿本と嘉永本との異同関係を見たが、随筆本及び芸林本にも異同がある。これらは活字本であるために、先に挙げた稿本・嘉永本とは自ら比較の対照にはならないが、稿本・嘉永本との関係で見るべきものもあるので、以下に挙げた。

(二)　随筆本について

(1)　記一の「四五十年來伊人毎常」は嘉永本は山陽の删潤に係わる所、嘉永本・芸林本ともに「毎常」の二字あるも随筆本「常」字を残す所を傍線を付けて削除している。

(2)　記一の「兩岸之山夾溪」から「所以為尤勝也」までの語、嘉永本には山陽の删潤により改められた部分として欠けている。芸林本・随筆本にはもとの形として載せているが、「對峙」の「峙」字を「諸」字に作る。これも誤字であろう。

(3)　記一の人名「山本素佛為導」は山陽の删潤により削られている部分であるが、「山本」の「山」字の下に「下」字あり、「山下本」に作る。これも「下」字は衍字である。

(4)　記一の人名福田半香の条に、鶚軒本・天理本には「福田篤磐湖」に作るに、随筆本のみ「福田盤△湖」に作る。

(5)　記二の末尾の「聞溪聲益近且大」は鶚軒本・天理本に「聞溪聲益遠且大」であるのを山陽の删潤により「遠」字を「近」字に改めたのに何の指示がされていないので、もともと「益近且大」とあるのは誤りであろう。

以上、量的にも随筆本は『梅谿遊記』の九記中の記一と記二は僅かであるので、誤り等も少いが、随筆本（或は明治二十五年十二月十日付の雑誌『文章』を見たか）によって稿本を知り、芸林本の編者が、山陽の删潤『梅谿遊記』を纏めたと思われる。

（ホ）芸林本について

芸林本に関しては鶚軒本・天理本・嘉永本と芸林本との関連を掲げ、それぞれの系統と何らかの方向づけができるのではないかと思う。

なお、芸林本は活字本である為か、誤植が多い。そこで、この誤植について最後に正誤表の形で附記し、他本との関係は備考に挙げた。

(1)　記一に上野城より月ヶ瀬に至る里程を述べている箇所がある（以下鶚軒本に関するものは△印、天理本に関するものは○印を付して関係をわかり易くした）。

（鶚軒本）上野城在其北三里半△

（天理本）上野城在其北二十一里原作三里半

（嘉永本）上野城南三里許當今里法

（芸林本）上野城南在其北三里半許△

天理本の割注を見るに、原三里半に作るとあるので、鶚軒本がもとのものであるということがわかる。又嘉永本は大体他の例で見る限り、天理本に従っているようだが（以下諸例参照）、ここでは鴉軒本によって里程を記している。更に芸林本も嘉永本と同じように、鴉軒本に従って「三里半」に作っている。

(2)　記一の後に、

（鴉軒本）一里餘為石打。
（天理本）六里餘為石打。
（嘉永本）漸入佳境。半里弱為石打。
（芸林本）漸入佳境。又半里弱
一里餘為石打。

とあり、芸林本の「一里餘」、これは山陽の刪潤前のもの、一里餘に左側に傍線を引いて、「漸入佳境、又半里弱」と山陽の刪潤の様子を述べている。

(3)　記九の最初

（鴉軒本）可不謂多幸耶
（天理本）可不謂多幸邪
（嘉永本）可不謂多幸邪
（芸林本）可不謂多幸耶

(4)　十律の四首目の七律七句目下三字

（鴉軒本）逋僊秘
（天理本）逋仙秘
（嘉永本）逋仙秘

（芸林本）逋僊秘

(5)　十律嘉永本八首目「盡日尋春」の七律（鶚軒本・天理本共に七首目にある）の五句目

（鶚軒本）回看
（天理本）穿来
（嘉永本）穿来
（芸林本）回看

(6)　十律嘉永本七首目の「蹈壑攀巖」の七律（鶚軒本・天理本八首目）の冒頭の語

（鶚軒本）巖壑幽尋
（天理本）蹈壑攀嵓（嵓・巖同字）
（嘉永本）蹈壑攀巖
（芸林本）巖《蹈》壑幽《攀》尋

ここで、芸林本、巖・幽字の左側に傍線を施し、右に巖を蹈に、幽を攀に改める形で山陽の删潤の形にしているが、次の尋字には傍線を付し巖字に改めることを落している。これは鶚軒本しか見ないために起ったことと思われる。

(7)　十律の九首目「蹈春布韉」の七律七句目の初め

（鶚軒本）一別他年
（天理本）別去他年
（嘉永本）一去他年
（芸林本）一別《去》他年

(8)　十律最後の「留連兩日」の七律の四句目の初め

（鶚軒本）一枝氷蕚△
（天理本）一枝氷蕊○
（嘉永本）一枝氷蕊
（芸林本）一枝冰蕚《蕊》△

(9)　同じ七律の七句目の最初

（鶚軒本）安△借蹇
（天理本）焉借蹇
（嘉永本）好借蹇
（芸林本）安《好》△借蹇

以上九種の用例から、鶚軒本と芸林本、天理本と嘉永本とのそれぞれの関係がわかろう。

四、結　語

以上述べてきた事項がやや繁雑なので、整理して、次のようにまとめた。

①　鶚軒本には、天理本にないものがあるので、天理本以前の稿本と見た。

②　『梅溪遊記』の稿本原文及び評語が整理され、削除されていく過程がわかる。

③　鶚軒本が山陽・花亭の評語しかないのに、天理本には篠崎小竹の評語が加っている。また、花亭の評語が鶚軒本以外にも加えられていることから、天理本は鶚軒本より後であることがわかる。

④　嘉永本には花亭の評語が増えている。

⑤　嘉永本は主として天理本に従っているが、文字については鶚軒本に拠り、また両本に拠らず、独自の文字に改めている箇所がある。

⑥　芸林本・随筆本（『文章』を受け継ぐもの）は主として鶚軒本により、嘉永本との異同から、山陽删潤の基礎とした。

右の諸点から、稿本・嘉永本・随筆本・芸林本についての系統図を作成した。

「梅渓遊記」系統図

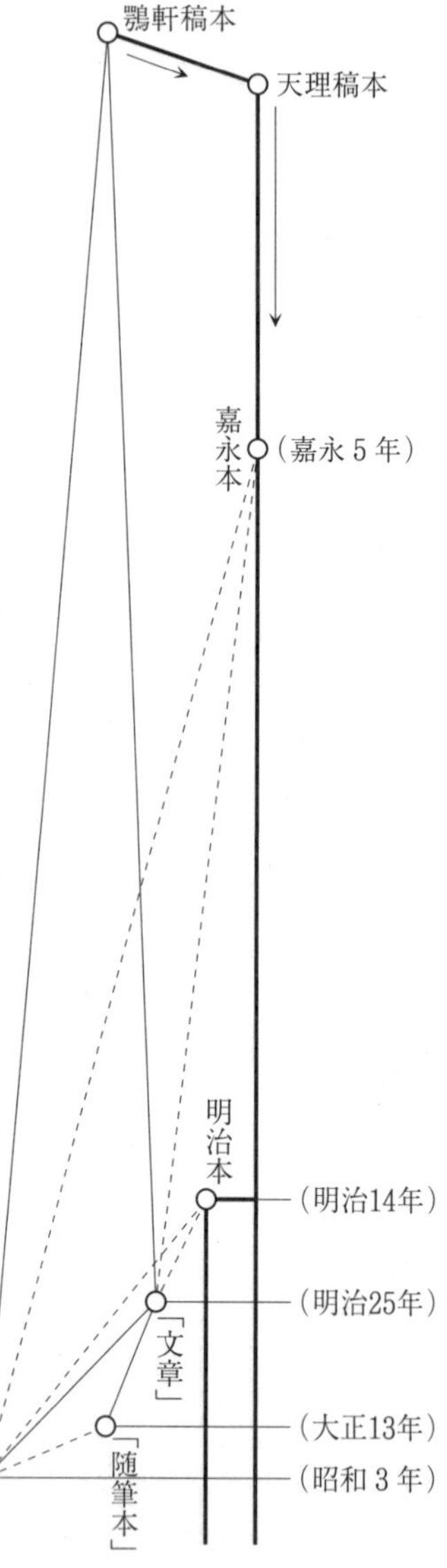

(注)この図に明治本（明治十四年刊）を入れたのは（文章）随筆本及び芸林本が嘉永本を見たか、明治本を見たか不明なので、点線で記した。

附記（芸林本正誤表）

記・詩別	頁	行数	誤	正	備考
記一	1	2〜3	獺瀬《瀬》	獺瀬	瀬を瀬に改める必要なし
〃	〃	5	沼×田	治。田	他本治田に作る
〃	〃	〃	我治所《下》×	我治下。	他本所字なし
〃	〃	〃	舊史《志》×	舊志。	他本史字なし
〃	〃	8	遂《於》漸《是》顯	於是乎。顯	嘉永本乎字あり
〃	2	3	其間所×爲尤勝也	其間所以。爲尤勝也	鶚軒本・天理本共に以字あり
記二	3	3	益遠《近》×且大	益近。且大	益字を近に改むるは非
記三	〃	6	月夜奇游焉《一併之》	月夜之奇欲一游併之	欲字を脱す
〃	〃	7	連《遲》之七八年	遲之七八年	他本連字なし
〃	〃	末	乃知奴醉墮×地致覆	乃知奴醉墜。致傾。覆	他本墜に作り、傾字あり
〃	4	1	盤《半》×湖《香》善畫	磐。湖	嘉永本磐湖を半香に作り鶚軒本・天理本磐湖に作る
記三	4	3	數歩至《抵》×眞福寺	數歩抵。眞福	他本至字なし、抵に作る
〃	〃	5	棹中流山水俱動	一。棹中流山水俱動	棹字上一字を脱す
記四	4	8〜9	至《赴》×眞福寺×	赴眞福	他本至・寺字なし
〃	〃	9	如《加》×素紛《彩》×	加素彩	他本加素彩に作る
〃	〃	末	歩難而止	歩履。難而止	歩字下履字を脱す
記五	5	2	既《即》×嵩村渡也	即。嵩村渡也	他本既字なし
〃	〃	〃	自叢竹篁《竹》×中出	自叢竹中出	他本篁字なし
〃	〃	5	第三曰捜窪鶴《窪》×	第三曰捜窪	他本鶴字なし

記七	6	8	山腹有《香雲中》一大石	山腹香雲中出。一大石	有字の左に傍線及び中字の下出字共に脱す
記八	7	4	得十《千×》四百駄	得千。四百駄	他本十字を千字に作る
〃	〃	〃	二千駄價	二千駄一《毎。》駄價	鷃軒本・天理本「一駄價」山陽一字を毎に改む
〃	〃	5	京師《都×》染肆	京都。染肆	他本京都に作る
〃	〃	7	悉《愈×》上則	愈。上則	他本悉字愈に作る
記九	8	4	又插缻×	又插瓶。	他本瓶に作る
山陽跋文	〃	7	公図來説其×遊況	公図來説遊況	他本其字なし
十律	9	3	漫《滿》山鑄《種×》玉	滿山種玉	鷃軒本・天理本鑄字は鏤字に作る、鑄字なし
〃	〃	6	芳林《陰》無《苔》語《駁》自□×	芳陰苔駁亦。	駁字下□、嘉永本に拠るに亦字なること明らか
〃	〃	7	一矚畫《盡×》千林幽	一矚盡千林幽	他本畫字なし、盡字に作る
〃	〃	〃	幽、巖冷淡雲	幽巖冷淡	幽下「、」あり、幽巖と続く
〃	10	2	蹈春作《布×》韈	蹈春布。韈	他本作字なし
〃	〃	5	重游何《不知在×》歳	重游不識。在何歳	他本識に作る、知字なし
山陽総評	〃	6	即×成此中一首	欲。成此中一首	他本即字欲字に作る

第二節　天保期より嘉永期に至る

第一項　頼山陽の月瀬観梅行

頼山陽が月ヶ瀬へ観梅行を決行するのは、拙堂が月ヶ瀬へ遊び、吟詠した詩文『梅谿遊記』及び十律を山陽に添削してもらってからの翌年（天保二年）二月二十日であったが、それまでに色々と、友人田能村竹田[1]、僧雲華[2]等に勧誘をしている。その様子が『頼山陽書翰集』[3]に掲載されているので、挙げておく。

月瀬観梅（其一）[4]
坂上桐陰[5]へ　〈山陽五十二歳、天保二年正月廿二日〉

（前文略）

正月廿二日

桐　陰　様

十八日に竹田来宿、十九日に辞別、廿日に（伏見）上舟と承候也。伊賀月瀬と申処、大渓にて、夾ㇾ渓万株梅花。今年は参可ㇾ申と、竹田にも約し候。来月十日過、望（十五日）別（而）と存候。大阪にて竹田・小竹を誘ひ、携ㇾ酒て御同行は如何、思召はなき哉。自㆓此方㆒は、春琴[6]・雪華・小石抔[7]可ㇾ参候。

月瀬行は、去年、斎藤拙堂と同行した伊賀の儒官服部竹塢（四十七歳）からの案内であった。山陽は拙堂の『月瀬記勝』を批正してもいるし、遊意勃々たる折柄であった。早速社中・友人を糾合して出かけることになり、その打ち合せの為に、次の書翰を竹塢宛に送って、全ての準備を頼んだ。

月瀬観梅行（其二）[8]
（服部竹塢へ）〈山陽五十二歳天保二年正月廿五日〉

旧臘来度ゝ芳翰、毎々御答も不レ仕、失誼罷過不レ申、此節纔放レ制候。因レ是何方へも及二御無沙汰一候。先日は月瀬之事被二仰下一、是は年来之志に御座候。当春梅花遅開を幸に、奮然存立可レ申と奉レ存候。大分同伴仕度と申ものも有レ之候。何卒東道之主奉レ頼度奉レ存候。大氏《ママ》来月中旬過と相考候哉、若それより早く（開き）候ハヾ、其段急報可レ被レ下候。斎藤（拙堂）教授も、俗喪は被レ脱候と奉レ存候。御出会被レ下候ハヾ、更妙御座候。同伴は春琴・僧雲華・竹田在坂、是も可レ参候。彼是四五人に及可レ申候。飲食可レ携ほどのものは携可レ申、酒は丹酒勿論に候。是等之事は不二敢奉一レ煩候。唯託二郷（嚮）導一耳。留宿一夜、寺にても御頼可レ被レ下歟。何分上野迄は参まじく候間、どこぞ必逢之処へ、乍二御苦労一御邀被レ下ねばなるまじくと奉レ存候、千万奉レ煩候、とても留連は出来不レ申、一日一夜位の事と奉レ存候也。草々頓首

正月廿五日

服部右助様

書添申候。大勢の事に候へば、矢張宿賃差出候方、安心と奉レ存候、其御精に御計可レ被レ下候。
尚々、御同藩之人之長篇は、不二存寄一奉レ存候、工力兼到之作、其溢誉は愧入候。

月瀬観梅（其三）(9)〈山陽五十二歳、天保二年二月　日〉（日の記述なし）

（雲華上人へ）

よき所へ慶公（雲華弟子聞慶）御越被レ下候。篠崎より急用事申参候て、自レ此使可レ上と存候所に御座候。小石より人やとひもらひ、御しらせ奉候。行違に相成候哉も難レ計候。廿日の早朝、伏水へ出会、看梅の約申来候。十九日夜船にて、小竹・竹田、伏水西養寺迄、参居候よし。自二此方一は、僕に師と小石・春琴など誘、二十日早朝、

伏水へ出かけ、出会看梅可レ申と申事に候。外へは皆々しらせ申候。それより廿一日直に月瀬へ可レ参、小石は、廿一日朝、豊後橋に出会候様に、自レ跡来筈に候。何分廿日快遊奉レ存候間、外の者はともかくも、私は師へ向、参候歟、大仏にて出会候様に、早朝可レ参候。彼方にて緩々可レ仕ために、極早朝に可レ参候。師寓へ参候には、損と被レ存候間、大仏に可レ仕候。春琴は、師寓に参候歟。是は跡になり候とも、被二仰置一候て、大仏前山城屋へ御出可レ被レ下候。其夕、豊後橋南店に一宿、直に奈良へ参、廿二日に月瀬と可レ仕、其御積に御拵可レ被レ下候。
○御答、跡に相成候。先日は、頗殺風景、不レ類二師之平昔一候。十四日に、既一二過梅渓一被レ成候よし。残花却有二餘香一と奉レ存候間、御再遊可レ被レ成候。不二必梅一也、必小竹・竹田・山陽也。両絶、皆おもしろく候へども、是亦不レ類二師平生一候。

（以下略）

裏

雲華　師

尚々、月瀬花信は、廿日過・廿四五日にも可レ成哉と申来候。行厨（弁当のこと）は、奈良にて可二申付一候。廿日、伏水の肴は、少々私持参候。師も有合ものあらば、御持可レ被レ成候。鮒庄のよりは、其方可レ妙。

月瀬観梅（其四）[10]〈五十二歳、天保二年二月廿九日〉

〈田能村竹田へ〉

月瀬は終爾参差、廿日伏水へ御出と承、それより直にと糾二緒友一、廿一日南行と相定候処、伏水も御止と相成候へども、不二因レ是而中止一、奮発往遊申候。扨も／＼梅は天下無双と可レ申、足跡未レ遍二大八州一候故、不二敢質言一候へども、何分梅花世界、山水之外無二它物一妨二清気一候。五六里渓山、左右皆玉雪、掩二映清流一、覚三心骨亦化為二氷玉一也。あれを観ねば生二於此世一、不レ可レ談レ梅候。大氏如レ此非二誇語一也。（坂上）桐陰へ五絶句認遣候故、渠より録、乞レ政可レ申候。大概御領略可レ被レ成候。不レ同レ遊事、返す〳〵も遺憾之太者に候、它年一遊可レ被レ成候。負二梅花一、徒二過一生一也。

○鞆（菅）良平より云々

二月廿九日

嵐山は六七日比なるべし。只今、彼岸桜十二分也。今日雲華師来。探二沙河原桜一候。

君彝老兄

自二小竹兄一転致

五日之遊、酒を二斗五升飲候。そして詩は止二五絶句一、其興可レ知也。

以上、山陽に係わる坂上桐陰・服部竹塢・僧雲華・田能村竹田宛の書翰は終る。これらの書簡で、山陽の月ヶ瀬行の概略は理解されたと思うが、それにしても、上野の儒官服部竹塢が月ヶ瀬東道の主を依頼されていた（但し、彼はこの時は参加出来なかった。）書簡はあるが、桐陰も、雲華も、竹田も参加していない。

書簡では、行くまでの様子はわかるとして、実際の月ヶ瀬での観梅の状況はまだ不明であるが、幸なことに、山陽の弟子関藤藤陰[11]がこの観梅行に同行した紀行を詳述していた。前後長文であるので、前文の出発の様子と、月ヶ瀬へ行ってからの状況を残した原文を（図版8、145〜147頁）に揚げ、ここには書き下し文を添える。

月瀬に遊ぶの記

辛卯（天保二年）の春、吾が山陽翁梅を月瀬に観る。月瀬は大和伊賀の界に在り。京を距つること百八十里。地気寒冽、花朝頗る遅し。予《あらかじ》め其の期を審かにし、二月廿一日を以て程を開く。同行は樫園、春琴、林谷[12]、海僊[13]、

図版8

余故於斯貓也、不責不能捕鼠、而責爲狗所齧也。

遊月瀬記

辛卯之春、吾山陽翁觀梅于月瀬。月瀬者在大和伊賀之界。距京百八十里。地氣寒冽、花期頗遲。豫審其期、以二月廿一日開程。同行檉園、春琴、林谷、海僊、從子淵、及余併爲七人。又携一奚奴、擔伊丹酒數瓢。相約早會于藤林。黎明、翁命轎、余尾之。時天氣濛朧、小雨霏微。到第五橋、林谷、子淵追至。二十五里、頓藤林旗亭。待三人、小酌店頭。雨勢漸甚。翁唱銜雨探梅亦一奇句。林谷賡之曰、呼杯清曉待明時。時稍近巳、未至。遂遙罵而去、過桃山豐太閤城址。以其多梅、亦稱梅溪。花已闌、而香未衰。路南折而東、凡四五里閒、左右皆梅、稀疎稠密。到豐後橋、聞三子在前途十里許、促步追之、三十里及于長池驛。檉園身謝其失期處之罪。勸酒同醉。沿木菟河、行三十里、風雨益烈、幾不得著笠衣皆沾濕。其閒得市井村落者、爲玉水、爲平岡。輙勉强爲飲。申時舟涉河、投宿于驛。呼火燎衣。廿二日、雨晴。早食後發驛。東山勢漸合。踰一嶺、嶺北爲山城、南爲大和。十五里到南都。不遑觀諸舊跡也。憩一旗亭。翁使余報文卿。文卿柳生藩士、學詩於翁、在于都下邸。月瀬去柳生、不太遠。故文卿慣知其地事。請爲鄉導。又有墨樵者。以造墨爲業、好結交文士。而朴訥不漫談語。文卿拉之而至。自是路入僻。慮所携丹醸或罄、別賒市醪一尊而行。踰春日山、雜樹湮欝、細流在傍、往往奇石當道。溪狀極似岐岨而小。時雨後、泥滑未乾、坂勢險急、皆悔不買轎。翁最困疲。會一村童牽馬而過。翁喜曰、天與也。即買騎焉。不復論價也。十里許頓石切村。翁及檉園、春琴、海僊買馬。余與林谷、子淵、文卿、墨樵、取路於忍辱山。山下有一伽藍。營構極古、樹石泉池、深邃可愛。三十里頓阪原村、待翁及三子。過鎌谷、十里到柳生村。日正黃昏。宿一豪農家。家有一樓臨池。膳供野雞。丙夜月出、天色清冷。明日之霽必矣。

廿三日、早發。踰一小嶺、沿流。牢晴氣暖。減衣而行、到法平尾村。山溪似合、而又豁、峰態頗奇。二十里到高尾村。忽逢梅花數十株。森列夾路、香氣襲人。蓋月瀬之觀始乎此矣。傍得水流、徑數十步、乃名張河也。澄徹如鏡、與花映帶。又有疊石。突怒急湍激觸、時亦穩流。而花林斷續、愈出愈夥。夾水山峯陡絶、雲樹岑蔚、大畧似嵐峽。小憩盤石上、輙解酒瓢小飲。時或回視已歷處、花與水、明滅可見。十里許到百香野村、徑山腰欵側處。山開溪豁、河流横折、遠望廓然。花比高尾、不啻數陪。皆以爲是月瀬。問於村人、則不然。下一阪、爛粲益加。見一大石臨水而横。石上夷坦、可以箕踞宴坐。百香野至月瀨、十里而近。又踰一坂、投一農家。時正午、皆饑太甚。使家人炊飯。飯熟環坐爭食。食後就東軒、則滿村之花可一目而盡矣。去河流五百步許、其東岸見漫山堆雪玉。翁曰、不向彼、則無以盡佳境也。農先導、指點諸勝處。乃取路如其言、到水上。竹樹歷流、水紺綠。有渡船、喚而渡至中流、回視四面、皆花雪然無際、眩轉人目。蓋一溪最奇絕處也。余初疑、高尾至此四村、月瀨其一而已。而世專稱月瀨、以其名雅馴故耳。今歷覩至此、知其不虛稱也。上東岸、有欲右者、有欲左者、議不決。竟由中路、纔左折、入一簇花中、披草而坐。月瀨之花當前、喚之欲譍。翁曰、於是乎不可不醉。且約、今日專、酌丹釀、莫用他酒一滴。皆曰、不然不足以酬此花也。春琴、海僊援筆、模寫景勝大槩。酒漸酣、欲復乘舟上下、買渡船。約有呼渡者、則避坐一方。乃謀舟人。舟人即肯、乃解纜。數百步間、迴迴久之、復上東岸、攀一大溪花最稠密處。草徑峻急、傴僂而上。上二百步、得阪勢夷坦。村人名曰一目千株處。望如其名。夕陽將沈、花色益美。復飲大醉而起、赴投宿處。阪勢益險、而脚皆疲、前後相推其背、魚貫而進、到嶺頭、得一簇村家。此爲尾山村。一道士曰、三學者出迎宿焉。文卿預戒之也。又有村人與三平者、知翁來、請宿其家曰、吾家勝趣、非此院比也。欅園曰、宿不可改。如景勝、不可不往見。海僊、子淵及余同取路於詭石斷岸之際、到其家。磵谷春淙、林樾雄深而夾溪梅花可觀其大半。有一亭、兀然臨溪。主人乞其名於欅園。欅園名曰萬玉亭。夜歸院、皆復大飲。醉後海僊寫梅、春琴作同行人物。與三平復來求翁書亭榜。及欵無印。林谷曰、我可刻之。而無材。乃取甘藷、刻山陽二字。字體飛動。夜半而聲遶櫩、衾裯覺寒。

廿四日、風雨太甚。以山徑險不得通輿馬、皆著簑笠而發。十里到田山村。自是地屬山城。至此際乃無梅矣。涉伊賀川、路始得寛。十五里頓大河原驛、謀買舟。舟人云、水急石多、逢斯烈風、不得棹也。蓋去大河原數里、名張川來合于伊賀川、川流自是遂大。乃買輿、行十五里、到笠置驛。時正午、雨漸歇、風如故。買舟不得。遂留宿。笠置山在川南、峻絕千仞、元弘行在處也。翁前年一登。欅園、春琴、林谷、海僊、及余則皆未觀也。乃登。山阪盤屈、然不太險隘。嶺上有寺。寺後數十步、岩石突兀、層累摩天而起、不可名狀。有若虎臥者。有若龍躍者。有佛閣、既頽圮。柱上多凹處。似鏃痕。閣外一大石、石面刻彌勒佛像。奇偉甚。又有笠岩者。以形似名。其下穿缺如門。時雨後、岩溜猶滴。樹木烟雲、鬱塞黯澹、使人毛髮盡竦、繼之以感憤也。去山東三里、有飛鳥路村者。傳其嘗誘東軍、爲內應、以陷行在。故近境民鄙斥之、到今不通婚嫁云。歸店舍、東窓臨水、翁煎茶宴坐也。逮夜呼酒、談元弘事娓娓矣。
廿五日、風止、得買舟。辰時發笠置、瀏漲及岸、水勢太急。由是而下、稱木莵河。河底無石、白沙纖細、大異上流。雨點餘飛、不及掩篷、衆簇傘自蔽。到木莵、文卿、墨樵告別上岸。比過玉水全晴、宕山嶽岳、稍露出。酒間以坐次、作聯句、得二十韻。笠置至澱城百里、三時而至。憩岸上旗店、傾所餘丹醸、盡醉而去。取路鳥羽、三十里到東寺。既點燭、到三條街、稍分散、余從翁歸三樹里。時夜近二鼓。天色漸黑、雨將復至。此行五日、得快晴者一日而已。而得以快覩萬梅、亦足以償四日衝泥之勞矣。翁謂余曰、彼溪山勝絕、不特梅多、可謂海內罕匹。以其介窮僻、識者甚少耳。然有其實者、必得其名。後數十年、安知往遊者不十百倍今日也。宜及其識者少也記之。余退作記。覽後三日。

潛龍窩記

後藤君聖民新造讀書之屋、未之名也。適睽得古劍一口。因名之曰潛龍窩。余聞、古名劍必有靈。其精氣徹天、往往鳴吼、或有化爲龍者。猶龍之變化不測。故自古以龍比劍。雖然、龍者天下所罕有、人莫得而見之也。而劍則人人常得帶此、或至一家藏數十口。夫擧人人常所帶者、而比之天下所罕有者、自非其鍛

従ふは子淵(14)及び余併せて七人と為す。又一奚奴（召し使い）を携へ伊丹の酒数瓢を担ひ、相ひ約して早に藤林（店の名ならん）に会す。黎明、翁轎《かご》を命じ、余之に尾（後から従う）す。時に天気濛朧、小雨霏微（細かに降る）たり。第五橋に到る。二十五里、藤林の旗亭に頓《とどま》り、三人を待ち、店頭に小酌す。「雨を衝いて梅を探る亦一奇」の句を唱ふ。林谷之《これ》に賡《つ》（詩に唱和すること）いで曰く。「杯を呼ぶ清暁明時を待つ」と。時に稍《やや》巳（午前十時ごろ）に近く、未だ至らず。遂に遙かに罵りて去る。桃山豊大閤の城趾を過ぐ。其の梅多きを以て、亦梅渓と称す。花已に闌《たけなわ》にして香未だ衰へず。路は南に折れて東す。凡そ四五里の間、左右皆梅にして、稀に疎なるも稠密なり。豊後橋に到り、三子前途十里許《ばか》りに在りと聞き、歩を促して之を追ふ。二十里にして長池駅に及ぶ。檉園身《みずか》ら其の期処を失する罪を謝す。酒を勧めて同《とも》に酔ふ。木菟《きず》河に沿うて行くこと三十里、風雨益〻《ますます》烈し。幾《ほとん》ど笠を著

くるを得ず、衣皆沾湿す。其の間市井村落なる者を得、玉水と為し、平岡と為す。輒ち、勉強して飲を為す。申《さる》（午後四時ごろ）の時、舟もて河を渉《わた》り、駅に投宿し、火を呼びて衣を燎《かがりび》す。

（廿二日略）

廿三日、早に発す。一小嶺を踰《こ》へ、流に沿ふ。牢晴（穏やかに晴れる）気暖かなり。衣を減じて行き、法平尾村に到る。山渓合するに似たるも而《しか》も又豁《ひろ》く、峰態頓る奇なり。二十里、高尾村に到る。忽ち梅花数十株に逢ふ。森列ね路を夾み、香気人を襲ふ。蓋し月瀬の観此より始まる。傍ら水流を得、径数十歩にして、乃ち名張河なり。澄徹鏡のごとく、花を映帯す。又畳石有り。突怒せる急湍激触し、時に穏やかに流る。而して花林断続し愈ゝ《いよいよ》出でて愈ゝ夥《いよいよおびただ》し。水を夾んで山峰陡《と》絶（険しくすぐれる）し、雲樹岑蔚、大略嵐峡に似たり。盤石の上に小憩し、輒ち酒瓢を解きて小飲す。時に或は已に歴《へ》し処を回視するに、花と水と明滅して見るべし。十里許りにして百香《ももが》野《の》村に到る。径は山腰欹側《いそく》（斜めに傾く）する処、山開け渓豁く、河流横に折れ、遠望すれば廓然たり。花は高尾に比ぶるに、啻《ただ》に数陪のみならず、皆以て是を月瀬と為す。村人に問へば、則ち然らず。一阪を下るに、爛粲益《ます》ゝ加ふ。一大石の水に臨んで横はるを見る。石上夷担（平らなさま）以て箕踞（あぐらをかく）宴坐すべし。百香野より月瀬に至るまで十里にして近し、又一坂を踰え、一農家に投ず。時に正午にして、皆饑うること太甚《はなは》だし。家人をして飯を炊かしむ。飯熟し環坐して争ひ食ふ。食後東軒に就けば、則ち満村の花一目して尽くすべし。河流を去ること五百歩許り、其の東岸に漫山雪玉を堆くするを見る。翁曰く、彼に向かはざれば則ち以て佳境を尽くす無けんと。農先導し、諸ゝの勝所を指点す。乃ち路を取ること其の言のごとくし、水上に到る。竹樹流を圧し、水紺緑なり。渡船有り、呼びて渡って中流に至り、四面を回視するに、皆花は雪然として際無く、人目を眩転せしむ。蓋し一渓の最も奇絶の処なり。余初め之を疑へり、高尾より此の四村に至るまで、月瀬は其の一のみと。而るに世に専ら月瀬と称するは、其の名雅馴せるを以ての故のみと。今歴視して此に至り、其の虚称ならざるを知るなり。東岸に上り、右せんと欲する者あり、左せんと欲する者あり、議して決せず。竟に中の路由《よ》り、纔かに左折し、一簇の花中に入り、草を披《ひら》きて坐す。月瀬の花前に当り、之を喚べば膺《こた》へんと欲す。翁曰く、是に於てか酔はざるべからず。且つ約す、今日専ら丹醸（伊丹の酒）を酌み、他酒の一滴をも用ふる莫かれと。皆曰く、然らざれば以て此の花に酬ゆるに足らざるなりと。春琴、海僊は筆を援り、景勝の大概を模写す。酒漸く酣にして、復た舟に乗り上下せんと欲し、渡船を買ふ。約して渡を呼ぶ者有れば、則ち坐を一方に避く。乃ち舟人に謀る。舟人即ち肯じ、乃ち纜《ともづな》を解く。数百歩の間、遡迴之を久しくし、復《また》東岸に上る。一大渓花の最も稠密なる処を攀づ。草径俊急にして、傴僂《うる》（体を前にかがめ）して上る。上ること二百歩、阪勢の夷坦なるを得たり。村人名づけて一目千株の処と曰ふ。望めば其の名のごとし。夕陽将《まさ》に沈まんとし、花色益〻《まさます》美なり。復《また》飲み大いに酔ひて起ち、投宿の処に赴く。阪勢益〻険しくして、脚皆疲れ、前後其の背を相推し、魚貫（魚の串に通したように連る）して進み、嶺頭に到り、一簇の村家を得たり。此を尾山村と為す。一道士曰く、三学（三学院をいう、今存せず）なる者出迎ふれば宿せよと。文卿預め之を戒むればなり。又村人与三平なる者有り。翁の来るを知り、其の家に宿せんことを請うて曰く、吾家の勝趣、此の院の比に非ざるなりと。樫園曰く、宿改むべからず。景勝のごときは、往き見ざるべからずと。海僊、子淵及び余同じく路を詭石（普通と異る石）、断岸の際に取り、其の家に到る。磵谷春淙《しょうそう》（春淙は水のゆったりと流れるさま）、林樾（林の影）雄深にして渓を夾み、梅花其大半を観るべし。一亭有り、兀然として渓に臨む。主人其の名を樫園に乞ふ。樫園名づけて萬玉亭と曰ふ。夜院に帰る。皆復《また》大いに飲む。酔ひて後海僊梅を写し、春琴は同行の人物を作る。与三平復《また》来り翁の書を亭榜に求む。欵（款の誤り）するに及びて印無し。林谷曰く、我之を刻す可しと。而るに材無し。乃ち甘藷を取りて、山陽の二字を刻す。字体飛動す。夜半にして声檐《のき》を遶《めぐ》り、衾裯（夜具と寝間着）寒きを覚ゆ。

と観梅の状況と、村民与三平の需《もと》めに応じ、小石樫園が萬玉亭の名を付け、それを山陽が揮毫し、落款印を細川林谷が篆刻し、これが今日まで残されている（後に掲ぐ）。

廿四・五日の両日の記載もあるが、帰路の状況の説明なので省略し、最後、廿五日に、山陽の感想が記されているので載せる。

この行五日、快晴を得る者一日のみ。而るに以て万梅を快観するを得、亦以て四日衝泥の労を償《つぐな》ふに足る。翁余に謂ひて曰く、彼の渓山の勝絶、特《ただ》に梅多きのみならず、海内罕《ま》れに匹《たぐ》ひすと謂ふべし。其の窮僻（不便な片田舎）に介するを以て、識者甚だ少きのみ。然れども其の実有る者は、必ず其の名を得《う》。後数十年、安《いずく》んぞ往遊する者今日に十百倍せざるを知らんや。宜しく其の識る者少きに及んでや之を記すべし。余退いて記を作る。覧たる後三日なり。(15)

以上で「遊月瀬記」は終っている。この時の山陽の詩が、『月瀬記勝』坤冊に収載されている。

月瀬梅花之勝耳之久矣今茲糾諸友往観得六絶句

月瀬梅花の勝之《これ》を耳にすること久し。今茲（今年の意）諸友を糾《あつ》め往きて観る。六絶句を得たり。

頼　山陽（襄、安藝人）

東風料峭雨絲斜　　東風料峭（春風がまだ寒いこと）雨糸斜なり
泥滿芒鞋一路除　　泥は芒鞋に満ち一路除《はる》かなり
誰引老夫來喫苦　　誰か老夫を引き来りて苦（ここでは旅の苦しみ）を喫せしむ
直将戟手罵梅花　　直《ただ》ちに戟手（握りこぶしを挙げて）を将《も》って梅花を罵《ののし》る

（梅花の為《ため》にこんなに苦しい思いを味わわされるのだと嘆いている。）

○

梅花於我底因縁　　梅花我に於いて底《なん》の因縁ぞ

屋已與渠梅半分　　屋は已に渠《みぞ》と梅半分

洑水船岡看未足　　洑水（伏見）船岡（伏見と船岡と共に梅の名所）看れども未《いま》だ足らず

更穿山跡萬重雲　　更に穿つ山跡萬重の雲

○

傍水環村幾簇梅　　水に傍《そ》ひ村を環《めぐ》る幾簇の梅

高低相映盡花開　　高低相映じ尽《ことごと》く花開く

吾穿此雪肌何栗　　吾此の雪を穿たば肌何ぞ粟する

出雪翻然入雪來　　雪を出で翻然として雪に入り来る

○

兩山相蹙一渓明　　両山相蹙《せま》り一渓明らかなり

路斷遊人呼渡行　　路は断え遊人渡を呼んで行く

水與梅花爭隙地　　水と梅花と隙地を争ふ

倒涵萬玉影斜横　　倒《さかしま》に万玉を涵《ひた》し影斜横

○

萬樹梅圍渓水長　　万樹梅は囲む渓水の長きを

芳山寧敢擅春芳　　芳山寧《なん》ぞ敢へて春芳を擅《ほしいまま》にせん
東風一様晴雲白　　東風一様に晴雲白し
孰與此中雲有香　　孰《いず》れ与ぞ此の中、雲に香有ると

○

帯將清氣郤歸家　　清気を帯び将《も》ち却《しりぞ》いて家に帰る
在眼谿山玉絶瑕　　眼に在る谿山玉、瑕を絶つ
非観和州香世界　　和州の香世界を観るに非ざれば
此生何可説梅花　　此の生何ぞ梅花を説くべけんや

山陽が月瀬のために万丈の気炎を吐いているのが何とも頼しいことではないか。まさに山陽の観梅行によって、後続の文人墨客の月瀬行を誘発せしめたのは当然のことである。ここで、山陽の筆になる扁額「萬玉亭」が現に与三平六代目の子孫に残されているので揚げておく。また萬玉亭に残されている『萬玉亭楳花帖』に、当日、山陽に同行した小石樫園（元瑞）、浦上春琴の詩を、次に揚げておく。

（月ヶ瀬村、下阪善彦氏所蔵）

（月ヶ瀬村、下阪善彦氏所蔵）

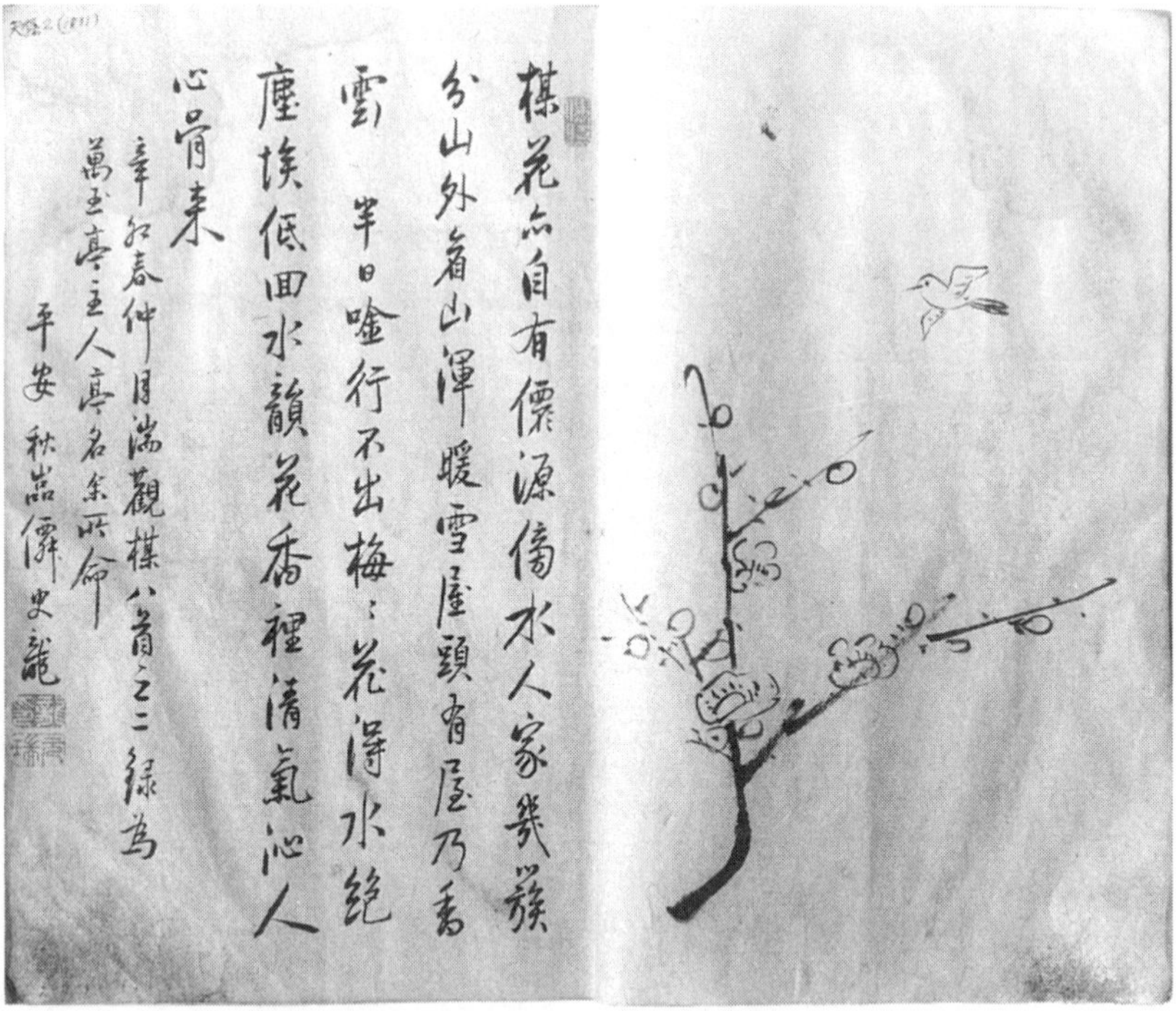

梅花亦自ら僊源有り。水に傍ふ人家幾簇か分つ。山外に山を看るに渾て暖雪。屋頭に屋有り乃ち香雲。」　半日の唫行梅を出でず。梅花水を得て塵埃を絶つ。低徊す水韻花香の裡。清気人の心骨に沁み来る。

辛卯（天保二年）春仲、月湍（月瀬のこと）に梅を観る八首の二、萬玉亭主人の為に録す。亭名は余の命ずる所。

平安の秋嵓僊史　龍印印

萬玉亭の命名は小石元瑞による。七言絶句の八首の二首の右葉に梅花図を挿入しているから詩画共に小石元瑞の自筆と思われる。その次に、浦上春琴の詩を載せる。

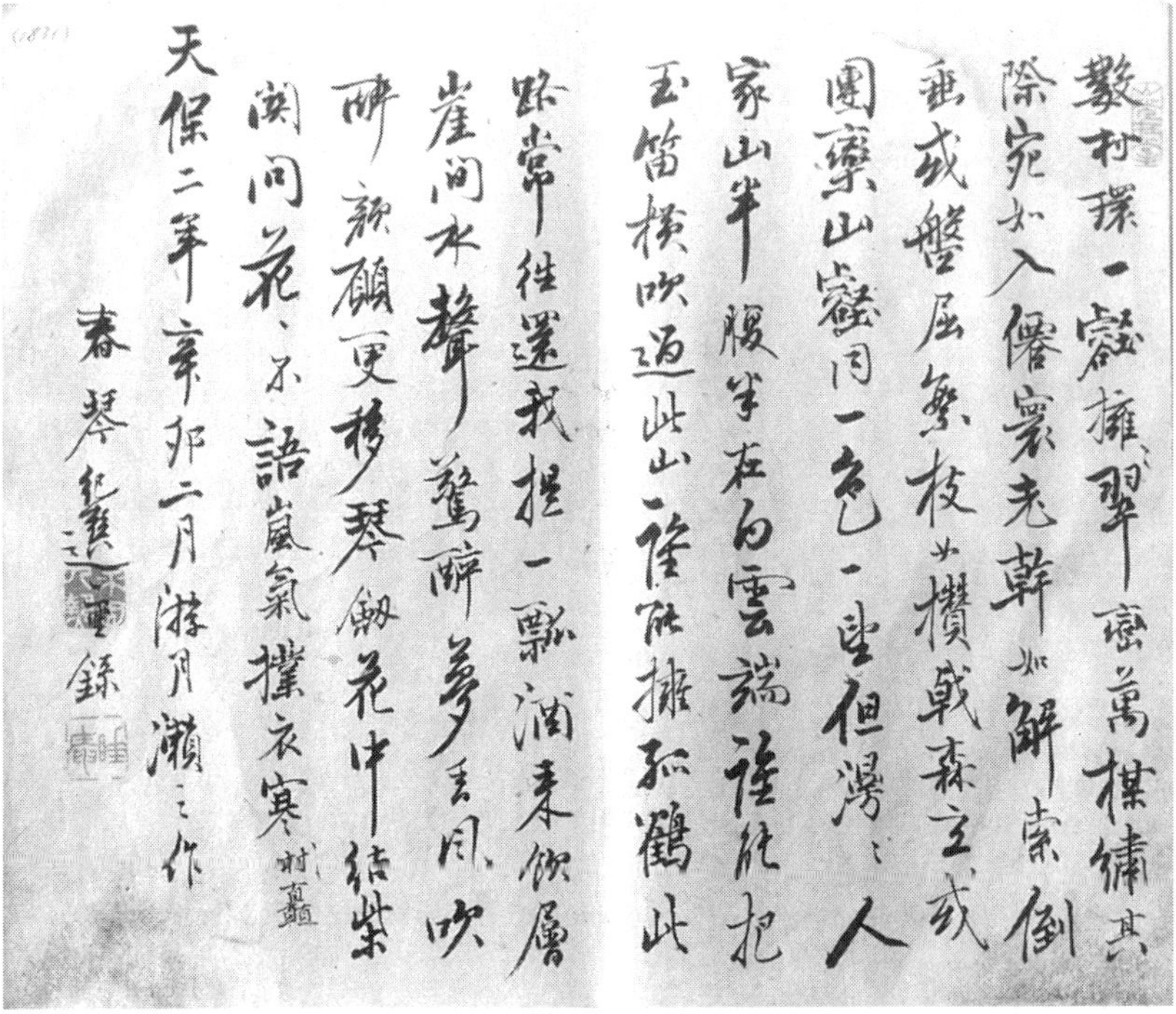

数村一壑を環り。村を擁し翠巒矗《しげ》し。(擁字の下に、、があるのは脱字を示す。最後に村矗の二字記し有り)　萬梅繍たり其の際。宛かも偃寰に入るがごとし。老幹索を解くがごとく、倒《さかしま》に垂れ或は盤屈(屈字は桓字にした方がよい桓字寒韻)す。繁枝は戟《げき》(ほこ)を攢《あつ》(あつめる、むらがる意)むるがごとし。森のごとく立ち或は団欒。山壑は一色を同じくす。一望但《ただ》漫々。人家は山の半腹。半は白雲の端に在り」誰か能く玉笛を把り、横《ほしいまま》に吹きて此の山を過ぐ。誰か能く孤鶴を擁せん。此の路常に往還するに、我は一瓢の酒を提《ひっさ》げ、来り飲む層崖の間。水声は酔夢を驚かし、香風は酔顔を吹く。願はくは更に琴劔を移し、花中に柴関を結ぶを。花に問ふも花は語らず。嵐気衣を撲ちて寒し。　村矗

天保二年辛卯二月、月瀬に遊ぶの作

春琴紀選重ねて録す㊞

以上は五言古詩二解、一解は上平声十四寒韻（巒・寰・欒・漫・端）、二解は上平声十五刪韻（山・還・間・顔・関）、末句寒韻を押韻している。寒・刪古詩通用。

注

（1）画家、名は孝憲、字は君彝、行蔵と称し、竹田と号す。又、雪月書堂・補拙廬・花竹幽窓主人・九重仙史・随縁居士・紅荳詞人等の号あり。豊後の人。少くして江戸に来り、経芸を古屋昔陽・大竹東陽に受け、画法を谷文晁に学ぶ。後ち京師に出で、村瀬栲亭に従学す。岡藩に仕へしが、多病を以て致仕す。時に三十八。竹田是より復た経史を講ぜず。優游風雅自ら娯む。竹田素より才芸多く、詩文を善くし、書画に長じ、喫茶香道に至るまで究得せざるなし。而も其尤も長ずる所は画に在り、初め文晁の風に傚ひしが、明清人の遺蹟を研究し、遂に一家の画風を成す。天保五年八月二十六日没す、年五十九。著に田能村竹田全集一冊あり。（『近世漢学者伝記著作大事典』二九二頁）

（2）大含のこと。画僧、雲華と号す。豊後の人、東本願寺の講師なり蘭竹を画く清奇愛すべし清の東橋居士著の墨蘭譜新たに来る甚だ雲華と相似たり或人持って之を示して曰く、上人の蘭譜成ると雲華得て大に喜び画も亦差々進めり。（『大日本人名辞書』㈡一四五二頁）

（3）昭和二年七月一日、民友社発行、徳富猪一郎等編『頼山陽書翰集』下巻

（4）同『頼山陽書翰集』下巻、三四九・三五〇頁

（5）伊丹の「剣菱」の酒醸家（中村眞一郎著『頼山陽とその時代』三四七頁）

（6）画家、備前の人、玉堂の子、名は選、字は伯挙春琴と号す。別に十千、睡庵の号あり、祖先は紀氏に出づ父に従って江戸に移住し幼にして画を膝下に学び稍長じて四方に遊歴し六法を研究して設色の山水、花鳥、草木の画を画き頗る風致あり自ら一家をなす海内噪称し争って其の画を求む。門人亦多く至り父の遺墨も之が為に其の声価を増せり。文化八年長崎より京都に還り頼山陽と朝夕往来せり詞筆も亦巧にして見る可きものあり書画古器の鑑識に長じ山陽も亦之を推重せり。性精悍、敏明にして義気に富み論談に長ず。一切心を世事に絶って全力を青丹に注ぎ筆力豊潤毫も塵俗の気を帯ばざるものを描けり。

或人之を評して精采生動は応挙の如くにして其の甜を去り工緻妍麗は梅逸の如くにして其鄙を去ると云へり（中略）頼山陽、篠崎小竹、柏如亭等天下の諸名流と交はる曾て如亭京都に遊び病に罹りて逆旅に死し葬儀を営むの資なし春琴聞きて大に憐れみ筆硯書籍を売りて之に充つ。妻は藤木氏一女子を生む。弟秋琴の子宗尚に配し池田侯に仕へて宗祀を存せしむ義子駿、春圃と号す門人に僧霞山、稲垣子復、熊坂摘山等あり。弘化三年五月二日没す年六十八、本能寺に葬る。論画詩二篇、詩文若干の著あり。（『大日本人名辞書』㈠、三九八頁）

（7）蘭方医、名は龍、樫園又は秋嵓と号す。元俊の子、少にして篠崎三島、皆川淇園に就て経書を学ぶ年十六、父に従て江戸に赴き大槻玄沢の門に入り旁ら杉田、宇田川諸家に往来して和蘭医方を講習す諸家父の故を以て待遇特に厚く意を加へて教誘す既にして学成り西に帰り名望頗る高く、術業大に行はる。然れども元瑞意歉らず居常諸家と書牘往来質疑問難率ね虚月なし。名流或は其廬を訪へば即ち懇留数日就て以て医理を講究す是に於て其学益々発明する所多し。元瑞蘭方を主とすると雖而かも旁ら素難以下漢方群籍に通暁せざる莫し。箕作阮甫嘗て歎じて曰く香川太沖の後一人のみと元瑞刀圭の暇喜んで翰墨を翫び四方の名流と交遊す。頼山陽の初めて京師に来るや元瑞の家に寓し後其義妹を娶る故に其交誼猶兄弟の如し海内の名士来て山陽を見る者亦必ず元瑞を見る。元瑞人と為り寛厚客を好み衆を容る性善く笑ふ其声甚だ大なり往々門外に漏る。嘗て笑社なる者を結ぶ。山陽之が記を作る。一時芸苑に喧伝す。年五十に及で家を嗣子中蔵に譲り自ら閒居し書を著し娯む。（中略）嘉永二年二月中風を病んで没す。年六十六、著す所、博采録、東西医説析義、梅毒祕説、薬性摘要、樫園随筆及詩文集等あり。（『大日本人名辞書』㈡、九九一・九九二頁）

（8）前掲『頼山陽書翰集』下巻、三五一・三五二頁

（9）同下巻、三五七～三五九頁

（10）同下巻、三六三・三六四頁

（11）名は成章、字は君達、通称は淵蔵、後ち和介と改め、更に又、文兵衛と改む、藤陰は其号なり。備中の人。一時石川氏を冒せしが、晩に本姓に復す。業を頼山陽に受く。福山藩に仕ふ。幕末内外多事の時、忠誠を以て藩主に尽し、施設宣しきを得、功績甚だ多し。明治九年十二月二十九日没す。年七十。著に藤陰舎遺稿七巻がある。（『近世漢学者伝

記著作大事典』二八三頁）

（12）細川潔、号林道《ママ》、讃岐人、江戸住、篆刻の名家、兼て画に長ず、天保十四年没、六十五。（昭和九年新版、昭和八年十二月三十日、大日本絵画講習会代理部発行『大日本画家名鑑』九三頁）

（13）小田海僊、初メ画ヲ松村月渓に学ヒ業既ニ成リ其画ク所ヲ以テ頼山陽ニ示ス山陽曰ク妍緻巧麗能ク造化ノ眞ヲ奪ヒ写生ノ妙ヲ尽セリト雖モ惜ムラクハ気韻飄逸ニ乏シキコトヲ若シ助クルニ漢土名家ノ筆意ヲ以テセバ誰カ敢テ之ニ尚ヘンヤ海僊其言ニ感ジ元明ノ遺墨ヲ窺ヒ唐宋ノ粉本ヲ摹シ刻苦累年頗ル得ル所アリ夫レ山陽ハ画師ニアラズ然レドモ其眼アリ海僊ハ其手アリテ未ダ山陽ノ心アラズ山陽一タビ之ヲ啓キテ海僊ヲシテ悟ル所アラシメ遂ニ心手相応ジテ新ニ機軸ヲ出シ一家ノ旗幟ヲ樹ツルニ至ラシム乃チ益者三友ノ言豈虚語ナランヤ海僊ノ門ニ大場学僊アリ其平生ヲ説ク曰海僊名ハ良平姓ハ小田一号ヲ王百谷ト曰フ長門国赤馬関ノ人ニテ染工ノ家ニ生ル人トナリ豪宕ニシテ家業ヲ事トセズ幼ヨリ画技ニ耽リ年二十二京都ニ遊ビ居ルコト数年当時ノ名流ニ交リ最山陽ニ昵シ山陽一日来リ訪ヒ共ニ九州ノ遊ヲ約ス海僊其妻ニ言テ曰ク予ヤ子成ニ許スニ遊歴ノ事ヲ以テス其意薩日ノ雲煙ヲ呼吸シ肥筑ノ山川ヲ跋渉シ奇水怪巌ヲ見偉人高士ニ接シテ以テ我筆端ノ奇ヲ養ハントスルニ在リ此行凡五年ヲ閲スベシ然ルニ汝年齢猶弱クシテ子ナシ孤燈寒枕空ク年華ヲ鎖スルハ予甚ダ之ヲ傷ム乃チ良縁ヲ求メ安クニ適クモ予敢テ拒マズ都テ汝ガ欲スル所ニ任ズルノミ妻泣テ曰ク妾不肖ノ身ヲ以テ箕帚ヲ君ノ家ニ執ルハ是レ父母ノ命ズル所ナリ君今技芸ヲ修メン為メ遠遊ヲ試ム他日功成リ名遂アルトキハ則チ君ノ栄ノミナラズ妾モ亦光栄ヲ荷フ一家ノ事妾宜シク之ヲ処スベシ請フ内ニ顧ルコト莫クシテ速カニ旅装ヲ調ヘ頼氏ノ約ニ違フコト勿レ墓木縦ヒ拱スト雖モ猶誓テ君ガ帰ルヲ待タン海僊大ニ喜ビ山陽ト共ニ九州ニ航シ五年ニシテ帰ル是ヨリ其名京師ヲ動カシ画ヲ請フモノ履常ニ戸外ニ接ス嘉永年中新ニ画室ヲ営ミ妻ハ家事ヲ経理シ海僊ハ筆墨ヲ弄シ花月ニ吟シテ晩年ヲ娯ミ文久二年閏八月七十八ニシテ没ス海僊既ニ良友賢妻ヲ得テ外切瑳ノ益ヲ受ケ内翼賛ノ力ヲ藉リ遂ニ其芸事ヲ成就ス故ニ声名藉甚タル抑亦宜哉（明治二十二年序、狩野寿信編纂『本朝画家人名辞書』下、一四四・一四五頁）

（14）宮原子淵、名は士《（子）》淵、謙蔵と称し、潜叟は其号なり。又別に節庵・易安と号す。備後の人。業を頼山陽に受け、学成り帷を京師に下す。又書に工なり。明治十八年十月六日没す。年八十、著述、節庵遺稿二冊。（『近世漢学者伝記著述大事典』五〇三頁）

（15）明治四十四年九月二十日発行、関藤国助『藤陰舎遺稿』一九四～二〇二頁（「無窮会図書館」蔵本）

第二項　大窪詩佛『梅溪遊記』に序文を書く

天保二年四月、大窪詩仏が斎藤拙堂に懇請されて、『梅溪遊記』の序文を書いている。時に、未だ『月瀬記勝』として出版はされていなかった。序文は草書体の原文で読みにくいため、楷書に翻字し、書き下し文を加えておく。

（図版9、160頁参照）

杉田之梅、核小宍厚、其鬻於都下、價倍蓰他所。故邨人多以種梅為業。其賞知自我輩屢遊而始也。海岸凡二十里、傍山亘溪。民人所居、前後左右無不盡梅花。老幹槎枒、枝條輪囷、或有掩暎。数畝之外者、予以為天下之奇盡於此矣。今読拙堂君梅溪遊記、初覺避三舎焉。千巖競秀・萬壑争流。想像其使人應接不暇矣。蓋因記發揮其勝・圖経営其奇也。嗚呼文筆之不可止一若是乎。

天保二年夏四月　　詩佛老人大窪行書

大窪行　江山翁

杉田の梅は核（たね）小さく宍（にく）厚く、其の都下に鬻《ひさ》ぐに、価は他所に倍蓰《ばいし》（倍は二倍、蓰は五倍）す。故に村人多く梅を種うるを以て業と為す。其の賞は我が輩《ともがら》屢〻《しばしば》遊びてよりして始まるを知るなり。海岸凡そ二十里（三重県津市よりの距離）山に傍ひ、渓を亘る。民人の居る所、前後左右尽《ことごと》く梅花ならざるは無し。老幹槎枒（角《かど》張るさま）、枝條輪囷（曲りくねったさま）、或は掩暎（映字に同じ）有り。数畝の外は、予以て天下の奇此《ここ》に尽くると為すなり。今拙堂君の梅渓遊記を読み、始めて三舎を避（相手に一目おいて恐れはばかる意）くるを覚ゆ。千巖秀を競ひ、万壑流れを争ふ。

図版9

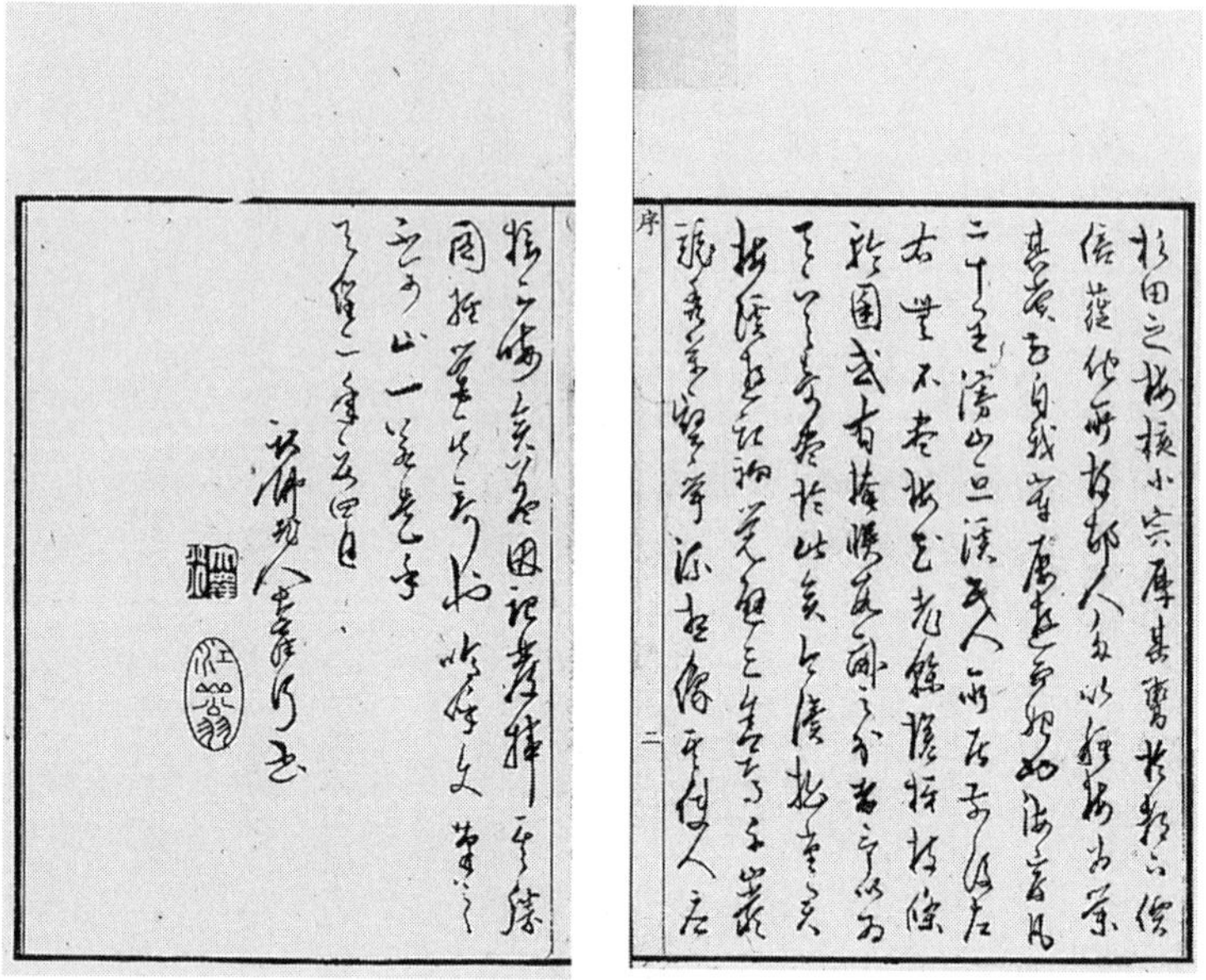

想像するに其の人をして応接に暇あらざらしむ。蓋し記は其の勝を発揮し、図は其の奇を経営（治めまとめる）するに因るなり。嗚呼《ああ》文筆の止むべからざる一に是《かく》のごときか。

天保二年夏四月　　詩仏老人大窪行書※

印　印

※名は行、字は天民、柳太郎と称し、詩仏は其号なり。又別に痩梅・詩仏堂・柳坨・江山詩屋と号す。常陸の人。業を市河寛斎及び山本北山に受け、尤も詩をよくし、詩名天下に顕る。兼て書をよくし、又谷文晁と交り画も巧なり。秋田藩に仕ふ。天保八年四月十一日没す。年七十一。著書に詩聖堂詩集三十三巻、西遊詩集二巻、北遊詩草二巻等あり。（『近世漢学者伝記著作大事典』一〇二頁）

第三項　牧百峰の月瀬観梅詩

牧百峰※の月ヶ瀬訪村は壬辰（天保三年）二月二十四日游行の吟詠七言古詩を残している。それは頼山陽が観梅に訪村した翌年に当る。牧百峰が山陽と行を共にしなかったのは多分、公私の都合に因ろうか、古詩は現在月ヶ瀬の下阪氏（もと

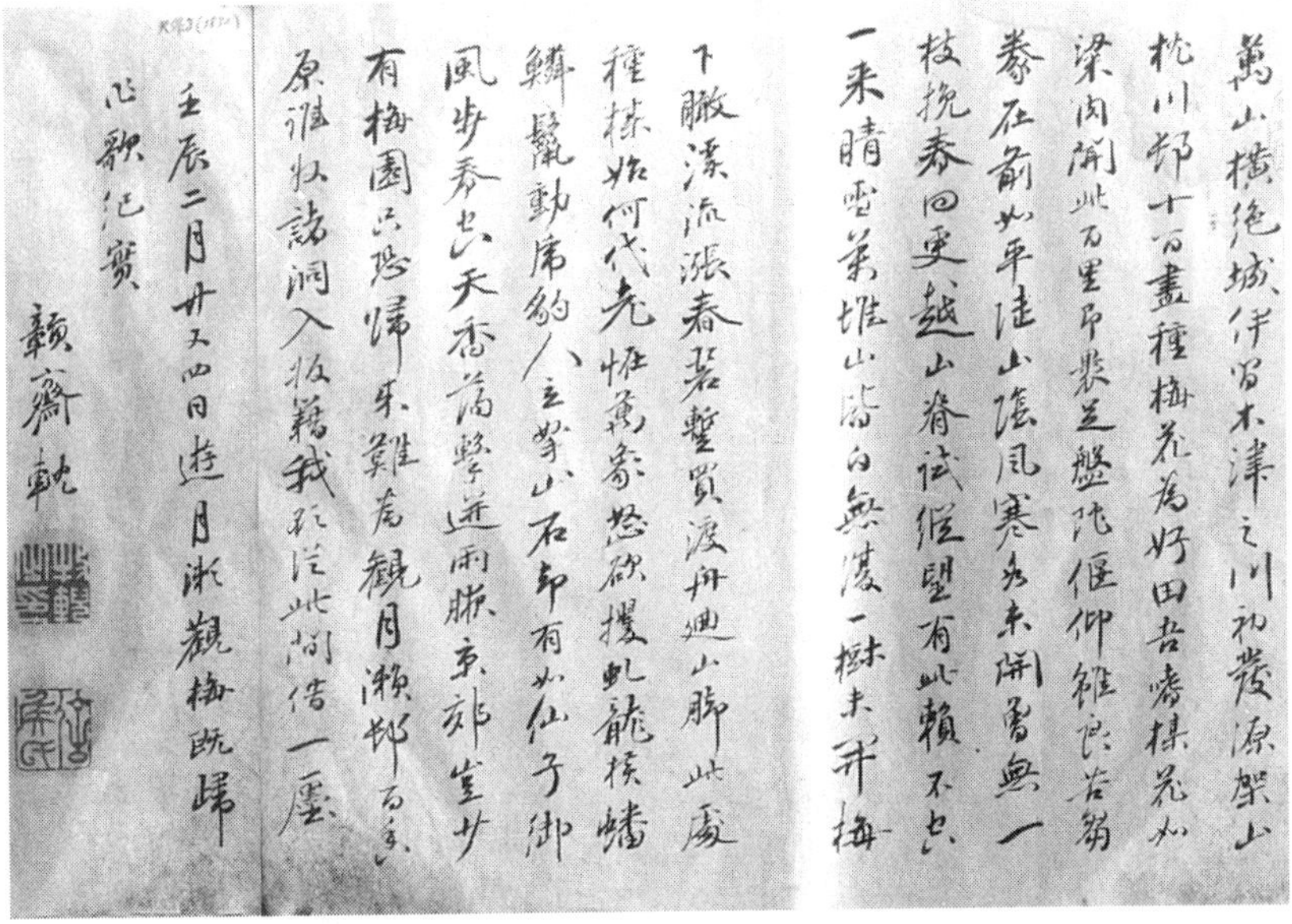

「萬玉亭」であった）の有に帰し、『萬玉亭梅花帖』に百峰自筆の詩が保存されていた。よって、翻字し、書き下し文を加える。脚韻（　）内は韻を記した。

萬山横絶城伊間(刪)。木津之川初發源(元)。架山枕川邨十百。盡種梅花為好田(先)。」吾嗜楳花如梁肉(屋)。聞此百里即褁足(沃)。盤陀偃仰雖良苦。翦参在前如平陸(屋)。」山陰風寒氷未開(灰)。曾無一枝挽春回(灰)。更越山脊試縦望。有此頼不空一来(灰)。晴雪萬堆山皆白。無復一樹未開梅(灰)。」下瞰渓流漲春碧。塹買渡舟廻山脚(藥)。此處種楳始何代。老恠萬象怒欲攫(藥)。」虬龍横蟠鱗鬣動。虎豹人立峯小石(陌)。却有如仙子御風歩春。空天香藹撃迸兩腋(陌)。」京郊豈少有梅園(元)。只恐歸來難為觀。月瀬邨百香原(元)。誰収諸洞入版籍。　我欲従此間借一廛(先)。

壬辰二月廿又四日遊月瀬観梅既帰作歌紀実

贛斎輗　印印

万山横絶（横切る。横切り渡る）す城伊の間。木津の川初めて源を発す。山を架け川に枕《のぞ》む村十百。尽《ことごと》く梅花を種ゑ好田と為す。」吾は梅花を嗜《たしな》むこと梁肉のごとし。聞く此の百里は即ち褁足《かそく》（褁は裹と同じ、わらじ脚絆をつけること）なりと。盤陀（石がわだかまって平らかでない）偃《えん》（伏す）仰《ぎょう》し良苦（はなはだ苦しむ）すと雖も、芻豢（牛・羊・犬・豚の類）前に在りて平陸（高低のない平らな陸地）のごとし。」山陰風寒く氷未だ開かず。曾て一枝も春を挽《ひ》き回《かえ》す無し。更に山脊を越えて縦《しょう》望（ほしいままに望む）を試む。此の頼り有るも空しく一たびも来らず。晴雪万堆（沢山積って）し山皆白し。復《また》一樹も未だ開かざるの梅無し。」渓流を下瞰すれば春碧を漲らす。蹔《しばら》く渡舟を買ひて山脚を廻《めぐ》る。此処に梅を種うるの始めは何れの代か。老いて怪しむ万象の怒り攫《とら》へんと欲するを。」虬龍《きゅうりょう》は横蟠（蟠はわたかまる。伏す）し鱗鬣（うろこやひげのこと）動く。虎豹の（ごとき）人は立ちて小石を拏《つか》む。却って仙子の風を御し春に歩するが如き有り。空天の香靄は両腋に撃迸《げきほう》（打ちわき出す）す。」京郊豈に少なからんや梅園有ること。只恐る帰り来りて観《かん》を為し難きを。月ヶ瀬の邨百香の原。誰か諸《これ》を洞に収めて版籍に入れん。我は此の間より一廛（店）を借らんと欲す。

壬辰（天保三年）二月廿又四日、月瀬に遊び梅を観、既に帰り歌を作りて実を記す。

贛斎輗　印印

七言古詩、第一解、刪・元・先韻。第二解、屋・沃ともに通韻。第三解、灰韻。第四解、薬韻。第五解、陌韻。第六解、元・先、通韻。（武元登々庵『古詩韻範』に拠る）

※贛斎は牧百峰のこと、（贛は贑の略体）
名は輗、字は信侯、善助と称し、百峰山人又は贑斎と号す。美濃の人。業を頼山陽に受け、講説を業とせしが、弘化年間学習所（後の学習院）の創設せらるるや、擢でられて儒師となる。文久三年二月十三日没す、年六十三。（『近世漢学者伝記著作大事典』四六四頁）

第四項　金井烏洲の『月瀬探梅画巻』

金井烏洲については、『大日本人名辞書』を参考にする。

画家、上州島村の人、名は時敏、後泰、通称は忠太、後父の称を継ぎ彦兵衛と改む。初め画を春木南湖に学び倪雲林に私淑、又詩書を美くす朽木翁、白沙村翁、小禅道人、獅子吼道人は其晩年の号なり当時奥州の人に菅井梅園画名高し、会々上州に遊び烏州《ママ》と相往来し交り甚深し。或人烏州に問て曰く吾子と烏州と孰か勝る。答て曰く、我なり。或人一日二子に対し、告るに此言を以てし二人哄然一大笑を為すといふ。安政四年正月十四日死す年六十二、大正七年十一月従五位を贈らる。[1]

この項では月瀬探梅画巻関係を述べるに止め、詳しくは『烏洲先生遺稿』[2]及び篠木弘明氏の『金井烏洲』[3]伝を参照されたい。

先ず、『烏洲先生遺稿』中「老年篇」[4]に豊国義孝の「勤王家金井烏洲」の後に、月ヶ瀬行のことが記してある。

　烏洲の生涯中、最も華やかなりしは何と謂っても天保三年の春、卅七歳を以て京摂の間に遊ばれた時であらう。固より大名旅行で、邑の友人田島梅陵を伴ひ、僮僕に行李を負はせ、到処で一流旅館に宿を取り、悠々遊山玩水をつゞけたのであった。其の年譜に依るに、

天保三年壬辰卅七歳、春初僮僕ヲ伴ヒ、京摂ノ間ニ遊ビ諸皇陵ヲ拝シ、又大和ニ低リテ月ヶ瀬ノ梅ヲ探リ千種有功卿及ビ頼杏坪、山陽、篠崎小竹等ノ諸名流ト交リ、三月末嵐山ニ遊ビ、更ニ洛北詩仙堂ノ遺趾ヲ尋ネ、宇治黄檗山ニ僕巌ヲ訪ヒ、詩酒徴逐且ツ彩管ヲ揮フ。

と報ぜられ、中に就いても月ヶ瀬にては二昼夜を要し、巨細に其の風光をスケッチして月瀬画巻二巻を為した。

前巻（28.6×725.5）部分

後巻（28.6×880.5）部分

之に対して山陽は「筆籠萬玉」の四大字を書し、且つ「壬辰季春、為烏洲画伯題、余亦以去春游焉、観此巻為再遊想、使其無請、固将援筆耳、頼襄」と署している。此外にも七絶三首を題して居り、小竹は「墨含千芳」の四大字を題し、浦上春琴も亦七古を題し、其の七月には小竹も亦七絶を題し、小石元端は七絶四首を題している。其の画と云ひ、詩書と云ひ、実に蘭芳を競ふの観を呈してゐる。

まさに烏洲の画巻に讃辞を惜しまない。以下に画巻の山陽・小竹題字の部分と、画の一部のみを掲げる。

平成三年に、奈良県立美術館に於て開催された『大和の近世美術』展に展覧された図録から転載させてもらったもので、稀観の価値がある。

烏洲の子、金井子恭(5)が明治政府に仕え、内閣書記官長をしていて、政府の高官、学者、詩人と交際多く、明治二十五年に『探翠挹芳』一書（石版刷り。本文は寺崎廣業が版下を書いた）を出版している。よって以下原文に足りない部分を補った。両山相甓の七絶の詩は已に山陽の月瀬観梅詩に載せているので省略する。

次に挙げるものは浦上春琴の七絶六首と、他に紹介されていないものを挙げる。

風雨を辞せず春城を出づるを。哭して楳花の為《ため》に此の行を作《な》す。掠湖（宇治にあった巨掠池のこと）堤畔轎（かご）窓の隙《すきま》。瞥見す一枝先づ眼に明らかなるを。風急に春雪狼藉して飛ぶ。笠檐斜に受け雨霏ゝたり。旗亭に投宿し前路を算《はか》る。喚んで紅鑪（鑪はいろり）を取って湿衣を烘《かわか》す。」泉声戞ゝ《かつかつ》（戞字は戛に同じ）石を穿ちて廻《めぐ》る。万樹渓に横たはり碧苔滑《なめ》らかなり。誰か是れ安排す此の風致を。天将《まさ》に清境を渠《かれ》に与へ開かんとす。」冷雨酸風両日の程。到り来る月瀬恰かも晴と成る。初陽動く処花明快。人は横斜影裡より行く。」酔うて宿す幽香ゝ裏の家。燈前半夜雨斜ゝたり。明朝又梅花に別れ去る。篛笠《じやくりゆう》（若笠に同じで竹の皮であんだ笠）茅鞋山路賖《はる》かなり。」纔《わず》かに木津を過ぐれば山雨晴る。人を受く八九埜航軽く。春流翠《みどり》漲《みなぎ》り箭《せん》（矢のこと）よりも快《はや》し。日未《いま》だ斜陽

不辭風雨出春城笑爲梅
花心此行樽湖堤畔轎宏
隙瞥見一枝先眼明風急
春雲狼籍充塞攪斜雯
雨霽、旋亭枝宿算喬跡喚
兩紅輕抗溪衣泉聲
囊空罕不旦茅橄橫溪滑英
黃語是安排此風致天將清
境与溪閑冷雨醸風兩日程
到来月瀬恰成晴和陽東

處花此快人自横斜亂
裡川醉嵓幽香、棗家
嶺南少東雨斜、咋弟又別
梅花去籬笆弟難山路艱
纜過木津山雨睛愛今
九藝航輕春流翠瀬快
於爾日米斜陽到瀬城

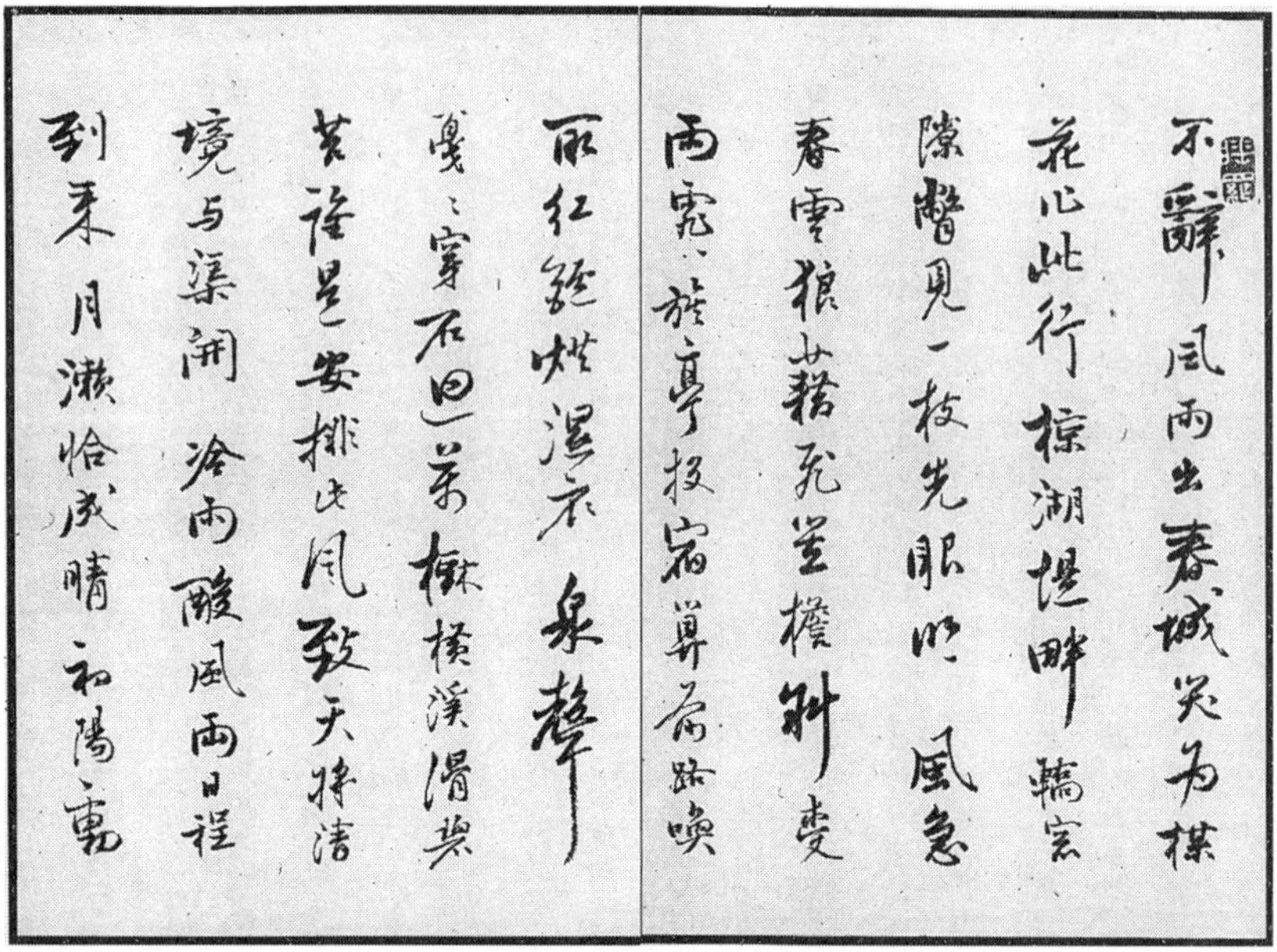

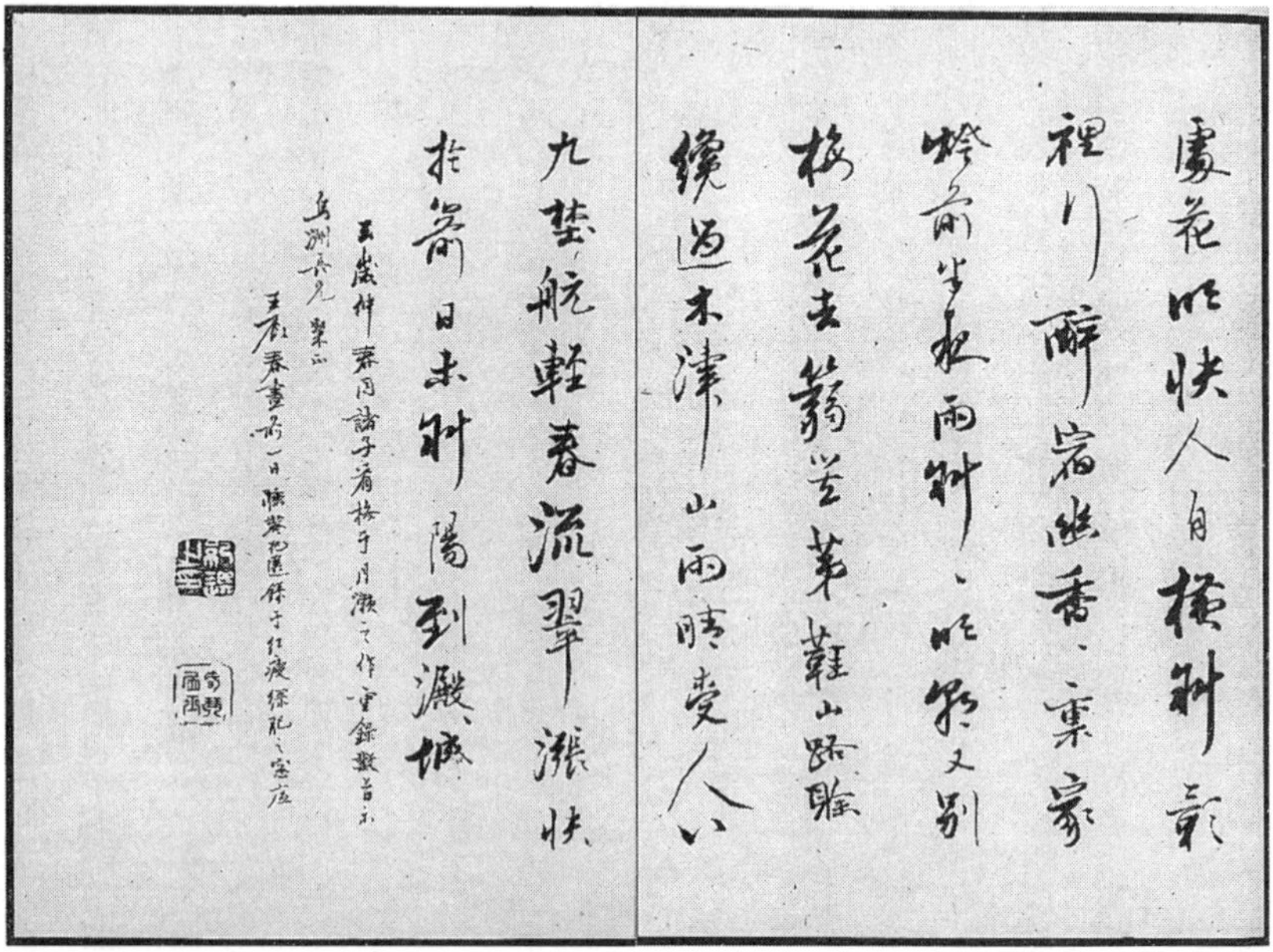

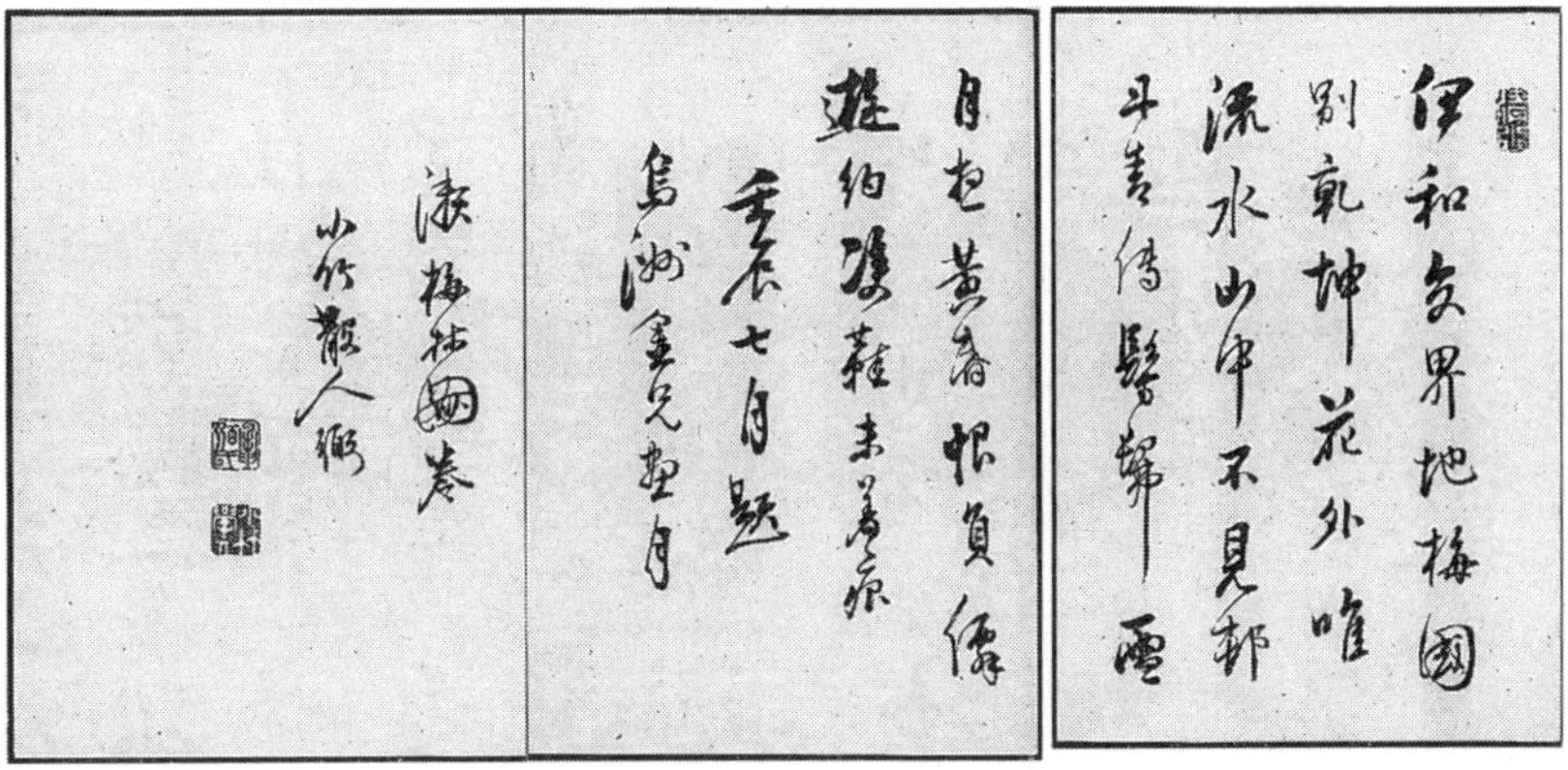

ならざるに澱城（大阪城）に到る。

去歳仲春、諸子と梅を月瀬に看るの作。重ねて数首を録し烏洲長兄に示す。粲《さん》し正せ。

壬辰（天保三年）春尽くる前、一日睡庵紀選、紅痩緑肥の窓底に録す

印印

小竹の五律一首

伊和（伊賀と大和）交ゝ《こもごも》地を界す。梅国別乾坤。花外唯《ただ》流水。山中郵を見ず。丹青髣髴を伝ふ。雪月黄昏を想ひ、恨むらくは僊遊の約に負《そむ》くを。雙鞋未だ痕を着けず。

壬辰七月。烏洲金兄月瀬梅林を画く画巻に題す。

小竹散人弼

印印

小石元瑞の詩

忽ち入る梅花万樹の間。筇を渓畔に植《た》てて正に開顔（破顔と同じ）す。恍

忽入梅花萬樹間 樹梢
陰翳正井額恍如在
君佳住十歳楼竟未此
山
溪邨斷續路縈廻

雪餘山下看梅粧點亮
松梢密竹看雲多之
趁春開
渡口峰冊石碧濤籠梅
子兩岸楳買香風吹落

兩山雪回擁護艮往没
邊
一簑鳥雨深料之曉
夷山木度出坡惜別不須
頻顧怪門来遷出

梅花
月瀬觀梅示舷奴
呈陶長友 柳之
龍

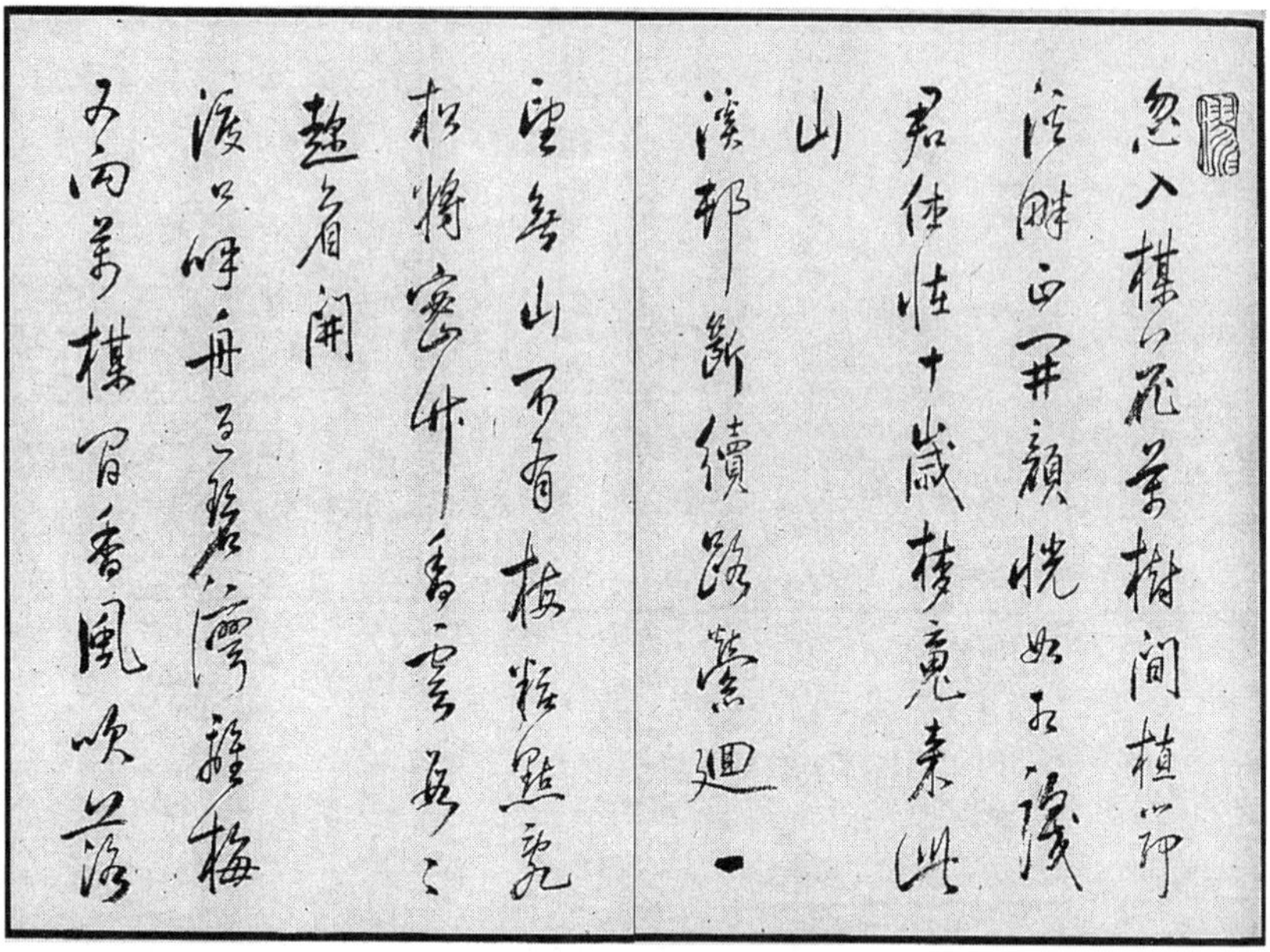

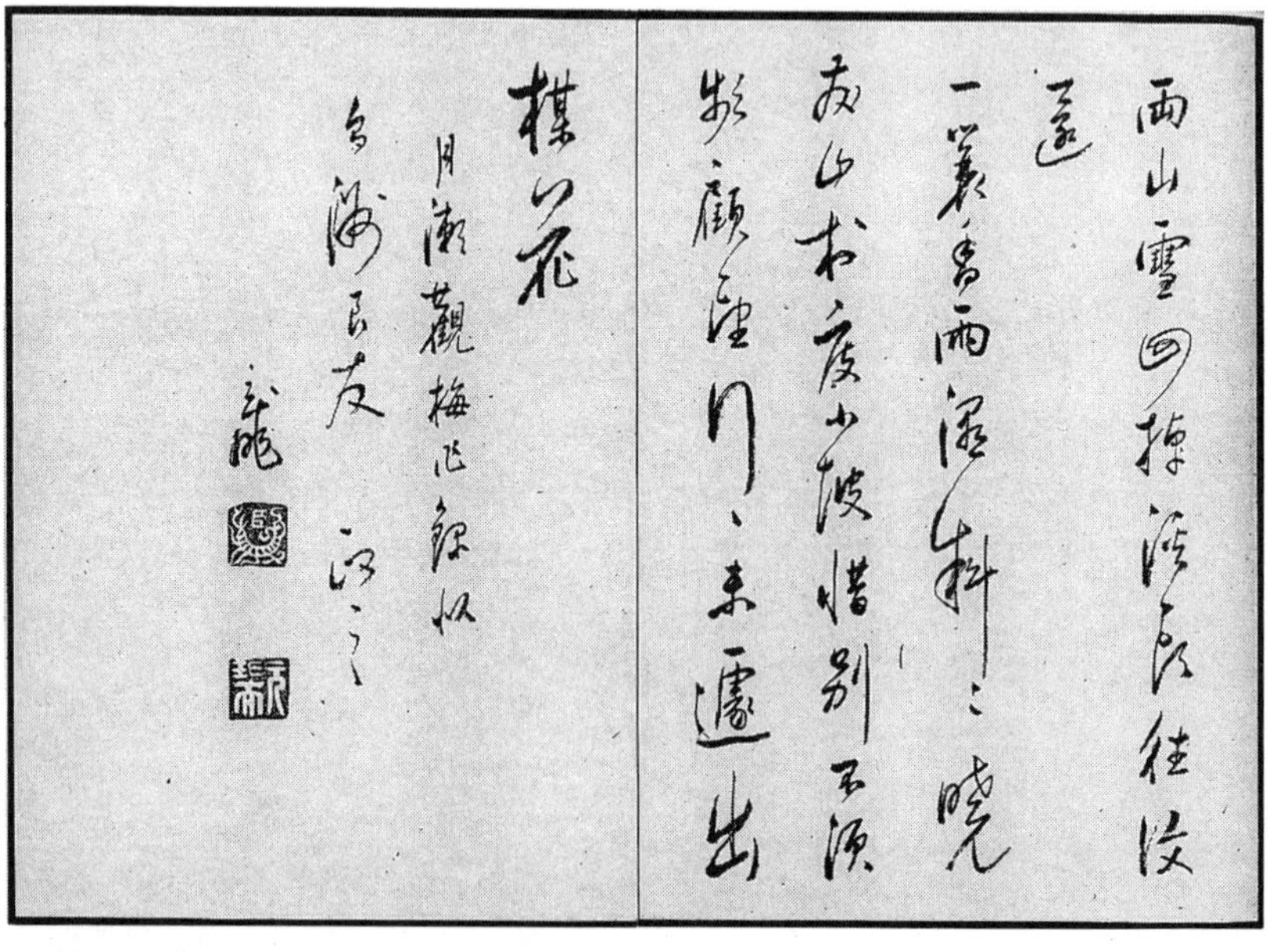

として相識るがごとく君怪しむを休《や》めよ。十歳の夢魂此の山に来る。」渓郁断続して路縈廻す。一望すれば山として梅有らざるは無し。乱松を粧点するに密竹を将《も》ってす。香雲段々として趁《お》へば看〻《みるみる》開く。」渡口舟を呼びて碧湾を過ぎ、梅を離れ又向ふ万楳の間。香風吹き落とす両山の雪。掉を渓頭に回らし往き復《また》還る。」一簑の香雨湿して斜〻たり。暁に山村を発して小坡を度る。惜別須《もち》ひず頻りに顧望するを。行き行くも未だ遽《にわ》かに梅花を出でず。

　月瀬観梅の作、録して烏洲良友に似《しめ》す。之を政《ただ》せ。

龍　印　印

次に『無聲詩蛆』(6)の「月瀬梅花図巻」を掲げる。（図版10、170・171頁参照）

壬辰の春、余西遊し、梅を和州の月瀬に探る。其の景勝の概略を図して遊記に代ふ。分ちて二巻と為す。二月念二（二十二日）日、南都の客舎（旅館）を発し、柳生村の農家に宿る。明日、梅渓に邇《ちか》づかんとす。因りて稿を奥原村より起し、高尾・嵩・月瀬の諸村を経過し、桃（香）野の渡頭（渡し場）に迨《およ》び、以て筆を停む。是れ名張川の南岸の勝に属す。即ち前巻なり。後巻は尾山の千樹梅（一目千本を指す）より始め、長引・白樫・田山等の象《しょう》（象形）を模す。既にして毫を高尾の村口に閣《お》く。是を北岸の景と為す。凡そ此の境の奇偉、千態万状のごとき、嘗て伊勢の鉄研学士の遊記（斎藤拙堂の「梅溪遊記」を指す）、勝状を拓き尽くし、世の為に重んぜらる。余の画は豈に能く其の迤邐《いり》（連り）屈曲を尽くさんや。況んや両日の杖履の間に在るをや。僅かに過眼の彷彿たるを収拾して、他日の憶念に供するのみ。

余嚮《さき》に此の巻を作り、京寓すること多日（幾日もの意）、好事家の奪ふ所と為る。因りて再び浪華の客舎に作る。未だ業を卒《お》へざるに、西征すること累月、薇山（岡山）・芸海（広島の海）、漫遊到る処、筐（物を入れるかご）裡携

図版10

有士人挟詩。闖者置几上。士促之。闖者擲其詩叱
曰。去々。汝這詩纰也来獻。詩士大慙。拾詩掩耳而
走。蓋取意於此。而余復将自掩目焉。

〇月瀬梅渓圖巻
壬辰之春。余由遊。探梅于和州月瀬。圖其景勝之概
略。而代游記。分為二巻。二月念二日。發南都客舎。宿
柳生村農家。明日将通梅渓。因起稿於與原村。經過
高尾嵩月瀬諸村。迨桃野之渡頭。以停筆是属名瀬
川南岸之勝。即前巻也。後巻始於尾山之千樹梅。摸

長引白樫田山等之象。既而闖毫于高尾之村戸。是
為北岸之景。凡若此境之奇偉。千態萬状。嘗有伊勢
鉄研學士游記。拓盡勝状。為世所重。余之画豈能盡
其迤邐屈曲哉。況在兩日杖履間。僅収拾過眼之彷
彿。而供他日之憶念耳。
余嚮作此巻。京寓多日。為好事家所奪。因再作于浪
華客舎。未卒業。西征累月。厳山藝海。漫遊到處。篋裡
携帯。兩裡風中。輙有適意。旋出而補之。燈下篷底。又
出點綴。梢完之云。壬辰夏六月十日。驟雨一洗。晩凉

如流。卒然援筆。識廣嶋三篠川之水樓。時圜山尼在
坐。約厳嶋之游。
舩發防州。歸大坂。海上風恬。如坐蓬窓。無聊。偶展此
巻。用海水渲染。後數月歸家。見之。紙敗數處。殆如蠹
蝕。蓋為潮氣所害。因補他紙。更加點苔。以掩醜。聊記
為後日話柄。是歳十月朔。贅於呑山書樓南窓。
前巻山陽先生。首題筆籠萬玉四大字。欵云壬辰
季春。為烏洲画伯題。余亦以去春游焉。觀此巻。為
再遊想。使其無請。固将援筆耳。頼襄。巻尾又題三

絶句云。
兩山相蹙一溪明。路斷游人呼渡行。水與梅花争際
地。倒涵萬玉影斜横。
萬樹梅圍溪水長。芳山寧敢擅春芳。東風一様晴雲
白。孰與此中雲有香。
帯将清氣却歸家。在眼溪山玉絶瑕。非觀和州香世
界。此生何可説梅花。
為烏洲画伯。録月瀬賞梅三絶句。以其新游彼而来。
知余語非溢也。　山陽外史

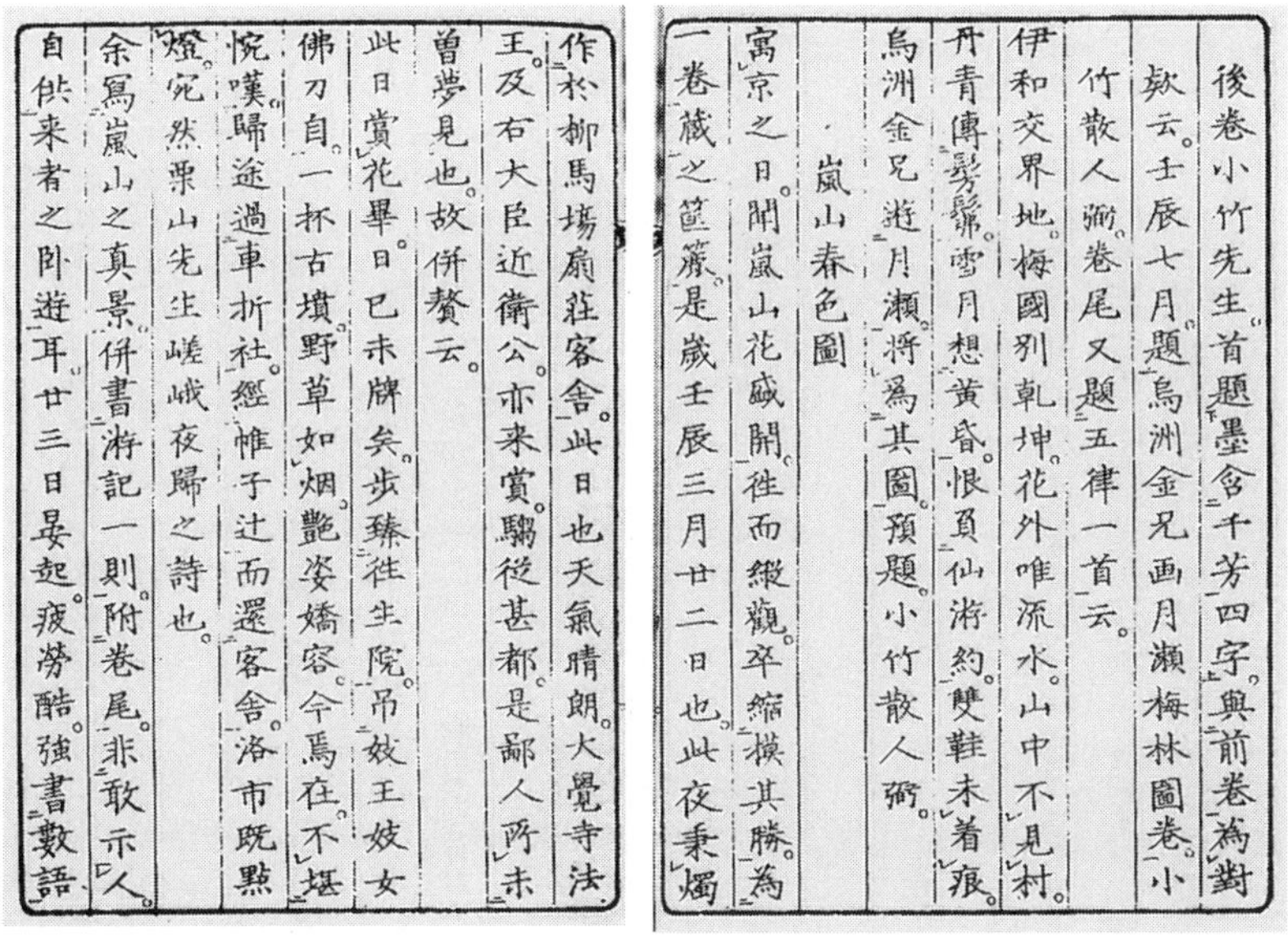
後巻小竹先生首題墨舎千芳四字與前巻為對欵云。壬辰七月題烏洲金兄画月瀬梅林圖巻。小竹散人衡。巻尾又題五律一首云。

伊和交界地。梅國列乾坤。花外唯流水。山中不見村。丹青傳髣髴。雪月想黄昏。恨負仙游約。雙鞋未着痕。烏洲金兄遊月瀬。将為其圖。預題。小竹散人衡。

嵐山春色圖

寓京之日。聞嵐山花盛開。徃而縱觀。卒縮摸其勝。為一巻。蔵之篋笥。是歳壬辰三月廿二日也。此夜秉燭作於柳馬場扇荘客舎。此日也天氣晴朗。大覺寺法王及右大臣近衛公亦来賞。騶従甚都。是鄙人所未曽夢見也。故併贅云。

此日賞花畢。日已未牌矣。歩臻徃生院。吊妓王妓女佛刀自。一抔古墳。野草如烟。艶姿嬌容。今焉在。不堪悵嘆。歸途過車折社。經帷子辻而還客舎。洛市既點燈。宛然栗山先生嵯峨夜帰之詩也。

余寫嵐山之真景。併書游記一則。附巻尾。非敢示人。自供来者之卧遊耳。廿三日晏起。疲勞酷。強書數語。

帯し、雨裡風中も、輒ち適意有れば、旋り出して之を補ふ。燈下篷底にも又出して点綴す。稍《ようや》く之を完《お》ふと云ふ。壬辰夏六月十日、驟雨一洗す。晩涼は流るるがごとし。卒然として筆を援《と》り、広島三篠川の水楼に識す。時に円山尼坐に在り、巌島の游を約す。

船は防州を発し、大阪に帰る。海上風恬《しずか》（静かの意）にして坐するがごとし。篷窓（とま舟の窓）無聊（退屈でいる）、偶《たまたま》ゝ此の巻を展べ、海水を用《もっ》て渲染（くまどりして筆をそめる）す。後数月にして家に帰り之を見るに、紙敗るること数処、殆ど蠹蝕（虫喰いになる）のごとし。蓋《けだ》し潮気の害する所と為る。因りて他紙を補ひ、更に苔を加点し、以て醜を掩ふ。聊《いささ》か記して後日の話柄と為さん。是の歳十月朔（一日）、呑山楼の南窓に贅す。

前巻は山陽先生、首《はじめ》に筆は萬玉を籠むの四大字を題す。欵（款）して云ふ「壬辰季春烏洲画伯の為に題す。余も亦去春を以て游ぶ。此の巻を観て再遊の想ひを為す。其をして請ひ無からしむるも、固より将に筆を援《ひ》かんとするのみ。頼襄」と。巻尾に又三絶句を題して云ふ。

三絶句は山陽の月瀬観梅詩で挙げたのでここでは省略する。

後巻は小竹先生、首めに「墨は千芳を含む」の四大字を題す。前巻と対を為し欵（款）して云ふ「壬辰七月、烏洲金兄画く月瀬図巻に題す。小竹散人弼。巻尾に又五律一首を題して云ふ」と。

次いで、「伊和交界地」の五律を載せるが、これも原文の箇所で読みを加えたので省略する。残念ながら、『月瀬探梅画巻』の原画を全部は観覧出来なかったが、子恭の『探翠挹芳』や、また烏洲の詩集『無聲詩蛆』等の著述を披見して、その大概を知ることが出来た。この画巻の存在は、月瀬観梅詩文に一段と花を添えたことは大いに賞讃に価するといえよう。

注

（1）『大日本人名辞書』㈠、七二三頁

（2）昭和十五年十一月三日、上毛郷土史研究会発行『烏洲先生遺稿』一冊。

（3）昭和五十一年十一月一日、群馬県文化事業振興会発行。

（4）前掲『烏洲先生遺稿』一一五葉裏より一一六葉表。

（5）『大日本人名辞書』㈠、七二四頁より「カナキユキヤス」の項に詳しい。

（6）庚辰抄夏の年紀のある劉壽薫盥の序によって明治十三年以後のもの。碧梧書楼蔵版とある。最初三条実美の題字、依田学海の序、挿画四葉、古賀侗庵の題詩、古賀精里の「呑山楼記」、子恭の凡例、があり、本文（詩文集）三十八葉、最後に古賀侗庵の「莎邨金井君墓碑銘」を付して終る。（「無窮会図書館」蔵本）

第五項 三田村嘉福『遊月瀬梅谿詩稿』

天保乙未（六年）仲春、上野城下崇広堂藩儒小谷虔斎批正に係る三田村嘉福の稿本が、月ヶ瀬教育委員会に所蔵されている。図版11、174頁に掲げた表紙は原稿本でなく、故沖森氏が作った表紙である。題簽・批点者・稿本等の文字全て沖森氏の文字であり、表紙の見返に何か不明なる漢籍（文章規範らしい？）の半葉を裏返しにし、その上下に罫を引いて書いたものによれば、

小谷虔斎通称鉄之助
巣松嗣子、拙堂、樸堂門
弘化□崇広堂講官世禄百五十石
三田村嘉福通称丞助
嘉正ノ父
崇広堂員　世禄百五十石、藤堂藩士

と読める。小谷虔斎については『三重先賢伝』※に掲載されているが、三田村嘉福については何も記されていない。故沖森氏は上野市に永住され、上野城藤堂藩の事績に詳しい。よってメモ書きを残したと思われる。

次に本文の詩題を掲げる。

1、約與諸友遊梅渓多日隔雨、此日至朝而霽乃賦一絶（七絶一首）
2、二月六日同諸友遊尾山梅渓分韻（七律一首）
3、既夜舎舟取路花間分林処士疎影暗香二句得浅字（七絶一首）

図版11

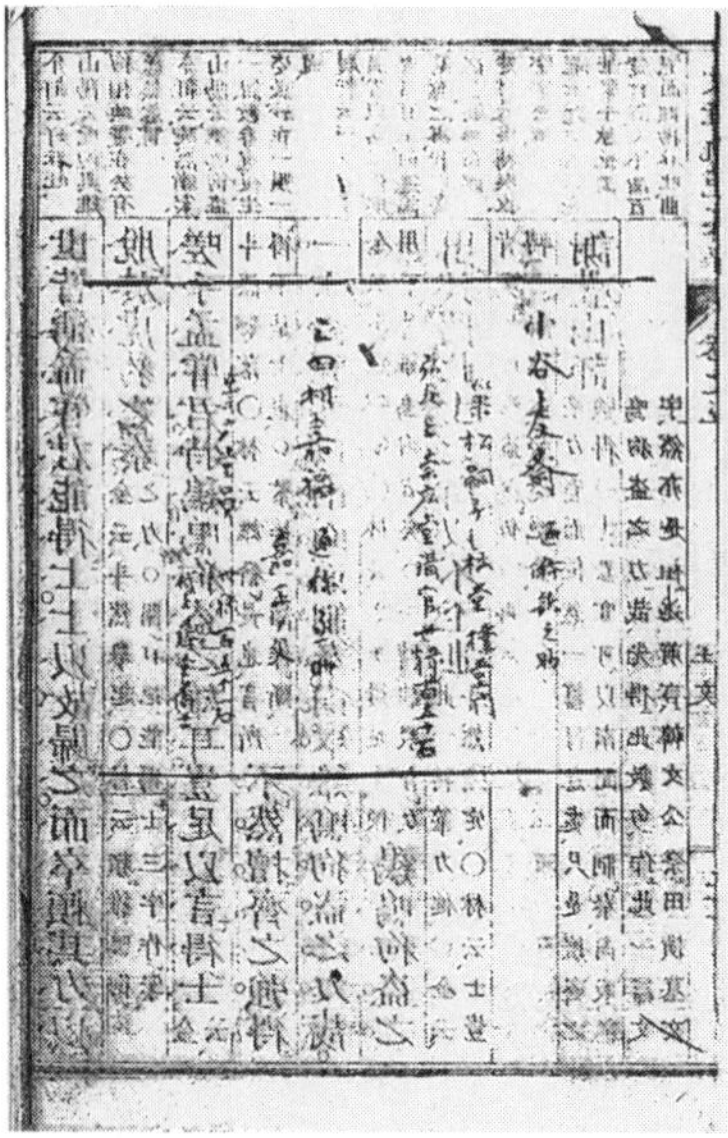

遊月瀬梅渓詩稿

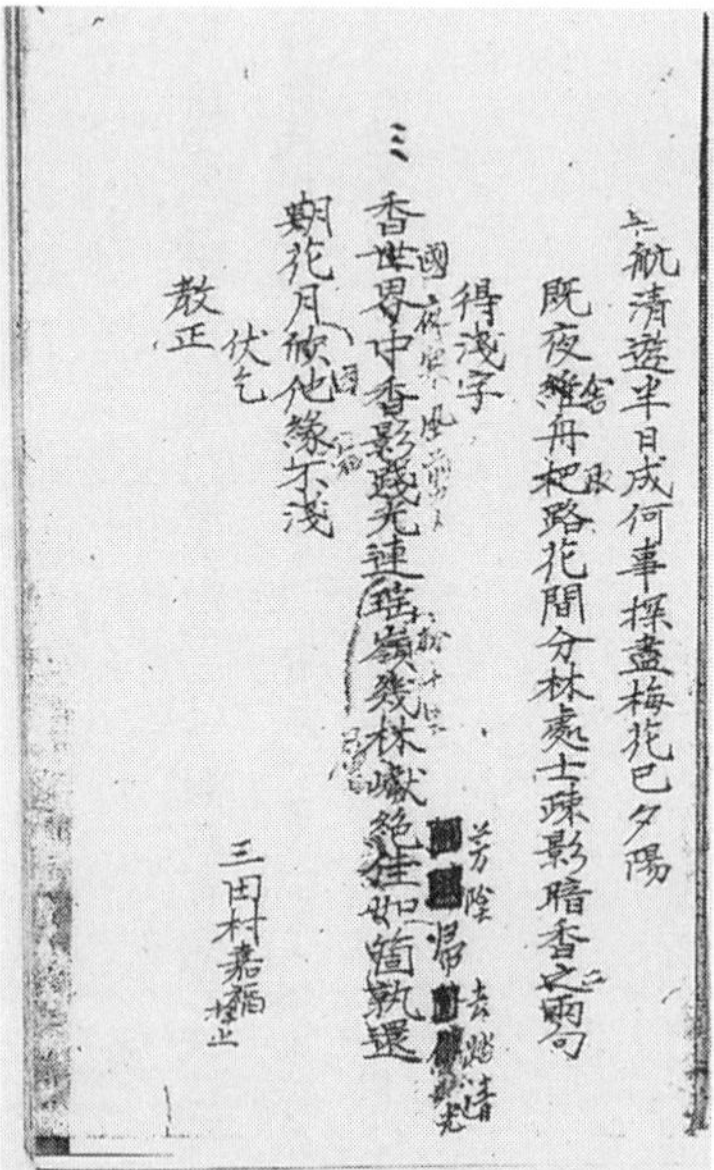
一航清遊半日成何事採盡梅花已夕陽
既夜維舟杷路花間分林處士疎影暗香之兩句
得淺字
香世界中香影[illegible]
[illegible]
教正
三田村嘉猶

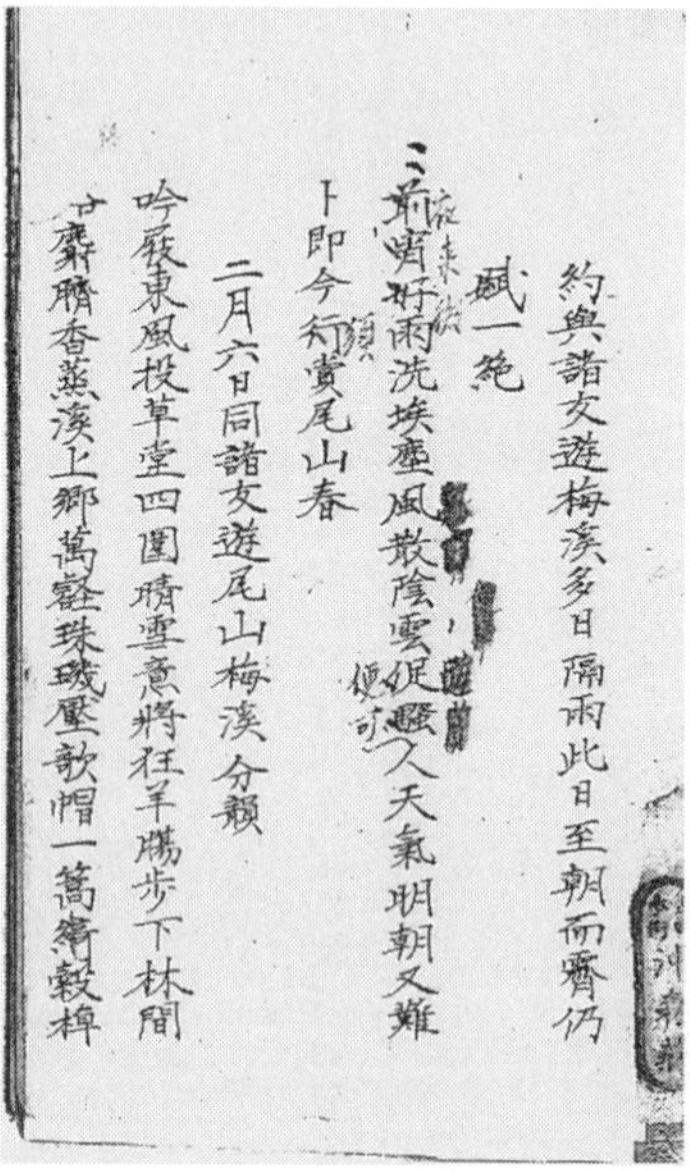
約與諸友遊梅溪多日隔雨此日至朝而霽仍
賦一絶
前宵好雨洗埃塵風散陰雲[illegible]人天氣明朝又難
卜即今行賞尾山春
二月六日同諸友遊尾山梅溪分韻
吟[illegible]東風投草堂四圍晴雪意將狂[illegible]步下林間
[illegible]香藻溪上郷萬[illegible]

4、兼好法師五百年忌辰（七律一首）
5、乙未春與諸君遊梅渓多日隔雨此日朝而霽仍有此寄（七絶一首）―重複―
6、此日仲春六日乃遊尾山（七言排律）
7、既夜舎舟取路花間分林処士疎影暗香二句得浅字（七絶一首）―重複―
8、遊尾山梅渓
9、□卜居人何処永矢無用豈《何》越疆
10、春永緑波（七絶一首）
11、新植花開（七律一首）
12、村居冬暖（七絶二首）
13、明人雪櫶図（七律一首）
14、梅欲開（七絶一首）
15、梅花夜月図
16、村居冬暖（七言古詩・七律一首）
17、同友人尋澗花（七絶三首）
18、宮鷺喚暁（七律一首）
19、題嵐山春遊図（七言古詩）
20、池亭雙樹晩花
21、窓紙花影上有小鳥往来（七絶二首）

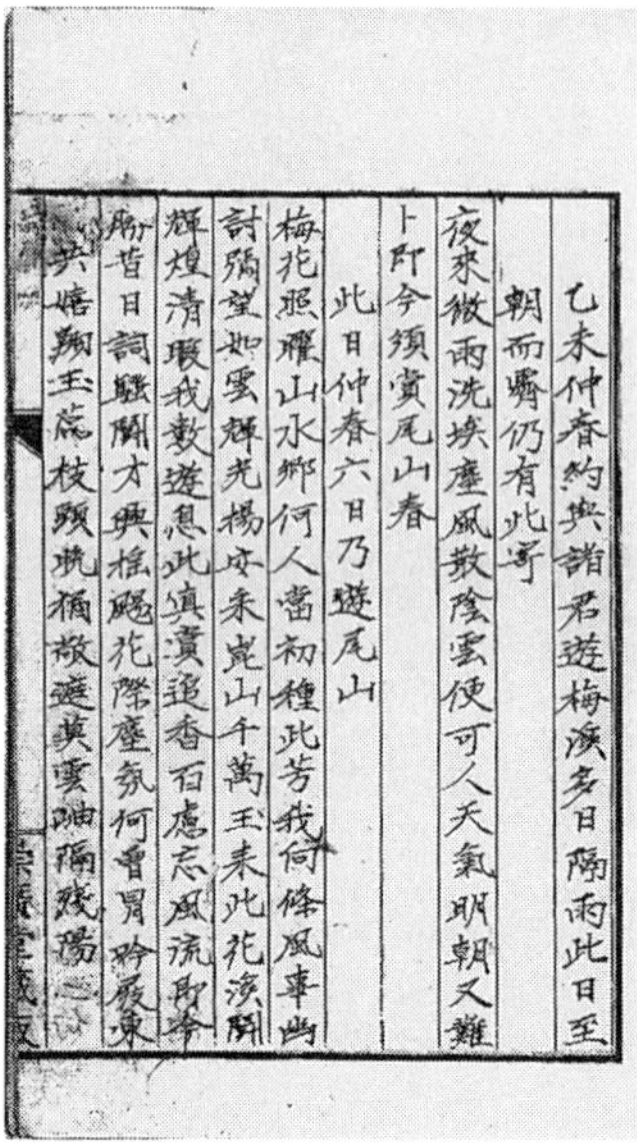
乙未仲春約與諸君遊梅渓多日隔雨此日至
朝而霽仍有此寄
夜来微雨洗埃塵風散陰雲便可人天氣明朝又難
卜所令須賞尾山春
此日仲春六日乃遊尾山
梅花照耀山水郷何人當初種此芳我何條風車幽
討偶望如雲輝光揚要乗崑山千萬玉来此花渓瀾
輝煌清暇我數遊息此眞賞追香百慮忘風流取拳
所昔日詞賦闕才興揺颺花際塵氣何曾冒吟屐東
共塘翔玉蕊枝頭挑猶欲遊莫雲岫隔残陽

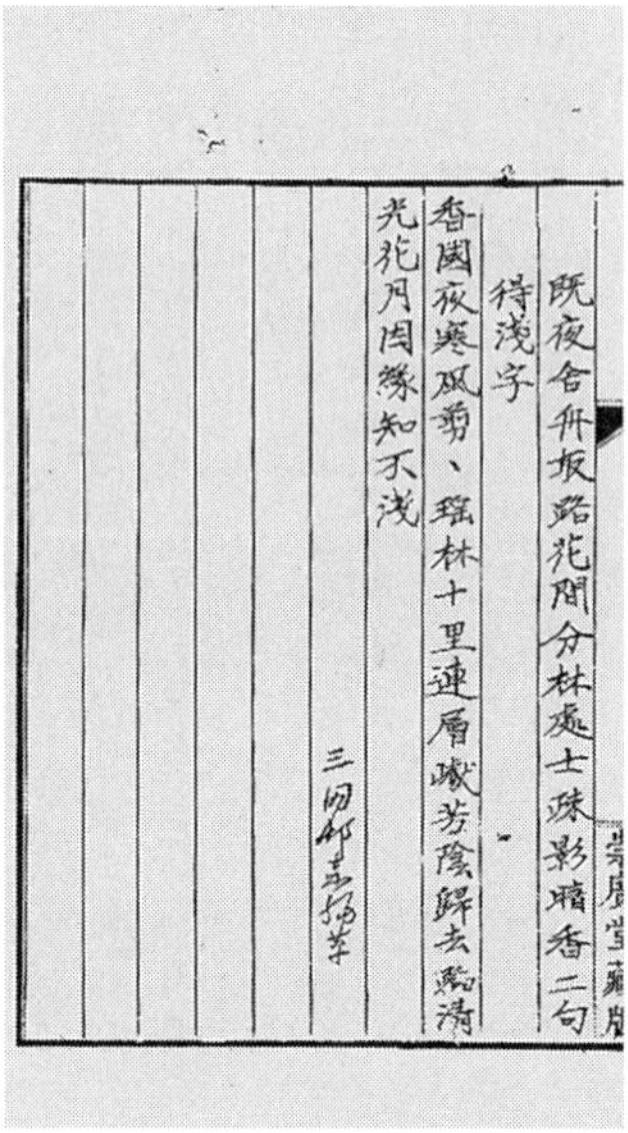
既夜舎舟坂路花間分林處士疎影暗香二句
待浅字
香閑夜寒風剪、瑶林十里連層峨芳陰歸去路清
光花月因縁知不浅
三田村嘉福草

22、雨窓餅花（七絶一首）

最後に表紙題簽と同様な記載がなされている。

詠月瀬梅谿詩稿
乙未天保六仲春
三田村嘉福　稿
小谷　虔斎　批

ここで表題に「遊月瀬梅谿詩稿」とあり、また「詠月瀬梅谿詩稿」とあるのは沖森氏が付けた題名であって、詩稿の全部が、月ヶ瀬に関する詩稿ではない。詩稿中の数詩が月ヶ瀬関係であるのに、どうしてこの様な題を付けたのか、その理由はわからない。一首と二首の詩と、五首と七首の詩がそれぞれ重複している。これは草稿と批正を受けたものと両方が残されていることによるもので、左掲の二首目の「二月六日云々」の詩は欠落部があるが、補って読めるので書き下し文になおし、他の二首は後の崇広堂蔵版に残されているので、後に記す。

二月六日諸友とともに尾山梅渓に遊び韻を分つ

吟屐東風草堂に投ず。四囲の晴雪意将《まさ》に狂せんとす。羊腸歩し下る林間の□《路》。麝臍《じゃせい》（麝のへそ、そこから麝香をとる）の香は蒸《む》す渓上の郷。万壑珠璣欹帽（傾いた帽子）を圧す。一篙（一本の舟ざお、又一本の舟ざおの深さ）の綺縠（綾《あや》のある薄ぎぬ）□《軽》航に棹《さお》さす。清遊半日何事をか成さん。梅花を探ね尽せば已に夕陽。

乙未仲春諸君と梅渓に遊ぶことを約す。多日（いく日も）隔雨（雨にへだてられる）此の日朝に至って霽《は》る。仍って此の寄有り。

夜来の微雨埃塵を洗ひ、風は陰雲を散じ便ち人に可《よ》し。天気明朝又卜《ぼく》し難し。即今須《すべか》らく賞すべし尾山の春。

此の日仲春六日乃ち尾山に遊ぶ

梅花照曜す山水の郷。何人か当初此の芳を種う。我は条風（東風のこと）に向って幽討（名勝を尋ねる）を事とせん。彌望（広い望めは）すれば雲のごとく輝光揚がる。安《いずく》にか采らん崑山の千万玉。此に来りて花渓は輝煌（輝きらめく）を闘はす。清暇我れ数〻《しばしば》此に遊息す。真賞（よい景色）香を追ひて百慮忘れ、風流は即今昔日に勝る。詞騒才を闘はせ興揺颺す。花際の塵芬何ぞ曾て冒《おか》さん。吟屐□□《凍風》共に嬉翔す。玉蕊の枝頭晩に猶ほ敞《たか》（高く見晴しがよい）し。遮莫《さもあれば》あれ（ままよ、どうであろうともよい）雲岫《しゅう》（谷あいの雲）残陽を隔つるを。

この詩、七言排律、句数十四句、郷・芳・揚・煌・忘・颺・翔・陽（下平声、七陽の韻）

既夜（既夕と同じで、夜になっての意）舟を捨て路を花間に取り、林処士（林逋のこと）の「疎影暗香」の二句を分ちて浅字を得たり。

香国夜寒く風剪〻（風の薄ら寒いさま）たり。瑶林（ここでは梅林）十里層巘（重りあった山）を連ね。芳陰帰り去り清光を蹈む。花月の因縁浅からざるを知る。

三田村嘉福草す

ところで、この詩稿に思い当る一事がある。版心下部に崇廣堂蔵版とあることから、この一部は上野藤堂藩士の詩を集めて版にしたものであって、特に三田村嘉福のものだけ抜き出し、他の残欠した草稿と一緒にしてまとめ、故沖森氏が生前表紙を作り、「遊月瀬梅渓詩稿」の表題を付けて売り出すつもりでいたものが売れずに残ったのかも知れぬ。
それにしても崇広堂で漢詩習作の授業を受けていた武士たちの当時の授業の状況を垣間見ることがわかって興味深い。
もっとも当時の崇広堂の授業内容等々が研究調査されて判明されることを願っている。

参考までに、林逋の七律「山園小梅」二首中、「疎影暗香」の語のある一首を挙げる。

衆芳揺落獨喧妍　　衆芳揺落して独り喧妍
占盡風情向小園　　風情を占め尽し小園に向ふ
疎影横斜水清淺　　疎影横斜して水清浅
暗香浮動月黄昏　　暗香浮動して月黄昏
霜禽欲下先偸眼　　霜禽下らんと欲して先づ眼を偸《ぬす》み（偸眼は人目を避ける）
粉蝶如知合断魂　　粉蝶如《も》し知らば合《まさ》に魂を断つべし
幸有微吟可相狎　　幸ひに微吟の相狎《な》るべき有り
不須檀板共金樽　　須《もち》ひず檀板と金樽共《と》を
（檀板は楽器の名、拍子をとる木の板、金樽は酒樽の美称）

詩の三句目、「疎影横斜水清淺」の浅の字を得て作ったということ。

※『三重先賢伝』九六頁に次の記載がある。

勢州津藩士タリ名ハ恒通称鉄之助巣松ノ養嗣子ナリ父ニ学ビテ朱子学ニ詳シク又斎藤拙堂及中内樸堂ニ就キテ詩文ヲ学ブ弘化三年伊賀上野藩黌ノ句読師ト為リ後講官副ヲ経テ同校分教場思斎舎ノ教頭トナル維新後上野義学校上野三学校ノ教務ヲ総ベ後上野中学ノ設立セラル、ヤ入リテ漢文教師トナリ余暇私塾ヲ開キテ子弟ヲ教授ス明治三十九年没ス

第六項　広瀬旭荘『日間瑣事録』中の「月瀬紀行」

『日間瑣事録』の「月瀬紀行」は本田種竹が残してくれた資料中に、写本としてある。最初この写本を『月瀬記勝補遺』発刊の時（平成元年）は誰のものであるのか、写本に作者名が記されていないのでわからずにいた。ところが、補遺発刊してから、『広瀬旭荘全集』（全十二巻、索引一巻）の出版案内をたまたま得た所、各巻の収録文献中の第二巻に「月瀬紀行」があることを知って、これが広瀬旭荘のものであることがわかった。その後、岐阜の横山寛吾氏がわざわざ『日間瑣事録』（全集本）の「月瀬紀行」の箇所をコピーして知らせてくれたが、その後、全集本中の「日間瑣事録」の稿本(1)を見ることが出来た。

種竹が残してくれた写本の原文を（図版12、180頁）以下に載せ、書き下し文を施しておく。書写の筆跡は端整な楷書で書かれていて読み易い。この写本は上部に項目に当るものを記し、更には筆者の感想を記したりしている。また、本文には句点・読点に当る所には一様に、を付け読み易くし、且つ批点、圏点までも施している。全集本の稿本といささか異る箇所がある。書き誤りか、写し誤りか、また、一箇所□印にして空欄の箇所がある。全集本を見るとその箇所に当る字はなく、そのまま空欄に関係なく続けて読めば済む。

旭荘の『日間瑣事録』で、毎日の様子を子細に日記として書き残しているが、これは日本漢文学史上でも特異な「漢文による日記文学」の最高峰ともいえるものと思われる。その『日間瑣事録』の中に「月瀬紀行」が早い時期に

図版12

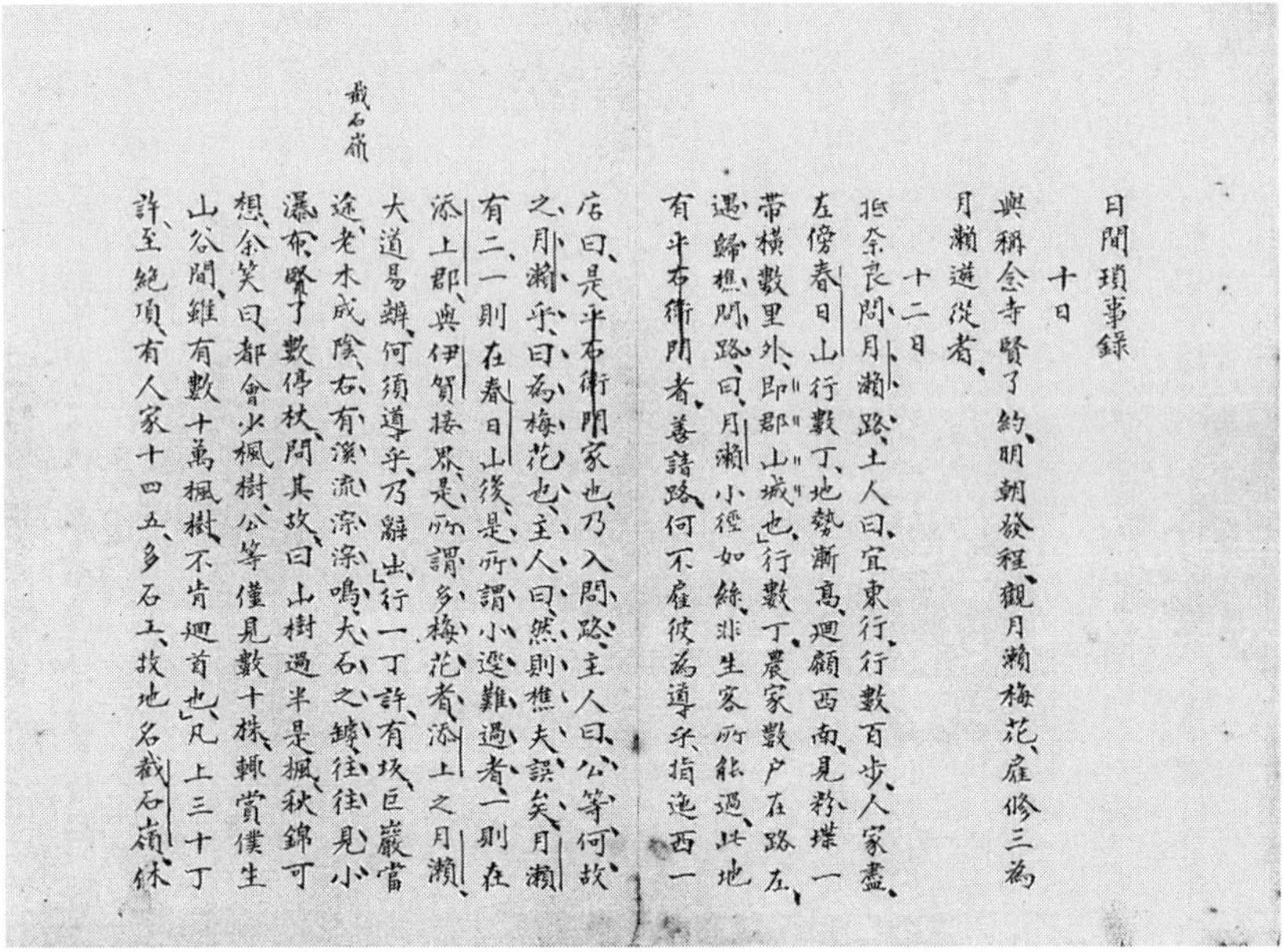
日間瑣事録
十日
與稱念寺賢了約、明朝發程、観月瀬梅花、雇修三爲
月瀬導從者、
十二日
抵奈良、問月瀬路、土人曰、宜東行、行數百歩、人家盡、
左傍春日山行數丁、地勢漸高、廻顧西南、見粉堞一
帶横數里外、即郡山城也、行數丁、農家數戸在路左、
遇歸樵、問路、曰、月瀬小徑如絲、非生客所能過、此地
有平布衛門者、善諳路、何不雇彼爲導乎、指迤西一

截石嶺

店曰、是平布衛門家也、乃入問路、主人曰、公等何故
之月瀬乎、曰爲梅花也、主人曰、然則樵夫誤矣、月瀬
有二、一則在春日山後、是所謂小逕難過者、一則在
添上郡、與伊賀接界、是所謂多梅花者、添上之月瀬、
大道易辨、何須導乎、乃辭出、行一丁許、有坂巨巖當
途、老木成陰、右有溪流、淙淙鳴、大石之罅往往見小
瀑布、瞥了數停杖、問其故、曰山樹過半是楓、秋錦可
想、余笑曰、都會火楓樹、公等僅見數十株、輙賞僕生
山谷間、雖有數十萬楓樹、不肯廻首也、凡上三十丁
許、至絶頂、有人家十四五、多石工、故地名截石嶺、休

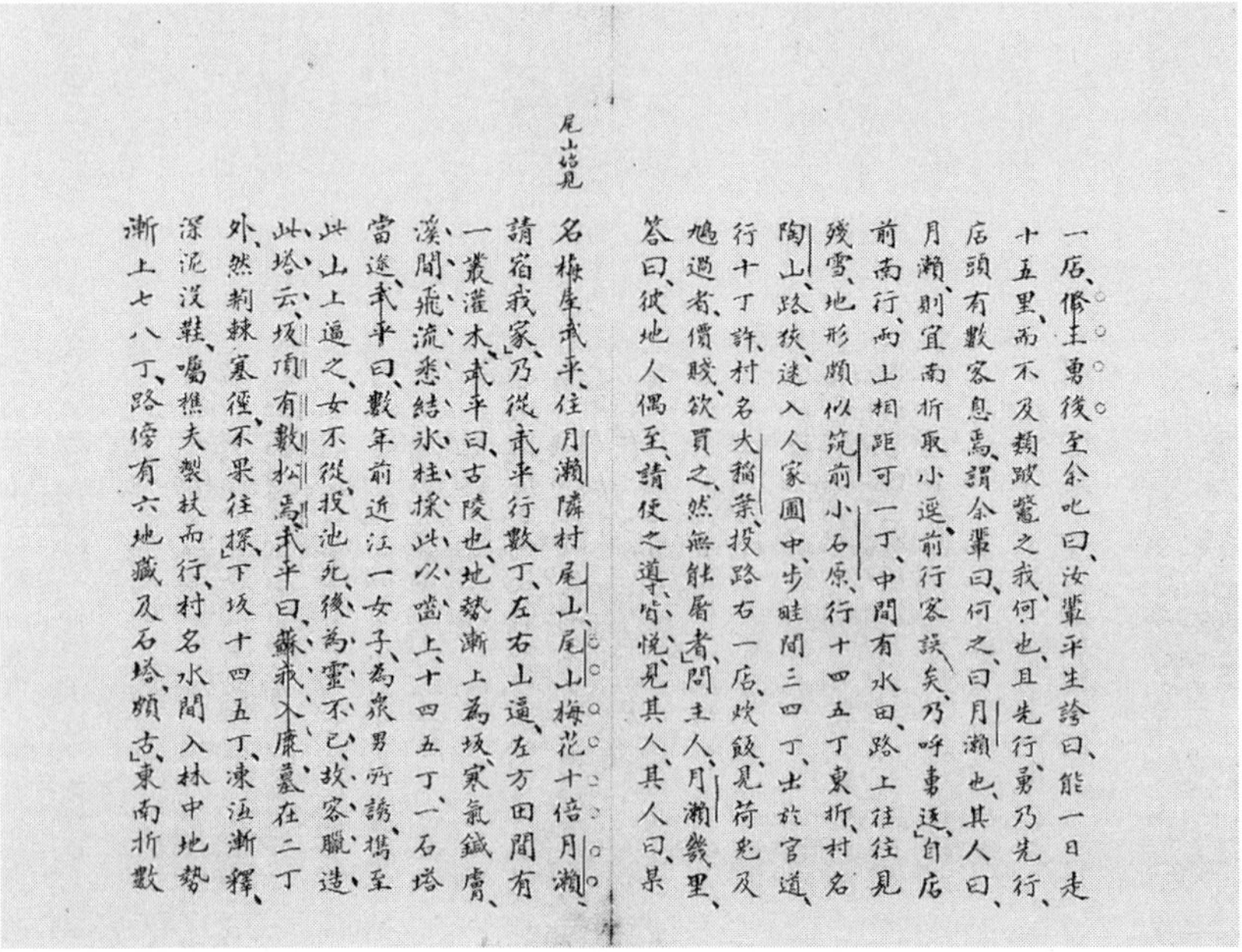
一店、修主勇後至余也曰、汝輩平生誇曰、能一日走
十五里、而不及麹蹴鷲之我何也、且先行、勇乃先行、
店頭有數客息焉、謂余輩曰、何之、曰月瀬也、其人曰、
月瀬、則宜南折取小逕、前行客誤矣、乃呼書迭、自店
前南行、兩山相距可一丁、中間有水田、路上往往見
殘雪、地形頗似筑前小石原、行十四五丁東折、村名
陶山、路狹、迷入人家圃中、歩畦間三四丁、出於官道、
行十丁許、村名大稲葉、投路右一店、炊飯、見荷兎及
鳩過者、價賤、欲買之、然無能屠者、問主人、月瀬幾里、
答曰、彼地人偶至、請使之導、皆悦見其人、其人曰、某

尾山始見

名梅季武平、住月瀬隣村尾山、尾山梅花十倍月瀬、
請宿我家、乃從武平行數丁、左右山逼、左方田間有
一叢灌木、武平曰、古陵也、地勢漸上爲坂、寒氣鐵膚、
溪間飛流悉結氷柱、探此以嚙上、十四五丁、一石塔
當途、武平曰、數年前近江一女子、爲衆男所誘、携至
此山上逼之、女不從、投池死、後爲靈不已、故客職造
此塔云、坂頂有數松、爲武平曰、蘇我入鹿墓在二丁
外、然荊棘塞徑、不果往探、下坂十四五丁、凍泣漸釋、
深泥沒鞋、囑樵夫製杖而行、村名水間、入林中地勢
漸上七八丁、路傍有六地藏及石塔、頗古、東南折數

丁四山低伏遂見遠山摩天頂皆戴雪蓋伊勢紀伊
諸山也極東有一山全白無點青者相距可七八十
里其前遙碧一帶疑海也余曰往年荒井津口始見
富山狀同是而差大以地遠近測之是必富士也不
然二月中旬恐無全白之山三子笑不信曰富士百
景未聞有大和富士也余曰嘗聞大峰山上晴天見
富山是地近於大峯也若不信我言且録之以備異
日辨證焉行數十丁村名大橋一溪北流溪心奇巖
突出往往見梅花橋東一農家南軒向日乃借席箕
踞主婦開障子（漢名未知）曰自廣瀬乎余愕然謂齋亨曰
此人何故識我姓齋亦訝之既而悟廣瀬是近村
名也出行山際半里村名津越沿路梅樹無數然地
寒開者廑二十之一見耕田者皆着革袴路忽南折
數丁又東折地勢微上過椽林間十四五丁村名北
野北有茂林武平曰菅祠也此地高寒京坂雖臘尾
春初無此寒氣勇修主常後不及余平日每過生路
使從者記地名及山川向背投逆旅後燈下點檢以
載瑣事録此行命修主執筆遇勝槩欲記之顧修主
輒後在十丁外不得記至是叱兩人先行地勢益上
五六丁左有小逕武平曰是赴月瀬捷徑也取之而

行短草迷離無有樹木遙望伊勢伊賀山城諸山蒼
翠疊擠上十丁許地勢忽下七八丁峻甚至溪流側
往往見水田平地僅數十步又登前山十四五丁其
峻相若絕頂亦有數松迥眺極佳其西見巨石五六
高八九丈狀如人立行數丁右有巨石武平曰鸚鵡
石也皆大聲呼不應余曰是虛名也我豐耶馬溪有巖
應人聲處大叫小歌無一不應移在上國名噪天下
而無識此者也至是日將沒皆疲不能步三子先行
余與武平後武平曰月瀬距此僅五丁矣武平鄙人
善步其所謂一丁常四五丁也余大呼三子曰武平

日暮途遠是先生所以側行逆施也

云月瀬尚在五十丁外皆怒且恨曰此道無盡期世
人稱月瀬者蓋恨於此嶮而無所泄故歸家後誠稱
其勝欺他人而踏我轍以發嗢而已猶旅客過路前
者爲物打頭不自言後者皆打頭也武平聞之愀然
正色曰實五丁夫子戲加十矣衆大喜地勢稍下沿
路梅花簇簇不斷知實近月瀬也始忘足疲山隈有
地藏堂其前極泉噴起白沙熒然見小魚來往自堂

月瀬

側北行地勢陡下屈曲數十盤盤盤悉梅人家依崖
高下數置所謂月瀬也穿梅花中北下三四丁一溪
西流廣可二十丈時既晡近梅則見遠梅則糢糊無

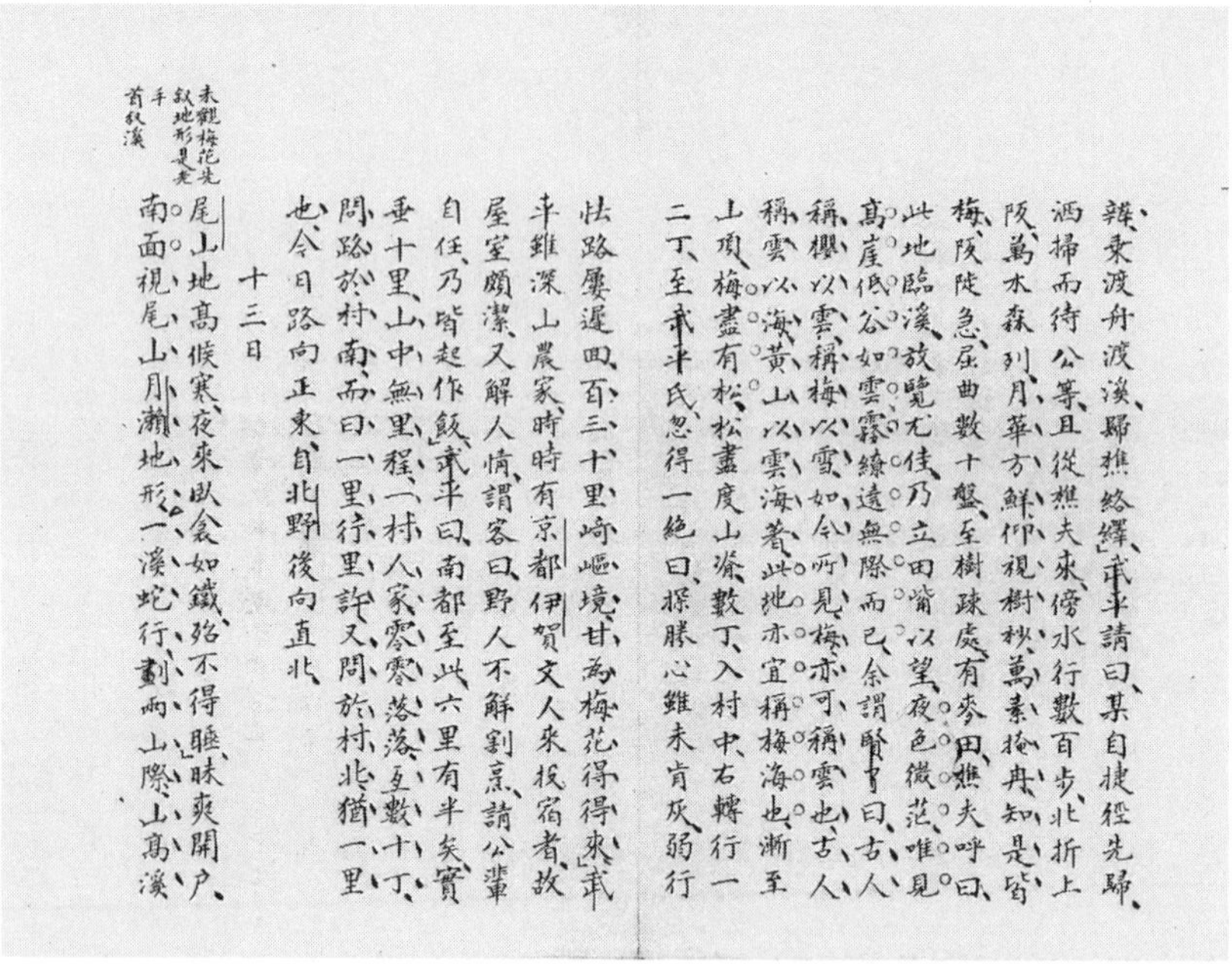
雜、東渡舟渡溪、歸樵絡繹、貳平請曰、某自捷徑先歸、灑掃而待公等、且從樵夫來、傍水行數百歩、北折上阪、萬木森列、月華方鮮、仰視樹杪、萬素掩冉、知是皆梅、阪陡急屈曲數十盤、至樹疎處、有参田樵夫呼曰、此地臨溪、故覽尤佳、乃立田脊、以望夜色、微茫、唯見高崖低谷、如雲霧繚遶無際而已、余謂賢曰、古人稱櫻以雲、稱梅以雪、如今所見、梅亦可稱雲也、古人稱雲以海、黄山以雲海著、此地亦宜稱梅海也、漸至山頂、梅盡有松、松盡度山脊數丁、入村中、右轉行一二丁、至貳平氏、忽得一絶曰、探勝心雖未肯灰、弱行怯路屢遲回、百三十里崎嶇境、甘為梅花得得來、貳平雖深山農家、時時有京都伊賀文人來投宿者、故屋室頗潔、又解人情、謂客曰、野人不解剸烹、請公輩自任、乃皆起作飯、貳平曰、南都至此六里有半矣、實垂十里、山中無里程、一村人家零零落落、互數十丁、問路於村南、而曰一里、行里許又問於村北、猶一里也、今日路向正東、自北野後向直北、

十三日

尾山地高候寒、夜來臥衾如鐵、殆不得眠、昧爽開戶、南面視尾山、月瀨地形、一溪蛇行、劃兩山際、山高溪

未觀梅花先叙地形是老手
前叙溪

書き残されている。この『日間瑣事録』がどんな経過・過程を通って出来たのか、この「月瀬紀行」にも子細に記されている。即ち、従者、下僕を連れての旅行であるが、その旅行中の風景から、行動の一々について事細かく記録させせる。これも、門下生等の漢作文の稽古の為に課したものと思われる。

全集日記篇九巻末「解説」三の、「『日間瑣事備忘録』の執筆（作成）方法」に「早朝の口述筆記」で、

晩年に旭荘は「我、三十年来瑣事録を口授し、門生に筆記せしむ（文久二年十月十二日記事）という。三十年来といえば『日間瑣事備忘』の最初からということになるが、旭荘が日記の執筆（作成）過程をしきりに洩すようになるのは嘉永以後であって、口述筆記がいつから始まったか確認は出来ない(2)……

と述べているが、「月瀬紀行」中に既に同行の下僕（多分門下生と思うが）に同行の状況を記録させている旨が明確に記されている。旭荘自身この様な下僕・門生の記録に加硃したりして、この膨大な日記文学が出来上ったも

のであろう。

余平日毎過生路、使従者記地名及山川向背、投逆旅後、燈下點檢、以載瑣録、此行命修三執筆、遇勝槩、欲記之、顧修三輒後在十丁外、不得記、至是叱兩人、（書き下し文は後に付す）

と記していることで、この時既に従者をして行動の記録を取らせていたことが知られる。

此の紀行は旭荘三十七歳の二月十日（旧暦）より十三日に至る。少々異同あるも、全集本稿以前のものを見ていたかどうかわからないが、以下左に書き下し文を掲げておく。十三日分は欄外に注記が多いので、数字分を下げ、横線を引き、十日・十二日の文に続けた。

十日

称念寺の賢了と約し、明朝発程し、月ヶ瀬の梅花を観る。修三を雇ひて月ヶ瀬の遊従者と為す。

十二日

奈良に抵り、月ヶ瀬の路を問ふ。土人曰く、宜しく東行すべしと。行くこと数百歩にして人家尽く。左春日山に傍ふて行くこと数丁、地勢漸く高く西南を廻顧すれば、粉蝶（白塗りの城のひめ垣）一帯数里の外に横たはるを見る。即ち郡山城なり。行くこと数丁、農家数戸路の左に在り。帰樵に遇ひて路を問ふに、曰く、月瀬は小径糸の如し、生客（初めての客）の能く過ぐる所に非ざるなり。此の地に平右衛門なる者有り。善く路を諳《そらん》ず。何ぞ彼を雇ひて導を為さざるかと。迤西《いせい》（以西と同じ）の一店を指して曰く、是れ平右衛門の家なりと。乃ち入りて路を問ふに、主人曰く、公等何の故に月ヶ瀬に之《ゆ》くかと。曰く、梅花の為めなりと。主人曰く、然らば則ち春日山の後に在り、是れ所謂小逕にして過《よぎ》り難き者なり。一は則ち添上郡に在り、伊賀と界を接す。是れ所謂梅花多き者なり。添上の月ヶ瀬は大道にして弁じ易し。何ぞ導を須《もち》ひんやと。乃ち辞して出づ。行くこと一丁許《ばか》り、坂有り、巨巌途に当り、老木陰を成す。右に渓流の淙々として鳴るあり、大石の罅《か》（われ目）に往々小瀑布を見る〈截石嶺〉もと小見出しおよび評語として欄外にあったものを印刷の都合で本文中に〈　〉として入れた。以下同じ）。賢了数々《しばしば》杖を停めて其の故を問ふ。曰く、山樹半ばを過ぐるは、是れ楓、秋錦想ふべしと。余笑ひて曰く、都会楓樹少し、公等僅かに数十株を見れば、輒《すなわ》ち賞せり。僕山谷の間に生る。数十万の楓樹有りと雖も、肯へて首を廻らさざるなりと。凡そ上ること三十丁許りにして、絶頂に至る。人家十四五有り、石工多し。故に地は截石嶺と名づく。一店に休む。修三・勇後れて至る。余叱して曰く、汝輩平生誇りて曰く、能く一日十五里を走ると、而るに跛鼈《ひべつ》（足なえのスッポン）に類するの我に及ばざるは何ぞや。且《しばら》く先行せよと。勇乃ち先行す。店頭に数客の息ふ有り。余輩に謂ひて曰く、何《いず》くにか之《ゆ》くと。曰く、月ヶ瀬なりと。其の人曰く、月ヶ瀬は則ち宜しく南に折れて小逕を取るべし。前行の客誤れりと。乃ち勇を呼び返す。店の前より南行す。両山相距《へだ》つること、一丁可《ばか》り、中間に水田有り、路上往々残雪を見る。地形頗る筑前の小石原に似たり（旭荘は豊後日田の人。筑前辺りは知るならん—筆者注）。行くこと十四丁にして東折す。村は陶山《すやま》と名づく。路狭く、迷ひて人家の圃中に入る。畦間を歩すること三四丁にして、官道に出づ。行くこと十丁許り、村は大稲葉と名づく。路の右の一店に投ずるに、飯を炊き兎と鳩とを荷ひて過ぐる者を見る。価賤《やす》ければ之を買はんと欲す。然れども能く屠《ほ》ふる者無し。主人に問ふ、月ヶ瀬は幾里なるかと。答へて曰く、彼の地の人偶々《たまたま》至る。之をして導かしめんことを請ふと。皆悦ぶ。其の人を見るに、其の人曰く、某《それがし》名は梅屋武平、月瀬《つきがせ》村尾山に住む。〈尾山初めて見ゆ〉尾山の梅花は月瀬に十倍す。請ふ我が家に宿せよと。乃ち武平に従ひて行くこと数丁、左右山逼り、左方の田間に一叢の灌木有り。古陵なりと。地勢漸く上りて坂と為る。寒気膚を鍼《さ》し、渓間の飛流悉く氷柱を結ぶ。此を採りて以て嚙む。上ること十四五丁、一石塔の途に当る。武平曰く、数年前近江の一女子衆男の為に誘《かどわか》さる。携へて此の山上に至りて之に逼る。女従はず、池に投じて死す。後ち霊と為りて已まず。故に客臘（去年の十二月）此の塔を造ると云ふ。坂の頂に数松有り。武平曰く、蘇我入鹿の墓は一丁外に在り。然れども荊棘径を塞ぎ、往きて探るを果たさず。坂を下る十四五丁、凍冱漸く釈《と》け。深泥鞋《わらじ》を没す。樵夫に嘱して杖を製《つく》らしめて行く。村は水間と名づく。林中に入る。地勢漸く上る七八丁、路傍に六地蔵及び石塔有り、頗る古し。東南に折るること数丁、四山低く伏す。遙かに遠山の天に摩するを見る。頂皆雪を戴く。蓋し伊勢・紀伊の諸山なり。極東に一山有り。全白にして青を点ずる者無し。相距つること七八十里ばかり、其の前遙かに碧一帯にして、海かと疑ふなり。余曰く、往年荒井津口に始めて富山を見る。状是に同じくして差大なり。地の遠近を以て之を測るに、是れ必ず富士なり。然らずんば二月の中旬、恐らくは全白の山無し。三子笑ひて信ぜずして曰く、富士の百景に未だ大和富士有るを聞かざるなりと。余曰く、嘗て大峰山上に、晴天富士を見ると聞く、是の地大峰に近きなり。若し我が言を信ぜずんば、且《しばら》く之を録して以て異日の弁証に備へよと。行くこと数十丁、村は大橋と名づく。一渓北流し、渓心の奇巖突出し、往々梅花を見る。橋東の一農家、南軒日に向ふ。乃ち席を借りて箕踞（あぐらをかく）す。主婦障子（漢名未だ知らず）を開きて曰く、広瀬よりするかと。余愕然として賢了に謂ひて曰く、此の人何の故に我が姓を識るかと。賢了も亦之を訝《いぶか》る。既にして広瀬は是れ近村の名なるを悟るなり。出でて山際を行くこと半里、村は津越と名づく。路に沿ひて梅花無数なり。然れども地寒く、開く者菫《わず》かに二十の一、田を耕す者を見るに皆革袴を着け、路忽ち南に折るること数丁、又東に折る。地勢微《わず》かに上る。梅林を過ぐるの間、十四五丁、村は北野と名づく。北に茂林有り、武平曰く、菅祠なり。此の地高く寒し。京坂は臘尾（十二月の末）なりと雖も春初は此の寒気無しと。勇・修三常に後れて及ばず。余平日生路（はじめて通る路）を過ぐるごとに、従者をして地名及び山川の向背（なりゆき、様子のこと）を記せしむ。逆旅（旅館）に投ぜし後、燈下に点検し、以て瑣事録に載す。此の行修三に命じ筆を執り、勝概に遇へば之を記さんと欲す。顧《おも》ふに修三は輒ち後るること十丁外に在れば記すを得ず。是に至り両人を叱し、先行せしむ。地勢益〻《ますます》上ること五六丁、左に小逕有り。武平曰く、是れ月瀬に赴く捷径なりと。之を取りて行く。短草迷離（迷離は散乱のさま）、樹木有る無し。遙かに伊勢・伊賀・山城の諸山を望むに、蒼翠畳攅《さん》（攅は集る、青々とした緑が幾重にも集る）、上ること十丁許《ばか》り、地勢忽ち下ること七八丁、峻甚だし。渓流の側に至れば、往々水田を見る。平地僅かに数十歩、又前山を登ること十四五丁、其の峻相若《し》く。絶頂にも亦数松有り。迥《はる》かに眺むれば極めて佳なり。其の西に巨石五六を見る。高さ八九丈、状は人の立つが如し。行くこと数丁、右に巨石有り。武平曰く、鸚鵡石なりと。皆大声して呼ぶも応《こた》へず。余曰く、是れ虚名なり。我が豊（豊後）の耶馬渓に巌の人の声に応ふる処有り。大いに叫べば小さく歌ひ、一として応へざる無し。移して上国に在り、名天下に噪《さわ》がるるも此（この地のもの）を識る者無きなりと。是に至り、日将《まさ》に没せんとす。皆疲れて歩する能はず。三子先行す。余武平と後《おく》る。武平曰く、月瀬は此を距つること僅かに五丁なりと。武平は鄙人にして善く歩す。其の所謂一丁は、常に四五丁なり。余大いに三子を呼んで曰く、武平云ふ、月瀬は尚ほ五十丁外に在りと。〈日暮れて途遠し、是れ先生倒行逆施（横車を押す）するゆえんなり。〉皆怒り且つ恨んで曰く、此の道尽くる期無しと。世人月瀬を称する者は蓋し此の険を恨みて泄《もら》す所無し。故に家に帰りて後、盛んに其の勝を称し、他人を欺いて我が轍を踏ましめて、以て慍《うら》みを発するのみ。猶ほ衆瞽（瞽は眼の見えない人）は路を過《よぎ》り、前《さき》なる者は物の為《ため》に頭を打つも自らは言はず、後なる者も皆頭を打つがごときなりと。武平之を聞き愀然として色を正して曰く、実は五丁なるに、夫子戯れに十を加へしなりと。衆大いに喜ぶ。地勢稍《やや》下り、路に沿ひて梅花簇々として断へず。実に月瀬に近きを知るなり。始めて足の疲れを忘る。山隈に地蔵堂有り、其の前に楹《えい》（柱）泉噴起し、白沙熒然《けいぜん》（きらきらと輝くさま）として、小魚の来往するを見る。〈月瀬〉堂側より北行すれば、地勢陡《うつ》（徙《し》に同じ）り下る。屈曲数十盤（盤紆と同じ、めぐりまはること）、盤々悉く梅なり。人家に倚《よ》り、高下に敷置す。所謂月瀬なり。梅花を穿つ中、北に至る三四丁、一渓西流す。広さ二十丈なるべし。時既に晡《くら》く、近梅は則ち見ゆるも、遠梅は則ち糢糊として弁ずる無し。渡し舟に乗りて渓を渡る。帰樵絡繹《らくえき》（後から続くさま）たり。武平謂ひて曰く、某《それがし》捷径（近道）より先に帰り、洒掃（掃除をする）して公等を待たん。且《しばら》く樵夫に従ひて来れと。水に傍ひて行くこと数百歩。北折して阪を上る。万木森列、月華方《まさ》に鮮かなり。樹杉仰ぎ視るに万素掩冉《えんぜん》（万素は梅の花の白さ、掩冉は風が物を吹きなびかす）たり、是れ皆梅なるを知る。阪陡急にして、屈曲すること数十盤、樹の疎なる処に至る。麦田有り。樵夫呼びて曰く、此の地渓に臨み、放覧（ほしいままに見る）するに尤も佳《よ》し。乃ち田觜《し》（田のかど）に立ちて以て望む。夜色微かに茫たり。唯だ高崖低谷に雲霧繚遶（まつわりめぐる）して、際無きが如きを見るのみ。余賢了に謂ひて曰く、古人桜を称するに雲を以てし、梅を称するに雪を以てす。如《も》し今見る所、梅も亦雲と称すべきなり。古人雲を称するに海を以てし、黄山は雲海を以て著はる。此の地も亦宜しく梅海と称すべきなり。漸く山頂に至れば、梅尽きて松有り。松尽きて山脊を度《わた》ること数丁、村中に入る。右に転じて行くこと一二丁、武平氏に至る。忽ち一絶を得たり。曰く、「探勝の心未だ肯へて灰ならずと雖も、弱行（実行力に欠けること）路を怯《おそ》れて屢〻《しばしば》遅く回る。」百三十里崎嶇の境、甘んじて梅花の為《ため》に得々（わざわざ）として来る」と。武平深山の農家と雖も、時々京都・伊賀の文人来り投宿する者有り。故に屋室頗る潔く、又人情を解す。客に謂ひて曰く、野人割烹を解せざれば、請ふ公輩自ら任ぜよと。乃ち皆起ちて飯を作る。武平曰く、南部より此に至るまで六里有半なり。実に十里になんなんとす。山中に里程なし。村の人家零々落々たり。亘ること数十丁にして路を村南に問へば、而《すなわ》ち一里と曰ふ。行くこと里許（一里ばかり）にして又村北を問へば、猶ほ一里なり。今日の路は正東に向ひ、北野より後は直北に向へと。

未だ梅花を観ず。
先づ地形を叙す。
是れ老手。
首に渓を叙す。
次に四村の地位を叙す。
次に高低を叙す。
次に遠近を叙す。
次に梅の多少を叙す。
次に四村の風景を総叙す。
叙法整斉。考工記より来る。（筆者注、考工記は周礼の篇名、百工の事を記す。）
善く難状の状を写す。

十三日

尾山の地高く候寒し。夜来って衾（布団）に臥すれば鉄のごとく（冷え切って）殆ど睡るを得ず。昧爽（明け方）戸を開き、南面して尾山、月瀬の地形を視るに、一渓蛇行して、両山の際を画《かく》す。山高く渓陥ち、或は見え或は隠れ、終《つい》に西山に入る。首尾相距つること一里ばかり、月瀬は南山の陰《きた》に在り、坤《ひつじさる》方（西南の方角）に居る。其の左、未《ひつじ》方（南より三十度西）に村在り、岳《だけ》（嵩）と曰ふ。尾山は北山の陽《みなみ》に在り。艮《うしとら》方（東北）に居り、其の右、乾《いぬい》方（西北）に村有り、長引と曰ふ。長引と月瀬と正《まさ》に対す。南北の山其の高さ相如《し》（互いに似る）く。皆渓涯を去ること百歩ばかり、峻急掌を立つるがごとし。尾山・長引は絶頂に在り。而して月瀬・嶽（嵩）は翠微に在り。故に北村は橋のごとく、南村は梓のごとし。尾山・月瀬は相去ること七八丁ばかり、而して此《ここ》を下り彼《かしこ》に上れば則ち里にして遠し。渓南の岳《だけ》（嵩）以東は梅無く、渓北の尾山以西より長引に至るまで、皆梅有り、北梅の多き南梅に五倍す。且つ南梅は陰に向ひ、北梅は陽に向ひ、寒暖候を異にす。其の方（方角）の開（開花具合）に就きて之を計るに、南花は北花の二十の一に当たらず。旭暉は水に浮かび、鴬声は谷に出づ。煙は遠処に起り、樵（木こり）は高崖に立つ。桃梅異ると雖も、人をして武陵の渓を想はしむ。辰牌（午前八時ごろ）、武平をして其の門前より導かしめ、花下の小逕を取りて南下す。繁霜雪のごとし。行くこと数百歩にして、逕《みち》尽く。地勢斗落（険しく岩が落ち、切り立っている）して渓に臨み、渓細《ほそ》きこと帯のごとし。地高きこと知るべし。俯して脚下を視れば渓涯に至る。山田数百級（級は段階の意）、級々初めて梅を下瞰す。武平言ふ、村に入りて某輩産を失するを発す。此の段を語る、事に随って此を序録するも攙入に非ざるなり。

次に坂を下り且《しばら》く観梅す。

皆梅、猶ほ夏晩に暴雨乍《たちま》ち晴れ、同雲（雪雲のこと）悉く分れ、数点は彼《かし》こに、一片は此《こ》こに、低谷の間より蓬々として上るなり。地は仄《かたむ》き観労（遊観の意）すれば、乃ち東折して行くこと数百歩、又北折して村中に出づ。屋後舎前、樹として梅ならざる無し。時に疎竹を見る。武平曰く、梅子蒸《む》して烏梅と為し、諸《これ》を紅紫に染むる者に販す。昨夏以来、官法厳にして紅紫を服する者、大いに減ず。某輩殆ど産を失へり。西行すること数百歩、路の右に寺有り。其の門前より南望するに、地勢微かに緩《ゆるや》かに、花を見ること極めて多く、向の地に似ずして、仄《そばた》つこと十歩以外は低く脚下に入るなり。下ること数百歩、武平の門前に出づ。蓋し、南行して東し、而して北して西す。此こに至りて一周す。四丁なり。余初めて古人の梅を詠ずるの詩を見るに、多く苔字を用ふ。以て切ならずと為す。此の地の梅、蒼苔緑蘚、幹を封じ枝を包み、毫も木質を露はさず。苔髪下垂する者、或は七八寸、樹々皆然り。蓋し古地僻なるが故に然り。始めて古人苔字を用ふる所以を知る。既にして復《また》武平の門前より西行す。坂を下ること一丁ばかり、微《すこ》しく石罅《せっか》（石の隙間《すきま》）より溜竄《りゅうざん》（たまりしたたる）して落つる有り。武平曰く、是れ崩瀑と名づく。初め三十余丈なり。往年大いに雨ふり山崩れ、瀑遂に失ふ。故に名あり。此の路即ち昨夕武平の所謂捷逕にして、極めて陡《いた》ること急なり。詰曲《きつきょく》（曲りくねる）崎嶇（山路の険しいさま）する百歩して十転す。転ずる毎に既に見ゆるの梅は隠れ、未だ見ざるの梅は出づ。昔年岡本の梅に浅紅縹白数種有り。此の地は則ち皆太素（質素・素朴）の野梅にして、別種有る無し。故に向背（前後の意）遠近、其の観同じからずと雖も、色は皆一のごとし。是れ憾《うら》むべきなり。瀑側を回顧下りて半腹に至り始めて渓声を聞く、前後細きこと帯のごとしの句に応ず。

如何の下一句を添ふ。妙甚し、今人或は此の

すれば、巨巌数十、頭角崔嵬たり。蓋し土尽きて山骨露るるなり。梅巌間に横はる者尤も奇なり。巌中間〻《まま》笠に類する物有り。武平指して曰く、是れ天狗笠なり。天陰《くも》らば必ず失ふ。巌高くして人跡至らざれば、其の状詳《つまび》らかにし難し。然れども笠たること疑ひなし。□（この空欄全集本には無い）望遠鏡を携へて視ざるを憾むなり。下りて半腹に至り、始めて渓声を聞く。凡そ下ること八九丁にして渓涯に到る。来路の勝を回顧せんと欲するに、地逼り勢高く、直ちに面上に臨み、且つ密邇（真近）の万梅なれば快観するを得ず。余賢了に謂ひて曰く、盧山の真面目を識らざるは、唯《ただ》身此の山の中に在るに縁るとは真なり。渓心に一大石の広さ七八丈ばかりなるものあるを見る。其の尾は北涯に連り、水は数派を石背に成し、浅くして狭く、跳越すべし。則ち越えて石上に就く。石は涯を距つる数十歩、山の半腹以下を見る。而るに半腹以上は猶ほ見るを得ず。皆曰く、是れ猶ほ美人の腰支を見るがごときも、其の面を見ざれば、何の益かあらん。渡舟を雇ひ中流に棹して之を眺むるに如《し》かずと。乃ち渓に沿ひて下ること三四丁、昨夕経し所の路に出で、渡口に至れば舟は前岸に在り、舟子応呼の声至る。武平曰く、客、兄と百銭を以て上流に泝らんと欲す。何如と。舟子曰く、善しと。舟に乗る。舟子曰く、舟中席無し。某《それがし》且《まさ》に家に帰り席と茶具とを携へて至らんとすと。時に渓風大いに起り斬《ざん》寒肌に粟す。勇、修三に謂ひて曰く、此の行吾火急にして相従ひ、服する所は止《た》だ袷衣（あわせ）のみ。寒に耐ふべからず。兄は綿衣を重襲す。吾且《しばら》く兄と角力（すもう）し、勝者は負者の衣を褫《は》ぐは如何。吾負けて凍死するも憾みざるなりと。修三曰く、善しと。将に渓涯の沙上に就きて戯れんとす。賢

文法を識らず。未だ観梅を叙せざるに先づ此の瑣事を録す。左氏より脱化す。

未だ群山万壑の荊門（＝柴門）に赴くの勢有らず。

次に仰いで長引を望む。

次に月瀬と嶽とを望む。

比喩皆巧にして切。

次に尾山を望む。

此の一段尤も筆力を見る。

白勢堆々旋転等句摹写して神に臻る。

了曰く、角力する者は必ず綽号《しやくごう》（あだ名）有り、如何と。余曰く、勇は面白く、修三は鼻赤し、宜しく白痴川、朱愚山と曰ふべきなりと。賢了絶倒（大いに笑う）す。既にして修三負け、勇其の一衣を褫《うば》（衣をうばい取る）ふ。時に席《むしろ》既に至る。乃ち舟に乗る。先づ長引を望む。相距つること十丁ばかり、山勢参差たり。一穹一窪《わ》、穹処は杉多く、窪《わ》処は皆梅なり。碧色外に浮かび、白勢内に沈む。猶ほ夏時の富山（富士山のこと）の残雪を望むがごとし。次いで月瀬と嶽（嵩）とを望む。梅の未だ開かざる者、濛々として一帯浅紫色を成す。既に開く者は、其の間に疎点す。猶ほ彤雲（赤色の雲）の雪華に洩《も》るるがごときなり。泝《さかのぼ》ること四五丁、尾山を望むに、山形開闔（開闔は開いたり閉じたり）し、屏風を延ぶるがごとし。田觜重畳し、累浮（累は羅字の誤りならん、羅浮山で梅の名所）図に似たり。山田数十級、遠く上級下級の差五六尺ばかりなるを見る。而して梅の長さ丈余。下級の花梢は上級の樹身を蔽ふ。樹毎に花を見るも身を見ず。初級より推して数十級に至れば、白勢堆々浪畳し鱗起く。初めて花樹の前後、疎密、高低、遠近、位置既に定まり。舟行に及べば、高処、遠処移ること遅くして、卑処、近処移ること速し。是に於て級々旋転し、堆々乱れ分る。現るる者は翳《かげ》り、翳る者は現る。疎なる者は密、密なる者は疎、高き者は送らんと欲し、低き者は方《まさ》に代る。遠き者は始めて開き、近き者は既に闔《と》づ。位置顛倒し向背変換し、其の奇、摹し難し。北山は猶ほ高く、舟中見る所殆ど翠微に及ぶ。而して絶巓未だし。舟子曰く、吾が舟は渡舟なりと。遠く泝らば恐らくは行人を妨げんと。泝ること七八丁にして止《や》む。舟を棄てて南岸に上る。小逕帯のごとし。沙草蒙茸（蒙茸は蔽い茂るさま）

たり。見る所は北山の絶頂に及ぶ。然れども尚ほ未だ人家を見ず。鶏鳴き狗吠え、総て香雲の内に在り。行くこと五六丁、沙上に獺跡多く、屋のごとき大石数十兀立（突き出て高く聳える）す。渓は石に触るれば、或いは瀑勢を成す。是《ここ》に至りて尾山の梅花の覧、十の九を尽せり。余上国に遊びしより、岡本・伏水及び此の地の梅を観るに、伏水は岡本に十倍す。而して此の地は又伏水に十倍す。実に海内の奇観にして、独り今春の奇寒、花は風霜の厄する所と為るを恨む。暗然として光艶を失ひ、煤《すす》を帯ぶるの雪のごときのみ。初め月瀬は伊賀に属するも、実は大和なるを聞く。伊賀を去る猶ほ里ばかり（一里ばかり）、月瀬の梅は尾山の十の一に当たらず、而るに月瀬を聞くも、未だ尾山を聞かず。この二者は何ぞや。蓋し、月瀬の伊勢に属するは、大和に文人無きを以てなり。尾山の名、月瀬に譲るは地名雅ならざるを以てなり。余是に於て文人の筆は邱山よりも重く、而して名は実の賓なるを知るなり。故《もと》の路に返り、復《ま》た舟に乗じ北岸に着く。昨夕の路を取り、樵夫の称せし処に至る。一帯碧玉の流は、両岸白雪の林を界破し、快甚だし。武平の家に帰り、梅花を煮て茶に代ふ、清苦口によし。

注

（1）昭和五十七年九月三十日、思文閣出版発行『広瀬旭荘全集』日記篇（二）、三〇四頁より三一三頁。（「無窮会図書館」蔵本）

（2）同『広瀬旭荘全集』日記篇（九）、「解説」四〇一頁。

第七項　斎藤拙堂『月瀬記勝』の刊行に至る諸家の詩文

（一）乾冊掲載の詩文

文政十三年二月（旧暦）に斎藤拙堂が梁川星巌等と月ヶ瀬観梅旅行をし、『梅渓遊記』を書いてから二十二年を経て、『月瀬記勝』乾坤二冊が出版された。その状況が、拙堂の『月瀬記勝』自序に見える。即ち序詩を贈った日野資愛（南洞公）[1]も亡き人になり、大窪詩佛老人も亦此の世の人ではない。だが月ヶ瀬の梅は相変らず花を咲かせているといって、感慨無量の思いで、序を書いている。

当時の日野南洞公の詩が、天理本『梅渓遊記』稿本に書かれているが、それがそのまま嘉永刊本に伝えられている。

以下南洞公の題詩及び拙堂の自序を書き下し文にして付す。（図版13、194頁参照）

南洞公の詩

渓山邨（村）落各〻《おのおの》梅花。萬樹の韻姿（風流な姿）横且つ斜なり。筆底の香風は春、眼に在り。知らず真境程を取らば賒《はる》かなるを。

資愛印印

拙堂の自序

文政庚寅（十三年）の春、余和州の梅渓に遊び図記の作あり。其の五月又京師に如《ゆ》き、持して以て日埜南洞公に謁す。公観て之を喜び此の詩を題し、還し賜ふ。爾来二十余年、公賓天（「天に賓客となる、天子の崩御をいう」と『大漢和辞典』七六六頁にあるが、日本では公卿にも使われたものか〈筆者注〉）已に久し。今にして之を思へば、公と梅花と倶に師雄の夢中に在り。頃者《このごろ》社友余に図記を刻するを請ふ。余之を許す。児に命じてて校訂し、附益する所有り。仍って公の詩を以て巻首に弁じ、之れに次ぐに詩仏老人の序を以てす。亦久しく泉下の人と為る。嗚

図版13

拙堂先生著

月瀨記勝

看雲亭藏板

月瀨記勝　乾

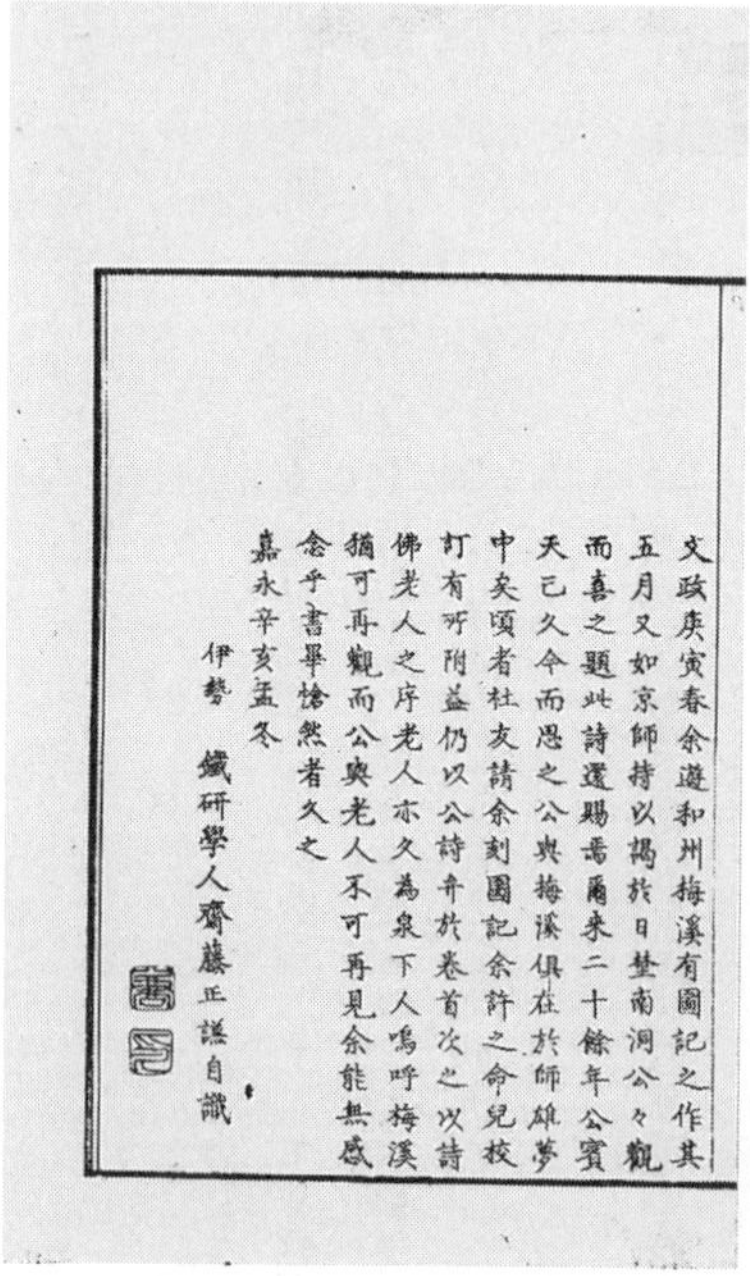

文政庚寅春余遊和州梅溪有圖記之作其
五月又如京師持以謁於日埜南洞公々覩
而喜之題此詩還賜焉爾來二十餘年公賓
天已久今而思之公與梅溪俱在於師雄夢
中矣頃者杜友請余刻圖記余許之命兒校
訂有所附益仍以公詩弁於卷首次之以詩
佛老人之序老人亦久為泉下人嗚呼梅溪
猶可再覩而公與老人不可再見余能無感
念乎書畢愴然者久之

嘉永辛亥孟冬

伊勢　鐵研學人齋藤正謙自識

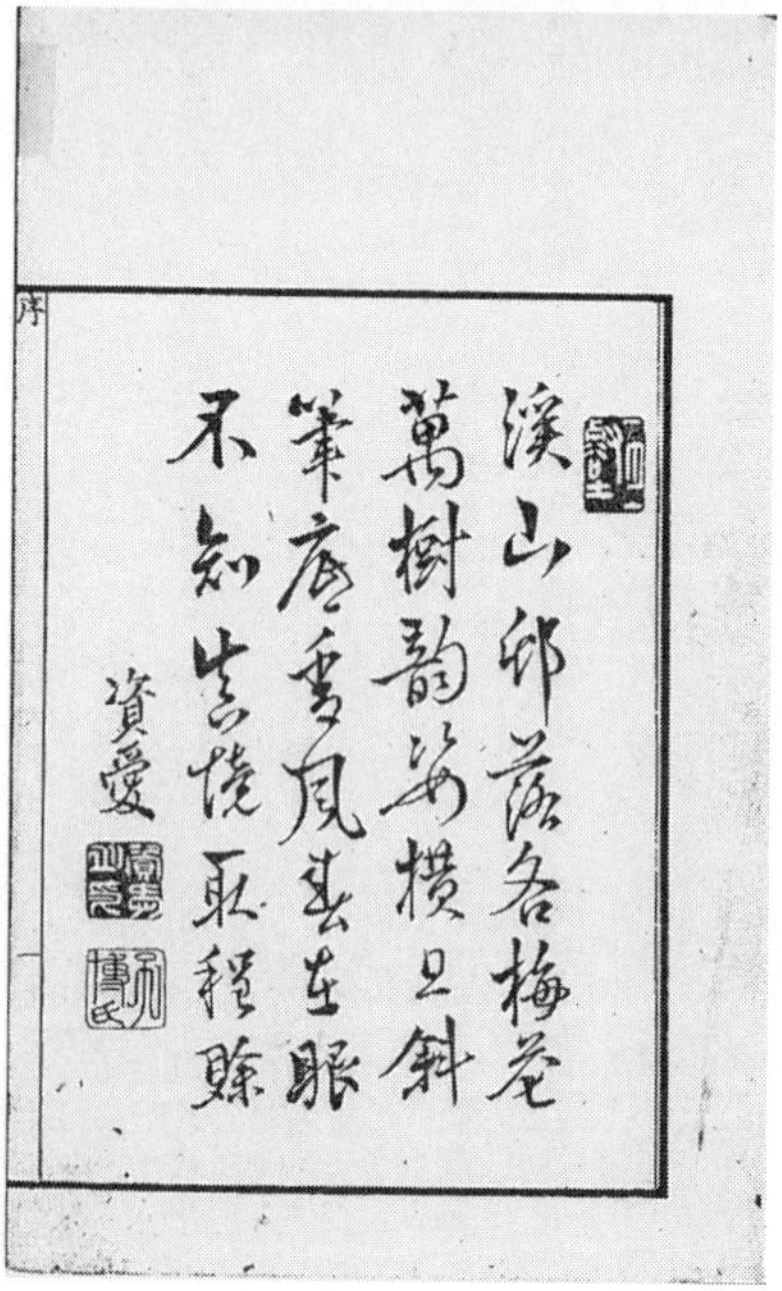

序

溪山卯蕊各梅花
萬樹韵英横且斜
筆底香風吹在眼
不知心境取程賒

資愛

呼梅渓は猶ほ再び観るべきも公と老人とは再び見《まみ》ゆべからず。余能く感念無からんや。書し畢りて愴然たること之を久しくす。

嘉永辛亥孟冬

伊勢鉄研学人斎藤正謙自ら識す印印

つづいて大窪詩仏の序を載せるが、天保二年に書いているので、その頃に入れて、ここでは省略する。次に拙堂門人の中内樸堂の序がある。原文は行書体であるから、書き下し文を付けて読み易くした。（図版14、196頁参照）

序印

余津城に生る。夙に月瀬の梅花国為《た》るを聞く。神《こ》之れが為《ため》に馳す。拙堂先生の門に入るに及んで其の作る所の梅渓遊記を読み益〻《ますます》其の勝状を想ひ、往きて之れを覧んと欲す。而れども未だ其の願ひを果たさず。是の時に方《あた》り先生と甚だ親しけれども梅渓と甚だ疎。戊申（嘉永元年）の春、余伊賀の教授に任ぜられ家を挈げて徙《うつ》り住む。其の居と梅渓と相距つること咫尺。雪昕《きん》月夕に逢ふ毎に短笛を横たへ、烏帽を岸し（隠者のかぶる黒い頭巾をはずして額を表わす）、扁舟に独り櫂《さおさ》し、其の間に徜徉す。因りて先生と同遊するを得ざるを歎く。悵然として徒《いたず》らに遊記の妙を思ふのみ。是の時に方《あた》り、先生と甚だ疎なれども、梅渓とは甚だ親し。蓋《けだ》し梅渓に親しければ、則ち先生に疎、先生に親しければ梅渓に疎なり。二者得て兼ぬるべからず。嗚呼今の昔と何ぞ其れ親疎の異なるや。一念此こに至り、或は喜び或は恨み、人をして俯仰して今昔の感に堪へざらしむ。頃者《このごろ》先生の書到り、告ぐるに遊記を刻するを以てし、序を余に徴す。余既に梅花国に宅して之れが主と為る。今此の命を受け、義として辞するを得ず。因りて其の親疎の故を道ひて以て序と為す。若《も》し夫れ梅渓の勝と遊記の妙とは則ち観る者必ず之れを知らん。固より余の言を待たず。但《ただ》余幸ひに名を簡端に掛くるを得ば、猶ほ先生と同じく万玉城中に住むなり。

図版14

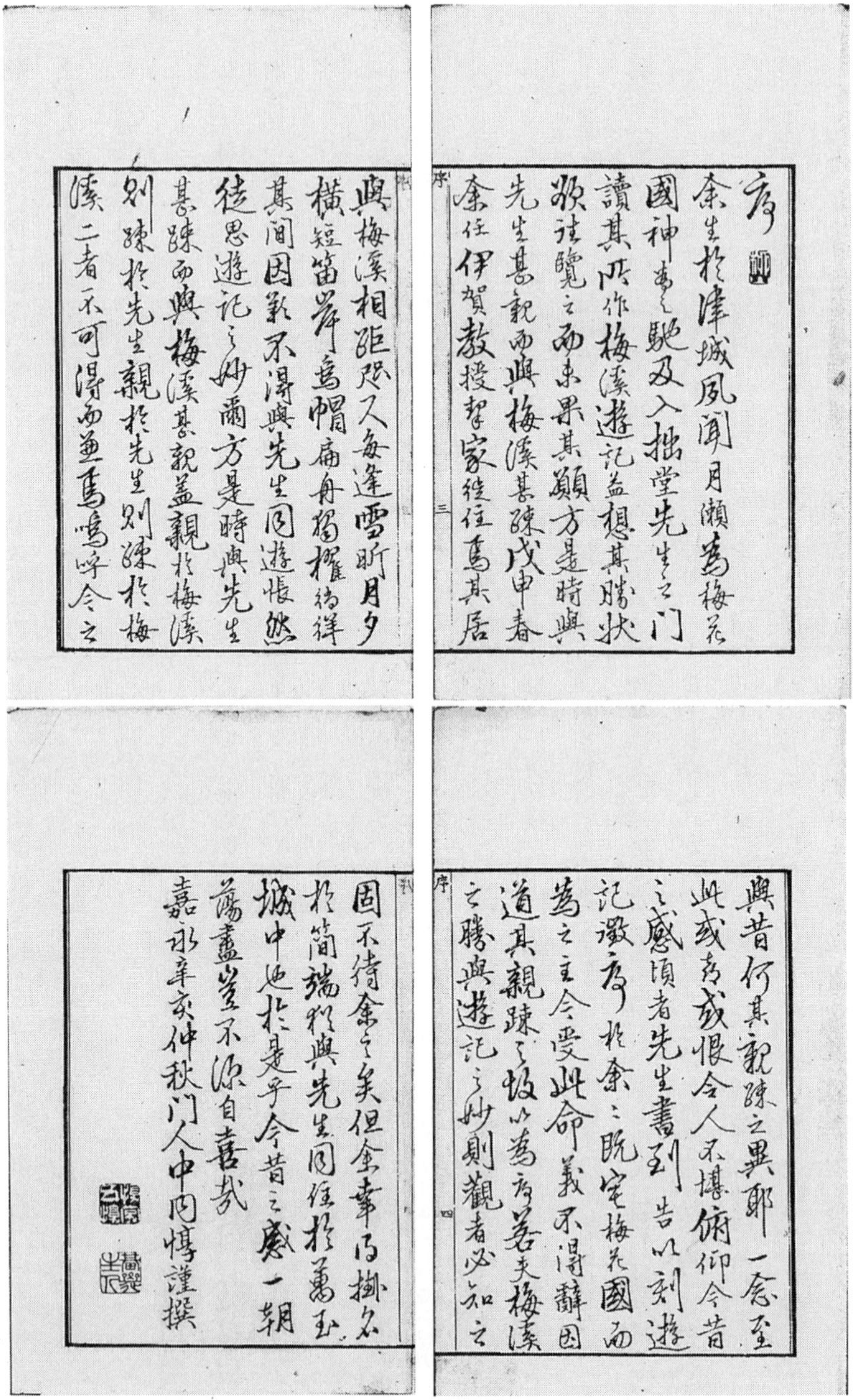
序
余生於津城夙聞月瀬為梅花
國神〻馳及入拙堂先生之门
讀其所作梅溪遊記益想其勝状
欲往覧之而未果其嶺方是時與
先生甚親而與梅溪甚疎戊申春
余任伊賀教授挈家往住焉其居
與梅溪相距咫尺每逢雪晰月夕
横短笛岸烏帽扁舟棹櫂徜徉
其間因歎不得與先生同遊悵然
徒思遊記之妙爾方是時與先生
甚疎而與梅溪甚親蓋親於梅溪
則疎於先生親於先生則疎於梅
溪二者不可得而兼焉嗚呼今之
與昔何其親疎之異耶一念至
此或喜或恨令人不堪俯仰今昔
之感頃者先生書到告以刻遊
記徵序於余〻既宅梅花國而
為之主今受此命義不得辭因
道其親疎之故以為序若夫梅溪
之勝與遊記之妙則觀者必知之
固不待余〻矣但余幸得掛名
於簡端猶與先生同往於萬玉
城中也於是乎今昔之感一朝
蕩盡豈不深自喜哉
嘉永辛亥仲秋门人中内惇謹撰

是こに於いてか、今昔の感一朝にして蕩尽す。豈に深く自ら喜ばざらんや。

　嘉永辛亥仲秋門人中内惇謹んで撰す。印印

その後（図版15）に「谿山清夢」の題が篆書で書かれている。関防印に「勿斎」とあり、落款印には井好問、掬卿とあるから、拙堂の門人で、書を善くした井野勿斎[3]である。坤冊の「谿山続夢」も同一人による題字である。

乾冊の勿斎の題字の次に、月ヶ瀬への道程地図が掲げられて、道案内の便宜を与えている。図版篇所収の挿画（前掲―したものを含め）と共に、漢詩文という固い感じを軟ぐるに一段と効果的であった。前掲した挿画に一葉が加わり八景になっている。

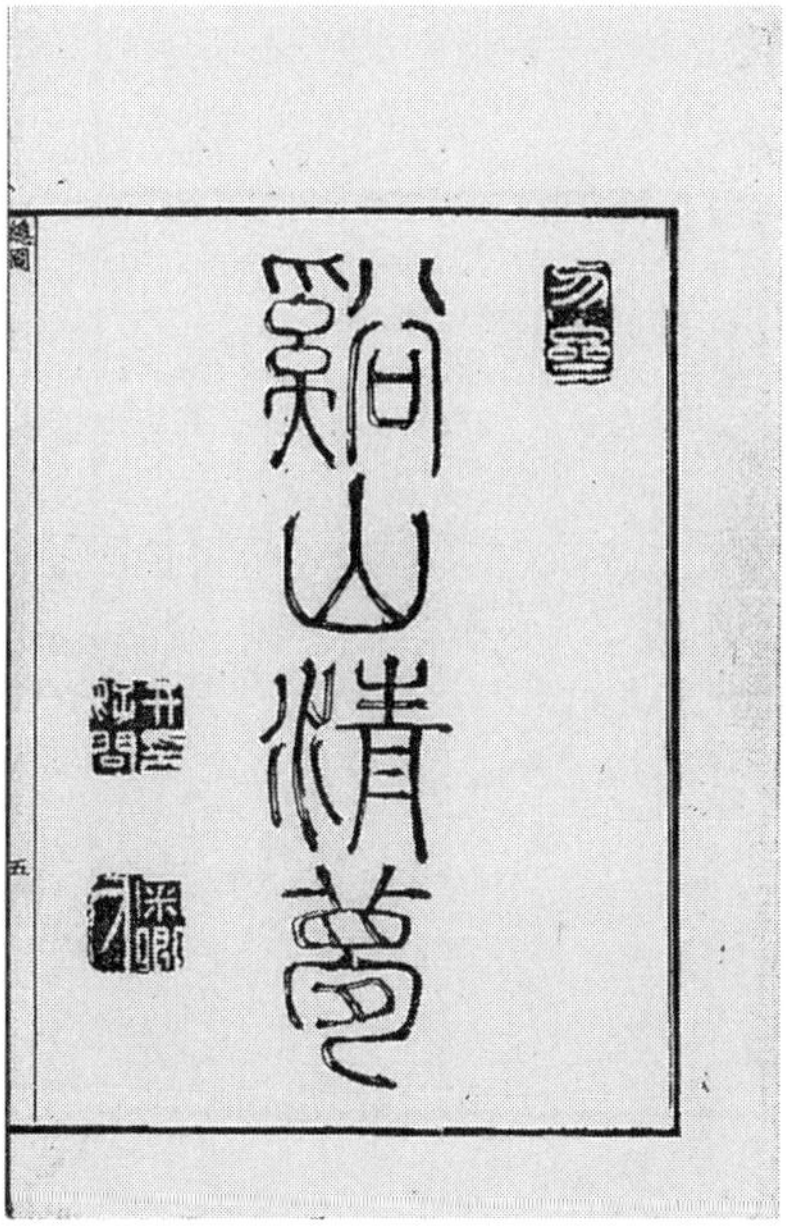

図版15

図版16

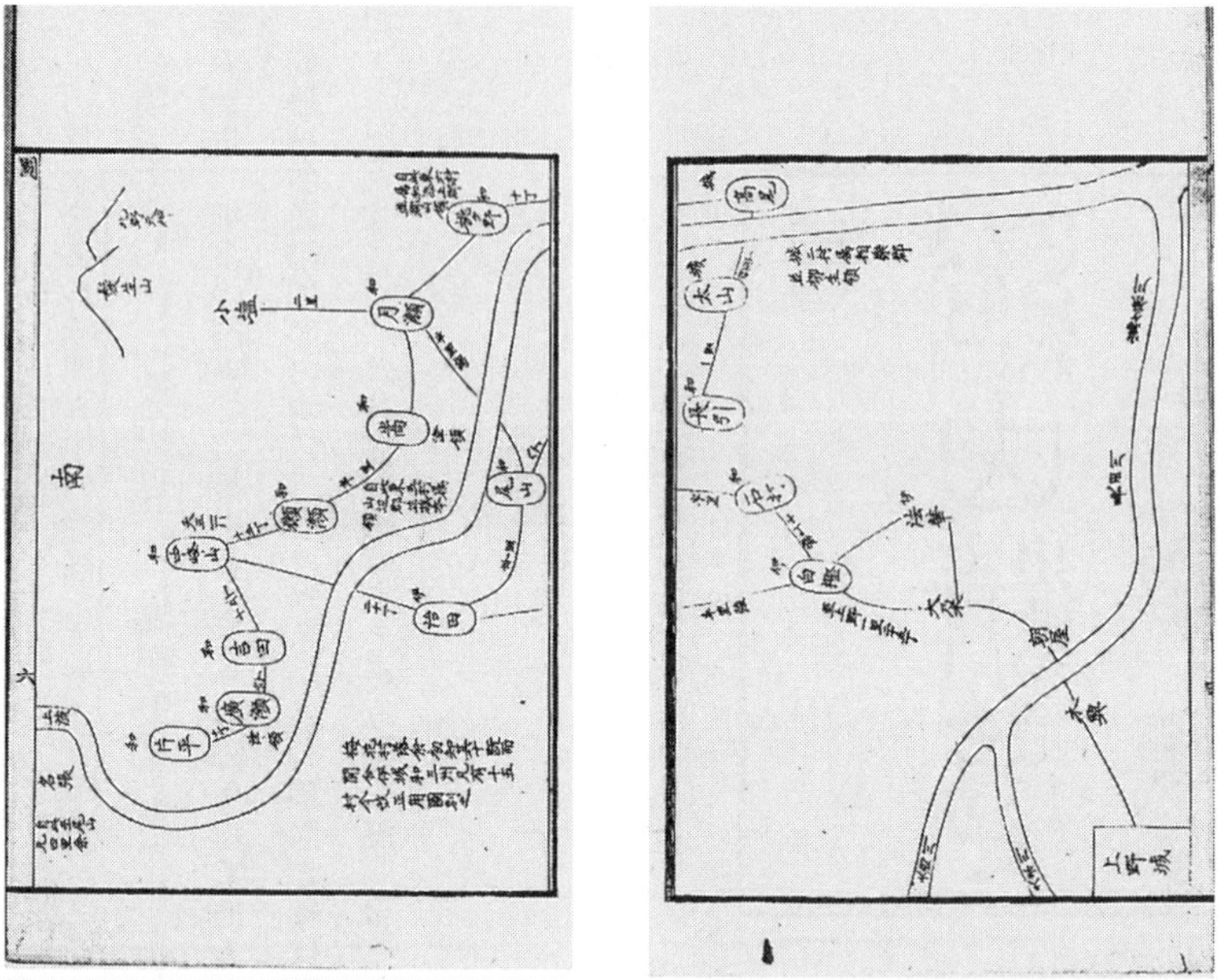

図版17

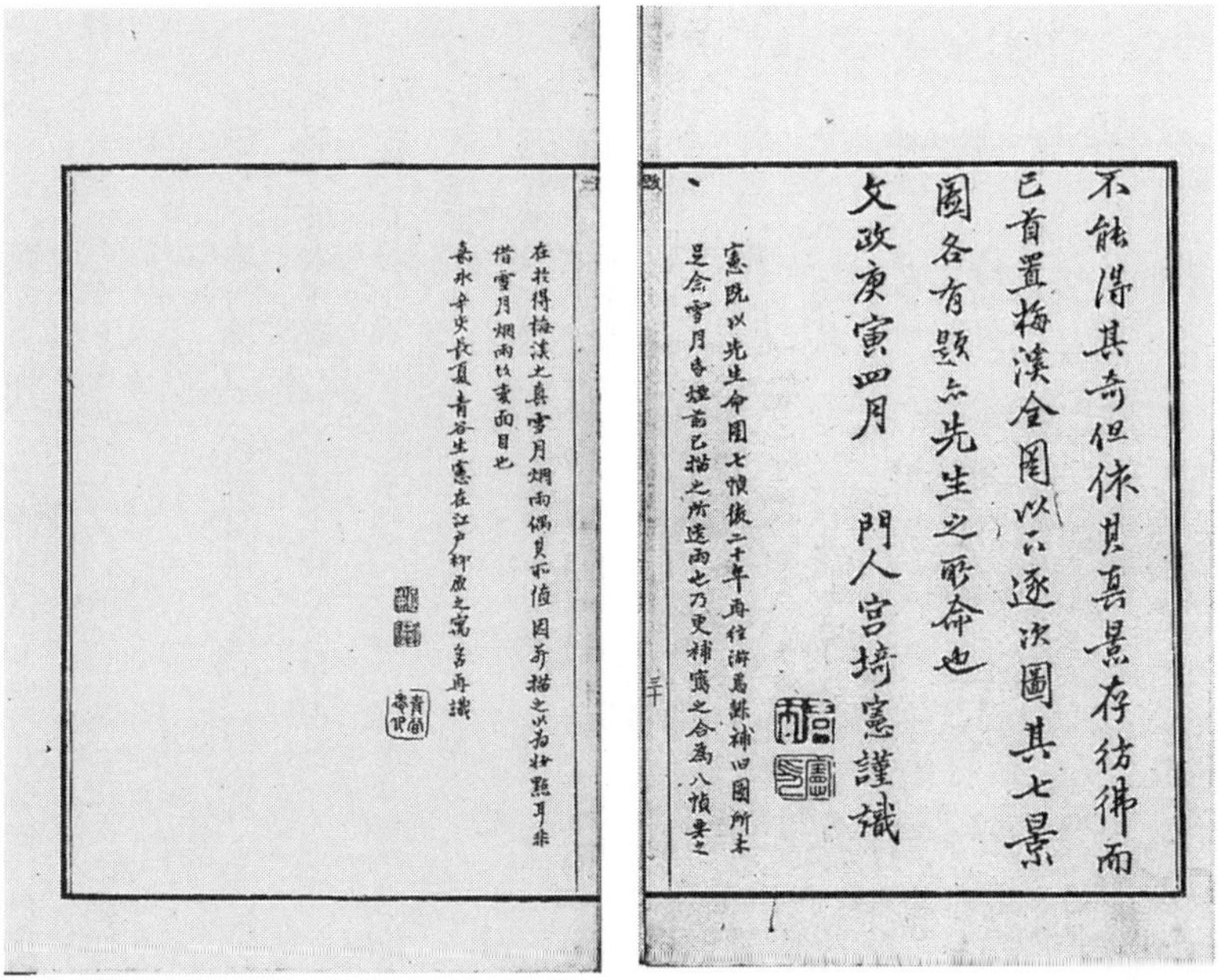
不能得其奇但依其真景存彷彿而
已首置梅渓全图以下逐次圖其七景
圖各有題亦先生之所命也
文政庚寅四月　門人宮埼憲謹識
憲既以先生命圖七幀後二十年再往游蔦跡補旧圖所未
足念雪月昏煙前已描之所遺雨也乃更補寫之合為八幀要之
在於得梅渓之真雪月烟雨偶其所値因并描之以為粧點耳非
借雪月烟雨改変面目也
嘉永辛亥長夏　青谷生憲在江戸柳原之寓舎再識

図版16の下段の二葉半截ずつが「雲湿雨香」で、嘉永五年版に追加された。このことについては『月瀬記勝』乾冊最後、宮崎青谷、跋文の次に数行の追記が施されている。（図版17）

憲既に先生の命を以て七幀に図し、後ち二十年、再び往きて游ぶ。旧図の未だ足らざる所を補ふことを謀る。念ふに雪月昏煙は前に已に之を描くも、遺す所は雨なり。乃ち更に補ひて之を写し合して八幀と為す。之を要するに梅渓の真を得るに在り。雪月烟雨は偶ゝ其の値《あ》ふ所。因りて併せて之を描く。少しく妝点（粧点に同じ、飾り立てる）と為すのみ。雪月烟雨を借るが故に面目を変ずるに非ざるなり。

嘉永辛亥（四年）長夏、青谷生憲江戸柳原の寓舎に在りて再び識す。印印　印宮崎青谷の跋文追加分（嘉永辛亥のもの）と前後したが『月瀬記勝』乾冊に載せる中島棕隠の七律及び菊池渓琴の五律も、文政十三年のものでなく、後ちのものと思われるので、ここに掲げ、書き下し文を加える。

○

鐵研原存維翰操　　鉄研原《もと》存す維翰《いかん》（楨幹のように支えとなる者、楨幹は支える）の操《みさお》
石腸又吐廣平辭　　石腸又吐く広平の辞
好遊結得青山好　　遊を好んで結び得たり青山の好きを
奇筆擔當夜月奇　　奇筆担当す夜月の奇
藝苑春風鳴木鐸　　芸苑の春風木鐸を鳴らし
名區勝事解金龜　　名区の勝事金亀を解く
不妨高士臥香雪　　妨げず高士の香雪に臥するを
自異羅浮艶梦時　　自《おのずか》ら羅浮艶夢の時に異る

記詩業已盡其　　詩を記し業已《すで》に其の妙を尽くす。
妙。諸公批評亦　　諸公の批評も亦余も亦
無所不盡。余亦　　尽さざる所無し。
何言。強付以一　　何をか言はんや。強いて付するに
律。固不免蛇足　　一律を以てす。固より蛇足の嘲を免れず。
之嘲。叱存幸甚。　　叱、存せば幸甚なり。
平安錦荘処士　　平安　錦荘処士　中島規[4]

中島規

の如く、七律一首を以て拙堂の九記・十律に批正している。その後には菊池渓琴(5)が「摂東西十三家詩を読む」と題して五言古詩を載せている。

讀攝東西十三家詩

月瀬香萬斛　稱為梅花國　　月瀬香万斛　称して梅花国と為す
淑人游其中　起臥氷雪側　　淑人（善良で有徳の人）其の中に游び　起臥す氷雪の側
矚目無非雲　飲膳盡珠璣　　矚目すれば雲に非ざる無く　飲膳（飲食する）すれば　尽《ことごと》く珠璣
奇芳自不知　馥郁染羽衣　　奇芳は自《おのずか》ら知らず　馥郁として羽衣を染む
南紀渓琴山人菊池定　　南紀　渓琴山人　菊池定

（國・側は入声職韻、璣・衣は上平声五微韻）

注

（1）准大臣、藤原氏、資矩の子、南洞と号す詩文和歌を好み典故に精しく其の名世に聞え縉紳家の其の教を受くるもの多し常に文名ある者を招き文字の交をなす弘化三年三月二日薨ず年六十七、官は従一位准大臣に至る頼山陽と布衣の交をなし其の著日本外史を推称し松平楽翁に介す楽翁其の家臣田内主税を使とし山陽との間に交渉し終に板行するに至る。（『大日本人名辞書』㈢、二一八三頁）

（2）津藩士ナリ名ハ惇字ハ五惇樸堂ト号ス島川宗蔵ノ次子ニシテ七歳ノ時中内家ノ養子トナル天保四年二月藩儒斎藤拙堂ノ門ニ入リテ業ヲ受ケ弘化元年四月藩黌ノ句読教師トナリ一年五月大小姓ニ転ジテ屢々江戸ニ往来シ交ヲ諸名家ニ訂シテ益ヲ受クルコト尠カラズ嘉永元年三月伊賀崇広堂ノ講官ト為リ門人大ニ集マル明治二年督学参謀ニ進ミ文武学政ヲ総督ス四年十二

月廃藩閉校ノ故ヲ以テ解職ス六年十月神宮司庁ノ招聘ニ応ジテ宇治ニ移リ神宮教院ニテ漢学ヲ講ゼシガ八年十一月病ヲ以テ辞ス十三年九月津中学校ニ聘セラル此ノ年車駕斯ノ地ヲ過グ時ニ安濃郡長福井藹樸堂詩鈔ヲ献ジ叡慮ヲ辱クス拙堂甞テ其ノ詩ヲ評シテ曰ク、「五古間達似摩詰七古豪宕似義山、至如近体諸篇、則清婉流麗、似青邱阮亭」ト、十五年十二月三十日没ス、年六十一、城西古河光沢寺ニ葬ル（『三重先賢伝』一八一・一八二頁）

（3）名ハ好問通称ハ清左衛門伊勢津藩士タリ村瀬椎志ノ弟ニシテ出デ、井野家ヲ襲グ勿斎幼ニシテ学ヲ好ミ漢学ヲ斎藤拙堂ニ修メ書道ヲ横田半渓ニ学ブ後書を以テ藤堂高猷侯ニ仕ヘ藩黌の書師ヲ兼ヌ又画ニ巧ナリ門人頗ル多シ明治五年没ス年五十七城南庭蔵寺ニ葬ル著ハス所五体便覧アリ甞テ播磨赤穂ニ建設セラレタル大石良雄大碑ノ文字ハ当時勿斎嘱ヲ受ケテコレヲ揮毫セルモノナリトイフ（『三重県先賢伝』三二頁）

（4）名は規、字は景寛・文吉と称し、棕隠（一は棕隠軒に作る）と号す。又別に道華庵・画餅居士と号す。京師の人。業を村瀬栲亭に受け、尤も詩を善くす。人と為り放縦にして自ら検束せず。頗る唐の六如の風あり。安政三年六月二十八日没す。年七十七。一説に同年七月十五日没とあり）著作に鴨東四時雑詞一巻、都繁昌記一巻・棕隠軒詩集四巻あり。（『近世漢学者伝記著作大事典』三六〇頁）

（5）名は保定、字は子固、孫左衛門と称し、海荘は其号なり。又別に渓琴、海叟、七十二連峰と号す。紀伊の人。本姓は垣内氏。業を大窪詩仏、菊地五山等に受け、詩を能くす。又一斎・山陽・旭荘・艮斎・星巌・東湖・象山等の諸大家と交り、業大いに進む。その詩は神韻悠揚、当時詩林を濶歩すと曰ふ。又常に意を海防に用ひ、その急務たるを論じ、国政を議せり。明治四十四年一月十六日卒す。年八十三。正六位を贈らる。渓琴山房詩五巻・海荘遺稿一巻等刊行す。（『近世漢学者伝記著作大事典』一八四頁）

（二）坤冊掲載の詩文（図版18、203頁参照）

題字は乾冊同様、井野勿斎の楷書を掲ぐ。中扉「谿山続夢」裏に江馬細香の一樹梅花を画く。左に翻字する。

図版18

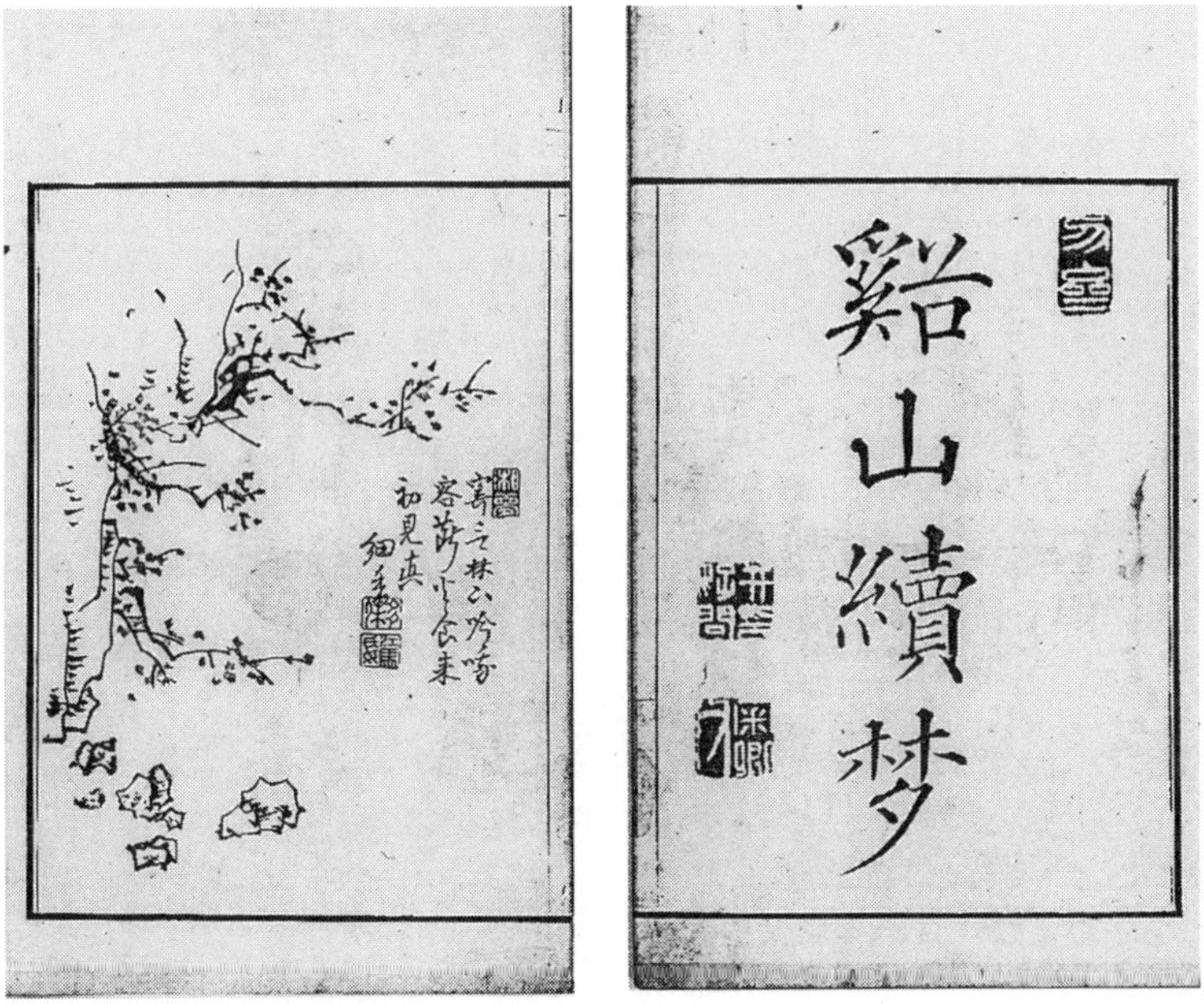

寄言林下吟哦客。断火食来初見眞。細香 印 印

　言を寄す林下吟哦の客。火食を断ち来り初めて真を見る。　細香　印 印

江馬細香（1）の筆はこの七言二句と梅花の画のみで、星巌・紅蘭の詩があるが、文政十三年の作に係るので、その項に移した。また山陽の観梅詩も、山陽訪村の項に掲げた。以下篠崎小竹から順次書き下し文を加える。

　篠崎小竹は終《つい》に山陽とは月瀬観梅に同行しなかった。篠崎小竹に取っては随分と悔まれたことと思う。そして山陽没後五年にして野田笛浦等と共に観梅に出かける。その間の事情については管見の及ぶ限り他書には見出すことが出来ない。

　篠崎小竹最初の「題梅渓図」は金井烏洲の画巻に題したもので、既に挙げた（一六七頁、小竹の五律一首）のでここでは省略するが、「題梅渓図」及び「丁酉二月与笛浦諸子游月瀬」の詩の欄外に、次の拙堂の評語があるので挙げ、両詩の参考に供しよう。

　拙堂曰。花外唯流水。山中不見村。悠然神遠。使人

一誦三歎。方此之時。小竹未游梅渓而有此名聯及其既遊有數絶句。一無勝此句者。豈所謂當局迷傍観明者歟。拙堂曰く、「花外唯《ただ》流水。山中村を見ず」は悠然として神遠く、人をして一誦三歎せしむ。此の時に方《あた》り。小竹未だ梅渓に游ばずして此の名聯有り。其の既遊に及びて数絶句有り。一に此の句に勝る者無し。豈に所謂《いわゆる》局に当って迷ひ、傍観して明らかなる者ならん歟《か》。

といって小竹の律並びに絶句を賞讃している。

丁酉二月與笛浦諸子游月瀬　丁酉（天保八年）二月笛浦《（野田）》(2)諸子と月瀬に游ぶ

長谿無際雪香埋　長渓際無く雪香に埋まる
芳野何曾有此佳　芳野（吉野）何ぞ曾て此の佳有るらん
賞游今日堪深悔　賞游今日深く悔ゆるに堪へたり
枉向南天勞草鞋　枉《ま》げて南天に向って草鞋を労せしを

○

萬梅夾水渺如煙　万梅水を夾《さしはさ》み渺として煙のごとし
旦借篇舟躉溯沿　旦《あした》に扁舟を借りて躉《しばら》く溯沿《そえん》す（川を溯ること）
今夜好來花底泊　今夜好く来って花底に泊す
更看石瀬月娟娟　更に看る石瀬月娟々（美しいさま）

尾山歩月　尾山に月に歩す

雪壓渓山千萬枝　雪は圧す渓山千万枝
香風細細月升遲　香風細々（かすかなさま）月升《のぼ》ること遅し

領得別春奇夜趣　　領し得たり別春奇夜の趣
苦吟不用更為詩　　苦吟は用ひず更に詩を為《な》す
（それほど奇夜の趣が深いことをいう）

題三學院壁　　三学院の壁に題す
近水十村梅作田　　近水の十村梅、田《でん》と作《な》る
春花如霰卜豊年　　春花霰《あられ》のごとく豊年を卜す
莫使都人謾來賞　　都人をして謾《みだ》りに来り賞せしむる莫《な》かれ
恐傷淳朴好山川　　淳朴なる好山川を傷つくるを恐る

題月瀬梅花画巻八首　　月瀬梅花画巻に題す八首　　中島棕隠規・平安の人

所でこの月瀬梅花画巻が誰の画巻であるかわからない。実際に中島棕隠が画巻に詩八首を書き付けたものと思われるが不明である。

連際清平少逸民　　際を連る清平（清く平なこと）逸民少し
梅花出世亦相均　　梅花世に出づ亦相均し
敢容林下引香夢　　敢へて林下に容れば香夢を引く
却立雪中同玉塵　　却って雪中に立てば玉塵を同じくす
明月有縁名即實　　明月に縁有り名は即ち実
青山試問主耶賓　　青山に試みに問ふ主か賓かと

年年無恙東風信　年々恙が無し東風の信
休比桃源一瞥春　比するを休めよ桃源一瞥の春

○

韶光應詫在巖栖　韶光（春光）応《まさ》に詫《ほこ》るべし巖栖に在るを
遮莫幽尋成此渓　遮莫《さもあればあ》れ幽尋此の渓を成すを
水送雲迎無所誤　水送り雲迎へ誤る所無し
山開林合似相徯　山開き林合し徯（蹊と同じく小径の意）を相《みちび》くに似たり
花蔵菩薩騎香象　花蔵の菩薩は香象に騎《の》り
清府姮娥曳素霓　清府（月界）の姮娥（月に住むという美人の名）は素霓（白い虹《にじ》）を曳く
畢意芳粧遇凡想　畢意（つまるところ）芳粧は凡想に過ぐ
人間字色不堪題　人間の字色は題するに堪へず

○

香玉千林水一涯　香玉は千林水は一涯
若無煙火是僊家　煙火無きが若《ごと》きは是れ僊家
風流罪過誰能懺　風流の罪過、誰か能く懺《く》いん
腸胃文章敢自誇　腸胃（肝要な場所）の文章、敢へて自《みずか》ら誇らん
氣涌紅曦吹馥郁　気は紅曦（朝日の紅）に涌き馥郁を吹く
光欺白雪映谽谺　光は白雪を欺き谽谺（谷の空虚な所）に映ず

騒人近識春風面　　騒人（詩人）近く識る春風の面
却勝當年欠楚些　　却って勝る当年楚を欠くに些（些は楚辞の招魂の句末にある語助）

○

酷羨農樵樂別天　　酷《はなは》だ羨む農樵（農家や樵《きこり》）の別天を楽しむを
香雲籬落壓茶煙　　香雲の籬落茶煙を圧す
舍南舍北花如海　　舎南舎北花は海のごとく
山後山前樹有年　　山後山前樹に年有り
清友寧文脂粉氣　　清友寧《むし》ろ文《かざ》る脂粉の気
美人甞覓薛蘿縁　　美人嘗《かつ》て覓《もと》む薜蘿（隠者の住い）の縁
勝情仍舊黄昏月　　勝情仍旧《じょうきゅう》（旧による、依然として）黄昏の月
疎影掠過春水船　　疎影掠《かす》め過ぐ春水の船

○

萬里涵水點塵無　　万里水に涵《ひた》り点塵無し
笑道銀河恐不殊　　笑って道ふ銀河恐らく殊《ことな》らずと
養護芳神雲亦老　　芳神を養護して雲亦老い
扶成傲骨雪猶臞　　傲骨（自ら高くして下ない意気）を扶け成して雪猶ほ臞《や》（痩せる）す
窮阪歳令資租賦　　窮阪の歳令も租賦に資し
上國春風及版圖　　上国の春風も版図に及ぶ

弄影憐香元瑣細　影を弄び香を憐む元《もと》瑣細
雄觀獸感有斯區　雄観して独り感ず斯の区有るを

○

招魂高情果屬誰　招魂の高情果して誰にか属する
折來堪唱太沖詞　折り来って唱するに堪へたり太冲（太冲は晋の左思の字）の詞
烟霞痼疾吾如忘　煙霞の痼疾吾忘るるがごとく
山水清音汝最知　山水の清音汝最も知る
地比藍田人種玉　地は藍田（陝西省藍田県にある美玉を生ずる処）に比し人は玉を種う
天移蟾窟月懸枝　天は蟾窟（月の異名）を移し月、枝に懸く
村腔豈度梅花落　村腔（腔は曲調）豈に度《はか》らんや梅花落（楽府、横吹曲辞）
漁笛不妨隨意吹　漁笛妨げず随意に吹くを

○

幾株當稼占溪巒　幾株か稼に当って渓巒を占む
閑月賞花情太安　閑月賞花も情太《はなは》だ安し
粧點煙嵐春極巧　煙嵐を粧点（化粧する、飾り立てる）して春極めて巧みなり
交加氷雪歳猶寒　氷雪を交《まじ》へ加へて歳猶《な》ほ寒し
素封誰勝渭川富　素封誰か勝《まさ》らん渭川（呂尚の渭川に釣して文王に挙用されたこと）の富に
眞逸或誇茅嶺看　真逸或は誇らん茅嶺の看（見たて）

底事清高塵世外　底事《なに》ぞ清高塵世の外
春深未免到闌珊　春深くして未だ闌珊（散り乱れる）に到るを免れず

○

豈問朝南暮北便　豈に問はんや朝南暮北の便《びん》（たより）
一番花信落樵舟　一番の花信樵舟（木こりの乗る舟）に落つ
銀濤不響層巒底　銀涛響かず層巒の底
香霰無痕急瀬流　香霰痕無く急瀬の流
老屋荒窓生白早　老屋の荒窓白を生ずる早く
新柯嫩樾向榮稠　新柯（枝と同じ）の嫩樾《なんえつ》（やわらかい並木）栄に向って稠《しげ》し
黄鶯應絶遷喬念　黄鶯応《まさ》に絶つべし遷喬（鶯が低い谷から高い木に移ることで、官吏が高官につく喩え）の念
幽谷領春殊自由　幽谷春を領して殊に自由

癸卯二月偕阪上九山織田復齋遊月瀬観梅花後先得廿絶録五

癸卯（天保十四年）二月、阪上九山、織田復斎と偕《とも》に月瀬に遊び梅花を観る。後先（前後の意）廿絶を得たり。五を録す

臨出丁寧囑館人　出づるに臨み丁寧に館人に嘱す
附郵搬酒莫踰辰　郵に附し酒を搬して辰を踰ゆる莫れと
當年笙下伊丹是　当年笙下（くまざさの下）伊丹《いたみ》是《よ》し

欲及梅花瀉老春　梅花と及《とも》に老春に瀉《そそ》がんと欲す

○

祖筵皆羨暫相違　祖筵（送別の宴）皆羨む暫《しばら》く相違《たが》ふを
一路春風不問歸　一路の春風帰るを問はず
笑道先生錦囊計　笑って道《い》ふ先生錦囊の計
奪來詩國幾楳妃　奪ひ来る詩国の幾楳（梅）妃

○

行盡陂陀數里程　行き尽くす陂陀（平らでない土地）数里の程
就梅花處暮烟平　梅花に就く処暮煙平らかなり
月遲未見横斜影　月遅く未だ見ず横斜の影
四面流香趂水聲　四面の流香水声を趂《お》ふ

○

詩人自古愛梅花　詩人古より梅花を愛す
只取清疎似忌多　只《ただ》清疎を取って多きを忌むに似たり
字色言聲未施處　字色言声未だ施さざる処
真香爛漫壓煙蘿　真香爛漫として煙蘿（もやをこめたつた）を圧す

○

縦有青邱奈驚聯　縦《たと》ひ青邱（高啓）あるも警聯（警語のある聯）を奈《いかん》せん

美人高士共無縁
梅花應感処衰世
詩酒爭來逆盪仙

月瀬十絶 録六

舊積瓊瑤秘洞門
千年有此避秦村
近來詞客看能破
未必桃花讓古源

○

如植櫻花不足珍
老梅滿壑妙無倫
悔游嵐峡尋常境
詩筆從前費幾春

○

羣玉刺天千萬株
尾山月瀬兩崎嶇
輞川畫巻吾曾讀

美人高士共に縁無し
梅花応《まさ》に衰世に処するに感ずべし
詩酒争《いかで》か来る逆盪《ろうとう》（事を謹まない）の仙

梅辻春樵(3) 希聲、平安の人

旧《ふる》く積む瓊瑤洞門を秘《とざ》す
千年此《ここ》に有り秦を避くるの村
近来の詞客看て能く破る（秘《とざ》した洞門を開き破ること）
未だ必ずしも桃花は古源に譲らず

桜花を植うるが如きは珍とするに足らず
老梅壑《たに》に満ち妙倫《たぐい》無し
悔ゆらくは嵐峡尋常の境に游（遊）び
詩筆従前幾春をか費すを

群玉天を刺す千万株
尾山月瀬両《ふたつ》ながら崎嶇たり
輞川（陝西省藍田県にある地名、唐の王維の別荘のあった所）の画巻吾曽て読めり

卽是峨眉雲霽啚　　即ち是れ峨眉（四川省成都の南にある山）雲霽《は》るるの図

○

山山過半白雲封　　山々の過半白雲封《ふう》ず
雲裏盤施路幾重　　雲裏盤旋（めぐり歩く）路幾重
此夕欲投人處宿　　此の夕投ぜんと欲す人処の宿
樵家多在絶高峯　　樵家は多く絶高の峰に在り

○

烹茗挹清移酒厨　　茗を烹《に》清を挹《く》んで酒厨に移す
巖崖奇絶仰天呼　　巌崖奇絶天を仰いで呼ぶ
不嫌小雨來霑面　　嫌はず小雨の来りて面を霑《うるお》すを
一滴也皆香露珠　　一滴也《また》皆香露の珠

○

一洗吟腸無點埃　　吟腸を一洗すれば点埃無し
新詩任口占瓊瑰　　新詩口に任せて瓊瑰を占《し》む
置身要在梅花谷　　身を置くは梅花の谷に在るを要す
何忍離雲歸去來　　何ぞ忍ばん離雲の帰去来するを（来は助字）

題渓梅圖　　渓梅図に題す　　松崎慊堂(4)（復、江戸の人）

寒光老龍臥　誰認暗香來
瘦損和羹實　空山一笑開

寒光老龍臥し　誰か認めん暗香の来るを
瘦損（やせる意）す和羹（諸種のものを合わせて作ったあつもの）の実
空山（木の葉の落ちた山）に一笑（笑は咲く意）開く

題梅渓圖　　梅渓図に題す　　館柳湾(5)機、江戸の人

千林萬樹玉玲瓏　　千林万樹玉玲瓏
山尾水頭西又東　　山尾水頭（頭はほとり）西又東
谿路春風三十里　　渓路の春風三十里
幽人舟在暗香中　　幽人の舟は暗香の中に在り

同前

月瀬滿山梅　高低何日栽　　月瀬満山の梅　高低何れの日にか栽ゑん
被崖雲漠漠　盈谷雪皚皚　　崖を被ふ雲漠々（一面に続く）　谷に盈つ雪皚々
清艷浮如動　寒香結不開　　清艶浮かびて動くがごとく　寒香結びて開かず
欲知幽絶処　待取夜珠來　　知らんと欲す幽絶の処　待ちて夜珠を取り来る

丙申二月觀月瀬梅花有此作　　丙申（天保七年）二月、月瀬の梅花を観、此の作有り　　神田柳谿(7)質、美濃の人

空谷草木未回春。　　空谷の草木未だ春回らず
獸有梅花作意新。　　独り梅花有って意を作して新たなり

開従山巓至水滑。　開くこと山巓より水滑（水際）に至る
一望如雪萬樹匀。　一望すれば雪のごとく万樹匀《ととの》ふ
詩人始見非異倫。　詩人始めて異倫（同類より秀れている）に非ざるを見る
相對元如有宿因。　相対して元《もと》宿因有るがごとし
梅花爲主我為賓。　梅花は主と為り我は賓と為る
同氣可歎又可親。　同気は歎くべく又親しむべし
知君皎潔壓埃塵。　知んぬ君が皎潔（白く清らか）埃塵を圧するを
超然獨立寂寞濱。　超然独立す寂寞の浜
不然孤高天所嗔。　然らずんば孤高は天の嗔《いか》（瞋に同じ）る所
謫向荒僻任天眞。　謫せられて荒僻（荒れた辺鄙な地）に向って天真に任す
空山流水自為鄰。　空山流水自《おのずか》ら鄰と為る
清氣玉骨誰敢馴。　清気玉骨誰か敢へて馴《な》れん
氷雪不是姑射神。　氷雪は是れ姑射《こや》（仙人の住むと伝えられた山）の神ならず
亦知絶代有佳人。　亦知る絶代の佳人有るを
為歌此曲一吟呻。　為《ため》に此の曲を歌ひ一に吟呻す
渓山傳響水磷磷。　渓山伝へ響く水磷々（水が石の間を流れて響く音）
酒醒月落天欲晨。　酒醒め月落ち天晨《あした》ならんと欲す
不辭零落倶况淪。　辞せず零落倶《とも》に沈淪（落ちぶれる）するを

（この詩、七言古詩、脚韻は上平十一真の韻、一韻到底格である。）

桃香野圖 月瀬十二圖の一　　鷹羽雲淙(8) 龍年、山田の人

不見山巒唯見梅　山巒を見ず唯《ただ》梅を見る
湍瀨亦壅飛花雪•　湍瀬（月瀬のこと）亦飛花の雪を壅《つちか》ふ（培養の意）
磽确何年有編民　磽确（石の多いやせた土地）何年か編民（戸籍に編入した民）有る
萬梅花裡清生活•　万梅花裡生活清し
熟梅五月富収珠　熟梅五月収珠に富み
莫道寒民酸到骨•　道ふこと莫《なか》れ寒民酸にして骨に到ると
且怪一村名以桃　且つ怪しむ一村名づくるに桃を以てするを
桃源縱仙竟非匹•　桃源は仙を縦《ほしいまま》にするも竟《つい》に匹《たぐい》（連れ合う）に非ず
有梅花來無此盛　梅花有って来るも此の盛無し
偉哉壯觀天下絶•　偉なるかな壮観天下に絶《ぜっ》す
全景描分十二圖　全景描き分つ十二の図
此僅豹斑窺其一•　此れ僅かに豹斑（豹皮のまだらなあや）其の一を窺《うかが》ふ
三十里山無別樹　三十里山に別樹無く
聽至其盛驚吐舌•　聴いて其の盛に至れば驚きて吐舌《とぜっ》（驚いてため息をつく）す
却問此中誰是主　却って問ふ此の中誰か是れ主なるかと

月瀬千春一孤月　　月瀬の千春（千年のこと）一孤月

《この詩は七言古詩、隔句韻、入声韻を踏む。雪（屑）、活（曷）、骨（月）、匹（質）、絶（屑）、一（質）、舌（屑）、月（月）韻で、共に通韻する。》

題梅谿啚　　梅谿図に題す　　石川竹厓[9]之裴、本藩の人、下同じ

僊源新闡秘　春逐綵毫移　　僊源新たに秘を闡《ひら》く　春は綵毫（美しい筆）を逐ひて移る
世有梅林勝　誰如月瀬奇　　世に梅林の勝有り　誰か月瀬の奇に如《し》かんや
神遊聊自慰　幽討果何時　　神遊（体はそのままで心が飛んでいくこと）聊《いささ》か自ら慰む
幽討（静かに尋ねる意で、名勝旧跡をさぐる）果して何れの時ぞ
愧殺塵寰客　無由賛一辞　　愧殺（殺字は助字）す塵寰の客　一辞を賛するに由無し

看梅四首録三　　梅を看る四首三を録す　　塩田随斎[10]華

十歳曾聞月瀬名　　十歳曽て聞く月瀬の名
東風今問尾山程　　東風今問ふ尾山の程
始知身入梅花海　　始めて知る身は梅花の海に入るを
踏破香雲漲處行　　踏破す香雲漲る処行く

○

疎籬老屋倚崚嶒　　疎籬の老屋崚嶒（山の高く険しく重なるさま）に倚る

下瞰梅花萬萬層　　下瞰す梅花の万々層
啼鳥聲香煙晻靄　　啼鳥の声香しく晻靄（暗いさま）に煙る
青山缺處日初升　　青山欠く処日初めて升る

○

水勢倒懸山翠圍　　水勢倒《さかしま》に懸って山翠囲む
高低茅屋隔烟霏　　高低の茅屋煙霏（煙がたなびく）を隔つ
眞成一幅天然畫　　真に一幅天然の画を成す（真成の熟語あるも、ここでは分けて読んだ）
更有萬梅相發揮　　更に万梅の相発揮する有り

尾山二十四首 録五　　園田君秉[11] 彝

澗岡層沓使人迷　　澗岡層沓（幾重にも重なる）人をして迷はしむ
梅漸開齊未委泥　　梅漸く開き斉しく未だ泥に委せず
一覧千崖花向背　　一覧す千崖花の向背（前を向くことと背を向けること）

○

躑躅川東遇老農　　躑躅《さつき》川の東、老農に遇ふ
指誇香雪幾重重　　指して誇る香雪の幾重々
山村富貴君知否　　山村の富貴君知るや否や
百畝梅田比素封　　百畝の梅田素封（王侯に等しい富を持つこと）に比す

○

花氣薫人迸短蓑　　花気人に薫り短蓑《さ》に迸《ほとばし》る

遠塡溪壑近陂陀　　遠くは渓壑を塡《うず》め近くは陂陀（平でない土地）

村民但較烏梅直　　村民但《ただ》較ぶ烏梅の直《あたい》

不算清香萬斛多　　算せず清香万斛《こく》（斛は一斗の十倍、石《こく》と同じ）の多きを

○

谿流曲曲抱村斜　　谿流曲々村を抱きて斜なり

淡月林光映淺沙　　淡月林光浅沙に映ず

舟子為余遙指點　　舟子余が為に遙かに指点す

雪糢糊處盡梅花　　雪の糢糊たる処 尽《ことごと》く梅花

○

蘸水花如不夜珠　　水に蘸《ひた》る花は不夜の珠のごとし

春光岸岸與山紆　　春光の岸々山と紆《めぐ》る

西人只説三原勝　　西人只《ただ》説く三原の勝

有許梅邊妝點無　　許す有り梅辺に妝点（化粧して飾りたてる）無きを

題瀬尾子章月瀬詩帖　　瀬尾子章の月瀬帖に題す

月瀬栽梅萬樹強　　月瀬梅を栽うる万樹強く

一村未了別村長　　一村未だ了《おわ》らざるに別村長し
劃成大地皆如玉　　画《かく》し成す大地皆玉のごとし
薫徹虚空総是香　　薫り徹る虚空総べて是れ香
知我夢尋青笠路　　知んぬ我れ夢に尋ぬ青笠の路
想君春蹋白雲郷　　想ふ君が春に蹋《ふ》む白雲の郷
何時邂逅談奇勝　　何れの時か邂逅して奇勝を談ぜん
共闘奚奴古錦嚢　　共に闘はさん奚奴（召使）の古錦嚢
　去春余亦已究　　　去春余亦已に
　覧梅林之盛故　　　梅林の盛を究め覧る。故に
　五句云爾　　　　　五句はしか云ふ。

遊月瀬得七絶句録四　　月瀬に遊び七絶句を得《う》四を録す　　川村竹坡(12)尚迪

黄昏冒雪宿山家　　黄昏雪を冒し山家に宿る
一枕香風入梦賒　　一枕の香風夢に入って賒《はる》かなり
啼鳥呼人紅日上　　啼鳥人を呼ぶ紅日の上《ほとり》
軒牕四面是梅花　　軒牕（窓と同じ）の四面是れ梅花

○

三年遠役別烟鬟　　三年遠役（役務の為に遠くにやられる）して烟鬟（青山の喩）に別る

忽逐春風今始還　忽ち春風を逐ふて今始めて還る
孰信依然腸鐵石　孰《たれ》か信ぜん依然たる腸鉄石（鉄心石腸のこと、何物にもくじけぬ志をいう）
對梅盡日臥青山　梅に対して尽日（一日中）青山に臥す

○

一條石瀬抱山斜　一条の石瀬山を抱きて斜なり
村落栽梅半隔家　村落梅を栽ゑ半ば家を隔つ
阪路羊腸行不盡　阪路羊腸として行けども尽きず
又尋先度未看花　又先度を尋ぬるも未だ花を看ず

○

呼夢禽聲欹枕聞　夢を呼ぶ禽声枕を欹《そばだ》てて聞く
東南山缺吐初昕　東南山は欠け初昕《きん》（朝日のこと）を吐く
梅花香迸知何處　梅花の香迸《ほとばし》り知る何れの処ぞ
脚底懸崖渾是雲　脚底の懸崖は渾べて是れ雲

尾山観梅二律録一　川北有孚(13)長顒

満天香霧失東西　満天の香霧東西を失ふ
何比尋常桃李蹊　何ぞ比せん尋常桃李の蹊《みち》
地僻曾無官吏跡　地僻にして曾て無し官吏の跡

林幽定有逸民栖　　林幽にして定めて有り逸民の栖《すみか》
機聲彷彿家三戸　　機声（はた織り機の音）彷彿たり家三戸
櫂影依稀花一溪　　櫂影《たくえい》（枝の木末の影）依稀（ぼんやりしているさま）として花一渓
莫道心腸如鐵石　　道ふこと莫《な》かれ心腸は鉄石のごときも
幾人能不為他迷　　幾人か能く他の為に迷はざらん

次に服部竹塢の拙堂と同行した時の十律（一〇七～一一二頁）、及び小谷巣松の十律（一一三～一一七頁）次韻詩がそれぞれ掲載されているが、前記したので、ここでは省略する。この後に藤堂蕉石の二絶句がある。

　山田龍伯仁韓聯玉外孫也。夙有出藍之譽。甞因拙堂識之。一見如舊。我郷近月瀨、為乃祖曾游之地。約異日、與遊焉。今春花期方至。乃折贈一枝、係兩絶。以促之。　　藤堂蕉石(14)約

　山田の竜伯仁は韓聯玉の外孫なり。夙に出藍の誉有り。甞て拙堂に因りて之を識る。一見するに旧のごとし。我が郷月瀬に近く、乃祖（＝祖父）曾遊の地と為す。異日を約して与《とも》に遊ぶ。今春花期方に至る。乃ち一枝を折り贈り、両絶を係《か》け、以て之を促す。

寄君月瀬一枝梅　　君に寄す月瀬一枝の梅
寒勒嫩苞猶未開　　寒は嫩《どん》苞を勒《おさ》へ猶ほ未だ開かず
只待春風吹暖日　　只《ただ》春風の暖を吹く日を待つ
唫笻得得訪花来　　唫（＝吟）笻得々（わざわざ）として花を訪ねて来れ
春到危巖側嶂間　　春は到る危巌側嶂（そば立ち聳える峰）の間

冷雪十里映晴灣　　冷雪十里晴湾に映ず
吟情莫恨無知己　　吟情恨む莫れ知己無きを
已有梅渓又柳山　　已に梅渓有り又柳山
伯仁知己中内　　伯仁の知己、中内
柳山今在吾郷　　柳山今吾が郷に在り。
因及之　　因って之に及ぶ。

伊賀蕉石大夫、見贈月瀬梅花數枝、附以二詩。次韻奉謝。大夫善琵琶。故首章及之。　龍　伯仁(15)（維孝、山田の人）

伊賀の蕉石（藤堂蕉石前に出ず）大夫、月瀬の梅花数枝を贈らる。附するに二詩を以てす。次韻し謝し奉る。大夫琵琶を善くす。故に首章之に及ぶ。

谿山無處不栽梅　　渓山処として梅を栽《う》ゑざるは無し
料峭春寒花未開　　料峭春寒花未だ開かず
好把琵琶為羯鼓　　好《よ》し琵琶を把って羯鼓（えびすの鼓）と為さん
一聲拆破萬林來　　一声万林を拆《ひら》き破りて来る

○

愛君情趣澹於梅　　愛す君が情趣梅よりも澹《あわ》（淡と同じ）きを
相對縞衣青眼開　　縞衣（白絹の衣服）に相対して青眼開く
月瀬春風好消息　　月瀬の春風消息好し

清香佳句一時來　　清香佳句一時に来る

尾山觀梅五首　　藤堂琴山(16)良貞

溪山一幅玉梅圖　　溪山一幅玉梅の図
廿歳臥遊曾自娯　　廿歳の臥遊曾て自ら娯む
衰老幸留看花眼　　衰老幸ひに留む花を看るの眼
偸閑今日訪名區　　閑を偸んで今日名区を訪ふ

昔歳山崎恕道贈半香所畫梅溪帖屈指殆二十年故句中及之

昔歳山崎恕道半香図する所の梅溪帖を贈らる。指を屈すれば殆ど二十年。故に句中之に及ぶ。

○

林壑皚然萬樹梅　　林壑皚然万樹の梅
冷雲香雪自相猜　　冷雲香雪自ら相猜《うたが》ふ
畫工豈及天工妙　　画工豈に及ばんや天工の妙
恍惚猶疑梦裡來　　恍惚たり猶ほ夢裡に来るかと疑ふ

○

巉巖一路苦攀躋　巉巌（山や岩が険しく高いさま）一路攀躋（よじ登る）に苦しむ
瓊樹瑤林望轉迷　瓊樹瑤林（瓊瑤樹林に同じ、瓊瑤は美しい宝石）の望《のぞみ》転《うた》た迷ふ
庾嶺孤山何得此　庾嶺孤山（共に梅の名所）何ぞ比するを得ん
神州更自有梅溪　神州更に自《おのずか》ら梅渓有り

○

白雲綠竹自清幽　白雲緑竹自ら清幽
駐策巖頭呼渡舟　策を巌頭に駐《とど》めて渡舟を呼ぶ
劃斷梅花銀世界　画《かく》し断つ梅花銀世界
一溪春水漲藍流　一渓の春水藍を漲《みなぎ》らして流る

○

峯巒十里玉乾坤　峰巒（峰や連った山々）十里玉乾坤
鷄犬寥寥洞裏村　鶏犬寥々（数が少くさびしい）たり洞裏の村
滿目梅花春似海　満目の梅花春は海に似たり
凡桃何說武陵源　凡桃何ぞ武陵の源を説かん

奉次總教琴山大夫尾山觀梅五絶句。某亦貯半香一圖。故首章及之。　平松樂齋[17]正愨

總教琴山大夫の尾山観梅五絶句に次し奉る。某《それがし》も亦半香の一図を貯ふ。故に首章之に及ぶ。

春風一幅尾山啚　春風一幅尾山の図

毎挂榻前供靜娯　毎に榻前に挂《か》け供へて静かに娯しむ
浪迹廿年塵土裏　浪迹（目あてもなく歩き回る）二十年塵土の裏《うら》
依稀猶認舊仙區　依稀（ぼんやりする）たり猶ほ旧仙区なるを認む

○

巖巖開遍萬千梅　巌々（岩が険しく高いさま）開き遍《あまね》し万千の梅
殘雪歸雲相見猜　残雪帰雲相見て猜《うたが》ふ
僻境風光過者少　僻境の風光過ぐる者少し
山靈應喜鶴軒来　山霊応《まさ》に喜ぶべし鶴軒（騎鶴楼を指すか）に来るを

○

石磴危嵓得得躋　石磴（石段）危嵓（嵓は巌と同字）得々（意気があがるさま）として躋《のぼ》る
穿花攀樹細蹊迷　花を穿ち樹を攀ぢ細蹊に迷ふ
零香狼藉風吹去　零香浪藉風吹き去る
十里皚然雪漲谿　十里皚然たり雪、谿に漲る

○

笛聲嚠喨破寥幽　笛声嚠喨（清く明らかなさま）寥幽を破る
冷蕊紛紛落滿舟　冷蕊紛々落ちて舟に満つ
輕棹溯徊人世外　軽棹溯徊（さかのぼり回る）す人世の外
蔚藍水抱玉山流　蔚《うつ》藍（深い藍色）の水は玉山を抱きて流る

○

芳雲香雪別乾坤　　芳雲香雪別乾坤
隠見衡茅花際村　　隠見す衡茅（隠居の草舎）花際の村
何歳漁舟尋舊約　　何れの歳か漁舟旧約を尋ね
清灘一棹入仙源　　清灘一たび棹《さおさ》して仙源に入る

奉次琴山大夫尾山看梅五絶句　　琴山大夫の尾山看梅五絶句に次し奉る　　斎藤拙堂謙

畫家誇説掀篷啚　　画家は誇り説く掀篷の図
纔得形模供細娯　　纔《わず》かに形模を得て細娯（つまらぬ楽しみ）に供す
何若渓山真粉本　　何ぞ若《し》かん渓山は真粉本（画の下書きしたもの）に
萬株玉雪現僊區　　万株玉雪僊区を現はす
宋揚補之畫梅　　宋の揚補之（揚旡咎のこと）に梅を画きて
有掀篷圖　　掀篷図有り。

○

孑孑干旌遙問梅　　孑孑《げつげつ》（目立っている）たる干旌（竿に着いた旗）遙かに梅を問ふ（孑孑干旌は詩経鄘風干旄にある句）
水邊宿鶴莫相猜　　水辺の宿鶴相猜《うたが》ふこと莫し
山靈何亦無供給　　山霊何ぞ亦供給する無からん
萬玉和盤托出来　　万玉盤に和して托し出だし来る

○
青鞋歩踏碧巖躋　　青鞋歩し踏み碧巌を躋《のぼ》る
萬斛香風徑欲迷　　万斛の香風径迷はんと欲す
絶頂下窺軟雲缺　　絶頂下に窺へば軟雲欠き
碧蛇一道走清谿　　碧蛇の一道清谿を走る

○
梅邊清絶竹邊幽　　梅辺清絶竹辺幽なり
罨畫溪頭蕩桂舟　　罨画（彩色を施した画）す渓頭桂舟を蕩《うご》かす
風白雲香春兩岸　　風白く雲香る春の両岸
杳然一棹下中流　　杳然一たび棹《さおさ》して中流を下る

（欄外に渓琴の評語がある。）
溪琴曰、愈出　　渓琴曰く、愈《いよいよ》出でて
愈妙　　愈《いよいよ》妙なり

○
誰將爛玉鏤乾坤　　誰か爛玉を将《も》って乾坤を鏤《ちりば》む
白盡溪頭八九村　　白尽（残らず白くなる）の渓頭八九の村
彭澤記文徒費力　　彭沢（陶淵明のこと）の記文（桃花源記）徒《いたず》らに力を費す
何除此處有僊源　　何ぞ此の処を除いて僊源有らんや

図版19

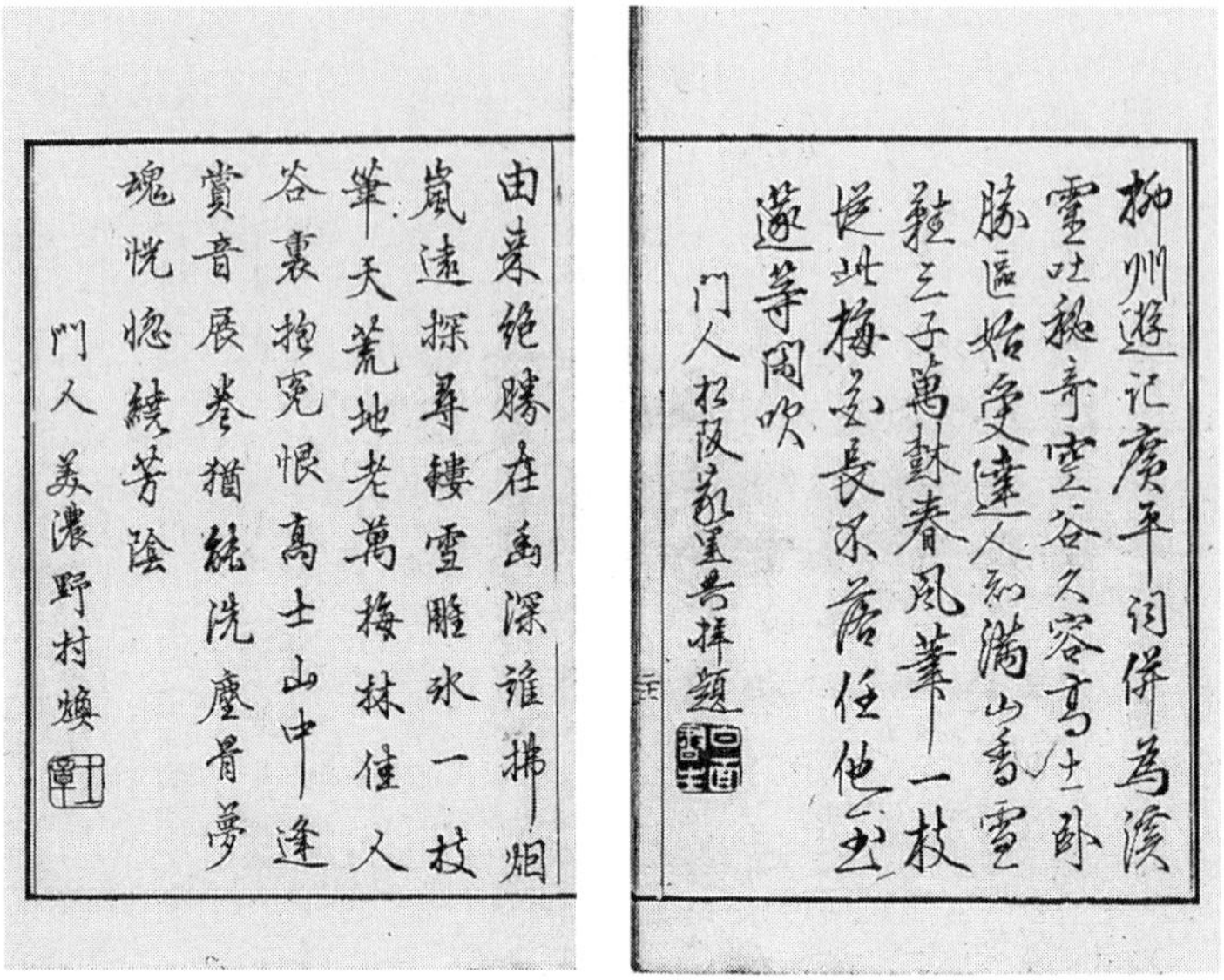

（この詩の欄外に「旭荘曰合作」の評あり。）

以上で附録（坤冊）の本文は終る。その後に家里松嶹・野村藤蔭の各七律と小谷松巣・龍維孝の古詩が、それぞれの筆蹟で載せられてあり、最後に嗣子正格の跋文で畢っている。よって各詩人の筆跡を原本のまま縮尺して上図版19以下に掲げ、ここには書き下し文を付した。

柳州遊記広平の詞。併せて渓霊の為に秘奇を吐く。空谷久しく容《ゆる》す高士の臥するを。勝区始めて受く達人の知を。満山の香雪鞋三子。万樹の春風筆一枝。此より梅花長《とこしな》へに落ちず。任他（さもあればあれ）玉篴（笛の字）等閑に吹く。

門人　松阪　家里共拝題(18) 印

由来絶勝幽深に在り。誰か烟嵐を払ひ遠く探り尋ねん。雪を鏤《ちりば》め氷を雕《え》る一枝の筆。天荒れ地老ゆ万梅の林。佳人谷裏冤恨《えんこん》（無実なるに罪にかかった恨み）を抱き、高士山中賞音に逢ふ。巻を展べて猶ほ能く塵骨を洗ふ。夢魂恍惚として芳陰を繞る。

門人　美濃　野村煥(19) 印

図版20

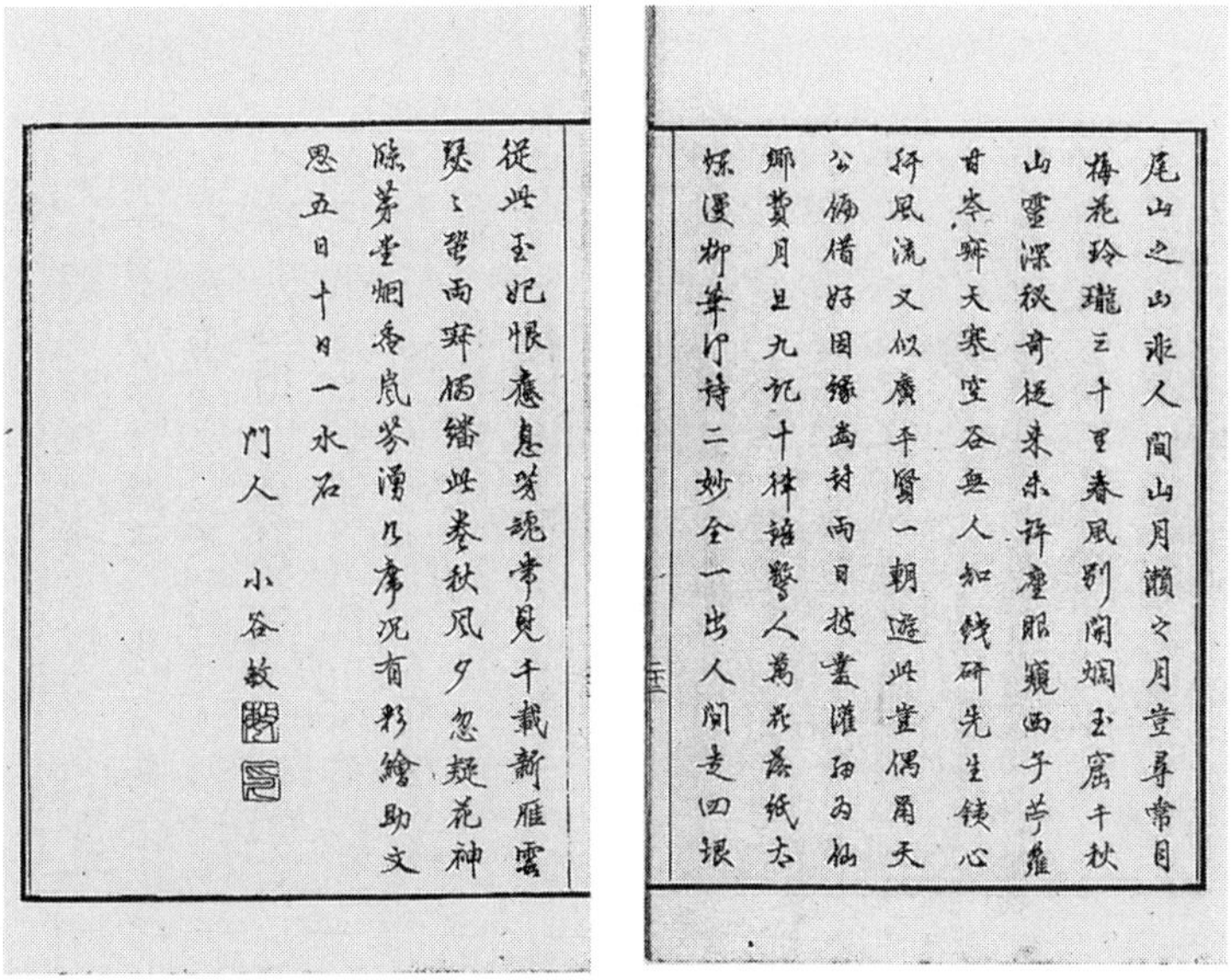
尾山之山非人間山月瀬々月豈尋常月
梅花玲瓏三十里春風別開爛玉窟千秋
山靈深秘奇逓来未許塵眼窺西子苧蘿
甘岑寂天寒空谷無人知鉄研先生鉄心
肝風流又似廣平賢一朝遊此豈偶爾天
公偏借好因縁幽討両日披叢灌細為仙
郷費月旦九記十律語驚人萬花落紙太
爛漫柳筆何詩二妙全一出人間走四垠
從此玉妃恨應息芳魂常見千載新雁雲
瑟々蛩両寂偶繙此巻秋風夕忽疑花神
臨茅堂烟香嵐芬濆几席況有彩繪助文
思五日十日一水石
門人　小谷敏

尾山の山人間の山に非ず。月瀬の月豈に尋常の月●(月)ならんや。梅花玲瓏三十里。春風別に開く爛玉の窟●(月)。」千秋の山霊秘奇○(支)深く。従来未だ塵眼窺ふ○(支)を許さず。西子苧蘿に寂たり。天寒く空谷人の知る無し○(支)。」鉄研先生鉄の心肝○(寒)。風流又似たり広平（宋璟のこと）の賢○(先)。一期此に遊ぶ豈偶爾ならんや。天公偏《ひとえ》に借る（与える意）好因縁○(先)。」幽討（勝を探る）する両日叢灌●(翰)（むらがり生えている灌木）を披《ひら》く。細《こま》かに仙郷の為に月旦●(翰)（月日のこと）を費す。九記十律、語《ご》人を驚かす。万花紙に落ちて太《はなは》だ爛漫●(翰)。」柳（柳々州）筆、何（何遜）詩二妙全し○(真)。一たび人間を出でて四垠○(真)（四方の際）に走る。此より玉妃の恨み応《まさ》に息むべし。芳魂常に見る千載に新なる○(先)を。」雁雲瑟々（秋風のさびし気に吹く声）蛩両《ふたつ》ながら寂し●(錫)。偶《たまたま》此の巻を繙く秋風の夕●(陌)。忽ち疑ふ花神茅堂に臨むかと。烟香嵐芬几席に湧く●(陌)。況んや彩絵有りて文思を助くるをや。五日十日一水石●(陌)。」

野人　小谷　敏印印

この詩は七言古詩、全部で二十六句　六解。一解、最初二句八字、四句、月・窟（入声月韻）。二解、四句、奇・窺・知（上平声支韻）。三解、四句、肝（上平声寒韻）、賢・縁（下平声先韻）寒・先通

図版21

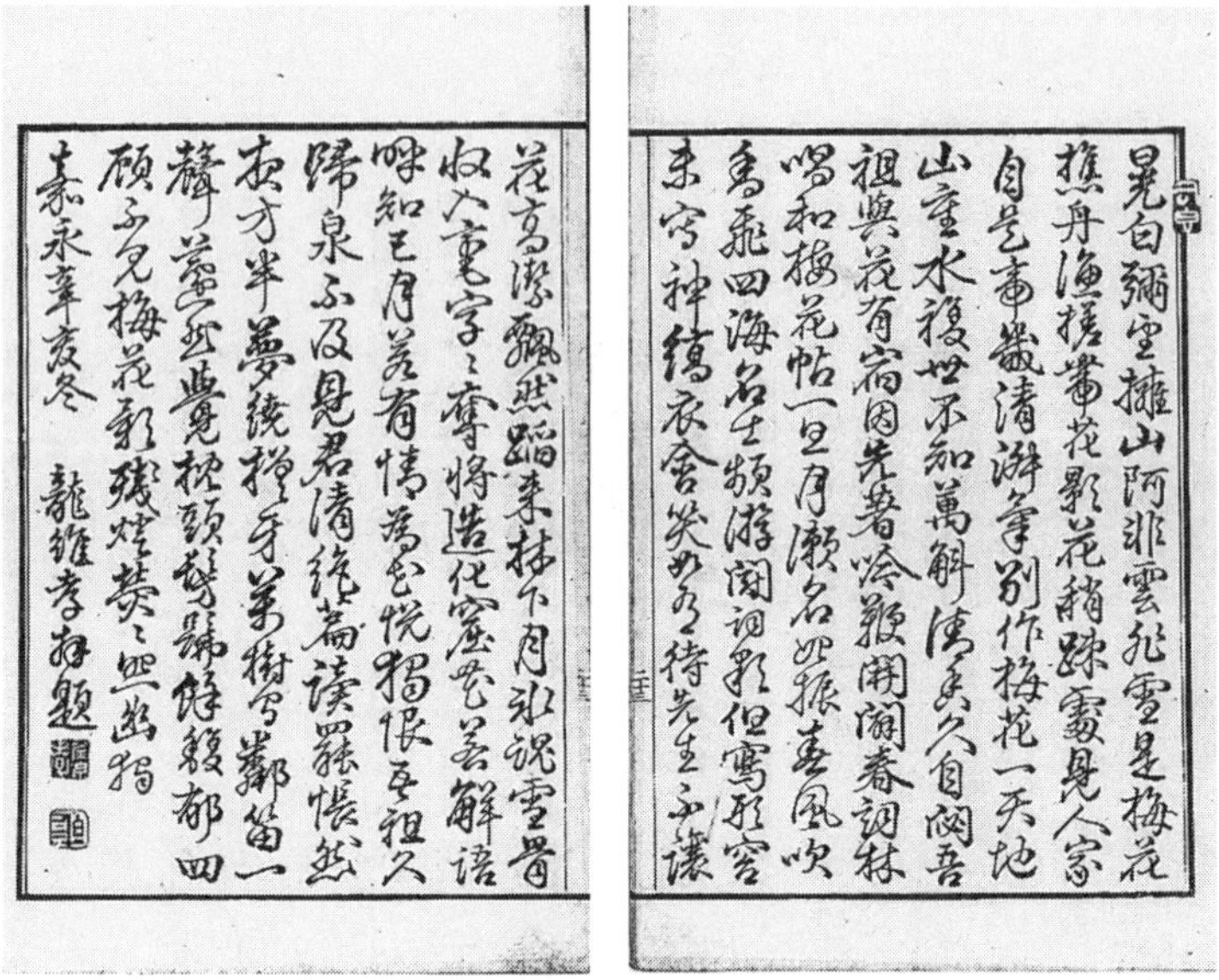

用。四解、四句、灌・旦・漫（去声翰韻）。五解、四句、全・垠・新（上平声真韻）。六解、四句、寂（去声錫韻）、夕・席・石（去声陌韻）錫・陌通用。脚韻の○印は平韻、●印は仄韻を示す。以下同じ。

晃白彌望擁山阿○（歌）　晃白彌望すれば山阿を擁す
非雲非雪是梅花○（麻）　雲に非ず雪に非ず是れ梅花
樵舟漁槎帶花影　樵舟漁槎（いかだ）花影を帯ぶ
花稍疎處見人家」○（麻）　花稍《やや》疎なる処人家を見る
自是帝畿清淑氣●（未）　是より帝畿清淑の気
別作梅花一天地●（寘）　別に梅花の一天地と作る
山重水複世不知　山重り水複するも世知らず
萬斛清香久自閟」●（寘）　万斛の清香久しく自《おのず》から閟《とざ》す
吾祖與花有宿因○（真）　吾が祖、花と宿因有り
先著吟鞭開闢春○（真）　先づ吟鞭を著く開闢の春
詞林唱和梅花帖　詞林唱和す梅花帖
一旦月瀬名始振」○（真）　一旦月瀬名始めて振ふ
春風吹香飛四海●（賄）　春風香を吹き四海に飛ぶ
名士頻游鬪詞彩●（賄）　名士頻《しきり》に游び詞彩を闘はす

但寫形容未寫神　但《ただ》形容を写し未だ神を写さず
縞衣含笑如有待」●(晧)　縞衣笑を含んで待つ有るがごとし
先生不讓花高潔●(屑)　先生譲らず花の高潔
飄然蹈来林下月●(月)　飄然として蹈《ふ》み来る林下の月
氷魂雪骨収入毫　氷魂雪骨収めて毫に入る
字字奪將造化窟●(月)　字々奪ひ将《さ》る造化の窟
花若解語呼知己　花若《も》し語を解さば知己を呼ばん
月若有情為花悦」●(屑)　月若《も》し情あらば花の悦びを為さん
獨恨吾祖久歸泉○(先)　独り恨む吾が祖久しく泉《せん》に帰するを
不及見君清絶篇○(先)　君が清絶の篇を見るに及ばす
讀罷悵然夜方半　読み罷んで悵然花方に半ばなり
夢繞槎牙萬樹間」○(刪)　夢は繞《めぐ》る槎牙万樹の間
鄰笛一聲蘧然覺●(覚)　鄰笛一声蘧《きょ》然（驚くさま）として覚ゆ
枕頭髣髴餘馥郁●(屋)　枕頭髣髴たり馥郁を余す
四顧不見梅花影　四顧するも見えず梅花の影
殘燈熒熒照幽獨●(屋)　残燈熒々《けいけい》（ほのかに輝く）幽独（静かにひとりでいる）を照す

嘉永辛亥冬　龍維孝拝題印印

この七言古詩、全部で三十句、七解。一解、四句、阿（下平声歌韻）・花・家（下平声麻韻）共に通用。二解、四句、

氣（去声未韻）・地・閟（去声寘韻）共に通用。三解、四句、因・春・振（上平声真韻）。四解、四句、海・彩・待（上声賄韻）。五解、六句、潔・悦（入声屑韻）、月・窟（入声月韻）共に通用。六解四句、泉・篇（下平声先韻）、間（上平刪韻）共に通用。七解、四句、覺（入声覚韻）、郁・独（入声屋韻）共に通用する。

次に斎藤拙堂の嗣子正格(20)の跋文が載せてある。（図版22、233頁参照）

跋印

梅渓の勝今日識らざる者無し。抑も亦盛なり。但《ただ》此の渓に梅を植うる何年に創るかを知らず。七八十年前、平安の人神沢其蜩著はす所の『翁草』始めて其の勝を記す。而れども未だ歌詩を入れず。文政の初め山田の詩人韓聯玉一たび遊びて其の絶勝を詫《ほこ》って吟咏頗る富めり。一時文人之に和し、裒然冊を成す。名づけて月瀬梅花帖と曰ふ。寔に破天荒と為す。後十余年、文政庚寅（十三年）の春、家君、梁公図の諸人と往き遊ぶ。九記有り、十律有り、八景図有り。之を文苑に伝ふ。頼・篠の諸士観て之を艶とし、陸続として往き遊ぶ。梅渓の名遂に天下に顕る。今に至り四方の操觚の士、諸州に歴遊する者、必ず途を迂《う》して之に趨く。又必ず来り過りて家君に見《あ》ひ、以て梅渓に遊ばざる者は梅を語るべからず。家君に見《あ》はざる者は文を語るべからずと為す。其の跡、二伊（伊勢と伊賀）の間に交錯す。家君意に頗る之を厭ふ。辞して遇はざること多し。然れども梅渓の顕はるる、其の意甚だ之を喜ぶ。頃者《このごろ》府下の観雲主人、家君に請ひて梅渓図記を刻し、遂に亦拒まず。格に謂ひて曰く、「梅渓の文苑に著はるる聯玉を之が嚆矢と為す。但梅花帖既に上梓するも須《すべか》らく復《また》選出すべからず。頼・篠以下の諸子及び我が勢伊二州の人咏ずる所のごとき各集に散見するも尽《ことごと》くは世人の誦する所と為らず。汝其れ之を緝《あつ》めて以て編集に附せば、其れ必ず観るべき有らんか」と。格謹んで之を諾す。乃ち検出して之を編次す。因りて其の由を記し以て跋を為すと云ふ。

図版22

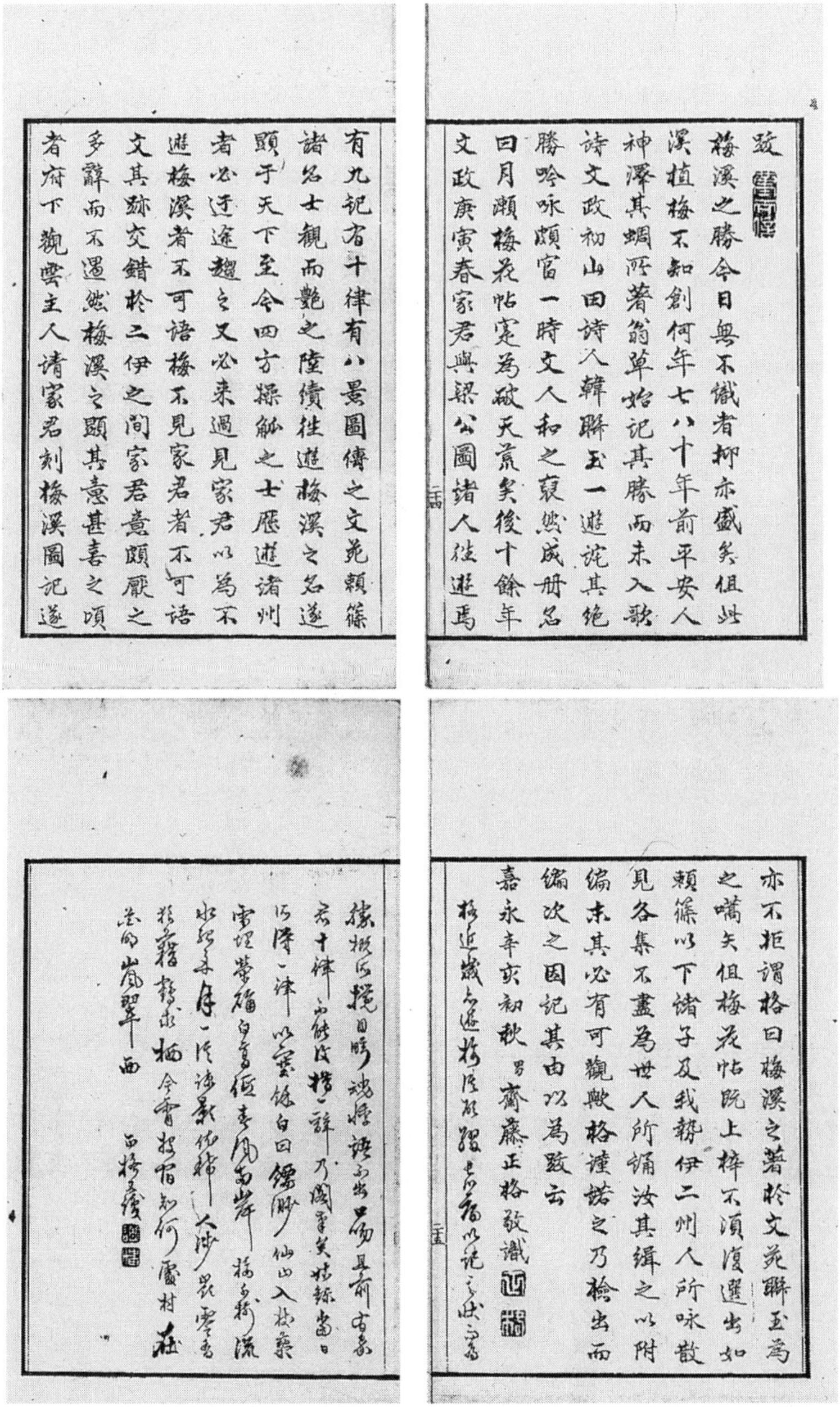

跋
梅溪之勝今日無不識者抑亦盛矣但此
溪植梅不知創何年七八十年前平安人
神澤其蜩所著翁草始記其勝而未入歌
詩文政初山田詩人韓聯玉一遊詠其絶
勝吟咏頗富一時文人和之裒然成冊名
曰月瀨梅花帖定爲破天荒矣後十餘年
文政庚寅春家君與梁公圖諸人往遊焉

有九記有十律有八景圖傳之文苑賴篠
諸名士覩而艷之陸續往遊梅溪之名遂
顯于天下至今四方操觚之士歷遊諸州
者必迂途趨之又必來過見家君以爲不
遊梅溪者不可語梅不見家君者不可語
文其跡交錯於二伊之間家君意頗厭之
多辭而不還然梅溪之顯其意甚喜之頃
者府下觀雲主人請家君刻梅溪圖記遂

亦不拒謂格曰梅溪之著於文苑聯玉爲
之嚆矢但梅花帖既上梓不須復選出如
賴篠以下諸子及我勢伊二州人所咏散
見各集不盡爲世人所誦汝其緝之以附
編末其必有可觀歟格謹諾之乃檢出而
編次之因記其由以爲跋云
嘉永辛亥初秋　男　齋藤正格敬識

嘉永辛亥（四年）秋男斎藤正格敬んで識す。印印

格近歳亦梅渓に遊ぶ。長篇を配綴して以て其の状を記す。而るに勝概の攪《みだ》す所と為り、目眩《くら》み魂悸《おどろ》き、語は口吻に出でず。且つ前に家君の十律有り、復《また》一辞を措く能はず。乃ち筆を閣く。姑《しばら》く当日得し所の一律を録して以て余白を塞ぐ。曰く。

縹渺仙山入杖藜　縹渺たる仙山杖藜を入る
雪埋犖确白高低　雪は犖确《らくかく》（山に大石の多いさま）を埋め白高低
春風兩岸接千樹　春風両岸千樹に接し
流水孤舟月一渓　流水の孤舟、月一渓
疎影依稀人渉嶺　疎影依稀たり人、嶺を渉り
零香狼藉鶴求栖　零香狼藉たり鶴、栖《す》を求む
今宵投宿知何処　今宵投宿す知る何れの処ぞ
村在花明嵐翠西　村は花明嵐翠の西に在り

正格又識す印印

跋語の「近歳」は、先年嘉永辛亥の秋に跋文を書き、翌嘉永五年の春に月瀬に遊んだことを指す。そして、その年の五年の春三月に『月瀬記勝』乾坤二冊本が出版される。即ち近歳が嘉永四年でなく、嘉永五年であったことは、私の『月瀬記勝』嘉永五年説の裏付けになった一つの根拠になる一文といえよう。

以上で全て『月瀬記勝』坤冊は終る。

注

（1）蘭斎の女なり、細香と号す。学識あり詩書を能くす。又画に巧なり。頼山陽に従遊す。文久三年九月没す。湘夢遺稿二巻あり。（『近世漢学者伝記著作大事典』八五頁）

（2）名は逸、字は子明、希一と称し、笛浦は其号なり。丹後の人。業を古賀精里に受け、文章を善くするを以て著る。当時斎藤拙堂・筱崎小竹・坂井虎山と共に文章の四大家と称せらる。田辺藩に仕へ、後ち執政に擢でられ、藩治文教に於て裨益する所尠からず。安政六年七月二十一日卒す。年六十一、正五位を贈らる。著作に海紅園小稿一巻等あり。（『近世漢学者伝記著作大事典』三九三頁）

（3）名は希声、字は延調、一字は無絃、勘解由と称し、春樵、又は愷軒と号す。近江の人。本姓は祝部氏。小比叡禰宜に補せらる。人と為り狷介端直にして苟くも人と交らず。職を弟に譲り、琴民と称す。夙に業を村瀬栲亭に受け、詩人として盛名あり。安政四年二月十七日没す。年八十二、私に文煥と諡す。著作に春樵詩草初編二巻、古桐餘韻集二巻等あり。（『近世漢学者伝記著作大事典』八二頁）

（4）名は復、初名は密、字は明復、一字は希孫、通称は退蔵、又以て初字とす。慊堂は其号なり。又別に益城・木倉と号す。肥後の人。初め僧となり、江戸に来りて浅草称念寺に投ず。主僧其の才の敏にして志の確なるを憐み、昌平黌に学ばしむ。居ること数年、林述斎其の才識あるを聞き、之を家塾に致す。慊堂天資聡頴且つ強記、数年にして業大いに進む。長じて学殖淹博、文辞贍敏、尤も経義に邃《くわ》し。年五十にして更に発明する所あり。専ら漢学を攻め、又甚だ説文を好む。故に字画を論じて精詳なり。掛川藩の儒臣となりしが、石経山房に隠居す。弘化元年四月二十一日卒す。年七十四。正五位を贈らる。著書に慊堂全集十七冊（崇文叢書に載す）等あり。（『近世漢学者伝記著作大事典』四七三・四七四頁）

（5）名は機、字は樞卿、雄二郎と称し、又賞雨老人と号す。或は云ふ、越後の人なりと。詩名を以て著る。弘化元年四月十三日没す。年八十三。刊行するもの晩唐十二家絶句二巻、中唐十家絶句二巻等あり。（『近世漢学者伝記著作大事典』三一〇頁）

（6）新潟の人。名は大任、字は致遠、一字は起巌、弘斎と号し、右内と称す。幼にして孤となり、家屋大に傾きしかば、奮然家声を振はんと欲し、江戸に来り学を亀田鵬斎に受け、之と書法を論じて、大に得る所あり、是より専ら六書を収め、兼て声韻訓詁の学を講じ、又唐詩を好くして、遂に一家を作す。後、籍を江戸に移し、門を開きて、書法を教授す。従ひ学ぶ者日に衆く業大に振ひ、名声頓に揚る。性酒を嗜みて、自ら放縦す。客至れば、則ち狂歌拍浮昼を窮め、夜に継ぎて倦《うむ》をなさず。されども酒間興至れば、必ず筆を命じて且つ飲み、且つ書し其筆力の放縦なる、勢飛動せんと欲す。故に書を請ふ者は、必ず酒を載せて行く、天保四年四月七日病みて没す。年六十七、谷中天王寺に葬る。（昭和七年一月二十五日、玉椿荘楽只著『増補古今日本書画名家辞典』坤之巻、一〇六〇頁）

（7）　名は充、字は実甫、柳渓は其の号なり。不破郡岩手の人。竹中丹後の守の臣、神田孟察の子なり。其の先はもと大垣城主加藤氏の世臣なりしが、天和二年加藤氏の男、岩手城主竹中氏養嗣子となるに当り、一家従属して岩手に移り、以て孟察に至る。孟察二子あり、長は孟明にして、次は即ち柳渓なり。寛政八年を以て岩手に生る。年少にして郷を出で、東西に流寓して医法を学ぶ。後彦根の数江元丈に養はれて其の嗣となり、其の女に配せしが、後故ありて実家に復帰せり。柳渓人と為り一目眇たり。学を好み、最も詩を好くす。医を本業とし、西洋法を宗とせり。其の京に在るや山陽塾に客員たり。其の初めて山陽に見えたるは文化文政の交なるべし。（略）年少郷を出でて、東西に漂泊すること十五年、一妻二児を携へて帰来す。時に二十九、此より郷里岩手にありて刀圭を業とし、傍ら私塾を開きて子弟に教授す。其の間京に出でて山陽を訪ひ、又星巌等と親交あり、嘉永四年四月十一日病みて没す、五十六。岩手村字宮前祥光寺に葬る。著書に南宮詩鈔二巻等あり。（伊藤信著『濃飛文教史』一七三頁より一七七頁までを略記す）（「無窮会図書館」蔵本）

（8）　名ハ龍年字ハ壮潮又ハ半鱗通称ハ主税、雲淙又ハ瀑翁、天紳子等ノ別号アリ、其ノ先ハ大織冠鎌足ヨリ出ヅ文治年中鷹房ニ至リ源頼朝ニ仕ヘ五世ノ孫、鷹季北島顕家ニ属シ、天正四年北畠氏滅ビ九世ノ孫道祐隠レテ復タ他ニ仕ヘズ、十二世ノ孫末有伊勢山田ニ住シ玉串氏ヲ娶リ寛政八年八月十六日一男ヲ挙グ、即チ龍年ナリ龍年幼ニシテ頴悟、家譜ヲ見テ慨然感ズル所アリ十四歳、去リテ江戸ニ遊ビ林祭酒檉宇ノ門ニ入リ又岡本花亭ニ学ビ菊池五山、大窪詩仏ト交リ最モ知ヲ岡部近江守ニ受ク、当時作ル所ノ詩ニ蓑唱庵存稿、岳雲瀛月集アリ、江戸ニ在ルコト凡ソ二十年詩名大ニ顕ハル、後郷ニ帰リテ大神宮ノ散史トナル弘化二年鳥羽藩主稲垣長明ノ聘ニ応ジ賓師トナリ文久二年ニ至リ禄五百石ヲ食ミ奉行ノ席ニ列シ督学ニ任ズ、晩年詩道大ニ進ミ前ニ上梓セル所ノモノハ皆其ノ心ニ適セズ因リテ志摩志、伊勢詩志、蓑唱存稿ノ三部ヲ改刻セリ、他ニ経註、

我詩話、蓑唱羽城集等ノ著アリ、慶応二年正月五日没ス年七十一。（『三重先賢伝』一四一・一四二頁）

（9）諱ハ之襞、字ハ士尚、通称ハ与一郎、竹厓ハ其号ナリ、近江ノ人、石川丈山七世ノ孫、之喬ノ長子ナリ、寛政六年八月朔、膳所ニ生ル、幼クシテ敏警、弱冠父ニ従ヒテ京都ニ遷リ村瀬栲亭ニ学ビ、一時称シテ神童トナス、年甫メテ十六来リテ津藩ニ遊ブ、藩侯コレヲ奇トシ俸米ヲ賜ヒテ尚ホ村瀬ノ門ニ学バシム、因リテ再ビ村瀬ニ寓シ益々其ノ学ヲ研鑽ス、文政三年藩校有造館ノ建設セラルゝヤ辟ニ応ジ来リテ講官トナル、時ニ年二十七、尋イデ督学ニ上リ、庠政ニ参画ス、又小姓頭ヲ兼ネ経筵ニ侍読シ、屢々顧問ヲ蒙ル、竹厓学考証ニ長ジ典故ヲ諳ズ、大礼ノ議下ル毎ニ輒チ古今ヲ引証シテ裒然冊ヲ成ス、国校学規奠儀註皆其草スル所ナリ、文政八年七月津阪東陽督学ヲ辞スルニ及ビ代リテ其ノ職ヲ襲ギ文武ノ学政ヲ総督ス、尋イデ班物頭ニ進ミ三百石ヲ食ム、人ト為リ謹恪ニシテ儀容修整燕居独処ノ際モ凝然トシテ危坐スルコト泥塑人ノ如シ、其ノ衙ニ上リ学ニ入ルヤ進止皆此当処アリ、尺寸ヲ失ハズ、未ダ嘗テ人ヲ謾罵セズ、人亦コレヲ憚ル、下属吏皁隷ニ至ルマデ皆役ヲ執リテ唯々謹シム、学政ヲ掌ルコト二十年、諸寮秩然トシテ整頓セリ、之ヲ久クシテ用人格ニ上リ、又侍読ヲ兼ヌ、既ニシテ藩主ニ扈従シテ江戸ニ之カントシ俄カニ病ヲ得テ没ス、時ニ天保十四年九月二十六日ナリ、年五十一、城西古河龍津寺ニ葬ル、竹厓少ニシテ詞芸書法ヲ以テ聞ユ、意コレヲ屑シトセズ、遂ニ経義ヲ研尋シ最モ心ヲ論語ニ潜メ説約七十巻ヲ著ハス、資治通鑑ヲ翻刻セシガ中道ニシテ没ス、終ニ臨ミテ之ヲ嗣之圭ニ遺嘱ス、之圭継イデコレヲ完成ス、其ノ他著書頗ル多シ、
（『三重先賢伝』二二二・二二三頁）

（10）詩人、名は華、字は士蕚、又之烝と称す。一口巨瓢子と号す。幼にして聡敏、読書を好み、刻苦自ら励む。文化乙酉十一月講官に任ぜらる。常に猪飼敬所、頼山陽等と交り、其名世に噪し。塾を谷中に開く。白河楽翁侯、止至善の三文字を書して贈らる。随斎博く群籍に渉り、漢唐を折中し傍伊物二子の説を採る。又詩を好み、香山敬翁を師とし歌行は其最も長ずる所、当時の詩風往々繊弱に流る。随斎別に一機軸を出し、豪語を鍛錬し以て時弊を矯む。弘化乙巳（二年）二月廿七日没す。年四十八。田畑円勝寺に葬る。著す所、女教淵源略説、本草一班、史籍摘抄、長耳紀譚、伊賀史抄、随斎文抄、同詩抄等あり。
（『大日本人名辞書』㈡、二四五頁）

（11）名ハ守彝、字ハ君秉、一斎ハ其ノ号ナリ、勢州宇治ノ人、内宮禰宜守諸ノ子ナリ。蔭ヲ以テ権禰宜ト為リ。正五位下ニ累

叙セラル、意之ヲ屑トセズ、去リテ医トナル售レズ、又去リテ儒ヲ学ビ西州ニ遊ビテ一諸侯ニ干ム、省セラレズ、困ミテ帰ル、時ニ年二十三、当時津藩学政ヲ振起シ群才彙進スト聞キ、力ヲ其ノ間ニ效サント欲シ、來リテ書ヲ以テ事ニ当ランコトヲ干ム、当局、其ノ羇旅の人タルヲ以テ敢テ薦達セズ、一斎益々困ミ、詩酒放浪自ラ縄検ノ外ニ肆マヽニシ復タ将ニ去ラントス、会々土井梅叟トイフモノアリ、之ヲ訪問シテ其ノ才学ヲ感ジ藤堂仁左衛門ニ薦メテ賓師トス、一斎欣然トシテ質ヲ委ネ、遂ニ三世ニ歴事シ並ニ優遇ヲ被ル、一斎之ニ安ンズ俸僅カニ七口、室懸磬ノ如キモコレニ居テ晏如タリ、性酒ヲ嗜ム或ハ銭ヲ獲レハ輒チ酒ヲ買ヒテ、酣飲シ、其ノ酷ダ適スルノ時ニ当リテハ主家之召スモ即チ往カズ、左手ニ盃ヲ持チ、右手ニ巻ヲ執リ、且ツ飲ミ、且ツ読ミ、往々旦ニ達スベシ、会スルノ処ニ遇ヘバ、案ヲ拍チ、大ニ呼ビテ妻ノ驚キ児ノ泣クヲモ顧ミズ、是ヲ以テ博ク経史ニ通ジ傍ラ詩学及ビ又文章ニモ巧妙ナリ。サレバ藩黌ノ講官ニモ任用セラルベキニ、抜擢ノ栄ヲ蒙ラズ、不幸陪臣ヲ以テ終リタリ、嘉永四年九月二十七日病ミテ没ス、年六十七。著ハス所、子規亭詩、銘彝遺事考、詩学題林及雑著、詩集若干巻アリ。（『三重先賢伝』一三四・一三五頁）

（12）名ハ尚迪、字ハ穀甫、通称ハ貞蔵、竹坡ハ其号ナリ、父名ハ嘉平治、勢州三重郡高角村ノ人、安永中、津藩ニ仕ヘテ司農局属吏トナリ稟米ヲ給セラル竹坡幼ニシテ読書ヲ好ミ書字ヲ善クス、少壮詩ヲ津阪東陽ニ学ブ、文政三年新ニ三口糧ヲ賜リ養寮師副手トナル、時ニ年二十四、四年父退老シタルヲ以テ其ノ俸ヲ襲ギ七年、句読師トナル。石川竹坡ノ督学トナルヤ撰バレテ京都ニ遊ビ猪飼敬所ノ門ニ入リ業成リテ国校講官ニ試ミラレ大扈従ニ班シ典籍ヲ兼ヌ、十七年世子伴読ヲ命ゼラレ、天保二年侍読ニ進ミ秩百三十石ヲ給セラル、三年講師トナリ、武庫監ニ班シ、年給百五十石トナル、六年ヨリ斎藤拙堂ト交々侍読ヲ為シ、九年改メテ二十口糧ヲ給セラル、十三年世子ノ傅トナリ、侍読ヲ兼ヌ、嘉永元年ニ至リ進ミテ世子ノ侍従長トナリ、秩三十石ヲ増ス、五年更ニ講師トナリ楮幣司ニ班シ、尋イデ督学参謀ニ任セラレ版籍司ニ班ス、安政六年遂ニ督学ニ進ミ、文武ノ学政ヲ統督シ禄三百石ニ至リ、更ニ進ミテ銃頭ニ班ス。明治二年致仕シ、八年九月二十九日没ス、年七十九。

（『三重先賢伝』七五・七六頁）

（13）名ハ長顒、字ハ有孚、幼名新甫、伊勢津城西新町古河ニ生ル、幼ニシテ読書ヲ好ム、弱冠ニシテ斎藤拙堂ノ門ニ入リ、才名夙ニ高シ、長シテ猪飼敬所ニ従ヒ学成リテ津藩ノ学職ニ擢デラレ累リニ講官ニ遷リ、時習館会頭ヲ兼ネ上士ニ班シ禄百五十石ヲ賜フ、明治初年微サレテ内史トナリ、会計事務ヲ総摂ス、十一年冠ヲ掛ケ官罷、夢正清ノ古句ニヨリ、其居ヲ夢清楼ト称シ読書詩文ニ耽リ、世交ヲ絶チ、優遊以テ閑日月ヲ弄セリ、偶々病ニ罹リ其ノ起ツベカラザルヲ知ルヤ自ラ筆ヲ執リテ心静院夢清梅山居士ト書シテ家人ニ示シ呵々大笑以テ瞑ス、時ニ、三十八年一月三日ナリ、年八十四。（『三重先賢伝』七三頁）

（14）名ハ約、蕉石ト号ス、伊勢藤堂藩士、伊賀支城ノ大夫タリ、経史ニ通ジ、詩文ニ長ズ、又琵琶ヲ愛シ巧手タリ、龍伯仁・中内柳山等ト友トシ善シ、月瀬記勝所載ノ一絶ニ曰ク云々ト。（本文記載により略す）（『続三重先賢伝』一八九頁）

（15）名ハ維孝、字ハ伯仁、通称ハ主計。文政六年八月七日、伊勢山田ニ生ル。幼ニシテ頴悟、十七歳大阪ニ出テ篠崎小竹ニ学ビ、後津ニ来リテ斎藤拙堂ニ従フ、学成リテ郷ニ帰ル、明治維新後山田学校教授ト為リ、後東京ニ出テ職ヲ修史館ニ奉ジ、又去リテ群馬県師範学校教授ト為ル。明治二十六年六月二十六日没ス、年七十一。著ハス所、皇朝小史、龍氏語苑、万国一葉及古香等ナリ、（『三重先賢伝』二九五頁）

（16）諱ハ良貞、字ハ正卿、琴山ト号シ、通称外記、後多門ト改メ、致仕シテ夢陽軒トイフ、藤堂隼人長徳ノ庶長子ナリ、幼ニシテ岐嶷、好ミテ書ヲ読ミ、長ジテ詩文ヲ能クシ剣術ニ精シ、同姓良知コレヲ養フテ子トナス、琴山親ニ事ヘテ謹、弟姪ヲ撫スル恩アリ、宗族其ノ孝友ヲ称ス。文化十三年家ヲ嗣ギ、禄千五百石ヲ襲フ、文政二年四月騎射隊長トナリ。六年八月騎士隊将ニ上ル、尋イデ伊賀老職ニ任ジ、八年十二月津城老職ニ転ジ、九年三月二百石ヲ賞賜ス、職ニ在ルコト三十年、勤労頗ル多ク累進シテ三千石ノ次ニ班ス、嘉永六年致仕シ安政六年八月九日没ス。年七十一歳、南仏眼寺ニ葬ル。琴山平生学ヲ好ミ、著ハス所、花友、月友各一巻アリ、（『三重先賢伝』一六五・一六六頁）

（17）諱ハ正慤、字ハ子原、通称健之助、後嘉蔵ト改ム。楽斎ト号シ、又至楽斎トイフ。津藩医河野道億ノ四子ニシテ寛政四年四月六日生ル、文化八年歳二十、入リテ平松正明ノ嗣ト為ル、学ヲ奥田恕堂ニ受ケ、夙夜励精シテ業大ニ進ム、十三年父ニ随ヒテ伊賀上野ニ移リシカ、其ノ地師友ニ乏シカリシカバ独学励精自ラ啓発スル所多シ、楽斎性温厚ニシテ鋭気アリ、平生好ミテ人ニ接シ未ダ曾テ城府ヲ設ケズ苟モ一才一芸ノ十ハ儒禅詩書画等其ノ技ノ何タルヲ問ハズ雑然其ノ門ニ集リ老少賢愚貧富ノ別ナク一々悃誠ヲ致シテ応酬ス、時人呼ビテ人民癖ト曰フ。又実学ヲ尚ビ、経世ニ志アリ。文政元年小姓頭ヲ命ゼラレ侍読ヲ兼ヌ。尋イデ大横目ニ転ジ、兼ネテ督学ノ事ヲ行フ。方ニ高兌公建学中興ノ時ナリ、楽斎総教藤堂光寛ヲ輔ヶ学政ヲ振作シテ功アリ、後大横目ヲ以テ度支ノ事ニ参スルヤ鋭意画策、積年困弊ノ禍根ヲ絶ツ。嘗テ京都ノ医畑柳平ナル者、安永中船載資治通鑑ノ飜刻ヲ企テ業半ニシテ没シ、嗣子其ノ遺業ヲ続ク能ハズ、既成ノ版刻モ亦将ニ他ニ售ラレントスルヲ聞クヤ藩主ニ建議シテコレヲ購ヒ藩黌ニ移シ続刻シテ遂ニ全部ヲ完成ス、天保九年三月出デテ郡奉行ト為ル、此ノ時ニ当リ申酉（天保七・八年）両歳饑饉ノ後ヲ承ケ野ニ餓莩ヲ見ルアルニ至ル、楽斎躬自ラ悪食シテ以テ郡民ヲ率ヰ又別ニ救荒ノ方策ヲ案ジ本草家ニ諮ヒテ草木ノ食ニ堪フルモノ六十余種ヲ得、由リテ薄糜ヲ作リ試食三旬其ノ草名調理方法ヲ記シテ食草便覧ト題シ数千部ヲ上梓シテ遍ク民間ニ頒布ス是ニ因リテ天下ノ凶饉ニ際シ津藩独リ其ノ惨禍ヲ免レタリ嘉永元年擢デラレテ督学参謀トナリ、大ニ武技ヲ振ハントセシガ嗣子正篤ノ病死ニ逢ヒ痛悼遂ニ病ヲ得、嘉永五年正月二十六日没ス、年六十一、城南仏眼寺ニ葬ル、楽斎マタ交友広ク当時ノ名士秦鼎、巻菱湖、梁川星巌、山本榕堂、中島棕隠、大塩中斎、貫名海屋、江馬細香、僧月性等皆来リ訪フ。又其ノ門下ニシテ名ヲ成セルモノニ野村煥・松浦武四郎等アリ、昭和三年十一月十日正五位ヲ追贈セラル、

（『三重先賢伝』二二〇・二二一頁）

（18）名ハ衡、字ハ誠県《ママ》（一本懸に作る）、幼名直之祐、通称新太郎、松嶹ハ其ノ号ニシテ豹隠堅斎、磊軒、百林樵人等ノ別号アリ、文政十年勢州櫛田村近藤平七ノ子ニ生ル、十歳ノ時、松阪ノ儒家里悠然ノ養子トナリ家ヲ承グ、資性穎敏、細節ヲ顧ミズ、始メ小浦広名、鷹羽龍年等ニ就キテ経史ヲ修メ後、斎藤拙堂ニ師事ス。嘉永元年江戸ニ出デテ、天下ノ名士ト交ハル。六年米艦ノ来航シテ世論囂然タルヤ窃ニ郷人世古延世等ト大義名分ヲ唱道ス。安政二年奮然京都ニ上リ梁川星巌、頼三樹、藤森弘庵、広瀬旭荘等憂国ノ士ト往来シテ時事ヲ論ジ、大ニ尊王攘夷ヲ主張ス、戊午（五年）ノ大獄起ルヤ、辞ヲ風交ニ藉リテ幸ニ虎口ヲ逃レシモ幕吏ノ志士ヲ糺索スルコト益々厳ニ追窮弥々急ナレバ、松嶹コレヲ暖和セント欲シ紀藩ニ使シ献策シテ容レラル、後京都ニ帰リテ更ニ奔走スル所アリシガ、正義ノ士ヲ欺キ朝幕ノ間ヲ離隔セシメシ罪アリトセラレ文久三年五月十九日ノ夜遂ニ刺客ノ凶刃ニ斃ル、時ニ、三十七、著ハス所勢海珠璣、松嶹詩文、堅斎閑話等数種アリ、（『三重先賢伝』三六頁）

（19）名ハ煥、字は士章、幼字は喜三郎、後ち龍之助と改む。藤陰、殼堂と号す。美濃の人。幼にして大垣藩黌に学び、後ち後藤松陰、斎藤拙堂に学ぶ。業成って藩黌の講官となり、維新後は大垣藩、大蔵省、租税寮等に出仕す。明治三十二年三月二十五日没す。年七十二。藤陰遺稿等あり。（『近世漢学者伝記著作大事典』三九五頁）

(20)　名ハ正格、字ハ至卿、徳太郎ト称シ後、父名ヲ襲ヒテ徳蔵ト改ム。津藩儒拙堂ノ嗣子ナリ、人ト為リ温良ニシテ寡黙、而カモ学力深邃ニシテ又詩ニ巧ナリ、川村竹坡ニ代リテ藩黌督学タルコト数年、職ヲ執ルコト勤慎ニシテ父翁ノ遺風ヲ存シタリ、明治九年没ス、年五十一。誠軒集ノ著アリ。(『三重先賢伝』一〇四・一〇五頁)

(附)

『月瀬記勝』詩文一覧表

順	詩人名	名・字	絶句 五言	絶句 七言	律詩 五言	律詩 七言	古詩 五言	古詩 七言	文	享年	卒年	備考
(乾冊)												
1	日野・南洞	資愛		1						67	弘化3	日野資矩の子、准大臣、藤原氏、頼山陽と布衣の交をなす。
2	斎藤拙堂	正謙・有終							1	69	慶応元	伊勢の人、古賀精里に学ぶ、拙堂文話・月瀬記勝等
3	大窪詩仏	行・天民							1	71	天保8	常陸の人、市河寛斎・山本北山に学ぶ、詩聖堂詩集
4	中内樸堂	惇・五惇							1	61	明治15	津藩士、斎藤拙堂に学ぶ、樸堂詩鈔
5	斎藤拙堂	正謙・有終				10			9	69	慶応元	(前出)
6	頼山陽	襄・子成							2	53	天保3	頼春水の子、京師に開塾、山陽全集八冊。
7	篠崎小竹	弼・永弼							2	71	嘉永4	篠崎三島養嗣子、三島の塾をつぐ、小竹斎詩鈔等
8	岡本花亭	成・子省		1						83	嘉永3	江戸の人。業を南宮大湫に受く、近江の守、花亭詩集
9	中島棕隠	規・景寛				1				77	安政3	京都の人、業を村瀬栲亭に受け、詩をよくした、鴨東四時雑詞

10	菊池渓琴	保定・子固			1					83	明治14	紀伊の人、本姓は垣内氏、業を大窪詩仏、並河五山に学ぶ、海荘遺稿。
11	宮崎青谷	定憲・士達							2	56	慶応2	伊勢の人、頼山陽・猪飼敬所に学び、画をよくす、青谷遺稿
（坤冊）												
1	梁川星巌	孟緯・公図				1				70	安政5	美濃の人、大窪詩仏の江湖社をつぎ玉池吟社を作る。
2	同紅蘭	景		6						76	明治12	梁川星巌の妻、星巌の勤王の志を補佐す、詩をよくす。
3	岡本花亭	成・子省						1		83	嘉永3	（前出）
4	頼山陽	襄・子成		6						53	天保3	（前出）
5	篠崎小竹	弼・承弼		4						71	嘉永4	（前出）
6	中島棕隠	規・景寛		5		8				77	安政3	（前出）
7	梅辻春樵	希声・延調		6						82	安政4	本姓祝部氏。
8	松崎慊堂	復・明復	1							74	弘化元	肥後の人、昌平黌に学ぶ、慊堂全集がある。
9	館柳湾	機・樞卿		1						83	弘化元	越後の人、晩唐十家絶句等刊す
10	巻菱湖	大任・致遠			1					67	天保4	新潟の人、亀田鵬斎に学ぶ、書をよくした。
11	神田柳渓	充・実甫						1		56	嘉永4	不破郡岩手の人、西洋医師、南宮詩鈔。
12	鷹羽雲淙	龍年・壮潮						1		71	慶応2	伊勢山田の人、鳥羽藩賓師、嚢唱存稿等
13	石川竹厓	裴・士尚					1			51	天保14	近江の人、津藩督学

14	塩田随斎	華・士蕚		3						48	弘化7	伊賀の人、津藩講官、随斎詩抄等
15	園田一斎	守彝・君秉		5				1		67	嘉永4	伊勢の人、講官抜擢の栄を辞し、陪臣にて終る。
16	川村竹坡	尚迪・毅甫		4						79	明治8	伊勢の人、藩黌講官、督学
17	川北梅山	長顒・有孚						1		84	明治38	伊勢の人、猪飼敬所に学ぶ、津藩講官、梅山遺稿
18	服部竹塢	耕・文稼						10		67	安政3	伊賀上野の人、崇広堂儒官
19	小谷巣松	薫・徳孺						10		67	嘉永7	津の人、藩儒官、友松存稿等
20	藤堂蕉石	約		2								藤堂藩士、伊賀支城の大夫、琵琶をよくした。
21	龍三瓦	維孝・伯仁		2						71	明治26	伊勢山田の人、山田学校教授、皇朝小史等
22	藤堂琴山	多門・正卿		5						71	安政6	家禄千五百石、騎射隊将、津城家老職
23	平松楽斎	正愨・子原		5						61	嘉永5	平松正明の嗣子となる。津藩督学参謀
24	斎藤拙堂	正謙・有終		5						69	慶応元	(前出)
25	家里松嶹	衡・誠				1				37	文久3	伊勢の人、勤王家、刑死す、勢海珠璣・松嶹文抄
26	野村藤陰	煥・士章				1				72	明治32	美濃の人、藩黌講官、藤陰遺稿
27	小谷巣松	薫・徳孺						1		67	嘉永7	(前出)
28	龍三瓦	維孝・伯仁						1		71	明治6	(前出)
29	斎藤正格	正格・致卿							2	51	明治9	拙堂の子、藩黌督学、誠軒集
乾冊小計			0	2	1	11	0	0	19			

坤冊小計	1	59	3	34	0	4	2	
合計	1	61	4	45	0	4	21	

第八項　『月瀬記勝』版本考

斉藤拙堂の『月瀬記勝』は数多く出版されて、洛陽の紙価を高めた。これを『国書総目録』[1]で見ると、国会図書館を始め、三十余の図書館に蔵されている。しかも図書館だけでなく、蔵書家なら誰でも一部位は所蔵しているのが現状である。それでいて、『月瀬記勝』を特に研究した者はなく、誤った記載が横行するとは嘆惋の至りである。今これを正して版本考をまとめることは書誌学上の義務ともいえよう。

さて、笠井助治著『近世藩校に於ける学統学派の研究』[2]及び『近世藩校に於ける出版書の研究』[3]の中で、津藩々校「有造館」の記述が精力的に施されいる。

「津藩には、出版活動が極めて旺盛であったが、その出版書の主なものは次の通りである。[4]」

と述べた上で、後部に附記する。

(i)　月瀬記勝一巻、斉藤正謙、嘉永四年刊有造館蔵版（筆者傍点、以下同じ）

更に『近世藩校に於ける出版書の研究』では、

(ii)　月瀬記勝二巻、二冊、斉藤正謙撰、嘉永四、自序・門人中内惇序・同年門人野村煥等跋・嘉永四刊、有造館蔵版、上巻は、谿山精夢と題し、天保元年月瀬観梅行の詩文で……（以下中略）

捜絵は青谷生憲の描いたもの。嘉永四年門人家里共・野村煥・小谷敏の跋を加えて、有造館から出版した。[5]

とあり、同図版[6]の説明は左の通り。

(iii)　斎藤正謙撰　月瀬記勝上巻谿山精夢・下巻谿山続夢／嘉永4年刊　有造館蔵版（県立津図書館蔵）

以上三箇所の記述の中から、問題点を挙げる。

（一）嘉永四年刊本があるのか。

（二）「有造館本」は嘉永四年版（序跋による―筆者注）であるのか。

（三）明治刊本について

（四）明治・大正・昭和小冊子本について

以下、（一）（二）を詳論し、（三）（四）を補足説明する。

（一）嘉永四年刊本があるのか

『月瀬記勝』乾坤二冊本には奥付のないものが多い。その場合、大体、斉藤拙堂の自序か或いは拙堂の嗣子正格の跋文等から、嘉永四年版と推定してしまうのであろうが、その場合でも、はっきりと自序・跋文による根拠を確記せねばなるまい。いま、その自序等の年紀の記載を挙げると、乾冊一葉の裏に拙堂の自序が細字で三分の一程下げた位置に記され、「嘉永辛亥孟冬」とある。辛亥の年は「嘉永四年」に当る。また、その後に拙堂の門人中内樸堂[7]の序があって、「嘉永辛亥仲秋」とあり、更に坤冊の龍維孝[8]の跋詩を見るに、「嘉永辛亥冬」と記し、拙堂の嗣子正格[9]は坤冊の最後の跋文で「嘉永辛亥初秋」と、それぞれ「嘉永辛亥」を記している。それらは嘉永辛亥初秋から孟冬または冬までの推移を季節で示す。従って、この時期に自序を書き、跋文を草したからとはいえ、嘉永四年に出版したのかどうか疑われるのであるが、その疑問を解決する有力な手掛りが、奥付けのある版本の現存に他ならない。奥付には「嘉永五壬子初夏新板」と記載する『月瀬記勝』が二部存在し、一部は奈良県添上郡月ヶ瀬村教育委員会所蔵（故沖森直三郎氏寄贈本「富岡鉄斎旧蔵本」で、鉄斎自筆の詩箋が付けられている）他の一部は、市川任三氏所蔵に係る（富岡鉄斎旧蔵本と同一）であって、嘉永四年刊本は実際には存在しないことが明白となる。従って嘉永四年刊と称するものは全て嘉永五年版であることがわかる。そこで、先に挙げた(i)(ii)(iii)でいう嘉永四年は「嘉永四年序跋による」と訂正せねばならない。

なお、この論文を纏めた後、三重県立津図書館青山泰樹氏より『月瀬記勝』嘉永五年三月刊本（書物問屋江戸横山町三丁目和泉屋金右衛門）の奥付のコピーを送って頂いて、私の嘉永五年初夏新鐫板に先行したものがあるのを知った。この和泉屋金右衛門は、先に斎藤拙堂が出版した『文話』一、二編の出版元であるらしく、『文話』の奥付にも江戸の書林中に名を列ねていることがわかる。『文話』一、二編と共に『月瀬記勝』もこの書林で出版したものと思われる。この三月版があることで、「嘉永五年」の刊である確証が一段と深まった。

（付）①嘉永四年序跋による刊本とし汲古書院刊『紀行日本漢詩（3）』[10]に『月瀬記勝』が登載され、富士川英郎氏の解題[11]が付されているが、その中で、見返の部分[12]が他の匡郭の大きさと格別に小さく影印されている。如何なる理由で、見返部分だけが小さく影印されたのか、現物は序・図・記の匡郭とほぼ同一の大きさであるのに、影印の縮尺に誤りがあったのか、縮尺に誤りがあるなら訂正すべきで、さもないと、内閣文庫所蔵本があの様に見返が小さいものと誤解されるので再考察すべきであろう。

(二)「有造館本」が最初の刊本であるのか

この「有造館」（津藩校）ができて、種々数多の出版物が刊行[13][14]された。その中で、『月瀬記勝』は安政四年三月の出版になっている[15]。

これは、「有造館蔵版」による『月瀬記勝』があって、嘉永の時期から「有造館本『月瀬記勝』」があったわけではない。最初は「看雲亭蔵版」であった。「看雲亭」の名称は、拙堂の嗣子正格が『月瀬記勝』の坤冊の末尾の跋文の中で「頃者府下観雲亭主人、請家君刻梅渓図記」とあるし、また拙堂の自序（『月瀬記勝』乾冊一葉裏）にも「頃日社友請余刻図記」と記載があることで、正格の跋文の観雲亭は社友一人の亭号と思われる。従って観雲亭が看雲亭になったものと推察されるが、具体的に誰の亭号であるかは判明しない。だが、この「看雲亭蔵板」が嘉永本であることに違いはない。そこで、ここに貴重な『月瀬記勝』の珍本があるので紹介しておく。

それは、例の『月瀬記勝』の乾冊に挿絵を描いた宮崎青谷の蔵書印及び八葉に亘る挿絵の題名の下に、それぞれ青谷が捺印した白紙本(16)（普通版本は黄色味を帯びた和紙本であるのに、これだけは白紙の中国画仙紙を用いている）で、挿絵を描いた宮崎青谷が特に最初に摺ったもの（故沖森氏は「初摺本」としている）であって、他のものとは異なり、各々文字の摺りも鮮明で秀れた版本と見做される。これとて、「有造館本」でなく、「看雲亭蔵版」である。また「有造館本」が初摺本であるなら摺りも白紙本と同様に、文字の摺りもはっきり鮮明でなければならない。だが私が見た「有造館本(17)」は文字の摺りもよくなく、罫線も所々切れたり、摺りむらがあり、どう見ても最初の版とは判断できない。

「有造館本」の『月瀬記勝』が出版されたのは、安政四年(18)である。嘉永五年に「看雲亭蔵板本」が出版されてから、大変評判がよくなり、随分と売れたものであるらしく、その後版木を有造館で買い取り、「有造館本」として出版することになった。この経緯について、『津史文教史要』は、

月瀬記勝も文人の好評を博した書であるが、その刊行は文名が既に天下に轟いた安政時代のことである(19)。

と指摘し、また『津市史』には

中には最初は私営で発刊し、後に藩に帰属したものもあれば(20)……

と述べていることでも、『月瀬記勝』が「看雲亭蔵板」から「有造館蔵板」に移行した様子が窺えて興味深い。

（付）②先の(ii)(iii)の谿山精夢の「精」字は原本「清」字で「精」字は誤り。

③同じく(ii)の捜絵は挿絵の誤り、また青谷正憲では「あおたにまさのり」とでも読ませるのか、この青谷は姓でなく号である。

(三) 明治刊本について

(i) 紺色表紙（二五・八×一七・〇糎）見返紅色紙四周双辺内部三分割し、右上部より拙堂先生著／中央に、月瀬記勝、右上下に看雲亭蔵板とある。本文は左右双辺（一七・四×一二・七糎）、有界九行十八字注文双行。圏点、頭注あり、版心白口、奥付に、「明治十四年七月廿日翻刻御届／同年八月出版」。

(ii) 板式等右に同じもので、別時に版になったと思われる。表紙山吹色（二六・五×一八・五糎）でやや大版。見返は彩色なく、無色、乾冊二冊を書袋に入れたもの。書袋は先の見返と同一摺りで、他にも書袋が残されているものは殆どない。以上の検証によって明治刊本、更には嘉永刊本も共に最初は書袋に入れられて発売されたが、書袋の残されているものはない。

ここで特記すべきは、明治版の匡郭と嘉永版匡郭の寸法が異なることで、明治版の奥付に、きちんと翻字の文字を使っているだけあって、本文の匡郭を元版即ち嘉永版と区別する為めに寸法をかえている。明治版の奥付が付いていれば、明治版と一目して判明されるが、奥付けがないと、それだけでは嘉永版と匡郭の寸法を較べてみない限り判定しにくい。

(四) 明治・大正・昭和刊小冊子本について

(i) 明治十二年刊　雙玉書楼反刻本（活字本）

(ii) 明治十三年刊　平安尚書堂本（銅版本）

(iii) 明治十四年刊（同右）

（明治十三年刊本と同一の翻刻本なるも、明治十三年の「三」字を「四」に改めただけのもの）

(iv) 明治十七年刊　浪華松雲堂刊（同右）

(v) 明治廿年刊（同右）

(vi) 大正七年・八年・十二年・昭和五年刊（同右）

以上の小冊子本は月瀬観梅の土産として売出したものであろう。最初の明治十二年雙玉書楼反刻本は大阪の人梅谿寅吉が翻刻し、活字本で出版した。その後、明治十二年に京都の辻本定次郎が銅版で翻刻し、辻本九兵衞発兌人として出版した。以下同じ版を次々に譲渡して出版を重ねたため版は同一である。

明治十七年本、明治二十年本、更には大正七年本には奈良県添上郡月ヶ瀬村桃ヶ野の上西久五郎の名で版権所有者並びに発行者として発刊している。（この年の売捌人の名に和州月ヶ瀬村の窪田兵蔵の名が見えるが、これは今日騎鶴楼主窪田良蔵氏の曾祖父に当る人物である。）

以上の他に一本所謂斎藤拙堂の『月瀬記勝』を土台にした、『名家纂評増補月瀬記勝』[21]がある。内容において少々異る。もとより小冊子本（豆本にも類する）であるが、『月瀬記勝』を一部改訂し、増補したものがあることを示すに止める。

注

（1）昭和四二年一二月三〇日発行刊、岩波書店刊、第五巻、七三七・七三八頁

（2）昭和五七年二月一〇日、第二刷発行、上下二冊本、吉川弘文館

（3）昭和五七年二月一〇日、第二刷発行、吉川弘文館

（4）前掲（2）の七四八頁
（5）前掲（3）の三二四・三二五頁
（6）前掲（3）の図版五四頁（この箇所の「谿山清夢」の中扉が、その右の「谿山続夢」の中扉の版よりも小さくなっているのは何故か、これまた縮尺寸法の違いによるものと思われる）
（7）前記注二〇一頁（2）参照
（8）前記注二三八頁（15）参照
（9）前記注二四〇頁（20）参照
（10）平成四年八月発行、汲古書院刊
（11）同右一九頁
（12）同右四〇二頁上段左
（13）『津市文教史要』昭和一三年五月五日、津市教育会発行、第五節図書出版一、刊行書目一九八〜二〇〇頁
（14）『津市史』昭和三六年一一月一五日津市役所発行、「藩政時代」第六編「教育及び学芸」第一節「有造館の出版」一四〇頁
（15）前掲『津市文教史要』二〇〇頁及び『津市史』一四五頁
（16）奈良県添上郡月ヶ瀬村教育委員会蔵本、合本一冊（二五・五×一七・一）
（17）奈良県添上郡月ヶ瀬村月瀬「騎鶴楼」窪田良蔵氏所蔵本（二四・二×一七・〇）
（18）前掲『津市文教史要』及び『津市史』による。
（19）前掲『津市文教史要』二八七頁
（20）前掲『津市史』一四六頁
（21）明治一五年二月発行、増補者平山政濆、二冊本、上巻三二葉、下巻四〇葉（八・〇×六・〇）

第三節　安政期より幕末に至る

第一項　広瀬旭荘再度の訪村（安政二年）

月ヶ瀬村騎鶴楼（窪田良蔵氏）が保存する画帖に残されている四葉で、三葉は「安政乙卯（二年）孟夏旭荘」の款識がある題字である。半葉ごとに一字を書き、「流芳百世」（流れは百世に芳し）、後の一葉に「安政乙卯孟夏」と記し、最後に「旭荘」と自署し、落款印を押す。孟夏は新暦では四月だが、今日でも四月の初め頃には遅咲きの梅がまだ花を咲かせている時季である。この題字の後には次に挙げる画と詩が書かれている。画も詩も、月ヶ瀬に係るものでないが、珍しいので載せておく。

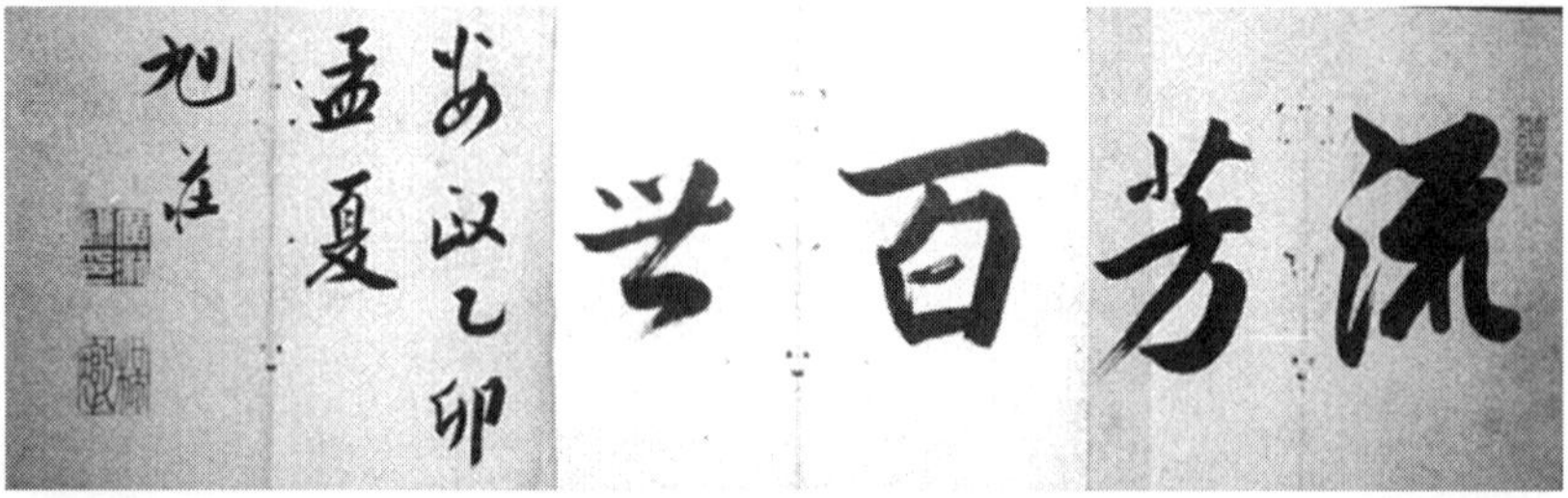

詩を書き下し文になおす。

南軒を開き尽して、晩晴を眺む。
汀沙渺々として海潮平らかなり。
帰帆影は失ふ春烟の際。復《また》青松樹裏に入りて明らかなり。

旭荘印印

第二項　橋本晩翠の月瀬観梅詩

旭荘と同じ年（安政二年）に、橋本晩翠が月ヶ瀬村を訪村し、観梅詩を残している。橋本晩翠については、『近世漢学者伝記著作大事典』(1)に、

名は維孝、字は子友、矢五郎と称し、晩翠は其の号なり。淡路の人。業を中田南洋に受け、大阪に講説す。後ち帰りて本藩黌の教授たり。『晩翠堂詩文集』(2)四巻を著す。

とあり、小引と、月瀬観梅八首の中三首を挙げている。（図版23、254頁参照）

月瀬観梅八首三を節す

安政乙卯（二年）の歳、藤田柑谷将《まさ》に月瀬の梅花を観んとす。余を拉して興倶《とも》にす。余の興趣勃然たり。急ぎ笠杖を促す。生駒耕雲の童頗る詩を嗜む。行に従はんと請ふ。二月初吉、浪華を発す。二日未牌（午後二時ごろ）高尾に到る。梅花水に傍《そ》ひ、満目皆雪、共に花候の愆《たが》はざるを喜ぶ。行ゝ《ゆくゆく》月瀬の花を賞で、尾山村の家に投宿す。雨に遇ふ。三日午後、小晴を得《う》。乃ち諸谷の花を探る。四日陰雲漸く散ず。尾山を辞し、再び月瀬の諸山を尋ねて、帰路に就く。五日浪華に帰る。此の地梅花の盛、渓山の勝見る所殆ど聞く所に勝る。始めて吾が邦の梅渓の最たるを信ず。而して其の詳は前輩已に述ぶる有り。今復《また》状せず。帰後嚢を探り八律を得たり。録して柑谷の縮図の後に附す。

（菊池三渓）又曰く、鉄研学人の月瀬遊記天下に擅場たり。然れども

何処の山村か素梅（白い梅）ならざる。早花未だ落ちざるに晩花開く。遠雲近雪模糊として接す。北岸南厓掩映（掩《おお》いかくす）し来る。水竹亦浮かび香漠々（ひろびろしてはてしない貌）。簷墻（軒先や垣根）悉く見る玉堆々（うず高いさま）。人間《かん》物として倫比（比倫と同じで

図版23

月瀬観梅八首　第三

安政乙卯之歳藤田柑谷将観月瀬梅花拉余与倶余興趣勃然急促笠杖生駒耕雲童頗嗜詩請従行二月初吉発浪華二日未牌到高尾梅花傍水満目皆雪共喜花候不愆行賞月瀬之花投宿於尾山村家遇雨三日午後得小晴乃探諸谷之花四日陰雲漸散辞尾山再尋月瀬諸山而就帰路五日帰浪華此地梅花之盛渓山之勝所見殆勝所聞始信為吾邦梅渓之最也而其詳前輩已有述今不復状也帰後探嚢僅得八律録附柑谷縮図後

又曰鐵研学人月瀬遊記擅場於天下然若其詩則平版不足存也此三詩截当与月瀬記文比肩而並馳也

何処山村不素梅　早花未落晩花開　遠雲近雪摸糊接　北岸南厓掩映来　水竹亦浮香漠漠　簷墻悉見玉堆堆　人間無物耐倫比　清絶風光天下推

踏沿真福寺辺行　阜午日光初得晴　属客為描林谷勝　随樵屡問石泉名　香風襲袂雪千点　薄霧罩山天半明　隠見穿花何処水　奔流添雨響琤琤

傍竹穿松又究捜　望迷山尾与渓頭　挂雲樹樹能蔵寺　映水枝枝不礙舟　万玉代耕真富厚　十村沿崖亦

小山曰以読盛唐人応制作什

風流却笑貨殖龍門筆　橐橘猶誇千戸侯

秋初偶成

秋初清風動　与故人来同再読已看書　似与故人逢二語口毎誦咀嚼味殊濃　今年酷暑金石流消夏只与枕簟謀　一夜清風入窓戸　緗帙閑向書架抽　欲与故人同此楽　世間那有揚州鶴

安政二年乙卯十一月二十三日恭観　車駕還自桂宮竊賦二律　去年四月皇居災　今年脩営漸成

子来万国共欣欣　復見宸廷文物殷　九陌張燈明徹夜　千群望　駕聚如雲　檳榔車過錫鑾響　関白鷹司公迎　駕

其の詩のごときは則ち平版にして存するに足らざるなり。此の三詩或は当に月瀬記文と比肩して並び馳すべきなり。

仲間のこと）に耐ふる無し。清絶の風光天下に推す。

泥を踏み真福寺辺を行かば、卓午（正午のこと）の日光初めて晴を得たり。客に属《しょく》して為に描く林谷の勝。樵に随ひ屢《しばしば》問ふ石泉の名。香風袂を襲ふ雪千点。薄霧山を罩《こ》めて天半ば明らかなり。隠見す花を穿つ何れの処の水ぞ。奔流雨を添へて響き琤々（清らかな水の音の形容）たり。

竹に傍《そ》ひ松を穿ち又究《きわ》め捜る。望み迷ふ山尾と渓頭と。雲を挂《か》くる樹々能く寺を蔵す。水に映ずる枝々舟を礙《さまた》（碍に同じ）げず。万玉耕に代ふ真富厚し。十村産を治む亦風流。却って嗤《わら》ふ貨殖龍門の筆（本田種竹輯『月瀬記勝補遺』には事に作る）棗橘猶は誇る千戸の侯。

橋本晩翠の『晩翠堂文詩稿』には三を節すと、七律三首を掲げているが、種竹の『月瀬記勝補遺』には八首を載せている。ここでは五首を摘出して書き下し文にする。（図版24、256頁参照）

（一首目）

桃野月湍途《みち》溯洄す。碧璃瑠（瑠璃と同じ）は浸す万瓊瑰。孤航横はる処嵩《だけ》村出づ。千樹連なる辺、尾嶺（尾は尾山のこと）開く。元《もと》識る清姿品隲し難きを。佳景に逢ふごとに輒ち遅く回《かえ》る。暮雲堆裏遠く投宿す。馥郁たる笠簷（かさのふち）に香雪来る。

（三首目）

風は送る清香到る処饒《ゆた》かなり。奇峰峻嶺競ひて相邀《むか》ふ。千林の花候春分近し。二日の行程道路遙かなり。縦《たと》ひ酒詩に雪月を并せざるも、還《また》晴雨を将《も》って昏朝を賞せん。憐むべし淳朴山村の裏。また鳴禽の客に向って嬌（愛嬌をふるう）する有り。

図版24

勝所聞。始信為吾邦梅溪之最也。而其詳前輩已有述。今不復状也。歸後探嚢僅得八律。録附柑谷縮圖後。

桃野月瀬逶迤湖洄。碧瑠璢漫萬瓊瑰。孤舩横處蒿村出。千樹連邊尾嶺開。元識清姿難品隲。毎逢佳景輙遅回。暮雲堆裏遠投宿。馥郁笠檐香雪来。

何處山村不素梅。早花未落晩花開。遠雲近雪糢糊接。北岸南厓掩映来。水似亦淨香瀲瀲。簷墻悉見玉堆堆。人間無物耐倫比。絶妙風光天下推。

月瀬記勝補遺甲編巻一　五

風送清香到處饒。奇峰峻嶺競相邀。千林花候春分近。二月行程道路遥。縱不洒詩并雪月。還将晴雨賞昏朝。可憐淳朴山村裏。也有鳴禽向客嬌。

老幹纖枝花作堆。乾坤一様白皚皚。到来唯識長流在。探討纔看小徑開。莫喚三原相仿佛。将言洑水是輿儓。朝新暮汲皆茲地。羨殺山農飽見梅。

踏泥真福寺邊行。卓午日光初得晴。騒客為指林谷勝。隨樵屢問石泉名。香風襲袂千點雪。薄霧羃山天半明。隱見奔花何處水。奔流添雨響琤琤。

菊池三溪曰。鉄研學人月瀬道記揄揚於天下。然若其詩則平版不足存也。斯數詩或當與月瀬記文比肩而並馳也。

亀谷省軒曰。筆力雄健。頓挫入妙。

流水高山自杳然。洞中春月永如年。淡妝素服羅浮女。氷骨雪膚姑射仙。自詡茲身絶火食。更思畢生辭塵緣。花神若許吾栖隱。不羨人間二頃田。

傍竹穿松又究捜。望迷山尾與溪頭。挂雲樹樹能藏寺。映水枝枝不礙舟。鄭五代耕眞富貴。十村治産亦風流。却嗤貨殖龍門事。棗橘猶誇千戸侯。

欲前又卻歩遅遅。何忍梅溪自此違。落蘂有情揺痩枝。餘香不肯去吟衣。看花幸償多年志。逢雨還寛一日歸。豫識相思夜来夢。尾山月瀬影依稀。

月瀬記勝補遺甲編巻一　六

月瀬觀梅歌　　永年　山田　鈍　京都人

山中三月天尚霜。滿山草木未吐芳。獨有月瀬萬梅樹。幹如銅鐵回春陽。東風一夜吹蕾裂。千枝萬枝花如綴。花耶雲耶紛不辨。雲飛風定花瞬潔。但見萬花燦爛映兩山。中有溪流響潺潺。縈山齧石石欲礙。流向峡口碧為灣。山民柴戸倚巖麓。淳朴之風自異俗。十有五村梅充田。縱有烟火是仙屬。君不見彭澤虚文徒費神。不識人間別有眞。誰居大筆記此勝。勢州文士獨絶倫。吾黨今日花下来。慎休賦詩花或嗔。

（四首目）

老幹纖枝（纖は細い）花、堆を作す。乾坤一様に白皚々。到り来りて唯《ただ》識る長流の在るを。探討（探りたずねる）纔《わず》かに看る小径開くを。喚ぶこと莫れ三原と相伯仲すと。将《まさ》に言はんとす洑水（伏見）は是れ輿儓（輿《こし》の台持ち）と。朝薪暮汲皆茲《こ》の地。羨殺す山農梅を見飽くるを。」

（六首目）

流水高山　自《おのずか》ら杳然。洞中の春日永きこと年のごとし。淡粧（妝に同じ）素服は羅浮の女（羅浮山に住む仙女のこと）。氷骨雪膚は姑射の仙（藐姑《ばこ》射《や》に住む仙人のこと）。自《みずか》ら訝《いぶか》る茲《こ》の身火食を絶つるを。更に思ふ畢生塵縁を辞するを。花神若《も》し吾が栖隠を許さば、人間《かん》二頃の田を覓《もと》めざりしを。

（八首目）

前《すす》まんと欲して卻《かえ》（却に同じ）って歩むこと遅々たり。何ぞ忍ばん梅渓此より違ふを。落蘂情有り痩を措《ささ》へるの杖。余香肯へて吟衣を去らず。花を看て幸ひに償ふ多年の志。雨に逢ひ還《かえ》って寛《くつろ》ぎ一日にして帰る。予《あらかじ》め識る相思夜来の夢。尾山月瀬影依稀たり。

ここの八首の詩が『月瀬記勝補遺』に載せているのを見ると、橋本維孝の『晩翠堂文詩集』ではなく、別に草稿か何かを見た上で『月瀬記勝補遺』に再録したことがわかり、『月瀬記勝補遺』の資料的価値が理解されよう。

注

（1）『近世漢学者伝記著作大事典』四〇五・四〇六頁

（2）明治十五年三月十七日、橋本矢五郎著『晩翠堂文詩稿』四巻（「無窮会図書館」蔵本）

第三項　釈南園の月瀬観梅（安政三年）

南園は丙辰（安政三年）の春、月ヶ瀬観梅に出遊した。その時の七絶二首が『小自在園詩歌集』(1)に登載されている。

丙辰春日月瀬観梅

梅花自厭涴紅塵　梅花は自《おのずか》ら厭ふ紅塵に涴《けがさ》るるを
幽僻多年深護春　幽僻多年深く春を護る
應是山神秘奇景　応《まさ》に是れ山神奇景を秘むべし
崩崖處處礙遊人　崩崖処々遊人を礙《さまた》ぐ

○

震後崖崩崩未止　震後崖崩れて崩未だ止まず
隨修隨潰路難成　修に随ひ潰に随ふ路成り難し
行人走遇膽將墜　行人走《ゆ》き遇はば胆将《まさ》に墜ちんとす
頭上沙石流有聲　頭上の沙石流れて声有り

ここにいう「崩崖処々」、「震後崖崩」等の句によって、前年安政二年十一月十一日、江戸大地震があり、民家倒壊一万四千、死者八千人を出し、水戸の藤田東湖が小石川の藩邸で圧死している。(2)南園の七絶十首はこの時の吟詠であったことが『萬玉亭梅花帖』(3)に書かれ、その一首が残されている。南園の書は軟らかな筆致なので一目して判明する。読みにくい字もあるので翻字して書き下し文を付した。（図版25、259頁参照）

山々向背水陰陽　山々向背（前を向くのと背を向けること）し水陰陽

図版25

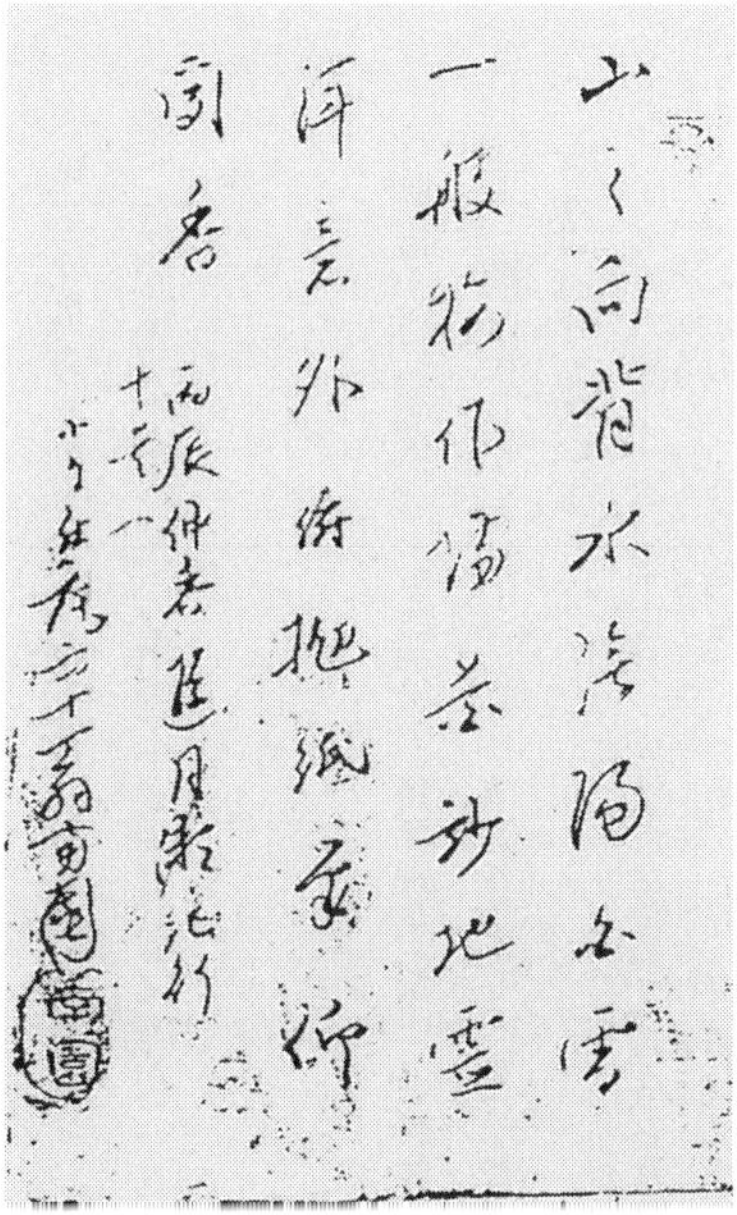

白雪一般梅花傷　　白雪は一般梅花を傷つく
花妙地靈渾意外　　花は妙、地は霊、渾《すべ》て意外
俯抛紙筆仰聞香　　俯しては紙筆を抛《なげう》ち仰いで香を聞《か》ぐ

丙辰仲春遊月瀬紀行十首一

　　小自在庵六十一翁南園　㊞

丙辰（安政三年）仲春、月瀬に遊び行を紀す十首の一

　　小自在庵六十一翁南園　㊞

南園の事績については『濃飛文教史』(4)に詳細に述べられているので、揚げる。

平松南園名は理学、字は密乗、一字は麗天、また清巌、南園は其の号。別に学半、雲石、小自在庵と号す。寛政八年安八郡小野村（現三城村）専勝寺に生る。少にして頴悟、年甫めて十三、蘐園赤羽に詩を学び、宗乗を智幢寮司に学ぶ。後京師に上り、高倉学寮に懸席し、円成院宣明師の社に入りて宗乗を学び、旁ら頼山陽・梅辻春樵・中島棕隠・篠崎小竹諸老の間に周旋して詩を問ひ、梁川星巌・藤井竹外・後藤松陰等と水魚の交を結ぶ。

文政六年（歳二十八）江戸に赴き、東叡山の学寮に入り、恵澄律師に師事して天台の学を修め、遂に抽んでられて東叡山山王御供所別当となる。其の間江戸の詩老大窪詩仏・菊池五山に就きて宋詩を問ひ、また岡本花亭・館柳湾・梁川星巌・大沼枕山・塩田随斎・釈梅癡等と相切磋し、自得する所あり。また大橋訥庵・藤森弘庵等とも交を結ぶ。当時南園東叡山に在りて、窃に六如上人の後を嗣がんと期せしが、後感ずる所あり、品川正徳寺主平松理成の請に任せ、入りて法嗣となる。

南園夙に勤王の志を抱き、慷慨時事を談じ、吟詠を以て名を釣るを欲せず。天保九年（歳四十三）郷里美濃に帰省し、夫より京師に上り、潜に勤王の志士と結び、窃に企画する所あり。嘉・安の際左幕党たる江戸寺院中に在りて、南園独り大義名分の上より、尊王攘夷を唱へ、毅然として衆に同ぜざりき。

安政三年再び京都に上り、梁川星巌を初め勤王諸志士と協議し、江戸城内の秘密通信を担任せり。（以下中略）

南園夙に桑門の詩人として鬱然一家をなし、其の名遍く世に知らる。平生纂著する所殆ど三百余巻、詩稿十三巻に上りしが、弘化元年及び慶応二年両度の火災に烏有に帰せり。年八十に垂んとして矻々猶倦まず、災後得る所、南園雑誌三十巻、及び詩若干巻あり。（略）

明治十四年夏秋の交、南園病を得、荏苒癒えず。十一月遂に示寂す。年八十有六。今伝はる所『小自在庵詩歌集』は明治三十年仲冬、南園十七周忌辰に際し、其の孫清石（理英）、清痩（理賢）の二人が編集上木せるもの。

注

（1）明治丁酉（明治三十年）仲冬、長孫理英の序、その前に浅田宗伯の明治乙亥（二十年）の序が付けられている（「無窮会図書館」蔵本）。この後更に、『小自在庵南園』（一帙二冊本）昭和五年十月、平松理準著として油印本にて発刊。大沼枕山の序を永井荷風が書いている。

（2）一九六八年十一月二十五日、岩波書店発行『近代日本総合年表』六頁、政治・社会欄による。

（3）本文「頼山陽の月瀬観梅行」の条、一五三頁参照

（4）『濃飛文教史』四〇五～四〇九頁

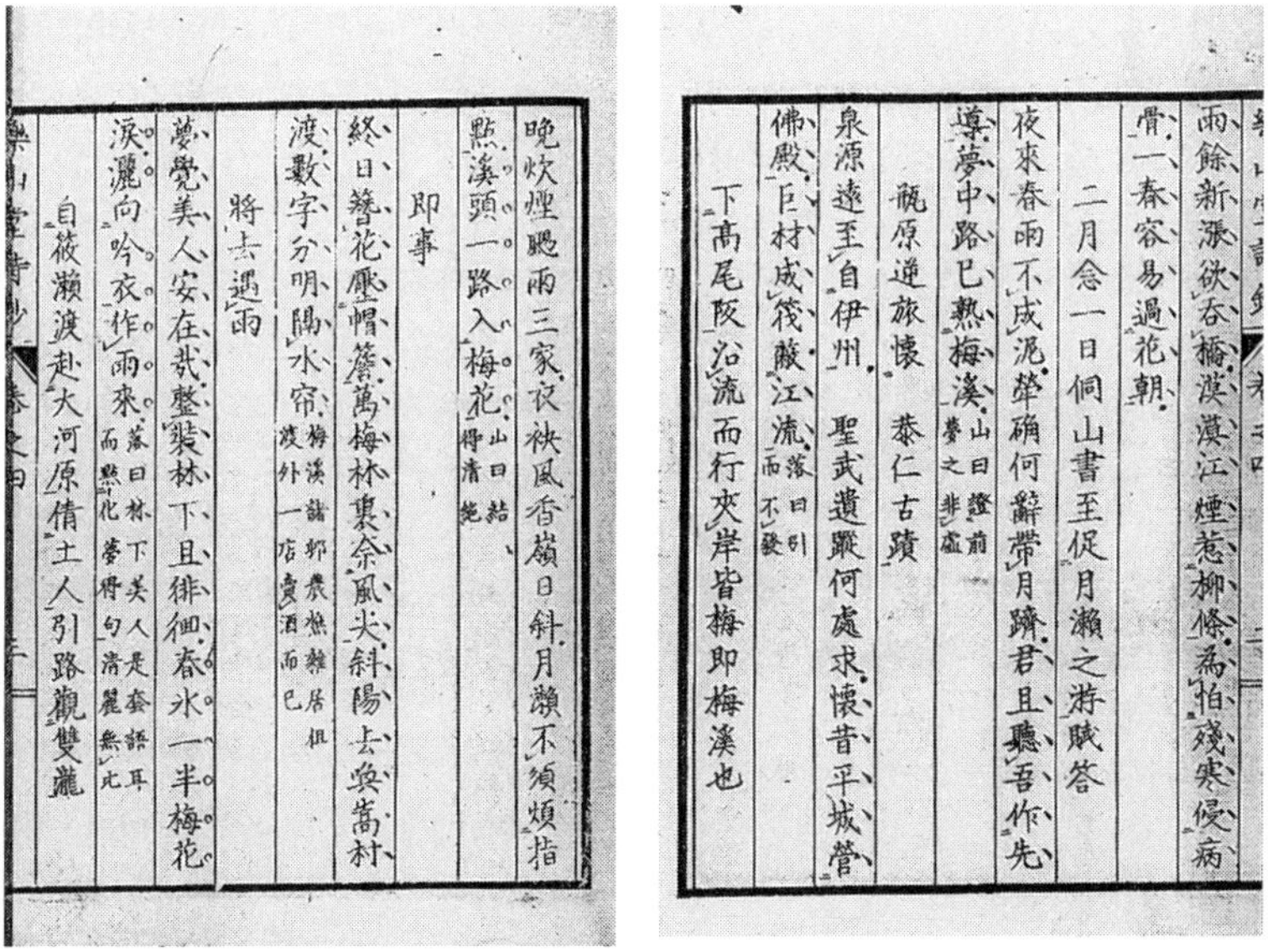
雨餘新漲欲呑梅漢漢江煙惹柳條為怕殘寒侵病骨一春容易過花朝
二月念一日倜山書至促月瀬之游賦答
夜來春雨不成泥犖确何辭帶月躋君且聽吾作先導夢中路已熟梅溪 山曰證前夢之非虚
瓶原逆旅懐恭仁古蹟
泉源遠至自伊州聖武遺蹤何處求懐昔平城營佛殿巨材成筏蔽江流 落日引而不發
下高尾阪沿流而行夾岸皆梅即梅溪也
晩炊煙颺雨三家衣袂風香嶺日斜月瀬不須煩指點溪頭一路入梅花 山曰結得清絶
即事
終日簪花壓帽簷萬梅林裏奈風尖斜陽去與嵩村渡數字分明陽水帘 梅溪諸邨農樵雜居但渡外一店賣酒而已
将去遇雨
夢覺美人安在哉整裝林下且徘徊春氷一半梅花溪灑向吟衣作雨來 落日林下美人是套語耳而點化夢得句清麗無比
自荻瀨渡赴大河原倩土人引路觀雙瀧

図版26

第四項　金本摩齋の月瀬観梅行（安政四年）

金本摩齋の[1]『樂山堂詩鈔』[2]（乾坤二冊本）に月ヶ瀬を訪ねた詩が登載され、同様に本田種竹輯の『月瀬記勝補遺』にも再掲録する。（上掲図版26）

二月念一（二十一）日倜山の書（書簡）至り月瀬の遊を促す。賦して答ふ。

夜来の春雨泥を成さず。犖确（岩のごつごつするさま）何ぞ辞せん月を帯びて躋《のぼ》るを。君且《しばら》く吾に聴け先導（道案内）を作すを。夢中の路已《みちすで》に梅渓に熟《じゅく》す（よくのみ込めた）。

山曰く前夢の虚に非ざるを証す。

二月二十一日は安政四年の旧暦である。倜山が誰であるか詳かにしないが、多分、摩齋の知人か門下生であるかと思ふ。注の山曰くの山は、山中静逸[3]である。安政四年と判断したのは、詩鈔巻一の「弘化乙巳七月赴京時歳十七」に拠り、十二年後が安政四年摩齋二十九歳の時である。

次の「瓶原逆旅懐恭仁古蹟」の詩は省く。続く高尾坂を下るとある高尾は、柳生から桃香野に至る途中の地名。そのあたりの様子が已に梅渓になっているのがわかる。後の注に出て来る落曰くの落は落合雙石のこと。

高尾坂を下り流に沿ひて行けば、岸を夾《さしはさ》んで皆梅、即ち梅渓なり。

晩炊煙は颺《あ》ぐ両三家。衣袂風香り嶺日斜なり。月瀬は須《ま》たず指点（指《ゆび》さす）を煩はすを。渓頭一路梅花に入る。

山曰く、結句は清絶を得たり。

即事

終日花を簪《かざ》して帽簷（帽子のひさし）を圧す。万梅林裏風〓《セン》（風が肌を〓《さ》す）を奈《いかん》せん。斜陽、去り喚ぶ嵩（月瀬の隣村）村の渡し。数字分明なり水を隔つるの帘《れん》（酒屋の印旗）。

梅渓の諸村、農樵（農家と木こり）雑居す。但《ただ》渡外の一店、酒を売るのみ。

将《まさ》に去らんとして雨に遇ふ

夢覚《さ》めて美人安《いず》くに在りや。装を整へ林下且《しばら》く徘徊す。春氷一半梅花の涙。灑《そそ》いで吟衣に向って雨となって来る。

落曰く[(4)]、林下美人はこれ套語のみ。而れども夢に得たるの句を点化す。清麗比《たぐい》無し。

注

（1）名は相観、字は善卿、顕造と称し、摩斎は其号なり。出雲の人。業を篠崎小竹に受け、大阪に住す。著述に皇道要略一巻、楽山堂詩鈔二巻あり。（『近世漢学者伝記著作大事典』一六一頁）

（2）明治二年四月発市、長古堂蔵本（「無窮会図書館」蔵本）

（3）信天翁という。京都の詩人。名は献、字は子文、また静逸、対嵐山房と号す。三河碧海郡の人。篠崎小竹、齋藤拙堂の門に入り儒を学び京都本願寺に仕へて帯刀と称す。嘉永中勤王の諸士と交はりて功あり。維新の後、弁事となり、石巻県知事に進む後、職を辞し、嵐山天竜寺村に居る。正五位に叙す。明治十八年五月二十五日東京麹町の旅萬に没す。年六十三。（『大日本人名辞書』㈣、二七五八頁）

（4）日向飫肥藩の儒員、名は賢、字は子載、通称敬助、飫肥藩の世臣なり。幼にして穎悟、家に学び、稍々長じて僧海洲に師事す。年二十、長崎に赴き吉村正隆に従学、三年にして帰る。文化四年東遊、昌平黌に入り、尋で京師・芸備・江戸の間に歴遊し、文政中帰藩して侍読と為り、眷遇漸く渥く、累進して上士と為る。後大阪に赴き居ること十一年、其名益々顕る。慶応二年雙石年八十二、国に帰り用人上班と為り、教職故の如し。藩主屢々其家に臨んで之を見る。明治元年没す。年八十四。著はす所鴻爪集六巻あり、梓行す。論語繹、国語繹若干巻家に蔵す。（『大日本人名辞書』㈠、五一二頁）

第五項　鴻雪爪の『山高水長図記』中の「月瀬問春」（安政五年）

鴻雪爪は天保六年に長崎に遊び、その時の旅行記を「雲遊三絶」といい、以後各地に旅し、その都度書き記したものが、『山高水長図記』である。この遊記は明治二十七年に出版され、その中に、「月瀬問春」と題した遊記がある。鴻雪爪については、『濃飛文教史』に詳しい伝記があるので、それを掲げる。

本姓は宮地氏、号は江湖、鉄面と称す。芸州御調郡因ノ島の人、文化十一年を以て生れ、少時大垣に抵り、全昌寺の鉄鑑無底和尚の徒弟となる。天保六年春長崎に雲遊し、皓台寺の僧黄泉老師の房に参じ、禅機に得る所あり。依てまた高島秋帆と交る。留ること三年、同八年二月辞し去り、路山陽を経て美濃に帰り、再び無底和尚に侍す。翌九年結夏、無底師命じて分座麈を秉らしむ。小原鉄心此の日より雪爪につきて禅を聞くといふ。同十三年秋九月浪華に赴き、篠崎小竹と文字の交を結び、従遊数月、翌十四年三月加州に移り、鳳凰山祇陀寺に住す。弘化三年四月大垣侯の聘に応じ、鳳凰山より大垣桃源山に移り、冲峰嘿如和尚の後を襲ひて全昌第二十五世となる。同月二十二日晋山、鉄心喜びて「我郷山水為《ニ》レ之加《ガフ》レ高《キヲ》」といへり。雪爪時に三十三。

嘉永二年八月曹洞大本山総持寺に赴き、留まること一年余、同三年冬十一月三国港恵雲寺に行化す。会々全昌寺失火の報あり。仍て大垣に帰る。檀越戸田睡翁等再建を議し、四年春二月功を起し、冬十月に至りて落慶す。結構荘厳旧観に倍す。安政二年十月雲州直江妙相寺に結冬す。後制解け京師を過りて大垣に帰る。当時小原鉄心を初め、高岡西溝、菱田海鷗等雪爪の房に参じて、或は禅理を談じ、或は風流を談じ、また或は経綸の事を議せり。（中略）

明治維新の初、書を朝廷に上り、神儒仏の三教を興隆し、以て風教を維持し、国家を安んぜんことを請ふ。初め朝廷廃仏毀釈の論あり。雪爪此の議を建つるや其の論遂に熄む。幾くもなく教導局を設け、尋で教部省を置き、竟に大教院を開き各地に小教院を設けらる。亦雪爪の議に原づくなり。此の時雪爪挙げられて教導局員となり、ついで教部省に出仕せり。後数月にして職を辞す。当時雪爪の名遠近に馳せ、頗る名流の間に重んぜらる。是を以て三条・岩倉の諸公、松平春嶽・山内容堂・鍋島閑叟等の名流より、横井小楠・木戸松菊・広沢兵助等の国士、みな方外の交をなし、目するに白衣宰相を以てせり。

明治三年地を彦根城北、天江の南なる巌門に相し、清涼寺より此に退隠す。後還俗して、東京に移り、左院議官となり、従四位に叙せらる。超えて明治三十七年六月十五日病を以て逝く。行年九十一。著す所山高水長図記三巻（1）

鴻雪爪は大垣藩ことに小原鉄心（2）に大変影響を与えた勤王僧で、幕末維新から明治期にかけて活躍している。今その原文を版本のまま掲げ、書き下し文を付した。欄外の評語は、出版に当って、後に評者に依頼した評語であるが参考までに掲げたが、本文が書かれた安政五年のものではない。（図版27、265～267頁参照）

図版27

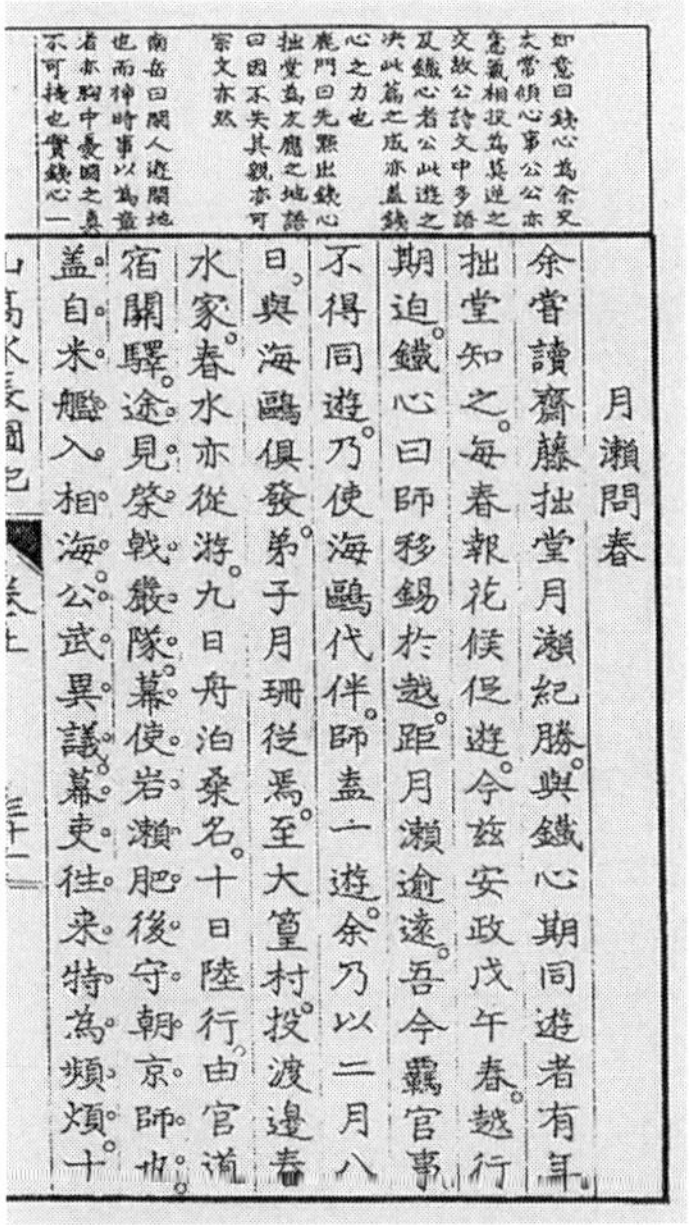

如意曰鉄心為余叉太常領心事公公亦意氣相投為莫逆之交故公詩文中多語及鐵心者公此遊之決此篇之成亦蓋鉄心之力也
鹿門曰先點出鉄心拙堂為友鷗之地語回因不失其親亦可容文亦然
南岳曰関人遊閑地也而神時事以為意者亦胸中憂國之衷不可掩也實鉄心一

月瀬問春

余嘗讀齋藤拙堂月瀬紀勝與鐵心期同遊者有年
拙堂知之每春報花候促遊今茲安政戊午春越行
期迫鐵心曰師移錫於越距月瀬逾遠吾今羈官事
不得同遊乃使海鷗代伴師盍一遊余乃以二月八
日與海鷗俱發弟子月珊從焉至大篁村投渡邊春
水家春水亦從遊九日舟泊桑名十日陸行由官道
宿關驛途見榮戟巖隊幕使岩瀨肥後守朝京師也
蓋自米艦入相海公武異議幕吏往来特為頻煩十

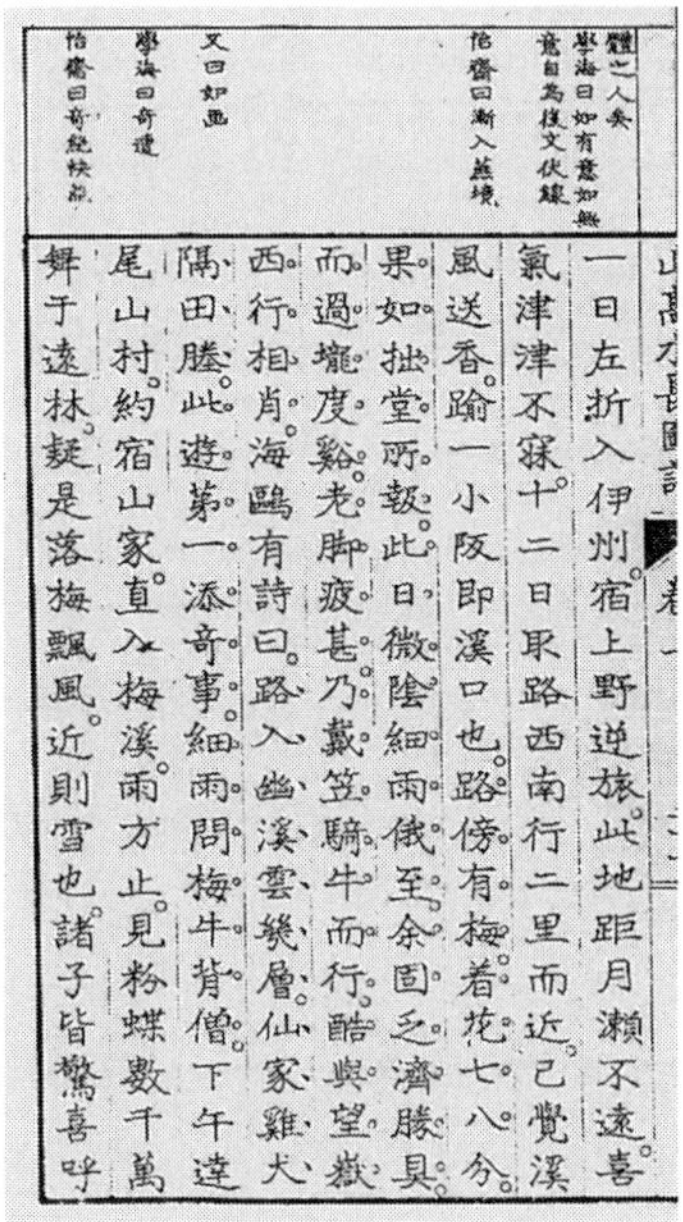

體之人矣
學海曰如有意如無意自為復文伏線
怡齋曰漸入蔗境
又曰如画
學海曰奇遺
怡齋曰奇絶快絶

一日左折入伊州宿上野逆旅此地距月瀬不遠喜
氣津津不寐十二日取路西南行二里而近已覺溪
風送香踰一小阪即溪口也路傍有梅着花七八分
果如拙堂所叙此日微陰細雨俄至余固乏濟勝具
而過壠度谿老脚疲甚乃戴笠騎牛而行酷與望嶽
西行相肖海鷗有詩曰路入幽溪雲幾層仙家雞犬
隔田塍此遊第一添奇事細雨問梅牛背僧下午達
尾山村約宿山家直入梅溪雨方止見粉蝶數千萬
舞于遠林疑是落梅飄風近則雪也諸子皆驚喜呼

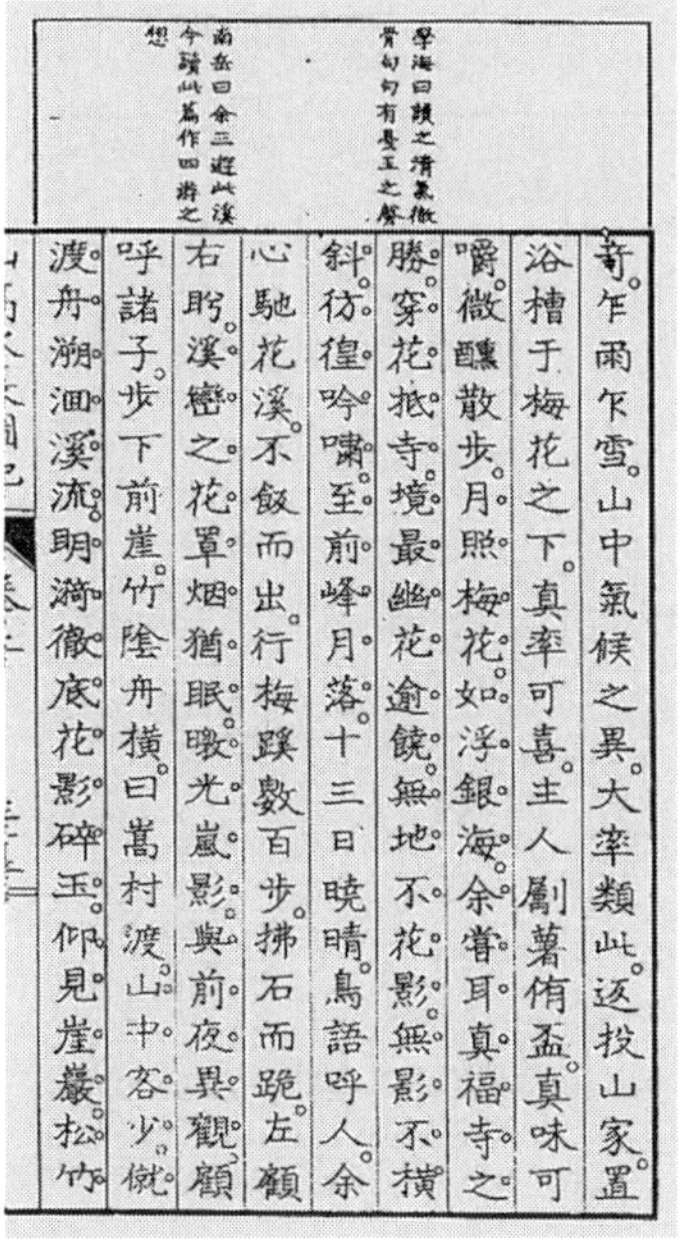

學海曰讀之清氣徹骨句句有戞玉之聲
南岳曰余三遊此溪今讀此篇作四游之想

奇乍雨乍雪山中氣候之異大率類此遂投山家置
浴槽于梅花之下真率可喜主人劚薯侑盃真味可
嚼微醺散步月照梅花如浮銀海余嘗耳真福寺之
勝穿花抵寺境最幽花逾饒無地不花影無影不横
斜彷徨吟嘯至前峰月落十三日曉晴鳥語呼人余
心馳花溪不斂而出行梅蹊數百步拂石而跪左顧
右盼溪巒之花罩烟猶眠曦光嵐影與前夜異觀顧
呼諸子步下前崖竹陰舟横曰嵩村渡山中客少儻
渡舟溯洄溪流明漪徹底花影碎玉仰見崖巖松竹

山高水長圖記　卷上　三十三

怡齋曰目朶戟叢隊曰騎人謹從者皆點綴取姿致行文之妙使人不覺拍案

藪梅花奇絶清絶惜不與鐵心同觀時腹告飢主人餉行厨圓飯鹽梅耳諸子争嘐余笑曰所謂晩食當肉者歟騎士率從者數人至篤夫告曰近日洞津候遊覧上野城番藤堂某君預撿道路也余曰馳馬花徑恐驚花神耳乃有詩曰萬玉林中流水長扁舟杳入小仙郷此行若落大官後未必梅花爾許香有客艿飄立前岸揖余者問其名則池雲樵也即同載吾舟雲樵喜奇遇頻傾瓢酒抽墨斗作舟中對酌畫一揖而去余亦舎舟上南岸至月瀬村梅花塡谷滿巓

山高水長圖記　卷上　三十四

又曰從雪後園林纔半樹水邊籬落忽橫枝來

如意曰此說古人未道破余則將周彼也

南岳曰真韵之語

又曰頓應有法

臺海曰遥應首章

柏齋曰与上篇戟叢隊應

遠與西溪之花連絡不知其幾萬株眞梅花國也然梅花之妙不必在多槎枒半樹隱見於水邊籬落殊有韻致但寢食於梅花者而能知之月瀬絶勝盛則盛矣然未必魯彼周此也晡時出山二更投上野逆旅餘興恍惚猶見冰姿玉貌往来燈光酒影之中十四日轉路勢州宿某驛十五日抵洞津訪拙堂余先詑曰月瀬之遊奇哉拙堂曰夫然荘周有言云人有能遊且得不遊乎人而不能遊且得遊乎方今海警四傳物論洶洶隱然有張有為之勢者而廟廊之士

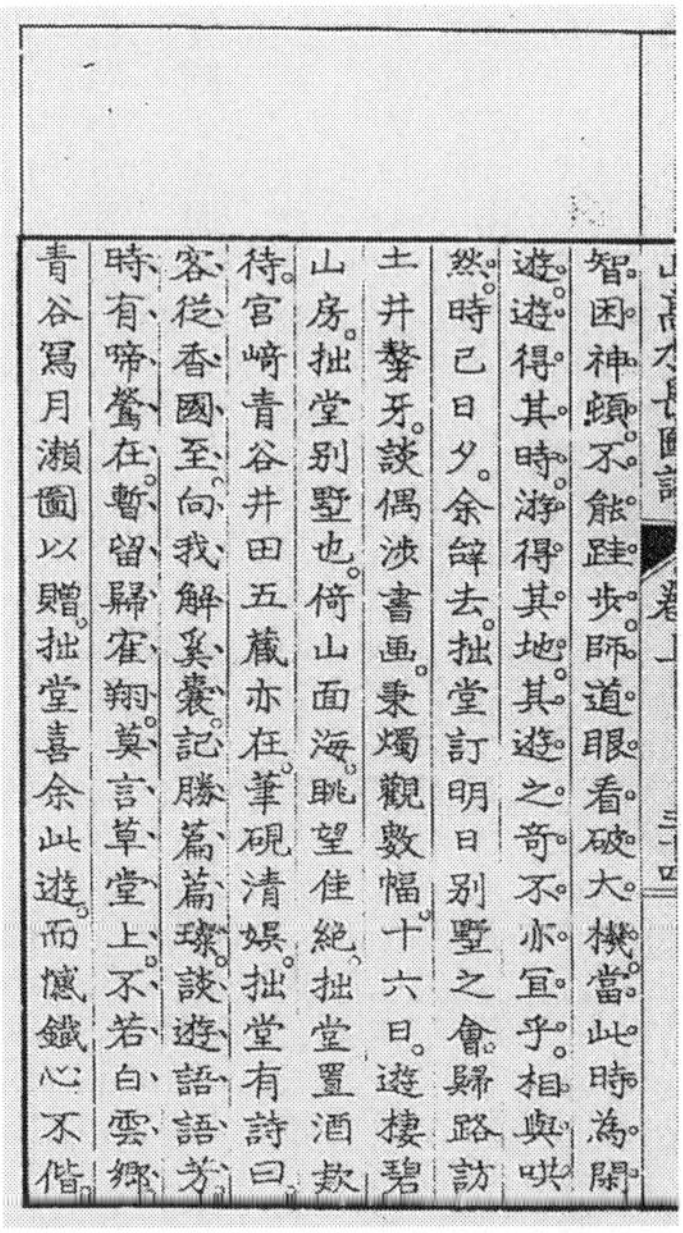

智困神頓。不能跬歩。師道眼看破大機。當此時爲開遊。遊得其時。游得其地。其遊之奇。不亦宜乎。相與哄然。時已日夕。余辭去。拙堂訂明日別墅之會。歸路訪土井贅牙。談偶涉書畫。秉燭觀數幅。十六日。遊棲碧山房。拙堂別墅也。倚山面海。眺望佳絶。拙堂置酒款待。宮崎青谷井田五蔵亦在。筆硯清娯。拙堂有詩曰。客從香國至。向我解奚嚢。記勝篇篇璨。談遊語語芳。時有啼鶯在。暫留歸雁翔。莫言草堂上。不若白雲鄕。青谷寫月瀨圖以贈。拙堂喜余此遊。而憾鐵心不偕。

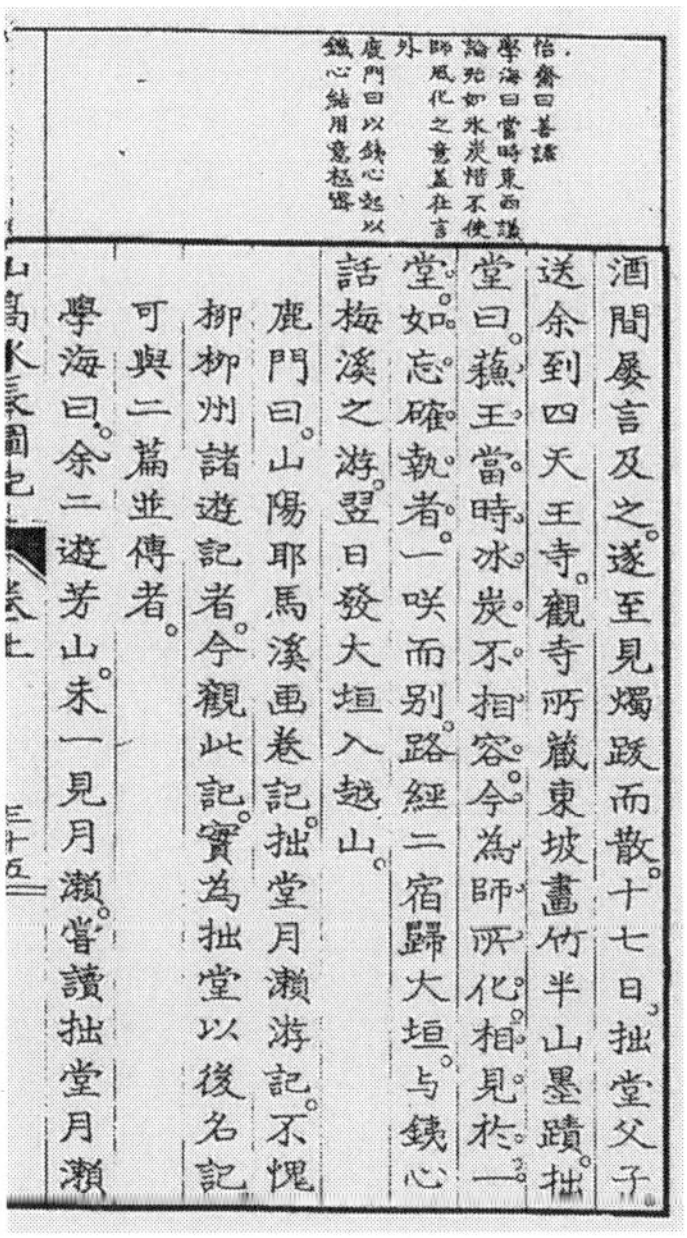

怡齋曰善謔

學海曰當時東西議論殆如氷炭惜不使師風化之意蓋在言外

鹿門曰以鉄心起以鐵心結用意極密

酒間屢言及之。遂至見燭跋而散。十七日。拙堂父子送余到四天王寺。觀寺所藏東坡畫竹半山墨蹟。拙堂曰。藕王當時氷炭不相容。今爲師所化。相見於一堂。如忘確執者。一哄而別。路經二宿歸大垣。与鉄心話梅溪之游。翌日發大垣入越山。

鹿門曰。山陽耶馬溪画巻記。拙堂月瀨游記。不愧柳柳州諸遊記者。今觀此記。實爲拙堂以後名記。可與二篇並傳者。

學海曰。余二遊芳山。未一見月瀨。嘗讀拙堂月瀨

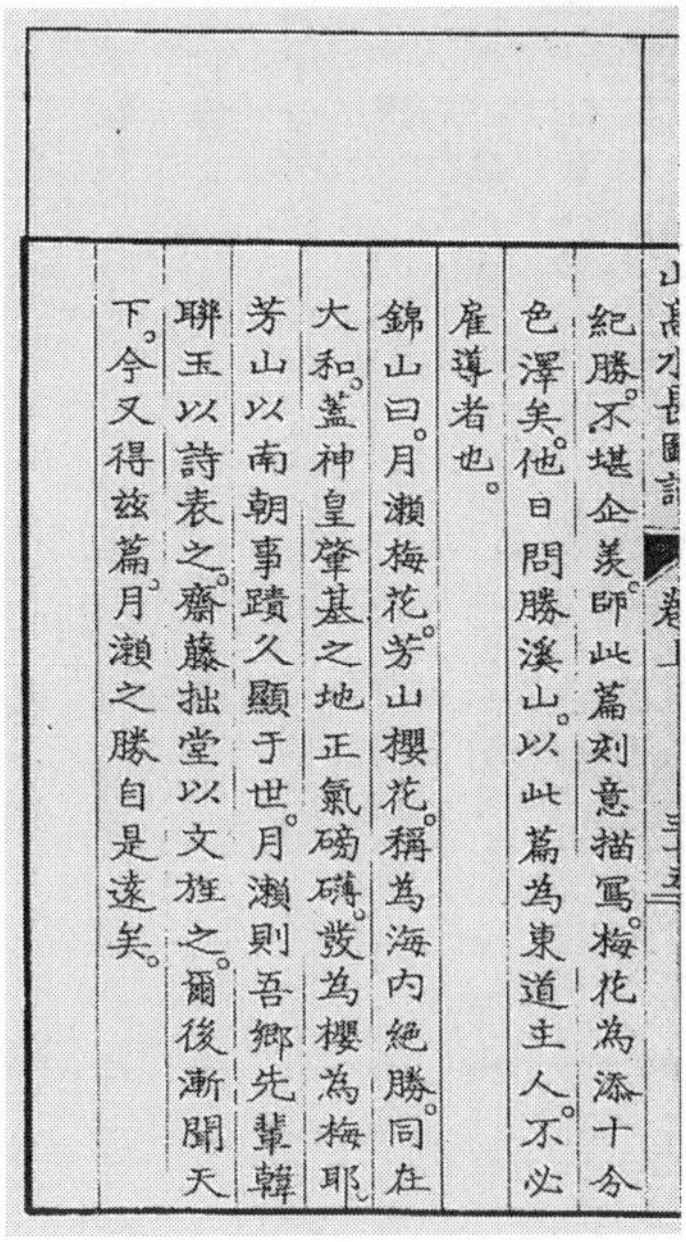

紀勝。不堪企羨。師此篇刻意描寫。梅花爲添十分色澤矣。他日問勝溪山。以此篇爲東道主人。不必雇導者也。

錦山曰。月瀨梅花。芳山櫻花。稱爲海内絶勝。同在大和。蓋神皇肇基之地。正氣磅礴。發爲櫻爲梅耶。芳山以南朝事蹟久顯于世。月瀨則吾鄕先輩韓聯玉以詩表之。齋藤拙堂以文旌之。爾後漸聞天下。今又得茲篇。月瀨之勝自是遠矣。

如意（谷鉄臣のこと）曰く、鉄心は余の交友たり。常に心を傾けて公に事ふ。公も亦意気相投じ、莫逆の交りを為す。故に公の詩文中語鉄心に及ぶ者多し。公の此の遊の決も、此の篇の成るも亦盖し鉄心の力なり。

鹿門（岡鹿門のこと）曰く、先づ鉄心・拙堂の友たるを点出し、之が地の語に応じて曰く、因って其の親を失はざるも亦可、宗文（柳宗元の文ならん）も亦然り。

月瀬問春

余嘗て齋藤拙堂の月瀬紀《ママ》勝を読み、鉄心と同遊を期すること年有り。拙堂之を知る。春ごとに花候を報じ遊を促す。今茲（今年）安政戊午（五年）の春、越行（越前行のこと）の期迫る。鉄心曰く、師、錫（錫杖のこと）を越に移す。月瀬を距つるいよいよ遠し。吾今官事に羈《つな》がれ、同遊するを得ず。乃ち海鷗(3)をして代りて伴はしむ。師盍《なん》ぞ一遊せざると。余乃ち二月八日を以て海鷗と倶に発す。弟子月珊従ふ。大篁村に至り、渡辺春水の家に投ず。春水も亦遊に従ふ。九日桑名に舟泊す。十日陸行す。官道に由り関駅に宿す。途《みち》に棨戟（錦きぬで包んだ戟、儀式に用いる戟）の厳隊を見る。幕使岩瀬肥後守（岩瀬忠震）京師に朝するなり。盖《けだ》し米鑑相（相模）海に入りてより、公武議を異にし、幕吏往来特に頻煩たり。十一日左折して伊州（伊賀）に入り上野の逆旅に宿す。此の地月瀬を距つること遠からず。喜気津々（多くあふれるさま）として寐ねられず。十二日路を西南に取りて行くこと二里にして近し。已に渓風の香を送るを覚ゆ。一小阪を踰《こ》ゆれば即ち渓口なり。路傍に梅有り。花を着く七八分。果して拙堂の報ずる所のごとし。此の日微かに陰り細雨俄かに至る。余固より済勝の具（丈夫な足のこと）に乏し。而して壠（おか）を過《よぎ》り谿を度《わた》り、老脚疲れ甚だし。乃ち笠を戴き牛に騎りて行く。酷《はなは》だ嶽を望みて西行すると相肖《に》たり。海鷗詩有りて曰く、路は幽渓に入り雲幾層ぞ。仙家の雞犬田塍《しょう》（あぜ）を隔つ。此の遊第一奇事を添ふ。細雨、梅を問ふ牛背の僧と。下午（午後）尾山村に達す。宿を山家に約し、直ちに梅渓に入る。雨方《まさ》に止む。粉蝶数千万遠林に舞ふを見る。疑ふらくは是れ落梅風に飄《ひるがえ》るか南岳（藤沢南岳のこと）曰く、閑人遊閑の地なり。而して時事を挿《さしはさ》んで以て章と為す者は亦胸中憂国の真掩ふべからざるなり。実に鉄心と一体の人なり。

学海（依田学海のこと）曰く、意有るがごとく意無きがごとし。自ら後文の伏線と為す。

怡齋（大島怡齋のこと）曰く、漸く蔗境（佳境）に入る。

又曰く、画のごとし。

学海曰く、奇遭なり。

怡齋曰く、奇絶、快絶なり。

と。近づけば則ち雪なり。諸子皆驚喜して奇を呼《さけ》ぶ。乍《たちま》ち雨ふり乍ち雪ふる。山中の気候の異ること大率《おおむね》此に類す。返りて山家に投じ、浴槽を梅花の下に置く。真率《しんそつ》（天真のさまにて飾らないこと）喜ぶべし。主人薯《いも》を劚《き》り、盃を侑《すす》む。真味嚼《あじわ》ふべし。微醺（酒に酔う）して散歩す。月は梅花を照らし、銀海に浮かぶがごとし。余嘗て真福寺の勝を耳にす。花を穿って寺に抵る。境最も幽にして花逾ゝ《いよいよ》饒《ゆた》かなり。地として花影ならざるは無し。影として横斜ならざるは無し。彷徨して吟嘯す。前峰に至れば月落つ。十三日暁晴。鳥語人を呼ぶ。余の心花渓に馳す、飯《くら》はずして出づ。梅渓を行くこと数百歩、石を払ひて跪《ひざまず》く。左顧右眄するに、渓巒の花烟を罩《こ》めて猶ほ眠るがごとし。暾光（朝日の光）嵐影、前夜と観を異にす。顧みて諸子を呼び、歩して前崖を下る。竹陰に舟横たふ。嵩《だけ》村の渡しと曰ふ。山中客少く、渡舟を傭《やと》ひて渓流を遡洄す。明漪《い》（漪はさざ波）底に徹し、花影玉と砕け、仰ぎて崖巌を見るに、松竹は梅花を護り、奇絶清絶、鉄心と観を同じくせざるを惜しむ。時に腹飢うるを告ぐ。主人餉《かわいい》もて厨に行く。団飯（にぎり飯）塩梅《しおうめ》のみ。諸子争ひて喫す。余笑ひて曰く、所謂晩食肉に当る者かと。騎士従者数人を率《したが》へて至る。篙夫告げて曰く、近日洞津侯（当時の津藩土藤堂高猷のこと）遊覧す。（この年二月来村観梅している。）上野城番藤堂某君、預め道路を撿するなりと。余曰く、馬を花径に馳せば恐らくは花神を驚かすのみと。乃ち詩有りて曰く、万玉林中流水長し。扁舟杳として小仙郷に入る。此の行若《も》し大官（大官坂といって、尾山から長引に下るきつい坂、高猷の来村にかけた語）を落《くだ》りし後ちならば、未だ必ずしも梅花爾許《にこ》（いくばく）の香《こう》あらざらんと。客瓢を携へて前岸に立学海曰く、之を読んで清気骨に徹す。句々戛《カツ》玉の声有り。

南岳曰く、余三たび此の渓に遊ぶ。今此の篇を読んで四たび遊ぶの想ひを作す。（筆者注、南岳の三遊の最初は後に記す文久の年なり）

怡齋曰く、棨戟厳隊を曰ひ、騎人従者を率《ひき》ゐる皆点綴して姿を取る行文の妙を致す。人をして覚えず案を拍《う》たしむ。

又曰く、雪後園林纔《わず》かに半樹、水辺の籬落より忽ち枝を横たへ来る。

ちて余に揖（挨拶する）する者有り。其の名を問へば則ち池雲樵なり。即ち同《とも》に吾が舟に載る。雲樵は奇遇を喜び、頻りに瓢酒を傾く。墨斗を抽き舟中対酌図を作る。一揖して去る。余も亦舟を舎《す》て南岸に上り、月瀬村に至る。梅花谷を填め巓に満つ。遠く西渓の花と連絡して、其の幾万株なるかを知らず。真に梅花国なり。然れども梅花の妙は必ずしも多きに在らず。槎枒たる半樹は水辺の籬落に隠見す。殊に韻致有り。但《ただ》梅花に寝（寝と同じ）食する者にして能く之を知る。月瀬の絶勝盛なれば則ち盛なり。然れども未だ必ずしも彼《かしこ》を魯《ろ》とし、此《ここ》を周《しゅう》とはせざるなり。晡《ほ》時（午後四時頃）に山を出づ。二更（夜十時）上野の逆旅に投ず。余興恍惚にして、猶ほ氷姿玉貌、燈光酒影の中に往来するを見るがごとし。十四日、路を勢州に転じ、某駅に宿す。十五日、洞津（津の旧名）に抵り、拙堂を訪ふ。余先づ詫びて曰く、月瀬の遊は奇なるかなと。拙堂曰く、夫れ然り。荘周言ありて云ふ。人能く遊ぶ有らば、且らく遊ばざるを得んや。人にして遊ぶ能はざれば且らく遊ぶを得んやと。方今海警（海の護り）四《よも》に伝はり、物論洶々（騒ぎどよめくさま）たり。隠然として有為の勢を張る者有り。而して廟廊の士、智困し神頓し、跬《き》歩（半歩のこと）する能はず。師の道眼は大機を看破す。此の時に当り閑遊を為す。遊ぶに其の時を得、遊ぶにその地を得たり。其の遊の奇も亦宜《むべ》ならずや。相与に哄然《こうぜん》（大笑いするさま）たり。時已に日夕、余辞し去る。拙堂明日の別墅の会を訂《はか》る。帰路土井聱牙を訪ふ。談偶〻《たまたま》書画に渉る。燭を秉り数幅を観る。十六日棲碧山房に遊ぶ。拙堂の別墅なり。山に倚り海に面す。眺望佳絶なり。拙堂置酒して欵待す。宮崎青谷・井田五蔵も亦在り。筆硯清娯す。拙堂詩有り如意曰く、此の説古人未だ道破せず。余即ち将に彼を周とせんとするなり。

南岳曰く、真韻の語なり。

又曰く、顧応に法あり。

学海曰く、遙かに首章に応ず。

怡齋曰く、上の棨戟厳隊と応ず。

怡齋曰く、善謔なり。

学海曰く、当時東西の議論殆ど氷炭のごとし。惜むらくは師風をして化せしめざるの意は、蓋し言外に在り。

鹿門曰く、鉄心を以て

て曰く、客香国より至る。我に向って奚嚢（詩文を入れる袋）を解く。勝を記す篇々璨たり。遊を談ず語々芳し。時に啼鴬の在る有り。暫く帰鶴の翔《と》ぶを留む。言ふ莫れ草堂の上は、白雲郷に若《し》かずと。青谷月瀬図を写して以て贈る。拙堂余の此の遊を喜ぶも、而も鉄心の偕にせざるを憾《うら》む。酒間屢《しばしば》之に言及す。遂に燭跋（ともしびのもえさし）を見るに至りて散ず。十七日、拙堂父子（子は誠軒）、余を送りて四天王寺に到る。寺蔵する所の東坡の画竹、半山（玉安石のこと）の墨蹟を観る。拙堂曰く、蘇・王当時氷炭相《あい》容れず。今師の化する所と為り。堂に相《あい》見え。雠執を忘るる者のごとしと。一咲（笑字と同じ）して別る。路二宿を経て大垣に帰る。鉄心と梅渓の遊を話す。翌日大垣を発して越山に入る。

鹿門曰く、山陽の耶馬渓画巻記、拙堂の月瀬遊記は柳々州（柳宗元）の諸遊記に愧ぢざる者なり。今此の記を観るに、実に拙堂以後の名記と為す。二篇と並び伝ふべき者なり。

学海曰く、余二たび芳山（芳野山）に遊ぶも、未だ一たびも月瀬を見ず。嘗て拙堂の月瀬紀《ママ》勝を読んで、企羨（切に望んで慕う）に堪へず。師の此の篇は刻意描写し、梅花為に十分の色沢を添ふ。他日勝を渓山に問はば、此の篇を以て東道の主人と為さん。必ずしも導者を雇はざるなり。

錦山（矢土錦山のこと）曰く、月瀬の梅花、芳山の桜花は称して海内の絶勝と為す。同じく大和に在り。蓋し神皇（神武天皇）肇基（基礎を確立する）の地、正気磅礴《ほうはく》（広大なさま）し、発して桜と為り梅と為るか。芳山は南朝の事蹟を以て久しく世に顕はれ、月瀬は則ち吾が郷の先輩聯玉詩を以て之を表はし、斉藤拙堂は文を以て之を旌《あらわ》す。爾後漸く天起し、鉄心を以て結ぶ。——下に聞こゆ。今又茲の篇を得て月瀬の勝是より遠《あまね》（広くゆきわたる）し。用意極めて蜜なり。

また、彼に詩文集『鴻雪爪翁山雨楼詩文鈔』一冊が昭和十一年に出版されている。その中に「月瀬看梅」の五言絶句一首があるので挙げる。

真福寺何處　雪晴月已高　　真福寺何れの処ぞ　雪晴れて月已に高し
回巌香脉脉　寒影度銀濤　　巌を回《めぐ》り香脈々たり　寒影銀濤を度《わた》る

雪爪は観梅の帰途、齋藤拙堂を訪ねた。その時の拙堂の五律一首が、この詩文鈔に載せられているが、本文中に挙げているので省略する。なお図版266頁上段に揚げた「月瀬観梅舟遊図」は村田香谷[4]が画いたもので、多分雪爪の依頼によるもの。安政当時の作画ではあるまい。

注

（1）『濃飛文教史』二六八〜二七二頁（「無窮会図書館」蔵本）

（2）大垣藩の執政なり、名は忠寛、字は栗卿、仁兵衛と称し、鉄心は其号なり、又別に是水・酔逸と号す。美濃の人。世々大垣侯に仕ふ。その人と為り磊落、状貌魁梧、容止厳正、文学を好み、業を齋藤拙堂に受く。頗る経済に通じ、且つ詩文を善くす。鉄心藩主三世に歴仕し、屢々国の多難に遭遇して尽力斡旋し、維新の際主君と共に王事に勤めて功労多し。維新後は江戸府判事・本保県権知事に任ぜられ、明治五年四月十五日卒す。年五十六。正五位を贈らる。著する所、亦奇録、鉄心居小稿、鉄心遺稿等あり。（『近世漢学者伝記著作大事典』九五・九六頁）

（3）菱田海鷗、毅齋の子、名は重禧、文蔵と称し、海鷗は其号なり。幼にして家学を修め、後ち安積艮齋に学ぶ。才気喚発、嶄然儕輩を抜き、特に詩文を善くす。学成り郷に私塾を開く。後ち小原鉄心に識られ、大垣藩黌の教官に擢でらる。維新後は学校取調委員・待詔御用係・福島県・青森県知事・文部省書記官等に任ぜらる。致仕して後ち復た講説をつとむ。明治二十八年三月九日没す、年六十。著書に海鷗詩刺一巻あり。（『近世漢学者伝記著作大事典』四二七頁）

（4）　名は叔、香谷は其号なり、又別に蘭雪・適園と号す。筑前の人。業を貫名海屋に受け、旁ら画法を攻む。明治四十五年十月没す、年八十二。著書に晩晴楼詩鈔二巻あり。（『近世漢学者伝記著作大事典』五〇九頁）

第六項　中村栗園の「月瀬観梅記」（安政五年）

栗園名は和、字は子蔵、和蔵と称し、栗園、又半仙と号す。豊前の人。業を帆足萬里に受け、洛閩の学を修む。後ち又一時亀井昭陽の門に遊びしが、意合はずして去り、上国に遊びて名流と交る。学愈々進むに従ひ、篠崎小竹の薦めを以て水口侯の儒員となり、政事に参与するに至る。維新の際、藩主に勧めて王事に勤めしむ。既にして列藩封土を奉還し、藩主知事となるや、栗園大参事となり、輔翼治を図る。在職三年、致效漸く著る。一朝職を辞し、優遊老を養ふ。明治十四年十二月二十日卒す。年七十六。従四位を贈らる。著述するもの、日本知嚢六巻、栗園詩稿一巻、栗園文鈔五巻等あり。[1]（図版28、274頁参照）

栗園に「月瀬観梅記」がある。齋藤拙堂が評をしていて、「余三十年前月ヶ瀬に遊び」（もと漢文）とある。拙堂が月ヶ瀬に遊んだのが文政十三年であるから、それから数えて三十年後は、万延元年になる。観梅記には年記がないが、観梅記の欄外の評者詩人篠崎訥堂[2]は安政五年没。野田笛浦[3]は安政六年没である。『栗園文鈔』に収める齋藤拙堂の序の年記が矢張り安政己未（六年）になっているので、それ以前に月ヶ瀬に遊び、観梅記を書いたと思われる。よって左に読み下しを揚げた。

図版28

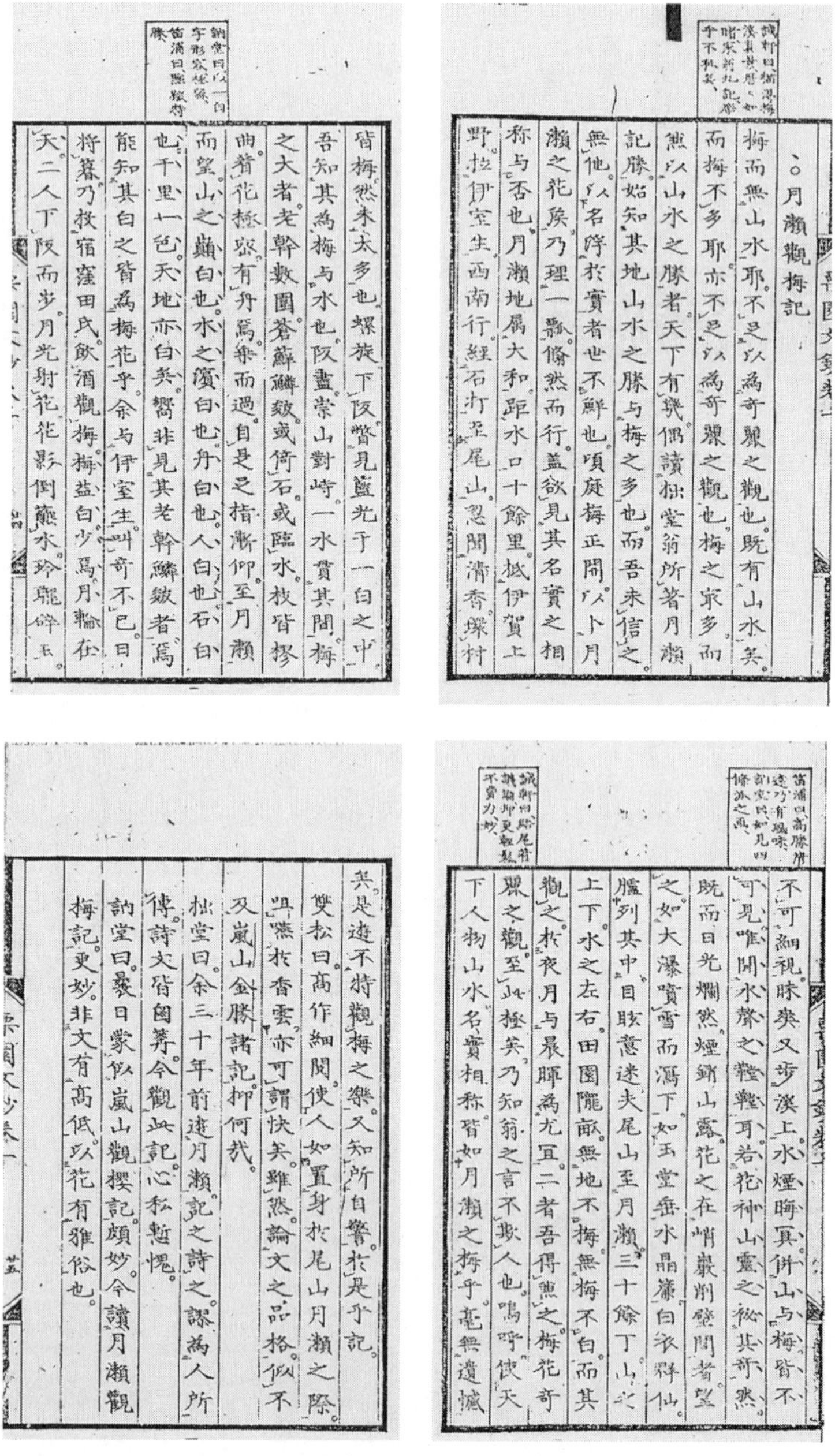

〇月瀬観梅記

梅而無山水耶。不足以為奇聚之観也。既有山水矣。而梅不多耶。亦不足以為奇聚之観也。梅之家多而無以山水之勝者。天下有幾。偶讀拙堂翁所著月瀬記勝。始知其地山水之勝与梅之多也。而吾未信之。無他。以名浮於實者世不鮮也。頃庭梅正開。以卜月瀬之花候。乃理一瓢。翛然而行。蓋欲見其名實之相称与否也。月瀬地属大和。距水口十餘里。抵伊賀上野。拉伊室生西南行。経石打至尾山。忽聞清香撲村

皆梅。然未太多也。螺旋下阪。瞥見瑩光于一白之中。吾知其為梅与水也。阪盡崇山對峙。一水貫其間。梅之大者。老幹数圍。蒼蘚鱗皴。或倚石。或臨水。枝皆樛曲。着花極密。有舟焉。乗而過。自是指漸仰至月瀬而望。山之巓白也。水之濱白也。舟白也。人白也。石白也。千里一色。天地亦白矣。嚮非見其老幹鱗皴者。焉能知其白之皆為梅花乎。余与伊室生叫奇不已。日将暮。乃投宿窪田氏。飲酒観梅。梅益白。少焉月輪在天。二人下阪而歩。月光射花。花影倒蘸水。玲瓏碎玉。

不可細視。昧爽又歩渓上。水煙晦冥。併山与梅。皆不可見。唯聞水聲之鞺鞳。可若花神山靈之祕其訝然。既而日光爛然。煙銷山露。花之在峭巌削壁間者。望之如大瀑噴雪而瀉下。如玉堂垂水晶簾。白衣群仙。臚列其中。目眩意迷。夫尾山至月瀬。三十餘丁。山之上下。水之左右。田園隴畝。無地不梅。無梅不白。而其観之於夜月与晨暉為尤宜。二者吾得兼之。梅花奇聚之観。至此極矣。乃知翁之言不欺人也。嗚呼使天下人物山水名實相称。皆如月瀬之梅乎。毫無遺憾

矣。是遊不特観梅之樂。又知所自警。於是乎記。

雙松曰。高作細閲。使人如置身於尾山月瀬之際。異嚮於香雲。亦可謂快矣。雖然。論文之品格。似不及嵐山剱勝諸記。抑何哉。

拙堂曰。余三十年前遊月瀬。記之詩之。謬為人所傳。詩文皆幽蕪。今観此記。心私慙愧。

訥堂曰。曩日蒙似嵐山観櫻記頗妙。今讀月瀬観梅記。更妙。非文有高低。以花有雅俗也。

誠軒曰く、梅渓の真景を描き得て歴々（はっきりしている）として睹るがごとし、家翁の九記孤ならざるに庶《ちか》し。

訥堂曰く、一白の字を以て形容極めて密。

笛浦曰く、点綴特に勝る。

笛浦曰く、高勝清遠。

月瀬観梅記

梅ありて山水無からんや。以て奇麗の観を為すに足らざるなり。既に山水有りて梅多からざらん。亦以て奇麗の観を為すに足らざるなり。梅の最も多くして兼ねて山水の勝を以てする者は天下に幾《いく》ばくか有る。偶ゝ《たまたま》拙堂翁著す所の月瀬記勝を読み、始めて其の地の山水の勝と梅の多きとを知るなり。而れども吾未だ之を信ぜず。他無し。名実に浮く者、世に鮮《すくな》からざるを以てなり。頃《このご》ろ庭梅正に開く。以て月ヶ瀬の花候を卜す。乃ち一瓢を理《ととの》へ、倏然《しょうぜん》（はやきかたち）として行く。蓋《けだ》し其の名実の相称《かな》ふと否とを見んと欲すればなり。月ヶ瀬の地は大和に属し、水口を距つること十余里、伊賀上野に抵り、伊室生を拉し、西南行して石打を経て尾山に至る。忽ち清香を聞《か》ぐ。村を環りて皆梅、然れども未だ太《はなは》だしくは多からざるなり。螺旋して阪を下り、藍光を一白の中に瞥見す。吾其の梅と水との為《ため》なるを知るなり。阪尽き崇山対峙し、一水其の間を貫く。梅の大なる者は、老幹数囲、蒼蘚鱗皴《しゅん》（青々とした苔や、鱗《うろこ》状のしわ）、或は石に倚り、或は水に臨む。枝皆樛曲《きゅうきょく》（曲りくねる）し、花を着くる極めて密。舟有り、乗じて過ぐ。是より足指漸く仰ぐ。月ヶ瀬に至りて望むに、山の巓《いただき》白きなり。水の浜白きなり。舟白きなり。人白きなり。石白きなり。千里一色にして、天地も亦白し。嚮《さき》に其の老幹鱗皴なる者を見るに非ずんば焉《いずく》んぞ能く其の白の皆梅花たるを知らんや。余伊室生と奇を呼んで已まず。日将に暮れんとす。乃ち窪田氏に投宿し、酒を飲み梅を観る。梅益ゝ《ますます》白し。少焉《しばら》くして月輪天に在り。二人阪を下りて歩す。月光花を射、花影倒《さかしま》に水に蘸《ひた》る。玲瓏として玉を砕き、細かに視るべか巧みに風味有り。

訥堂曰く、四条派の画を見るがごとし。

誠軒曰く、結尾議論を着く。却って更に軽《けい》鬆《しょう》（のびのびする）にして力を費さず妙。

らず。昧爽（夜明け方）又渓上に歩す。水煙晦冥山と梅とを併せ、皆見るべからず。唯《ただ》水声の鞺々《とうとう》（鼓のこえ）たるを聞くのみ。花神山霊の其の奇を秘するがごとく然り。既にして日光爛然（あざやかで美しいさま）たり。煙銷《き》え山露れ、花の峭巌峭壁の間に在る者は、之を望めば大瀑雪を噴《は》きて潟下するがごとく、玉堂に水晶の簾を垂れ、白衣の群仙其の中に臚列（並べる）するがごとし。目眩み意迷ふ。夫れ尾山より月瀬《つきせ》に至る三十余丁、山の上下、水の左右、田園隴畝、地として梅ならざる無く、梅として白ならざる無く、而して其の之を観る、夜月と晨暉とに於いて尤も宜しと為す。二者吾之《これ》を兼ぬるを得たり。梅花奇麗の観、此に至りて極まれり。乃ち翁の言人を欺かざるを知るなり。嗚呼《ああ》、天下の人物・山水をして名実相称《かな》ふこと、皆月ヶ瀬の梅のごどくならしめんか、毫も遺憾無し。是の遊特《ただ》に梅を観るの楽しみのみならず、又自ら警《いまし》む所を知る。是に於てか記す。

（小谷）雙松(4)曰く、高作細閲するに、人をして身を尾山月ヶ瀬の際に置き、香雲を咀噍するがごとくならしむ。亦快と謂ふべし。然りと雖も、文の品格を論ずるに、嵐山・金勝の諸記に及ばざるに似たるは抑《そもそも》何ぞや。

拙堂曰く、余三十年前、月ヶ瀬に遊び、之を記にし、之を詩にし、謬《あやま》りて人の伝ふる所と為る。詩文は皆鹵莽《ろもう》（鹵莽と同じ、軽薄で不注意なこと）なり。今此の記を観るに、心私《ひそ》かに慙愧す。

（篠崎）訥堂曰く、曩日嵐山観桜記を似《しめ》さるるに、頗る妙なり。今、月瀬観梅記を読むに更に妙なり。文に高低あるに非ず。花に雅俗あるを以てなり。

齋藤試野曰拙得梅溪真景歷々如睹家翁九記庶乎不孤矣
五岳曰文亦常山蛇勢
又曰月瀬題詠諸家最多然纔

月瀬観梅記　中村栗園 江水口人
梅而無山水耶不足以為奇麗之観也既有山水矣而梅不多耶亦不足以為奇麗之観也梅之最多而兼以山水之勝者天下有幾偶讀拙堂翁所著月瀬記勝始知其地山水之勝與梅之多也而吾未信之無他以名浮於実者世不鮮也頃庭梅正開以卜月瀬之花候乃埋一瓢倫然而行

名家　増補月瀬記勝之巻　三十八

（原本、原寸大・部分）

明治十五年に出版された『増補月瀬記勝』(5)には、齋藤拙堂の梅渓遊記十律（七律十首）を省き、ここに挙げた栗園の「月瀬観梅記」を載せ、拙堂の評語に「詩文鹵莽、今観此記、心私慙愧」とあり、拙堂の十律は兎角評判がよくなかったので、十律を省いて中村栗園の「月瀬観梅記」を載せたと思われる。

注

（1）『近世漢学者伝記著作大事典』三六九頁

（2）名は槩、字は公槩、長平と称し、竹陰は其号なり、又別に訥堂・武江と号す。江戸の人。本姓は加藤氏。初め業を古賀侗庵に受け、後ち小竹に学ぶ。才学に長じ、篠門の四天王の一と称せらる。遂に出でて小竹の嗣となり、その姓を冐す。安政五年八月二十八日没す。年五十余。（『近世漢学者伝記著作大事典』二五八頁）

（3）前注記二三五頁（2）

（4）小谷巣松のことか。

（5）『増補月瀬記勝』乾冊、二八葉表～三〇葉裏、前注記二五〇頁（21）

第七項　齋藤拙堂題字『渓山清夢』月瀬詩画巻（文久元年）

この詩画横披巻は平成六年、県立奈良美術館において「㈶大和文化財保存会収蔵品展」が開催された際、私も見学の機会を得た。年紀は「文久紀元（元年）三月」とあり、この詩画巻が如何なる経過で作成されたかはわからないが、展覧当時の解説が『収蔵品目録』に記されているので参考までに揚げておく。原解説文は横組になっているが、縦書きに写し直した。

齋藤拙堂題讃「月ヶ瀬図巻」　絵画彩色・讃文墨書、縦14.4cm　長599.2cm

梅の名所、月ヶ瀬と言えば、文人墨客が訪れ、絵画や詩歌を残しているが、取り分け、それをしらしめたのは津藩の儒者拙堂の『月瀬記勝』に負ふことが知られる。本図巻の巻頭にその拙堂の「文久紀元春二月・渓山清夢・拙堂隠士」の書があり、以下に梅渓の図と諸文人の讃文が見られる。拙堂が月ヶ瀬に遊んで「梅溪遊記」を創り『月瀬記勝』を乾・坤の二冊として発刊したが、その乾編にもやはり縦書きの「渓山清夢」の書が序文の次に掲載されている。

拙堂は慶応元年（一八六五）に六十九歳で没しているので、本図巻の揮毫の「文久紀元春二月」は彼の晩年の書である。巻頭に続いて尾山の梅林渓谷の光景の場面が間隔を置いて配置され、その絵の間に讃文がある。以下、図巻の順序に従ってその筆跡者を紹介する。

齋藤拙堂書―絵画一面―松寓学人（二点）―絵画一面―藤井竹外（一点）―村山半牧子（一点）―絵画一面―藤本鉄石（一点）―富岡鉄齋（一点）―仙心道人（二点）―静慎室之主（一点）―郁子毅（筆者注・穀の誤りならん）（一点）―絵画一面（尾山長曳図・雲岳と讃あり）―仙人道人（一点）―山中信天翁（一点）―江馬天江（一点）―神山鳳

陽（一点）－頼立齋（一点）となっている。巻頭の拙堂の書が文久元年であるので、以下の讃文は全てそれと同時か以降となるが、特に幕末の勤王関係者が多い。

散文中に、この図巻の所有者の依頼で揮毫した旨の記述が、藤井竹外と仙心道人の二人にあり、通常の文人ではなく、やはり勤王思想の持主であったと考えられる。なお、巻末は頼立齋が頼山陽の「月瀬梅花之勝」の句中の詩「万樹梅園（筆者注、圍字の誤り）渓水長。芳山寧敢擅春芳。東風一様晴雲白。孰興（筆者注、興は與の誤り）此中雲有香」を揮毫している。

従って「静文主人」は巻頭と巻末並びに絵画を最初に企画の上、その間に関係者の讃文を依頼」したと考えられる。（村上泰昭）

村上泰昭氏は目録のあとがき末尾に、「㈶大和文化財保存会」の専務理事と見える。

何れにしろ、拙堂題字の「文久紀元（元年）近くにまとまったもので、ここに載録する。なお、この詩画巻は、数年前に月ヶ瀬教育委員会所蔵になった由、版本でなく、それぞれ詩人、画人の自筆稿であるだけに、大変貴重な資料といえよう。

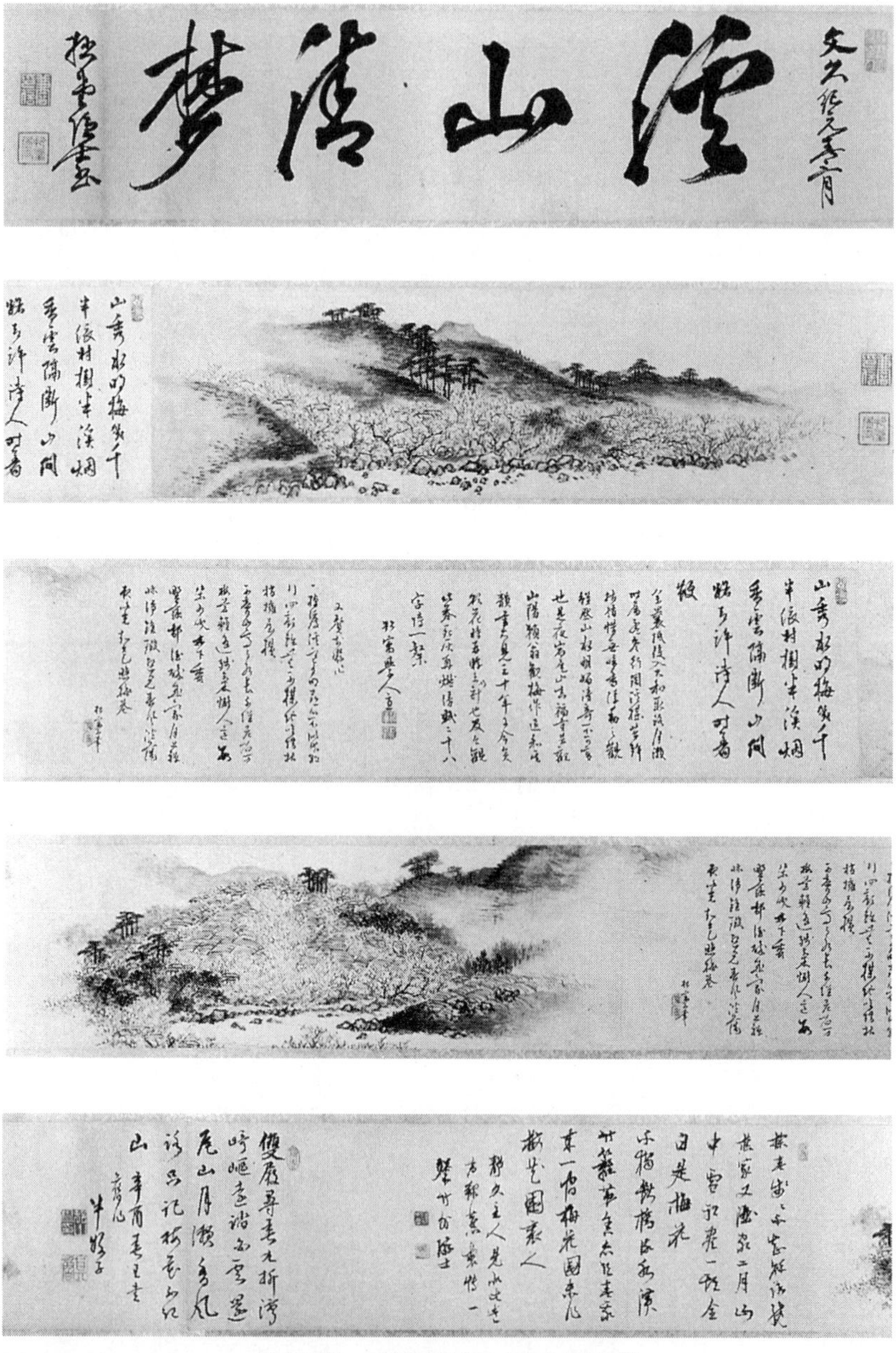

月瀬図巻　斎藤拙堂他　江戸時代後期

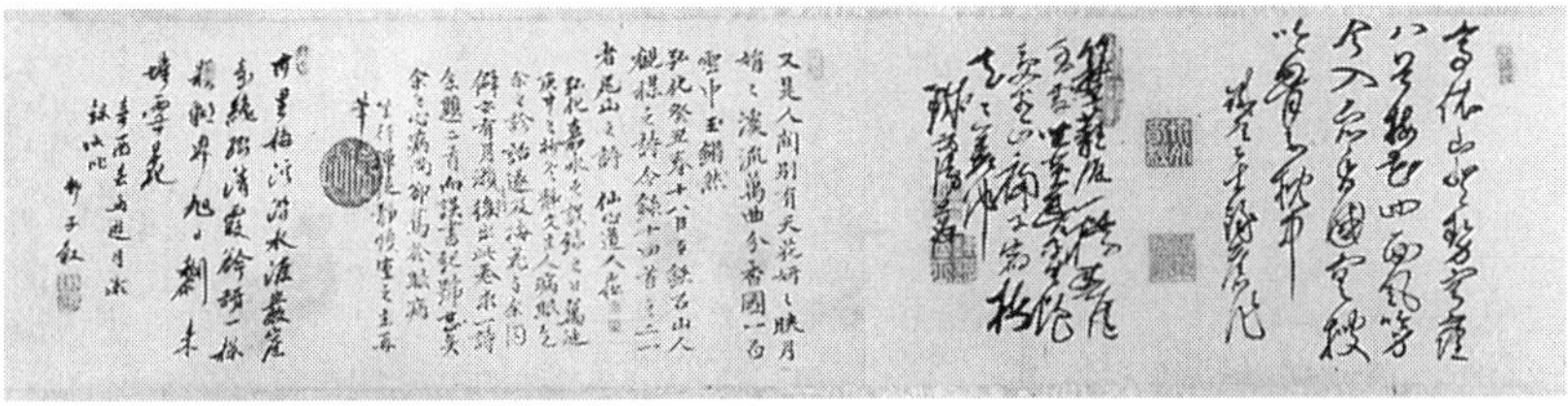

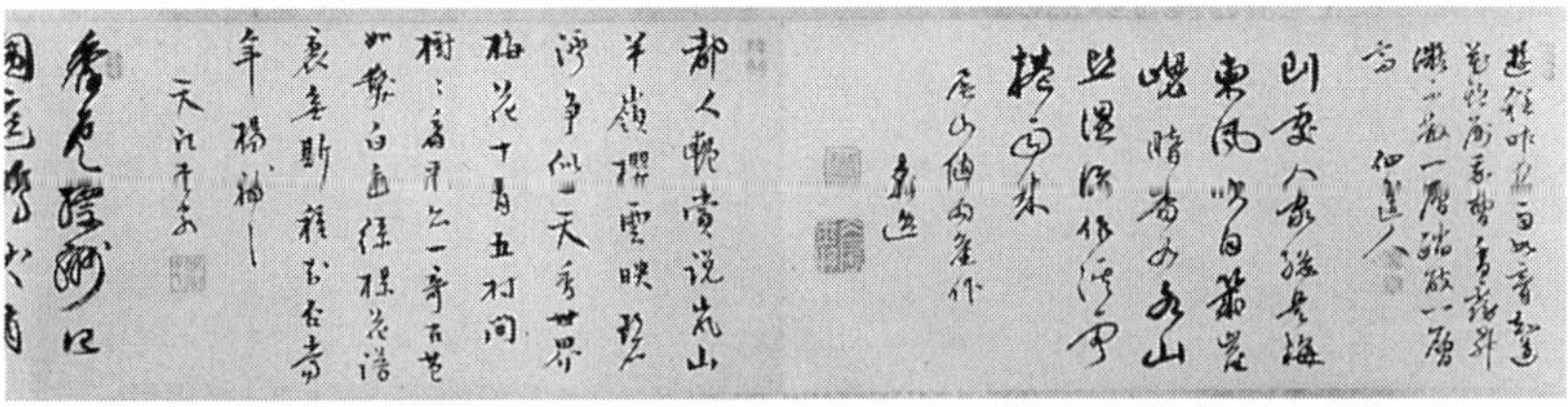

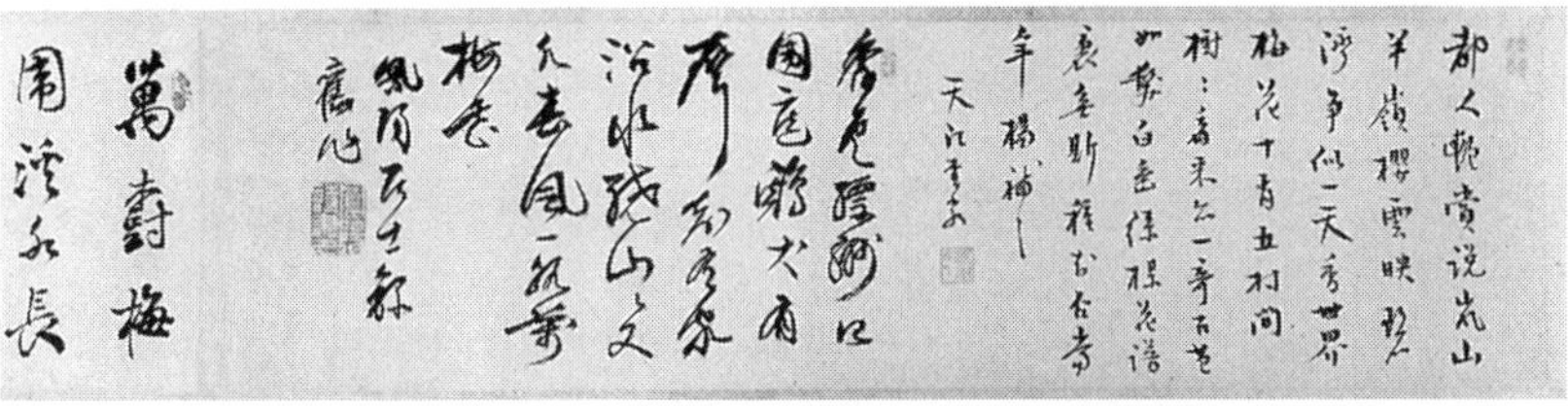

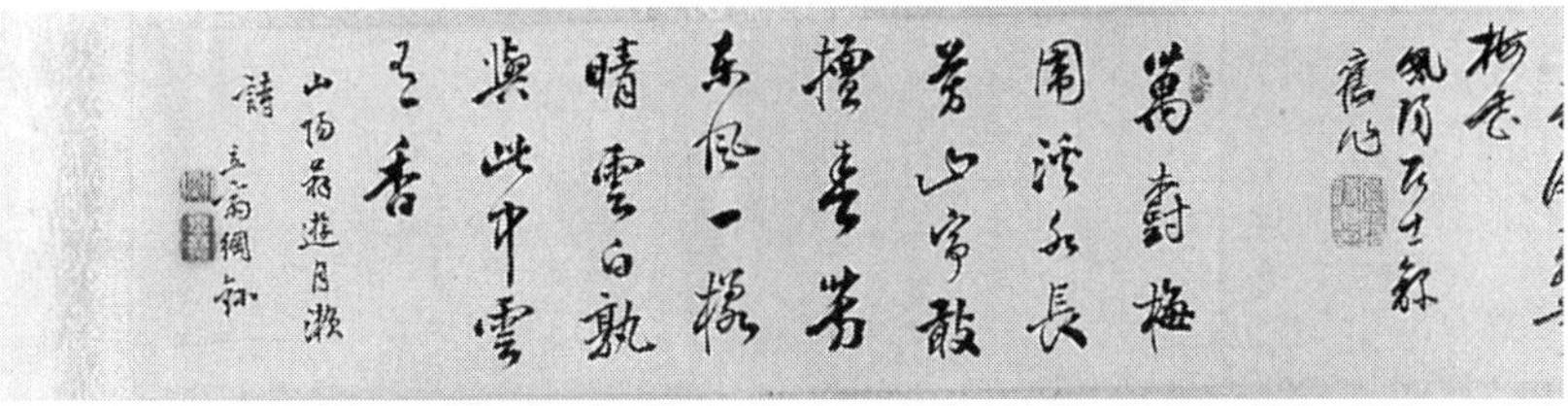

印

文久紀元春三月

渓山清夢

拙堂(1)隠士書

印 印

山秀水明梅幾千　山秀で水明らかに梅幾千

半依村樹半渓烟　半ばは村樹に依り半ばは渓烟

香雲隔断山間路　香雲隔て断つ山間の路

却許詩人時着鞭　却って許す詩人時に鞭を着くるを

余嚢祇役入大和。取路月瀬。時属孟冬。行同渓梅苔蘚枯梢。惜無暗香浮動之観。雖然山水明媚清奇。不可写也。是夜宿尾山真福寺。共観山陽頼翁観梅作。追和其韻。書亦見三十年于今矣。欲花時再游。未明計也。及今観此巻。死灰再燃。漫賦二十八字詩博一粲。

松寓学人直印印

余嚢《さき》に祇役して大和に入り、路を月瀬に取る。時に孟冬に属す。行《ゆくゆく》ゝ渓梅苔蘚枯梢と同《とも》にす。暗香浮動の観無きを惜しむ。然りと雖も山水の明媚清奇は写すべからざるなり。是の夜尾山の真福寺に宿す。共に山陽頼翁の観梅の作を観、其の韻に追和す。書も亦、今に三十年なるを見る。花時に再遊せんと欲するも未だ明らかに計れず。今此の巻を観るに及んで、死灰再燃す。漫《みだ》りに二十八字詩を賦し、一粲を博す。

松寓学人直印印

又贅前游作
一棹渡溪寒日明。喜心不似昨朝行。四顧雖無不楳地。唯惜枯梢擁屋横。」
不啻山高与水長。千堆危石万梅芳。頼逢残氣慰人意。数朶為吹林下香。」
野蘓邨酒酔來家。月上禪牀浄絶瑕。想見春風淡蕩夜。此光知是照梅花。
松寓拝筆印印

又前游の作に贅《ぜい》す
一棹渓を渡れば寒日明らかなり。喜心昨朝の行に似ず。四顧するに楳（＝梅）ならざる地無しと雖も　唯惜しむ枯梢屋を擁して横たはるを。」

啻《ただ》に山高と水長とのみならず。千堆危石万梅芳し。頼《さいわ》ひに残気人意を慰むるに逢ふ。数朶為に吹く林下の香。」

野蘓邨酒酔ひ来る家。月は禅牀に上り浄《きよ》くして瑕を絶つ。想ひ見る春風淡蕩の夜。此の光知る是れ梅花を照らすを。

松寓[2]拝筆す印印

印
探春歩々不知賒。路繞樵家又酒家。二月山中雪初盡。一邨全白是梅花。」
不獨断橋流水濱。竹籬茅舎亦皆春。我來一宿梅花國。未作梅花國裏人。
静文主人見似此巻為釈蕉嚢博一粲竹外酔士

印印

春を探ねて歩々賖《はる》かなるを知らず。路は繞《めぐ》る樵家又酒家。二月の山中雪初めて尽く。一邨の全白は是れ梅花。」独り断橋流水の浜のみならず。竹籬の茅舎も亦皆春。我は来りて一宿す梅花の国。未だ梅花国裏の人と作《な》らず。

静文主人此の巻を似さる。釈蕉嚢の為に一粲を博す。（藤井）竹外酔士[3]

印印

印

卅里梅渓沿水涯。巖崖奇絶綴清霞。谽谺一様模糊界。旭日劖來堆雪花。

辛酉春再遊月瀬録大叱　　邨子穀印

三十里の梅渓水涯に沿ふ。巖崖奇絶、清霞を綴《てつ》す。谽谺（谷の大きく空虚なさま）一様模糊の界。旭日劖《さ》け来って雪花堆《うずたか》し。

辛酉（文久元年）の春、再び月瀬に遊び録す。大叱（詩の批正を乞う語）　邨子穀[4]印印

印

雙屐尋春九折灣。崎嶇遠踏白雲還。尾山月瀬香風路。只記梅花不記山。

辛酉春王書旧作　　半牧子

印印

双屐春を尋ぬ九折の湾。崎嶇遠く白雲を踏みて還る。尾山月瀬香風の路。ただ梅花を記して山を記さず。

辛酉春王、旧作を書す。　（村山）半牧子[5]

印印

印
亭依山登勢穹窿。八谷梅花四面風。吟身今入衆香國。寔捜吟骨不枕中。
鉄寒士錄舊作
亭は山に依りて登り勢穹窿たり。八谷の梅花四面の風。吟身今入る衆香の国。寔《まこと》に吟骨を捜《さぐ》るは枕中ならず。
（藤本）鉄寒士[6]旧作を録す。
印印

印
竹杖芒鞋酒一樽。春風香雪坐塵昏。平生飽受看山福。于宿梅花々叢邨。
鉄斎漫史錄印
竹杖芒鞋酒一樽。春風の香雪塵昏に坐す。平生飽き受く山福を看るを。于《ここ》に宿す梅花々叢の邨。
（富岡）鉄斎漫史[7]録印

印
又是人間別有天。花姸ゝ映月娟ゝ。渓流万曲分香國。一白雪中玉鏘然。
弘化癸丑春十八日、与鉄石山人観楳之詩今錄十四首之二、一者尾山之詩、仙心道人崧印印
弘化嘉永之誤、録之日萬延庚申之抄冬。静文主人病眼乞余之診、話遂及梅花與余同僻。亦有月瀬之行、後出此巻、求一詩。余題二首而誤書記号甚矣。余之心病尚郤篤於眼病。

坐行禅徒静慎室之主再筆㊞

又是れ人間別に天有り。花は妍々として映じ、月娟々たり。渓流万曲香国を分つ。一白の雪中玉鏘然たり。

弘化癸丑の春十八日、鉄石山人に観梅の詩を与ふ。今十四首の二を録す。一は尾山の詩。

仙心(8)道人崧印印

弘化は嘉永の誤り。之を録する日は万延庚申（元年）の抄冬。静文主人眼を病み、余の診を乞ふ。話、遂に梅花と余と僻を同じくするに及ぶ。亦月瀬の行有り。後此の巻を出し、一詩を求む。余二首を題して紀号を誤り書す甚だし。余の心病、尚ほ却って眼病よりも篤し。

坐行の禅徒静慎室の主(9)再び筆す。

遊程昨夜雨如膏。知道花期属我曹。香霧日升凝不散。一層踏破一層高。仙心道人印印

遊程昨夜雨膏（うるおう）がごとし。知道《しるなら》く花期我が曹に属するを。香霧日升に凝りて散ぜず。一層踏破すれば一層高し。

仙心道人印印

到處人家総是梅。東風吹白幾崔嵬。暗香如水山皆顯。流作渓雲捲雨來。

尾山値雨旧作　静逸 印印

到る処の人家総べて是れ梅。東風白を吹く幾崔嵬。暗香水のごとく山皆湿ふ。流れて渓雲と作り雨を捲きて来る。

尾山、雨に値《あ》ふ旧作。　静逸(10)印印

印
都人艶賞説嵐山。半嶺桜雲映碧灣。争似一天香世界。梅花十有五村間。」
樹々看來亦一奇。古苞如髪白垂綠。梅花譜裏無斯種。知否當年揚補之。
天江査客印
都人艶賞し嵐山を説く。半嶺の桜雲碧湾に映ず。争《いかで》か似ん一天の香世界。梅花十有五村の間。
樹々看来れば亦一奇。古苞（木々の茂り）髪のごとく白、緑を垂る。梅花の譜裏斯の種無し。知るや否や当年の揚補之。(11)（江馬）天江査客(12)印
香雲縹緲四圍遮。鷄犬有聲知有家。沿水繞山ゝ又水。春風一路萬梅花。
鳳陽居士録舊作印
香雲縹緲（広いさま）として四囲を遮《さえぎ》る。鶏犬声有りて家有るを知る。水に沿ひ山を繞れば山又水。春風一路万梅の花。（神山）鳳陽(13)居士旧作を録す印
萬樹梅圍溪水長。芳山寧敢擅春芳。東風一様晴雲白。熟與此中雲有香。
山陽翁遊月瀬詩
（頼）立斎(14)綱録
印印
（この七絶一首は山陽の遊月瀬詩を書いたもので、前出の書き下し文一五一・一五二頁を参照されたい。）

注

（1）前出、一一八頁（1）に注記がある。

（2）伝未詳

（3）名は啓、字は士開、竹外又は雨香仙史と号す。摂津の人。家世々高槻藩の名族なり。竹外業を頼山陽に受け詩を善くす。当時耆宿皆な推服して一世の冠冕と為し、絶句竹外の称あり。晩年官を棄てて京師に寓す。慶応二年七月二十一日没す。年六十。著に竹外二十八字詩二巻、竹外詩鈔二巻等あり。（『近世漢学者伝記著作大事典』四四二頁）

（4）伝未詳

（5）一八二八～一八六八（文政十一年～明治元年）幕末維新期の志士・画家、村山左内の子、越後国三条、名は椒、初名通、字は仲宜、のち其馨、別号を荷汀、幼時から絵を好み、同郷の長谷川嵐渓について画法を学ぶ。のち京都へ出て、藤本鉄石・伴林光平・江馬天江・山中静逸らの尊王思想家と交友し、勤王を志したが一八六八（明治元年）戊辰戦争中、郷里で佐幕派のきびしい追求を受けて自刃した。（三省堂刊『コンサイス人名事典』一二四三頁）

（6）一八一七～一八六三（文化一四～文久三）幕末期の志士、片山佐吉の四男、藤本重賢の養子、備前の生れ、名は真金、字は鋳公、通称津之助、別号を鉄寒士・都門売菜翁。岡山藩に仕えたが、一八四〇（天保一一）脱藩して京都で私塾を開く。のち諸国をめぐり尊攘派志士と交わる。開国後、急進的な倒幕論をとなえ、一八六二（文久二）島津久光の上洛を機に挙兵を計画して失敗。翌一八六三年吉村寅太郎らと挙兵をはかり天誅組総裁に推される。大和国十津川・五条で戦って敗死した。明治二十四年従四位を贈らる。著書に印鑒、神典皇謨がある。（三省堂『コンサイス人名事典』一〇七一頁）

（7）一八三六～一九二四（天保二年～大正十三年）大正期の日本画家。京都の法衣商の子、本名は猷輔、一八五〇（嘉永三年）野之口隆生・岩垣月洲に国学・漢学を学び、一八五五年（安政二年）歌人大田垣蓮月の学僕として北白川の心性寺に住んでその人格の感化を受けた。また春日潜庵に陽明学を学び、梅田雲浜に接したのもこのころである。絵は窪田雪鷹にしばらく学び浮田一蕙や小田海仙に画論を聞くことなどがあったほかは、ほとんど独学、はじめ大和絵、のち南画に転じた。維新にさいして国事に奔走、その後一八八二年（明治十五年）に京都上京区薬屋町に居を構えるまで各地の神社の宮司をつとめ、また旅行することも多かった。一八八六年京都青年絵画研究会品評員、一八九四年京都美術学校教師、一八九五年第四回内国勧業博覧会審査官、一九〇八年「安倍仲麿明州与諸士留別図」ほか一点を皇室に献上、一九一七年（大正六年）、帝室技芸員、一九二〇年帝国美術院会員、このころから鉄斎の画風はいわゆる南画の概念をこえ、筆法・彩色ともに奔放さを加え、晩年に至っていよいよ独往のものとなった。遺作は多いが、晩年に優れた作品が集中してみられ、一九二一年「渓居清適図」、一九二三年「瀛洲僊境図」、一九二四年「梅華書屋図」などがある。（三省堂『コンサイス人名事典』八七〇頁）

（8）（9）共に伝未詳。

（10）前出、二六二・二六三頁（3）に注記。

（11）揚无咎のこと。宋の人、江西省南昌に住む。書画に巧み。（一九六〇年、商承祚・黄华編『中国歴代書画篆刻家字号索引』上冊、一三八五頁）

（12）名は正人、又の名は聖欽、字は永弼、俊吉と称し、天江は其の号なり。近江の人。本姓は下阪氏、出でて江馬樫園の嗣たり。幼にして医を学び、又緒方洪庵に就きて洋書を学ぶ。性甚だ詩を嗜み、梁川星巌の門に学んで、詩名早く当時に顕る。明治元年徴士を以て太政官に任ぜらる。致仕後は儒学を以て生徒を教育す。明治三十年三月八日没す。年七十七。著する所、賞心贅録四冊、古詩声譜二巻、退享園詩鈔二巻あり。（『近世漢学者伝記著作大事典』八五頁）

（13）名は逑、初めの名は至明、字は季徳、通称四郎、鳳陽は其の号、別に三野と号し、晩年にまた古翁と号せり。家世々美濃方県郡上土居村（今稲葉郡常磐村に属す）に住す。村は鳳凰川（長良川）の北に在り、鳳陽の号は蓋し此に取るなり。父の名永貞。母は栗本氏、長兄義安、通称精一、乙井と号す。家を嗣げり。鳳陽、文政七年を以て生る。幼より頴悟、読書を功む。少壮京師に遊び、師友を求めて螢雪の功を積む（未だ師承を詳にせず）。特に詩及書を好くす。遂に京師に住む。私塾を開きて徒に授く。神鞭知常、南挺三等其門に出づ。文久初年隣閭火あり、延いて其の廬に及ぶ。其の災後戯詠に曰くと（略）明治元年二月京都に総裁局を設けらるるや、徴されて中官となりしが、久しからずして職を辞し、林下優遊、吟詠を以て楽となせり。当時著名の文人、岡本黄石・小野湖山・藤井竹外・頼支峰・江馬天江・宇田栗園・谷如息・淡海槐堂・富岡鉄斎等みな其の交友なり。推して文壇の老将と称せり。鳳陽もと剣を好むの癖あり。多く古剣を蔵す。岡本黄石嘗て為に古剣歌を作りて之に贈れり。身久しく紅塵の都門に在るを欲せず。やがて帰田の計をなせしが、未だ決する能はず。明治二十三年四月三日遂に病を以て没す。享年六十七（或は二十二年没すと為すものあり、誤れり）。東山智恩院内一心院に葬る。著す所、鳳陽遺稿一巻あり。（『濃飛文教史』五〇一～五〇三頁）

（14）　儒者、名は綱、字は士常、頼山陽の姪、京都の人。山陽の門にありて修学し、詩文を善くし書を工にまた篆刻をよくして名あり。文久三年七月十三日没す。年六十一。洛東長楽寺に葬る。（『大日本人名辞書』(四)、二八五〇頁）

第八項　文久二年訪村詩人の観梅詩文

一、釈南園の再度の訪村

南園の『小自在庵詩歌集』※に、南園が再度月ヶ瀬に遊んだ詩六首のうち一首が残されている。

壬戌春再遊月瀬原六首　　壬戌（文久二年）春、再び月瀬に遊ぶ原《もと》六首

強借農家宿月明　　強ひて農家を借りて月明に宿す
醉來着枕正三更　　酔ひ来りて枕に着けば正に三更
今宵清夢落何處　　今宵の清夢何れの処にか落つ
鼻嗅梅香耳水聲　　鼻は梅香を嗅ぎ耳は水声

南園は前年秋から、京都に旅した帰途に月ヶ瀬を訪れた。その後に「岐岨峡呻作」の詩があるので、わざわざ月ヶ瀬観梅の為に出遊したのでなく、何か勤王の志士との連絡（江戸との情報交換）の為に上京し、その際に、立寄ったとも考えられる。

※『小自在庵詩歌集』十二葉表

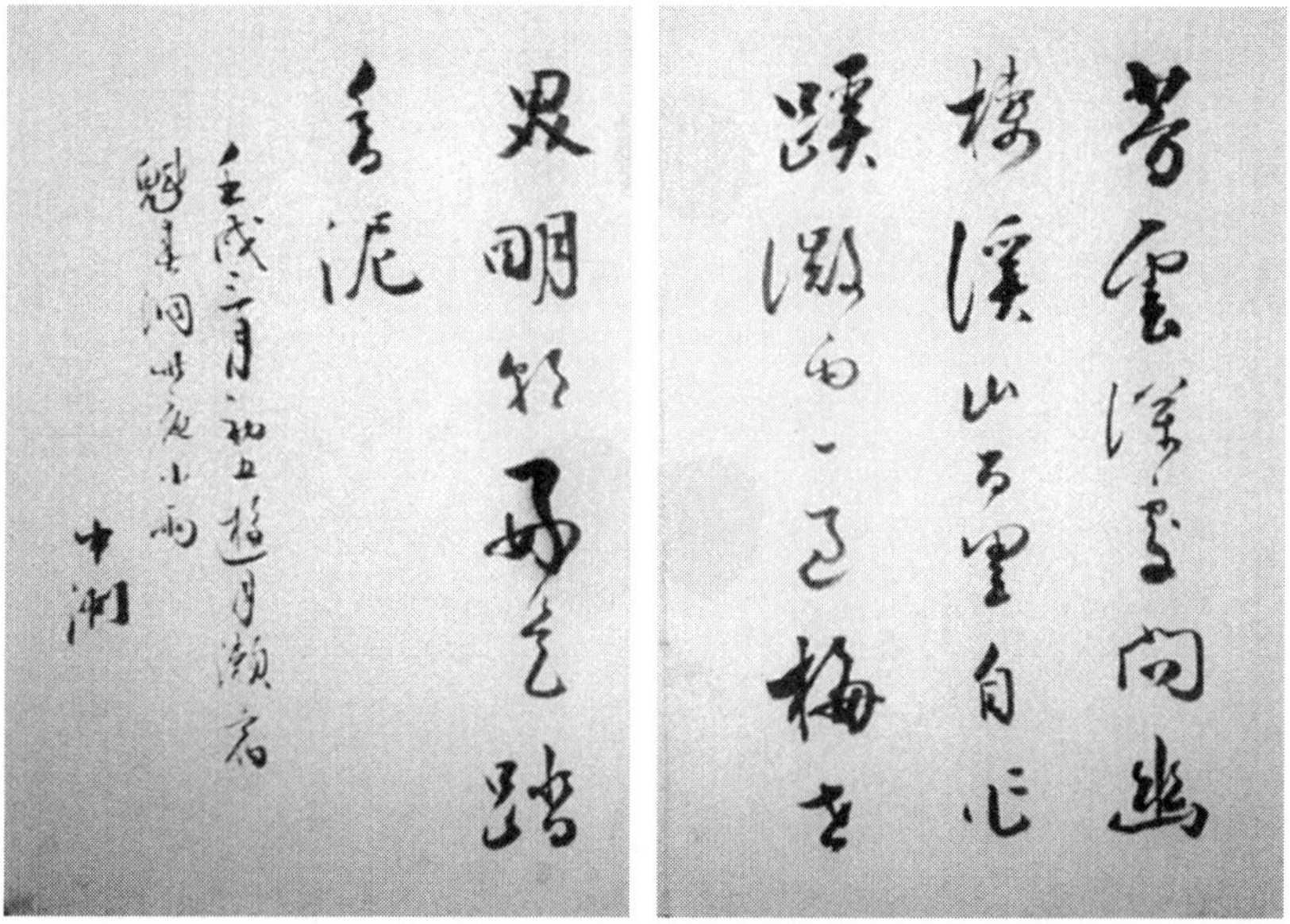

二、三島中洲の月瀬観梅

三島中洲について

一八三〇―一九一九（天保元年～大正八年）幕末・明治期の漢学者、備中（岡山県）に生る。名は毅、字は遠叔、別号を桐南・絵荘、幼くして山田方谷に学び、二十八歳のとき江戸へ出て昌平黌に入り佐藤一斎・安積艮斎に学ぶ。一八五九年（安政六年）方谷の推薦により松山藩有終館の学頭となる。維新後一九七二年（明治五年）上京、一時法曹界にあったが辞し、麹町一番町に家塾二松学舎を設けて漢学を教えた。当時慶応義塾、同人社と並んで三大塾といわれた。のち東京高師、東大古典科で教え、その漢学の学殖は当時、重野安繹・川田甕江と並び、明治三大文宗といわれた。㊔中洲詩稿、中洲文稿全六巻。

と三省堂『コンサイス人名事典』（一一八七頁）にある。

中洲の訪村は、月ヶ瀬村騎鶴楼所蔵の画帖の観梅詩に文久二年三月五日と書かれている。時に中洲三十三歳。画帖中の魁春洞は、騎鶴楼の別名である。

芳雲深處問幽棲。渓山百里自作蹊。微雨一過梅世界。明朝好是踏香泥。

壬戌三月初五遊月瀬宿魁春洞此夜小雨

中洲

芳雲深き処幽棲を問ふ。渓山百里自《おのずか》ら蹊を作す。微雨一過す梅世界。明朝好し是れ香泥を踏まん。

壬戌（文久二年）三月初五（五日）月瀬に遊び魁春洞に宿す。此の夜小雨

中洲

三、藤沢東畡「遊月瀬記」

文久二年春二月に藤沢東畡は月ヶ瀬を訪ねている。次頁上に掲げた画帖の題字及び七言絶句の書はその時月ヶ瀬の騎鶴楼主人に依頼されてそれぞれ書いたものとして、今日も騎鶴楼に保存されている。

梅渓幽勝舊攸聞。始見林ゝ萬樹羣。水北水南舟復杖。出香雲去入香雲。

壬戌二月遊月瀬賞梅花

藤澤甫

梅渓の幽勝旧《も》と聞く攸《ところ》。始めて見る林々万樹の群。水北水南舟復《また》杖。香雲を出で去り、香雲に入る。

壬戌（文久二年）二月、月瀬に遊び梅花を賞す。

藤沢甫

藤沢東畡については、『近世漢学者伝記著作大事典』(1)に次のように記載する。

名は輔（一に甫に作る）、字は元発、昌蔵と称し、東畡又は泊園と号す。讃岐の人。業を中山城山に受け、専ら古学の復興を以て自ら任じ、唱道頗る力む。大阪に泊園書院を開き、徒に授く。元治元年十二月十六日卒す。年七

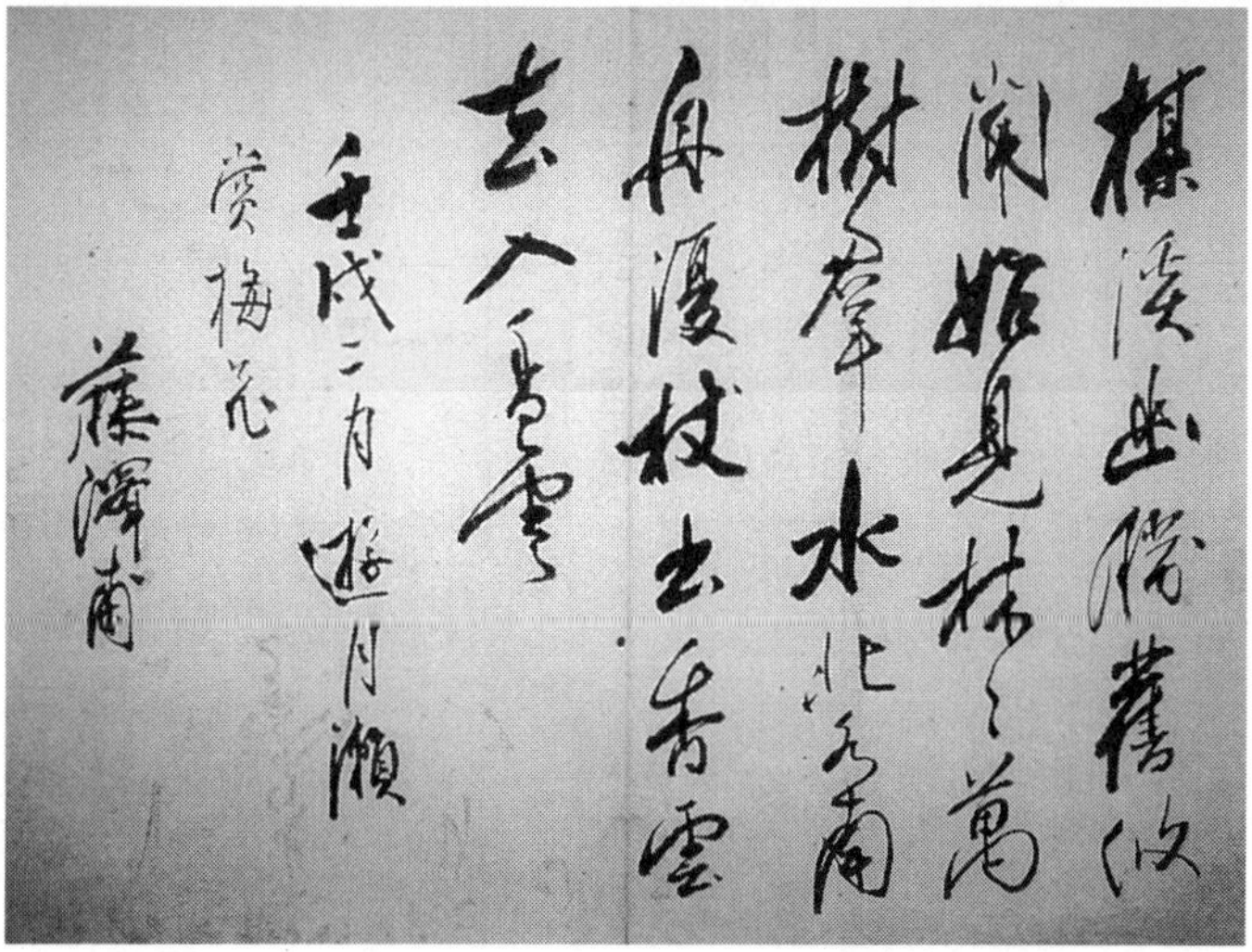

十一。著する所、泊園家言一巻、東畡文集十巻、東畡先生詩存一巻等がある。

文久二年に月瀬へ遊んだ旅行記が次に挙げる「遊月瀬記」で、『東畡先生文集』[2]中に載せている。嗣子藤沢南岳[3]二十一歳の時に当り、同遊する者父子及び従僕合せて七人、中々の難渋の旅であった。その様子が、微に入り細に亘り記されている。（図版29、294～296頁参照）

月瀬に遊ぶ記

余浪華（大阪）に寓すること久し。和州月瀬梅渓の勝を聞きしより、茲に二十余年なり、勝名日を追うて隆ん。遊客は年に一年多し。遂に称して海内花林の冠冕（第一等）と為すに至る。今茲（今年）文久二年壬戌二月、児恒に謂ひて曰く、月瀬は浪華を距つること邦程十有五里、二日の行にして近し。余年六十有九、此の地に在りて彼の勝を識らず。亦遺憾ならずや。自ら顧《おも》ふに身未だ大いには衰へず。

図版29

東畡先生文集　巻之四

余寓浪華久矣自聞和州月瀨梅溪之勝二十餘年
於玆勝名追日而隆遊客年多一年遂至稱為海內
花林冠冕也今玆文久二年壬戌二月謂児恒曰月
瀨距浪華邦程十有五里二日行而近余今年六十
有九在此地而不識彼勝不亦遺憾乎自顧身未大
衰矣欲試脚力于梅溪何如恒曰善矣不肖頃日亦
與二三社友謀是遊未敢請耳余曰果然乎不若與
衆樂也乃約同遊稲垣士㢡也僧柳溪及惠融也荻
原泰逸也併余父子及僕生澤田多次為七人月瀨
花候例在春分左右今年春分係二十一日因期以

十九日是日昧爽發庬坊浪華之東三數里一帯長
嶺亘于南北以畫河和二州踰嶺之阪最南曰信貴
次曰十三又次曰暗曰中垣內最北曰清瀧吾曹今
将由中垣內乃出城濠北渡京橋東過今福上德庵
堤攝盡而河繼經角堂入中垣內村即嶺趾也足指
漸仰遂登于阪登十數町回顧則浪華城樓巍然聳
碧空茫茫曠野里落林垌斷續點綴連遠山遥海成
一幅大活畫日近午腹稍枵将及絶頂路傍有茶店
就之中火進至絶頂路岐右分是為向膽駒山道二
州分界亦在此上路窮矣乃就下路低昂幾級左右

十三

東畡先生文集　巻之四

裴折歷許多山村至嶺東趾南行一里餘問村名曰
藤木田想往昔陪老母携小兒遊于諸樂也舊識高
田玄龍外親龜田氏其家在藤木村大姓也以玄龍
故遣宿焉饗禮之厚慇情之洽於今不忘之老母既
亡小兒即恒今年二十有一屈指十二年前也爾時
踰暗坂而更取間道所由之路與此行不同欲過之
謝前恩不知其所又不暇尋之既而右循川流進得
一圯橋暗坂孔道出于此彷彿有所記橋畔東行過
追分則諸樂之山横於面前是春日祠所在是興福
寺是三笠峰是大佛閣歷歷可指也過尼衛而入都

就猿澤池邊歇店日方垂申牌今日之行八里許頗
疲柳泰多三人始至者欲觀都下諸勝㢡惠二人善
熟者為之郷導余父子則粗記前遊且所主不在此
惜脚獨留日将没也覩畢皆返二十日早起聞自是
東至于月瀨行程七里皆在山中且七里間茶店僅
二戸而已矣路之所始攀春日山左肩曰瀧阪曰斫
石嶺古木蓊欝左右相接行人如自洞隧中過者蓋
上益險而風致益佳一步一呼苦快交鼓盡嶺稍坦
左傍連峰右臨大壑壑外諸山如削如劈者參差並
峙皆可俯而窺也又南行出于廣路即詣勢廟別道

十四

也。隨之東行。經須山。至沓掛。得第一店。休焉。日未午。
一行之人。腹猶果然。乃命店婦。作數塊摶飯。以備前
途之乏。将起。店婦曰。前途近月瀬而入小逕。多岐紛
紜。無郷導不可也。因倩店主以為郷導。踰水間嶺而
及大橋村。村口有川。板橋架之。所以取名不問而可
知也。橋畔有第二店。入而吃摶飯。時一僧來就店。問
之。亦将觀月瀬者。同臭味也。吾人吃了。揖而先去。入
北野村。左折與廣路別。小岐交錯如網。始知沓掛店
婦之不吾欺也。無幾至于月瀬。清香拂拂襲人。村在
山巓。門戸成簇。窪田氏者。最宏麗。游客多宿焉。乃就

之。遣還郷導。日方在未申間。余曰。寸陰可惜。請先賞
而後休。脱諸装。託于主人。不解鞋。出穿花而下山。呼
舭而渡溪。右折抵尾山。山高二十四町。蛇行登之。及
半腹。路右得坦地。所謂一目千株者。稱此眺望為境
中第一觀矣。就而留趾。背後忽聞跫音。顧則大橋所
遇僧。伴一醫生來。僧喘喘曰。貧道纔至窪田氏。聞諸
君著鞭。奔走追之。此醫生窪田氏族人。熟知此境。携
來以供指語役也。乃謝懇意。問其名居。僧曰。貧道豊
前小倉産。屬六條宗門者。稱雲嶺。自幼娯畫與篆。以
二枝周游海内。吾曹亦各告名居。於是乎。九人叢立

東畡先生文集　巻之四　十五

坦地。而十有八眼以照勝景。夾溪皆山。山皆梅。梅皆
白蘂。不雜他色。連山屈曲。逶迤一里餘。對設素屏風。
其稱千株者。擧盈數號之耳。豈千萬所能形乎哉。輕
風夷之。英英雲湧。飄飄鶴舞。往往有松有杉有茶畦。
而翠色點破。亦添一段趣。村多在山巓。不獨月瀬已。
屋棟四五若六七。露於花梢。宛化人之宮。現乎中天。
溪流如碧琉璃。而濶百餘歩。雖稱為溪。儼然巨川也。
水面石角突起者無數。放栰者。閃閃避之。來往於山
花形影間。如視水傀儡也。山山纒絡。方位難辨。據醫
生之言。月瀬所在為南。尾山所在為北。溪則名張川

下流。今之所望。自東而西云。村之屬溪者。南之在月
瀬東而近者為嵩村。西而遠者為桃香野。北之比尾
山而在西者為長引。眼界所及至桃香野而窮。桃香
野以西。溪山北迂。東則溪山局促。望眼不暢。而南猶
有獺瀬。有中峰。有吉田。有廣瀬。有片平。有高尾。北猶
有治田。有石打。有白樫。有田山。皆在眼界外。此境三
州所相交。田山高尾隷山城。治田白樫隷伊賀。其他
月瀬尾山等盡隷大和。人稱曰和州梅溪者。以隷焉
者居多乎。月瀬亦溪村之一。而置諸總稱者。以其名
雅馴。含清淺黄昏意乎。闔一境梅實。蒸之作烏梅。供

東畡先生文集　巻之四　十六

都市染家之用。其品非他所及。十餘村之民以代稼穡。為恒産矣。余嘗觀京師嵐峽之勝。其勝在櫻花。亦名聲籍甚。今以此較彼。山之潔水之清相匹。而彼則櫻在水之一方。此則梅在左右夾水。其多不唯什之已。獨彼則士女絡繹。錦綺照映。此則吟僧詞客。欹帽拄筇。人或以為彼贏此輸乎。若使山神親相較。則必将顛倒其贏輸。至其實養一境之民。譬之以人。則文兼徳者。豈非彬彬君子乎。彼何敢望。海内冠冕非丕稱矣。品評間意氣奮發。遂窮其巓。村家十數戸中有羽流大院曰三學院。主亦頗好客。人多宿之云。一

路通于長引村。聞望景不及尾山。不欲往焉。從原路而返。窪田氏曰。已迫虞淵。恒等六人将登八幡辨天二峯。二峰在屋後。雲嶺又誘醫生。凡八人。追隨而去。予老矣。有慮歸路。且既占大者。故不與焉。浴了。與主人話。主人亦有雅情。無幾。皆返。嘖嘖稱二峯勝。吃飯就寢。吾曹於南齋。雲嶺於北齋。五更余起。欲賞月。下花。推窓窺之。細雨霏霏。山花濛濛。乃蕩二三子曰。天奪望舒。使吾賞情不飫。雖然既起矣。豈可復就枕乎。不若呼雲嶺師來以補興也。彼人非俗僧。必來。二三子往呼之。果喜而來。乃挑燈磨墨。雲嶺即寫梅枝見

脚力を梅渓に試《ため》さんと欲す。何如《いかん》と。恒曰く、「善し。不肖頃日《このごろ》亦二三の社友と是の遊を謀れども未だ敢へて請はざるのみ」と。余曰く「果して然るか。衆と楽しむに若《し》かざるなり」と。乃ち同遊を約す。稲垣士廉なり。僧柳渓及び恵融なり。萩原泰逸なり。余父子及び僕生沢田多次を併せて七人と為す。月瀬の花候の例は春分の左右に在り。今年の春分は二十一日に係る。因りて期するに十九日を以てす。是の日昧爽（夜明け方）、瓦坊（町）を発す。浪華の東三数里、一帯の長嶺南北に亘り、以て河（河内）・和（大和）二州を画《かぎ》る。嶺を踰ゆるの坂は、最南を信貴と曰ひ、次を十三と曰ひ又次を暗と曰ひ、中垣内と曰ひ、最北を清瀧と曰ふ。吾が曹今将《まさ》に中垣内に由らんとす。乃ち城濠を出でて、北して京橋を渡り、東して今福を過ぎ、徳庵堤に上る。摂（摂津）尽きて河（河内）継ぐ。角堂を経て、中垣内村に入る。即ち嶺趾なり。足指漸く仰ぎ、遂に阪を登る。登ること十数町、回顧すれば則ち浪華城楼巍然として碧空に聳え、范々たる曠（広くて何もない）野、

里落林坰（村落野外の地）、断続点綴し、遠山遙海に連なり、一幅の大活画を成す。日は午に近く、腹稍《ようや》く枵《むな》し。将《まさ》に絶頂に及ばんとす。路傍に茶店あり。之に就き中火（中伙に同じで、道中で食べる昼食）す。進んで絶頂に至る。路岐（路すじの分れた所）右に分る。是を膽駒山（生駒山の古名）に向ふの道と為す。二州界を分つ。亦此に在りて、上路窮まる。乃ち下路に就く。低昂幾たびか級（段の意）し、左右幾たびか折れ、許多（あまた）の山村を歴て、嶺の東趾に至る。南行する一里余、村名を問ふに藤木と曰ふ。往昔老母に陪し、小児を携へて諾楽（奈良のこと）に遊ぶを回想するなり。旧識の高田玄竜、外親亀田氏、其家藤木に在り。村の大姓（代々続いた豪家）なり。玄竜の故を以て、造《いた》り宿す。饗礼の厚き、懇情の洽《あまね》き、今に於て之を忘れず。老母既に亡し。小児は即ち恒、今年二十有一、指を屈すれば、十二年前なり。爾時（その時）暗坂を踰えて更に間道を取る。由る所の路、此の行と同じからず。之に過りて前恩を謝せんと欲すれども、その所を知らず。又之を尋ぬるに暇あらず。既にして右し川流に循《そ》ひて進む。一圯《い》橋（土橋）を得、暗坂の孔道（トンネル）此より出づ。彷彿として記する所有り。橋畔東行し、追分を過ぐれば、則ち諾楽（奈良）の山面前に横たはる。是れ春日祠の在る所、是れ興福寺、是れ三笠峰、是れ大仏閣、歴々として指すべし。尼衢を過ぎて都に入る。猿沢の池辺の歇店《けってん》（旅館）に就く。日方《まさ》に申《さる》牌（午後四時ごろ）に垂《なんな》んとす。今日の行八里許《ばか》り。頗る疲る。柳・泰・多三人始めて至る者、都下の諸勝を観んと欲す。廉・恵二人善く熟する者、之が郷導を為す。余父子は則ち粗ゝ《ほぼ》前遊を記す。且つ主とする所は此に在らず。脚を惜しんで独《ただ》留まる。日将《まさ》に没せんとするや、観畢り皆返る。二十日早起す。聞く、「是より東すれば月瀬に至り、行程七里、皆山中に在り。且つ七里の間、茶店僅かに二戸のみ」と。路の始むる所、春日山の左肩を攀づ。滝坂と曰ひ、斫《きり》石嶺と曰ふ。古木蓊《おう》欝として左右相接す。行人洞隧中より過ぐる者のごときは、益ゝ《ますます》上れば益ゝ険にして、風致益ゝ佳《よ》し。一歩一叫して、苦快交ゝ《こもごも》発す。嶺を尽くせば稍《ようや》く坦《たい》らかなり。左は連峰に傍《そ》ひ、右は大壑に臨む。壑外の諸山削るがごとく、劈《さ》くるがごとき者、参差《しんし》として並び峙《そばだ》つ。皆俯して窺ふべきなり。又南行して広路に出づ。即ち勢廟（伊勢神宮）に詣《いた》る別道なり。之に随ひて東行す。須山を経て、沓掛に至る。第一店を得て休す。日未だ午（ひる）ならず。一行の人、腹猶ほ果然たり。乃ち店婦に命じて、数塊の摶飯《たんはん》（にぎり飯）を作らしめ、以て前途の乏しきに備ふ。将《まさ》に起たんとす。店婦曰く、「前途月瀬に近づけば小径に入る。多岐にして紛紜たり。郷導無くんば不可なり」と。因って店主を傭《やと》ひて以て郷導と為す。水間の嶺を踰えて大橋村に及ぶ。村口に川有り、板橋之《これ》に架す。名を取る所以《ゆえん》は問はずして知るべきなり。橋畔に第二店有り、入りて摶飯を吃す。時に一僧来りて店に就く。之を問へば亦将《まさ》に月瀬を観んとする者にして、臭味を同じうす。吾人吃し了《おわ》り揖して先に去る。北野村に入り、左折して広路と別る。小岐交錯して網のごとし。始めて沓掛の店婦の吾を欺かざるを知るなり。幾《いくばく》も無くして月瀬に至る。清香払々（風の動くさま）として人を襲ふ。村は山巓に在り。門戸簇を成す。窪田氏は最も宏麗にして游客多く宿す。乃ち之に就く。郷導を還《かえ》ら遣《し》む。日方《まさ》に未申《ひつじさる》の間に在り。余曰く、「寸陰惜しむべし。請ふ先に賞して後休まん」と。諸装を脱し、主人に託し、鞋を解かずして出で、花を穿ちて山を下り、航を呼びて渓を渡る。右折して尾山に抵《いた》る。山高きこと二十四町、蛇行して之を登る。半腹に及び、路の右に坦地（平らかな土地）を得、所謂一目千本なる者なり。此の眺望を称して、境中第一の観と為す。就きて趾《あし》を留む。背後に忽ち跫音を聞く。顧みれば則ち大橋にて遇ひし所の僧なり。一医生を伴ひ来る。僧喘々《ぜんぜん》（あえぐこと）として曰く、「貧道継いで窪田氏に至る。諸君の鞭を着くるを聞き、奔走して之を追ふ。此の医生は窪田氏の族人にて、此の境を熟知すれば、携へ来りて以て指語（指して語る）の役に供するなり」と。乃ち懇意を謝す。其の名居（姓名と住所）を問ふに、僧曰く、「貧道は豊前小倉の産、六条宗門に属する者にして、雲嶺と称す。幼より画と篆とを娯み、二技を以て海内を周游す」と。吾が曹も亦各々名居を告ぐ。是に於てか、九人坦地に叢立す。而して十有八眼以て勝景を照す。渓を夾んで皆山なり。山皆梅にして、梅皆白蕊。他の色を雑へず。連山屈曲、逶迤として一里余、素を設くる屏風に対す。其の千株と称する者は、盈数（百・千・万のように満ちた数）を挙げてこれを号するのみ。豈に千万の能く形《あらわ》す所ならんや。軽風之を弄び、英々として雲湧き、飄々として鶴舞ふ。往々松有り杉有り茶畦有り、而して翠色点破するも亦一段の趣を添ふ。村は多く山巓に在り。独り月瀬のみならず。屋棟四五若《も》しくは六七、花梢に露《あら》はれ、宛《あたか》も化人（仙人）の宮、中天に現はる。渓流は碧琉瑠のごとく、而して潤《ひろ》きこと百余歩、称して渓と為すと雖も、儼然たる巨川なり。水面に石角の突起する者無数。杙《ママ》（栰《いかだ》の字の誤りならん）を放つ者、閃々（ひらめき動く）としてこれを避く。山花形影の間に来往すること、水の傀儡《かいらい》（あやつり人形）を視るがごときなり。山々纒絡して、方位弁じ難し。医生の言に拠るに、「月瀬の在る所を南と為し、尾山の在る所を北と為す。渓は則ち名張川の下流、今の望む所は、東より西すと云ふ。村の渓に属する者は、南は之を月瀬の東に在りて近き者は嵩村と為す。西して遠きは桃香野と為す。北の尾山に比して西に在る者は長引と為す。眼界の及ぶ所は桃香野に至りて窮まる。桃香野以西は、渓山北に迂《う》し、東すれば則ち渓山局促（身をかがめる）して望眼暢《の》びず。而して南に猶ほ獺瀬有り、中峰あり、吉田有り、広瀬有り、片平有り、高尾有り。北に猶ほ治田有り、石打有り、白樫有り、田山有り。皆眼界の外に在り。此の境は三州の相交はる所、田山・高尾は山城に隷し、治田・白樫は伊賀に隷す。その他、月瀬・尾山等は尽く大和に隷す。人称して和州の梅渓と曰ふ者は、焉《これ》に隷する者、多きに居るを以てなるか。月瀬も亦渓村の一にして、諸《これ》を総称に置く者は、其の名雅馴にして、清浅黄昏の意を含むを以てなるか。聞く一境の梅実は、之を蒸して烏梅を作り、都市の染家の用に供す。其の品は他所の及ぶ所に非ず。十余村の民稼穡（作物を植えつけ、また取入れること、農業の意）に代ふるを以て、恒産と為す」と。余嘗て京師の嵐峡の勝を観るに、其の勝は桜花に在り。亦名声籍甚（良い評判の盛んなこと）たり。今此《ここ》を以て彼《かしこ》に比ぶれば、山の潔き、水の清き。相匹するも、彼は則ち桜は水の一方に在り、此は則ち梅左右に在り水を夾《はさ》む。其の多きは唯《ただ》に之に什《じゅう》（十倍）するのみならず、独り彼は則ち士女絡繹《らくえき》（往来の続くさま）し、錦綺《きんき》（錦《にしき》とあや絹、美しい絹織物）照映す。此は則ち吟僧詞客、帽を欹《かし》げ笻を拄《ささ》へ、人或は以て彼は贏《か》（勝つ）ち此は輸《ま》くると為さんや。若し山神をして親《みずか》ら相較べしめば、則ち必ず将《まさ》に其の贏輸を顛倒せんとす。其の実に至りては一境の民を養ふ。之を譬ふるに人を以てすれば、則ち文にして徳を兼ぬる者なり。豈に彬々たる君子に非ざらんや。彼何ぞ敢へて望まん。海内の冠冕は虚称に非ず。品評の間、意気奮発して、遂に其の巓を窮む。村家十数戸の中に羽流（仙術を修める者）の大院有り。三学院と曰ふ。院も亦頗る客を好む。人多く之に宿すと云ふ。云云……

以上前部半分であるが、月ヶ瀬観梅の要点は記せたと思うので、後半は省略する。

注

（1）『近世漢学者伝記著作大事典』四四三頁

（2）明治十七年四月十日出版『東畡先生文集』十巻、八冊、藤沢南岳編。（「無窮会図書館」蔵本）

（3）東畡の子、名は恒、字は君成、南岳は其号なり。又別に醒狂・七香斎主人・丸々山人・香翁と号す。初め高松藩黌の督学となり、後ち大阪に来りて泊園書院を継ぐ。尊王の志厚く、大正九年一月三十一日卒す。年七十九。従四位を贈らる。著する所、論語彙編五巻、大学家説一冊、大学講義一冊、中庸講義二巻、七香斎文雋一冊、七香斎詩抄等多数。（『近世漢学者伝記著作大事典』四四三・四四四頁）

（附）

藤沢東畡・南岳・黄坡三代に亘る三人が月ヶ瀬を訪れ、騎鶴楼に宿泊した。東畡・南岳については東畡の『東畡先生文集』中の遊記に記されている。南岳には黄鵠という長男がいたが、大正十三年に没している。南岳没後四年のことである。黄鵠の後を継いだのが弟の黄坡である。この三人の書が何点も騎鶴楼に残されていて、泊園三代の人々が如何に月ヶ瀬を愛したかは、南岳以来訪村が頻りであったことからも察せられる。月ヶ瀬村にとっても顕彰せねばならない人たちであろう。

因に私の家蔵本に昭和三十三年に関西大学出版部から発行された『関西大学泊園文庫蔵書書目』に朝日新聞の切り抜きが挟んであった。日付が付いていないので、何時頃の記事であるかはわからないが、素描欄に泊園書院の紹介があった。左に掲げておく。

幕末のころ、大阪の船場に泊園書院という漢字ジュク（塾）が開かれた。元は両替商だった建物で、台所の柱はさすがに土地柄、ピカピカの黒光り、女中はこの柱に自分の姿をうつし、ちょっと身づくろいしてからお茶を運ぶ。商家の子弟や奉公人がたくさん、藤沢東畡（とうがい）先生の講義を聞いている――こんな風景だったという。

東畡、南岳、黄鵠（こうこく）、黄坡（こうは）と学統四代、教え子は非常に多い。黄坡氏は長く関大教授を勤め、名誉教授第一号となった人。その子藤沢恒夫氏は作家となったが、疎開で戦災を免れた泊園書院の蔵書二万冊を先年、亡父ゆかりの関大に寄贈した。関大ではこれを泊園文庫と名づけるとともに、このほど泊園記念会を作り、広く市民に公開する文化講座を年に数回開くことになった……。

以上泊園書院と藤沢東畡との関係は参考になる。

第三章　日本漢文学史上における月瀬観梅詩文の意義と位置づけ

第一章序節、第一節「月ヶ瀬の地理的環境について」古記録である『日本名勝地誌』を挙げて、明治二十六年代の月ヶ瀬の環境を紹介したが、今日では京都・奈良・三重の一府二県に跨る県境のため、却って人々の訪村を遅らせ、名勝が失われることなく保存されたことを述べた。

第二節「月ヶ瀬村の始まり」では、月ヶ瀬村になぜ梅が多く植えられるようになったか、今日までの伝承により植梅の理由について探った。梅が烏梅として染料の色素定着剤に使用され、産業発展に寄与するのに役立ち、住民の生活が安定していく過程を述べ、後に西洋の染料が輸入されて烏梅の利用が減少し、その結果、梅樹を切って炭焼きにする等、梅樹絶滅の一時危機的現象に陥るが、保勝会の組織が結成され、何とかくい止めることが出来た。もとより幕末期は未だ自然推移の保護がなされない時期である。

第二章から本論に入る。文人墨客の訪村を時期的に分けて研究と紹介を兼ねた。

第一節「文化期より文政期に至る」第一項では、文化年間に書き残された岸勝明の自筆稿本『月瀬梅花詩集』を研究紹介した。

江戸後期文化・文政になると、勝明のような武人も、漢学・俳句を身につける習いで、各藩に藩校が創立され、儒者を採用して武士の子弟に学問を教授した。当然漢学が中心であり、月ヶ瀬の観梅も、漢詩作りの一端として行われている。（附録）の一覧表から『月瀬梅花詩集』に如何なる詩が多く作られたかを知る資料として掲げた。（以下同様

である）

第二項「韓聯玉の『月瀬梅花帖』の発行」では『月瀬梅花帖』が初めて出版された観梅詩集の嚆矢と注目され、その影響により、第三項の梁川星巌、第四項の斎藤拙堂の月ヶ瀬観梅行が実現する。

第四項の観梅行では、一、『梅渓遊記』を全文書き下し文にして紹介し、頼山陽の添削批正を得て、天下に名文として喧伝されるまでの経緯を述べる。二、では宮崎青谷、市川顛庵の插画を紹介することにより、『梅渓遊記』に一段と雅味を添え、三、では拙堂と同行した詩人の観梅詩を紹介、書き下し文に直した。

第五項では『梅渓遊記』に係る鶚軒本と天理本、嘉永本、或は活字本の芸林叢書本まで含めて比較検討し、『梅渓遊記』の伝来を探求した。

第二節は「天保期より嘉永期に至る」命題に、第一項「頼山陽の月瀬観梅行」を論じ、当時の状況を関藤藤陰の『藤陰舎遺稿』に依拠し詳しく紹介し、往時の文人佳話を伝え、それに触発された各地の文人・詩人たちの訪村が一段と増加する状況を述べた。

第三項では画帖中から牧百峰の月瀬観梅行を摘出して紹介した。

第四項では金井烏洲が描いた探梅画巻に山陽・小竹の題字を加え、月ヶ瀬の名勝を天下に賞揚せしめる経緯を述べた。

第五項では藤堂藩校上野崇広堂で学んだ三田村嘉福の観梅詩残簡を挙げ、武人たちが如何に漢詩文に興味を持ち、詩稿類を残したかを紹介した。

第六項では、広瀬旭荘の『日間瑣事録』に収める「月瀬紀行」（本田種竹輯）は拙著編『月瀬記勝補遺』に写本として登載、したがって珍本なので、その稿本（写本）に従い、全文を書き下した文に直した。日記全集は書生に日常の瑣事を記録させ、それらを基礎に旭荘が加筆して完成した軼事は「月瀬紀行」にも記されている。『日間瑣事録』の成立から、膨大な日記全集の完成に至る過程を示す早い時期の貴重資料といえよう。

第七項の「斎藤拙堂『月瀬記勝』の刊行」では、（一）乾冊掲載の詩文、（二）坤冊掲載の詩文に分け、それぞれ書き下し文に改め、筆写したもので読みにくいものは翻字して紹介した。（附）一覧表では、今迄の一覧表に見られない豊富な詩文の数になっている様子が理解されると思う。

第八項では、『月瀬記勝』の版本考について研究した。

第三節「安政期より幕末に至る」の第一項で広瀬旭荘の再遊を取り扱うが、これは騎鶴楼に残されていた画帖で知ることが出来た。第二項の橋本晩翠詩文集『晩翠堂文詩稿』には観梅詩三首しか載せていないため、拙著編『月瀬記勝補遺』で五首を補足した。

第三項は釈南園の観梅詩を紹介した。南園の訪村は、再訪を含めて、勤王僧として関西勤王家との情報交換の目的で立ち寄ったものではないか、確証はないが、後の文久二年の訪村に裏面の事情が隠されていると考えられる。

第四項の金本摩斎の訪村については、拙著編『月瀬記勝補遺』で、摩斎の『楽山堂詩鈔』を引用して参考に供した。

第五項は鴻雪爪の『山高水長図記』収載「月瀬問春」は雪爪が各地を巡遊した紀行文で、拙堂の遊記と並称され、高く評価されている。

第六項、中村栗園の「月瀬観梅記」は拙堂が高く評価し、『増補月瀬記勝』では拙堂の十律を省いて、栗園の「月瀬観梅記」を載せるまでに至っている。

第七項は「拙堂題字のある『渓山清夢』月瀬詩画巻」で、当時の勤王家といわれる詩人たちの自筆だけに資料的価値は高い。藤本鉄石は天誅組総裁として活躍したが敗れて自刃する数年前の書になる。富岡鉄斎にしても晩年に見る書と随分と趣を異にしていて興味深い。藤井竹外の詩は拙著編『月瀬記勝補遺』に収録してある。
第八項は文久二年の詩文をまとめて挙げた。
一、南園についての再遊（もっと時間をかけて南園西征の目的を確かめるべきであるが、時間不足の為に十分な研究が出来なかった。）
二、三島中洲の月ヶ瀬訪村は、騎鶴楼の画帖中に観梅詩が残されているので知った。
三、藤沢東畡の「月瀬遊記」は長文で十葉にも亘る詳細な紀行文であるので、観梅の核心部分を引用し、書き下し文を加えた。最後に附記として東畡一族三代、四代に亘る泊園書院の係わりについて挙げた。
以下、本論の概略を通して、日本漢文学史上に拙論が如何なる意義を持ち、如何なる位置にあるかを総論として述べる。

（意　義）

江戸後期とはいえ、文化期より幕末に至る高々六十年間のことであったが、この間、各藩では藩校が創立され、教育は一段と広められて、目まぐるしい発展を遂げる。その過程で、武士の学問教養が必要となり、武士の子弟は漢詩文の教養が必須になっていく。
月ヶ瀬は一辺鄙な地域であるが、文人墨客は中国の桃源郷を思い、その興趣を詩と文に表現しないではいられなかった。各地に名勝と称する地域、公園は多数あるが、月ヶ瀬ほど騒客が訪遊して、これほどまとまった詩文を残した所は絶無といってよい。

この傾向は江戸後期に培われた教養と風雅によって漢詩文壇を盛況ならしめ、明治期へ引き継がれていくことを示唆した。明治に至ると、交通も開け、教育の普及と相俟って訪村者は一段と増していき、それに連れて観梅詩文も盛んになり、月ヶ瀬が詩文習作風流の場となった。山間僻地の梅花の清絶、渓流の碧瑠璃を観て誰が吟詠せずにいられようか。将た又月の輝く夜、雪降る風情は更に格別といわざるを得ない。

私は、日本漢文学史上で、一地域にこれだけ多くの詩文が残されている例を他に知らないし、日本中広しといえど、何処にもこれほどの詩文が残された地域はないと思う。私が編輯した『月瀬記勝補遺』でも和装四冊本の巨編になる。従って江戸後期の詩文を加え、更に明治期の詩文をも収録すれば一大叢書も可能であろうし、月瀬観梅の和文まで集めれば、月ヶ瀬文学大系が成立すると思っている。また、江戸後期漢詩文研究の欠落部分を補い得るに大なる関鍵として意義があると思念する。

(位　置)

従来日本の漢文学は、中国の経字、いわば経書研究を基礎とするのが常であり、文学的には模倣の域を出なかった。鎌倉時代以後は五山文学即ち仏教文学で、別の分野に属し、一般に誰でもが立ち入ることが出来ない一面をもっていたが、日本漢文学も漸く江戸期に入ると、独特の詩風を作り上げる気運が浸透して来る。前期の唐詩の模倣と宋詩の提唱等様々な風潮は脱し切れないが、次第に得意な詩文を作り上げるに至り、遂に、日本漢文学史上独自の漢詩文学を樹立し、唐土の文字を使用しながらも、和歌・俳句・和文等では表現し得ない世界を、漢詩文を通して表現しようとした。正に日本漢文学の一分野であって、我々の祖先、先輩の創作であることを銘記しないではいられない。

文献以前の上代日本はいざ知らず、文化発達に大陸関連の直輸入は無視できず、さりとて、日本に言語文化の使用が無かった確証は無い。従って、言語の形体よりして、文字の使用が漢字であるなら、文体は漢文、漢詩となり、日本文学の命脈に定着し、独自の漢文学が成立する。しかも心情の深みと表現する文体、即ち、漢文を昇華した漢詩文は、日本文学史上の根底を支え来ったと断言してよい。よって私の月ヶ瀬に係わる漢詩の研究論述自体、日本漢文学史上の欠落部分を組込む貴重な指挙と確信したい。

以上

後記

本誌は月ヶ瀬に関する江戸後期観梅漢詩文の研究を総括し、平成十一年、東洋大学講師勤続八年と七十歳定年退職を記念して纏め、以前の発表論文に加えて、月ヶ瀬訪村詩人画人たちの詩画を紹介した。想えば本論脱稿の年、御教示を頂いた盟友市川實齋先生が俄かに黄泉の人となられ痛恨この上なく、謹んで本書を捧呈致します。

顧みれば、私が漢文を専門的に学ぶに至る契機は、昭和三十年東洋大学大学院中哲文研究科（第一回生）に入学し、故人となられた杖下隆之・竹田復・手塚良道・野村岳陽・西順蔵各先生の教授指導に依る。大学院の修士論文は『塩鉄論』の研究で、修士課程修了後も『塩鉄論』を中心に、漢代思想の研究を続けた。その後、手塚良道先生の紹介で山田勝美博士の御指導により塩鉄論研究を続行し、山田勝美編『塩鉄論索引』を完成、昭和四十五年東洋大学中哲文研究室から出版した。その間、原稿とカード作り一切を私が手掛けたものである。

爾後、笠原容軒先生（大蔵省印刷局技官、戦前戦後紙幣の文字書き担当）より漢詩を学び、漢代思想から日本漢詩文、特に江戸後期の漢詩文研究に移行、よって数回に亘って『江戸後期絶句総集の刊行と其の意義』を発表し、江戸後期絶句総集の研究に入っていった。

昭和六十一年笠原容軒先生御他界になり、御遺族から先生架蔵の「本田種竹に係る月ヶ瀬に関する稿本・書簡類」一切を頂戴した。それ故、私は先生の学恩に報いるために奮発して『月瀬記勝補遺』和装四冊を出版し、平成八年に『名家資料彙編』を刊行した。その間、月ヶ瀬村と深く関与して文化財保護委員長稲葉長輝先生の御交誼により、教育委員会所蔵（沖森文庫寄贈）の月ヶ瀬観梅の資料を披見して、岸勝明撰『月瀬梅花詩集』稿本、山口凹巷著『月瀬梅花帖』稿本等を拝見し、江戸後期月瀬観梅漢詩文研究の領域を増幅し得た。当時、私は眼疾を患い片眼で天眼鏡を覗く逆境を強いられたが、与えられた資料を駆使して研究論文に挑み、その成果を東洋大学教授神作光一・大島建彦・大久保廣行・中嶋尚・新田幸治各先生の審査を忝くして、文学博士の学位を取得し得たことを衷心より深謝申上ます。

もとより、本研究より出版に至る過程で、二松学舎大学時代より御世話になった石川濯堂先生・無窮会の池田千古・竹谷相羊・故原田臧軒・故俣野通斎・故市川実斎先生からは温情溢るる御指導を頂き、また浜久雄・遠藤光正両博士、國廣壽・坂口筑母・原田悦穂・進藤英幸・藤井頼次・坂田隆一・鈴木望諸先輩畏友各位の御助言御教示を賜りましたことは望外の喜びと感謝に堪えません。更に国立国会図書館・天理大学附属天理図書館・月ヶ瀬村教育委員会・無窮会図書館等の関係各位の御親切な御厚意を得て、貴重な図書を閲覧、資料掲載の御許可を得ましたことはこれ亦感謝申上ます。

末尾ながら、本書の出版に当り、汲古書院取締役石坂叡志氏、編集部大江英夫氏の御懇切なる御支援御教示を頂き心から御礼申上ます。

平成十四年十一月吉日

村田榮三郎識す

（付記）本書の刊行に当って、東洋大学井上円了記念研究助成金の交付を受けた。

附録（資料篇）

Ⅰ　『月瀬梅花詩集』（稿本）

月ヶ瀬村教育委員会蔵本

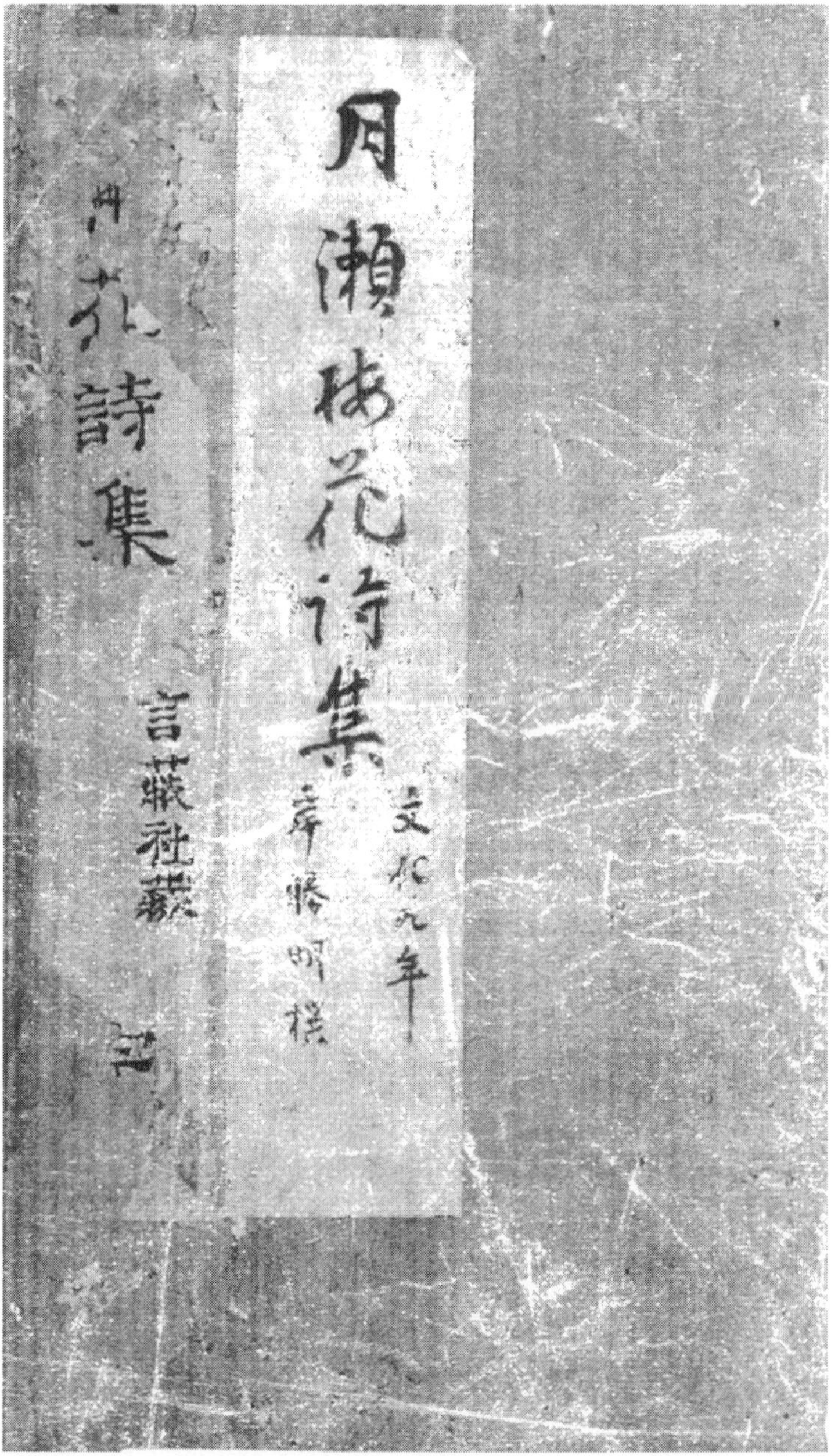
月瀬梅花詩集
文化九年

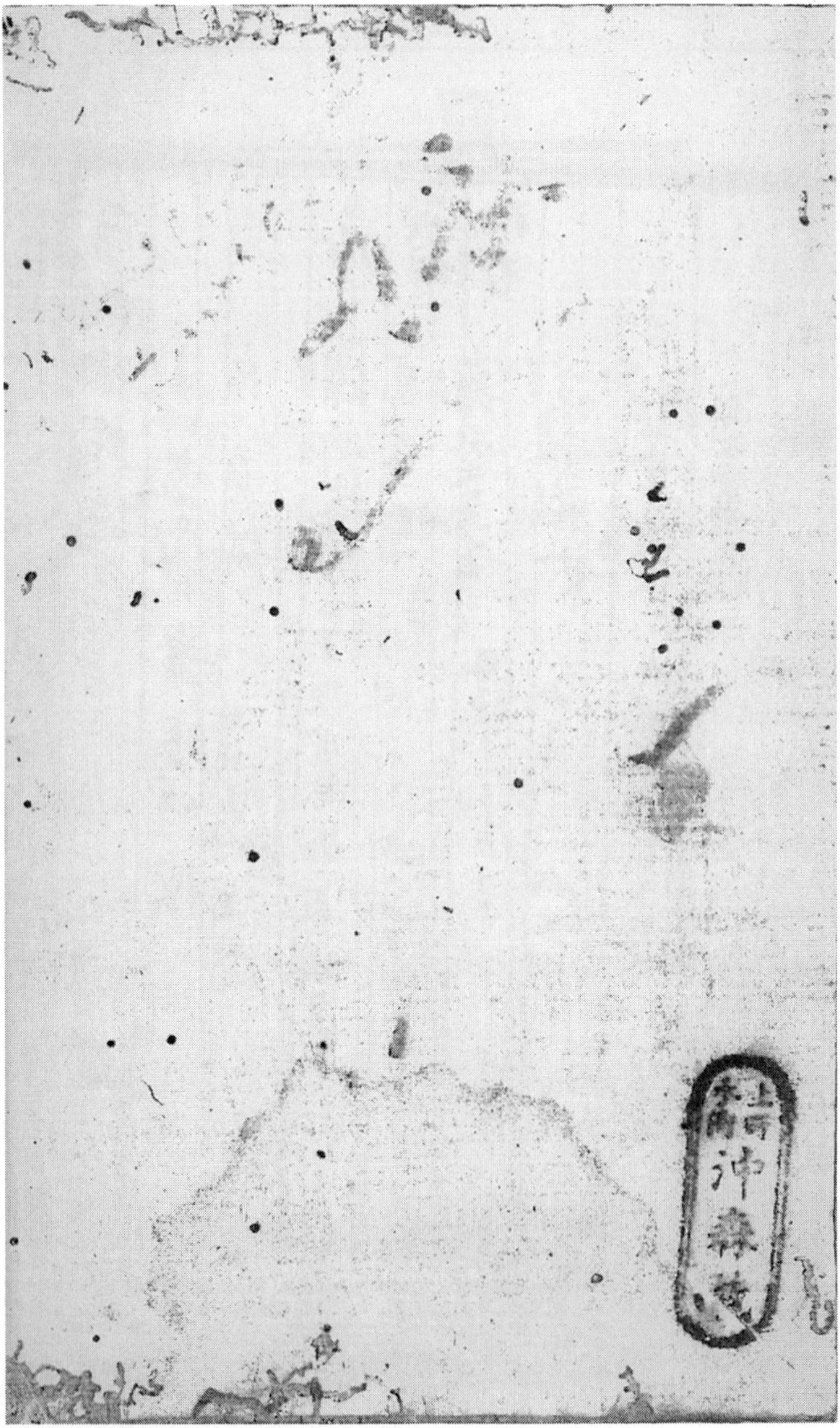

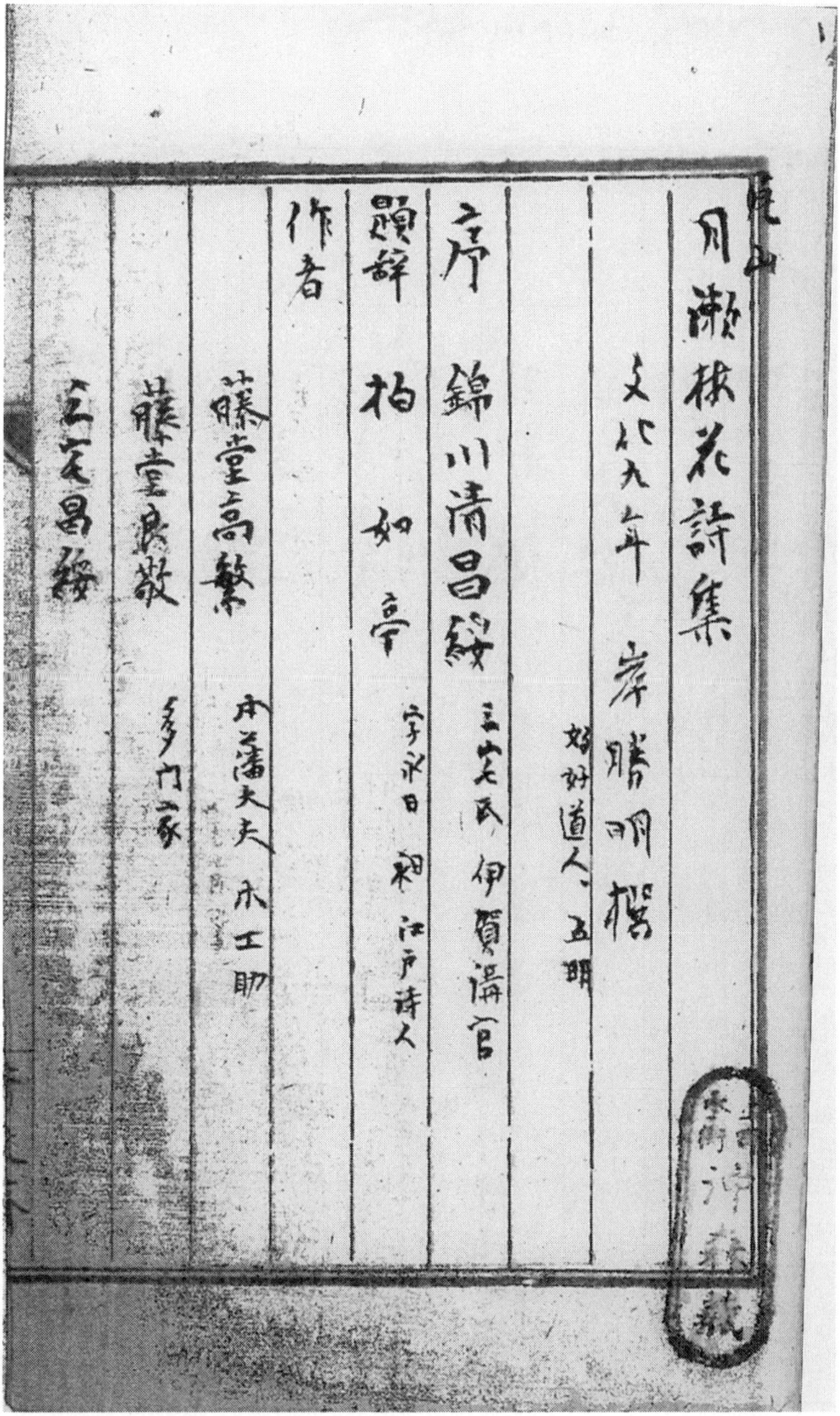
月瀬梅花詩集
文化九年　岸勝明撰
好好道人、五明
序　錦川清昌綏
三宅氏、伊賀儒官
題辞　柏如亭
字永日　相　江戸詩人
作者
藤堂高繁
本藩大夫　木工助
藤堂良敬
多門二家
三宅昌綏

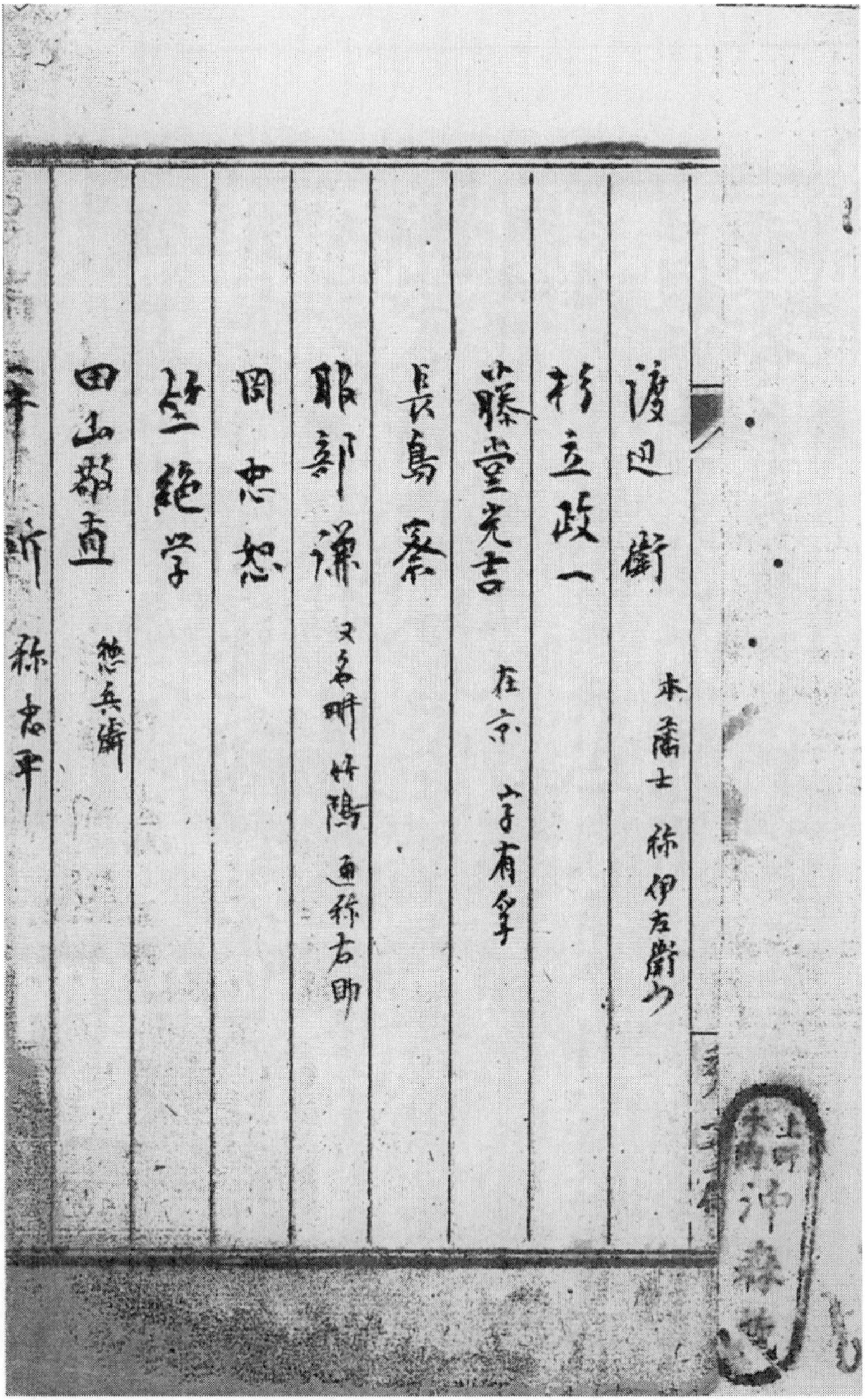
渡辺衛　本藩士　称伊左衛門
杉立政一
藤堂光吉　在京　字有孚
長島察
服部謙　又名昕　好鳴　通称右助
岡忠恕
竺絶学
田山敬直　惣兵衛
新　称忠平

尾山梅花詩集序
詩言志者也、而言志之文、横列之節誌、故雖發於
咨嗟咏嘆之餘、往々爲名勝花樹之誌、峨眉之半
輪、太白詩其誌、武夷之九曲、晦庵誌其詩、若夫深
山之花、僻地之臺、詩以爲之誌、其類不暇枚挙、然則
名勝花臺、曾不可無詩也、文化辛未仲春、授業暇、一
日觀尾山梅花、山在大倭疆内、距伊城三十余里、同
遊十余名、取路歸畊鳥野、向石打行可二十里、始看

梅花十株二十株或就山脚或循谿腰吾歩漸進而
花大加進已到尾山嬋妍賢於芳野遠矣左右所見其麗
不億無数之山谷遠近之里落渾成一種之銀世界行人
將謂五出之雪悃無烟之薫矣子曰觀於海者難爲水
遊於尾山者亦可謂難爲花目力有限花則無涯且其
山水之美非畫手之所能及余語同遊曰人者癖於探勝
先云大倭大倭國多勝之國也其於花也芳野之櫻独擅
其美名其詩歌満兒童之耳矣尾山之梅則寂吾聞也

是爲也僻而之詞客之揄揚耶非耶對曰若野皇居之舊而絶勝之境也假令無他瓊樹豈可不欽慕乎曰然則然矣雖然今自惜歯牙之餘論辜等於藪賢乎二三子盡賦一章咸曰諸窮山頂者紆而下於明月滿木津之上流也岸々花相映碧流混々太此間之清勝不可勝言也泛小舟以間遡迴紆花再朝而歸不自詩編成使余書其所由於卷端孖々老人已賦十絶又撫其遺漏而叙録之詳悉焉永以爲跋吁吾黨之詩雖非善鳴者欲

以為同志之木鐸纔有勝具者携斯誌而閲諸彼地
將知不欺矣乎將知不欺乎
錦川清昌総撰

梅花詩巻題辭
余聞尾山梅花奇一徃探其勝者久
矣適来保賀則節已去瑤臺仙姿
不得見居常怏々如有所失旦客
持一巻云是同人看梅尾山之詩
余亦把玩不覺擊節乃謂巻中作
者多係上野城中武弁名族之人皆
赳々者無論鐵心石腸而有々婉嫺

如此、豈伊廣平之多也、尤為可恠、赧
依韻和之、又與菴華雜及停手下孫、
我顛、自今欲求不食人間烟火、然
後試哦幾首、爾時山靈首肯于冥
々中來、無事苦思、則依將好詩之
未可知也、
文化壬申三月書于伊豫客舍
薩土柏昶如亭

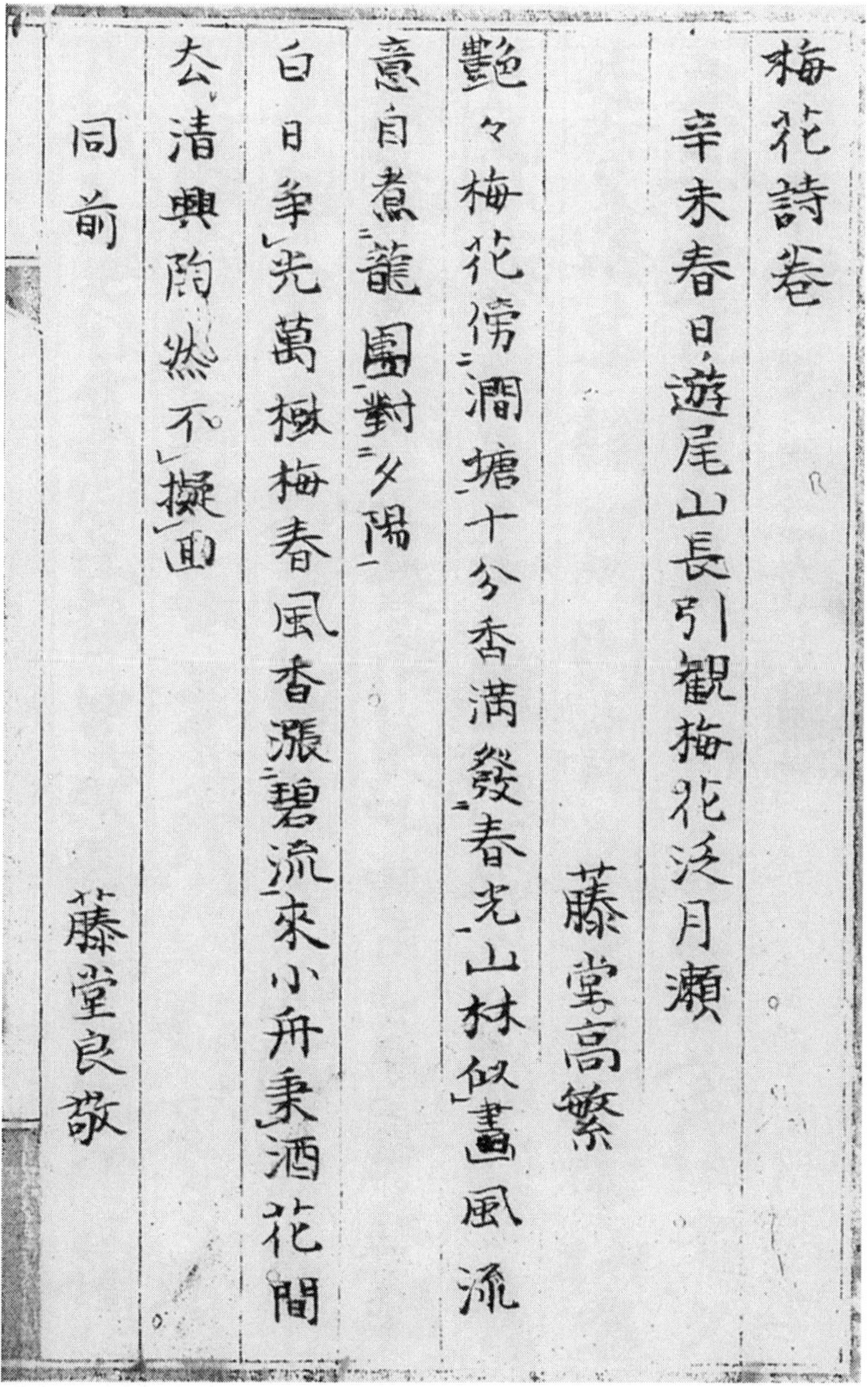

梅花詩巻

辛未春日遊尾山長引観梅花泛月瀬

藤堂高繁

艶々梅花傍澗塘十分香満發春光山林似畫風流
意自煮龍團對夕陽

白日争先萬樹梅春風香漲碧流來小舟秉酒花間
太清興陶然不擬回

同前

藤堂良敬

壮哉長引白梅樹遊客開樽賦未工初駿千秋姑射
雪回頭月瀨擁雲中

三宅昌綏

尾嶺狂雲太後遲擔簑荷笠興情賖晩來風雨誰能
了更卜後期辜負花　已治装天稍曇

廻溪花傍水灣々吟杖梅牽入玉山不信仙縁到姑
射真人倩笑満華顔

山嵐穿花幽径薫近疑残雪遠疑雲曾聞芳嶺櫻

相似一望千株梅亦云

不似弄輸描小屏尾山風色画圖馨十分粧粉皤々

樹一片清流蘸影青

芬芳擁寺倚層巒霏雪心迷尚訝寒古刹臨眺花第

一山龕時作玉臺看

巖栽白玉樹層々澗水蘸花藍色澄牽興偏長尾山

尾停舟月瀬月將升

渡邊衛

逐風芳郁下晴空梅影玲瓏画未工庾嶺何加尾山
樹如雲花様幾重々
尾山醺眼梅天地月瀬回頭花後先聞昔玄賓停杖
處果教千載美名傳
杉立政一
疎影相交横復斜溪南溪北占晴華東君時用春風
筆白盡千林一様花
藤堂光吉

尾山之下月満隈叢盡昔風幾樹梅満目清装如對
雪吟遊偏好避塵埃

長嶋察

賞梅曳杖尾山阿清艶皚々春色誇嶺上訪雲溪訪
雪弟兄芳野白櫻花

興来移歩尋芳菲處々梅香襲敝衣時有林間吹笛
客花飜白雪曲中飛

服部謙

永晝尋春入翠巒香風取次脚忘酸滿林晴雪溪頭
路不識何邊是月灘

山間取路歩環回處々無非剪玉裁恰是十分時節
好那邊一望一方開

淡日輕雲若護持東風傳信有幽期絶奇山水皆詩
本惜被凡工聖得知

白晝山巓與水涯涓々倒影碧瑠璃就中何眼尤宜
着政是清風霽月時

幽蹊健歩興何窮遠訝雪封又靄籠容易把奇休比
畫死圖何與活圖同
峰巒曲々水泠々林麓清香落遠汀轉來野航時打
望梅花缺處見山青
萬株幽艶絶纖塵裝點溪山白似銀風以飛英吹遠
到應知艇上有詩人
玉剪林風破夕霏千嵓香雪弄清暉晴溪一葉輕舟
下恰是山陰訪戴歸

明月瀬頭逗夕陽淡烟深處望微茫漫天匝地花如
雪不辨山光與水光
一溪看遍漸黄昏月又精神香又温清浅横斜吟不
盡且留廻棹役詩魂

岡忠恕

雪濺巉巌碧水涯白玲瓏裡總横斜清溪此處尤清
絶廿四番風第一花
氷恣冷艶古幽芳遊賞廻舟石瀬長満樹蠙珠千萬

觧春風添得麝臍香
高林景致與雲齊無一點塵香滿谿山水四方唯一
様山如白紙水銀泥
滿身香雪不知寒幽致清標春未闌澗水青々山白
白風刀刪玉入琉盤
月瀬清光梅影新留冊小憩翠巌濱東風乍過前頭
去搖動林巒一面銀
凹邊爲淡凸邊濃點綴山川氣正融愛此清薫奇絶

地除他香外又無風

山邨香雪傷溪流一様清峭一望幽中着人家自成

畫花疑出自屋山頭

溪南溪北水灣ゝ雪白梅花松樹間四望軽舟遊遍

跡碧山晴裏湧銀山

潭面風微絶點塵花光掩映石粼ゝ苟留短棹休帰

奈恐攪鏡中無數春

梅花影裏放遊舫恰類剡溪雪興高一陣廻風千萬

數岸頭吹送濺銀濤
鏡面波平倒遠峯林頭剪玉巧裁縫春晴得々撐舟
芬薫滿溪間崕角濃
如雪如雲無處無幽香界裏日將晡此中看個詩人
得句落天然活畫圖
明月滿頭東又西玲瓏如向廣寒躋香風一路渾晴
雪疑是雲中下玉梯
尾山長引液光融長巳凝烟尾更濃萬樹玲瓏春月

裏分明蘸影一川中
只疑一様白雲封連日晴光未改容若便溪風伴山
雨朝来空見翠嵐重
尾山玉繞倚芳洲奇景林中賞味幽共笑歸程更相
約来年二月復来遊
竺　絶學
玉骨深林梅樹連梅香千里薫弥天酔花黄鳥従無
古我亦一樽醒後還

春日與諸君同將陪錦川先生探尾山梅向期遇家

弟之喪因賦述懐　　田山敬直

豈圖此日披縗衣尾嶺觀梅舊約違難謝春光無限

恨歸來投璧照蕭扉

思春見弟日加長僅丟衲奩情難償想像銀村香世界

不同窓下一枝芳

梅山書事作十絶句　　好好道人

探得梅来未看花一般雲彩總成葩芬芳撲鼻人如
醉不怕群仙咀九霞
喜晴雙脚老猶輕緩歩梅山三十程飢乞老僧房裏
食鹽梅麥飯解囲生
遥認芳風探嶙峋廿分梅影可晴晨羨次看山僧勤行
際獨坐異香薫裏春
非蘭非蕙放清香如雪如雲奇而色戀思君多少
人恨教尤物在幽側

尾嶺之梅芳野櫻端許難分又難兄請看僻地數年
後將擅扶桑第一名
栽梅民屋兩三村埋屋梅花千万朶自慣詞人吟咏
情田翁未作在間左
斯花未必露山稜人望晴雪雲万層不是乾坤無二
景若儂裏朽亦何曾
壑無誰能作許遊梅陰放纜任舟浮斯中奇興知何
更將掬落英月自流

世有斯花斯景殊満天遍地白糢糊嶺梅交蔭清涼
處明月灘頭有月無
看過山川處々村行逢清地好開尊黄昏酔臥醒来
見満嶽梅花夢一痕
先題拾遺　　　　　平新
疑無林裡一谿通満樹清風香雪中水接梅花花接
水梅花浮水水浮空
通計五十六首畢

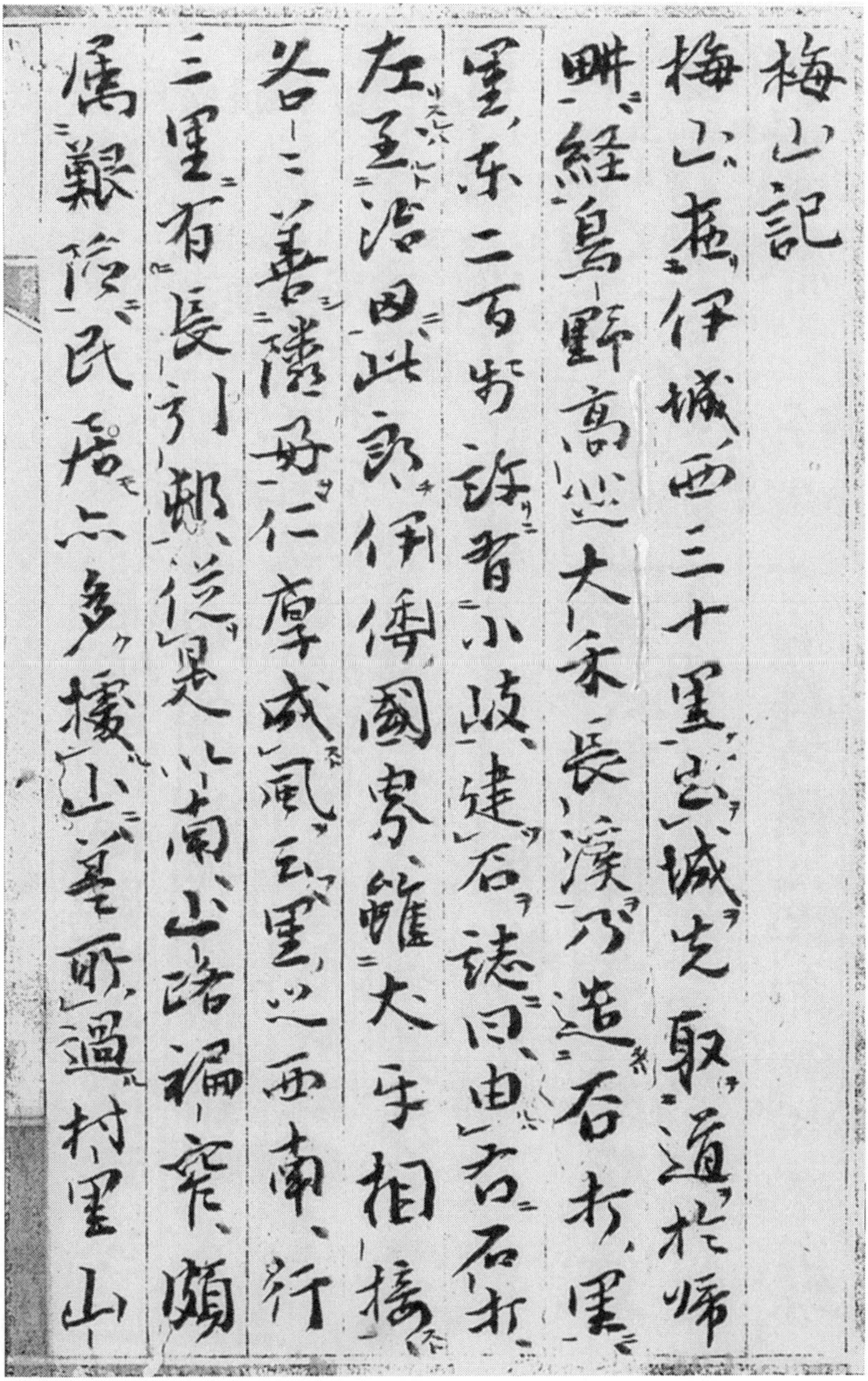

梅山記
梅山在伊城西三十里、出城先取道於帰
畊、経鳥野高巡大余長溪、乃造石打里、
里、東二百歩許、背小岐、建石誌曰、由右石打、
左至沿田此郡、伊倭国界、雖太守相接、
谷、善隣好仁、厚成風云、里之西南、行
三里有長引郷、従是以南山路編窄、顛
属難陰、民居亦多、攘山墨所過村里山

谿、梅花爛熳間不容立錐之隙焉、長引
南口見一溪、桃樹夾岸二里、林中幽邃、桃
花源亦可想也、至此人或為花氣所悶
既盡其源、得河邑、謂明月灘是也、於是
買舟溯半里強、舟中美観、左眉前絶傳
棹東面尾山云、引諸山、宿斜陽、花生彩
義猶宜晩色、又泝舟子東泝西北者桃林
月瀬嶽都、千峰一白、錦繡錯次様集

者雲邪霏飜者雪邪影水在浴霞在
清艷染鮮者芬芳風醸表遠淺濃千
態萬様不可勝賞也況而捨舟超尾山
出澗因而出向所聴遊將以詠也愿夫
李朝春花穠菁楚秋氣稱融因尚矣獨梅
花之在諸品高等而未聞有以長得名勝在也
上如梅以也盧裏數十里矛盡幾万億載
塔過九村落圍繞田疇千萬峯加之以秀清

秀異宗楳若云生掬斯語海内無雙
生於淮間出寒郷僻地無識之者六百載
遺憾乎顧近歳猶有騒客自遠方来
而置酒宴於此若記其梗概以俟
後来逝於此觀而已矣文化庚午春三
月竹隠居好之逸人　録書

梅花詩巻終

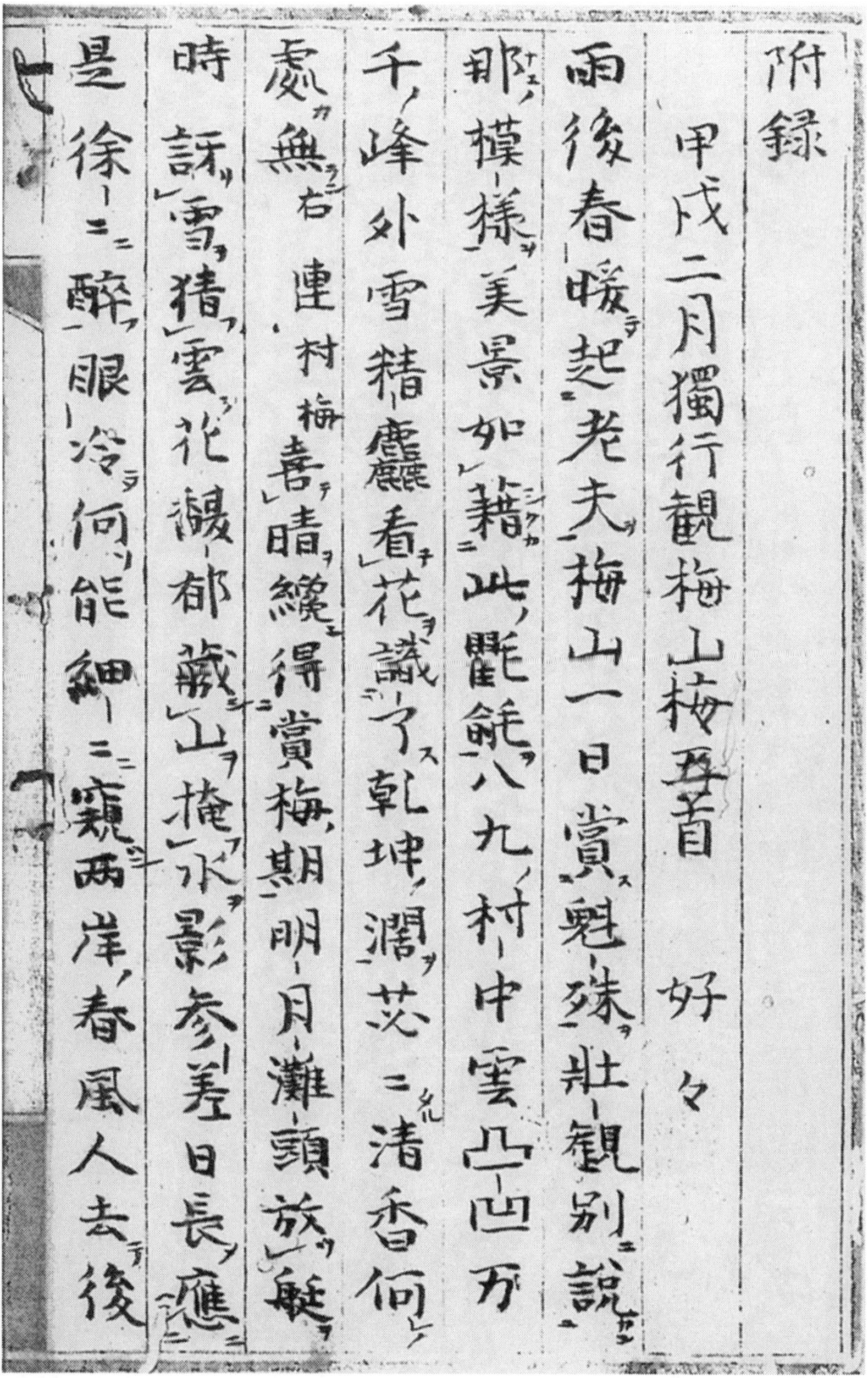

附録

甲戌二月獨行觀梅山梅五首　好々

雨後春暖起老夫梅山一日賞魁殊壯觀別説那模様美景如藉此氈毹八九村中雲凸凹万千峰外雪精靈看花識了乾坤潤苾清香何處無　右

連村梅

喜晴纔得賞梅期明月灘頭放艇時詠雪猜雲花澱郁藏山掩水影參差日長應是徐醉眼冷何能細窺兩岸春風人去後

餘香彭我添肝脾　右　岍上祐　城南奇絶名頗發
願使遐方知度越疑到桃源梅谷梅旌昇天柱
月灘月落花捲地雪侵簷氣靄含風香徹骨
春信今年進一旬閑人殿矣恨何歌　右半落梅
灘上不空明月名清宵好是游蓬瀛花飛可
掬舟中指魚躍魚呑水上英詩客舐毫難得
意酒徒抛纜欲窮情三更蕭瑟風浪起花色
梅香一併生　右　明月灘　觀梅愛月夜猶忙梅

月呂許互頡頏月思梅情適君意梅灑月冷斷
人腸梅實朧月花無歟月結梅枝影有香残月
曉梅離惜別吟梅醉月復誰妨　右梅月吟
竹陰老先生欲観梅尾山孱蒙見促余以事故不能随
陪因欽想其勝槩以恭賦呈　服部畊
東風催促探梅期三是尾山爛熳時一径芳寒凌
曉去千林晴雪認香随尋詩杖挂苔磯立入畫册
穿石澗渓叙　先生幽興發高情間與箇儂知

和韻　　　　好ニ道人

春半觀梅恐後期
節輕不熱不寒時
孤吟遂想君詩巧
獨歩聊憐我影隨
酒盡花前胡蝶舞
鐘鳴寺裡隙駒遲
何心啞了一朝夕
莫使山靈能樣知

Ⅱ 『月瀬梅花帖』（稿本）

月ヶ瀬村教育委員会蔵本

月瀬梅花帖
岡本花亭撰

遊月瀨記

往歲伊州人寄書盛稱月瀨梅花之勝欲
往不果己卯二月十八日過伊州上野便
道詢之土人皆不知一翁云上野南有尾
山多種梅士大夫時或遊涉未聞有月瀨
焉余試先往到尾山有寺曰真福院〻西
俯山崖梅花一帶粲然奪人目僧導余下
山遠近不知其幾千萬株風至則芬芳襲
人余當時謂月瀨為伊州之壤今審訪則

而北

月瀬尾山長匹桃香野諸村梅花尤多皆爲和州傳聞久誤一川抱山瀲灔可愛曰躑躅川是川從宇陀郡界来月瀬在川西長匹桃香野在其北岸裾胥臨水者爲城州之山城伊和三州犬牙相接僧云夏月躑躅盛開亦爲一佳觀矣日夕還院僧謝余云孤居乏待客之具因懇囑一人家投宿主翁云山村磽确以梅當穀蓋暴乾梅子作烏梅色多輸京師用和紅藍汁善發

其色去年尾山一村收子凡二百二十斛
如長匠則倍之嘗聞備後三原梅林甚盛
三原能熟則月瀬減價月瀬多收三原不
售乃知天下之梅月瀬與三原角立也翌
十九日好晴主翁前導又渉昨所歴梅花
層出溢山填壑霏々簇々與朝陽競麗矣
刺舟済蹲踊川済而漸上是曰月瀬村有
一大石苔湿蘿綴老梅掩之天然巧置使
人婁眷不能去既入村崖辟蘿落之際芳

雪和霧、較之尾山、尤為絶勝、余意期明年再游、若與二三閒友、小舟乘有月之夜、回宿此村、則遺蘊殆盡矣、過此到大橋、一歩一折、香風不斷、大橋水石滌盪、梅影奇斜、溪童為余度橋、送茶、景物如畫、從大橋過此野陶山寺、出于寧樂春日祠之後、蓋自上野至尾山、廿九里、自尾山至寧樂、卅六里、太抵一日行、而山不甚險、此間溪巒林萑、雖微梅花、固宜一游矚、況月瀨之為

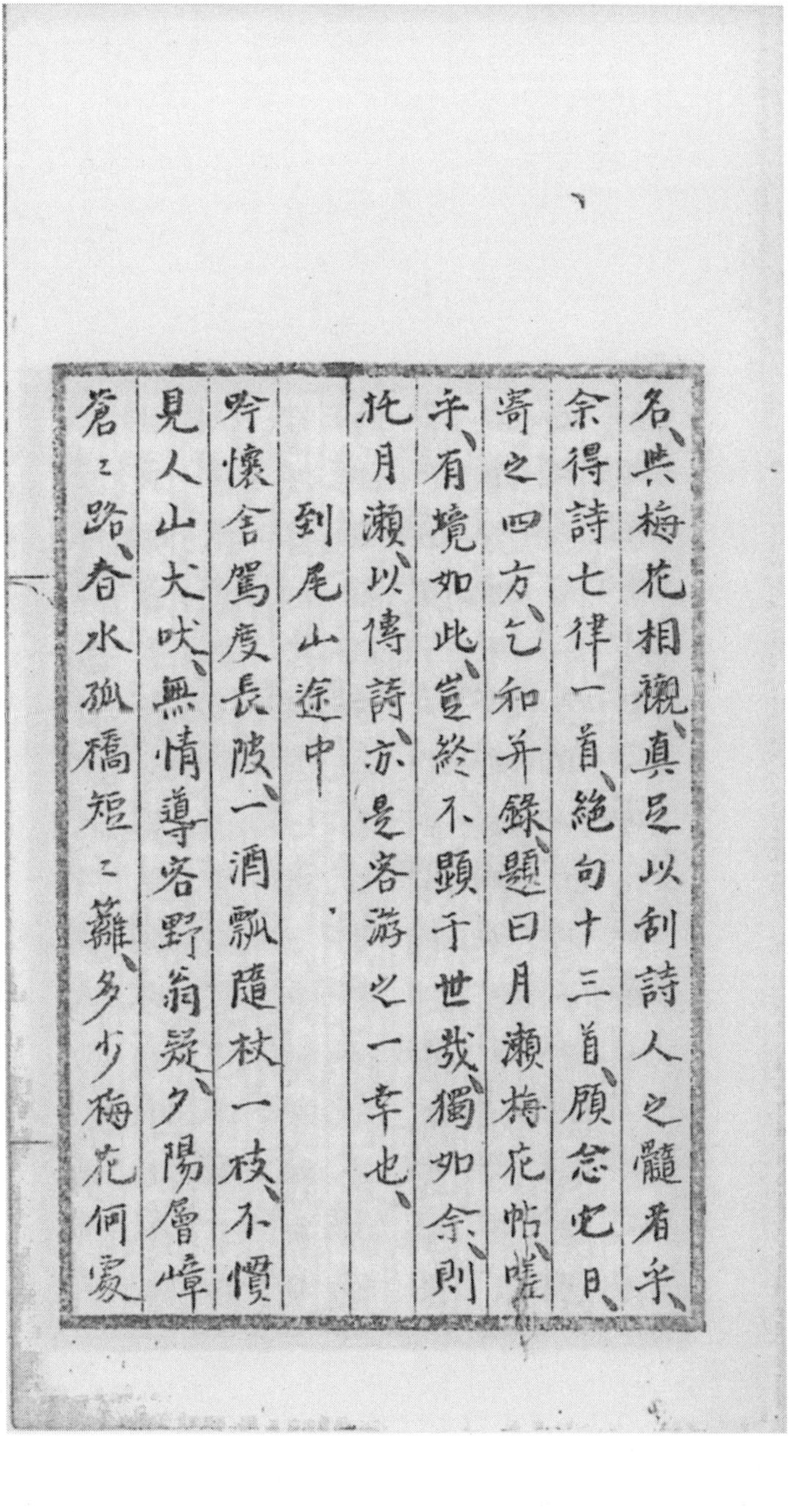
名、與梅花相襯、真足以剏詩人之髓者乎、
余得詩七律一首、絶句十三首、頗念也、日
寄之四方、乞和并録、題曰月瀨梅花帖、嗟
乎、有境如此、豈終不顯于世哉、獨如余、則
托月瀨、以傳詩、亦是客游之一幸也、

到尾山途中

吟懷含駕度長陂、一酒瓢隨杖一枝、不慣
見人山犬吠、無情導客野翁疑、夕陽層嶂
蒼々路、春水孤橋短々籬、多少梅花何處

問或訪

荷鞭詩屋

在、村名問遍未全知、

宿尾山民家翌日、経月瀬、到南郡、十三首、

回客傳聞月瀬梅、畫圖先在尾山隈、僧携直踞層崖下、烟雪香風滿石苔、

絶無奇勝上吟眸、行到伊山欲盡頭、溪近似標風土異、種梅村落屬和州、

梅花影裏去隨僧、一宿春寒白屋燈、君是清溪牽曉夢、能教俗骨化為氷、

茅軒早起喜春晴、好為梅花枉旅程、前日
隨僧山半腹、夕陽溪底棹舟横、
虚舟月瀬渡頭斜、日出溪風巻霧霞、天地
此中眞別境、青山遶近碧梅花、
看梅欲済水中央、欺雪崖陰又澗陽、一棹
何時来月夜、滴山香霧浸吟腸、
説着梅田十萬株、離々結子解妝珠、暴乾
艶蒦紅藍汁、不作烏梅本相無、
瘦節過渡到山崖、月瀬名傳境最佳、芳約

荷衣詩屋

老根多古色、横斜有致石安排、
竹外無花刺眼来、随人澗水去縈回、合風
似導前村路、山不遮香覚有梅、
梅塢春村雪半扉、繁花簇々帯晴暉、最應
記取誇郷友、老幹苔封大幾圍、
佩得酬梅酒一瓢、澗光春静影如描、騰逢
煩彼山童饋、手挈茶甌度板橋、
大橋溪水去遶人、縱不逢梅攬勝新、況復
山程無險悪、路通寧楽故都春、

塔標名寺佅霞霏春日祠南下翠微行盡梅花香世界風煙剩帶古情歸

月瀨之游追想不已再步原韵

踈梅謝盡復繁梅半滿枝頭半沒苔却笑松風亭下句蘇儒未解此中來

抱山春水一條流夾岸梅花倒影浮憶得吾鄉繞幾樹荒村石路苦相求

瘠土耕耘力不能山民易穀有梅塍今年說是春光減去歲花應更幾層

荷毅詩屋

籬角溪頭幾處情、或憐凡境托孤清、世間
漫說梅花地、腸斷應緣月瀨名、
春朝日照雪槎牙、昨夜何枝掛月斜、最殺
鶯啼人未起、半籬梅影翠微家、
宋廣平心鐵不剛、趙師雄夢酒應香、吾常
一樹敎春領、況涉梅林十里强、
後世稱花古所無、村農取實異吾徒、咲它
供客逋僊宴、梅熟總謀舊酒須、
山秀邨〻帶水佳、共梅相得足高懷、若能

野梅款側路通樵溪竹
蕭疎帯橋和氣煦花
天欲午陽崖一曲老枝喬

借我三間屋、未必書樓效鐵崖、
臨水花枝好處開、生人溪草綠毰毸、一村
枉歸桃香野、不分將梅滿地栽、
霧披霞暎或依稀、水影山光各茇揮、家在
梅花深處住、溪翁究向画中歸、
野梅如咲送郵、樵溪竹難遮見土橋、和氣
煦花山欲午、陽崖一曲老枝喬、
到梅無語着清新、山盡行々野復春、還把
柳州佳句了、碧天花暎不逢人、柳句長歌不逢人、遠暎楚天碧云々

文政[illegible]年

荷嶽詩屋

邨寄梅花訪者稀山空況倚舊京畿東君
若借春風力吹去香應四海飛
　顒庵韓珏稿
　壬午八月十三日冩
　寄醻韓詞宗見示游月瀬梅林作
雖在王畿亦僻郷誰知萬玉此埋藏詩人
一賛梅花國世上傳聞名始香
想從混沌始分時降至如今幾世移猶有
梅花天地闊待君開闢入新詩

香或幽

絶出梅行又入梅、無山無水不梅開、清香
世界絶塵地、一箇詩人今始来、
千里逢梅似相期、恰開好處恰来時、花神
有待山霊秘、不許俗人容易窺、相字入声
畿甸山川尽顕名、和州月瀬独潜声、世人
不具賞梅眼、絶勝専称芳野櫻、
才逢韵士賞香芳、月瀬梅林便發光、却咲
武陵溪上水、桃花唯鮮引漁郎、
蒼崖梅擁碧溪趨、雪噴生香十万株、為喜

新詩多記実、後人相證説名區、
一遊首唱十三篇、天下詩人皆譲先、堪比
個梅清且秀、百花在後独居前、
曽在孤山結勝因、他生定作愛梅人、風流
為想　韓勝玉、應共逋仙前後身、
遙羨清遊歎暮年、梅花仙境似昇天、此生
休矣寄詩句、相約結為来世縁、
聞韓四巷憶月瀬之游追詠若干首
賦此重寄

一蓬烟月万崖梅、夢迹水流花影回、香霧
沁腸氷化骨、満腔清氣吐詩来、
正奇百出梅花句、誰敵多々益善吟、詩法
應因兵法得、君家傳授定淮陰、
右十二首
江戸　花亭岡本成

Ⅲ 『梅渓遊記』（稿本）

国立国会図書館鶚軒文庫蔵本

齋藤拙堂稿
梅溪遊記

岡本豊洲云九記一幽月瀬秘勝叢捍無遺妙境奇趣鋪叙歴〻使讀者如躬踐
〻而目睹覺寸管縮千里又見常山蛇勢、

岡云先舉綱領漸入蔗境、

頼云考證地勢記亦不
可少者邦人少及此

梅溪游記一

和州梅溪之奇冠天下。地頗幽僻。罕造觀者。名不甚顯。顯〻自我伊人始也。溪傍種梅為業者凡十村。曰石打。曰尾山。曰長引。曰桃野。曰月瀬。曰嵩村。曰獺瀬。曰畑。屬和州。曰白樫。曰治田。屬伊州。我上野城在其北三里半。我藩封疆除全伊半勢外。又有城和之田五萬石。環梅溪而處。而種梅之村多屬他封。獨白樫治田屬伊。嵩村亦為我治下而已。然按舊志。月瀬諸村多屬伊。伊〻人道戰國之際。豪強相奪此地。始屬和。今審其地勢。既迫上野城。山脈相通。理固應然。故和人之來者常少。而伊人常相往来。不絶。四五

十年来士人亦稍稍往観梅溪之勝遂漸顯云十
村長引最多梅不知幾萬株然有山無水獨臨躑躅
川者為清絶川發源於和之宇陀歷伊之名張而到
於此廣殆百歩尾山在其北岸嵩村月瀬桃野在其
南岸兩岸之山夾溪對峙幽麗奇偉又得卉雪萬堆
炫爛其間所以為尤勝也余住津城距梅溪殆二日
程久願游而未能也庚寅二月十八日與宮崎子達
子淵山下直介以事如伊州遂從游焉上野人服部
文稼深井士發山本素佛為導美濃人梁緯公圖攜
其妻張氏與偕遠江人福田篤磐湖亦請從下至輿
儓凡十四人未下出城門行一里餘為白樫山谷間

已多梅花一里餘爲石打又行未一里尾山在目爲之躍然至則遍地皆花余初恐違花期見之心降入憩三學院納宿而出往觀千樹梅ゝ溪之賞始於是矣

記二

千樹梅尾山八谷之一也花最多故俗稱一月千本蓋比芳野櫻谷出余與同人出院下前崖覺山水與梅花皆已佳絶任意而行至一大谷文稼識而言之乃知其千樹梅徑詰曲而上花夾之如行白雲中數而歩達巔下顧彌望皜然與溪山相輝映余嘗夢遊芳野觀所謂一目千本者有此盛而無此勝又嘗觀

嵐山有此勝而無此盛也日已欲暮花隠於烟中如王妃隔碧紗而立千樹依約不見其所極暗香拂〻襲人聞溪聲益遠且大至咫尺不辨色而後去

頼云筆力曲折

記三

昏黒還入院欲俟月升復出観花也余久聞此溪之勝而願以月夜来遊焉毎歳春有人自伊来者輙詢之花之開謝與月之盈虧常齟齬不相合遅之七八年至於今歳欲以今月望前来然以地在山中着花殊晩其盛開常在春分前数日而春分在今月之末如其無月何忽思邵康節詩云看花切莫見離披私謂及半開則可何待其爛漫遂以望後三日来豈意

頼云清境

岡云
又望外之喜状態可想

花開已七八分或将十分實望外之喜也獨余日已
落黒雲覆天意殊恨〻也張燭欲飲此行購樽容五
升者満貯酒命奴負之呼取之酣不數巡而竭慳詰
之乃知奴酔墜地致傾覆益悵恨買村酒得數升来
洗盞更酌雖甜不適口亦自醺然文稼為伊城助講
風流士公圖以詩名海内而磐湖善畫　餘人亦
皆吟詠揮灑俄而小奚走報曰雲破月出矣衆驚喜
欲狂携盞走出時将二更月色清朗數歩抵真福寺
花枝映月玲瓏透徹如寶鈿玉釵在美人頭上影畫
横斜水鏘然鳴覺非人境傍岸而行前望月瀬水清
如寒玉漾月影處作銀鱗而両山之花倒蘸其上隠

國云六字妙甚

國云小波望外之喜

賴云神境

約可見一棹中流山水俱動君平生之願至是酬矣

記四

花月之賞既畢還就宿夜已過三更疲甚一睡到暁覺則奇寒泌骨紙牕甚白起推戶見雪積平地三四寸連呼奇又呼酒滿引大釂與數人出復赴真福到昨夜觀月處雖溪山不異丹崖碧巖変化為白玉推花亦加素彩如何郎傳彩粉凡入目者莫不皚然獨溪光益碧作縹玉色耶梅溪之清極於此矣古人論梅謂讓雪三分白然雪以白勝梅以艷勝各有佳趣韓退之詠雪梅云彩艷不相因是可為定論已此行既収花月之奇今又并雪梅之清天之賜我何厚也欲

往覧諸勝以歩艱而止

記五

既而天晴日出近午雪盡消乃欲往覧南岸之勝行到千樹梅下見舟横南岸即嵩村渡也隔水呼之先篙夫自叢竹中出撐舟来載余謂衆曰北岸山路崎嶇艱行未能悉其勝請先觀之而後及南如何衆曰可矣乃命泝溪抵真福寺下當石斷齶齧舟乃反尾山之梅以谷量八谷各数百千樹真福在其極西其下稱初谷名曰敝谷第二曰鹿飛第三曰搜窪其上有天狗巖謂羽客所棲處第四曰梘谷第五曰菖蒲谷第六曰杉谷第七即千樹梅第八曰大谷花之多

頼云如讀昌黎叙陽山處

亞於千樹相距皆不過数十歩其勝各異不能盡状唯諸谷之花與萬村之山夾渓相映舟行其間杳然覺仙路不遠此尤為奇也公圖嘗游於此有句云梅花也自有仙源信然余曰桃花凡俗未足標仙源使世真有桃源者竟不若梅渓之渇仙趣公図首肯久之

記六

舟中航覧尾山諸谷又欲西観桃野繞轉棹則北岸所未見之山突兀躍出樹石雑為蚪龍虎豹譎詭矣矯有一石曰烏帽子以形似名水益駛激搏碨礧稍後處俯而窺之澄徹見底游魚可数仰見桃野在前

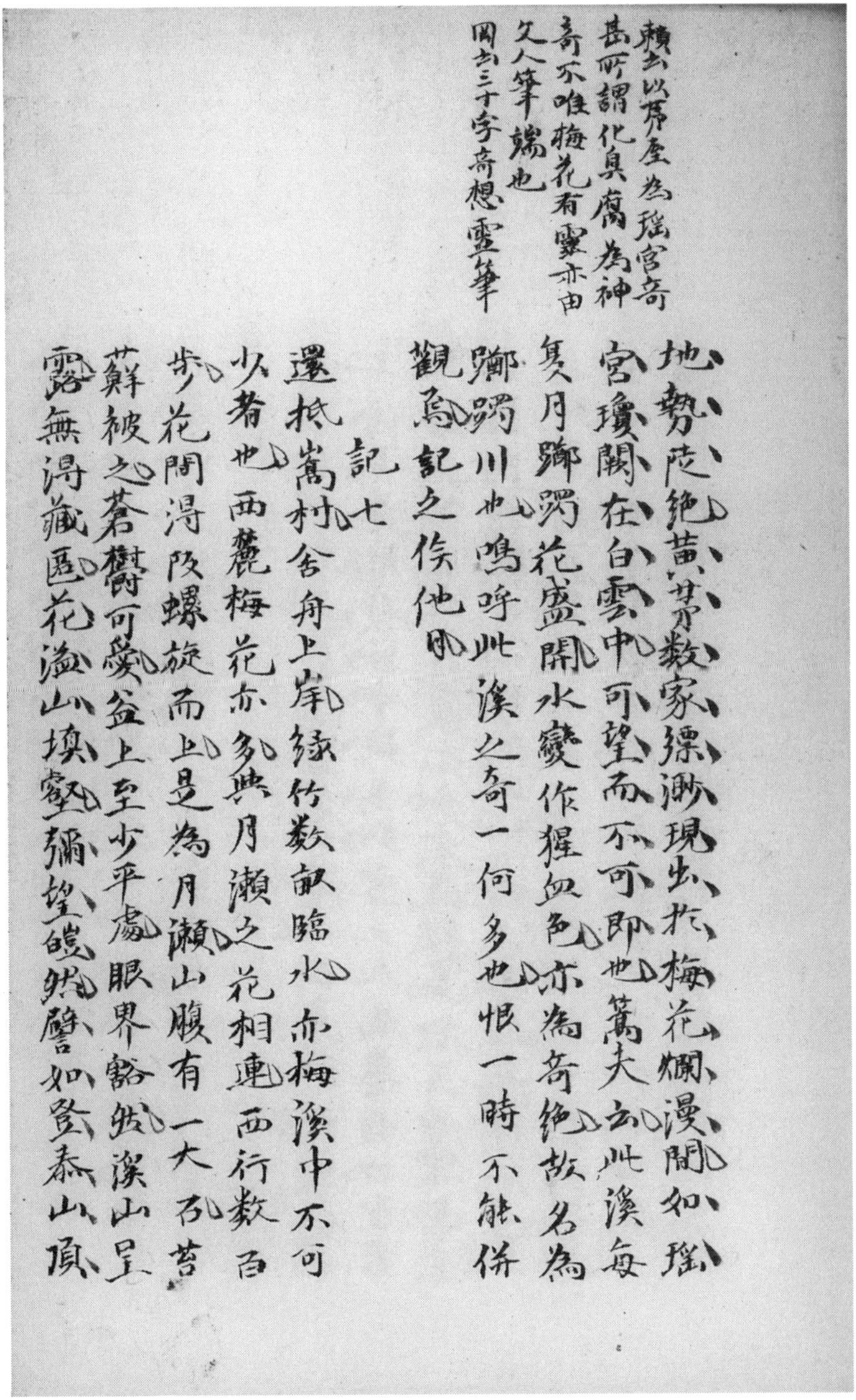

頼山以芳屋為瑤宮奇
甚所謂化臭腐為神
奇不唯梅花有靈亦由
文人筆端也
岡吉三十字奇想靈筆

地勢陡絶黄茅數家縹渺現出於梅花爛漫間如瑤
宮瓊闕在白雲中可望而不可即也萬夫云此溪每
夏月躑躅花盛開水變作猩血色亦為奇絶故名為
躑躅川也嗚呼此溪之奇一何多也恨一時不能併
觀爲記之俟他日

記七

還抵嵩村舍舟上岸緑竹數畝臨水亦梅溪中不可
少者也西麓梅花亦多與月瀬之花相連西行數百
步花間復陟螺旋而上是為月瀬山腹有一大石苔
蘚被之蒼鬱可愛益上至少平處眼界豁然溪山呈
露無復藏匿花滿山填壑彌望皚然譬如登泰山頂

下見大地皆白而是得梅溪之真者也且乎月瀬之名獨顯不止其名雅馴也適天復陰雪大至風濤之如舞蝶塞空亦奇觀也下溪索渡還

記八

天復晴過杉谷尾山之第六谷也岡阜陂陁得徑而上俯見花堆積谷中疑為残雪土人為導者曰雪若不消花蕋凍瘁獲實不多幸消釋盡今年必豊矣余因詳問所獲多少曰尾山一村上熟得乾梅二百駄毎駄壹斛五斗重二百斤併此間諸村中熟大抵得千四百駄上熟二千駄一駄價銀九十錢或百錢云蓋地既磽埆不可耕以此當穀及実熟採乾送京都

頼云此篇中間叙梅実
價直不避猥雑處見
古朴如史遷傳貨殖加
以首尾秀抜妙

深肆亦山中絶済也聞備後三原亦有大梅林未知
與此如何公因曰吾游三原者再見其樹之多可相
頡頏但其地平遠不若此渓之勝遠矣愈上則千樹
梅見於左又前望南岸之花不減月瀬之観適斜日
射之花光燦發芳霧噴山谷殆使人目眩不能正視也

記九

樂哉梅渓之游也両日留連従良友佳朋覧天下無
雙之勝天亦不靳其雪月之美并賜之以成三絶可
不謂多幸耶日夕辭院乞獲梅花数枝求来路還未
至上野数里夜黒迷失路陥荊棘中蹊田数町纔得
官路同人交咎文緒余曰不亦奇乎凡今日之遇莫

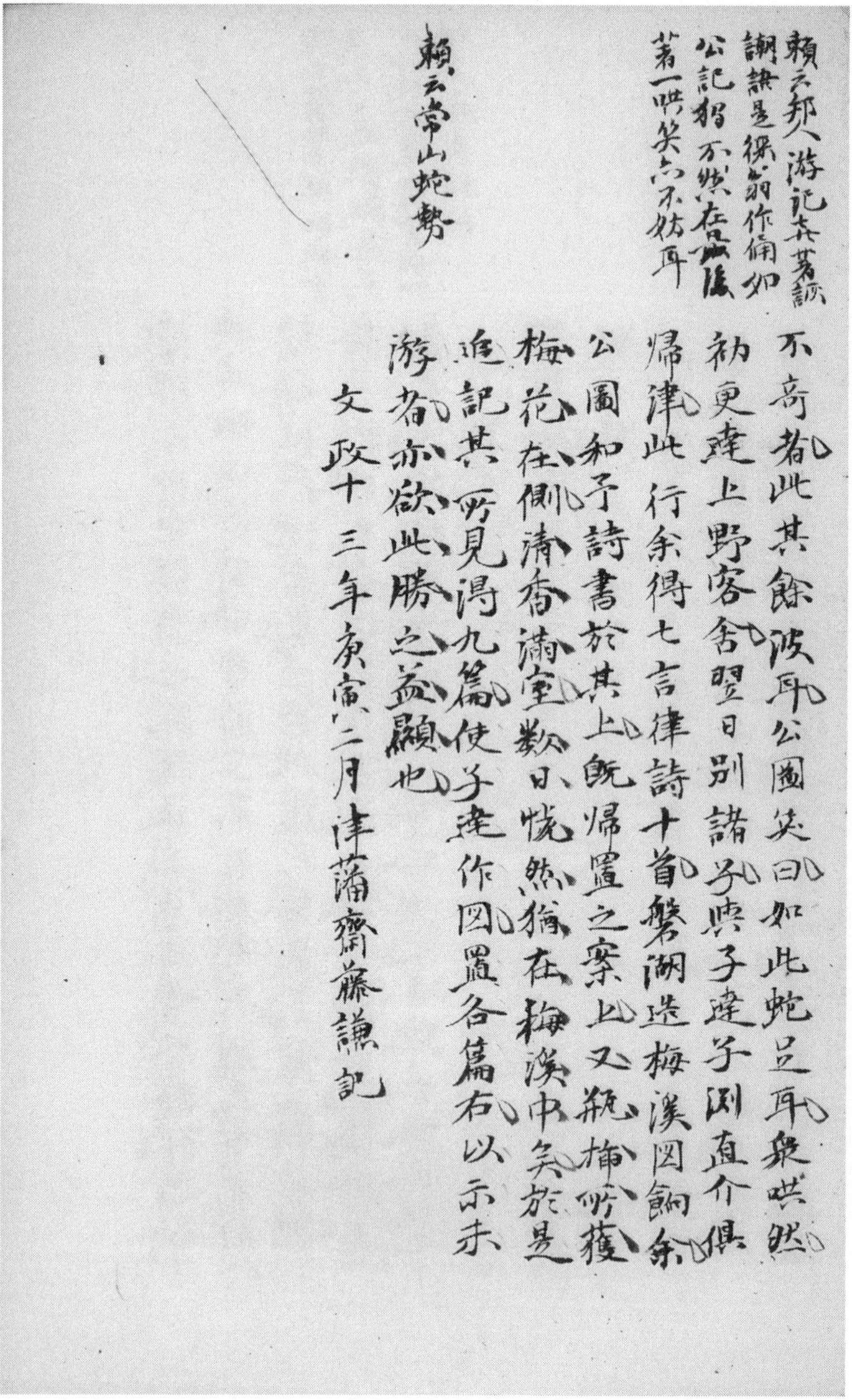

頼云邦人游記每苦諛
諂諛是猥翁作備如
公記猶不然在吾儕
著一哄笑亦不妨耳

不奇者也此其餘波耳公園矣曰如此蛇足耳衆哄然
初更達上野客舍翌日別諸子與子建子潤直介俱
帰津此行余得七言律詩十首磐湖造梅溪図餉余
公園和予詩書於其上既帰置之案上又瓶插所獲
梅花在側清香満室数日恍然猶在梅溪中矣於是
追記其所見渇九篇使子建作図置各篇右以示未
游者亦欲此勝之益顕也
文政十三年庚寅二月津藩齋藤謙記

頼云常山蛇勢

僕聞此溪之勝多年欲一往賞而不能果公固来説
游況魂益飛越又恨公不以一介相聞〻〻者僕必
往會焉豈不愉快遺憾〻〻今得讀此記恍為同酔
萬玉林中想亦足以自慰耳如妄評則幸矣而擲之
山陽外史襄

幽云境已清絶更洗何塵豈謂遊人衣上之塵乎繞作出溪作隔雞犬以下無聞然寂

附梅溪十律

梅溪風趣好親論今日扁舟始向源濛〻霧雨度春水
渡芬雲十里外陽村欄前幾〻巘梅図畫枕上平生勞
夢魂記取山頭老禅宅直從香裏得柴門　清川繞
麓洗紅塵雞犬寥〻洞裡春僻境衣巾非魏晋編民
姓族定朱陳山田萬石玉為食籬落十村芳作隣矣殺

是佳律。

岡云五語似蘭六語似桃
有作風難晦迹作自為
尊林作陰无語作辭
緑月作亦似可此二佳律

岡云第四佳句

凡桃少偃俗種花不學避秦人　花中清絶久推梅
此境居然更占魁遍地鎔銀爛如海漫山鏤玉築成
堆澄溪蘸影参差見曲径吹香紛窕来東閣西湖何
足道唐賢容易鐵心摧　山厨行窮層嶺西梅花深
處路高低雲中人過誤前渡雪裏鶴帰迷舊棲幽谷
有香雖晦迹芳林無語自成蹊清霄更發通僊秘跡
影分明月一溪　月下振衣立碧岑皎然一瞻盡千
林幽巖冷淡雲無色遥澗潺湲花有音風拂帽簷従
酒醒参横頭上覺霄深不須還覓紫門去欲伴律人
宿樹陰　雪梅相伴占茲風芳意寒光両是真自有
清香千樹曉更添素彩十分春豈圖庾嶺夢仙客兼

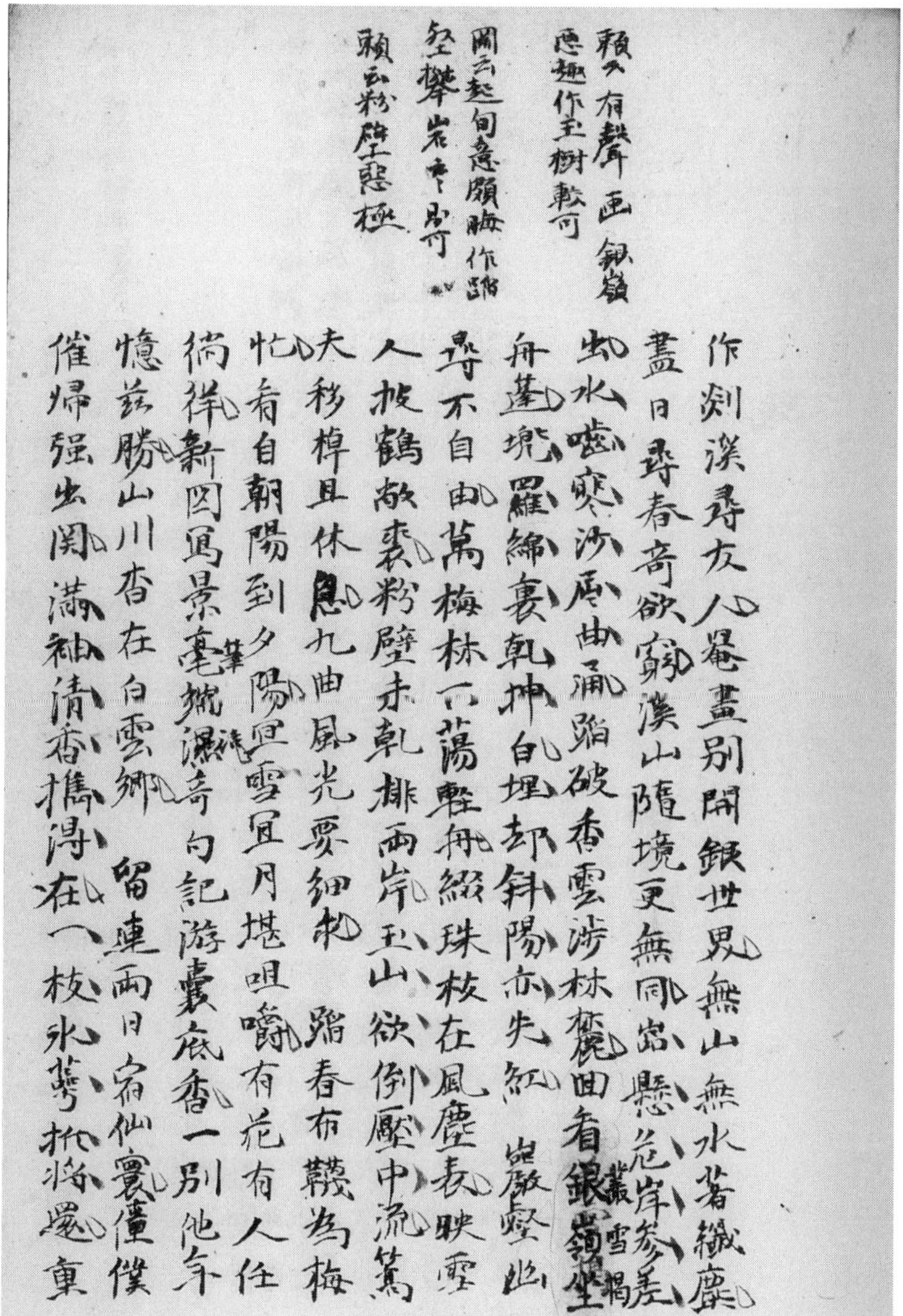

頼又有聲画銀嶺
思趣作玉樹軟可
岡云起句意願脆作蹈
堅攀嵓前見奇
頼云粉壁寒極

作剡溪尋友人、罨畫別開銀世界、無山無水著纖塵、
盡日尋春奇欲窮、溪山隨境更無同、崖懸、花岸參差、
出水嶮、峻、沙、辰曲、漏、蹈破香雲渉林麓、回看銀叢雪稠坐
舟蓬、境、羅綺裹乾坤白、埋却斜陽亦失紅、嵓巖疊幽
尋不自由、萬梅林下蕩輕舟、綴珠枝在風塵表、映雪
人披鶴氅裘、粉壁未乾排両岸、玉山欲倒壓中流、篤
夫移棹且休息、九曲風光要細求、蹈春布襪為梅
忙、有自朝陽到夕陽、宜雪宜月堪咀嚼、有花有人任
徜徉、新図写景毫端[illegible]、奇句記游囊底香、一別他年
憶茲勝、山川杳在白雲郷、　留連両日宿仙寰、僮僕
催帰強出関、満袖清香携得在、一枝氷蕚折将還、

岡云聖門句餘韻多矣

游何歳鶴相伴。後夢空期蝶共閑。安備蹇驢倒騎去。
雲間引領望蓬山。

七律難作。如僕欲成此中一首。亦須數日呻吟。今
公在兩日鞋韈杯尊間。咄嗟為五千六百字。當作五百
六十字。貽興萬株玉雪勅歛。使人咋舉目瞠。僕初疑
以律記游。擇體失宜。何不以絶句也。既而閲之。隨
所見聞次第叙寫。諸駢儷而意流動。雖其中不免
用銀玉等字。大抵白戰。不隨詠物樣子。是為最難
耳。

十律非不可。既無附之九記絶勝之後。亦覺減色。刪割特存其佳者如何

花亭成妄許

山陽外史批

跋

憲聞梅渓之勝久矣今年二月従拙堂先生始往
遊焉玉雪萬株繚然奪目洵勝素聞而峯巒渓
流嵓不離奇松竹鬱茂凡景之宜梅者莫不具備
其勝固應冠天下但以地幽僻未甚顕於世豈不
遺憾哉今先生記而傳之奇景錯出歴々在目使
未遊者拊脚雀躍欲命駕従之而梅渓之勝遂不
可掩也豈得無非天待其人而顕之天下乎先生
猶恐其未悉也命憲作圖置各篇右憲固拙画不
能得其奇但依其真景存彷彿而已首置梅渓全
圖以示遂次圖其七景圖各有題尓先生之所命
也

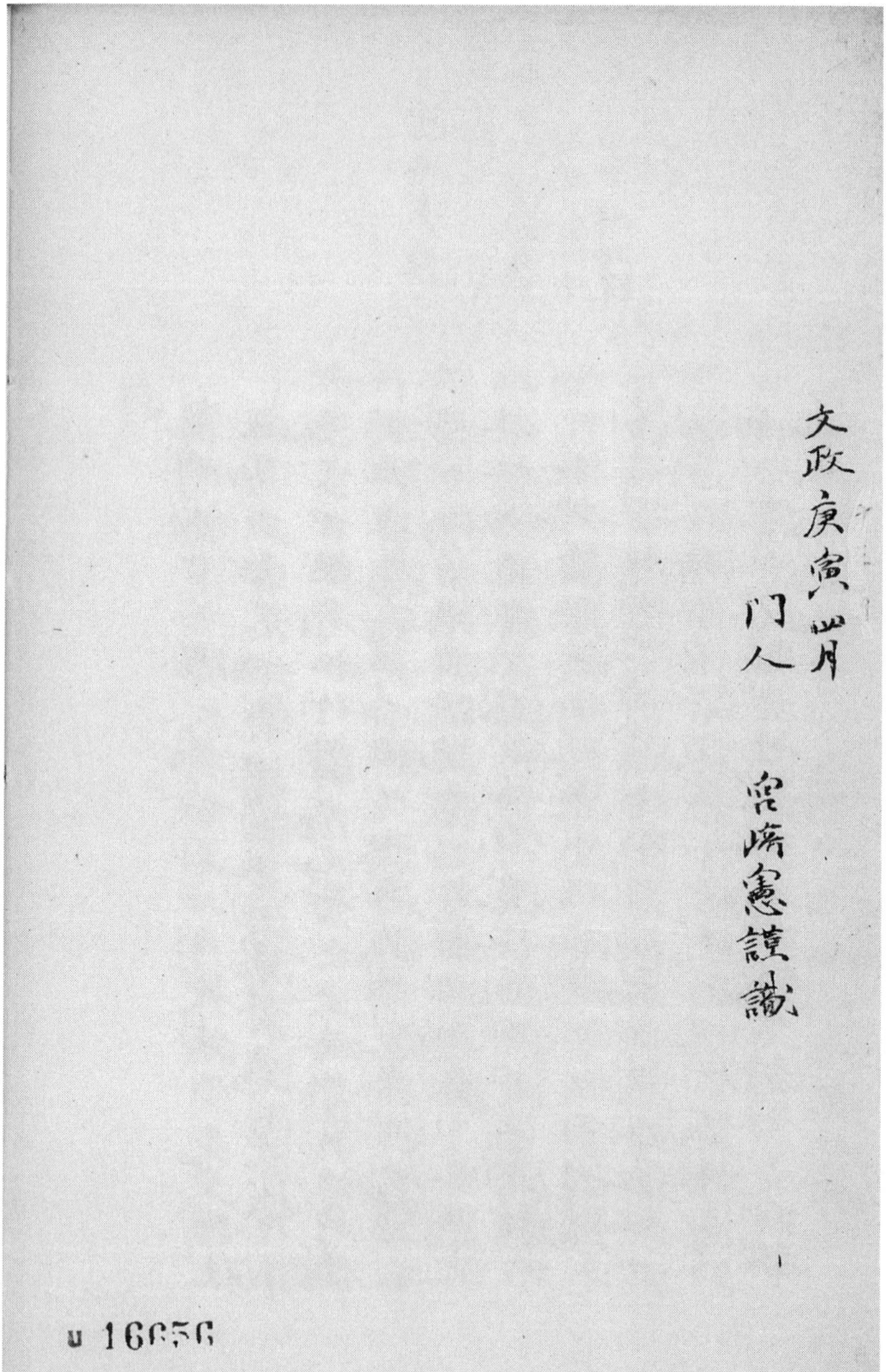

文政庚寅四月

門人　宮崎憲謹識

Ⅳ 『梅溪遊記』（稿本）

天理大学附属天理図書館蔵本（複製二一八号）

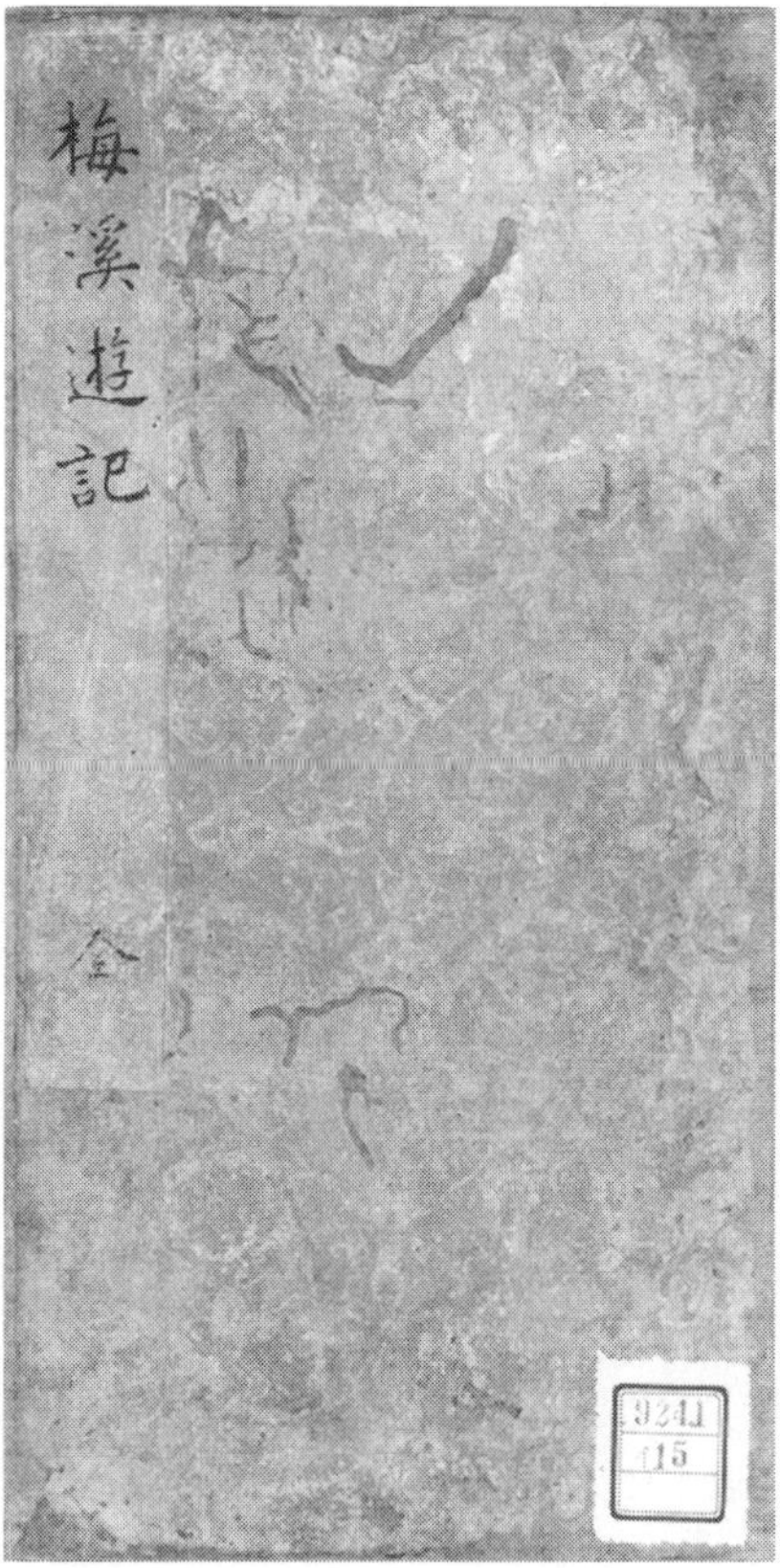
梅溪遊記
全
9341
415

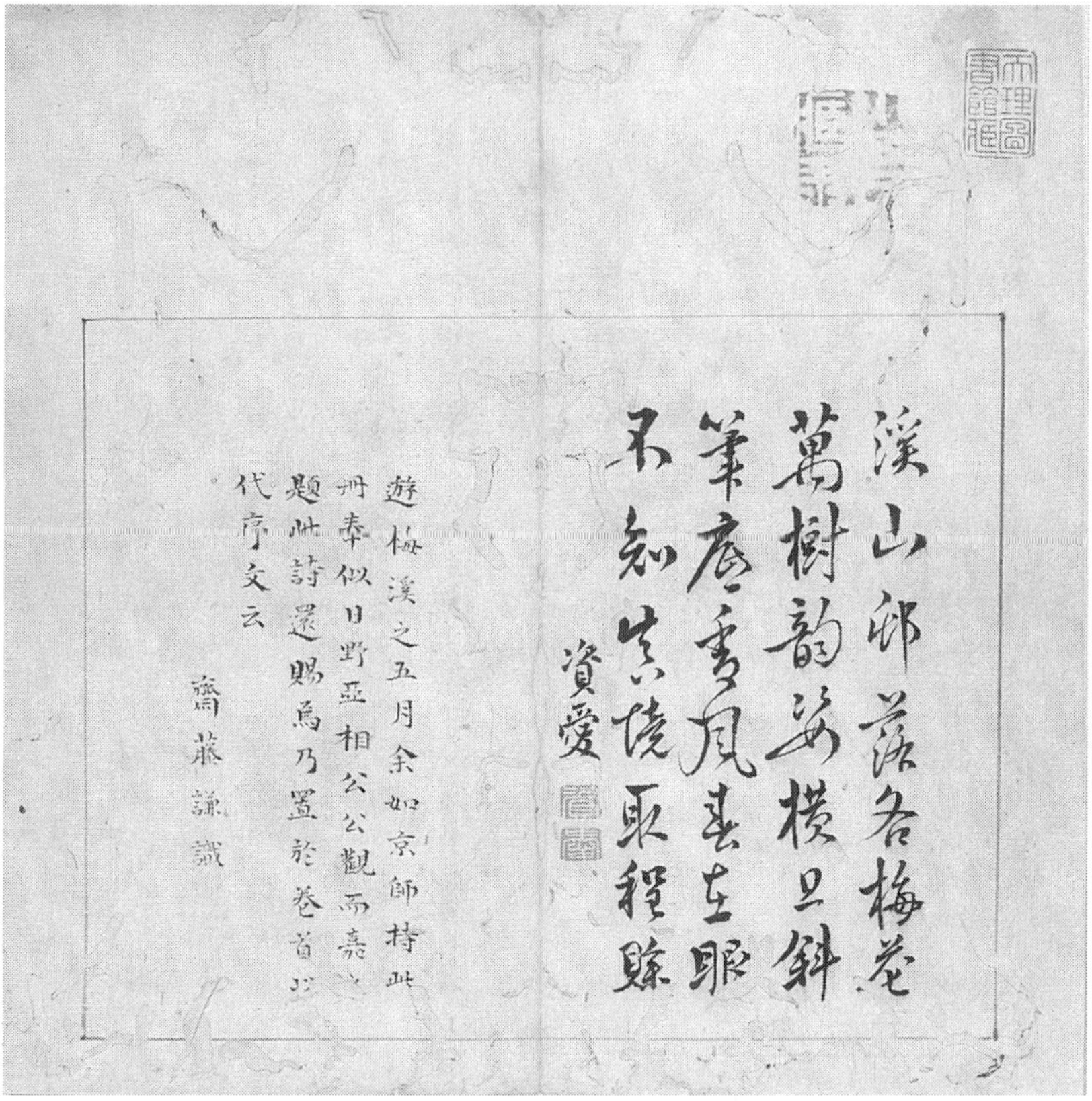

溪山邨落各梅花
萬樹韵姿横且斜
筆底香風春在眼
不知塵境取程賖
資愛

遊梅溪之五月余如京師持此
冊奉似日野亞相公公觀而嘉之
題此詩還賜焉乃置於卷首以
代序文云
齋藤謙識

谿山
清夢

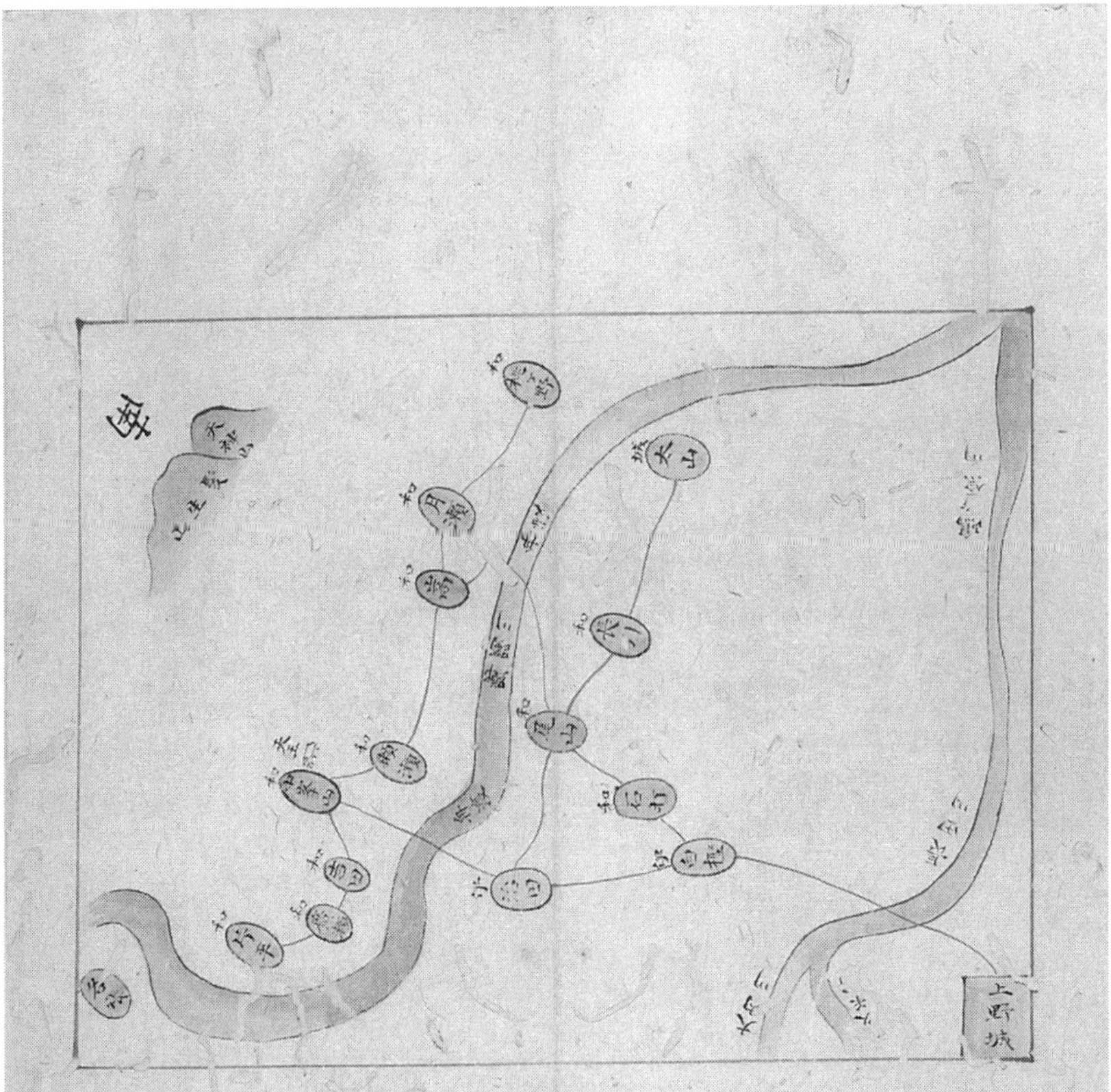

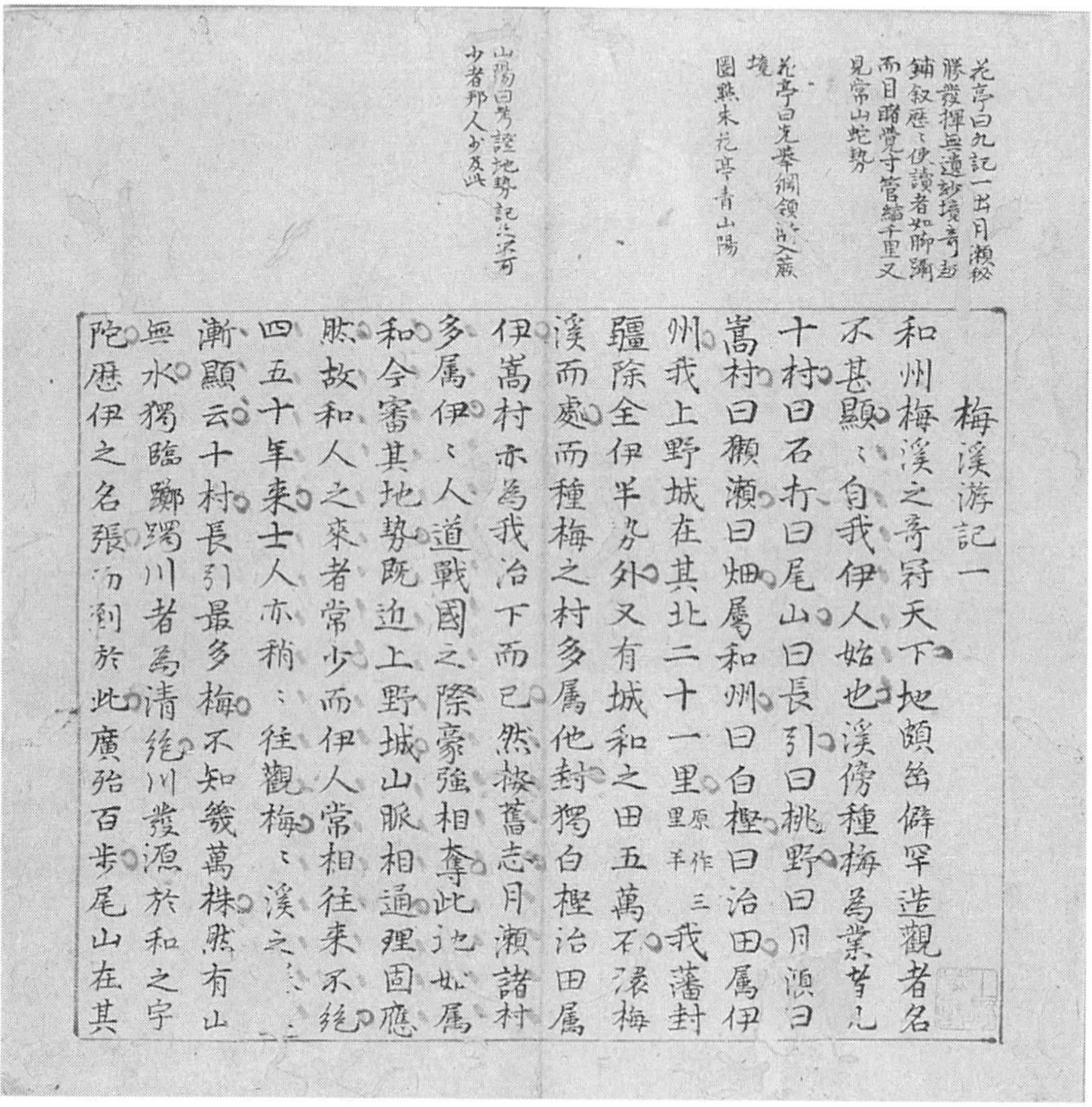

花亭曰九記一出月瀬秘勝發揮無遺妙境奇趣鋪叙歴々使讀者如躬踐而目睹覺寸管縮千里又見常山蛇勢

花亭曰先挙綱領次入嚴境

圜點未花亭青山陽

山陽曰考證地勢記之者可少者邦人少及此

梅溪游記一

和州梅溪之奇冠天下地頗幽僻罕造觀者名不甚顯々自我伊人始也溪傍種梅爲業者凡十村曰石打曰尾山曰長引曰桃野曰月瀬曰嵩村曰獺瀬曰畑屬和州曰白樫曰治田屬伊州我上野城在其北二十一里原作三里半我藩封疆除全伊半勢外又有城和之田五萬不褱梅溪而處而種梅之村多屬他封獨白樫治田屬伊嵩村亦爲我治下而已然按舊志月瀬諸村多屬伊々人道戰國之際豪強相奪此地始屬和今審其地勢既迫上野城山脈相通理固應然故和人之來者常少而伊人常相往來不絶四五十年來士人亦稍々往觀梅々溪之名々漸顯云十村長引最多梅不知幾萬株然有山無水獨臨鄰瀰川者爲清絶川發源於和之宇陀歴伊之名張而剏於此廣殆百步尾山在其

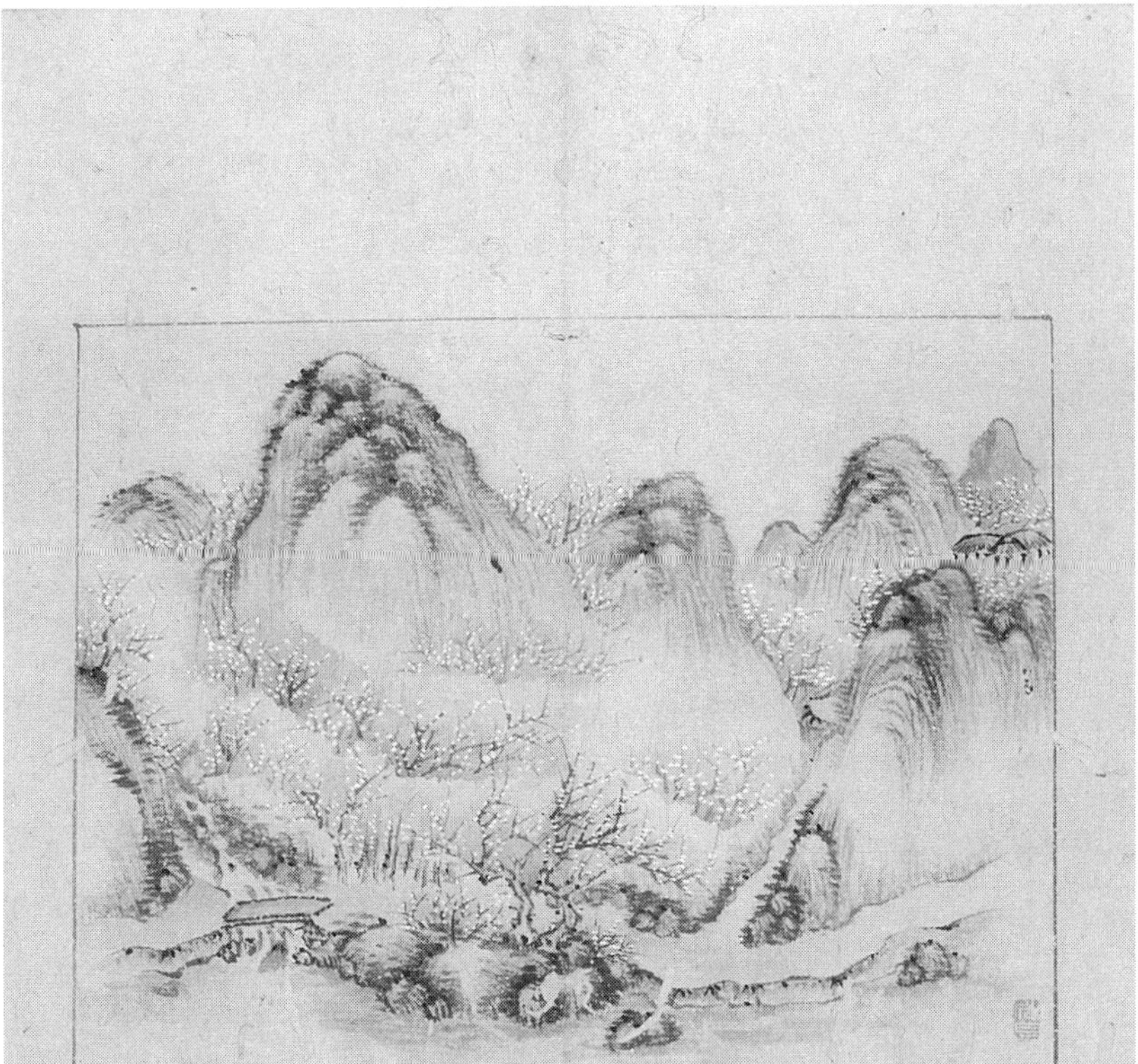

北岸萬村月瀬桃野在其南岸両岸之山夾渓
對峙幽麗奇偉又得玉雪萬堆炫爛其間所以
為尤勝也余住津城距梅渓殆二日程久願游
而未能也庚寅二月十八日與宮崎子達子潤
山下直介以事如伊州遂往游焉上野人服部
文稼深井士幾山本素佛為導美濃人梁偉公
圖攜其妻張氏與俱遠江人福田篤磐湖亦請
従下至輿僮凡十四人未下出城門行六里餘
為白樫山谷間已多梅花六里餘為石打又行
未六里尾山在目為之躍然至則遍地皆花余
初恐違花期見之心降入憩三學院約宿而出
往觀千樹梅々渓之賞始於是矣

記二

千樹梅尾山八谷之一也花最多故俗稱一目
千本蓋比芳野櫻谷云余與同人出院下前崖
覺山水與梅花皆已佳絶任意而行至一大谷

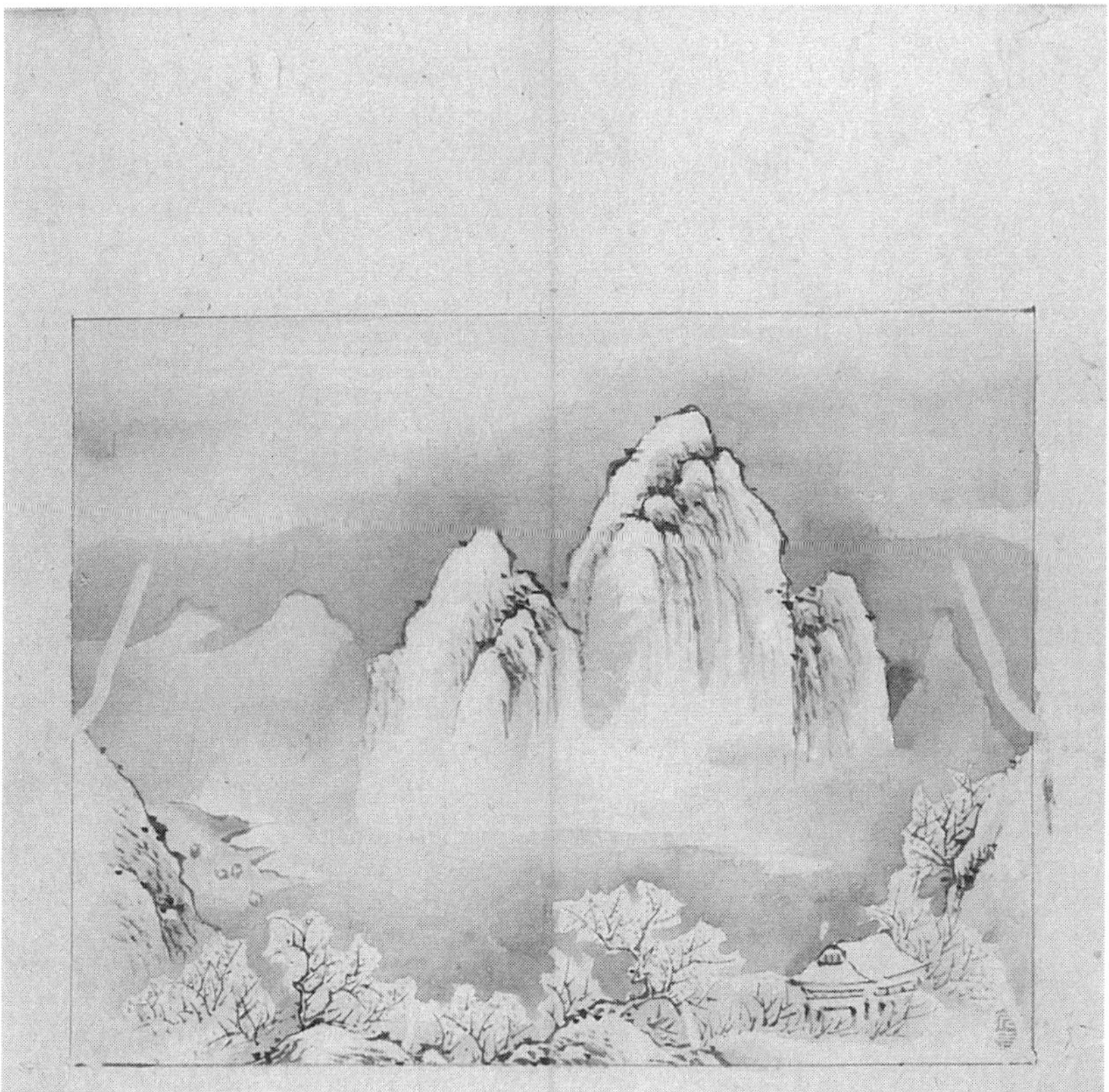

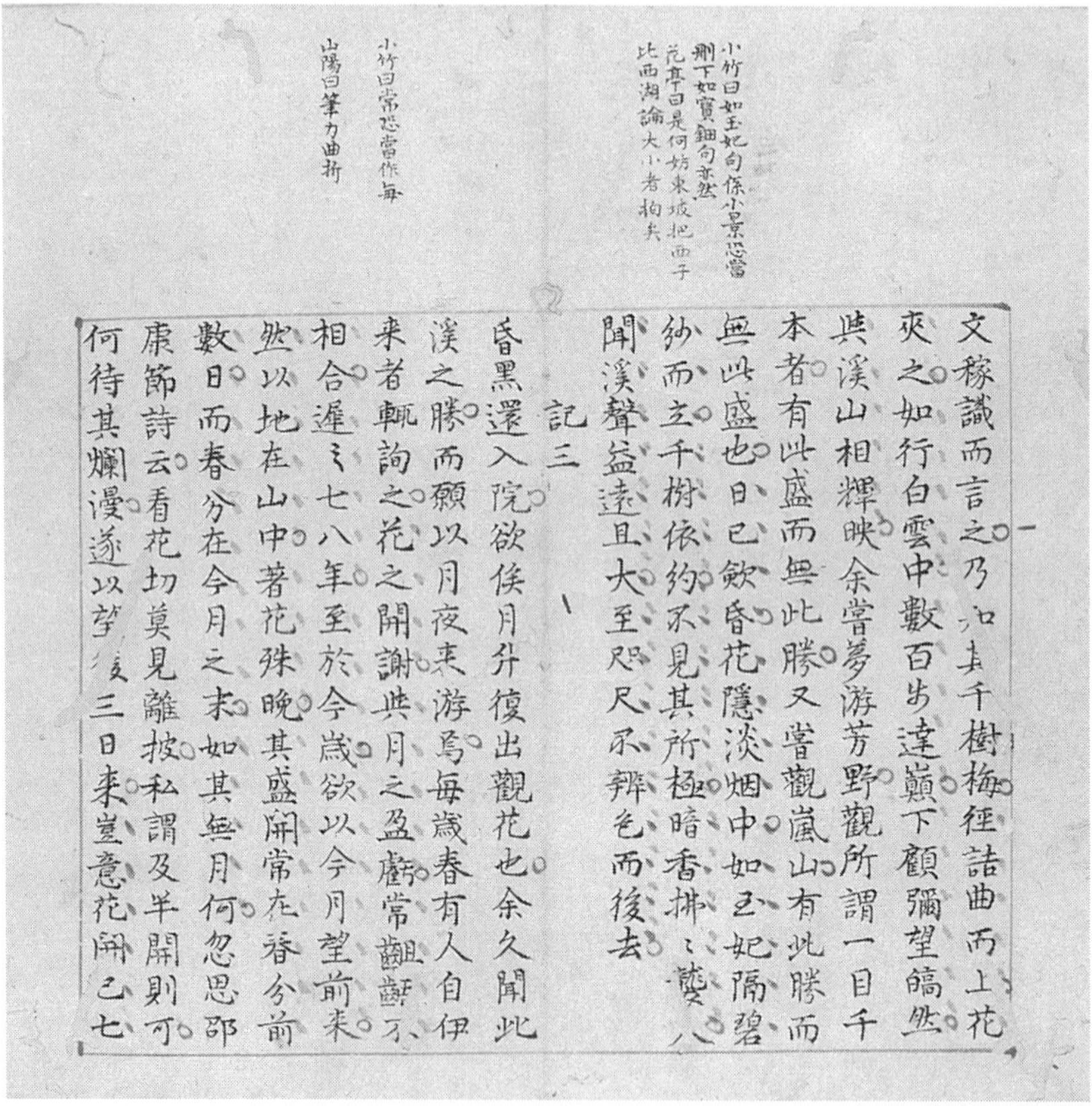

小竹曰如玉妃句係小景恐當刪下如寶鈿句亦然
茫亭曰是何妨東坡把西子比西湖論大小者拘矣

小竹曰常恐當作每
山陽曰筆力曲折

文稼識而言之乃由千樹梅徑詰曲而上花
夾之如行白雲中數百歩達巓下顧彌望皜然
與溪山相輝映余嘗夢游芳野觀所謂一目千
本者有此盛而無此勝又嘗觀嵐山有此勝而
無此盛也日已斂昏花隱淡烟中如玉妃隔碧
紗而立千樹依約不見其所極暗香拂々襲人
聞溪聲益遠且大至咫尺不辨色而後去

記三

昏黒還入院欲俟月升復出觀花也余久聞此
溪之勝而願以月夜来游焉每歳春有人自伊
来者輒詢之花之開謝與月之盈虧常齟齬不
相合遅々七八年至於今歳欲以今月望前来
然以地在山中著花殊晩其盛開常在春分前
數日而春分在今月之末如其無月何忽思邵
康節詩云看花切莫見離披私謂及半開則可
何待其爛漫遂以望後三日来豈意花開已七

小竹曰僕曾遊阿波祖谷携大瓢丹醸五升為奴㬥敗衆碧海聞之作詩嘲之今此段有像虎者説虎之想

花亭曰又望外之喜状態可想

山陽曰清境

花亭曰八字妙甚

八分或将十分實外之喜也獨奈日已落黒雲霞天意殊悵〻也張燭欲飲此行購樽容五升者満貯酒命奴負之呼取之酌不數巡而竭怪詰之乃知奴醉墜地致傾覆益悵恨買村酒得數升来洗盞更酌雖甜不適口亦自醺然文稼為伊城助講風流士公圖以詩名海内而磐湖善畫山水餘人亦皆吟詠揮灑俄而小奚走報曰雲破月出矣衆驚喜欲狂捨盞走出時将二更月色清朗數歩抵真福寺花枝映月玲瓏透徹如寶鈿玉釵在美人頭上影畫横斜水鏘然鳴覺非人境傍岸西行前望月瀬水清如寒玉漾月影璧作銀鱗而両山之花倒蘸其上隱約可見一棹中流山水倶動吾平生之願至是酬矣

記四

花月之賞既畢還剅夜已過三更疲甚一睡

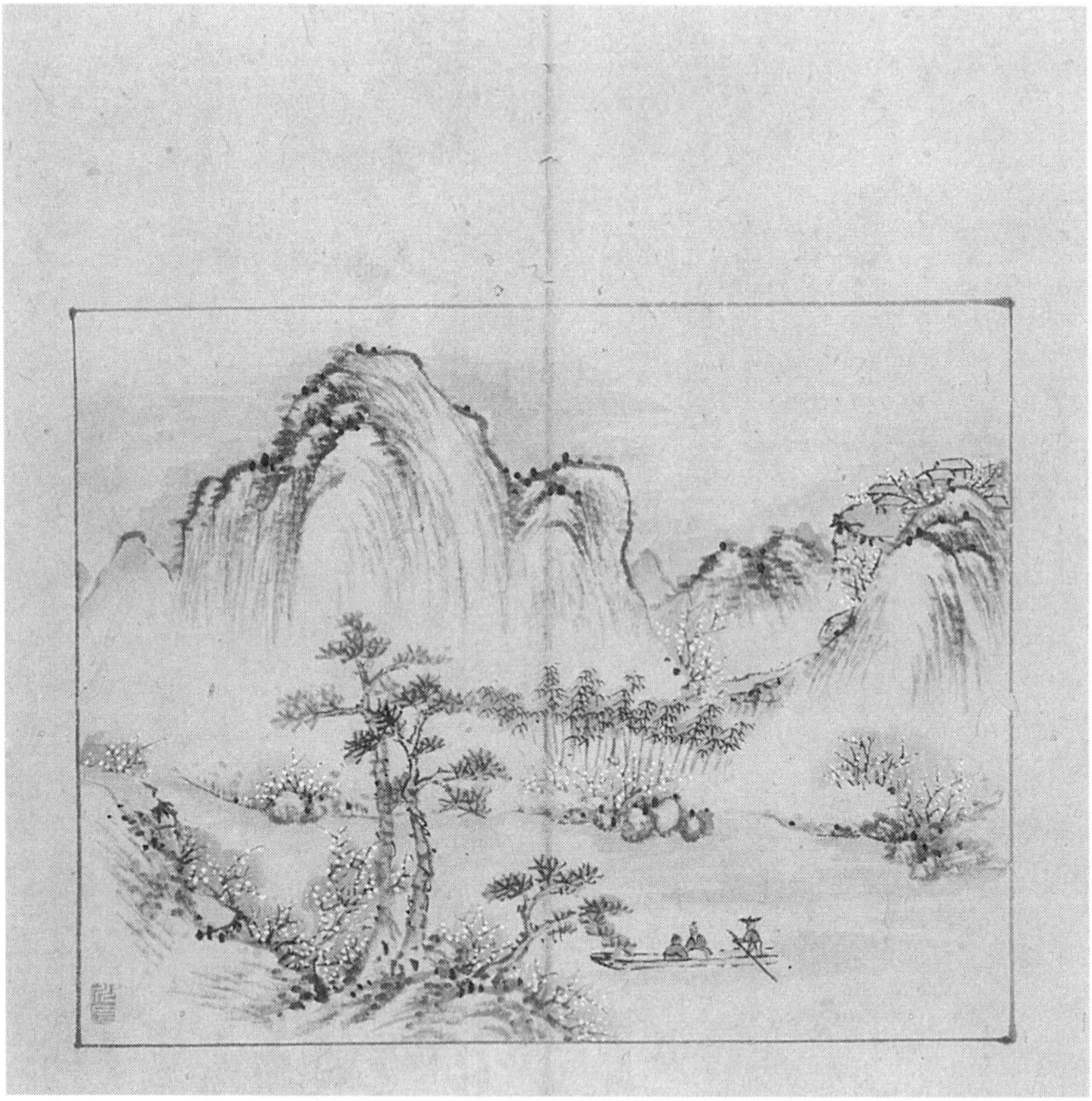

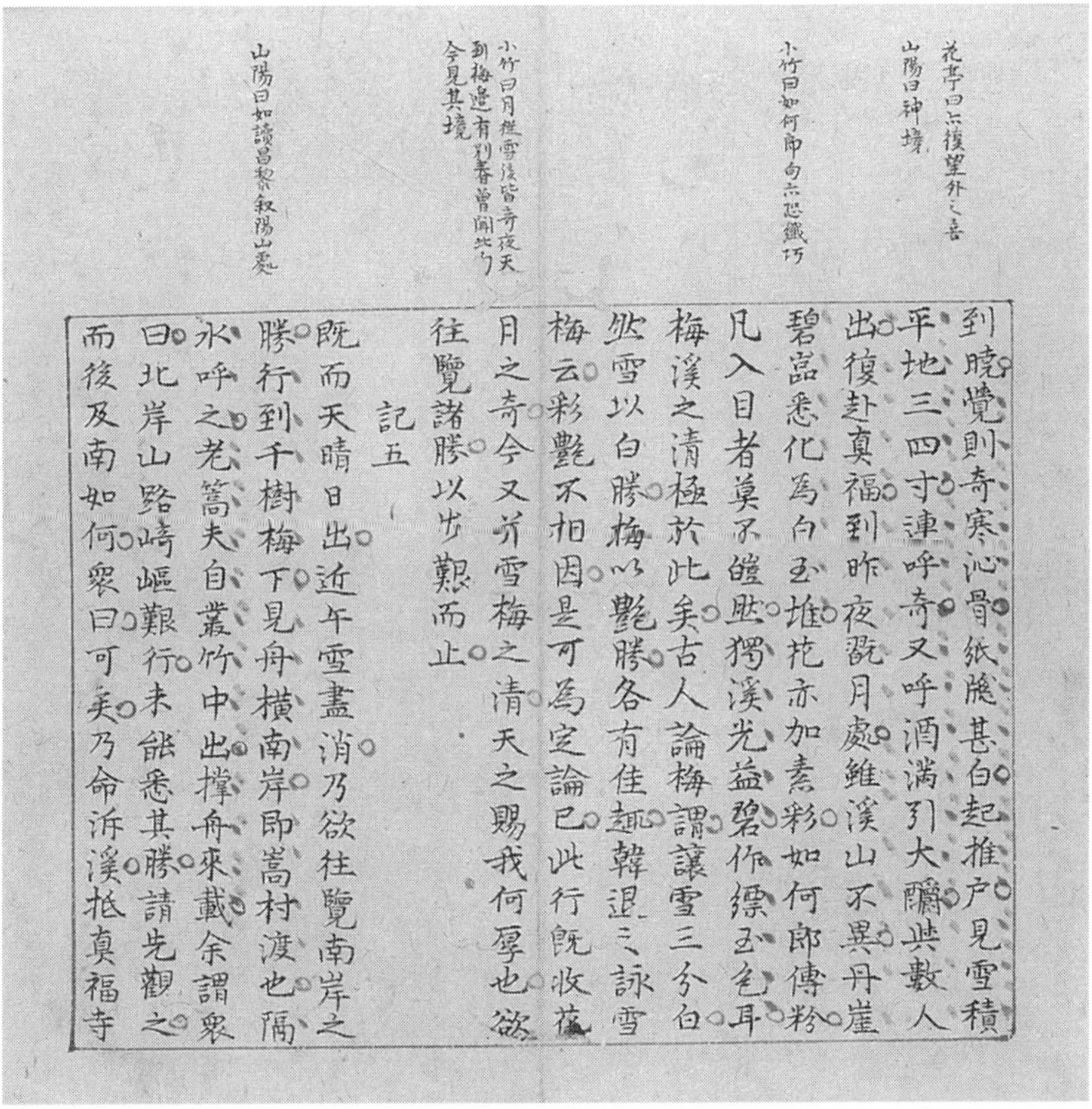

花亭曰亦復望外之喜
山陽曰神境
小竹曰如何郎句亦恐纖巧
小竹曰月桂雪後皆奇夜天到梅邊有別春曾聞此句今見其境
山陽曰如讀昌黎叙陽山處

到曉覺則奇寒沁骨紙牕甚白起推户見雪積平地三四寸連呼奇又呼酒滿引大爵共數人出復赴眞福到昨夜翫月處雖溪山不異丹崖碧嵒悉化爲白玉堆花亦加素彩如何郎傅粉凡入目者莫不皚然獨溪光益碧作縹玉色耳梅溪之清極於此矣古人論梅謂讓雪三分白然雪以白勝梅以艶勝各有佳趣韓退之詠雪梅云彩艶不相因是可爲定論已此行既收花月之奇今又菁雪梅之清天之賜我何厚也欲往覽諸勝以步艱而止

記五

既而天晴日出近午雪盡消乃欲往覽南岸之勝行到千樹梅下見舟横南岸即嵩村渡也隔水呼之老篙夫自叢竹中出撑舟來載余謂衆曰北岸山路崎嶇艱行未能悉其勝請先觀之而後及南如何衆曰可矣乃命泝溪抵眞福寺

下。嵓石齗齶齧舟。乃反。尾山之梅以谷量。八谷各數百千樹。眞福在其極西。其下爲初谷。名曰敞谷。第二曰鹿飛。第三曰捜窪。其上有天狗巖。曰謂羽客所棲處。第四曰祝谷。第五曰菖蒲谷。第六曰杉谷。第七即千樹梅。第八曰大谷。花之多亞於千樹。相距皆不過數十步。其勝各異。不能盡狀。唯諸谷之花。與嵩村之山夾溪相映。舟行其間。杳然覺仙路不遠。此尤爲奇也。公圖嘗游於此。有句云。梅花也自有仙源。信然。余曰桃花凡俗。未足標仙源。使世眞有桃源者。竟不若梅溪之得仙趣。公圖首肯久之。

記六

舟中既覽尾山諸谷。又欲西觀桃野。纔轉棹。則北岸所未見之山。突兀躍出。樹石雜馬。蚪龍尻豹。譎詭夭矯。有一石曰烏帽子。以形似名。水益駛。激搏碨磥。稍緩處。俯而窺之。澄徹見底。游魚

山陽曰以茅屋爲瑤宮奇甚
所謂化臭腐爲神奇不唯
梅花有靈亦由文人筆端也

花亭曰三十字奇想靈筆

可數仰見桃野在前地勢陡絶黄茅數家縹渺
現出於梅花爛漫間如瑤宮瓊闕在白雲中可
望而不可即也篙夫云此溪每夏月躑躅花盛
開水變作猩血色亦爲奇絶故名爲躑躅川也
嗚呼此溪之奇一何多也恨一時不能併觀焉
記之以俟他日

記七

還抵嵩村舍向上岸緑竹數畝臨水亦梅溪中
不可少者也西麓梅花亦多與月瀨之花相連
西行數百歩花間得阪螺旋而上是爲月瀨山
腹有一大石苔蘚被之蒼鬱可愛益上至少平
處眼界豁然溪山呈露無復藏匿花溢山塡壑
彌望皚然譬如登泰山頂下見大地皆白雲是
得梅溪之眞者也宜乎月瀨之名獨顯不止其
名雅馴也適天復陰雪大至風薄之如舞蝶塞
空亦奇觀也下溪索渡還

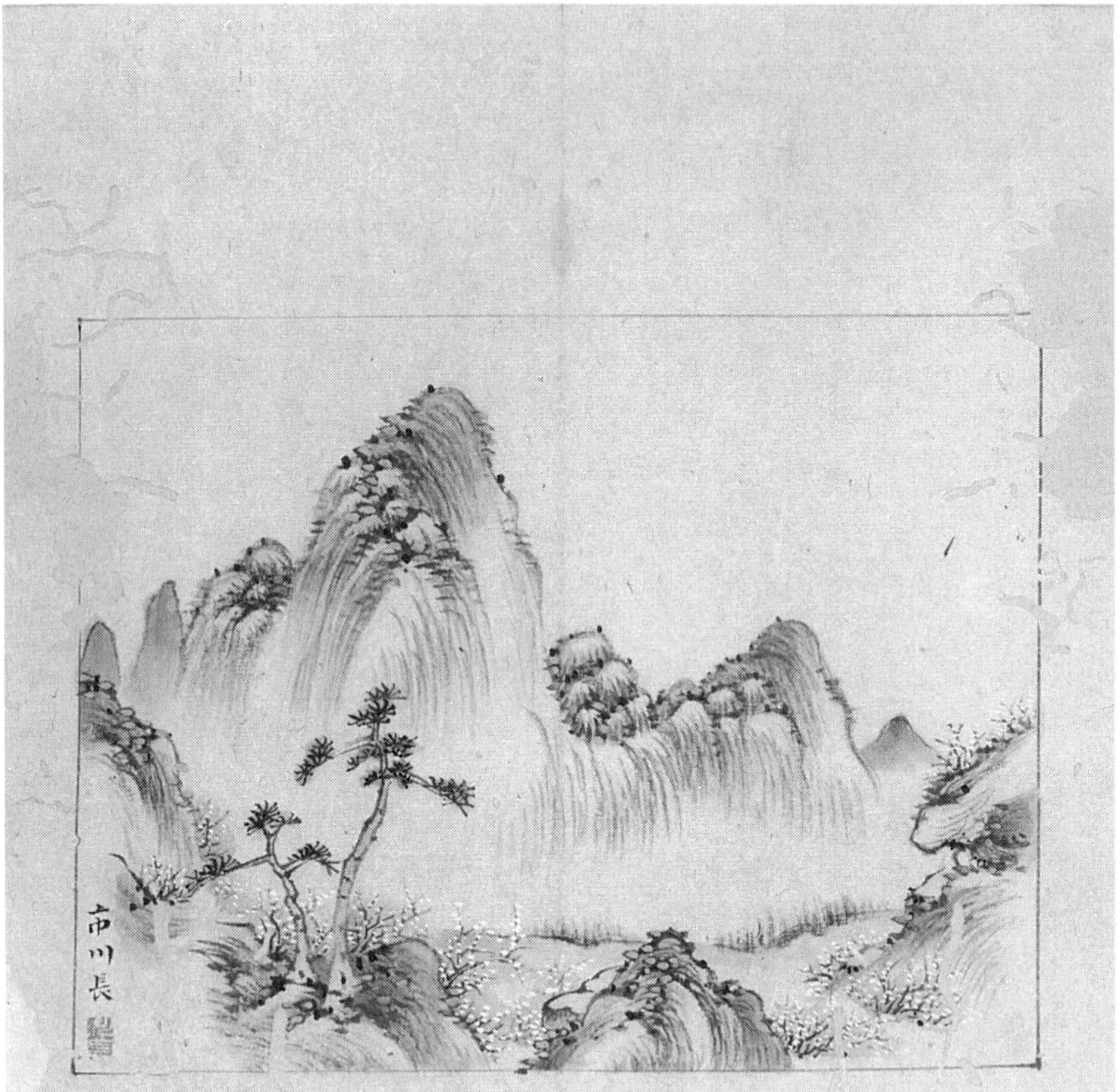
市川長

山陽曰此篇中間叙梅實價直不避猥雜適見古朴如史遷傳貨殖加以首尾秀拔妙

記八

天復晴。過杉谷。尾山之第六谷也。岡阜陂陀。待徑而上。俯見花堆積谷中。疑為殘雪。土人為導者曰。雪若不消。花蕋凍瘁。獲實不多。幸消釋盡。今年必豐矣。余因詳問所獲多少。曰。尾山一村。上熟得乾梅二百駄。每駄壹斛五斗。重二百斤。併此間諸村。中熟大抵得千四百駄。上熟二千駄。一駄價銀九十錢。或百錢云。蓋地既墝埆不可耕。以此當穀。及實熟採乾。送京都涂肆。亦山中經濟也。聞備後三原亦有大梅林。未知與此如何。公圖曰。吾游三原者再。見其樹之多。可相頡頏。但其地平遠。不若此溪之勝。遠矣。愈上則千樹梅見於左。又前望南岸之花。不減月瀨之觀。適斜日射之。花光煥發。芳霧噴山谷。殆使人目眩不能正視也。

記九

梅顛

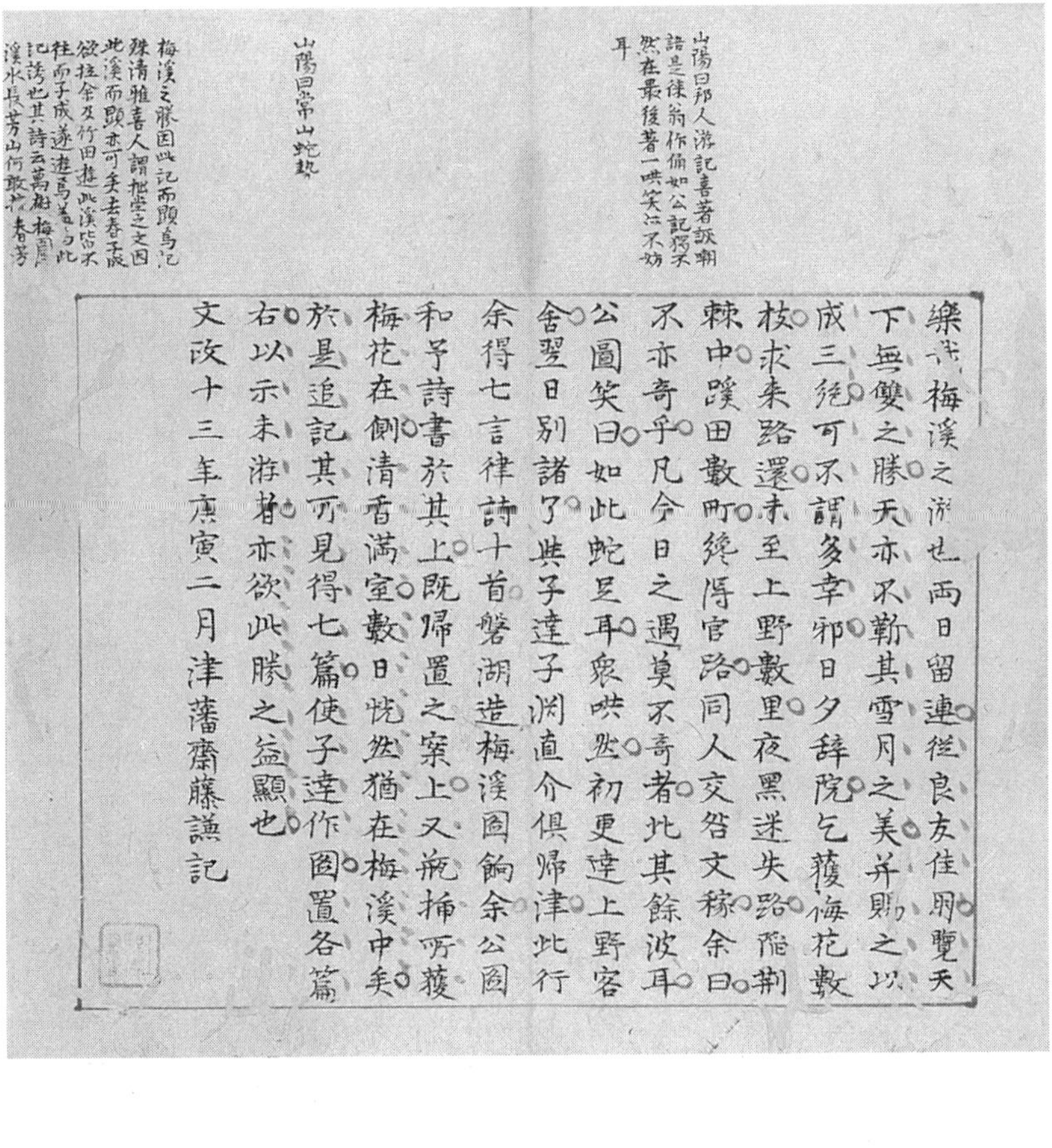

山陽曰邦人游記喜著詼嘲語是倸翁作俑如公記獨不然在最後著一哄笑亦不妨耳

山陽曰常山蛇勢

梅溪之勝因此記而顕焉記殊清雅善人謂拙堂之文因此溪而顕亦可矣去春子成欲拉余及竹田遊此溪皆不往而子成遂遊焉ヵ此記誇也其詩云萬樹梅花溪水長芳山何敢抗春芳

樂哉梅溪之游也両日留連従良友佳朋覽天
下無雙之勝天亦不靳其雪月之美并賜之以
成三絶可不謂多幸邪日夕辞院乞獲梅花数
枝求来路還未至上野数里夜黒迷失路陥荆
棘中蹊田数町纔得官路同人交咎文稼余曰
不亦奇乎凡今日之遇莫不奇者此其餘波耳
公圖笑曰如此蛇足耳衆哄然初更達上野客
舎翌日別諸子與子達子渕直介倶帰津此行
余得七言律詩十首磐湖造梅溪図餉余公圖
和予詩書於其上既帰置之案上又瓶挿所獲
梅花在側清香満室数日恍然猶在梅溪中矣
於是追記其所見得七篇使子達作図置各篇
右以示未游者亦欲此勝之益顕也
文政十三年庚寅二月津藩斎藤謙記

東風一様春雲白〻〻與此中
雪有香余既為此詩〻拙
堂亦未示此記而花期在近
得不能駆神飛乎然逼於淡
行復不能遊焉乃呼酒倚
窓翻此巻而数回読之姑
慰吾恨也壬辰二月十三日小竹
散人弼書

僕聞此渓〻之勝多年欲一往賞而不能果之
図来説遊況魂益飛越又恨公不以一介相
聞〻〻者僕必往会焉豈不愉快遺憾〻〻
今得読此記恍為同酔萬玉林中想亦足以
自慰耳如妄評則幸笑而擲之
山陽外史襄

花亭曰境已清絶更洗何塵
豈謂遊人衣上〻塵乎僥作
幽洗作隔離犬以下無間然
最是佳律

附梅渓十律

梅渓風趣好親論今日扁舟始問源湿霧両崖
春水渡芳雲十里夕陽村榻前幾歳梅図画枕
上平生労夢魂記取山頭老禅宅直従香裏得
柴門　清川繞麓洗紅塵雞犬寥〻洞裏春峰
境衣巾非魏晋編民姓族定朱陳山田萬石玉
為食籬落十村芳作隣笑殺凡桃少偎骨種花
不学避秦人　花中清絶久推梅此境居然見

山陽曰有聲画

花亭曰第四佳句

花亭曰五詰似蘭六詰似梅有
作風難晦迹作白為道寺林作
陰無語作蘚踪自作亦可
此六佳律

占魁遍地錯銀爛如海漫山鏤玉粲成堆澄溪
蘸影参差見曲徑吹香窈窕来東閣西湖何足
道唐賢容易鐵心摧　山屐行窮層嶺西梅花
深處路高低雲中人過誤前渡雪裡鶴帰迷舊
棲絶谷有香難晦迹芳林無語自成蹊清宵更
發逋仙秘疎影分明月一溪　月下拖衣立碧
岑皎然一矚盡千林幽巖冷淡雲無色遥澗潺
湲花有音風拂帽簷從酒醒参横頭上覺宵深
不須還覓柴門去欲伴佳人宿樹陰　雪梅相
伴占茲辰芳意寒光両是真自有清香千樹暁
更添素彩十分春豈圖庾嶺夢仙客並作剡溪
尋友人罨畫別開銀世界無山無水著纖塵
盡日尋春奇欲窮溪山随境更無同嵓懸危岸
参差出水嚙寒沙屈曲通蹊破香雲汚林麓穿
来叢雪掲舟篷兜羅綿裏乾坤白埋卻斜陽亦
失紅　蹈雪攀嵓不自由萬梅林下蕩輕舟緩

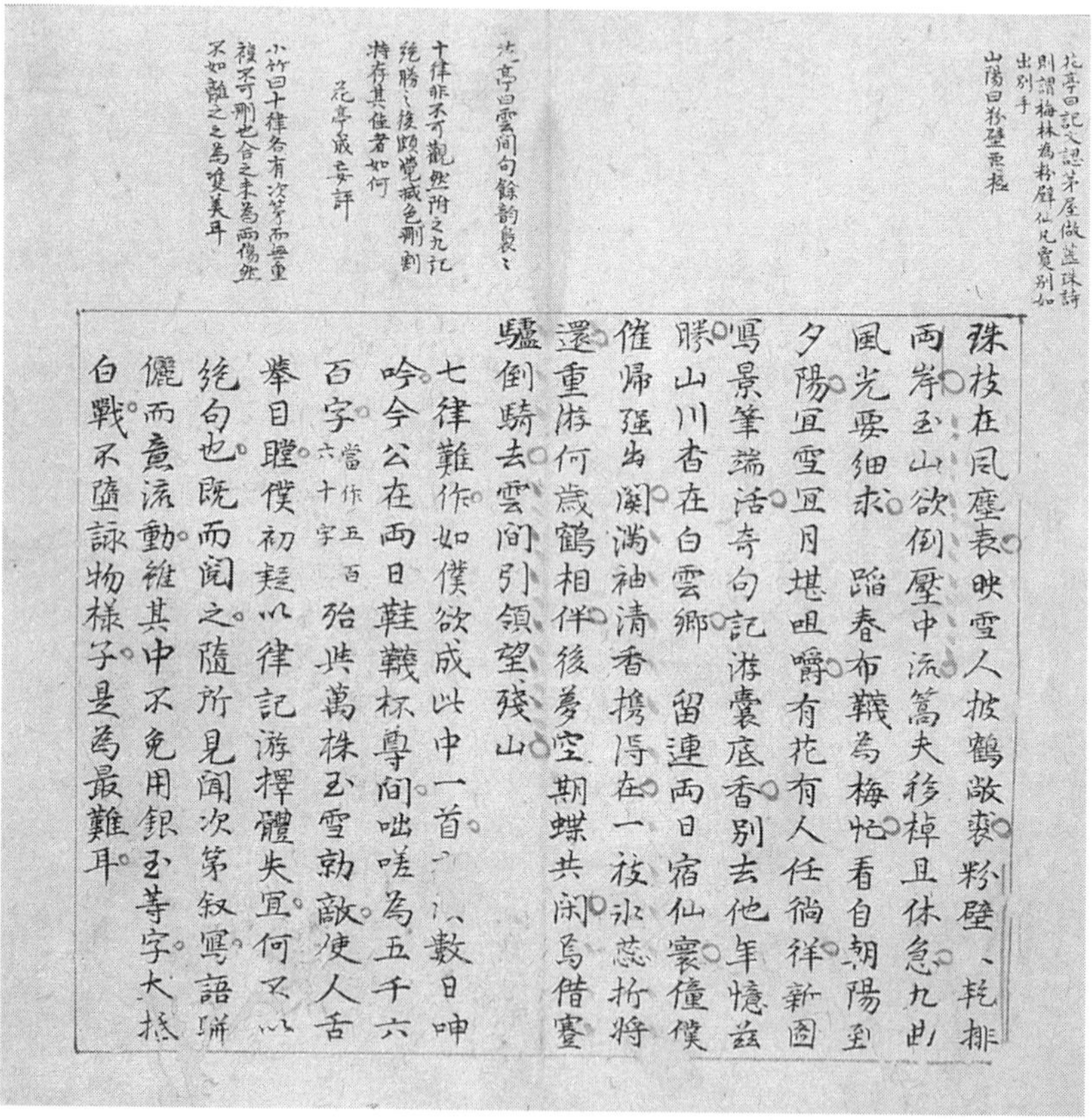
花亭曰記文認茅屋做蓮珠詩則謂梅林為粉壁仙凡竟別如出別手
山陽曰粉壁悪極

珠枝在風塵表映雪人披鶴敞裘粉壁、乾排
両岸玉山欲倒壓中流篙夫移棹且休急九曲
風光要細求 蹈春布韈為梅忙看自朝陽至
夕陽宜雪宜月堪咀嚼有花有人任徜徉新圖
写景筆端活奇句記游嚢底香別去他年憶茲
勝山川杳在白雲郷 留連両日宿仙寰僮僕
催帰強出関満袖清香携得在一枝氷蕊折将
還重游何歳鶴相伴後夢空期蝶共閑爲借蹇
驢倒騎去雲間引領望残山

花亭曰雲間句餘韻裊々

十律非不可觀然附之九記絶勝々後頗覺減色刪削特存其佳者如何
花亭戯妄評

小竹曰十律各有次第而無重複不可刪也合之未為両傷然不如離之之為雙美耳

七律難作如僕欲成此中一首、、、數日呻
吟今公在両日鞋韈杯尊間咄嗟為五千六
百字（當作五百六十字） 殆共萬株玉雪勍敵使人舌
拳目瞠僕初疑以律記游擇體失宜何不以
絶句也既而閲之隨所見聞次第叙写語琲
儷而意流動雖其中不免用銀玉等字大抵
白戦不墮詠物様子是為最難耳

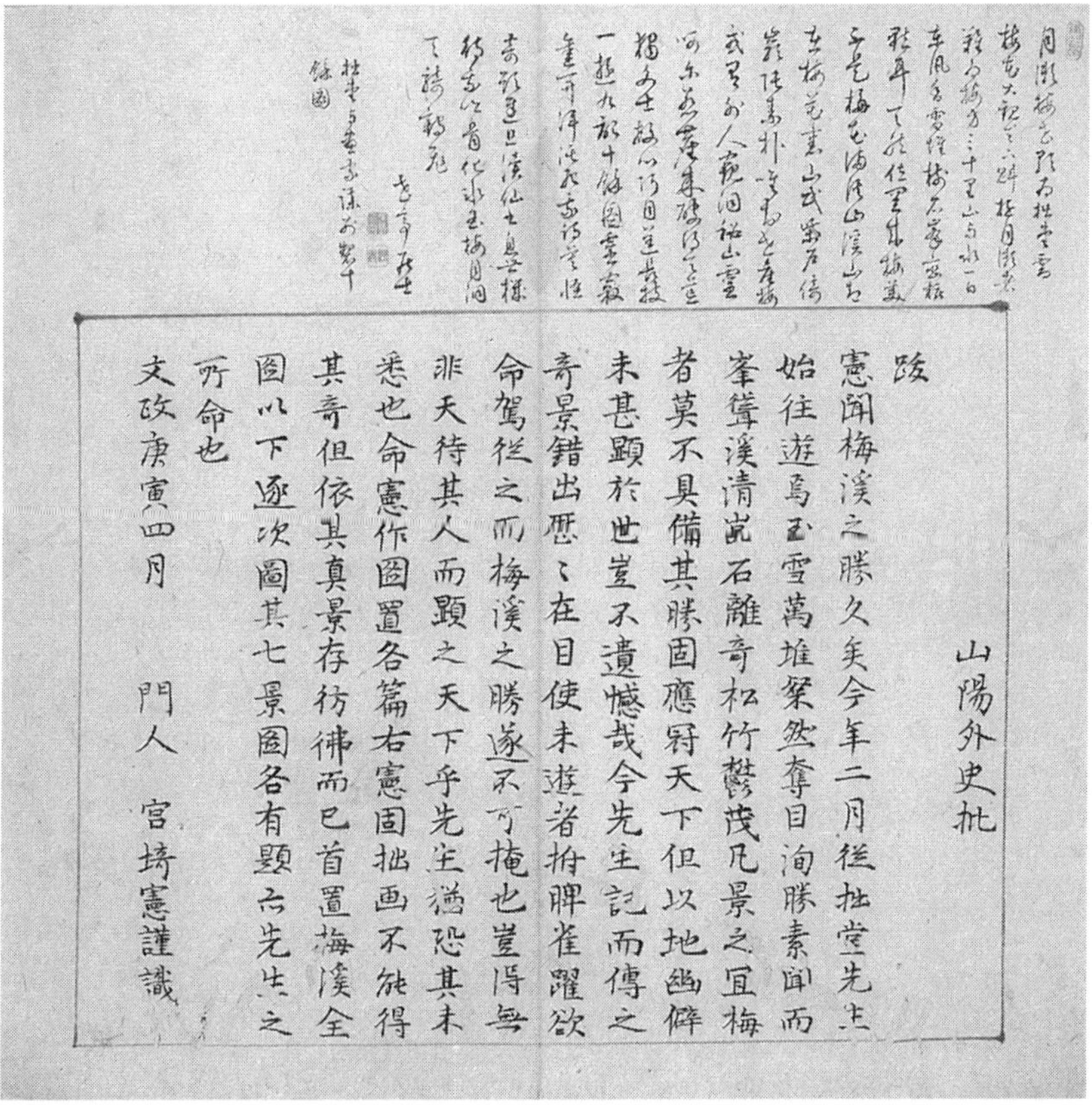

山陽外史批

跋

憲聞梅渓之勝久矣今年二月従拙堂先生始往遊焉玉雪萬堆粲然奪目洵勝素聞而峯巒渓清嵐石離奇松竹鬱茂凡景之宜梅者莫不具備其勝固應冠天下但以地幽僻未甚顕於世豈不遺憾哉今先生記而傳之奇景錯出歴々在目使未遊者拚髀雀躍欲命駕従之而梅渓之勝遂不可掩也豈得無非天待其人而顕之天下乎先生猶恐其未悉也命憲作図置各篇右憲固拙画不能得其奇但依其真景存彷彿而已首置梅渓全図以下逐次図其七景図各有題亦先生之所命也

文政庚寅四月　門人　宮埼憲謹識

有聲之畫不若無聲之詩萬言之巧不
及一畫之拙文章家雖口能展錦繍冩
風而不能摸出山水之真予持此論久矣
庚寅春拙堂齋藤君與二三子游于梅
溪記其勝者九篇賦十律此年予在京
師聞之心竊疑以為詩文雖巧恐不能盡
其意也既而借觀之巖嶽之高溪澗之
幽遠近廣狹之勢歴歴在目言水則有
聲言花則有香言雪則覺清言月則覺
明雲烟彷彿飛動於紙上凡畫家所難
者文能述之詩能詠之繍萬景入筆端
不覺悵然自失者久之所謂通神在乎
也於是始知嚮者之言謬也嵩有其門
人宮崎子淵所寫圖拙堂君又使予摸之
如予畫凡陋比之拙堂君詩文雖不能彷彿
其十一姑倣原圖寫而畧之

市川長識

Ⅴ 『月瀬記勝』挿図（嘉永版初摺）宮崎青谷押印本

月ヶ瀬村教育委員会蔵本

拙堂先生著

月瀬記勝

看雲亭藏板

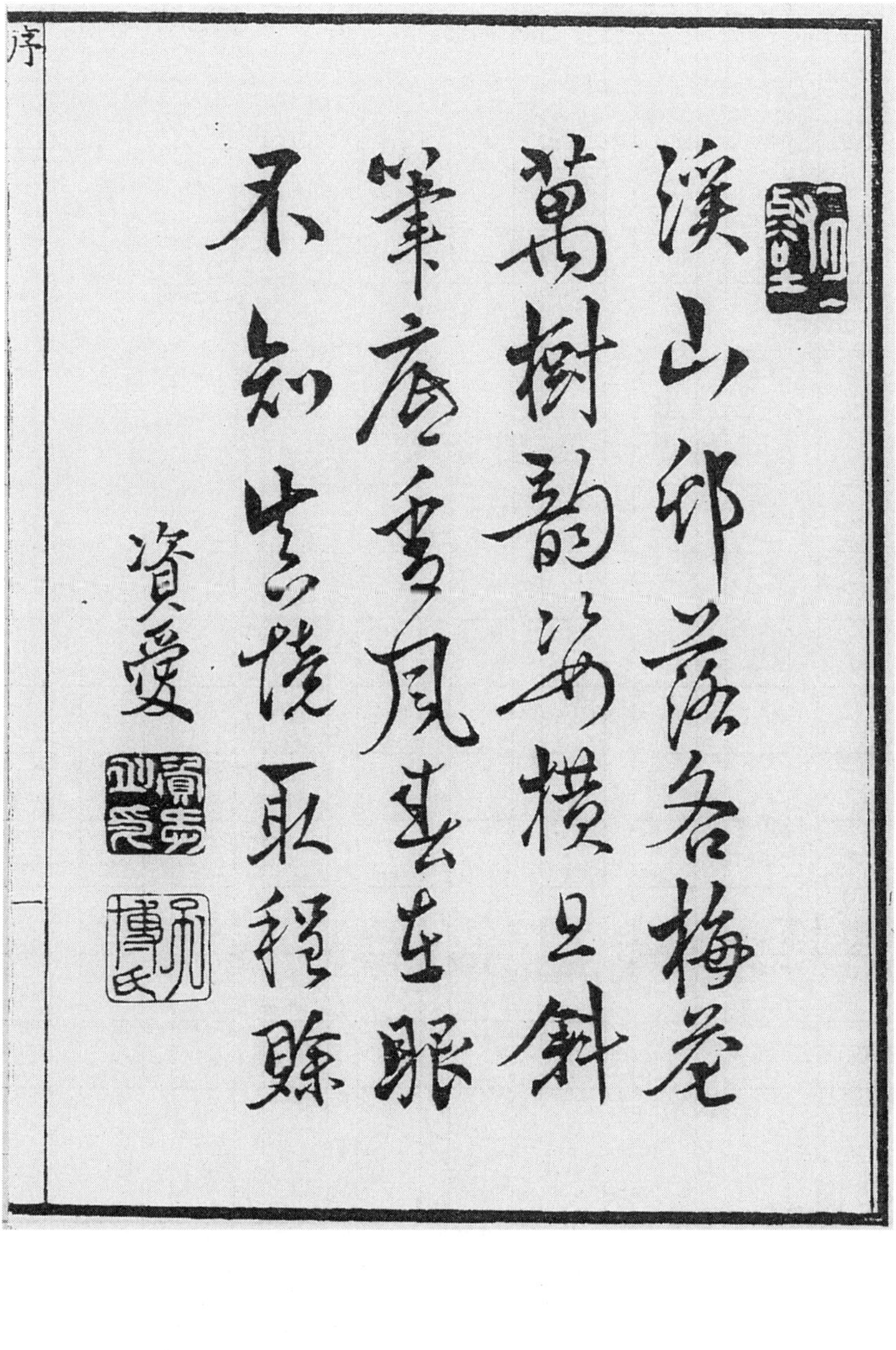
序

溪山邨落名梅花
萬樹韻姿横且斜
筆底香風春在眼
不知佳境取程賒

資愛

巖秀谷邃

蛇蟠

圖

圖
九
竹陰待渡

圖
遠嶺人家
十

圖
十一
遍地香雲

清灘棹月

圖
十二

圖
雲濕雨香
十三

古梵霽雪

圖
十四

江戸後期月瀬観梅漢詩文関連年表

西暦	年号	干支	関連事項	その他の事項
一八〇七	文化 七	庚午	岸勝明『梅花詩集』跋文を書く	伊能忠敬『日本地図』を完成
一八一二	九	壬申	柏木如亭『梅花詩集』序を書く	
一八一四	一一	甲戌	岸勝明『梅花詩集』附録観梅詩五首あり	
一八一五	一二	乙亥	岸勝明没（七七歳）	
	文政 二	己卯	韓聯玉（山口凹巷）訪村	
一八二一	四	辛巳	広瀬蒙斎『月瀬梅花帖』の跋文を作る	
一八二三	六	癸未	梁川星巌、紅蘭を伴い月瀬訪村、服部文稼東道をなす。 北条霞亭没（四四歳）	太田蜀山人没、シーボルト来朝
一八二四	七	甲申	韓聯玉『月瀬梅花帖』刊	
一八二七	一〇	丁亥	菅茶山没（八〇歳）	
	一二	己丑	広瀬蒙斎没（六二歳）	
一八三〇	天保 元	庚寅	斎藤拙堂、梁川星巌、同紅蘭を伴い、服部文稼東道、月瀬観梅訪村、拙堂『梅渓遊記』を著す。後、藤原南洞公より題詩を得。韓聯玉没（五九歳）	
一八三一	二	辛卯	頼山陽等月瀬観梅行、大窪詩仏『梅渓遊記』の序文を書く。	
一八三二	三	壬辰	頼山陽没（五三歳） 金井烏洲『月瀬探梅画巻』二巻を描き、山陽・小竹の	

			題字を載す。	
一八三三	四	癸巳	巻菱湖没（六七歳）	
一八三五	六	乙未	田能村竹田没（五九歳）	
	七	丙申	二川相近没（七〇歳）	
一八三七	八	丁酉	大窪詩仏没（七一歳）	大塩平八郎の乱・中斎没（四四歳）
	九	戊戌	志毛井維棋没（六一歳）	
一八四〇	一一	庚子	渡辺清香没（六五歳）	
			梅津益公没（五二歳）	
一八四一	一二	辛丑	広瀬蒙斎没（六二歳）	林述斎没（七四歳）
一八四二	一三	壬寅	館柳湾没（八三歳）	
一八四三	一四	癸卯	石川竹厓没（五一歳）	水野忠邦失脚
一八四四	弘化元	甲辰	松崎慊堂没（七四歳）	
一八四五	二	乙巳	塩田随斎没（四八歳）	
一八四八	嘉永元	戊申		徳川家定将軍職を継ぐ
一八四九	二	己酉	東褧没（五四歳）	
一八五〇	三	庚戌	岡本花亭没（八三歳）	
一八五一	四	辛亥	篠崎小竹没（七二歳）	
			園田君秉没（六七歳）	
			小谷巣松没（六七歳）	
			神田柳渓没（五六歳）	
一八五二	五	壬甲	斎藤拙堂『月瀬記勝』乾坤二冊を出版	

一八五三	六	癸丑	平松楽斎没（六一歳）	ペリー浦賀に来航
一八五五	安政 二	乙卯	中島棕隠没（七七歳） 広瀬旭荘再度の訪村 橋本晩翠訪村観梅詩八首	藤田東湖地震により圧死（五二歳） 日米和親条約締結
一八五六	三	丙辰	釈南園観梅訪村（『小自在園詩歌集』に二首、『萬玉亭梅花帖』に一首あり。）	
一八五七	四	丁巳	斎藤拙堂『月瀬記勝』乾坤二冊（有造館本）発行 金本摩斎「月瀬観梅行」 （『楽山堂詩鈔』） 梅辻春樵没（八二歳）	
一八五八	五	戊午	梁川星巌没（七〇歳） 服部文稼没（六七歳）	井伊大老就任
一八五九	六	己未	野田笛浦没（六一歳） 藤堂琴石没（七一歳）、釈南園再度の訪村、三島中洲観梅訪村	佐藤一斎没（八八歳） 安政大獄、釈月性没（四二歳） 吉田松陰処刑（三〇歳） 日米修好通商条約締結
一八六〇	万延 元			桜田門外の変
一八六二	文久 二	壬戌	拙堂題字『月瀬詩画巻』一巻成る。藤沢東畡「遊月瀬記」を書く。	和宮降嫁、天誅組挙兵 坂下門の変、生麦事件
一八六三	三	癸亥	広瀬旭荘没（五七歳）、家里松嶹没（三二歳）、藤本鉄	貫名海屋没（八六歳）

			石天誅組総裁となり、十津川・五条で戦い敗死す。	長州藩、下関で外国船を砲撃 英艦、鹿児島を砲撃
一八六四	元治　元	甲子		佐久間象山遭難（五四歳） 長州征伐（第一回）
一八六五	慶応　元	乙丑	斎藤拙堂没（六九歳）	長州征伐（第二回）
一八六六	二	丙寅	藤井竹外没（六〇歳）、鷹羽雲淙没（七一歳）、宮崎青谷没（五六歳）	徳川慶喜将軍職を継ぐ 薩長連合成立
一八六七	三			明治天皇即位、大政奉還、王政復古、徳川幕府滅亡

索　　引

この索引は本文のみとし、欄外の評語等は含まない。(　) 括弧内は①姓名号等わかり易いものを補った。 ②詩数を補った。 ③詩題の次に同前に当るもの、または詩題のないものは初出の題で補った。……線は詩題の長いものを省略した印。

作者別詩題索引

さ　行

た　行

な　行

は　行

作者別文題・序・跋索引

あ　行

か　行

さ　行

た　行

な　行

は　行

ま　行

村田　榮三郎（むらた　えいざぶろう）

著者略歴

昭和４年　東京都生まれ
昭和26年　中央大学法学部卒業
その後　二松学舎大学卒業
昭和32年　東洋大学大学院文学研究科（中国哲学専攻）修了
　神奈川県立高等学校教諭、退職
以後　フェリス女学院大学・東洋大学文学部非常勤講師
平成11年　文学博士
編　書　『月瀬記勝補遺』（和装四冊本）、『名家資料彙編』（ともに形成社刊）
論　文　江戸後期絶句総集の研究及び『鉄心先生詩文抄』稿本について、大高竹操『遍鞋餘吟』稿本について等多数

※本書は平成14年度東洋大学井上円了記念研究助成金の交付を受けて刊行した。

江戸後期月瀬観梅漢詩文の研究

平成十四年十一月　発行

著者　村田榮三郎
発行者　石坂叡志
整版印刷　富士リプロ

発行所　汲古書院
〒102-0072　東京都千代田区飯田橋二-五-四
電話　〇三（三二六五）九七六四
FAX　〇三（三二二二）一八四五

ISBN4 - 7629 - 3447 - X　C3092